Reprint Publishing

FÜR MENSCHEN, DIE AUF ORIGINALE STEHEN.

www.reprintpublishing.com

Der Sagenschatz

des

Königreichs Sachsen.

Zum ersten Male

in der ursprünglichen Form aus Chroniken, mündlichen und
schriftlichen Ueberlieferungen und anderen Quellen

gesammelt und herausgegeben

von

Dr. Johann Georg Theodor Gräße,

Kgl. Sächs. Hofrath, Director des K. S. Grünen Gewölbes und interim. Director der
Porzellan- und Gefäßsammlung, ꝛc. ꝛc.

Zweite verbesserte und sehr vermehrte Auflage.

Mit einem Anhange:

„Die Sagen des Herzogthums Sachsen-Altenburg."

Zweiter Band.

Dresden.

G. Schönfeld's Verlagsbuchhandlung.

1874.

Des

Sächsischen Sagenschatzes

Zweiter Band.

599) Der Ursprung der Stadt Zwickau.

T. Schmidt, Chronica Cygnea. Zwickau 1656. 4. I. S. 7.

Ueber den erften Urfprung der Stadt Zwickau exiftiren verfchiedene Sagen. So erzählen Einige, der erfte Erbauer derfelben fei Cygnus, ein Sohn des Herkules gewefen, dem in jener Gegend vor Alters göttliche Verehrung gezollt worden. Andere fagen, ihr Gründer Cygnus fei ein Kriegsoberfter des Arminius, des Befiegers des Varus gewefen, dem jener Landftrich von feinem Fürften zur Belohnung für feine Tapferkeit überlaffen worden. Wieder Andere berichten, der Name komme von der Fürftin Swanhildis her, die Karl dem Großen fo muthig gegen die Wenden beigeftanden, und habe der Kaifer aus Dankbarkeit die ganze Gegend von der Mulde bis zur Pleiße nach ihr benannt, daß fie alfo Schwanenfeld (Cygnea) fortan geheißen. Am alten Rathhaus war ihr und des Cygnus Bild mit folgenden Verfen angebracht:

> Der Cygnus ein fehr tapffer Held
> Und Herr im gantzen Schwanenfeld,
> Diefe feine vornemfte Stadt
> Nach ihm Cygneam genennet hat. Circiter annum Christi 700.

> Der letzte Zweig aus Cygni Gefchlecht,
> Jungfrau Schwanhildis hie herrfchet recht,
> Und weil nach ihr kein Erbe war,
> Kam ihr Land an's Römifch-Reich gar. Anno Christi 809.

Nach einer andern Ansicht habe der Kaiser bei Erbauung der Stadt drei Schwäne schwimmen sehen und daher der Stadt den Namen Schwanenfeld gegeben. Seit Kaiser Heinrich I. hieß die Stadt aber Zwickau, angeblich weil, als er die Stadt besah und sie viel kleiner fand, als er gedacht, er sagte: „Cygnea, Cygnea, Du bist gar sehr verzwickt, Du sollst fürder Zwicke heißen!" Weil nun aber die Bürger von Zwickau Kaiser Heinrich III. gegen die Böhmen mannhaft beigestanden, hat er ihnen einen Freiheits- oder Gnadenbrief gegeben und ihnen darin gestattet, nach Art der Ritter Zwickelbärte zu tragen, und von diesen Bärten leiten ebenfalls Einige den Namen der Stadt ab.

_____

600) Die Wahrzeichen der Stadt Zwickau.
Schmidt a. a. O. Bd. I. S. 37. 79.

Als Wahrzeichen der Stadt Zwickau galt vordem für die reisenden Handwerker eine große Brille, die am obersten Giebel des Kaufhauses in Stein gehauen zu sehen war. Ein zweites Zeichen war der in der Marienkirche (zweimal inwendig und einmal auswendig) angebrachte Kopf mit drei Gesichtern, von dem Einige annehmen, er stamme noch aus der Heidenzeit, während Andere darunter das Geheimniß der Dreieinigkeit verstanden wissen wollen. Sonst hatte man ein Sprichwort von der Stadt, welches hieß, daß die Zwickauer im Meißnerlande sterben und im Voigtlande begraben werden, und noch heute sagt man hier von Einem, der begraben wird: „er wird in's Voigtland getragen." Dies kommt daher, daß ein Theil des Weichbildes der Stadt und darunter der Kirchhof der Stadt vordem zum Voigtlande gehört haben soll.

_____

601) Wie die große Glocke in der Marienkirche ihre Stimmung bekommen hat.
Schmidt a. a. O. B I. S. 78.

Als die große Glocke auf dem Thurm der Marienkirche

am 12. Juli 1512 sprang, weil man von 8 Uhr Abends
bis den andern Morgen früh um Vier eines schrecklichen
Gewitters halber nach damaliger Gewohnheit geläutet hatte,
so fragte der Glockengießer, der sie umzugießen hatte, als
das Metall schon geschmolzen war und er das Werk selbst
beginnen sollte, die dabei stehenden Rathsherren, was für
einen Ton er der Glocke geben solle? Da nun diese verlangten, er soll derselben das Chormaaß nach der Orgel, also
das bloße C geben, hat er ein Pulver von Kräutern zugerichtet und in das Metall geworfen und davon hat die Glocke
den gewünschten Ton bekommen.

---

602) Die Sage von dem Stück vom Kreuze Christi in der Marienkirche zu Zwickau.

Schmidt a. a. O. Bd. I. S. 63 sq.

Früher ward in der gewölbten Sacristei der Marienkirche ein in arabisch Gold gefaßtes Stücklein vom Kreuze
Christi verwahrt, welches der Hauptmann Martin Römer im
Jahre 1479 der Kapelle geschenkt hatte. Nun war aber in
die Einfassung mit Cyrillischen Buchstaben und in serbischer
Sprache eine Inschrift gegraben, welche also lautete: „Dieses ehrwürdige Crucifix ist auf der Königin . . . . (der Name
war nicht mehr zu lesen) Befehl gemacht und in die Kirche
der h. Dreifaltigkeit bei der Grube (zu Constantinopel) gesetzt worden; es sind in demselben fünf ganze Stücklein vom
h. Kreuz und vier Edelsteine; die hölzernen Stücklein sind
für 2000 Gulden gekauft, das Gold aber und die Edelsteine
kosten 1000 Gulden. Wer ein Stücklein von diesem Holze
des Kreuzes mit Gewalt aus der Kirche der h. Dreifaltigkeit
nehmen wird, der sei verflucht und das h. Kreuz bringe ihn
um; wer es etwa an einem andern Orte antrifft, der schaffe
es wieder in die Kirche zur h. Dreifaltigkeit, wer es nicht
thut, den bringe Gott und das h. Kreuz um.“ Trotz dieses
Fluches hat aber, als die Türken Constantinopel eingenom-

men, ein Grieche dieses Heiligthum, damit es nicht in unheilige Hände komme, errettet und hernach M. Römern in Zwickau verkauft, der auch von dem darauf geschriebenen Fluch nichts zu befürchten gehabt, weil er es nicht muthwillig entwendet, sondern nur vor denen, die es ohnedem zerschlagen und beschimpft hätten, bewahrt hat. Nun hat aber der Herzog von Friedland, insgemein der Wallenstein genannt, am 1. September 1632 dieses Kleinod durch seine Vettern Graf Maximilian von Wallenstein und Graf Paul von Lichtenstein abholen und hernach auf der Post durch genannten Grafen von Wallenstein dem Kaiser anbieten lassen, als verehre die Stadt Zwickau und die geistliche Behörde solches demselben freiwillig, allein es war hierbei wenig Williſtkeit, sondern nur Gewalt zu finden, und es hieß vielmehr: „willst Du nicht, so mußt Du". Nun ist aber der besagte Fluch an allen diesen Personen ausgegangen. Nachdem dies nämlich hier am 14. Septbr. geschehen, hat der Wallenstein den 6. Novbr. die große Schlacht bei Lützen verloren und seit dieser Zeit kein Glück mehr gehabt, also daß er bald darauf zu Eger ein blutiges Ende nahm, die beiden Grafen aber sind noch in demselben Jahre umgekommen und ist keiner von ihnen eines natürlichen Todes gestorben.

---

603) Der Riese Einheer zu Zwickau.

Aventinus L. IV. fol. 571. Camerar. Horae subces. I. 82. fol. 414.
Schmidt Bd. II. S. 6.

In demselben Kriege, welchen Karl der Große gegen die Wenden führte und wo die Schwanhildis mit ihren Schwanfedern demselben treulich diente, lebte zu Zwickau ein Riese, Namens Einheer (eigentlich hieß er Aenotherus), ein Schwabe, gebürtig aus dem Thurgau in der Schweiz. Der wadete durch alle Gewässer und brauchte über keine Brücke zu gehen, so groß war er. Sein Pferd zog er am Schwanze nach und sprach allezeit: „Nun Gesell', du mußt auch nach!" Der machte auch den Krieg Karls gegen die Wenden mit und mähete die Leute wie Gras nieder, hing sie an seinen Spieß und trug sie so über der Achsel wie Hasen und Füchse. Da er nun wieder heim kam und sein guter Geselle und Nach=bar fragte, was er ausgemacht hätte und wie es ihm im Kriege ergangen sei? sagte er aus Unmuth und Zorn: „was soll ich von diesen Fröschleins sagen? ich trug ihrer sieben oder acht an dem Spieße über der Achsel und weiß gar nicht, was sie quacken; es ist der Mühe nicht werth, daß der Kaiser so viel Volk wider diese Kröten und Würmer zusam=mengebracht hat." Es flohen ihn aber alle Feinde und Wenden und meinten, er sei der lebendige Teufel.

---

604) Der böse Brunnen bei Zwickau.
Schmidt Bd. II. S. 157. Ziehnert Bd. III. S. 224.

Etwa eine halbe Meile von Zwickau zwischen Marien=thal und Königswalde an einem abgelegenen Orte im Ge=hölz, das tiefe Thal genannt, findet man etwas von altem Mauerwerk, welches über einen Haufen gefallen und wie ein zierliches Berglein, weil es beraft und mit Holz bewachsen anzusehen ist, dabei aber einen tiefen ausgemauerten Brun=nen, welchen die Leute den bösen Brunnen nennen, weil sich bisweilen Gespenster dort haben sehen lassen, die Geister zweier Mädchen, die ihren Bruder vergiftet haben sollen.

---

605) Der Teufel bietet einer Frau zu Zwickau Geld an.
Schmidt Bd. II. S. 692.

Im Jahre 1645 ist ein Soldat von der schwedischen Besatzung zu Chemnitz nach Zwickau gekommen, hat aber bald darauf seine Frau und Kinder wieder böslich verlassen und ist wieder zu den Schweden gelaufen. Als nun dessen Weib in höchster Armuth lebte und sich sehr bekümmerte, wie sie sich und ihre Kinder ernähren solle, ist der Teufel etliche Male zu ihr gekommen, hat ihr ein Säcklein mit Geld vorgehalten und gesagt, wenn sie sich ihm ergeben wolle, werde er ihr dieses geben, und so sie es verzehrt, noch mehr bringen. Die Frau hat sich aber des allezeit durch's Gebet erwehrt und es endlich so weit gebracht, daß er sie zuletzt ganz im Frieden gelassen.

606) Gottesspeise bei Zwickau.

Ziehnert Bd. III. S. 423. Poetisch beh. v. Segniß Bd. II. S. 219 sq.

Bei Zwickau auf einem Dorfe schickten einst Eltern ihren Sohn, einen muntern Knaben, in den Wald, die Ochsen, welche da auf der Weide waren, hereinzutreiben. Aber die Nacht überraschte den Knaben und es erhob sich ein solches mörderisches Schneewetter, daß er nicht aus dem Walde zu kommen wußte. Als nun der Knabe am andern Tage immer noch nicht nach Hause kam, geriethen seine Eltern in große Angst, und konnten doch vor dem großen Schnee nicht in den Wald. Am dritten Tage erst, nachdem der Schnee zum Theil abgeflossen, gingen sie hinaus, den Knaben zu suchen, und fanden ihn endlich an einem sonnigen Hügel sitzen, wo gar kein Schnee lag. Freundlich lachte er seine Eltern an, und als sie ihn fragten, warum er nicht heimgekommen, sagte er, daß er habe warten wollen, bis es Abend würde. Er wußte nicht, daß schon ein Tag vergangen war, und als man ihn ferner fragte, ob er etwas gegessen hätte, erwiederte er, es sei ein Mann zu ihm gekommen, der ihm Käse und Brod gegeben habe. Also ist dieser Knabe sonder Zweifel durch einen Engel Gottes gespeist und erhalten worden. Der Ort im Walde, wo solches geschehen, heißt bis heute noch Gottesspeise.

607) Das Paradies zu Zwickau.

Poetisch beh. v. Ziehnert Bd. III. S. 31 sq.

Jenseits der Mulde, an der Straße, die von Zwickau

nach Chemnitz führt, befindet sich noch heute ein Gasthof, zum Paradies genannt, der ehedem aber das Ochsenhaus oder der Rathsweinkeller hieß und seinen Namen von seiner schönen Lage und den herrlichen Linden, die in seiner Nähe stehen, erhalten haben soll. Nach einer unverbürgten Sage rührt aber derselbe davon her, daß, als Luther einst zu Zwickau war und seine Predigten solchen Eindruck auf das Volk machten, daß dasselbe endlich das Kloster oder den Grünhainer Hof stürmte, die Mönche eines Abends Luthern zu einem angeblichen Kranken in eine entlegene Straße lockten, um ihn zu ermorden. Es gelang jedoch dem großen Reformator, sich ihren Händen zu entreißen und in ein offenstehendes Haus zu flüchten, zu dessen Besitzer er sagte, dies Haus sei für ihn ein wahres Paradies geworden, und davon habe dasselbe den Namen behalten.

608) Der bestrafte Gotteslästerer zu Zwickau.

Mijander, Deliciae Hist. S. 277 sq., S. a. Schmidt Bd. II. S. 437 sq.

Im Herbst des Jahres 1594 ist zu Zwickau M. Wolfgang Raabe, eines Tuchmachers Sohn, Geistlicher daselbst verstorben, welcher etliche Jahre rasend gewesen war und an Ketten gelegen hatte. Es hat ihn aber Gott also wegen Gotteslästerung gestraft. Als nämlich etliche Professoren zu Wittenberg die gotteslästerische calvinische Lehre eingeführt, hat sich dieser M. Raabe auch mit verführen lassen, und ist es mit ihm so weit gekommen, daß er sehr schimpfliche und gotteslästerliche Reden, vornehmlich vom Abendmahl ausgestoßen, worauf er bald seiner Sinnen beraubt und thörigt worden. Nachdem ihm nun seine Eltern nach Hause bringen lassen, ist's nicht besser mit ihm geworden, sondern er hat sich stets ungeberdig und in Reden leichtfertig gezeigt. Dabei hat er sehr gefressen (maßen er dieses Wort in seiner Gotteslästerung auch gebraucht) und ist nicht zu ersättigen gewesen. Endlich als etliche Knaben mit einem verdorbenen Kürbis auf der Gasse gespielt und sich mit den Stücken geworfen, hat er an ben Ketten hängenb unb zum Fenster hinaussehenb gesagt, sie sollten denselben ihm geben, was sie auch gethan. Da hat er ben Kürbis im Grimm also roh hineingefressen unb ist balb barauf gestorben. Er hat auch Einen seines Glei= chen von Reichenbach, Namens N. Havel, zu Wittenberg bei sich gehabt, ber auch große Gotteslästerung getrieben unb eine schimpfliche Handlung mit bem Crucifix vorgenommen, ber ist auch, seiner Sinnen beraubt, etliche Jahre baselbst im Bollwerk in Ketten gelegen unb enblich auch also gestorben.

609) Die Zauberelse zu Zwickau.

S. Schmibt ä. a. O. Bb. II. S. 374. Zwickauer Wochenbl. 1844. Nr. 12.

Im Jahre 1557 ben 22. Mai ist zu Zwickau die alte Zauber=Else gefänglich eingezogen worden. Die hatte ben Leuten Getränke gesotten, ben Mägben Kinder abgetrieben, auch viele Menschen an ihren Gliedmaßen, Armen, Beinen, Fingern, Brüsten unb an ben Fersen geschäbigt, auch viele andere Zauberei mehr getrieben. Sie hatte auch einem Ma= ler zu Glauchau Gift beigebracht, baß er gestorben. So hatte sie auch leiblich mit bem bösen Feinbe gebuhlt unb eine lange Zeit mit ihm zugehalten, ber ihr auch Gelb gebracht, bisweilen 2 unb 3, bisweilen auch 4 Thaler, mehr aber nie. Da man sie gefragt, wie er aussehe, hat sie geantwortet, er wäre ein alter grauer, häßlicher Teufel. Dieser böse Geist ist auf ber Gasse oftmals mit ihr gegangen, „boch“, sprach sie, „es hat ihn Niemand als ich sehen können“. Als sie gefangen gesessen, ist er oftmals zu ihr vor's Gefängniß unb an bas vergitterte Fenster gekommen unb hat sie gefragt, was sie mache, ob sie herauswolle, er wolle ihr helfen. Sie hat aber geantwortet, sie wolle gern heraus, aber sie habe noch ihre Seele zu bedenken. Auf diese Rede ist er bavon geschieden, sie aber hat gesessen bis zum 18. Juni, ba hat sie wegen vielfältiger Zauberei ihre Strafe empfangen unb ist am Galgen verbrannt worden.

610) Die Eselswiese bei Zwickau.

Poetisch behandelt v. Ziehnert Bd. I. S. 69 sq.

Südlich von Zwickau liegt eine Wiese, die man Esels-
wiese nennt, nach der nüchternen Erklärung unserer Zeit darum,
weil sie den Mühleseln der Rathsmühle das Futter lieferte.
Die Volkssage weiß aber einen andern Grund des Namens
anzugeben, und zwar folgenden.

Jene Wiese soll einst von einem Zauberer bezaubert
worden sein, der auf ihr einen gefährlichen Fall gethan, so
daß, so schönes Gras und Klee darauf wuchs, sie doch von
ihrem Besitzer durchaus nicht benutzt werden konnte, weil die
Milch des Viehes, das von demselben fraß, so blau wie In-
digo ward. Nun hatte aber nicht weit von derselben ein
armer Holzmacher seine ärmliche Hütte gebaut, der, weil er
drei Esel besaß, der Eselsgürge genannt ward und allgemein
wegen seiner Gutherzigkeit beliebt und gern gesehen war.
Der zog sich die Grasnutzung dieser Wiese zu Nutze und
seine Esel wurden dick und fett davon. Einst bei einem heftigen Gewitter pochte es des Nachts an seine Hütte, und als
er die Thüre öffnete, da trat eine wunderschöne Jungfrau,
die trotz des Unwetters ganz trocken war, weiß verschleiert
herein, rosenfarbene Sandalen an den Füßen und einen goldenen mit Diamanten gezierten Kranz auf dem Haupte. Sie
setzte sich an seinen Tisch, als er ihr aber Essen und Trinken, sowie sein armseliges Binsenlager zum Schlafen anbot,
wieß sie Beides zurück und sagte, sie bedürfe dieser irdischen
Erholung niemals, und auf sein Befragen, wohin sie wolle,
entgegnete sie: „Nach oben, wo ich herkomme". Der arme
Gürge legte sich hierauf verwundert wieder nieder, als aber
der Morgen anbrach, weckte sie ihn auf, um Abschied zu
nehmen, und als er sie ein Stück Weges begleitete, fragte
er sie, ob sie nicht zufällig die h. Jungfrau selbst sei, sie
gleiche gar zu sehr dem Bilde derselben, wie er es in den
Kirchen so oft gesehen. Darauf antwortete sie: „Ja, ich bin

es, Du aber, guter Gürge, sollst den Lohn für Deine Gast=
freundschaft heute Abend erhalten, wenn Deine Esel von der
Weide zurückkehren". Damit verschwand sie. Als nun die
Sonne im Untergehen war, da ging der Gürge voll Neugier
seinen Eseln entgegen, allein er konnte nichts an ihnen wahr=
nehmen, als daß ihre Mäuler blutig waren. Da es nun
auf der Wiese weder Dornen, noch scharfe Gräser gab, die
Esel auch bekanntlich wegen ihrer Hartmäuligkeit solche nicht
verwunden können, begab er sich an Ort und Stelle und
trat plötzlich auf etwas Spitzes. Er griff darnach und zog
einen Goldbarren aus der Erde, ja er fand ohne viele Mühe
eine Menge davon, er holte also seine Esel, die sich daran
blutig gefressen, und trieb sie schwerbeladen in sein Hüttchen
zurück. Am andern Morgen aber, wie er seinen Reichthum
beschaute, beschloß er davon eine Kirche zu bauen. Dies soll
die Marienkirche sein, das Volk aber hält noch heute die
hölzerne Statue des Obristwachtmeisters von Heldreich (gest.
1674), welche sich über der Thür zur sogenannten Götzen=
kammer in der erwähnten Kirche befindet, für das Bild des
armen Eselgürge, den man auch zum Stammvater der Her=
ren von Römer gemacht hat.

———

611) Das gefährliche Feld bei Zwickau.
Mündlich.

———

Vor dem Schneeberger Thor an dem Wege nach Ober=
hohendorf liegt ein Feld, auf welchem sich ein Kreuzweg be=
findet, den die Wege von Schödewitz, Reinsdorf und Ober=
hohendorf bilden; über diesen geht Mittags zwischen 12 bis
1 Uhr Niemand, auch soll denselben kein Fuhrwerk passiren.
Vor einigen Jahren fand man daselbst um diese Zeit einen
umgeworfenen Wagen, aber ohne Pferd und menschliche Be=
gleiter, und hat sich zu demselben auch nachmals kein Be=
sitzer gefunden.

———

612) Wie die Herren von Römer zu Zwickau zu ihrem Wappen gekommen.

Nach einer alten handschr. auf der Kgl. Bibl. zu Dresden erhalt. Chronik der Stadt Grimma v. Chr. Geburt bis 1600, verf. b. Georg Crell.
S. 9 b. sq.

Ist um die Mitte des 15. Jahrhunderts ein Eseltreiber
zu Zwickau in der Mühle gewesen, dem hat einer ein Kur-
werk geschenkt, das erstlich nicht viel getragen, also daß er
es auch fahren lassen wollte, weil er kein Vermögen hatte,
es zu erhalten. Da nun die Bergleute Zubuße haben wollten, haben sie ihn getröstet und gesagt, Gott der Herr werde
in Bälde einen großen Schatz aufthun, was auch kurz darauf geschehen ist, also daß der Eseltreiber nicht allein bei
diesem Kur geblieben, sondern auch noch viele andere dazu
gekauft, wodurch er mächtig reich worden, daß die Silberkuchen in seinem Hause wie Stücken Blei neben einander gelegen und täglich auf Schleifen die Straße nach Zwickau geführt wurden, davon dieselbige Straße bis auf den heutigen
Tag die Silberstraße genannt wird. Nun ist aber zu wissen,
daß zu Zwickau in jener Zeit eine Münze gestanden hat und
täglich gemünzt worden ist. Weil aber des Silbers damals
zu viel gewesen, hat dieser Römer, so ein kleines Männlein
gewesen, zu sich gesagt: „wohl ist ein reicher Mann auch
wohl ein armer Mann, weil ich mein Silber nicht einmal
gemünzt haben kann!" Darum ist er bei sich darüber zu
Rath gegangen und hat drei Lastwagen mit Silberkuchen beladen und beschlossen, dieselben nach Nürnberg zu führen,
wo ein sehr reicher Rath sein sollte. Als er nun nicht weit
von dieser Stadt war, sind ihm etliche Kaufleute begegnet,
welche er gar einfältig gefragt, ob sich der Markt auch wohl
anlasse. Aber diese haben ihn verlacht und gesagt: „dieser
alte Narr kömmt zu Markte, da derselbe schon aus ist, er
wird den Weg wieder nach Hause zurückmachen müssen." Er
hat des nicht groß geachtet, sondern hat sein Vorhaben dem
Kämmerer angezeigt und gefragt, ob wohl ein Ehrenvester

und Wohlweiser Rath ein Stück Geld für ein Stücklein Silbers, so einen Centner schwer, geben wolle. Da haben sie
gesagt „ja wohl, wenn nur das Silber vorhanden und zwar
des recht viel wäre." Darauf habe er gesagt, „er habe ein
solches Stücklein, wenn sie es sehen wollten". Da antworteten sie, „er solle sie zufrieden lassen, wo er es denn hernehmen
wolle?" Doch endlich auf sein Anhalten ist einer von ihnen
mit ihm gegangen, dem hat er ein Stücklein Silber gewiesen und nach der Probirung, als jener gesehen, daß es ge-
diegen Silber gewesen, hat er ihm noch ein Stücklein gezeigt,
und gesagt, so ihm Geld dafür zugewogen werde, wolle er
es allda lassen. Da hat der Kämmerer gesagt: „ja Herr,
wenn es mehr wäre, so könnte es ein Rath der Stadt Nürnberg wohl thun!" Darauf hat er ihm die drei Wagen mit
Silber beladen gezeigt und gesagt, er habe dessen noch mehr.
Darüber ist der Kämmerer sehr erschrocken und hat nicht gewußt, wie er mit ihm daran sei, hat aber gesagt, er wolle
es dem Herrn anzeigen. Nach diesem ist ihm für so viele
Centner Silbers, als er gehabt, eben so viel gemünztes Geld
zugewogen, er von ihnen zu Gaste geladen und herrlich trac-
tirt und für einen gnädigen Herrn titulirt und geehrt worden.
Als er nun seine Waare los geworden, ist er wiederum mit
seinen drei Wagen mit Gelde beladen nach Zwickau gekommen. Darauf hat aber Herzog Albrecht von Sachsen zu ihm
geschickt, ob er ihm auf seiner weiten Reise zum h. Grabe
mit etlichen tausend Gulden dienen könne, worauf er denn
zurückgemeldet hat, dafern es seiner fürstlichen Gnaden ge-
fällig, so wolle er selbst mit, welches denn auch geschehen,
und hat dieser Römer seinen Fürsten mit 150 Pferden bis
zum h. Grabe und dann wieder anheim freigehalten, und
endlich quittirt, welche Reise ohne Zweifel eine stattliche
Summe Geldes wird gekostet haben. Darum ist er beim h.
Grabe zum Ritter geschlagen und er und die Seinen edel
gemacht worden. Zum Zeugniß führen die Römer, so in
Zwickau wohnen, eine Eselspeitsche (nach Andern einen Pil-
gerstab) im Wappen. Auch hat dieser Römer ein gewaltiges

Haus am Markte eine Gasse lang nach der Mulde zu, und das Kaufhaus am Markte nebst dem Kornhause am Schlosse gebaut, das Kaufhaus dem Rathe und das Kornhaus dem Fürsten geschenkt, auch dem Rathe noch viele andere Güter geschenkt und sonst noch etliche tausend Gulden dazu geliehen, also daß sie nur Söhne seines Geschlechts, so diese in die Schule gehen und studiren würden, von den Zinsen erhalten sollten, damit es ihren Eltern nichts koste, sie möchten studiren wo sie wollten.

613) Der krumme Schuß in Zwickau.
Ziehnert Bd. III. S. 288.

Als 1546 Ferdinand König von Böhmen und Herzog Moritz von Sachsen Zwickau belagerten, ist aus der Stadt mit einem Stück (d. h. Feldstück) durch beide Kirchthüren geschossen worden. Die Kirche liegt in der Stadt fast zwischen Morgen und Mittag, die Thüren aber gehen gegen Mittag und Mitternacht. Bei der mittäglichen Thüre liegt ein Berg vor, und die mitternächtliche geht ganz und gar nicht gegen die Stadt. Darum haben die Alten gemeint, daß diesen Schuß ein Zauberer gethan habe, welcher gewußt, daß eben zu selbiger Zeit sich in der Kirche viele vornehme Herren aufgehalten, und sind darum auch keine neuen Thüren gemacht worden, sondern nur Bretlein vor die Löcher genagelt worden.

614) Der Galgenbaum bei Blankenhain.
Ziehnert Bd. III. S. 225.

Auf dem Rittergute Blankenhain im Amte Zwickau diente einst ein ehrlicher und braver Hirtenjunge, Namens Liebhold, dem aber die Knechte und Mägde gehässig waren, weil er, sobald er von denselben etwas sah, was wider den Willen seiner lieben Herrin, der Edelfrau war, ihr solches immer sogleich anzeigte. Als daher einmal der gnädigen Frau ein goldenes Kettchen weggekommen war, ergriff das gottlose Gesinde die günstige Gelegenheit, den armen Jungen

zu verderben, und der gewissenloseste unter den Knechten
ging hin zur Herrin und zeigte Liebholden als den Dieb an,
den er über der That betroffen habe. Die Edelfrau übergab
den Angeklagten den Gerichten, welche ihn nach mehrfachem
Verhöre, wie hoch er auch seine Unschuld betheuerte, auf
den falschen Schwur seines Anklägers hin zum Strange verdammten.

Nach wenigen Tagen wurde das Urtheil vollzogen.
Unter dem wimmernden Geläute der Sünderglocke führte man
den armen Liebhold hinaus vor das Dorf, wo ein großer
Balken mit einem Arme oben als Galgen aufgerichtet war.
Noch einmal, ehe er in den Tod ging, betete er zu Gott,
daß er seine Unschuld rechtfertigen möge, und dann zu den
Umstehenden gewendet, rief er: „Der mich angeklagt hat, der
hat einen falschen Eid geschworen. Denn so wahr ich unschuldig bin, so wahr wird dieser Balken, welcher mein
Galgen sein soll, nach meinem Tode anfangen zu grünen
und Zweige treiben, und Jahrhunderte hindurch als ein
frischer Baum bewundert werden.“ Hierauf wendete er sich
zum Henker und litt mit frommer Zuversicht auf jenseits
den unverdienten schmachvollen Tod.

Und als das nächste Frühjahr kam, da gab Gott die
Unschuld Liebhold's an den Tag; denn der Balken des Galgens wurde grün und trieb Zweige, so wie es Liebhold gesagt
hatte. Die Edelfrau ward darüber voll Unruhe und gebot
den meineidigen Knecht zu verhaften. Aber ehe die Häscher
denselben erreichten, hatte er sich im Koberbache ertränkt.
Noch in demselben Jahre ward der wahre Dieb entdeckt, es
wurden mehrere nahe am Rittergut stehende hohe Erlen
umgeschlagen, und auf einer derselben fand man ein Dohlen-
nest und darin das gestohlene goldene Kettchen der Edelfrau.
Der Galgenbaum, jetzt ein starker und hoher Baum, ist heute
noch bei Blankenhain zu sehen.

615) Dr. Fauſt's Höllenzwang.

Ziehnert Bd. III. S. 289.

So nennt die Sage ein Buch, in dem die Kunſt gelehrt
werde, Geiſter zu citiren, ja ſelbſt den Teufel ſich dienſtbar
zu machen, was der berüchtigte Dr. Fauſt auch mit Hülfe
dieſes Buches bewirkt haben ſoll. Es haben es auch ſchon
viele Freunde der ſogenannten ſchwarzen Kunſt vergeblich
geſucht, indem ſie den Dornenſtrauch nicht wiſſen, unter dem
es hinter dem Chemnitzer Schloſſe am Wege nach dem Küh-
wald vergraben ſein ſoll†).

616) Der Katzenveit im Kohlberge bei Zwickau.

Ein gründlicher Bericht vom Schnackiſchen Katzen-Veite††), Als einem
werdlichen und würdlichen Abentheure beym Kohlberge im Voigtlande ꝛc.
An den Tag gegeben Von Steffen Läuſepeltzen, aus Ritt mier ins Dorff
o. O. u. J. (1651) 8.

Um den Kohlberg bei Zwickau ſoll ſich ein Geſpenſt
ſehen laſſen, welches ſeiner luſtigen Streiche wegen viele
Aehnlichkeit mit dem Rübezahl hat und der Katzenveit heißt.
Jener drei Meilen von Zwickau 'gelegene Berg hat ſeinen
Namen von den Steinkohlen, die er enthält und ſoll ſeit dem
Jahre 1479, wo einmal ein Jäger einen Fuchs gehetzt und
nachdem er ſolchen verfolgt, ſein Gewehr von Ohngefähr in
eine Grube losgebrannt, innerlich brennen. Wer jener Katzenveit urſprünglich geweſen, darüber hat nun der Verfaſſer
jenes obengedachten Buches vielerlei Vermuthungen aufgeſtellt,

†) Eine ähnliche Sage hörte ich aus der Gegend von Pirna. Ein
Maurer fand beim Einreißen eines Hauſes unter dem Dache einen
Höllenzwang, er ſteckte ihn ein und konnte das Buch dann nie wieder los
werden, ſelbſt in der Kirche hatte er ihn ſtatt des Geſangbuchs in der
Hand. Endlich ſagte ihm ein Schäfer, er ſolle ihn über ein Haus werfen.
Dies that er und nun erſt ward er ihn los.

††) J. Grimm in ſ. deutſchen Mythol. S. 448 weiß vom Katzenveit
nur, daß er als Waldgeiſt auf dem Fichtelberg hauſt, und man die Kinder
mit ihm ſchreckt, obiges Buch, deſſen Verfaſſer der bekannte J. Prätorius
war, kennt er nicht.

unter Anderem sagt er, er sei einst ein sehr ungetreuer
Schösser oder Statthalter der Hessen, also ein Catten-Voigt
gewesen, habe aber so viele Gelder und Einnahmen unter-
schlagen, daß er nach seinem Tode nicht habe ruhen können,
sondern immer spukend umgegangen sei, bis er von einem
Hexenmeister und Teufelbanner in diese Wildniß verbannt
worden: weil er sich nun nicht unter diesem Berge wolle
bergen lassen, sondern sich über die schwere Last beschwere,
so bewege er den Berg und speie aus Bosheit und Gift
Feuer von unten in die Höhe. Am Meisten läßt er sich zur
Zeit des St. Veitstages spüren, wo die Sonne in das Zeichen
des Krebses tritt. Von ihm werden nun verschiedene lustige
Streiche erzählt.

So zog einst in einem voigtländischen Städtchen ein
fremder Hausirer mit Brillen und einer Menge Kurzwaaren
herum und betrog die Leute durch seine geschickte Redegabe
um ihr Geld und hing ihnen dafür seinen unnützen Kram
auf. Das verdroß den Katzenveit, der gerade dort herum
strich, gewaltig, er kaufte ihm also ein hölzernes Pfeifchen
für 15 Pfennige ab, obgleich jener 18 gefordert hatte, und
versprach ihm noch mehr Waaren zu nehmen, wenn er mit
sich handeln ließe, betastete dann jedes einzelne Stück und
steckte es wieder an seinen Ort, worauf er angeblich um
Geld zu holen sich entfernte. Sobald er aber weg war,
da hatte sich der ganze Kram des Hausirers in Seile, Stricke,
Stränge, Sackbänder, Peitschenschnüre und Bindfaden verwandelt und an seinem Halse befand sich ein natürlicher
Diebsstrang, an dem ein kleiner hölzerner Galgen baumelte.
Da stand nun Matz Flederwisch ganz bestürzt da und wunderte sich, daß er auf einmal aus einem Materialisten ein
Seiler geworden.

Einst hatte ein geiziger Bauer seinen ganzen Sinn auf
die Bienen gestellt und wo er nur einen Schwarm vermuthete,
derselbe mochte nun von den seinigen abgezogen oder anders
woher gekommen sein, da hat er seinen Korb angeschlagen.
Das hat den Katzenveit schwer verdrossen. Er hat sich also

in Gestalt eines Bienenschwarms an einen Baum gehängt und ist von dem geizigen Bauer schnell in den Bienenkorb geschlagen worden. Als derselbe nun nachsehen will, wie sich der Schwarm im Gefäße geberde, da wird er gewahr, daß die vermeinten Bienen schon darin gearbeitet, Zellen und Honig gesetzt haben. Darüber hat er sich erst sehr verwundert, aber als er näher zuschaut, findet er, daß der vermeintliche Honig stinkender Koth sei, welchen ihm eine im Stocke sitzende Eule mit den Flügeln in's Gesicht schleuderte, dann herausfuhr und auch seine übrigen Bienenstöcke, 200 an der Zahl, mit entführte; der Bauer aber, der ihr nacheilte und sie aufhalten wollte, brach vor lauter Eifer beide Beine.

Ein anderes Mal kam ein fremder Botaniker auf den Kohlenberg und dachte dort kostbare Pflanzen zum Goldmachen zu finden, zu dem gesellte sich der Katzenveit als Kräutermann gekleidet und nannte ihm das reife Silberblatt, Pfennigkraut, Tausendgülbenkraut, Goldblümchen, Frauenmütze 2c. als lauter Kräuter, die Gold brächten. Der Thor grub nun alle diese Kräuter aus, weil er meinte, Gold unter ihnen zu finden, allein er fand nichts, und als er mit seinem Funde schnell nach Hause eilte, brach er unterwegs den Arm, ja er erschlug zu Hause in der Hitze seine Frau, die ihn ausgelacht hatte, und grämte sich dann theils deswegen, theils weil er aus den Wurzeln nicht reich geworden war, zu Tode.

Einst ist er nach Tripstrille als Kammerjäger gekommen und hat vorgegeben, er könne Ratten und Mäuse vertreiben. Dafür hat man ihm eine Parthie schöner Thaler versprochen, allein als er das Ungeziefer weggebannt, ihm solche nicht ausgezahlt. Da ist er nach Art des Rattenfängers von Hameln wiedergekommen und hat alle Katzen der Bürger, deren 666 gewesen sein sollen, aus der Stadt geführt, und seit dieser Zeit sollen dort keine Katzen mehr fortkommen.

Einmal hat ein Saufbruder vor Pfingsten Maien beim Kohlenberge geholt und in seine Behausung gebracht, in

Willens eine grüne Lust dabei zu genießen und seine Bier=
götzen damit zu beehren, das hat den Katzenveit, der der
rechte Waldmeister und Baumherr ist, schwer geärgert. Wie
nun solcher Birkenschmuck hin und wieder in der Stube aus=
gebreitet und damit gleichsam eine Lauberhütte gemacht wor=
den war, da wird das Bierfaß hereingeschleppt, in die Mitte
gestellt und der Saufbarthel und seine Freunde setzen sich
auf Schemeln rund herum und gießen so einen Becher nach
dem andern in die Gurgel hinab und bringen sich einen
Toast nach dem andern zu. Auf einmal fängt aus dem
Laube ein Kuckuck zu schreien an, was ihnen anfänglich gar
närrisch vorkommt, darauf fängt ein Storch an zu klappern
und endlich singt die Nachtigall ihr Runba Runba Dinellula.
Da erschrecken sie bald ein Wenig und wissen nicht, wie
ihnen geschieht, denn bald werden sie gezupft und sehen doch
nicht, woher es kömmt, bald schwingen und schütteln sich die
Maien und schlagen auf die Tagediebe los, daß sie Zeter
und Mordio schreien und aus der Stube hinweglaufen.
Gleichwohl hoffen sie, der Spuk werde sich bald wieder ver=
lieren, damit sie zu ihrem Gelage zurückkehren können. Sie
gucken darüber zum Fenster herein, siehe da waren aus allen
Maien junge Mägdlein geworden, welche schöne Gläser in
den Händen hatten. Da sprangen Alle eilig wieder in die
Stube, faßten sie an und sprangen mit ihnen um das Bier=
faß herum. Wie sie sich aber ein Wenig umschauen, da
haben die Dirnen Teufelsklauen an Händen und Füßen, ein
großes rundes Auge mitten im Kopfe und an diesem Ziegen=
hörner. Ei, wie theuer wurde ihnen jetzt das Lachen, wie
gern wären die Hengste jetzt hinaus und davon gewesen!
Aber sie mußten ausharren und bei etlichen Stunden also
herumhüpfen, daß ihnen der Angstschweiß an allen Orten
ausbrach und sie endlich für todt niedersanken. Zwar haben
sie sich bald wieder erholt, aber ihre lose Pfingstlust war
ihnen für immer vergangen.

Oft zog er als fahrender Schüler im Lande herum und
foppte die Wirthe. So kam er einst als armer Student zu

einer Wirthin und legte sich ohne Weiteres in ein schönes
Gastbett. Sie aber trieb ihn heraus, er aber stahl ihr das
Bett und verkaufte es. Ein anderes Mal sah er, daß eine
Schenkwirthin gebratene Tauben am Spieße stecken hatte,
als sie nun aus der Küche abgerufen ward, huschte er hinein,
nahm sie mit sich und aß sie ungescheuet in der Stube am
Tische auf. Wie nun die Frau das sah und ihr Eigenthum
vermißte, fragte sie ihn, wie er zu den Tauben komme, und
er antwortete: „wie kömmt der Tag zum Winde (sintemal
es gerade sehr stürmte)?" Damit nahm er die andere gestohlene Taube beim Kopfe und fraß sie auch auf. Endlich
kam er einst in ein Dorf, wo ein geiziger Pfarrer wohnte,
der Niemandem etwas gab, sondern alle Ansprechenden entweder selbst in einem dicken Bauernpelz vermummt, oder
durch seine Leute oder mittelst seines Kettenhundes forttrieb.
Bei diesem trug er sich so an, als gehe er auf Freiersfüßen
und wolle seine Tochter ehelichen. Da nahm man ihn mit
Freuden auf, der Vater ließ etliche Tauben zurichten und
braten und die Mutter lief etliche Male vom Feuer weg
und ließ die Küche leer stehen. Nun zog er schnell die mit-
gebrachten jungen abgerupften Raben aus dem Ränzel, lief
zum Heerde, spieste sie an und so wurden sie zusammen
fertig. Als sie aber aufgetischt wurden, da partirte er letztere
auf den Teller des Pfarrers und seiner Frau, und kehrte
es also, daß die rechten Tauben auf den seinigen kamen,
dann aber machte er sich, nachdem sein Appetit gestillt war,
aus dem Staube.

Einst fragte man ihn, warum jetzt Alles so theuer sei,
und er antwortete, es gebe jetzt mehr Tribulirer und Flegel
als sonst, besonders junge Drescher, die Procuratoren hießen
und sich für ihre Dienste allemal zuvor bezahlt machten,
also, daß wenig in den Scheunen bliebe. Das hörte zufällig
ein Advokat, der dabei stand und sprach: „ganz recht, mein
Knecht!" und indem er ihn bei der Hand faßte, sagte er:
„ich greife nach dem Flegel und marschire auf die Tenne in
Willens, den Rest vollends auszuklopfen und darauf zu

schlagen, bis ich das Stroh aufreibe." Aber jener nicht faul, packte den Rabulisten bei der Cartause, fuhr ihm erstlich über's Maul, warf ihn dann zu Boden und sprach: „halt, Geselle, ich muß Dich ein wenig zudreschen," und indem schlug er mit allen beiden Klöppeln auf die ungegerbte Garbe los, daß das Schrot und Korn haufenweise (denn der Geizhals hatte eben einen Haufen Geldes bei sich) aus dem Strohjunker heraussprang, also daß der neue Drescher nicht allein eine große Ernte an ihm hielt und seine Säckel anfüllte, sondern auch die Zuschauer eine gute Nachlese halten konnten, weil der Katzenveit ihn wund geschlagen. So hatte der Patient keinen Beweis, seinen Beleidiger zu verklagen, und damit zu wuchern, sondern er mußte die Stöße hinnehmen, als hätte ihn ein Hund gebissen.

617) Spottverse vom Voigtland.

Bechstein, Deutsches Sagenbuch. Lpzg. 1853. 8. S. 472.

Auf mehrere kleine Städte des Voigtlandes und des angrenzenden Orlagaues existirt unter dem Volke ein Spottreim, der also lautet:

> Durch Adams Fall ist Tript's verderbt,
> Und Auma liegt daneben,
> In Weide ist kein Heller Geld,
> Und Neustadt kann nichts geben.
> In Ziegenrück ist große Noth,
> In Ranis ist kein Bissen Brod,
> Und Pausa ist die Schwester:
> Sind das nicht leere Nester?

Die Sage geht, Pausa liege im Mittelpunkte der Welt†). Dahin zu gelangen, fährt man mit der sächs. baierschen Eisenbahn nach Mehltheuer. Von dort geht eine Post nach Schleiz. Wenn zu dieser sich mehr als sechs Personen melden, so heißt es: „die Post nach Schleiz ist voll, aber Sie können noch mit dem andern Wagen nach Pausa fahren". Nun fährt man nach Pausa, und sieht dort zu, wie man nach Schleiz gelangt. Das nennt man pausiren.

†) Dies erklärt Köhler, Aberglauben im Voigtlande S. V, recht gut.

618) Wahlensagen im Voigtlande.

S. v. Kellner, Wegweiser zu verborgenen Erzgängen ꝛc. hinter f. Kurz-
gefaßtes Berg= u. Salzwerks=Buch. Frkft. u. Lpzg. (Nordh.) 1702. S. 506.
514. 519. 507.

Wie aus dem Plauenschen Grunde bei Dresden und
dem Erzgebirge hat man auch vom Voigtlande Mittheilungen
aus sogenannten Wahlenbüchern. So heißt es z. B.:

Bei Zwickau liegt ein Dorf, heißt Rotenbach, daselbst soll
ein Bach seyn, welcher Gold und Silber=Granatenstein führet.
Item bei einem andern Dorfe, so eine Meile von Zwickau
liegt, Namens Hartmanns=Grüen, findet man auch Körner,
die sich fletschen lassen.

Item bei dem Dorfe Kohlstein, unweit Zwickau, stehet
viel Erz von Kies und Glanz.

Item zur Neumark, anderthalb Meilweges von Zwickau,
ist ein gut Gold=Seiffen und bricht auch Silber und Anti-
monium daherum.

Hinter Otten im Voigtlande auf der Kuttenheide gehe
zu oder vor St. Peters=Capell [bei 2 Ackerlänge, gegen dem
Großleinwerts, so kömmst Du zu einem hohen Felsen,
dabei ist nahe ein alter Glaßofen, und hat vor Zeiten eine
Glaßhütte daselbst gestanden, da findest Du ein weiß Wasser
gegen dem schwarzen Berge zu, darin sind gute Goldwasch=
Körner enthalten, bißweilen als Erbsen und Bohnen groß.

Wilt Du allda nicht waschen, so gehe wiederum hinab
zum Hirschberge, da kömmst Du zu einem abgeschnittenen
Baume, von diesem Baume gehe eine Ackerlänge, so kömmst
Du zu einer zwieselichten Gabel, daselbst lege Dich nieder
auf die Erde und höre, wo Wasser rauschet unter der Erden,
räume das Moos daselbst weg, so auf Holz gegen Mitter=
nacht zu gelegt ist, da wirst Du einen Erzgang antreffen,
welcher das herrlichste Gold führt. Von dannen gehe weiter
auff dem Rasen fort gegen Mittag vom Holze an, da wirst

Du zu einem Brunnen kommen, in selbigem ist auch das schönste Gold enthalten. Von diesem Brünnlein gehe dem Wasser, das daraus entsteht, nach, so kommst Du an ein Steingewölb, da warte auff.

Item bei der Capellen unter den Fenstern gegen Mittage wirst Du eine Hand in einen Baum geschnitten finden, die weiset Dich nach der ziehnen Gabel, da kömmst Du zu einem Brünnlein, woraus die Zweyt (Zwobte) entspringt, dem Fluß gehe nach zu der ziehnen Gabel, daselbst suche, so wirst Du viel Gold finden.

Item wenn Du zur Kuttenheide, bei St. Peters Capell, bist, so frage nach St. Peters Brunn und gehe dem Flusse nach, bis er in einen andern Bach fällt, dann gehe förder und siehe Dich um, so findest Du ein Zeichen in einer Tanne und eines in einer Fichte, so nicht weit von einander stehen, derzwischen suche, da wirst Du einen Schacht finden, der ist verdeckt: mache denselben auf, so findest Du einen gelben Gang von gutem Gold-Erz, davon das Pfund 10 fl. gilt.

Item auf der Kuttenheide frage nach Weyher, ist eine Meile davon ein Dorf, daselbst liegt eine Mühle am Bach, ein Armbrust-Schuß weit davon zur linken Hand ist ein Felsen, darin bricht ein schöner Gold-Talk und sonst noch ein schwarz Erz, das ist Marcasith.

Item am Schieferberg daselbst ist ein alter Stollen Hünerbach, da findet man auch gut Erz und Körner.

Von Großlitz aus gehe über eine Wiese am Wasser hinauf und siehe Dich nach einer Buchen um, daran ein Kreuz gehauen ist, von derselben gehe eine Ackerlänge am Berge hinauff, so wirst Du eine sehr große alte Fichten finden und nahe darbey einen alten Stolln, darin ist ein Gold-Erzgang, dessen Pfund ist vor 14 fl. verkaufft worden.

Item wenn man von Großlitz aus der Holen gehet, so kömmt man zu einem Fohrenbach, der fleußt kreutzweiß über den Weg; davon gehe zur rechten Hand hinauf so lange bis an die Quelle desselben Baches, daraus er entstehet, die

liegt auf einem hohen Berg und wirfft viel Sand aus, den
sichere, so wirst Du schwartze Körner finden, die viel Gold
halten, davon das Pfund 15 fl. gilt.

Zu Schöneck frage nach der Helle und gehe von dar
um St. Johannis-Tag bei St. Peters-Capelle, der auffgehen-
den Morgen-Sonne gerad entgegen, bis zu Mittags 11 Uhr,
so kommst Du auf eine weite Heide, da eitel Birken stehen,
davon gehe zwei Steinwürfe gegen Mittag zu, so kömmst
Du auf ein Gemöß bey einem Wässerlein, räume das Gemöß
hinweg und grabe daselbst ein, so wirst Du einen großen
Reichthum von Gold antreffen. Hanß König zu Olßnitz hat
von einem Marcasith bey Schöneck zum Thalenstein stehend
gesagt, das Gold halten soll.

Item im Holenstein, eine halbe Meile von Schöneck, ist
ein Stollen, darin bricht ein Quarz, so weiß Gold-Ertz hält.

Von Bischoffsgrün gehe nach dem Steige der auf die
Weißenstadt gehet, und wenn Du zu einem langen Holtze
kommest, da fleußt ein Bach über den Weg, dann gehe den
Bach zur rechten Hand herauff biß an seine Quelle, da er
entspringt, nehmlich auß dem Schneeberg, da ist ein großer
Brunnen, darin wasche, so findest Du schwartze Körner, deren
Pfund 13 fl. gilt.

Item von Bischoffsgrün frage nach einem Bach, der
Weißmann genannt, an demselben gehe wohl hinauff, so ge-
langest Du an einen Felsen, daran ist 1 oder 2 Kreuz gehauen, siehe Dich darbei um, so findest Du 3 Zeichen oder
Plätze an einem Baum und unter demselben einen Schacht
oder Stollen, der ist verdeckt und voller Ertz und noch nicht
viel daran gearbeitet, das Ertz schmelze nur bloß mit ein
wenig Eisensinter in einer Schmiedeesse, darff sonst keines
Zusatzes mehr und gehet ihm etwa der vierte Theil im
Schmeltzen ab.

Moßbach. Gehe an den Bach, der Weißmann genannt,
hinauf und siehe Dich um, so wirst Du ein Crucifix in einen Felsen
gehauen finden, daselbst siehe Dich noch ferner um, so wirst

Du einer großen Tannen gewahr werden, in welche Buch=
staben geschnitten, darunter ist ein Loch mit Eisen und
Steinen verdeckt, mache das auf, so findest Du einen Gold=
gang und liegt ein Trog und Kratze darbey.

Ferner gehe von Moßbach auff Prebiß und von dannen
gen Geissen zu dem Brunnen bei der alten Dorfstadt, da
lieget zur rechten Hand eine alte Fichte, daselbst räume ein
wenig auf, so findest Du eine Gruben als ein Keller, darin
grabe oder schlage Stufen ab, so bekommst Du ein Ertz, das
sehr gut ist und viel Gold hält. Röste, zeuch es zum Schlich
und schmelze es, so wirst Du es erfahren.

Zwischen Reichenbach und Limbach an der egerischen
Brücken frage nach dem Schneckengraben, daselbst sind viel
Gruben und Schächte, in welchen ein Schieffer bricht. So
findest Du auch quärzige Nieren, darin ein guter Marcasith,
Kupfer und Gold enthalten sind. In diesem Schneckengraben
zur rechten Hand in dem Gebirge gegen Mittag zu stehet
ein Letten am Tage, darinnen findest Du auch einen schönen
Marcasith, hübsch würfelicht und eckigt, als wenn er polirt
wäre.

---

619) Ein Herr von Arnim kann das Feuer versprechen.

Mündlich.

Südwestlich von Zwickau liegt ein Dorf Planitz, bekannt
durch seinen seit dem J. 1479, wo ein Jäger leichtsinniger Weise
in einen Kohlenbau schoß, brennenden unterirdischen Kohlen=
brand (S. S. 15). Seit 1689 tauschten es die Arnim's gegen
Pretsch ein und besitzen es noch. Der Großvater des jetzigen
Besitzers (?) konnte das Feuer segnen (?). Wenn irgendwo viele
Meilen in der Runde eine Feuersbrunst war, holte man ihn
oder er eilte selbst hin, ritt um das brennende Haus herum,
sprach seinen Segen und augenblicklich verlöschte die Brunst.

---

620) Die Klagemutter, die Schretzelein, die Druden und die Feuermänner bei der Stadt Hof.

S. Ernst, Gesch. u. Beschreib. d. Bezirks u. d. St. Hof. 1866. S. 36 fg.

In der Nähe der Stadt Hof wohnten die Klagemütter. Es sind dieses alte Weiber, die an düstern Plätzen wohnen, sich aber Niemanden zu nahe kommen lassen, ihre Farbe ist schwarz und ihre Beschäftigung besteht in Wehklagen und Heulen.

In der Stadt Hof selbst wohnen die Schretzelein oder Schretel, namentlich in den Ställen, wo sie in Gestalt kleiner hurtiger Thiere Unfug treiben. Hören und sehen sie, daß das Gesinde das Rindvieh schlecht behandelt, flucht und schimpft, dann sind sie oben auf, verderben das Futter und machen das Vieh unruhig, so daß es nicht gedeiht.

In derselben Gegend treiben auch die Druden ihr Unwesen. Es sind diese eine Art Hexen, welche sich bei Nacht in die Schlafkammern schleichen, sich diejenigen Schläfer, welche auf den Rücken liegen, aussuchen, sich auf die Brust derselben setzen und sie so stark drücken, daß sie sich weder rühren noch um Hilfe rufen können. Dieselben tauschen auch, wenn sie in ein Haus kommen, wo eine Wöchnerin liegt, sobald diese schläft und allein ist, was man deshalb im ganzen Voigtlande auch überall ängstlich vermeidet, die wohlgebildeten Kinder gegen ihre eigenen ungestalteten, die sogenannten Wechselbälge, um.

In derselben Gegend lassen sich auch bei Nacht im Freien an sumpfigen öden Stellen feurige Männer sehen, welche die Wanderer vom rechten Wege abzulenken suchen.

---

621) Der Hehmann bei Süßebach.

S. Köhler, Volksbrauch. Aberglauben, Sagen und Ueberlieferungen im Voigtlande. Lpz. 1867. S. 507.

Im Walde zwischen Süßebach und den Schafhäusern ließ sich sonst am Abend eine Stimme hören, wie eine tüch-

tige Mannsstimme, welche immer „Heh!" rief, weshalb die
Leute sagten: „Der Hehmann läßt sich hören." Drei Lauter=
bacher wollten sich einmal in der Nacht in jenem Walde
etwas Holz holen, da ließ sich der „Hehmann" hören und
sie kehrten wieder um. So ging auch der alte Bauer Höfer
eines Abends von Süffebach nach den Schafhäusern, den
verfolgte der Hehmann auch mit seinen Rufen, ganz heran
an ihn kam er aber nicht.

622) Der Taufstein zu Pechtelsgrün.
S. Fickenwirth a. a. O. S. 276.

In der südlich vom Dorfe Pechtelsgrün bei Reichenbach
gelegenen Waldung liegt rechts von dem gewöhnlichen alten
Fußwege nach dem Dorfe in einem Fahrweg ein 4 Ellen
langer und 1¼ Elle breiter Granitstein, worauf ein Kreuz
eingehauen ist. Daneben läuft ein kleiner Bach und mit
dem Wasser desselben sollen vor langen Jahren in Kriegs=
nöthen einst in diese Wälder geflüchtete Bauern ihre Kinder
getauft und diesen Stein als Taufstein benutzt haben.

623) Wie Meerane ehemals in übelem Rufe gestanden hat.
S. Leopold, Chronik v. Meerane, S. 63.

Die Stadt Meerane hat ehemals in ziemlich schlechtem
Rufe gestanden, sei es vielleicht weil in der Nähe derselben
der slavische Götze Crobo (Woban) in dem Thalgrunde, in
welchem die Dörfer Götzenthal, Crotenleide und Hainichen
und Köthel lagen, hoch verehrt ward. Später lag aber der
Grund darin, daß es dreierlei Gerichten unterthan war, was
zur Folge hatte, daß Strolche sich leicht aus einer Gerichts=
barkeit in die andere salviren konnten. So entstand nach und
nach die Sitte, einen liederlichen Menschen einen Meeraner
zu nennen. Einst reiste der dasige Pastor Mag. Sigismund
Stolze zur Leipziger Messe; als er nun mit seinem Wagen

in Leipzig an das Thor kam, wurde er gefragt, woher er
käme und wer er wäre? Als er es beantwortete: „der Pastor
aus Meerane", mußte er wieder umkehren, weil man von
einer so übel beleumundeten Stadt Niemanden einlassen
wolle. Der gute Mann mußte also mit seiner Kutsche wieder
umkehren und half sich nur dadurch, daß er unter einem
andern Namen zu einem andern Thore wieder hereinfuhr.
Bei seiner Rückkehr erzählte er diese ihm widerfahrene Begebenheit unter Thränen auf der Kanzel und ließ nicht eher
mit Bitten und Vorstellungen nach, bis es ihm gelungen
war, die Glieder seiner Gemeinde auf einen bessern Lebens-
weg zu bringen

---

624) **Die weiße Frau im Pfarrgarten zu Meerane.**
S. Leopold, Chronik von Meerane. S. 252.

In alter Zeit lebte auf dem Schlosse zu Meerane ein
Herzog, der von seiner Gemahlin keine Kinder bekam. Daher
nahmen sie ein junges Mädchen, eine Gräfin, an Kindesstatt
an. Als diese 17 Jahre alt war, starb des Herzogs Gattin.
Sie ward bald vergessen und die junge Gräfin kurz nachher
von dem Herzog zu seiner zweiten Gemahlin erwählt. Diese
gebar ihm in der Folge zwei Kinder, einen Knaben und ein
Mädchen. Als nun ersterer acht, letztere zwei Jahre alt
war, da starb der Herzog und die junge Frau ließ sich sehr
bald von ihrer bösen Lust verleiten, die Bewerbung eines
jungen, freilich nicht ebenbürtigen Mannes anzunehmen. Als
derselbe nun einmal wieder bei ihr gewesen war, ließ er
beim Fortgehen die Worte fallen: „wenn nur vier Augen
nicht wären!" Das verblendete Weib und unnatürliche Mutter
deutete diese Worte aber so, daß ihr Liebhaber sie gern heirathen würde, wenn sie nur nicht die zwei Kinder hätte.
Sofort faßte sie ihren Entschluß. Sie schickte die Wartefrau
mit den Kindern in das nahe bei Meerane gelegene Gottes-
holz, um daselbst spazieren zu gehen, und ein von ihr gedun-
gener Meuchelmörder, der ihnen dort auflauern mußte, überfiel

3*

sie und tödtete zuerst die Kinderfrau. Als der Knabe selbige in ihrem Blute hinsinken sah, da versprach er ihm, er wolle ihm fünf von seinen acht Rittergütern geben, wenn er ihn leben lasse. Allein es half nichts, der Mörder stach ihn nieder. Das kleine Schwesterchen, die nun von ihm gepackt ward, hielt ihm wie zur Abwehr ihre Puppe entgegen, allein er stieß sie zurück und mordete sie unbarmherzig auch.†) Die Mutter ließ hierauf die drei Leichen heimlich in die Burg bringen und nachdem sie ausgesprengt, alle drei seien schnell einer bösartigen, anstedenden Krankheit erlegen, in der Schloßkirche beisetzen. Ihrem Liebhaber aber schrieb sie, das Hinderniß ihres Ehebundes sei nunmehr beseitigt, und er

---

†) In einem alten Buche über Meerane soll diese Begebenheit abgebildet sein mit den Unterschriften:

> Mein lieber H. laß mich leben,
> Ich will dir Neudeck und Nossen geben,
> Pleißenburg, die neue,
> Es wird Dich nicht gereue;

und:

> Mein lieber H. laß mich leben
> Ich will Dir meine Puppe geben.

Offenbar ist diese Geschichte oder wenigstens diese Verse aus einer Ver-
wechselung mit der Sage von der Gräfin von Orlamünde, oder der berüchtigten Weißen Frau auf der Plassenburg und in Berlin entstanden.
In dem alten Volksliede von derselben (in Brentano's Wunderhorn,
Bd. II. S. 236) sagt der Knabe:

> Lieber Hager, laß mich leben,
> Will Dir Orlamünde geben,
> Auch die Plassenburg, die neue
> Und es soll mich nicht gereuen!

und das Mädchen sagt:

> Lieber Hager, laß mich leben,
> Will Dir meine Decke geben,
> Engel, Bengel laß mich leben,
> Will Dir meinen Vogel geben.

Verglichen hat übrigens noch Niemand die zwei Sagen (s. i. mein. Preuß.
Sagenbuch I. S. 15.) Letztere wird unten bei den Sagen des Herzogth.
Altenburg erzählt werden.

Jener H. ist offenbar der Hager, der Diener der Gräfin von Orlamünde, der die Kinder ermordet haben soll.

solle nun zu ihr kommen. Derselbe kam auch, allein er sagte ihr mit trauriger Miene, er habe sie nur prüfen wollen, ob ihre Sinnlichkeit bei ihr ihre Mutterliebe übersteige, nunmehr könne er sie, eine Kindesmörderin, nicht ehelichen. Jetzt überfiel die unglückliche Frau furchtbare Reue, und da sie meinte, daß ihre entsetzliche Schuld nur durch die schwerste Buße gesühnt werden könne, ließ sie sich ihre beiden Kniee mit Polstern umkleiden und trat nun von ihrer Kammerfrau begleitet in leichtem Bettlergewande ihre Bußfahrt zu dem Papste nach Rom, immer auf den Knien fortrutschend, an. Auf der Hälfte des Weges starb aber ihre Begleiterin und sie mußte nun allein ohne jegliche Unterstützung ihre Reise fortsetzen. Als sie endlich an dem ihr bezeichneten Kloster in Rom, wo sie abtreten und angeblich Absolution finden sollte, angekommen war, schlug gerade die zwölfte Stunde. Sie vermochte es nicht mehr sich aufzurichten und an der Schelle zu ziehen, ihre Füße hatten die Fähigkeit und Kraft verloren, sie zu tragen. Sie sank vor Erschöpfung nieder und wurde früh Morgens vor den noch ungeöffneten Pforten des Klosters von Vorübergehenden todt aufgefunden. Ihre Seele fand daher keine Ruhe, sondern schweift seitdem als weiße Frau in dem Rotengarten oder Raubgarten, dem jetzigen Pfarrgarten von Meerane umher.

625) Die Christmette in der Todtenkirche zu Elsterberg.†)

S. Köhler, Aberglauben ꝛc. im Voigtlande. S. 530.

Vor etwa 200 Jahren trug sich in Elsterberg Folgendes zu. Ein Bürger von Elsterberg trug am Weihnachtsheiligenabend ein Viertel Weizen in die Mühle. Etwa um 10 Uhr ging er mit dem erhaltenen Mehle wieder nach Hause. Sein Weg führte ihn an dem Gottesacker und der Todtenkirche

---

†) Eine ähnliche Sage erzählen die Gebrüder Grimm in ihren Deutschen Sagen. Bd. I. Nr. 176 von der Geisterkirche in der Stadt Hof und ich in meinem Sagenbuche des Preußischen Staates Bd. II. S. 647. von der Stadt Landsberg. Ey, Harzmärchenbuch (Stade 1862) S. 208 berichtet sie von der Wildemännerkirche und weiter unten kommt eine ähnliche unter den Lausitzer Sagen von der Stadt Bautzen vor.

vorüber, in welcher damals Nachts um 12 Uhr Christmette gehalten wurde. Da bemerkte der Bürger zu seinem Erstaunen, daß die Kirche schon um 10 Uhr hell erleuchtet war. Er legte sein Mehl ab, ging hin zur Kirche, wagte sich zur Thüre herein und erblickte in der Kirche eine Menge Verstorbene, die das Lied sangen „Herr Jesu Christ, wahrer Mensch und Gott." Unter diesen Wesen mit hohläugigen, bleichen Gesichtern, bemerkte er in größter Nähe seinen vor einem halben Jahre verstorbenen Gevatter. Zu diesem setzte sich der Bürger und sang mit. Nach einer Weile gab ihm der verstorbene Gevatter einen Wink mit dem Finger. Der Bürger verstand den Wink, er entfernte sich und als er aus der Thüre trat und die Kirche schloß, geschah ein starker Knall und Alles war verschwunden und finster.

626) Das alte Haus bei Laubetha.

S. Köhler a. a. O. S. 553 fgg.

Ein bewaldeter Berg bei Laubetha in der Nähe des bei Adorf liegenden Dorfes Freiberg, und namentlich der an seinem Fuße liegende Felsvorsprung führt im Munde des Volkes den Beinamen „das alte Haus". Hier stand einst, so berichtet die Sage, ein stolzes Schloß, von vornehmen Rittern bewohnt, denen es aber nicht zu gering war, als Wegelagerer sich ihren Tribut von dem vorüberziehenden Handelsmanne zu erzwingen. In der Burg herrschte großer Reichthum und die umwohnenden Ritter versammelten sich dort nicht selten zu fröhlichem Gastgelage und Spiel. Auch wohnten schöne Fräulein darin, welche fleißig die Spindel drehten und webten und nicht wenig stolz waren auf die schönen feinen Leinen, die sie gar weiß zu waschen und zu bleichen verstanden. Mitten im fröhlichen Gelage aber und scheinbar in der Fülle des Glückes erreichte die rächende Hand der göttlichen Gerechtigkeit das Schloß und Alle, die zu der Zeit sich darin aufhielten. Es sank verzaubert in den Berg hinein und bis auf den heutigen Tag sitzen stumm und steinern die Ritter beim Gelage, halten die Hand am Humpen, ihn zum Munde zu führen, oder strecken die Hand aus, nach dem Würfelspiele zu greifen, ganz sowie vor Jahrhunderten der Zauber sie gefunden.

Mittags an gewissen Tagen des Jahres, zwischen 12 und 1 Uhr, liegt auf den nahen Rasenflächen am vorbei- fließenden Freiberger Bache schöne weiße Wäsche auf der Bleiche — die Burgfräulein haben große Wäsche — rings- um ist Alles ruhig, der Wanderer sieht die blanken Linnen, ohne zu wissen, wem sie gehören und warum man an diesem einsamen traulichen Plätzchen Wäsche bleicht. Wehe dem, der etwas davon stiehlt, bringt er's nicht vor dem Schlusse der Stunde wieder, so geschieht ihm ein Unrecht an Leib und Leben. Einst ging ein Knabe von Rebersreuth gebürtig, den seine Eltern nach Adorf geschickt hatten, zur Mittagszeit nach Hause. Er kannte die Sage noch nicht und war er- staunt, dort eine Menge der schönsten Bettücher, Taschen- tücher, Hemden 2c. auf der Bleiche ausgelegt zu sehen. Er fand sich versucht, ein kleines, mit seinen Spitzen versehenes Taschentuch mitzunehmen. Wie er fortging, wurde dasselbe in seiner Hand immer dünner und dünner, so daß es, als er es zu Hause seiner Mutter einhändigen wollte, nur noch wie Spinnwebe war. Diese, die Gefahr wissend, in welche sich der Knabe durch seine Voreiligkeit gebracht hatte, sandte denselben schleunigst an den Ort zurück mit dem Befehl, das Tuch wieder an seine Stelle zu legen. Der Knabe eilte und erreichte noch vor dem Schlage 1 Uhr die Stelle, legte das Tuch wieder zu der andern Wäsche und sofort war es wieder weiß und dicht wie vorher. Kaum hatte er aber den Rücken gekehrt, so war die ganze Wäsche verschwunden. Die Mittags- stunde war vorüber. Dem Knaben geschah jedoch kein Leid.

Der Kirchner Just von Adorf, der Vater des vor meh- reren Jahren verstorbenen Kirchners gleiches Namens, hatte die Gewohnheit, täglich von Adorf bis an's alte Schloß spazieren zu gehen. Einstmals fand er dort einen alten guten Groschen.

Als er am andern Tage wieder zu derselben Stelle kam, lag abermals so ein Groschen da, den er aufhob und mitnahm. Dies wiederholte sich von nun an täglich. Just sammelte diese Groschen und hob sie gut auf, ohne Jemandem indeß etwas davon zu sagen. Nach längerer Zeit, während welcher er seine Spazirgänge indeß täglich fortgesetzt hatte, fand er an derselben Stelle zwar keinen Groschen, aber es stand dafür ein Kelch da von Silber und vergoldet, und eine Stimme aus dem Berge rief: „da hast Du Deinen Becher, die Groschen sind alle!" Er nahm den Kelch, legte zu Hause sämmtliche Groschen hinein und siehe, er wurde gerade davon gefüllt. Kelch und Groschen schenkte der fromme Just aber der Kirche; was aus den Groschen geworden, weiß man nicht, der Kelch aber wird noch heute in der Kirche zu Adorf benutzt.

Der Bauer Wollner aus Freiberg, der vor etwa 60—70 Jahren starb, sah einst in der Nacht ein kleines Männchen in grauer Kutte vor sein Bett kommen und wurde von demselben aufgefordert, mitzugehen. Wollner verweigerte es, aber das Männchen kam immer und immer wieder. Endlich befragte sich Wollner bei den Geistlichen in Adorf und bat um Rath. Dieselben konnten ihm aber auch nicht helfen, sondern meinten, er solle thun, was ihm gut dünke, nur solle er, wenn er mitgehe, den lieben Gott nicht vergessen und fleißig beten. Wollner entschloß sich, endlich mitzugehen, vorher aber genoß er das heilige Abendmahl. Als in der nächsten Nacht das Männchen kam, kleidete er sich in seinen guten Kirchenrock und folgte. Das Männchen ging voran, eine Laterne hatte es nicht, gleichwohl war es hell um dasselbe, während ringsum Finsterniß herrschte, und Wollner konnte Weg und Steg gut sehen. Er ging hinab ins Thal, immer auf das alte Haus zu. Dort angelangt, führte eine Schlucht in den Berg. Das Männchen öffnete eine große eiserne Thüre, weiter ging's durch einen langen Gang in unterirdische Gewölbe, die wieder mit eisernen Thüren verschlossen waren; endlich traten sie in einen großen hell erleuchteten Saal

Hier saßen in voller Rüstung viele Ritter an großen hölzernen
Tafeln, hatten große Trinkkrüge vor sich stehen und Würfel
lagen vor ihnen auf der Tafel, sie waren aber stumm und
rührten sich nicht. Mitten durch sie hindurch schritten
Wollner und das Männlein, gingen wieder durch eine Thüre
und kamen in ein großes Gewölbe. Da standen umher
Töpfe und Kessel und Schüsseln und Schränke und Kisten,
alle mit vielem Gelde gefüllt, und das Männchen sagte zu
Wollnern: „da nimm soviel Du willst!" Wollner konnte
sich nicht entschließen zuzugreifen, sondern stand längere Zeit
muthlos da. Endlich ergriff das Männchen eine große mit
Eisen beschlagene Kiste, fing an, dieselbe nach einer geöffneten
Thüre hinzuziehen und befahl Wollnern, mit behülflich zu
sein. Das that er und nach kurzer Zeit befanden sie sich
im Freien auf der Wiese neben dem Freiberger Bache, wo
das Männlein verschwand und Wollner mit der Kiste allein
ließ. Dieser bemühte sich nun, die Kiste fortzuschaffen, allein
sie war so schwer, daß er nicht im Stande war, sie weiter
als einige Schritte zu schleppen. „Du hast ja nicht nöthig,
Dich so zu plagen," dachte Wollner, ließ die Kiste stehen
und ging heim um den Knecht zu holen. Der war auch
bald bereit und sie schlugen den Weg zur Wiese mit einander
ein. Am Orte angelangt, fanden sie zwar die Kiste noch an
derselben Stelle, allein einen Mann in grünem Rocke darauf
sitzen. Denselben hieß Wollner, die Kiste zu verlassen, da
sie sein, Wollners, Eigenthum sei. Da reichte ihm der Mann
in dem grünen Rocke ein großes Buch hin mit den Worten:
„die Kiste sollst Du haben, jedoch Deinen Namen mußt Du
in das Buch da einschreiben!" Da aber Wollner sich dessen
weigerte, verschwanden bald Mann und Kiste und Wollner
stand mit dem Knechte in dicker Finsterniß. Er hat aber
nie wieder von dem grauen Männchen etwas gesehen oder
gehört.

Vor hundert Jahren waren einmal Arbeiter in der
Nähe des alten Hauses beschäftigt, Bausteine zu brechen. Da
kam ein vornehmer Mann gegangen und fragte die Leute,

wo denn das alte Haus sei und wo man in den Berg kommen könne. Die Stelle, wo das alte Haus ist, konnten sie ihm wohl zeigen, wußten aber vom Eingange weiter nichts zu sagen, als daß in der Nähe ihres Steinbruchs ein unterirdischer Gang sein solle. Der fremde Mann sei nun an den Berg gegangen, habe allerlei geheime Worte gesprochen und habe sich dann mit den Worten entfernt, daß er allein nichts thun könne, sondern seinen Vater holen wolle. Sie hätten, erzählten die Arbeiter, nie wieder etwas von dem Manne gesehen, aber einige Tage nachher hätten einmal ihre herausgebrochenen Steine eine ganz andere Schichtung gehabt und auf einen großen angelehnten Stein sei geschrieben gestanden: „Hier liegt der Lohn für Euere Anweisung." Da hätten sie bei dem Steine einen schönen Speziesthaler gefunden und den Betrag unter sich getheilt. „Das sind die Jesuiten gewesen," sagten die Leute und sagen heute noch, die Jesuiten hätten das Geld aus dem alten Hause ausgeräumt.

---

627) Der Ursprung des Schlosses Voigtsberg.

Albinus, Meißner Landchronik S. 200 sq. Peccenstein, Theatr. Sax. Th. II. S. 41. J. G. Jahn, Urkundliche Chronik der Stadt Oelsnitz und des Schlosses und Amtes Voigtsberg. Oelsn. 1841. 8. S. 105.

Das alte Schloß Voigtsberg bei Oelsnitz soll ursprünglich vom Drusus erbaut worden sein, wie aus einem an der Wand der ehemaligen Amtsstube befindlichen lateinischen Distichon hervorzugehen schien, das also lautet:

Castra locans Drusus hic praetoria nomina monti
Fecit, posteritas servat et ipsa sibi.

Diese Verse hat vor langer Zeit ein deutscher Reimschmied am Schloß also wiedergegeben:

Drusus der edle Römisch Voigt,
Erbawet diesen Berg in Noht,
Da er Kriege im Deutschland pflag,
Voigtsberg heist er auff diesen Tag,

Darnach ward von jhm recht genant
Die Gegend, vnd heißt Boigtland.
Die Burg die blieb ein lange Zeit,
Wie durch die Schrifft wird außgeseit,
In des Römschen Keysers Gewalt,
Hernach wurde sie zugezalt.
Einr edlen Herrschafft lobesan,
Die gewan von Boigtsberg jhrn Nam,
Die Burg die stund viel manche Jahr
In ihrer (der Herrn von Plauen) Hand ohn all Gefahr.
Biß dreyzehnhundert Jahr nach Christi Geburt,
Sechs vnd funffzig, am Sontag Laurenti fuhrt
Dann ist sie an die Landesfürsten kommen;
Friedrich vnd Wilhelm haben sie eingenommen (1356).
Thüring, Meißen vnd Osterland
Stund die Zeit alß in ihrer Hand,
Die Pfaltz zu Sachsen auch dazu.
Sie erhilten den Landen Fried vnd Ruh,
Gott in welchs Händen alles steht,
Wohl segnen ihr Posteritet.

---

628) Der Rabe im Boigtlande.

Mitgetheilt von J. Schanz.

Als nach dem dreißigjährigen Kriege im Boigtlande
eine furchtbare Pest herrschte, und die Menschen zu Hunder=
ten starben, und manches Dorf fast ganz verödete, soll von
Norden her über das Boigtland und das Erzgebirge ein
weißer Rabe geflogen sein, welcher rief:

„Freßt nur recht Rapundica
Einsten kimmt tä Mensch derwa."†)

---

629) Der Teufel als Fuhrmann.

N. Remigii Daemonolatria. Hamb. 1693. Th. II. S. 304.

Ein Edelmann im Boigtlande war nicht allein ein jäh=
zorniger Narr, sondern auch in seinem Zorn ein heilloser

---

†) Sonst kommt kein Mensch davon.

unbesonnener Flucher. Dieser befahl einem Bauer, der sein Unterthan war, einen sehr großen Baum aus dem Busche nach seinem Schlosse zu bringen. Der arme Mann fuhr zwar mit seinem Wagen hinaus, es fiel ihm aber unmöglich, diese schwere Last aufzuladen. Er stand deshalb in großer Angst, weil er sich fürchtete, er werde von seinem Junker nicht allein gescholten, sondern auch geschlagen werden. Inzwischen kam der Satan in menschlicher Gestalt zu ihm, und fragte, warum er so traurig werde. Der Bauer gab ihm sein Unglück zu erkennen, darauf der Satan zu ihm sagte, er solle sich nicht bekümmern, sondern nur mit seinem ledigen Wagen wieder nach Hause fahren, er wolle seine eigenen Pferde holen und diese Arbeit an seiner Stelle verrichten. Alsbald ging er an's Werk und zog den gewaltig großen Eichbaum mit der Wurzel aus dem Grunde, legte ihn mit allen Zweigen und Laub daran, wie er ihn ausgerissen hatte, auf seinen Wagen und fuhr damit durch's Schloßthor, jedoch also, daß der Baum in dem Durchgange dergestalt zusammengeklemmt stecken blieb, daß keine menschliche Gewalt ihn weiter vor- noch hinterwärts bewegen konnte; überdieß war alles Holz hart wie Eisen geworden. Man konnte mit keinem Beile durchhauen und mit keiner Säge durchschneiden. Also mußte dieser unbarmherzige Bösewicht und heillose Flucher seine Pforte gestopft lassen, daß er ferner niemals dadurch weder aus- noch eingehen konnte, sondern mußte eine andere neben dieser machen. Viele tausend Menschen kamen von nah und fern, dieses seltsame Teufelswunderwerk zu sehen und beschauten es mit der äußersten Verwunderung und Schrecken, gaben auch aller Orten offenbare und gerichtliche Zeugnisse der Wahrheit davon, als die es mit ihren eigenen Augen gesehen. Der Baum lag noch zu Ende des 17. Jahrhunderts an derselben Stätte, dahin ihn der böse Geist gebracht hatte. Wenn man mit einem Beil oder Hammer darauf schlug, wie denn von Vielen, die dahin kommen, aus Fürwitz geschah, so flogen Feuerfunken daraus wie aus einem Kieselstein, wenn er an einen Stahl geschla-

gen wird. Uebrigens hatte der Satan vor seinem höllischen
Wagen keine Pferde, sondern nur solche Schatten gespannt,
welche die Gestalt der Voreltern dieses gottlosen Junkers
vorstellten.

630) Das Geldgewölbe.
Nach mündlicher Ueberlieferung von Julius Schanz.†)

In der Nähe von Treuen im Voigtlande steht auf einem
ziemlich steilen Felsen ein Schloß, das schon ziemlich alt ist.
Hier sollen die Hussiten vorübergezogen sein und eine unge-
heuere Masse von Geld, erbeuteten Schmucksachen und Me-
tallen in einem verborgenen Gewölbe des Felsens vergraben
haben. Wolle aber Jemand den Schatz heben, und er fände
zufällig den Eingang zum Gewölbe, und trete nun in dasselbe
mit einem brennenden Lichte ein, so würde ein eiserner
Wächter das Licht auslöschen. Die einzige Rettung wäre
eilige Flucht, denn sonst müßte der Abenteuerer in dem dunkeln Raume elend verschmachten.

631) Das Zimmermannsbeil in Reichenbach.
S. Eisel, Sagenbuch d. Voigtlandes. Gera 1871 Nr. 743.
Metrisch bearb. v. Hager, Voigtl. Volkssagen. 1839. H. 1. S. 23.

Vor dem großen Brande zu Reichenbach sah man sonst
an einem Hause tief in der Mauer ein Zimmermannsbeil
eingehauen. Das sollte erinnern, daß einst, als dasselbe gerichtet wurde, ein Zimmergeselle vom eben gehobenen Dach-
stuhl herabstürzte, allein im Fallen in der Todesangst sein
Beil, welches er in der Hand behalten hatte, so fest in die
Wand des Hauses einhieb, daß er sich daran festhalten und
langsam herunterlassen konnte.

---

†) Der rühmlichst bekannte Schriftsteller und Dichter Herr Professor
J. Schanz, früher in Dresden mit literarischen Arbeiten beschäftigt, hat mir
mit der größten Bereitwilligkeit und Uneigennützigkeit sowohl diese als eine
Anzahl anderer voigtländischer Sagen mitgetheilt, wofür ich ihm hiermit
öffentlich danke. Der Verfasser.

632) Der Stierschlag August's des Starken bei Reichenbach.

Nach mündlicher Ueberlieferung bearbeitet von Julius Schanz.

Als der sächsische Herkules, Kurfürst August der Starke, König von Polen, es nach der Sage nicht mehr für anziehend genug fand, vom Wiener Stephansthurm zwei Trompeter, auf jeder Hand einen, hinauszuhalten und sich von ihnen etwas blasen zu lassen, oder in Ungarn Hufeisen zu zerbrechen und in Krakau mit einem Schlag einen polnischen Ochsen zu köpfen, machte er seinen Hof und sich selber zum Echo des luxuriösen Pariser Hoflebens unter Ludwig dem Vierzehnten. Als er einst gen Reichenbach im Voigtlande reiste und die Leute just nichts Besseres zu seiner Unterhaltung wußten, erzählten sie ihm von einer in der Nähe hausenden Ritterswittib, die früher am Hofe für eine Schönheit gegolten, und der zu Ehren die Pulse des Königs auch einmal höher geschlagen hatten. Flugs setzte er sich auf seinen Schimmel, wickelte sich, um unerkannt zu bleiben, in einen dicken grauen Oberrock und trabte spornstreichs dem Wittwensitze der trauernden Schönheit zu, um ihr incognito einen Besuch abzustatten. Da er schon von fern die Thürme des Schlosses blinken sah, ritt er auf Rainen und Feldwegen geraden Weges fürbaß. Rechts und links weideten stattliche Heerden voigtländischen Rindviehs, dessen Vetterschaft dem einsamen Reiter schon manche saftige Keule hatte abgeben müssen. Ein kräftiger, rebellischer Stier mochte einen seiner Verderber wittern, und der Futterneid gegen das wohlgenährte Leibroß des Königs, das mit lüsternen Augen die saftigen Kräuter der Aue zu betrachten schien, erweckte plötzlich kriegslustige Wallungen in seinem Ochsenhirn: mit rollendem Auge rannte er auf den Reiter zu. Der König zog sein Schwert und spaltete ihm mit einem gewaltigen Streiche das Haupt vom Rumpfe, der blutend niederstürzte. Dem Rinderhirten verging Hören und Sehen ob dieser That. Endlich lief er wie vom Wahnsinn gehetzt nach dem Dorfe und bot alle streitbare Mannschaft zur Blutrache auf. Noch ehe August das Dorf

erreichte, ſtellte ſich ihm eine Flegel- und Gabelbewaffnete
Schaar mit drohender Geberde und zorniger Rede in den
Weg: ungeſtüm forderten ſie Erſatz und ſchwangen wild ihre
Wehren. Der König erſah in dieſer Bedrängniß keine Hilfe.
Er riß ſeinen Rock auf und rief: „Ich bin der König!" —
und alle Flegel ſanken in den Staub. — Ob der Held noch
zu der ſchönen Wittwe gekommen, hat die Sage leider nicht
aufbewahrt.

---

633) Die Entſtehung von Schöneck.

Poetiſch beh. v. Ziehnert Bd. II. S. 89 sq.

Das zum Amte Voigtsberg gehörige Städtchen Schöneck,
der höchſt gelegene Ort des Voigtlands, ſoll ſeinen Namen
folgender Urſache verdanken. Einſt ſoll der kaiſerliche Landvoigt Heinrich Reuß (der Reiche um 1140—50?) auf der
Jagd von ſeinem Gefolge getrennt worden und auf ein
Bärenlager geſtoßen ſein. Die für ihre Jungen beſorgte
Bärin ſprang auf ſein Roß los, daſſelbe ſtürzte von ihrem
wüthenden Angriff zu Boden, und es würde um den Landvoigt geſchehen geweſen ſein, da ſein Schwert beim Sturze
zerbrach, wäre nicht ein junger Köhler auf ſein Hilferufen
herbeigeeilt und hätte das wüthende Thier von hinten mit
ſeinem Schürbaum erſchlagen. Der Voigt erlaubte nun
ſeinem Retter, ſich eine Gnade auszubitten, und derſelbe ge-
ſtand ihm, er habe eine Geliebte, die er aber nicht heirathen
könne, weil er zu arm ſei, er bitte nur um einen Platz,
wo er ſich ein Häuschen bauen könne und um Holz dazu.
Da lachte der Reuß und ſagte ihm, er möge in ſeinem Lande
ſich ausſuchen, welchen Platz er wolle, wo er ſich ein Haus
bauen möge, Holz möge er aus dem nächſten Walde nehmen
und Steine brechen, ſo viele er brauche, und ſo ihn Jemand
nach ſeinem Rechte fragen werde, dem ſolle er dieſen ſeinen
Ring und ſein zerbrochenes Schwert, welches er ihm ein-
händigte, vorzeigen. Darauf zog der Köhler lange mit ſeinem
Liebchen im Voigtlande herum und nirgends wollte denſelben

ein Ort passend scheinen, endlich kamen sie auf einen hohen
Berg voll Wald und üppigen Graswuchs, da rief sie: „das
ist ein gar schön Eckchen, da kann man weit aus schauen,
da wollen wir bauen!" Und so geschah es auch, der Köhler
baute sich ein Häuschen und brannte einen Meiler an, und
nach und nach zogen auch andere Leute dahin und baueten
sich um das Häuschen herum an, und so entstand nach und
nach ein Flecken, den hieß man zum Andenken Schöneck.

- - - - -

634) Das Heugütel.

S. Köhler, Aberglauben im Voigtlande. S. 475.

Gewisse Leute hatten einmal sehr mageres Vieh, bis sie
ein Heugütel†) bekamen. Da wurde es mit dem Vieh besser.
Das Heugütel aber ist der Geist eines ungetauften Kindes.
Sie wußten, daß sie ein Heugütel im Hause hatten, denn
sie streuten Asche auf den Boden unter dem Dache und da
sahen sie seine Fußtapfen. Als Weihnachten kam, sagten
sie: „nun wollen wir doch auch dem Heugütel etwas zum
heiligen Christ geben!" und sie gaben ihm ein Röckchen und
ein Jäckchen. Da sagte das Heugütel: „nun habt Ihr mir
ein Röckchen und ein Jäckchen gegeben, das ist zu viel, nun muß
ich ausziehen!" Und das Heugütel zog fort und das Vieh
wurde wieder mager. Alte Leute im Voigtland glauben
noch an das Heugütel und bringen darauf, daß neugeborene
Kinder schnell getauft werden, damit sie nicht zu Heugüteln
werden. Auch findet man die Redensart, wenn ein Kind
seine kleinen Fußtapfen hinterläßt: „Du bist ja ein Heugütel."

- - - - -

†) Ist dasselbe Wesen wie das oben (Bd. I. Nr. 561) erwähnte
Gütel oder Jüdel des Erzgebirges. In Oberösterreich heißt Göd das
Taufkind und im Oberungarischen ist Göbchen — Pathenkind. Im
Reußischen kennt man das sogenannte Futtermännchen statt des Heugütels
(s. Eisel, Sagenb. d. Voigtl. Nr. 123).

- - - - -

635) **Der gespenstige Hase.†)**

S. Köhler a. a. O. S. 540.

Einst wurde vom Lohhause, einem zum Schilbacher Jagd-
bezirke gehörigen Jägerhause ein Jäger begraben, wobei ein
Hase bis an den Schönecker Berg dem Sarge aufrecht gehend
folgte, bis endlich ein älterer Jäger einige fremdartige Worte
sprach, worauf der Hase verschwand.

636) **Der ewige Jude im Voigtlande.**

S. Köhler a. a. O. S. 568.

Im Schilbacher Walde hat sich einst an einem trüben
Herbstabende der ewige Jude sehen lassen. Es war eine
lange unheimliche Gestalt mit langem, eisgrauen Barte und
Haar und eingewickelt in einen grau-braunen zerrissenen
Mantel, von dem auch das ganze unheimlich zersetzte Gesicht
bedeckt war. In rauher, fremdklingender Sprache fragte er
einen alten Vogelsteller nach diesem und jenem, nach einigen
Familien und Dörfern, die aber nicht mehr vorhanden waren,
aber der Sage nach einst existirt haben sollten. Dann hat
er ihm einige unbekannte Eigenthümlichkeiten der da hängenden
Vögel und einige heilende Kräuter, die draußen vor der
Waldhütte wuchsen, gezeigt, von dem Kreuzschnabel ist er
aber immer fern geblieben. Dem alten Vogelsteller wurde
der Gast unheimlich, der, als er gefragt ward, ob auch ein
guter Christ das Alles wissen könne, plötzlich aufstand und
ohne Gruß fortging. Da sah der Vogelsteller dem Davon-
gehenden nach und bemerkte plötzlich an seiner Spur, daß in
der Sohle fünf großköpfige Nägel in Gestalt eines Kreuzes
eingeschlagen waren, die dann bei jedem Schritte des Wan-
derers dieses heilige Zeichen in den Boden einprägten. Da

---

†) Ueber den Hasen als Gespenstthier, s. mein Jägerhörnlein.
(Dresden 1867. S. 129.) Nork, Sitten und Gebräuche der Deutschen.
S. 276 fgg.

fah er, wer der Wanderer gewesen war, der so genau wußte, wie vor vielen hundert Jahren die Gegend hier beschaffen gewesen sei.

---

637) Der Todtenschänder zu Schöneck.

S. Köhler a. a. O. S. 572.

Vor ohngefähr 70 Jahren lebte zu Schöneck ein Pfarrer Merz, welchem ein Kind von zwei Jahren starb. Nach vierzehn Tagen rief eine Kinderstimme bei diesem Pfarrer Merz des Abends nach 10 Uhr beim Schlafstubenfenster: „mein Händchen und mein Füßchen!" und dies einige Male. Der letzte Ruf lautete: „Vater, mein Händchen und Füßchen fehlt mir!" Darauf ließ der Pfarrer Merz sein Kind wieder ausgraben und wirklich fehlten auch diese Glieder. Es wurde nachgeforscht und man hatte auf einen Bewohner von den Birkenhäusern bei Schöneck, welcher einen Schatz hatte heben wollen, Verdacht. Am nächsten Sonntag erblickte der Pfarrer den bezeichneten Mann in der Kirche, er leitete seine Predigt auf den Vorfall und rief, indem er auf den Verdächtigen hinzeigte, laut aus: „Du Schalksknecht, Du Uebelthäter, verschaffe mir die Glieder meines Kindes wieder!" Darauf soll der Mann wie todt umgefallen sein.

---

638) Das zerbrochene Glas.

S. C. Döhler im Illustr. Familienjournal Bd. VII. Nr. 170.

In einem Dorfe bei Schöneck war Hochzeit, Jung und Alt war auf den Beinen, Alle festlich geschmückt mit Blumen, Kränzen und Bändern und die Dorfmusikanten spielten ihre lustigsten Tänze und Lieder. Die Kinder versperrten mit Bändern den Weg, sodaß der Bräutigam jeden Fuß Weg sich mit einer kleinen Spende erkaufen mußte. Nach der Trauung ging der Zug aus der Kirche zu Schöneck in das Nachbardorf und hielt vor dem Hause des Bräutigams. Die Mutter kam heraus und überreichte ihrem Sohne, ohne die Braut,

wie es Sitte war, zu begrüßen, ein gefülltes Glas. Der
Bräutigam trank und überreichte es dann seiner Braut.
Diese leerte es vollends und warf es dann rücklings über
sich auf das Pflaster des Hofes. Alle standen dabei gespannt
im Kreise. Das Glas fiel, aber zerbrach nicht. Ein Freund
der Braut zertrat es nun mit dem Fuße.†) Nun erst be-
willkommnete die Mutter ihre Schwiegertochter, aber etwas
kalt, denn für sie, sowie für alle ihre Gäste, war das nicht
zerbrochene Glas eine üble Vorbedeutung. So war es auch,
denn nach wenigen Jahren war die junge Frau schon todt,
mit der Wirthschaft ging's auch nicht, das Haus ward verkauft und der Mann ist fortgegangen, Niemand wußte wohin.

639) Der gespenstige Leichenzug am Sylvesterabend zu Schöneck.

S. Döhler im Illustr. Familienjournal. Bd. V. Nr. 116.

An einem Sylvesterabend des vorigen Jahrhunderts
saß ein alter Schneider zu Schöneck, der gleichzeitig Stadtrath und Gemeindeältester daselbst war, noch spät auf und
schneiderte für den kommenden Festtag. Seine betagte Ehehälfte leistete ihm Gesellschaft und half ihm bei der Arbeit.
Siehe da suchten beide vergeblich nach dem Kameelgarn zu
den Knopflöchern Es war alle geworden und gleichwohl
ward es nöthig gebraucht, der in Arbeit befindliche Rock
mußte fertig gemacht werden. Es blieb also nichts übrig,
als daß der Alte auf den Boden hinauf mußte, um aus
der daselbst in einer Kammer befindlichen Niederlage neuen
Vorrath herbeizuholen. Es war eine wunderschöne klare

---

†) Bei den Lausitzer Wenden werden während des Hochzeitsmahles
die Gläser auf den Boden geworfen und müssen zerbrechen. Bei den
Juden muß das unter der Trauung von dem Brautpaare geleerte Glas
Wein zertreten werden. Ebenso ist es ein schlimmes Anzeichen, wenn
das Glas, welches bei dem Heben eines Hauses von dem Polier nach
seiner Rede herabgeworfen wird, nicht zerbricht. (S. Nork, Sitten der
Deutschen, S. 202.)

Winternacht, er trat also an die Dachlucke, schaute heraus und dabei wurde ihm so fromm und feierlich zu Muthe, daß er sein Käppchen abnahm und ein Vaterunser betete. Wenn man aber in der Neujahrsnacht unter einem Balken steht, dessen eines Ende nach Morgen gerichtet ist und ein Vater- unser betet und dabei nicht aus der Linie des Balkens her- austritt, da kann man „horchen", d. h. einen Blick in die Zukunft thun, die in einzelnen Bildern vorüberzieht. Tritt man aber aus dem Kreise heraus oder erzählt man Jeman- dem, was man gesehen hat, so soll es einem den Hals um- drehen. Der Alte hatte gar nicht daran gedacht, aber auf einmal fängt es an zu läuten, als ob eine Leiche wäre, und den Mühlberg herauf kömmt ein langer, langer Leichenzug immer näher und näher, bis er vor dem Hause des Schneiders still hält. Es dauert auch nicht lange, so kömmt die Schule und die Geistlichkeit mit dem Kreuze voran, stellen sich neben der Bahre auf, singen zwei Lieder und eine Arie und dann setzt sich der Zug nach dem Kirchhofe zu in Bewegung. Der Alte kann die Leichenbegleiter alle erkennen, Vettern, Nach- barn, Gevattern, ja sogar sich selbst und seine Ehehälfte darunter, sich selbst dicht hinter dem Sarge und mit weinen- den Augen. Da wurde ihm doch ein wenig bange, und er wäre gern fortgegangen, er dachte aber an das Halsumdrehen. Wie er nun so trübselig dastand und träumerisch hinaus- blickte, sah er aus einem Hause ein Flämmchen herausfahren, dann aus einem andern, dann wieder eins und wieder eins und zuletzt kam fast aus jedem Hause ein Flämmchen gefahren, und das wußte er wohl, bedeutete Feuer. Da konnte er sich nicht mehr halten, sprang aus dem Kreise und siehe es schlug Eins. Als er indeß wieder herunterkam, fand er seine Frau eingeschlafen, er weckte sie auch nicht, sondern legte sich eben- falls nieder, ohne in die Mette zu gehen, und blieb viele Tage verstimmt. Als er aber einige Tage darauf den Wächter traf, that dieser sehr geheimnißvoll, und redete von einem schlimmen Jahr, das da kommen werde u. s. w. und da wußte er, daß derselbe auch gehorcht hatte. Es dauerte aber

kaum einige Wochen, da starb des alten Schneiders Bruder,
der Müller in der Bockmühle. Es wurde zur Leiche geläutet,
der Zug kam den Mühlberg herauf, hielt vor des Schneiders
Hause still, die Schule und die Geistlichkeit voran, und sie sangen
dieselben zwei Lieder und die Arie, wie er damals gehört,
und dieselben Leute, die er damals gesehen, gingen hinter
dem Sarge her. Der alte Wächter aber stand an der Kirchhofsmauer, sah den Schneider bedeutungsvoll an und weinte
bitterlich, so daß die Leute nicht begreifen konnten, wie ihn
der Leichenzug so alterirte, der ihn doch nichts anging. Der hatte
aber seinen guten Grund dazu, denn in demselben Jahre
noch brannte fast die ganze Stadt ab und des alten Schneiders Haus auch.

---

640) Der Köhler von Klingenthal.

Metrisch beh. v. Hager a. a. O. H. II. S. 13.

Vom Kirchhofe zu Klingenthal bis an den naheliegenden
Wald geht jede Nacht um die zwölfte Stunde ein gespenstiger
Schatten eine Leuchte in der Hand. Das Volk erzählt sich
hierüber folgende Geschichte. Es soll einst im Dorfe Klingenthal ein Köhler gewohnt haben, der jede Nacht von der Seite
seiner treuen Hausfrau aufstand, um angeblich im Walde
nach seinem Meiler zu sehen. Die wahre Ursache war aber,
daß er im Busche zu einer dort wohnenden Concubine schlich.
Einst ging er auch in finsterer Nacht die Leuchte in der Hand
den wohlbekannten Weg, da folgte ihm sein Weib, die er
schlafend glaubte, und warf ihm geradezu sein Vergehen vor.
Er wollte es zwar anfangs leugnen, allein bald gab ein
Wort das andere, er ward heftig, schlug seine rechtschaffene
Frau nieder und begab sich zu seinem Kebsweibe. Als er
mit dieser im besten Kosen begriffen war, öffnete sich plötzlich
die Thür und sein Weib stürzte herein und traf die Schuldigen auf offener That. Jetzt halfen keine Vorstellungen
mehr, er mißhandelte sie abermals und warf sie zur Thür
hinaus mit der Drohung, sie in den brennenden Meiler zu

schleudern, wenn sie ihm wieder zu nahe komme. Sie aber verfluchte ihn und rief: „Der Meiler werde Dir selbst zum Grab, mögest Du lebendig verbrennen!" Des lachte der Köhler; als er aber nach seiner Gewohnheit den Meiler erklomm, um sich umzuschauen, stürzte dieser plötzlich zusammen und der Frevler versank in seinen feurigen Schlund.

641) Die zwölf Apostel in der Kirche zu Ebersgrün.

S. Eisel Nr. 528. Metr. beh. v. Hager a. a. O. H. I. S. 5 sq.

Im Glockenthurme der Kirche zu Ebersgrün stehen in einer Halle die Bilder der zwölf Apostel, die sich früher am Altar befanden und nach der Einführung der Reformation dort bei Seite gesetzt wurden. Jedermann hatte eine Art Scheu vor diesen Figuren, weil man sagte, wer dieselben verspotte oder anrühre, habe schwere Rache zu gewärtigen. Einst half ein Bauerjunge dem Küster läuten und als er fertig war, hatte er die Frechheit, den einen der Apostel am Barte zu zupfen und dem h. Petrus gar eine Ohrfeige zu verabreichen. Das bekam ihm aber schlecht, in derselben Nacht um die zwölfte Stunde stand der heilige Mann in Lebensgröße vor seinem Bette und gab ihm dieselbe wieder, aber so, daß ihm nicht blos Hören und Sehen, sondern auch das Leben verging. Seitdem hat Niemand die Zwölfe wieder zu beleidigen gewagt.

642) Der Propst des Klosters Ebersgrün.

S. Eisel Nr. 206. Metrisch bearb. v. Hager H. I. S. 31 sq.

In der Kirche von Ebersgrün ist es um Mitternacht angeblich nicht recht geheuer, denn daselbst geht der Propst des alten Klosters, welcher kurz vor der Einführung der Reformation an jenem Orte mit den Schätzen des Klosters und der Kirche entfloh und, man weiß nicht wie und wo, um's Leben kam, um. Er läßt sich in seiner Ordenstracht ganz wie er im Leben anzuschauen war, sehen, nur trägt er schwere Hucken in den Händen und auf dem Rücken und scheint den Wunsch aussprechen zu wollen, daß ihm irgend Jemand seine schwere Bürde abnehmen möge.

643) Die Entstehung von Plauen.
Bearbeitet von Julius Schanz.

Ein blonder Hirtenknabe, Namens Johannes, saß einst und blies die Flöte, als ihm aus dem Haine plötzlich Saitenspiel und Gesang entgegenscholl. Er ging den Tönen nach und fand Johanna das Hirtenmädchen vor zwei himmelblauen Blumen knieen, vor denen sie ihr Herz ausströmte, wie sie, um dieselben zu pflücken, zum Genossen einen unschuldigen Knaben haben müsse. Er trat hinzu und bot ihr, entzückt von ihrer Schönheit und gerührt von ihrem Liede, seine Hilfe an. Da knieeten sie Beide vor den blauen Blumen hin und begannen sie aus dem Schooße der Erde zu heben. Es gelang und sie reichte ihm die ihre dar und er ihr die seine, und sie schlossen allda einen Bund, dem der Himmel die Weihe gab.

Bald prangte an dem Orte, wo die Wunderblumen geblüht, ein Kirchlein mit zwei Thürmen, dem heiligen Johannes geweiht, zu dem von Nah und Fern die Leute strömten und sich anbaueten. Den blauen Blumen zum Gedächtniß ward der Ort Blauen genannt, woraus späterhin Plauen ward†).

644) Das Hufeisen zu Plauen.
Metrisch beh. v. Hager, Voigtländische Volkssagen. 1839. H. I. S. 43.

Früher sah man auf dem Dache eines Hauses am Markte zu Plauen ein Hufeisen angenagelt. Von diesem wird erzählt, es sei einst ein Soldatentrupp (nach Andern wäre es das wilde Heer gewesen) in wilder Flucht durch die Stadt gejagt und einem der Pferde sei, als sie über den Markt sprengten, ein Hufeisen ab= und bis an jene Stelle

---

†) Eine andere Sage hierüber erzählt Eisel a. a. O. Nr. 768.

des Daches hinaufgeflogen, wo man es zum Andenken be=
festigte.

---

645) Die steinerne Nonne im Gottesacker zu Plauen.

Metrisch beh. v. Hager a. a. O. S. 51. sq.

An der Mauer des Kirchhofes zu Plauen an dem soge=
nannten Nonnenthurme, einem Ueberreste des alten Nonnen=
klosters daselbst, erblickte man sonst das Bild einer Nonne
in Stein gehauen. Das Volk erzählt sich, daß an dieser
Stelle des Thurmes eine Nonne aus jenem Kloster, welche
ihr Gelübde verletzt und ein Liebesverhältniß mit einem
deutschen Ordensritter daselbst unterhalten habe, zur Strafe
lebendig eingemauert und jenes Bild zur Erinnerung dort
hingestellt worden sei.

---

646) Der Uhlanensprung bei Planschwitz.

Metrisch beh. v. Hager a. a. O. H. I. S. 11 sq.

Beim Dorfe Planschwitz bei Plauen steigt ein hoher
Berg schroff vom Ufer der Elster aus in die Höhe. Im
letzten Kriege soll nun ein Uhlane von den Feinden grimmig
verfolgt, weil mit der Gegend unbekannt, bis auf den Gipfel
dieses Berges gesprengt sein, und als er hinter sich seine
Verfolger und sonst keinen Ausweg gesehen, den Tod in der
Elster seiner Ergebung vorgezogen haben. Er setzte also mit
seinem Rosse kühn in den Fluß hinab, zwar versank das
treue Thier in den Fluthen, er aber rettete sich durch
Schwimmen glücklich an's andere Ufer.

---

647) Das Wahrzeichen von Plauen.

Curiosa Sax. 1737. S. 303.

Am Rathhausthurm in der Stadt Plauen befand sich
eine künstliche Uhr, die von den reisenden Handwerksburschen

als ihr Wahrzeichen betrachtet ward. Man sah zuerst zwei große messingene Löwen, welche mit der einen Vordertatze auf beiden Seiten in der Mitte eine Glocke hielten und damit die Viertelstunden, eine um die andere, schlugen. Neben denselben erblickte man zwei wilde Leute von sehr großer Statur: der Mann hielt seinen langen Bart, das Weib aber hatte einen Stab in der Hand. Wenn nun die Stunde schlagen sollte, da zog sich der Mann so oft an dem Barte und sperrte so oft das Maul auf, als es schlagen mußte. Desgleichen zog auch das Weib zugleich so oft mit ihrem Stabe. Unter diesen erblickte man eine Kugel, welche des Mondes Lauf genau anzeigte, wie solcher am Himmel steht, ob er voll, halb oder nur ein Viertel scheint oder auch gar nicht.

648) Die Stiftung des Klosters Mildenfurth bei Weida oder Heinrichs des Reichen von Plauen Traum.

Limmer, Entw. e. urkundl. Gesch. d. Voigtlandes. Gera, 1825. B. I. S. 270.

Heinrich der Reiche, Voigt von Plauen, hatte in seiner Jugend seinen Bruder Bernhard beim Spielen mit einem Thorflügel geschlagen, so daß dieser von der erlittenen Quetschung zum Krüppel geworden starb. Ersterer konnte sich nun über diese Begebenheit nie ganz beruhigen, und als er im Jahre 1190 mit Kaiser Heinrich von der Belagerung Braunschweigs zurückkehrte und sich zu Magdeburg verweilte und seine Herberge bei den dasigen Regelherrn nahm, träumte es ihm in der Nacht des Marientages, er werde wegen dieses Mordes öffentlich vor dem kaiserlichen Gerichte ange-klagt und zum Tode verurtheilt. In der Angst schrie er wirklich so laut zur Mutter Gottes um Hilfe, daß ihn Nie-mand ermuntern konnte, und so träumte er denn weiter, wie die heilige Jungfrau in Begleitung einer weißen Schaar von Heiligen und Prämonstratenser Mönchen aus der St. Marien-kirche kommend sich zum Thron des Kaisers nahete und ihm versicherte, daß, wenn er Almosen geben würde, sie für ihn um Gnade bitten wolle. So habe er im Traume die Stiftung eines Prämonstratenserklosters zu Ehren der heiligen Jungfrau versprochen, welches er auch auf des Magdeburgschen Erzbischofs Ludolph's Ermahnen wachend gehalten und von dem Kaiser die Bestätigung darüber erhalten habe. Dies geschah im Jahre 1193.

649) Der Mühlgötz zu Plauen.

Bearbeitet von Julius Schanz. Metrisch behandelt von E. Hager, H. I. S. 57. S. a. Bechstein's Sagenbuch a. a. O. S. 476.

In der obern Mühle zu Plauen steht schon viele, viele Jahre ein Götzenbild, wer weiß wie alt, das wohl aus der heidnischen Zeit herstammen mag (und angeblich vor langen Jahren auf dem Mühlgraben schwimmend von den Mühlknappen aufgefangen worden sein soll), gemeiniglich nur der Mühlgötz genannt. Niemand wagt es von seinem Platze zu nehmen, und wenn der Müller an ihm vorübergeht, so nimmt er bedächtig sein Käppchen ab, dieweil er den Mühlgötz für den Schutzpatron des Gewerkes hält und ihm den glücklichen Fortgang der Müllerei schuldig zu sein glaubt. Man erzählt sich aber von dem Mühlgötz folgende Sage:

Ein lustiger Müllerbursche, der dem Wasser nachging und wo möglich in jeder Mühle das Gastrecht in Anspruch nahm, kam auch in die obere Mühle zu Plauen. Sein heiteres, witziges Wesen verschaffte ihm mit leichter Mühe ein Nachtquartier, und er hatte sich an reichlicher Speise und einem frischen Trunke schon ein Gütliches gethan, als er erst in das Innere der Mühle trat, um sich dasselbe zu beschauen. Bald blieb er vor einem braunen hölzernen Bilde stehen, das ihn mit weit herausgesteckter Zunge angrinste. „Zum Teufel, was ist denn das für ein Ding?" fragte er den Müllerburschen, „Es ist wohl gar Euer Schutzpatron?" „Ich bewahre, es ist ein Stück aus dem Heidenthume", sagte der Mühlbursche, „der Mühlgötz genannt, der einst wie ein Gott

verehrt wurde und auch jetzt noch von uns in Ehren gehalten
wird. Versuch's nur Einer, ihn von dem Platze zu bringen,
ich mag die Prügel nicht mit ihm theilen: er läßt nicht ab,
bis er wieder auf dem Platze ist". Der lustige Mühlbursche
lachte laut auf über diese Mähr, im Stillen aber dachte er
bei sich: „warte nur, Götz, mit Dir ist's aus". Um Mitternacht
als sie Alle schliefen, erhob er sich leise von dem Lager,
schlich sich in die Mühle und sprach zu dem Götzen: „Herunter
mit Dir, Bursche, mache keinen Lärm, daß die Müllermädel
nicht erschrecken. Ich will Dich taufen, blinder Heide, im
Namen Gottes." Mit diesen Worten warf er ihn in den
Mühlgraben. Da auf einmal erhob sich ein pfeifender
Sturmwind, daß das ganze Haus erbebte und die Fluth
hoch aufschäumte und die Räder sich wie toll im Kreise her-
umbrehten. Todtenbleich vor Schreck lief der Mühlbursche
schnell zurück in die Mühle, aber da gingen ihm erst die
Augen über. Was nur in der Mühle war, Kübel, Säcke,
Kästen, Beutel, ja selbst Müller und Knappe tanzten wie
toll in der Mühle herum, darein erscholl der grelle Ton des
Glöckchens. Alles krachte und donnerte, als wäre der jüngste
Tag gekommen. Noch hatte der vorwitzige Bursche sich nicht
vom ersten Schreck erholt, da kam ein Kübel geflogen, gerade
auf ihn los, der ihm den Kopf zu zerschmettern drohte, und
wie mit unsichtbarer Hand zog es ihn zum Mühlgraben hin,
wo hinein er das Götzenbild geworfen hatte. Er nahm es
auf den Arm und trug es alsbald auf den Platz zurück.
Da standen die Räder wieder still, Säcke, Kübel und Beutel,
Alles blieb an seinem Orte. In der Mühle ward es wieder
still wie in der Kirche. Der Müller aber prügelte den leichtfertigen Burschen zur Thüre hinaus, und es ist bis heute kein
Anderer wiedergekommen, der den Mühlgötz hätte taufen wollen.

650) Die Klagemutter zu Plauen.
S. Eisel a. a. O. S. 124 Nr. 319.

Wenn in Plauen Jemand sterben will, da sieht man
vor dem Hause ein Schaf liegen: das ist die Klagemutter.

Oft kollert es fort, oft aber richtet es sich auf über Menschen-
länge und fällt dann wieder zusammen.

651) Das Blutbad auf dem alten Schlosse zu Plauen.

S. Köhler, Aberglauben und Sagen im Voigtlande S. 637.

Als die Hussiten sich der Stadt Plauen näherten, flohen
alle Bürger auf das alte feste Schloß, weil sie sich dort oben
sicher fühlten. Und in der That gelang es auch den an-
stürmenden Feinden nicht, dasselbe einzunehmen. Da bestach
der Anführer — es soll Procop gewesen sein — den Thür-
hüter des Schlosses und versprach ihm einen Hut voll Ducaten, wenn er die Pforte öffnen würde. Der Hüter ging
auch darauf ein, als aber die Hussiten einbrangen, wurde
ihm statt des Hutes voll Ducaten von den Feinden der Kopf
abgeschlagen. Die Hussiten richteten nun in der Burg ein
schreckliches Blutbad an, Keiner sollte ihren Schwertern entrinnen und das Blut floß in Strömen beim untern Thurme
herab. Nur zwei Bürger, welche sich in dem Brunnen versteckt hatten, kamen mit dem Leben davon, der eine hieß Loth,
der andere Pfund. Als nun die Feinde abgezogen waren,
kamen sie hervor und einer redete den andern an: „Nun,
Löthele, bist Du denn auch noch da?" „Ja, Pfründele," sagte
der andere. Darauf sind diese Namen, Löthele und Pfründele
den Familien geblieben und noch in diesem Jahrhundert haben
Leute, welche diesen Namen führten, in Plauen gelebt.†)

652) Die beiden Pappeln in Plauen.

S. Unser Jahrhundert. Dresden 1847. Nr. 11.

Unterhalb der Pforte in dem damals sogenannten
Gritznerischen Garten in Plauen stehen zwei Pappeln, von
denen man erzählt, daß an ihnen ehemals Schinken und
Würste geräuchert wurden. Es soll nämlich ein Leinweber

---

†) Die Einnahme des Schlosses zu Plauen durch Verrätherei soll
zu Anfang des Jahres 1436 stattgefunden haben. Nach einer andern
Ueberlieferung hätten sich aber drei Bürger gerettet, nämlich zwei Pfündel
und ein Gering (s. Fickenwirth, Chronik v. Lengefeld. S. 176).

gewesen sein, der einst zwei Stäbe, an denen früher in der Esse Würste hingen, in seinen Webstuhl zwängte. Von der Schlichte trieben die Stäbe zur Verwunderung des Webers bald Knospen, worauf sie in den naheliegenden Garten ver- pflanzt zu den schönsten Pappeln heranwuchsen.

653) Der Tobtenweinbach.

S. Jahn, Chronik v. Oelsnitz S. 373.

Ein Bach, der zum obern Bezirke der Voigtländischen Perlenfischerei gehört, ist der Freiberger, auch der Tobten- weinbach genannt. Er heißt so nach dem Dorfe Freiberg, das seitwärts von Adorf nach Roßbach gelegen ist, theils nach einer Sage, welche erzählt, daß damals, als König Ferdinand im Schmalkaldischen Kriege über Adorf herein in die Länder des geächteten Churfürsten Johann Friedrich ein- fiel, an diesem Bache ein mörderisches Gefecht vorfiel, in welchem das Blut stromweise geflossen sein soll. Zum An- benken an dieses schreckliche Ereigniß heißt daher heute noch dieser Bach der Tobtenweinbach.

654) Das Menschengerippe in einem Pfeiler der alten Michaeliskirche zu Adorf.

S. Krenkel, Blicke in die Vergangenheit der Stadt Adorf, S. 27.

Das innere Gewölbe der alten 1511 aufgebauten Michaeliskirche zu Adorf ruhte auf einem einzigen Pfeiler, der wie der Kelch einer Tulpe sich nach oben hin entfaltete. Eine mündliche Ueberlieferung berichtet, daß nach dem Brande von 1768 in diesem Pfeiler, welcher hohl war, ein Menschen- gerippe gefunden worden sei, das man für das des kühnen, aber verzagten Baumeisters gehalten habe. Denn als man allgemein nach Vollendung des Kirchengewölbes einen Zu- sammensturz befürchtete, traute selbst der Baumeister nicht und verschwand. Eine alte Nachricht sagt: „Und sol solch gewelb nicht mehr alß 100 fl. der Meister zu bauen gehabt haben, weil er nicht verharret biß die Röstung dieses gewelbes ist abgenummen worden, hat besorgt, es möchte in Hauffen sinken, ist alßo flüchtig worden und sol noch wieder kommen."†)

---

655) Das Hänseln zu Adorf.

Berkenmeyer, Curiöser Antiquarius. Vte A. I. S. 659.

In dem Wirthshause zu Adorf befand sich früher ein Buch, wo die Namen der nach Leipzig reisenden Kaufleute eingetragen wurden, sobald sie diesen Weg zum ersten Male machten: sie mußten dann, nachdem sie zuvor gehänselt worden waren, etwas zum Besten geben. Ueberhaupt ist diese Stadt das sächsische Schilda, und werden mehrere Streiche der Schilbbürger, z. B. von dem Ochsen, den sie auf die Mauer zogen, damit er das dort wachsende Gras abfressen sollte, und der natürlich dabei erwürgt ward, von Adorf erzählt.

---

656) Die Voigtsberger Laterne.

S. Köhler a. a. O. S. 498.

Die Voigtsberger Laterne ist ein Licht, das in jedem Jahre in der Umgegend von Oelsnitz und Voigtsberg öfter gesehen wird.

Der verstorbene Hufschmied Maul in Lauterbach, ein furchtloser und sehr beherzter Mann, ging einmal an einem finstern Abend von Oelsnitz nach Hause. In der Nähe der Elsterbrücke traf er die Voigtsberger Laterne. Zu diesem Lichte sagte Maul: „Licht, führe mich nach Hause, ich gebe

---

†) Jedenfalls bezieht sich dieser Fund auf die alte Sitte, daß man ehedem in Gebäude, um ihnen Festigkeit zu verleihen, lebendige Menschen, namentlich Kinder einmauerte, wie dies z. B: in Harburg der Fall war, (s. mein Sagenbuch d. Preuß. Staates, Bd. II. S. 875. Nork, Sitten und Gebräuche der Deutschen, S. 383 fgg. Daumer, Geheimnisse des christl. Alterth. Bd. I. S. 138).

Dir einen Sechser!" Das Licht begleitete ihn genau, sich immer etwas tiefer an der Straßenböschung haltend bis nach Hause. Dort angekommen legte er auf den Stock vor seinem Hause, worauf die Schmiede kaltes Eisen strecken, den versprochenen Sechser und ging in sein Haus. Dann zündete er eine Laterne an um herauszugehen und nach dem Sechser zu schauen; und siehe da, er war weggenommen.

Ein Zimmermann von Oelsnitz ging einmal des Nachts von Raasdorf nach Hause. Als er an die Raasdorfer Höhe kam, war die Voigtsberger Laterne da. Zu dieser sprach er „führe mich nach Hause, ich gebe Dir einen Dreier!" Nun führte ihn das Licht bis zu seiner Wohnung. Als der Zimmermann in Begleitung der Laterne an seine Hausthüre gekommen war, sprach er: „ich gebe Dir keinen Dreier!" Darauf gab ihm das Licht eine Ohrfeige und in Folge dessen ward er vier Wochen lang krank.

---

657) Das gespenstige Kalb in Oelsnitz.
S. Köhler a. a. O. S. 500.

Vor ohngefähr 40 Jahren sollte ein Maurer in Oelsnitz in einem Hause der Altstadt den obern Hausplatz und die Gänge weißen. Derselbe kam dabei der Thüre der Oberstube nahe und fand sie ein wenig offen; hauptsächlich um das Farbenmuster der Wände zu sehen, schaute er hinein und erstaunte nicht wenig, als er den in der Mitte stehenden Tisch ganz mit Geld belegt sah. Der Maurer trat sogleich zurück und weißte fort. Bald darauf kam er an eine Kammer, die ihre Thüre auch auf der Seite des Hauptplatzes hatte. Auch diese stand ein wenig offen, und neugierig schaute er auch da hinein und erblickte mehrere Laden und anderes Geräth. Beim Ueberblicken dieser Sachen erhob sich hinter einer Lade ein Kalb von gewöhnlicher rothbrauner Farbe. Den Maurer überlief ein Schauer, er machte, daß er bald fertig wurde, und mochte sich nicht mehr umschauen. Daß sich auch zu anderer Zeit in jenem Oelsnitzer Hause und zwar im obern Stocke desselben, ein Kalb habe sehen lassen, wird noch jetzt von Einigen behauptet.

---

658) Der Mönch im Oels'schen Hause in Oelsnitz.

S. Köhler a. a. O. S. 511.

Vor vielen vielen Jahren lebte in der Stadt Oelsnitz ein Kaufmann, Namens Oels, dessen Hausgrundstück zum Kloster gehört hatte. Von diesem Hause geht die Sage, daß sich darin zu verschiedenen Zeiten, öfter aber in den Abend= stunden, ein alter eisgrauer Mönch sehen lasse. Der Mönch soll eine schwarzgraue Kutte und an seinen Füßen alte Schuhe tragen: er kommt aus einem alten nicht mehr brauchbaren Gewölbe, hierauf geht er einige Male im Hause hin und her, um endlich plötzlich zu verschwinden. Die Hausbewohner fürchten sich nicht vor ihm, er hat auch noch Niemandem etwas zu Leide gethan.

---

659) Der wilde Jäger im Röhrholze bei Oelsnitz.

S. Köhler a. a. O. S. 510.

Im Röhrholze bei Oelsnitz hält sich der wilde Jäger auf; er jagt bis hinein in die Adlermühle und läßt dabei sein Hoho ertönen. Als zwei Bürger sich einst aus diesem Walde Holz holten, ging im Walde ein großer schwarzer Hund neben ihnen her, der hatte feurige Augen, so groß wie eine Obertasse. Bei Bobenneukirchen erscheint er auch, als ein starker Mann mit hoher Mütze, hat eine Flinte im Arme und geht mit einem Gefolge von hoch= und kurzbeinigen Hunden über die Wiesen in den Wald des untern Gemeinde= berges.

660) **Die nackte Frau bei den Schafhäusern bei Oelsnitz.**
S. Köhler a. a. O. S. 520.

Mehrere Umwohner haben oft zwischen dem Vorwerk bei Oelsnitz und den Schafhäusern auf einem Feldrande ein nacktes Frauenzimmer umhergehen sehen, welches auf dem linken Arme ein kleines Kind trug. Die Erscheinung verschwand plötzlich und man fand auch, so sehr man suchte, keine Fußspuren der einsam Wandelnden. An dieser Stelle soll eine Mutter ihr Kind umgebracht haben und nun keine Ruhe finden.

661) **Die Geldstücke an dem Gemeindeberge bei Oelsnitz.**

Eine Frau ging mit ihrer Magd ins Krautblatten auf ein Feld unterhalb des Gemeindeberges. Am hintern Ende befand sich ein Steinhaufen mit einem wilden Rosenstrauche und auf dem Steinhaufen sah die Frau, als sie demselben nahe gekommen war, ein graues Männchen, welches gelbe Stiefeln anhatte, in der einen Hand ein Säckchen trug und mit der andern winkte. Die Frau ging aber nicht hinzu. Am folgenden Tage kam sie wieder auf ihr Feld, um vielleicht etwas Außerordentliches zu sehen. Als sie auf dem Feldrande hingeht, kommt sie an jene Stelle, wo aber das Rosenstöckchen regelrecht herausgestochen war, und auf der entblößten Stelle lagen in der obersten Reihe drei Zwanzigkreuzer, gleich darunter zwei Vierpfennigstücke und zu unterst ein Dreier. Nach einigem Bedenken nimmt sie das Geld und geht nach Hause. Durch ihren Fund gelockt, geht sie am folgenden Tage wieder hinüber und findet genau and er- selben Stelle dasselbe Geld und in derselben Ordnung. So geht es eilf Tage fort, da entdeckt sie endlich ihr Glück ihrem Ehemann und aus war's. Als sie am zwölften Tage hin- überkam, war die Stelle mit Rasen wohl verschlossen und kein Geld mehr zu sehen.

662) Der Schatz in der Strecke bei Oelsnitz.

S. Köhler a. a. O. S. 559.

In Oelsnitz lebte im vorigen Jahrhundert ein Mann, Namens Fölk. Zu dessen Bett kam in der Nacht ein graues Männchen und sagte: „gehe mit mir." Aber Fölk ging nicht, auch nicht, als er zum zweiten Male kam. Doch erzählte er den Fall einem Andern, der ihm den Rath gab: „wenn's wieder kommt, so gehe mit!" Das Männchen kam wirklich zum dritten Male, Fölk kleidet sich deshalb an, bindet auch seine Schürze um und geht mit. Das Männchen führte ihn nun in einen Garten dicht außerhalb der Oelsnitzer Stadtmauer, in großer Nähe des jetzigen Gerichtshauses, und zwar auf die ebene „Strecke" des Gartens, wo ein Seiler seine Waaren drehte. An einem Orte der „Strecke" lag eine Steinplatte und zugleich ein großer schwarzer Hund, der aber ruhig blieb. Als sich die Steinplatte in die Höhe that, war ein eingelassener, mit Geld gefüllter Kessel zu sehen und das graue Männchen gab dem Fölk zu verstehen, er möge nun von dem Inhalte des Kessels in seine Schürze fassen, soviel er fortbringen könne. Derselbe that es auch. Als er genug hatte und seinen Rückweg antrat, mußte er wieder, wie dies auf dem Hinwege bereits geschehen war, über einen Zaun steigen, was ihm auch glücklich gelang. Da hörte er sich bei seinem Taufnamen: „Gottlob" ein-, zweimal rufen, ohne zu antworten. Als es aber zum dritten Male rief, entfuhr ihm ein „Was denn?" und plötzlich wurde ihm seine Schürze ganz leicht, der Schatz war ihm soweit entschwunden, daß er bei der Ankunft in seiner Wohnung nur noch zwei oder drei Zwanzigkreuzer in der Schürze hatte.

663) Klopfen zeigt einen Todesfall an.

S. Köhler a. a. O. S. 573.

Bei Oelsnitzer Bürgersleuten war ein Kind krank und

die Aeltern wachten abwechselnd die Nacht hindurch an dem Bette des Kindes. Als der Mann in später Stunde erwachte, klopfte es an den Fensterladen, und da sich das Klopfen wiederholte, rief der Mann: „was ist denn draußen?" er erhält die Antwort: „der Kluge ist gestorben!" Kluge, ein Oelsnitzer Kaufmann, ging am folgenden Tage wohl noch in seinem Garten umher, aber acht Tage nachher war er eine Leiche. Das Klopfen hatte seinen Tod angezeigt.

664) Das Erbhühnchen.

S. Köhler a. a. O. S. 574 fgg.

In Oelsnitz und der Umgegend zeigt sich das sogenannte Erbhühnchen, wenn Jemand sterben soll.

Einst war ein Knabe in Oelsnitz mit seinem kranken Schwesterchen Nachmittags allein in der Stube. Da lief auf einmal ein Vogel, grau, gerade wie ein Lachtäubchen, über die Stube unter das Bett und ließ ein „Gück, gück, gück, gück" schnell nach einander hören. Am folgenden Morgen war das Schwesterchen todt. Der Vogel war ein Erbhühnchen gewesen und hatte den Todesfall angezeigt.

Ein Einwohner von Unterhermsgrün sah die Erbhühnchen vor dem Tode seiner Frau. Das geschah jedoch, als er noch in Freiberg bei Adorf lebte. Er befand sich Nachmittags 4 Uhr in der Stube, als auf einmal zwei Erbhühnchen kamen und ihr „Lück, lück, lück" hören ließen; sie waren so groß wie Staare und etwas dunkler wie eine Lachtaube.

In Bobenneukirchen zeigten Erbhühnchen den Tod dessen, dem sie erschienen waren, an.

665) Die unheimlichen Gäste in Werda.

S. Köhler a. a. O. S. 537.

In dem Dorfe Werda bei Oelsnitz lebte ein junger Mann, der saß an einem Sonntagsabende im Winter ganz

5*

allein zu Hause und hatte ein Buch aus einem alten Schranke
zur Hand genommen, um darin zu lesen. In dem Buche
aber waren verschiedene Zeichen und Figuren, die er sich
nicht sogleich ausdeuten konnte. Deshalb zog er die Lampe
näher an sich heran, um besser sehen zu können. Als er
nun so eine Weile im Lesen und Ausdeuten vertieft war,
blickte er zufällig in die Höhe, fuhr aber wieder erschrocken
zurück, denn zu dem kleinen Schiebfenster herein sieht ein
rabenschwarzer Mann mit grinsendem Gesichte. Der Bursche
fragt nach seinem Begehr, erhält aber keine Antwort. Nachdem er sich vom Schreck ein wenig erholt hatte, liest er
ruhig weiter und ist bemüht, die Figuren ordentlich zu deuten.
Er sieht sich wieder um und wird zu seinem Schrecken gewahr, daß zu jedem Fenster ein schwarzer unheimlicher Gast
hereinsieht. Dabei ist er auf seinem Sitze wie festgebannt
und er kann fast kein Glied mehr regen. Jetzt will er das
Buch zumachen, denn es flimmert und tanzt ihm Alles vor
den Augen. Aber wie von einer unsichtbaren Macht gefesselt,
kann er seinen Blick nicht von dem Buche abwenden und er
fängt wieder an zu lesen. Jetzt aber entsteht im Hause ein
großes Gepolter und Getöse; auf einmal fliegt die Thüre
auf und ein langer schwarzer Mann kommt zur Thüre herein
und bleibt in der Mitte der Stube stehen. Der Lesende
fragt zum zweiten Male, was sein Begehr sey, erhält aber
wieder keine Antwort. Dabei muß er in dem Buche immer
weiter lesen, und es dauert gar nicht lange, so geht das
Gepolter von Neuem los und eine zweite schwarze Gestalt tritt in
die Stube und stellt sich neben die erste hin. Ohne von
seinem Buche aufzusehen, liest der Bursche immer fort. Jetzt
aber thut es einen Schlag, daß das ganze Haus in seinen
Grundfesten erschüttert wird, Fenster und Thüren springen
auf, ein blitzähnlicher Schein fährt durch die Stube und eine
dritte Gestalt, länger als die beiden ersten und noch wilder von
Aussehen tritt dabei in Begleitung von allerhand Thieren, als
Raben, Eulen und Elstern, in die Stube und stellt sich nun
zwischen die beiden ersten hinein. Jetzt aber wird's unserem

Geisterbeschwörer himmelangst und er ruft aus vollem Halse um Hilfe. Es dauert aber lange, ehe die gewünschte Hilfe kommt. Endlich kommt der Bruder des Burschen mit noch einigen Nachbarssöhnen nach Hause und diese sehen nun, was vorgefallen ist. Der Sohn des Wirths, der auch mit hinzugekommen war, läuft sogleich zum Pastor des Ortes, der auch erscheint, dessen Kraft aber zu schwach ist. Er giebt den guten Rath, es solle doch gleich einer nach Theuma zum Pater reiten, der könne Hilfe schaffen. Ohne sich lange zu besinnen, reitet der Sohn des Wirths nach Theuma und erzählt daselbst dem Pater, was vorgefallen ist. Derselbe läßt sich bewegen mitzukommen, und da er ankommt, ist bereits das halbe Dorf vor dem Hause versammelt und sogleich beginnt er seine Beschwörungen. Es dauert auch nicht lange, so entfernen sich die ungebetenen Gäste, nur der letzte hielt noch Stand und wollte nicht weichen. Als aber der Theumsche Pater ein großes Buch aus der Tasche zog, entfloh er unter fürchterlichem Gebrause durch den Schornstein und ließ einen Schwefelgeruch zurück. Das Buch aber, welches der Bursche gebraucht hatte, nahm der Pater mit und ermahnte noch den jungen Mann, solche Sachen fernerhin zu lassen und nichts zu unternehmen, was er nicht verstehe.†)

666) Der Teufel in der Rockenstube.
S. Köhler a. a. O. S. 505.

Im vorigen Jahrhundert pflegten die Mädchen von Raasdorf und Tirschendorf abwechselnd in einem der beiden Dörfer in einer Rockenstube zusammen zu kommen und sie trieben das so eine Reihe von Jahren. Als sie eines Abends in Raasdorf zusammen waren und auf ihre Geliebten die Rede kam, da sagte eins der Mädchen, welches keinen Burschen zum Schatze hatte, „ich habe keinen, muß aber einen bekom-

---

†) Eine ähnliche Geschichte erzählt Haupt, Sagenbuch der Lausitz. Bd. I. S. 184 fgg. und eine dritte wird unten aus dem altenburgischen Dorfe Tautenhain berichtet werden.

men und sollte es der Teufel sein!" Etwa um 11 Uhr
Abends kommt eine sonderbare Gestalt in die Rockenstube,
er hatte einen Pferdefuß, war einem großen Mann ähnlich
und trug einen grünen Rock: es war der Teufel. Er setzte
sich und blieb sitzen. Alles war gestört und in banger Erwartung. Um 12 Uhr endlich brachen die Tirschendorfer
Mädchen auf, um nach Hause zu gehen, da entfernte sich der
Teufel auch. Als die Gesellschaft die Höhe des Berges
zwischen Raasdorf und Tirschendorf, die Koppel, erreicht hatte,
entstand auf einmal ein furchtbares Geschrei unter den Mädchen. Jenes Mädchen, welches sich zum Geliebten nöthigen
Falls den Teufel gewünscht hatte, wurde in die Luft gehoben,
schwebte immer höher, war weg und ist auch nicht wieder
gekommen, die Mädchen von Tirschendorf haben blos noch
deren Haube gefunden.

667) Zacher Gocof.
S. Köhler a. a. O. S. 546 fgg.

In Unter-Heinsdorf bei Reichenbach existirte die Familie
Gocof (Jacobi), in der, wie man erzählt, mehrere Jahrhunderte hindurch gewisse geheimnißvolle Kenntnisse forterbten.
Es waren die Gocofe Heilkünstler und Wunderdoctoren und
der letzte Gocof mit dem Zunamen Zacher (Zacharias), welcher vor ohngefähr 40 Jahren starb, war nicht blos durch
ein Mittel gegen den sogenannten Nachtschatten, eine Augen-
krankheit, berühmt, sondern er verstand auch ein gutes Weich-
und Schnellloth herzustellen und war nebenbei ein geschickter
Holzschnitzer. Bei seinem Tode war eine Kammer voll wunderlichen Kram, Fläschchen mit Tincturen, Knochen, Bücher
und Manuscripte vorhanden, allein seine Hinterbliebenen
übergaben Alles aus abergläubischer Furcht dem Feuer. Er
selbst ging stets sehr einfach, fast abgerissen einher, obgleich
er sehr wohlhabend war. Man erzählt nun von ihm folgende
Teufelsstückchen:

Einstmals, als er eben zu Mittag aß und die Fliegen ihn sehr beläftigten, nahm er einen Teller, pfiff eine eigne Melodie und sämmtliche Fliegen setzten sich auf den Teller, den er dann hinauszutragen befahl.

Ein anderes Mal wurde ihm Holz gestohlen, die Diebe trugen es fort, und, wie sie meinten, in ihre Wohnung. Aber als sie an Ort und Stelle gekommen zu sein dachten und sich von ohngefähr umsahen, waren sie in Zachers Hofe, Zacher aber kam zur Thüre heraus und sagte: „nun, legt's nur hin und geht heim!" und die erschrockenen Diebe thaten's auch.

Einem seiner Knechte war auf dem Felde die „Kratz" gestohlen worden. Als er ohne dieselbe nach Hause kam, befahl ihm Zacher vor die Hausthüre zu treten. Da kommt ein Nachbar, welcher der Dieb war und bringt die Kratze in den Hof.

Einst hatte ihm eine Magd Rüben und Möhren entwendet und kochte sie zu Hause. Aber sie mußte den Topf samt den Rüben und Möhren zu Gocof tragen. „Siehst Du," sagte dieser, „hätteft Du gefragt! Nun, gehe nur, und nimm Dir noch Rüben, die bringst Du mir aber nicht!"

668) Sagen von Elfterberg.
Mündlich.

Im Brunnen des Schlosses Elfterberg wohnt ein grüner Nix, der die Kinder hineinzieht. Er ist sehr tief und steht mit der Elster in Verbindung. Als die Herren von Lobbaburg es bewohnten, warf einmal ein Diener eine Ente, der er ein rothes Bändchen um den Hals gebunden hatte, hinein und siehe! er sah sie tief unten im Grunde auf der Elster schwimmen. Dort ist auch eine goldgefüllte Braupfanne, welche eine weiße Jungfrau mit einem großen Schwerte bewacht. Man sagt auch, daß die mittlere Glocke daselbst aus Silber bestehe, angeblich hat sie im 30jährigen Kriege ein General Namens Bose aus Großglogau entführt und hierher gebracht. Ein anderes Glöckchen auf der Stadtkirche zu St. Lorenz war von Silber und läutete den Ablaß ein, der sich soweit erstreckte, als man ihren Schall hörte und weil man dies in Bünau noch konnte, mußten die Bauern von da ein Fuder Getreide an die Elsterberger Geistlichkeit jährlich zinsen, ja viele Nürnberger ließen sich auf dem dasigen Kirchhofe begraben, um jenes Ablasses theilhaftig zu werden. Im Schlosse wohnten einst Raubritter und diese hatten das- selbe mit einer andern Feste, die am Fuße der Weßnitz auf einem steilen Hügel errichtet war, durch unterirdische Gänge und eine lederne Brücke in Verbindung gesetzt. Allein 1384 wurden diese Burgen erstürmt und ihre Besitzer hingerichtet.

669) Der wilde Jäger im Pöhlgrunde.

S. Fickenwirth, Chronik v. Lengefeld. Reichenbach 1859. S. 165.

Früher trieb der wilde Jäger sein Wesen im Pöhlholze bei Lengefeld. Einst wagte sich ein kühner Mann mit Weid- mannsruf und Herumspringen unter diese Huhu schreienden unsichtbaren Jäger und kläffenden Hunde, fand aber am andern Morgen als Lohn ein Stück Aas von der Feldmeisterei an seiner Hausthüre aufgehängt.

670) Der Stein zu Waldkirchen.

S. Fickenwirth a. a. O. S. 275.

Mitten im Dorfe Waldkirchen bei Reichenbach befindet sich ein kleiner Teich und auf dem denselben begrenzenden Damm, 16 Schritte östlich von dem durch die Mitte des Dorfes schneidenden Fahrweg, steht ein Stein, $3/4$ E. hoch, oben in einen Thierkopf ausgehend. Er soll daran erinnern, daß im 30jährigen Kriege ein durch das Dorf sprengender schwedischer Reiter mitten im Orte in einen bodenlosen Morast gerieth und nebst seinem Pferde in demselben versank und umkam.

671) Das Schnitzwerk in der Kirche zu Neumark.

S. Köhler a. a. O. S. 608.

Dieses berühmte Schnitzwerk befindet sich am herrschaftlichen Chor und soll von dem Diener eines Herrn von Römer,
denen das Gut schon lange gehört, ausgeführt worden
sein. Ueber die Entstehung dieser Schnitzerei wird erzählt,
der Künstler habe einer Unthat wegen aufs Zuchthaus kommen sollen, habe sich aber die Gnade ausgebeten, vorher
diese Arbeit ausführen zu dürfen. Man gestattete es ihm,
aber er soll seine Arbeit nie vollendet haben, so daß er dem
erbetenen Worte gemäß auch seine Strafe niemals ver-
büßt hat.

672) Pumphut in der Burkhardtsmühle.

Bearbeitet von Julius Schanz; sonst auch bei Bechstein S. 478. Metrisch
beh. v. E. Hager H. II. S. 8 sq.

Es mag wohl schon lange her sein, als im Voigtlande
ein alter Müllerbursche, mit Namen Pumphut, lebte, der
dem Wasser nach von Mühle zu Mühle ging. Wo es ihm
gefallen mochte, da blieb er und für ein Glas Branntwein
und ein Stück Brot machte er zur Ergötzung der Müllersleute und ihrer Nachbarn viel lose Schwänke und spaßige
Dinge. Wo man ihn gut aufnahm, da ging er mit zufriedener Miene fort; wo sie ihm aber schlechte Kost vorsetzten
oder ihn gar hungrig gehen ließen, da spielte er oft den
Leuten arg mit.

In der Burkhardtsmühle waren alle Müller der Umgegend versammelt mit ihren Weibern und schönen Töchtern
und es ging lustig darinnen zu. Die Fidel und der Dudel-
sack durften dabei nicht fehlen und die Müllerin hatte schon
manche geleerte Flasche herausgetragen. „Halt", dachte der
Pumphut, der zufällig vorbeischritt, „da giebt es einen Schmaus,
das ist so Etwas für Dich!" Er trat ohne viele Worte zu
machen in die volle Gaststube und setzte sich in einen Winkel.

Der Knabe, der den Schenken machte, urtheilte dem Aussehen nach, es sei ein feiernder Mühlbursche, und trug ihm
einen ordinären Schnaps und ein Stück trocknes Brot hin.
„Da Alter, könnt Ihr Euch einmal Etwas zu Gute thun“, sagte
der Knabe. Aber das erzürnte den Pumphut im innersten
Herzen, daß er sich so getäuscht hatte und er schwur bei sich,
dem Müller einen losen Streich zu spielen. „So wahr ich
Pumphut heiße“, murmelte er vor sich hin. Und er that's.
Beim Weggehen fragte er den Jungen, was denn das Fest
eigentlich bedeute. „Es soll das Rad gehoben werden“, gab
dieser zur Antwort. Pumphut schlich sich mit schelmischem
Blicke durch das Pförtchen, machte am Rade seinen hocus
pocus und trollte sich lustig von dannen. —

Nachdem die Gäste in der Mühle sich tüchtig satt gegessen
und getrunken hatten, schickten sie sich an zum Radhub. Sie
hatten Alles vorher richtig abgezirkelt und abgemessen und
glaubten bald damit im Reinen zu sein, aber o Wunder!
die Welle war jetzt nicht weniger als eine halbe Elle zu kurz.
Alles stand im ersten Augenblick stumm vor Schreck, bis der
Müller in ein lautes Geschrei ausbrach und sich die Haare
zerraufte. „Es paßte vorher wie angegossen“, rief einer. „Zum
Teufel“, ein Anderer. Endlich ließ sich eine Stimme vernehmen: „das ist gewiß ein Streich von Pumphut“. Und nun
fielen Allen die Schuppen von den Augen, der Mühlbursche im
Winkel war kein anderer als der Schwarzkünstler selber gewesen.
„Lauft ihm nach, lauft ihm nach!“ schrie Alles, und es dauerte
gar nicht lange, da finden sie ihn am Bache sitzen. Er
wußte wohl, was sie wollten, und folgte zunächst ihrer Einladung zum Schmause. Als er sich vor Aller Augen tüchtig
sattgegessen hatte, klagte man ihm den Unfall und ließ die
Frage mit unterlaufen, ob dem nicht abzuhelfen sei. „Da
müßte der Kuckuck drin sitzen; schenk' noch Einen ein, Junge,“
sprach Pumphut. Darauf ging er mit hinaus, sah mit
schelmischem Gesichte die verkürzte Welle, klopfte hinten und
vorne mit dem Hütchen daran, und als man das Rad zum
zweiten Male hob, da paßte die Welle so prächtig wie vor-

her. Die Müllersleute aber gaben dem Pumphut, so oft er
später kam, Butter zum Brot und bessern Branntwein als
beim Rabhub.

---

673) Pumphut im Bauerhause zu Wallengrün.

Bechstein a. a. O. S. 477. Metr. beh. v. Hager. H. II. S. 3 sq.

Einst saß in einem Bauerhause zu Wallengrün die
Familie groß und klein beim Mittagsmahle am Tische, um-
schwärmt von einer ungeheuren Schaar von Fliegen, als sich
die Thüre aufthat, und Pumphut — so nannte man ihn
wegen seines eigenthümlich geformten Hütchens — oder
Graumännchen (wegen seiner Kleidung) hereinsah. Er wurde
freundlich willkommen geheißen und zur Theilnahme am Essen
eingeladen, was er sich nicht zweimal sagen ließ, sondern
rasch dabei war. Gleich als ihm die Bäuerin den schweren
Kloß auf den Teller gelegt hatte, ereignete sich ein Spaß,
denn wie Pumphut besagten Kloß zertheilen wollte, zeigte
der Kloß sich von einer solchen Härte, daß er unter dem
Messer Pumphut's hinwegschlüpfte, wie eine Kanonenkugel
durch die Stubenthüre schlug, durch die dieser gegenüber
befindliche Stallthüre ebenso fuhr, und sich auf dem Horne
eines alten Ochsen spießte. Alle sperrten vor Verwunderung Maul und Nasen auf. Pumphut aber nahm sich
ruhig einen Kloß nach dem andern, und verzehrte ihn mit
großem Wohlbehagen. Da ihn nun die Fliegen bei dieser
angenehmen Arbeit auf's Aeußerste belästigten, so brummte
er über diese große Menge gegen seine Wirthe, und rieth,
daß man doch das Ungeziefer zur Thüre hinausjagen solle.
„Ja, wenn sie sich hinausjagen ließen und draußen blieben,"
ward ihm erwiedert, „was hilft denn aber das Hinausjagen?"
„Nun," entgegnete Pumphut, „so solltet Ihr sie doch nur so
lange an einem besondern Platz bleiben lassen, bis das liebe
Essen verzehrt ist, daß man Ruhe hätte vor den zudringlichen
Bestien!" Alles lachte, und der Hausherr sagte: „thue Er es
doch Pumphut, bringe Er doch die Fliegen auf einen Platz,

Er ist ja ein Hexenmeister!" Der Pumphut fletschte die Zähne, legte sein Hütlein auf eine besondere Stelle, gebot den Fliegen sich hinein zu begeben und zum Erstaunen Aller schwärmten alle Fliegen wie ein Bienenschwarm in den Hut, so daß er voll und übervoll wurde und sie über den Rand noch wimmelnd über einander krochen. Pumphut aber wischte sich den etwas großen und breiten Mund, bedankte sich fein, nahm den Hut sammt den Fliegen, trug sie zur Thüre hinaus und schüttelte sie draußen in die Milchtöpfe, indem er laut lachend von dannen ging.

674) Der Klapperer auf dem Kirchhofe zu Thierbach.

Bechstein a. a. O. S. 481 sq. Metr. bearb. v. Hager H. I. S. 15 sq.

Auf dem Kirchhofe zu Thierbach ohnweit Pausa war vor Zeiten ein Gerippe, dessen Knochen alle noch zusammenhingen. Es stand in einer Mauernische und diente der Dorfjugend theils zum Schreck, theils zum Frevel. Wenn der Wind stark wehete, schlugen die gebrechlichen Glieder klappernd zusammen, darum nannte man es den Klapperer. Das Gerippe hatte einst einem reichen Bauernsohn, man sagt dem Sohne des Schulzen angehört, der ein armes Mädchen aus dem Dorfe liebte und um ihre Unschuld betrog. Als dies geschah, hatte er ihr zugeschworen: „wenn ich Dir untreu werde und Dich nicht nehme, soll mein Leib niemals im Grabe ruhen!" Aber er durfte das Mädchen doch nicht heirathen, und wollte hernach auch nicht, und freite sich eine reiche Frau. Die Arme aber fand doch auch einen Mann, der sie zu Ehren brachte, jener Treulose aber wurde nicht glücklich mit der reichen Frau, vielmehr höchst unglücklich, und da ergab er sich dem Trunke und starb an einem unglücklichen Sturz, den er in der Trunkenheit gethan. Er ward begraben, aber der Sarg mit seinem Leibe hatte keine Ruhe in der kühlen Erde, er hob sich empor und immer sah man ein klein wenig davon aus dem Grabe ragen. Man schüttete frische Erde darauf, es half aber nichts und der

Sarg rückte immer höher. Da hob man ihn endlich heraus
und stellte ihn in ein offenes Gewölbe, wo man die Todten-
bahre zu verwahren pflegte. Allmählig verfiel der Sarg
und das Gerippe wurde frei und Allen sichtbar. Darüber
gingen aber Jahre hin und Viele wußten schon nicht mehr,
wie der geheißen, der einst in diesem Leibe gewandelt, aber
die Sage ging, daß er immer noch wandere, rastlos und
ruhelos. Da wurde zu Thierbach eine Hochzeit gehalten,
auf der viele Junge und Alte waren, und das junge Volk
spielte ein Pfänderspiel. Es war schon Mitternacht. „Was
soll das Pfand thun, das ich in meiner Hand trage?“ fragte
eine Stimme. „Es soll den Klapperer vom Kirchhofe hierher
tragen!“ erscholl die Antwort. Alles lachte, aber fast unbemerkt war der, dem das Pfand gehörte und der die kecke
Dirne liebte, die einen so frevelhaften Wunsch ausgesprochen, zum
Kirchhof gegangen, hatte sich mit dem Klapperer beladen
und kam bald darauf mit seiner Last angerasselt. Alles
schrie auf vor Schreck und Entsetzen, der Bursche aber war
stolz auf seine Courage. Mitten in den Lärm der jungen
Leute trat aber ein alter Mann und sprach ernste Worte: „gebt
dem Klapperer Alle die Hand, und bittet ihn um Verzeihung,
daß Ihr ihn gestört, sonst wird Unglück über Euch kommen.“
Zagend thaten die Versammelten, was der Alte gebot, nur
ein Mütterlein stand fern, und Thränen zitterten in ihren
Augen. „Auch Du, auch Du mußt bitten!“ rief ihr der Alte zu.
Und sie schritt zitternd heran, faßte die Knochenhand und
flüsterte: „verzeihe, wie ich selber Dir verzeihe!“ Es war
die Verlassene. Siehe da lösten sich gleich die Knochenbänder
und das Gerippe sank aus einander. Man sammelte und
begrub die Knochen und der Klapperer hatte nun Ruhe.

---

675) Das Diakonat zu Pausa.
Ziehnert Bd. III. S. 284. Daraus (ohne Angabe der Quelle) im
Jlluftr. Familienjournal 1855. Nr. 86. S. 460.

Im Jahre 1572 wurde zu Pausa der erste Diakonus

angestellt, welcher aber erst 1583 eine eigene Amtswohnung erhielt, und zwar durch einen Todtschlag. Nämlich Wolf Schaufel, ein Bauer aus dem ³/₄ Stunde von Pausa gelegenen, jetzt den Fürsten von Greiz gehörigen Dorfe Bernsgrün hatte einen Bürger von Pausa erschlagen, und wurde vom Churfürsten zu 60 Fl. Strafe verurtheilt. Dieses Blutgeld erbat sich der Rath von Pausa und kaufte dafür ein armseliges Häuschen zur Amtswohnung für den Diakonus. Später als dasselbe doch zu klein und wandelbar erschien, ward es verkauft, und dafür ein anderes geräumiges Haus am Markte gekauft. Von diesem ging die Sage, daß darin drei Jungfern, Schwestern, welche ihre Schätze darin vergraben hätten, bei Nacht umgingen, und namentlich auf dem obern Boden ihr Unwesen trieben. Im Jahre 1822 brannte der größte Theil der Stadt und auch das Diakonat mit ab. Beim Aufbau vernachläßigte man dasselbe so lange, daß man am Ende den Stall des zur Pfarrwohnung angekauften Gasthofes als Wohnung für den Diakonus einrichten mußte, welche freilich sehr feucht und sonnen- und mondenscheinlos war. Merkwürdiger Weise hat man aber von dieser Diakonatsstelle den Spruch: Diaconus Pausanus nunquam moritur (b. h. in Pausa stirbt der Diakonus niemals), weil alle, die diese Stelle bekleideten, bald wieder versetzt zu werden pflegen, so daß es also trotz jener schlechten Wohnung nie an Bewerbern um dieses Amt fehlen dürfte.

676) Die Duellanten im alten Gasthofe zu Pausa.
Metrisch bearb. v. Hager H. I. S. 47 sq.

In dem alten Gasthofe zu Pausa soll es seit der zweiten Hälfte des vorigen Jahrhunderts in einem der obern Zimmer umgehen. Einst sollen nämlich dort zwei Studenten eingekehrt sein, sich aber entzweit und ihren Streit auf frischer That mit den Schlägern, die sie bei sich führten, ausgemacht haben. Am andern Morgen fand man sie Beide todt in ihrem Blute. Seit dieser Zeit wiederholt sich jedesmal am Jahrestage dieser Begebenheit um Mitternacht der Zweikampf der beiden Jünglinge in jenem Zimmer, doch thun sie Keinem, der zufällig in dieses Zimmer kommt, etwas zu Leide.

---

677) Der schwarze Bär im Wäldchen bei Mittelhöhe.
Metrisch bearb. v. Hager H. II. S. 18.

In dem in der Nähe von Mittelhöhe befindlichen Wäld-chen läßt sich seit längerer Zeit ein bärartiges Thier mit feurigen Augen und schwarzem Felle sehen, welches die Vor-übergehenden durch sein Brummen erschreckt und verscheucht. Man sagt, es sei in den Körper dieses Ungethüms die Seele eines sehr harten Försters gefahren, der die armen Leute, welche sich Holz aus dem Walde geholt, stets auf das Grau-samste gemißhandelt habe, einst aber, als er gerade auf einen alten Greis, der sich Holz zusammengesucht und auf sein Rufen nicht gestanden habe, habe schießen wollen, durch Selbstentladung seines Gewehres seinen Tod gefunden und seit dieser Zeit ruhelos umherwandle.

---

678) Der Schatz im Steinbühel zu Oberhermsgrün.
Metrisch beh. v. Hager a. a. O. H. I. S. 25 sq.

In dem Steinbühel zu Oberhermsgrün liegt ein Schatz verborgen, der noch zu heben ist. Einst kam in der Mitter-nachtsstunde zu einem jungen Bauerburschen im Dorfe ein graues Männchen und forderte ihn auf, mit ihm zu gehen und den Schatz zu heben. Hans hatte aber keinen Muth, sondern verkroch sich tief in das Bette. Als das Männchen in der nächsten Nacht wiederkehrte, wagte er das Unterneh-men eben so wenig und begab sich sogar die dritte Nacht in die Kammer seiner Braut, weil er bei dieser sicher zu sein wähnte. Allein kaum hatte die Glocke Zwölf geschlagen, so war auch das Männchen wieder da und rief dem furcht-samen Hans zu: „heute komme es zum letzten Male um ihm Glück zu bringen, wenn er jetzt nicht folge, werde es niemals wiederkehren". Allein der dumme Hans wollte auch dies

Mal nicht mitgehen, so sehr ihn auch seine Braut, die gerne reich werden wollte, antrieb. Am andern Morgen ging er endlich an den bewußten Ort, aber wie ward ihm, als er ein tiefes Loch und am Rande einen Topf stehen fand, in dem wie um ihn zu höhnen noch ein Silberdreier lag.

---

679) Die heilige Vehme am Wünnelstein.

Metrisch beh. v. Hager a. a. O. H. I. S. 35 sq.

Einst als noch die Vehme ihr heimliches, aber oft gerechtes Gericht über Verbrechen hielt, die vor dem weltlichen Richter keine Bestrafung fanden, lebte ein Junker von Bode, im ganzen Voigtlande als wüster Mädchenverführer verrufen. Derselbe hatte nun auch ein Mädchen, das am Wünnelstein wohnte, sich geneigt gemacht und derselben ihre Unschuld zu rauben gewußt, dann aber dieselbe, als sie ihn mahnte, ihr sein Wort, sie ehelichen zu wollen, zu halten, höhnisch zurückgewiesen. In der Verzweiflung gab sie sich selbst den Tod vor seinen Augen, als er aber schuldbewußt nach seinem Schlosse eilte, ward er plötzlich von den Dienern der Vehme, die im Wünnelstein ihren Sitz aufgeschlagen hatte, ergriffen, vor den Freigrafen geführt und auf dessen Befehl mit drei Dolchstichen ermordet. Seit dieser Zeit irrt sein blutiger Schatten den Dolch in der Brust um den Wünnelstein herum und erschreckt den einsamen Wanderer durch sein Wehklagen.

---

680) Der Lindwurm bei Syrau.

Nach mündlicher Ueberlieferung bearbeitet von Julius Schanz.

Vor vielen hundert Jahren hauste ein scheußliches Ungeheuer im Walde bei Syrau, das hatte einen Leib wie eine Schlange, mit starken Schildern bepanzert, und wenn es mit seinen Drachenflügeln den Leib schlug, machte es ein Getöse wie zehn Mahlgänge. Den ganzen Tag lag es im Walde und wen es sah, den zermalmte es mit seinen fürchterlichen

Zähnen und briet ihn an dem Höllenfeuer, das aus seinem
Rachen fuhr. Weder Mensch noch Thier war vor ihm sicher.
Da aber die Bauern es nicht zu bezwingen vermochten,
schlossen sie einen gütlichen Vergleich mit ihm ab: er solle
alle Wanderer, welche diese Straße zögen, auffressen, die
Syrauer aber ungeschoren lassen. Das ward ruchbar im
ganzen Land und Niemand betrat mehr die gefürchtete Straße.
Hunger aber thut weh, dem Thiere wie dem Menschen, und
so wagte sich das Ungeheuer wieder an die sich ängstigenden
Syrauer. Alltäglich hofften diese unter Flehen und Beten
auf die Ankunft des tapfern Ritters St. Georg, der den
Lindwurm tödten sollte, allein es zeigte sich keine Spur von
dem Heiligen, so viel sie auch Messen lesen ließen. So
mußten sie sich denn einstweilen drein ergeben und jeden
Tag dem fürchterlichen Ungeheuer einen Menschen vorwerfen.
Der kranke Gürge opferte sich freiwillig dem Tode. Da aber
dieses weiter Keiner nach ihm thun wollte, so mußten die
Bauern durch's Loos bestimmen, wer der nächste Unglückliche
sein solle. Schon waren Einige diesem grausamen Schicksale
verfallen, als auch die schöne Elsbeth, die Tochter des größten
Bauern, das entsetzliche Loos treffen sollte; schon am nächsten
Morgen vor Sonnenaufgang sollte sie dem Drachen vorge-
worfen werden. Als man ihr dies ansagte, ward sie tobten-
bleich, denn sie hatte den schmucken Hans in ihr Herz eingeschlossen und wurde von diesem auf's Zärtlichste wieder
geliebt. Hans sagte kein Wort, ging fort, nahm eine Heugabel, schliff und pfiff bis tief in die Nacht hinein. Und
als nach dem dritten Hahnenschrei das Mägdlein herausge-
führt ward und Alles weinte, denn die Elsbeth war so gut,
da kam ihnen ein Mann entgegen, der eine lange Gestalt
hinter sich herzog, die Heugabel auf der Schulter tragend.
Ein Freudenschrei durchbebte bei diesem Anblick die kühle
Morgenluft, da man den Hans erkannte, der den Drachen
im Schlafe erwürgt hatte. Elsbeth war die glücklichste Braut
unter der Sonne, und die Syrauer baueten zum Gedächtniß
dieser That eine Kapelle „unserer lieben Frauen."

681) Der Spannbauer im Syrauer Walde.

Metr. beh. v. Hager H. I. S. 43.

Im Syrauer Walde erblickt man bei Tage und bei Nacht zuweilen ein Gespenst in Bauerkleidern, welches gewöhnlich eine Tabakspfeife in der Hand trägt, aber wenn es gegrüßt wird, nicht zu danken pflegt. Es ist dieses der ruhelos herumgehende Geist eines Bauers aus Syrau, der im letzten Franzosenkriege französisches Soldatengut unter Escorte nach Plauen fahren mußte. Die raubgierigen Soldaten suchten ihn durch Schimpfreden und Mißhandlungen zu veranlassen, sich zu entfernen, um sich seines Wagens und seiner Pferde auf leichte Weise zu bemächtigen, da er aber ihre Absicht merkte, so ließ er sich durch nichts bewegen, sein Geschirr zu verlassen. Da schlugen ihn die Barbaren todt, ließen ihn liegen und fuhren mit seinem Eigenthum auf und davon, sein Geist aber hat im Grabe keine Ruhe und sucht noch heute seinen verlorenen Wagen und Pferde.

682) Der unheilvolle Andreasabend.

S. Köhler a. a. O. S. 572.

In den siebenziger Jahren des vorigen Jahrhunderts trug sich in Schreiersgrün bei Treuen Folgendes zu. Sechs erwachsene Mädchen wollten am Andreasabend die Wäschstange schütteln†) und mußten, um zu derselben zu gelangen, über eine Hecke steigen. Als sie schüttelten, hörten sie auf

---

†) Im Voigtlande schütteln die Mädchen am Andreasabend einen Erbzaun, d. h. einen Zaun, der sich an einem geerbten Grundstücke befindet, und sprechen dazu:

„Erbzaun ich rüttle Dich,
Feines Liebchen, ich bitte Dich,
Du wolltest mir lassen ein Hündlein bein (bellen)
Wo mein Herzallerliebster wird sein."

Dann horcht man auf Hundegebell, und in jene Gegend, woher dasselbe erschallt, dahin heirathet man (s. Köhler a. a. O. S. 382).

einmal von einem geheimnißvollen Wesen die Worte: „Ein Scheffele Därmer!" Sogleich rissen die sechs Mädchen aus und machten sich wieder über denselben Zaun aus dem Garten heraus. Aber das letzte Mädchen verfing sich in dem Geäst, stürzte nieder und verwundete sich dergestalt, daß ihr das Gedärme aus dem Leibe heraushing.

683) Von alten Goldstücken in Treuen.

S. Köhler, a. a. O. S. 558.

In Treuen gab's in den katholischen Zeiten drei Kirchen. Eine davon hieß die Hilfskirche, diese lag mit ihrem Gottesacker ganz unten, wo man von Altmannsgrün her in die Stadt kommt. Ein alter Einwohner, Bär mit Namen, hatte auf demselben Grund und Boden sein Haus nebst umliegenden Grundstücken. Darunter war eine Wiese, welche einen Abhang mit etwas hervorragenden Steinen, wie von einer Mauer, hatte. Um diese Wiese zu ebenen, wurde der Abhang (in den 90er Jahren des vorigen Jahrhunderts) abgegraben und man kam auf einige Grabgewölbe und in denselben fand man mehrere Menschengerippe und bei einem derselben drei Goldstücke. Auf einem waren drei, auf dem andern zwei, und auf dem dritten ein Menschenkopf abgebildet. Der alte Bär nahm die Goldstücke an sich und legte sie auf den Fensterstock der Oberstube. Seine Schwester rieth ihm, diese Goldstücke ja nicht vor Ablauf eines Jahres auszugeben; doch Bär folgte nicht, denn nach etwa drei Vierteljahren nahm er dieselben mit auf den Auerbacher Jahrmarkt und verkaufte sie an einen Goldschmied. Nach einem Vierteljahr war er todt.

684) Der Gott Thor in Thossen.

S. XVII. Jahresbericht des Alterth.=Vereins in Hohenleuben S. 81 fgg.

Die Kirche des Dorfes Thossen bei Plauen, welche Filial von Robersdorf ist, wurde auf der Stelle eines heidnischen

6*

Opferplatzes erbaut und der Altar unmittelbar über die heilige Quelle gesetzt. Um aber die heidnischen Slaven mit desto besserem Erfolge zu dieser Kirche zu bekehren, erlaubte man sich den frommen Betrug, die auf dem Altar aufgestellten Heiligenbilder mit slavischen Gottheiten zu verschmelzen. Man schrieb deshalb an das Gewand des h. Martin, welchem die Kirche geweiht war: ToR E WoR (d. h. Thor est voster, noster: er ist Euer und unser Thor) und auf das Kleid der in der Mitte stehenden Jungfrau Maria schrieb man: MARIA OM WRA EYA NORA E WORRA (d. h. Maria Om Vostra est, Yr nostra et vostra: die Maria ist Euere Om†) und unsere und Euere Hira).

685) Die Bruderfichte bei Thossen.

Nach mündlicher Ueberlieferung bearbeitet von Julius Schanz.

Als der Herr Jesus noch auf der Erde wandelte, kam er auch einmal mit allen seinen Jüngern nach Sachsen und zwar in's Voigtland. Gerade zu dieser Zeit schickte der liebe Gott einen recht starken Regen, und weil der Herr und seine Jünger keine Regenschirme hatten, wurden sie arg durchnäßt.

Die Apostel sahen sich deshalb nach Schutz um. Da erblickte Einer einen hohen, breiten Fichtenbaum, der frei im Felde stand. „Ei," sagte er, „laß uns, o Herr, unter des Baumes Aeste treten und den Regen vermeiden".

Der Herr aber sah ihn mit seiner gewohnten Freundlichkeit an und erwiderte: „Der uns den Regen gesandt, wird darnach auch Sonnenschein senden".

Der Jünger des Herrn meinte aber doch, es sei besser, jetzt zu thun, was man könne, als von Hoffnung zu leben.

---

† Hom wird unter den ältesten Genien der Zend=Avesta der Baum des Lebens genannt und Om ist noch jetzt der Buddhistische Begriff von der höchsten und heiligsten Intelligenz des Weltalls und über den Kreislauf der Seelenwanderung erhaben (S. Bariscia Bd. IV. S. 57. Nork, Mythol. Wtbch. Bd. II. S, 236, Coleman, Mythology of the Hindus. Lond. 1832 p. 136) die höchste Gottheit, deren Namen man nicht laut aussprechen darf.

Er lief also, durch den Regen hindurch, zu der Fichte hin und stellte sich darunter. Kaum hatte er aber zwei Augenblicke gestanden, als der Baum seine Aeste zur Erde senkte, wie ein geschlagener Haushahn seine Flügel, und als das Wasser, das seine Zweige trugen, auf den Jünger wie mit Kannen herabgoß. Da bemerkte der letztere, daß draußen auf dem Felde die Sonne schien und er aus dem Regen unter die Traufe gekommen war. Er griff daher rasch nach seinem Stabe und lief dem Herrn und den übrigen Jüngern nach.

Der Herr Jesus sah ihn an und schwieg; der Jünger aber schlug die Augen nieder und erröthete.

Zum Wahrzeichen allen Zweiflern läßt der Baum seine Aeste hangen bis auf den heutigen Tag.

686) Sage vom Entstehen des Stelzenbaumes.
Nach mündlicher Ueberlieferung bearbeitet von Julius Schanz.

In dem Dorfe Thossen war einmal ein guter ehrlicher Schäfer, der schon manchen Winter erlebt hatte, ohne daß sein Haar grau geworden wäre, und der manchen heißen Sommer hindurch die Schaafe mit seinem Spitz treulich bewacht hatte. Noch niemals hatte er ein Schaaf durch den räuberischen Wolf verloren, als er endlich doch von diesem heimgesucht ward. Der Alte hatte sich ein Wenig niedergelegt, um zu schlafen, der Hund war einer Hasenspur gefolgt, und der Wolf, der im Busche gelauert hatte, raubte zwei Schöpse, ohne daß es Jemand bemerkte. Als der Hirt am Abend heimtrieb und der Herr unter der Thüre des Schafstalles stand, und die Heerde musterte, vermißte er die zwei Schöpse und ließ den Alten hart an. Betrübt lief dieser davon, die Verlorenen zu suchen. Da kam ein Knecht des Herrn, der dem Schäfer feind war, und verkündete mit geheimnißvoller Miene, daß der Fleischer so eben zwei Schöpse von der Heerde nach der Stadt getrieben. Der Herr glaubte steif und fest, es seien die seinigen gewesen und lief stracks dem Schäfer nach. Als er seiner von ferne ansichtig wurde, schrie er wüthend: „du heuchlerischer Spitzbube, was suchst Du noch, wenn Du sie dem Fleischer verkauft hast?" — Der Alte wußte nicht, wie ihm geschehen war, und betheuerte hoch und heilig seine Unschuld. Der Herr aber schrie und tobte und drohte ihm, noch heute all seine Habe zu nehmen, wenn er die gestohlenen Schöpfe nicht ersetze. Du hub der Alte feierlich an: „Gott im Himmel, erzeige Gerechtigkeit Deinem unschuldigen Knechte!" — Und er steckte seinen Stab in die Erde und schwur dreimal und sprach: „Dieser dürre Stab soll wurzeln, wachsen und gedeihen, wenn ich ohne Schuld bin. Ist aber der Diebstahl an mir, so zerfalle er jetzunder in Asche." — Als der Herr am andern Tage wieder auf denselben Platz kam, stand der Stock und hatte bereits Knospen und schlug aus. Er wuchs empor zu einem großen, seltenen Baum und steht bis auf diesen Tag, ringsum sichtbar, auf einer Hochebene, damit Jedermann sehe, wie der Herr die Unschuld beschützt.

687) Die Kiefer zu Stelzen.†)
Curiosa Sax. 1737. S. 331. cf. Misander, Delic. Bibl. T. V. P. XVI. S. 471.

Stelzen heißt ein Dorf, welches in das Voigtsberger Amt gehört. Da hat einst einem Bauer geträumt, er solle nach Regensburg reisen, auf der dortigen Brücke werde er reich werden. Der Mann steht auf, nimmt seinen Ranzen mit etwas Viktualien von Brod und Butter, aber sehr wenigem Geld, weil er arm war, und geht fort nach Regensburg, spazirt etliche Tage auf der Brücke hin und her, es meldet sich aber kein Reichthum, er sucht immer auf der Erde einen Beutel mit Ducaten, aber vergebens, sieht deswegen Jeden mit betrübten Augen an und beschließt, wieder nach Hause zurückzukehren. Ehe er jedoch seine Reise antritt,

---

†) Diese Sage versetzt M. Scotus, Mensa philos. Frcft. 1602 L. IV. p. 287. nach Regensdorf bei Regensburg.

begegnet ihm kurz vorher ein Mann auf der Brücke, der ihn
fragt, was er für Grillen habe? Der Bauer erzählt ihm
seinen Traum und seine große Armuth und wie er kaum
noch einen Kreuzer zur Heimreise habe. Jener versetzte, wie
er wunderlich gehandelt, daß er sich auf einen bloßen Traum
so weit zu reisen unterfangen, er erzählte ihm, wie ihm auch
geträumt, er solle nach Steltzen in's Voigtland reisen, da
werde er vor dem Thore eine große Kiefer stehen sehen,
unter der solle er nachgraben und vieles Geld finden. Er
setzte hinzu, wenn er dorthin gereist, würde es ihm wohl
eben so gegangen sein, gibt ihm aus Erbarmen einen Gulden als Zehrpfennig auf seinen Rückweg mit. Der Bauer
war froh, daß er Zehrung bekommen, weil aber diese Kiefer
auf seinem eigenen Grund und Boden stand, machte er sich
wunderliche Gedanken über dieses Mannes Rede. Ob er
nun schon mit leeren Händen wieder nach Hause gelangte,
auch von seinem Weibe scheele Augen erhielt, so achtete er
doch solches nicht, sondern nahm, ohne Jemandem etwas zu
sagen, Haue und Schaufel und wanderte damit zu dem
Baume und war auch so glücklich, daß er in kurzer Zeit
einen schönen kupfernen Kessel mit dem schönsten alten Gelde
fand. Er steckte ein, was er in Hosen und Wamms bringen
konnte, machte das Loch zu und ging zu seiner Frau, ging
dann mit selbiger wieder heraus und holte den Ueberrest
des Geldes. Die Kiefer (Ahorn) stand noch bis auf die
neueste Zeit und ward so hoch und schön, daß man sie fünf
Meilen weit sehen konnte.†)

688) **Sage von einem reichen und gelehrten Bauer.**
Nach mündlicher Ueberlieferung bearbeitet von Julius Schanz.

Es war einmal in einem voigtländischen Dorfe ein rei-

---

†) Einen ähnlichen Traum von einem Manne zu Dortrecht s. bei
Zeiler, Schatzkammer S. 805 sq. und von einem Bürger zu Magdeburg.
b. Misander, Del. Bibl. T. V. P. X. p. 1029. (beide bei J. Chr. Männ-
ling, Auserlesenster Curiositäten merkwürdiger Traumtempel, Frkfrt. u.
Lpzg. 1714. 8. S. 214 sq.)

cher und gelehrter Bauer, dem unter vielen Eigenheiten rei=
cher und gelehrter Leute auch die eigen war, daß er sich
und sein Eigenthum mit eigenen Namen benannte und es
gern hatte, wenn ihm die Leute diese nachsagten. Er selbst
hieß: der ewige Heiland, seine Frau: seine Beilage, die
Katze: Agatius, das Licht: der heilige Geist, die Scheune:
Philippi Jakobi u. s. w. Einstmals war der Knecht am
frühen Morgen mit dem heiligen Geiste auf dem Stallboden
und schnitt Häckſel. Da kam Agatius und nahm ihm den
heiligen Geist aus der Laterne und lief damit fort nach Phi=
lippi Jakobi. Das Stroh in Philippi Jakobi aber fing
Feuer und begann lichterloh zu brennen. Schnell lief der
Knecht zum ewigen Heiland, der noch in den Federn lag,
und rief ihm zu:

Ewiger Heiland, steh' auf mit Deiner Beilage,
Agatius ist gekommen,
Agatius hat mir den heiligen Geist genommen,
Ist damit nach Philippi Jakobi gerennt,
Steh auf: Philippi Jakobi brennt.

---

689) Sage von einem Wilddieb.
Nach mündlicher Ueberlieferung bearbeitet von Julius Schanz.

In Breitenbach (?) war ein Wilddieb, der konnte sich
und was er sonst wollte, in jede beliebige Figur verwandeln.
Einst schoß er einen Hirsch, als er von fern einen Jäger=
burschen kommen sah. Schnell verwandelte er sich in einen
Holzblock und den Hirsch in einen Busch. Der Holzblock war
oben glatt wie abgesägt und der Jäger setzte sich darauf und
schnitt eine Rolle Tabak klein. Und gerade auf der Stelle,
wo er am derbsten einschnitt, war der Kopf des verzauberten
Wilddiebs, der sich doch nicht rühren durfte. So oft er spä=
ter dieses Abenteuer erzählte, soll er allemal gesagt haben:
„da hab' ich aber die Zähn' müssen zambeiß (zusammen=
beißen)!" —

---

690) Sage von einem weißen Vogel.

Nach mündlicher Ueberlieferung bearbeitet von Julius Schanz.

Es war einmal in einem Wald im Voigtland ein weißer Vogel, nach dem schon viele Jäger vergeblich geschossen
hatten; keiner traf ihn. Die Bauern aber glaubten, der
weiße Vogel bedeute Unglück, denn er hatte fast eine menschliche Stimme und lachte alle Jäger aus und verspottete alle
Vorübergehenden. Einstmals ging auch ein Jäger in den
Wald und mit einem Eifer ohne Gleichen verfolgte er den
weißen Vogel, indem er wohl hundertmal nach ihm schoß.
Der weiße Vogel aber flog von Baum zu Baum und rief
spottend herunter, daß es weithin schallte:

> Es hat noch lange keine Noth,
> Du hast vergebens mich bedroht,
> Laufe Dich nur nicht so gar sehr roth,
> Geh heim, es wartet Dein der Tod.

Unmuthig kehrt der Jäger dem Walde den Rücken, ging
in's Dorf zurück, legte sich auf's Bette und starb.

Nach einigen Jahren kam über die Gegend eine ver-
heerende Krankheit, die raffte so viele Leute weg, daß Niemand mehr daran dachte, in den Wald zu gehen und den
weißen Vogel zu fangen. Traurig flog dieser hin und her,
bis er sich einmal bei einem Gewitter in den Kirchhof verirrte. Der Regen hatte sich verlaufen und es ragte aus
einem Grabe ein Schädel hervor, der war voll Wasser, da
flog der weiße Vogel hin, um daraus zu trinken. Das Erdreich aber war sehr locker, der Schädel fiel herab und be-
deckte den weißen Vogel. Diesem war es unter dem finstern Dache gar unheimlich zu Muthe und in wenigen Tagen
starb er. Zuvor aber, ehe er starb, sang er folgende Worte,
die der Todtengräber hörte, ohne sich dieselben genügend
deuten zu können:

> Da Du lebtest, lebt auch ich,
> Du wolltest mich haben, bekamst mich nicht,
> Nun bist Du todt, nun hast Du mich,
> Doch ich muß sterben, was nützt es Dich? —

Die Worte bezogen sich aber auf den Schädel des Jägers,
denn der lag hier begraben.

691) Sage vom Fürstensaale in Neuendorf.

Nach mündlicher Ueberlieferung bearbeitet von Julius Schanz.

Zur Zeit Kaiser Friedrichs II., ungefähr um das Jahr 1227, war auch im Voigtlande ein reges Leben und Treiben. Vor Allem war das Schloß Neuendorf, dessen Besitzer die Grafen von Reibold waren, der Sammelplatz der jungen Ritter in der Umgegend; denn hier wohnte ein wunderschönes Fräulein, mit Augen so blitzend wie Diamanten, mit Wangen so blühend wie Rosen, mit Haaren so blond wie Gold. Doch im schönen Körper wohnte auch eine schöne Seele. Sanft wie das einer Taube war ihr Gemüth, der Adel ihres Geistes strahlte aus den blauen Augen und verklärte ihr Angesicht, daß sie Allen wie ein Engel in Menschengestalt erschien. Kein Wunder also, wenn Tag für Tag das Schloß ihres Vaters voll von jungen Rittern war, die sich an sie herandrängten, um nur einen Blick aus ihren schönen blauen Augen zu erbeuten und dafür ihr ganzes Herz ihr vor die Füße zu legen. Doch, nur Einer hatte ihr Herz gewonnen und ihn liebte sie mit der ganzen Gluth, welche dem tiefen Gemüthe der Frauen eigen ist und welche täglich durch den Gedanken, daß man wieder warm und feurig geliebt werde, zu immer größeren Flammen angefacht wird. Der Glückliche, der der Reinen Herz gewonnen hatte, war der junge Graf Otto von Stubenberg. Er war von Gestalt ein Adonis, braune Locken fielen wallend auf seine Schultern herab und sein Wuchs war hoch und schlank wie eine junge Eiche. Sein Auge war feurig, denn in ihm wohnte ein wackrer und muthiger Geist, der für das Edle entflammt war und in dem mit glühenden Zügen eingegraben stand: „Gott und mein Recht!" — Sein Arm war stark und in allen Gauen des Voigtlandes wußte Keiner so gut das Schwert zu schwingen oder die Lanze im Turniere zu führen, wußte Keiner so gut in den dunklen Forsten den Eber zu erlegen oder den Bären darniederzuwerfen als Otto von Stubenberg. Sein ganzes Wesen verklärte wie die

Sonne die reine, keusche Minne und wie ein Kleinod trug er das Bild Rosamundens in seinem Herzen.

Tag für Tag stellte sich der Jüngling auf dem Schlosse ein und ihre Tage flossen, von Liebe bekränzt, leicht und schnell dahin. Zwar waren der Bewerber viele und unter ihnen reichere und angesehenere Herren als Otto, aber sein edler Sinn bewirkte, daß ihm alle freiwillig den Vorrang räumten. Nur Einer wollte nicht weichen: Herr von Römer nennt ihn die Sage, dessen Geschlecht, eines der ältesten des Voigtlandes, alle anderen an Reichthum und Glanz über- strahlte. Er war zwar auch schön und wohlgewachsen, aber seine Seele war schwarz und heimtückisch. Rosamunde konnte ihn nicht lieben, denn nichts war ihr mehr zuwider, als List und Verstellung.

Lange lebten die beiden Liebenden glücklich im Wonne- rausch ihrer jungen Seligkeit und schon sollte in den nächsten Monaten die Hochzeit mit allem Glanze der damaligen Zeit gefeiert werden. Da erschien eines Tages ein kaiserlicher Herold, alle Ritter auffordernd, dem Heere des Kaisers zu- zuströmen, der über's Meer ziehen wolle, um den Ungläubi- gen das gelobte Land zu entreißen, das sie widerrechtlich im Besitz hätten. Entflammt von Thatenlust eilte die Blüthe der Ritterschaft herbei und ließ sich das Zeichen des Kreuzes aufheften, um sich für dasselbe in die Schlacht zu stürzen. Auch Otto von Stubenberg hörte die Kunde und ihn ergriff eine unnennbare Sehnsucht, das Land zu sehen, von wo der Strahl des Glaubens ausgegangen war, und an dem Orte zu beten, wo der Erlöser gewandelt und gelitten. Da dachte er an seine Rosamunde, gedachte seiner Liebe, seines nahen Glückes. Ein harter Kampf entspann sich in ihm, bis end- lich das Gefühl für Recht und Pflicht in ihm obsiegte. Er ging zu Rosamunden, um ihr seinen Plan, seinen gefaßten Entschluß zu offenbaren. Gefaßt hörte ihn diese an, gefaß- ter, als er selbst vermuthet hatte. „Ziehe hin,“ sprach sie, „ziehe hin in den Kampf, den Dir Deine Pflicht gebietet. Dies trage als Andenken von mir,“ sprach sie weiter, in-

dem sie eine Locke von ihrem Haupte schnitt und ihm darreichte. —

„In zwei Jahren bin ich wieder bei Dir," rief Otto begeistert, „diese Locke soll mich stets im Schwerterklang an
Dich mahnen. Lebe wohl!" —

Glühende Küsse drückte er auf ihren Mund und stieg
zu Rosse. Bald waren die letzten Helmbusche hinter den
Bergen verschwunden — und Rosamunde war allein. Sie
hatte ihnen nachgeblickt, und als sie in der Ferne nichts
mehr erkennen konnte, weinte sie in ihrem Zimmer heiße
Thränen.

Tapfer kämpfte Otto von Stubenberg im gelobten Lande
und einer der Ersten pflanzte er das Panier auf die Mauern
Jerusalems, so daß sein trefflicher Herr und Kaiser ihn öffentlich lobte und auszeichnete. Er ward ein Schrecken der Sa-
razenen und vor seinem Schlachtruf flohen sie erschreckt in's
Weite.

Als nun das Ende der zwei ausbedungenen Jahre heran-
rückte, saß Rosamunde oft einsam auf dem Thurme und blickte
hin nach den Bergen, ob sie das Banner ihres heimkehren-
den Geliebten noch nicht entdecke. Aber vergebens sandte sie
ihre Blicke in die Ferne. Die zwei Jahre vergingen und
Otto kam nicht. Da floßen oft heiße Thränen über ihre
blühenden Wangen, denn sie dachte, der Geliebte sei todt
oder in Sclaverei. Immer heftiger drangen jetzt auch ihre
Eltern in sie, sich zu vermählen, und sie sah sich endlich gezwungen, dem Herrn von Römer ihre Hand zu reichen. Die
Vermählung ward mit größtmöglichstem Glanze vollzogen
und die Blüthe der heimgekehrten und neuherangewachsenen
Ritterschaft aus der ganzen Umgegend stellte sich ein zum
Hochzeitmahle. Am Abend ward das Bankett gehalten. Trom-
peten tönten durch den Saal, die mit goldenen Weinen gefüllten Becher klangen lustig an einander und Alles war
voller Freude und Wohlleben. Nur Rosamunde saß bleich und
trübsinnig da, denn der Kummer um den Verlorenen nagte an
ihrer Seele. Da erschien ein Frember, ein Pilger. Nun

war es in damaliger Zeit Sitte, daß, wenn ein Pilger zu
einer Hochzeit kam, die Braut ihm ihren Teller reichte. Auch
Rosamunde stand, als sie die Kunde von dem Pilger vernahm, von ihrem Sitze auf, um der Sitte Genüge zu thun,
der Fremde aber stand hinter ihr und warf eine Locke auf
ihren Teller, den sie in ihrer Hand hielt. Sie fiel ihm laut-
schreiend um den Hals: „Stubenberg! mein Stubenberg!"—
Die Ritter flogen von ihren Sitzen empor und starrten erstaunt auf das Paar, der Bräutigam fuhr nach seinem
Schwerte und drang auf Otto ein. Dieser aber hatte mittlerweile den Pilgeranzug abgeworfen und es begann ein
Kampf auf Tod und Leben um die weinende Rosamunde.
Nach wenig Augenblicken lag Herr von Römer todt am
Boden.

Der Saal, wo der Kampf ausgefochten ward, ist der
sogenannte Fürstensaal im Schlosse Neuendorf. Noch heute
sind die Blutflecken auf dem Boden desselben zu sehen. Zur
Nachtzeit will man oft darin Schwerterklirren und Todes-
röcheln vernehmen und noch zu Zeiten soll der Geist des Er-
stochenen in blutgeflecktem Gewande darin herumgehen.

---

692) Sage von der Burg Gößwein.

S. Sachsengrün 1861. S. 143.

Dem Dorfe Megwitz am linken Elsterufer gegenüber
liegt ein kleineres, Gößwein genannt, das seinen Namen von
einer alten Burg hat, die am nahen Waldabhang auf dem
felsigen rechten Elsterufer gestanden hat. Um die Mitternacht verläßt ein kopfloser Reiter seine Trümmerburg, macht
fast immer denselben Weg, Unheil verkündend, wem er begegnet, und kehrt beim Eintritt des Morgengrauens zu seinem Wohnsitz zurück, wo er einen Schatz bewacht.

---

693) **Sage von der weißen Frau zu Stein.**

S. Sachsengrün 1861. S. 144.

Am Elsterufer stehen heute noch die Trümmer der im Hussitenkriege zerstörten Burg Stein. Diese vertheidigte damals die Burgfrau bis zum Aeußersten, erlag aber der Uebermacht und kam mit allen ihren Leuten um. Ihr Geist kam aber nicht zur Ruhe, sondern einem dahingleitenden Lichte gleich, weshalb der Volksmann sie Laterne nennt, geht sie um Mitternacht ihren unheimlichen Weg. Sie thut Niemandem etwas zu Leibe, weicht vielmehr jedem Nahekommenden mit kecken Sprüngen aus. Scheu vor ihr Flüchtenden folgt sie dagegen und geht an dem Stillstehenden mit einem eigenthümlichen Geräusche, welches dem Rauschen eines seidenen Kleides gleicht, vorüber.

694) **Der Uhlanensprung bei Stein.**

S. Sachsengrün 1861. S. 144.

Unmittelbar bei den Ruinen der Burg Stein befindet sich ein Felskegel, auf den noch jetzt eingehauene Stufen führen und den eine mächtige Linde ziert. Bis hierher soll einst ein der Gegend unkundiger Uhlane, verfolgt von grimmigen Feinden, gesprengt sein, aber um ihnen nicht zur Beute zu fallen, zog er das kalte Wellengrab in der Elster vor. Er sprang herab, sein Roß versank in den Fluthen, er aber rettete sich durch Schwimmen an's andere Ufer.

695) **Die Sage vom Falkenstein.** †)

S. Sachsengrün 1861 S. 144.

Bei Erlbach im Voigtlande erhebt sich aus dunklem Fichtenwalde eine kahle, isolirt stehende Felswand, von deren Gipfel man eine herrliche Aussicht nach Baiern und Böhmen bis Franzensbrunn genießt. Hier soll zur Zeit der Marko-

---

†) Ist offenbar dieselbe Sage wie die unter S. 103 vom hohen Stein bei Erlbach erzählte. Ebenso stimmt die vorhergehende oben mit Nr. 646; blos die Namen der Localitäten differiren.

mannen ein Fürstenschloß gestanden haben, zu dessen Füßen
ein See war. Die Tochter des Besitzers sollte an einen andern Fürsten verheirathet werden, sie liebte aber einen Sänger und hatte mit diesem eine geheime Zusammenkunft, bei
der sie belauscht wurden. Der Vater durchbohrte sie mit dem
Schwerte und schleuderte ihren Leichnam in den See herab.
Der Sänger aber stellte sich der andringenden Schaar mit
seiner Harfe und seiner Wehr entgegen, bis er auf den letzten Vorsprung zurückgedrängt, sich in den See stürzte. Den
Leichnam der Geliebten umschlingend sprach er, einen furchtbaren Fluch über den grausamen Vater aus und als er
mit der Geliebten untersank, stürzte das Schloß und der
Tempel zusammen und der See erstarrte zu Stein, die Trümmer des Schlosses glaubt man noch heute in dem massen-
haften Rollgestein zu sehen.

696) Sage von dem Bauer Kilian in Neuendorf.
Nach mündlicher Ueberlieferung bearbeitet von Julius Schanz.

In Neuendorf saß einst ein stolzer und grimmiger Herr,
dessen Lust war es, die Bauern zu knechten und ihr Besitzthum an sich zu reißen. Nun lebte zu selbiger Zeit ein
Bauer in Neuendorf, Namens Kilian, der war stets froh
und guter Dinge, denn er hatte ein schönes Stück Feld und
Wald und daneben lagen sieben fischreiche Teiche. Schon oft
hatte ihn der Herr darum angegangen, er solle ihm das Besitzthum, das dem seinen so nahe lag, abtreten, aber stets
schlug er es ihm ab, da er's von seinen Vätern geerbt hätte
und auf seine Kinder forterben lassen wolle.

Einst zur Kirchmes, wo reges Leben im Dorfe war, befand sich Kilian unter den übrigen Bauern im Wirthshaus.
Auf dem Tanzboden schwenkten sich die Paare, beflügelt und
befeuert von den Tönen des Dudelsacks und der Geige. Die
Bauern aber aßen und sangen, daß es weit durch das Dorf
erscholl. Ein Jeder gab ein Liedlein zum Besten. So kam
denn die Reihe auch an Kilian. Dieser wollte rechtes Lob

erndten, denn er hatte das Verslein, das er sang, selbst
gemacht. Es lautete:

> Ich hab' eine Wies' und sieben Teich,
> Die möcht der Herr gern haben,
> Doch eh ich dem sie geben thu,
> Will ich sie lieber versaufen.

Lauter Jubel belohnte seinen Spruch. Bald aber ward
es dem Herrn hinterbracht, was Kilian gesungen, und er
sann nun auf Rache. In finstrer Mitternacht ließ er den armen
Kilian aus dem Bette holen und ihn in ein tiefes Loch
werfen, wohin weder Sonne noch Mond schien. Im Dorfe
selbst aber ließ er das Gerücht verbreiten, Kilian sei ver=
schuldet und auf und davon gegangen. Nun zog er sein
schönes, längst begehrtes Besitzthum an sich, und freute sich
seines wohlgelungenen Planes. In unterirdischem Gefäng=
niß saß indeß Kilian und wußte nicht, ob es Tag oder Nacht
sei. Das einzige menschliche Antlitz, das ihm zu Gesicht kam,
war das eines Schurken, eines Gärtners, der in die Schänd=
lichkeiten seines Herrn eingeweiht war.

Jahre vergingen so, bis dieser starb. Noch bei seinem
Tode befahl er, den Kilian nach wie vor zu füttern und
gefangen zu halten. Da trieb einst ein Bauermädchen das
Vieh aus; die Stiere tummelten sich auf der Weide und
stampften wild gegen die Erde. O Wunder! da sank ein
Stück Boden ein, und als das Mädchen hinzulief, sah sie in
ein finstres Loch hinab, darin saß ein Mensch gefesselt an
Händen und Füßen. Schnell rief sie Leute herbei, und als
sie den Armen herauszogen, war es Kilian, der Bauer. Er
war aber wahnsinnig geworden und starb bald nach seiner
Erlösung aus dem unterirdischen Kerker.

---

697) Sage von dem Goldmacher im Neuendorfer Schlosse.

Nach mündlicher Ueberlieferung mitgetheilt von Julius Schanz.

Zur Zeit des dreißigjährigen Krieges besaß das Schloß
zu Neuendorf ein Herr, der in bunkler Kammer Säuren und

Metalle mischte, um den Stein der Weisen zu finden und Gold zu machen. Da glaubte er eines Tages dem ersehnten Geheimniß auf der Spur zu sein. Schon wogte das Gold im Kessel, da erhob sich eine gewaltige Windsbraut, höher und immer höher flackerte das Feuer, von dem Unhold geschürt, bis es das Innere in Brand steckte. Vergebens suchte er es zu löschen, vergebens ihm zu entrinnen. Er selbst erstickte in der Glut und mit ihm sank das halbe Schloß in Staub und Asche.

---

698) Sage von der Gründung Neuendorfs.

Nach mündlicher Ueberlieferung bearbeitet von Julius Schanz.

Von der Gründung Neuendorfs geht folgende Sage: Es waren in alten Zeiten zwei Ritter, die hatten Geld vollauf und wußten nicht, was sie damit anfangen sollten. Gern hätten sie ein schönes Schloß gebaut, aber kein Ort erschien ihnen dazu recht passend. Da kamen sie denn endlich mit einander dahin überein, ihr Geld auf Esel zu laden und da, wo diese sich niederlassen würden, ein Schloß zu erbauen.

Die Esel gingen fort über Berg und Thal, und die beiden Ritter folgten ihnen Schritt vor Schritt. Da kamen sie endlich auf eine breite Fläche, die war leer von Wald; daselbst stand herrliches Gras, denn die Gegend war bewässert von klaren Quellen. Die Esel, welche müde von der langen Reise waren, fraßen von dem Grase und legten sich endlich nieder auf die duftigen Matten. Da holten die Ritter am andern Tage Leute herbei, und bald erhob sich mit weitstrahlenden Zinnen das Schloß Neuendorf.

Die Ritter sollen von Reibold geheißen und lange Zeit das Schloß besessen haben. Mir aber scheinen die Esel mit einer andern erzgebirgischen Sage in Verbindung zu stehen, nach welcher der erste des Geschlechts derer von Reibold (?) ein Eselstreiber war und dadurch, daß seine Esel auf der Weide sich an Stücken aus der Erde gewachsenen Silbers blutig stießen, der Besitzer unermeßlich reicher Silbergruben ward (s. oben Nr. 610).

699) Sage von der Kapelle am Kapellenberg.

Bearbeitet von Julius Schanz; metrisch behandelt von Fr. Rödiger in: „Sagenklänge des obern Voigtlandes. 1847“.

Im Schlosse zu Eger wohnten einst drei wunderschöne Fräulein, jeglicher Tugend hold und allem Volke bekannt durch ihre Frömmigkeit. Sie waren alle drei ernsten Characters und wollten nichts von den Freuden der Welt, nichts von Liebe wissen. Anna, Maria und Brunhilda waren ihre Namen, die jeder Ritter kannte und mancher Sänger in lieblichen Liedern feierte, ohne daß die Herzen der drei Fräulein davon gerührt wurden.

Einst am Tage St. Johannis war nach der feierlichen Messe ein großes Turnier, zu dem von allen Straßen die Ritter herbeizogen und viel Volks versammelt war. Sie wollten die drei entsagenden Jungfrauen durch Tapferkeit zur Bewunderung reizen und so ihren Bewerbungen geneigt machen. Lange währte das blutige Lanzenspiel, das den drei Fräulein ein Greuel war, obwohl sie es mit ansehen mußten, und Kuno, ein übermüthiger junger Mann, war Sieger über alle. Stolz schritt er über den Kampfplatz und verkündete mit starker Stimme, daß, wenn kein anderer käme, ihn zu besiegen, er eine der drei Jungfrauen als seine Braut mit sich führen wolle, zum Lohn seiner Tapferkeit. Die Menge schwieg, eingeschüchtert von dieser Rede, aber im Herzen empört über die frevelhaften Worte. Da sprengte ein junger, ritterlicher Held in den Kampfplatz und meldete sich zum Kämpfer für die Ehre der drei Fräulein. Funkensprühend kreuzten sich die Lanzen der beiden Ritter, zweimal ohne Erfolg, beim dritten Male stürzte Kuno todt von seinem Streitroß.

Laut jubelte die Menge und das Eis, das um die Herzen der drei Fräulein lag, war geschmolzen: sie entflammten vereint in Liebe für den schönen, tapferen Ritter, der aber nur eine liebte, Brunhilda, die jüngste von den Dreien. Und er ward sich's bewußt, daß wenn er die eine erwähle, er das Herz der andern brechen würde, und er kämpfte mit aller Kraft seiner edlen Seele den schwersten Kampf, den Tugendkampf der Entsagung.

Ohne Säumen nahm er Abschied von den Dreien und weihte sich zum Ritter für das heilige Grab des Heilands. Die Fräulein aber winkten ihm von der Zinne des Schlosses mit ihren Tüchern Lebewohl nach und schwuren im Angesicht Gottes und bei der Dornenkrone des Heilands, sich zu Himmelsbräuten zu weihen und nie wieder einen Mann zu lieben. Sie wollten sich von einander trennen und gesondert wohnen, und wenn eine von ihnen stürbe, solle ein Tüchlein von ihrer Kapelle ins Thal hernieder wehen, den andern zum Zeichen der Trauer. Der aber, die einem Manne Gehör schenke, solle dieses Zeichen nicht werden, ihre Kapelle solle die rächende Gottheit in Schutt und Trümmer werfen.

Anna baute die Kapelle am Grüneberg bei Eger, Maria das Kirchlein in Kulm und Brunhilda die Kapelle auf dem Kapellenberg bei Schönberg.

Schon sah man im Laufe eines halben Jahrhunderts zweimal das Tüchlein wehen, vom St. Annenstift und von dem Kulmer Berge: Anna und Maria waren gestorben, nur Brunhilda waltete noch als greise Nonne in ihrem Kirchlein. Da schwankte einst, es war im Herbste, ein greiser Pilger die Höhe des Berges herauf, dessen Mantel und Gürtel von einem Sarazenenpfeil zusammen gehalten wurden, auf den Schultern aber trug er ein rothes Kreuz. Er machte an der klaren Quelle vor dem Kirchlein das Zeichen der Weihe und kniete dann nieder, um zu beten. Da trat Brunhilda hervor und als sie den Pilger gewahr wurde, erkannte sie im Augenblicke die Züge ihres tapferen Helden. Ihren Eid vergessend sank sie in seine Arme und stürzte betäubt mit ihm zu Boden.

Da erhob sich ein brausender Sturm und das Glöcklein begann so schrill zu ertönen und durch die Luft vernahm man geisterhafte Worte von der Erfüllung ihres Schwures

7 *

unb ber rächenben Gottheit. Am anbern Morgen fanb man
weber Nonne noch Pilger, sonbern nur Pfeil unb Kreuz bes
letztern, bie man noch heute im Brunenstein sehen kann. Das
Kirchlein ist längst zerfallen, nur bas geweihte Brünnlein
bavor quillt noch bis zu bieser Stunbe.

700) Sage vom heiligen Brunnen auf bem Kapellenberg.
Bearbeitet von Julius Schanz; metrisch behandelt von Fr. Röbiger.

Das frische, wohlschmeckenbe Wasser bes Brunnens auf
bem Kapellenberg wollten einst, zur Zeit Augusts bes Starken, bie Bewohner von Maria Kulm, bie wegen ber hohen Lage
bes Orts sehr häufig Wassermangel empfinben, in bleiernen
Röhren vier Stunben weit auf Maria Kulm leiten, ba bas
Wasser bekanntlich nach physikalischen Gesetzen ebenso hoch
steigt als es fällt. Zu biesem Vorhaben mag bie gepriesene,
hülfreiche Eigenschaft bes Wassers wohl nicht wenig beige-
tragen haben, boch scheiterte bas ganze Unternehmen an ben
Kosten.

Der heil. Apollonia in Alexanbria wurben zur Zeit ber
Christenverfolgungen, im 3. Jahrhunbert n. Chr., bie Zähne
mit glühenben Zangen ausgebrochen, ehe sie sich in ben
Scheiterhaufen stürzte. Ein frommer Bischoff, ber ben Brunnen ihrem Gebächtniß weihte, bat bie Heilige, zur Erinnerung
an ihre Leiben bem Wasser eine wunberthätige Heilkraft zu
verleihen, bamit es vor Zahnweh schütze, unb siehe! bie
Heilige soll einst in ber Nacht gekommen sein unb einen Zahn
von sich in ben Brunnen versenkt haben, zu bem bie Christen
in ber Umgegenb bann in reichen Schaaren wallfahrteten.
Wer sich ben Munb mit seinem Wasser fülle, solle, so sagt
man, nie im Leben Zahnweh spüren.

701) Sage von ber weißen Frau bei ber Tränke am west-
lichen Abhang bes Kapellenberges.
Bearbeitet von Julius Schanz; metrisch behandelt von Fr. Röbiger.

In bem Kloster auf bem Kapellenberg soll einst eine Nonne

gelebt haben, die ein schweres liebes Leid auf dem Herzen trug und oft bis zur Mitternacht vor dem Altar auf den Knieen lag, um Vergebung ihrer Sünden zu erflehen. Einst als sie auch im Gebete lag, flog ein Pfeil durch die Fenster, ihr zum Zeichen des Stelldichein. Sie konnte auch diesmal nicht widerstehen und schlich leise durch die Klosterpforte an den Teich hinaus, wohin sie so oft gewallt, und harrte dort des Buhlen, der sich bald durch die Zweige Bahn brach. Er fand die Nonne im glühendem Wahnsinn mit den Fluthen sprechen, in welche sie ihr Kind geworfen, und forderte sie auf, das Kloster endlich zu verlassen und sein Weib zu werden. „Tauche“, sprach er, „Deine Hände in das Wasser und wasche Dein Gesicht damit, so wird Dein Herz Ruhe finden. In des Teufels Namen, wasche Dich!“ —

Die Nonne that, wie ihr geheißen war. Sie kehrte nicht wieder zu dem Kloster zurück, sondern floh mit dem Geliebten in's Fichtelgebirge auf die Luchsenburg, woselbst er haus'te, und lebte mit ihm dort ein gottvergessenes Leben. Als aber ihre Sterbestunde kam, hörte sie eine Stimme rufen: „Am Teich, in dem Dein Kindlein ruht, sollst Du Dich fort und fort in des Teufels Namen waschen, bis zum jüngsten Gerichte!“ — So geht denn ihr Geist noch um bis auf diesen Tag und Mancher hat in stiller Mitternachtsstunde die weiße Frau gesehen, wie sie am Teiche hinschreitet und gehört, wie sie in den Wellen plätschert und ihr Antlitz wäscht. Der Teich heißt gegenwärtig nur die Tränke, da die Bauern daselbst ihr Vieh zur Tränke führen, wenn sie auf den Feldern beschäftigt sind.

---

702) Sage von der Goldgrube auf dem Kapellenberg.

Mitgetheilt von Julius Schanz.

Novellistisch behandelt in dessen: „Die schönsten deutschen Volkssagen, Poesie und Prosa in bunter Reihe, mit Bildern.“ Dresden, 1855. 8. H. I.

Auf dem Kapellenberg war einst eine Goldgrube, zu der ein Venetianer in der Gestalt eines pilgernden Zigeunerhauptmanns 21 mal gewallfahrtet und dadurch reich gewor-

ben war, so daß er als Dolfo di Prestallez, Doge von
Venedig werden konnte. Seine Tochter zog, als Knabe ver-
kleidet, mit ihm herum, und als sie bei ihrem Verweilen im
Voigtlande einst ihre Künste mit einem Tanzbären producirten,
fiel dieser Vater und Kind an und drohte sie zu zerreißen,
als der junge Besitzer von Schönberg dazwischen trat und
den Bären erlegte. Zum Dank schenkte ihm der Zigeuner
ein goldenes Kreuzlein und lud ihn ein, nach Venedig zu
kommen. Ferdinand — so hieß der ritterliche Herr — kam
dieser Einladung später nach. Unterwegs ward ihm das
Kreuzlein, sein Erkennungszeichen entwendet; aber durch eine
wunderbare Verkettung der Umstände wurde er erkannt, und
kehrte mit dem Dogen, der ihm seine Tochter zum Weibe
gab, und dessen Sohn, der als Geistlicher in Rom gewesen
war und dem geistlichen Stande entsagt hatte, ins Voigtland
zurück, wo sie sich zum ersten Mal gesehen hatten.

---

703) Die Teufelskammer in der Pfarre zu Brambach.

Bearbeitet von Julius Schanz; metrisch behandelt von Fr. Rödiger.

In die Pfarre zu Brambach kam einst um die Mitternacht durch den Schlot der Teufel hereingefahren und frug
nach dem Pfarrherrn. Die alte, treue Magd meldete dem
Pfarrer diese Kunde und der befahl, den Teufel nur zu ihm
hereinzuführen. Der Schwarze setzte sich ungenirt an sein
Bett, wie wenn er in seinem alten Großvaterstuhl in der
Hölle säße, und begann mit dem Pfarrer ein langes Examen.
Dieser aber hatte das Herz auf dem rechten Flecke und wußte
dem Teufel trefflich zu antworten, der immer neue Spitz-
findigkeiten zu Tage brachte. Zuletzt frug er: „Wie lehrt
man in Deutschland am Besten das Christenthum?" — Diese
Frage machte dem Pfarrer doch einiges Bedenken, er sann
hin und her, und der Böse freute sich schon des Sieges.
„Kannst du mir auf diese Frage nicht Rede stehen, so ist
diese Kammer mein Eigenthum und kein Mensch soll sie ohne
Zagen betreten!"

Die Gedanken des Pfarrers verwirrten sich immer mehr, und es litt ihn nicht mehr am Orte; er mußte sein Schlafgemach verlassen und konnte nie bis an sein Ende wieder darin schlafen.

Die Geschichte ward bald ruchbar im Lande und es wollte sich nach des Pfarrers Tode Niemand zur Verwaltung seines Pfarramts finden lassen, als zu Wittenberg Luther mit seinen 95 neuen Thesen auftrat und viele deutsche Stämme seiner Lehre zufielen. Auch die Bewohner von Brambach, die unterdessen einen jugendlichen Seelenhirten gefunden hatten, neigten sich zu der neuen Lehre hin, welche ihnen der rüstige Pfarrer mit seinen Worten erklärte. Dieser hatte natürlich die Geschichte von dem Teufelsspuk auch gehört und voll von Begeisterung für seinen Glauben wollte er dem Teufel, wenn er käme, auf jegliche Frage Bescheid thun. Er ließ daher sein Bette in die Teufelskammer bringen und schlief darin. Schon in der ersten Nacht erschien der verrufene Besuch und das Examen begann wie bei dem seligen Herrn Pastor. Wiederum frug der Teufel zuletzt: „Wie lehrt man in Deutschland am besten das Christenthum?" — „Deutsch! — rief der junge Pfarrer, so laut und kräftig, im Bewußtsein, daß er das Rechte getroffen, daß der Teufel vor diesem einzigen Worte jach in sich zusammenfuhr. Nachdem er sich von dem Schrecken etwas erholt hatte, bot er dem Pfarrer Versöhnung an und wollte sich mit ihm auf dem Wege des Vertrags abfinden, wenn er ihm verstatten wolle, die Kammer mit zu bewohnen, aber der Pfarrer wollte nichts von ihm wissen. „Hebe dich weg, Satan!" — rief er mit gottesfreudigem Munde, griff nach seiner Bibel und wollte den Teufel darniederstrecken. Dieser aber fuhr, da er die Kammerthür verschlossen fand, durch die Mauer und floh von dannen. Die Lücke, durch die er hinausfuhr und die Stellen im Kalk, wo er seine Krallen eingedrückt hatte, sollen noch vor ganz kurzer Zeit zu sehen gewesen sein. So siegte Gotteskraft über Teufelsmuth!

704) Sage vom Galgenberg bei Brambach.

Bearbeitet von Julius Schanz, metrisch behandelt von Fr. Rödiger.

In Brambach ertönte eines Morgens früh das Armen-
sünderglöcklein: ein junges Mädchen mit schwarzen Schleifen
in den Haaren und schwarzen Schleifen an dem Kleide,
saß auf dem Karren und sollte zum Richtplatz gebracht
werden. Viel Volks begleitete den Zug; doch fehlte, als
man am Galgenberge ankam, noch das letzte Entschei-
dungswort, vor dessen Eintreffen die Hinrichtung nicht
stattfinden durfte. Der Reiter, der darnach ausgeritten war,
ließ sich endlich am Rande des Waldes erblicken. Wenn er
mit dem Tuche wehte, solle der Urtheilsspruch vollzogen werden,
so war es verabredet, und siehe! er nahm das Tuch heraus
und fuhr damit über die Stirn, indeß er sein Roß jedoch zu
immer größerer Eile anspornte. Man glaubte das Zeichen
in dem verabredeten Sinne verstehen zu müssen und der
Kopf des Mädchens fiel auf das Schaffot, als der Reiter
in athemloser Hast heransprengte und dem Henker entgegen
rief: „Warum habt Ihr ein unschuldiges Mädchen gerichtet?
Sie war freigesprochen!" — „Ich habe recht gerichtet," sprach
der Henker; „ist's ein Mord, so ist's die Schuld des Richters."
„Euer ist die Schuld," sprach der Richter zu dem Boten, „Ihr
winktet mit dem Tuche, wie es verabredet war." — Da löste
sich das grauenvolle Mißverständniß: der Reiter hatte das
Tuch nur entfaltet, um sich den Schweiß von der erhitzten
Stirn zu trocknen, denn er hatte sich und sein Roß in Angst
und Schweiß geritten, um nicht zu spät zu kommen! — —
„Ich bitte," sprach der Bote mutherfüllt, „nicht um Gnade;
laßt mich die Strafe des Mordes tragen." — Tiefe Stille
lag auf der Menge: der Henker schlug dreimal an's Becken,
das einen grellen Ton gab, und der Richter sprach zu dem
Unglücklichen: „Du bist des Schwertes schuldig!" — Nicht
der Bote, aber die versammelte Menge und selbst der Henker
erschrack vor diesem harten Spruche. Der Bote zog sein
Schwert, hieb seinem Pferde mit einem kräftigen Schlage den

Kopf ab und bat den Richter, ihn auch so zu treffen. Das Sünderglöcklein tönte von Neuem und ein rascher Hieb trennte seinen Kopf von den Schultern. „Hab ich' recht gerichtet?" rief der Henker. „Recht!" sprach der Richter. „Aber es war zum letzten Mal!" entgegnete der Henker, „kein unschuldig Blut soll fürder dieses Schwert beflecken!" — Mit diesen Worten brach er sein Schwert mitten entzwei und begrub es mit dem armen Sünder. Dieser aber fand keine Ruhe im Grabe und macht noch jetzt in der Geisterstunde mit seinem Roß die Runde um den Galgenberg, beide ohne Kopf, wie manches Sonntagskind erzählt, das sie gesehen hat.

705) Sage von einem alten Brauburschen zu Brambach.
Bearbeitet von Julius Schanz, metrisch behandelt von Fr. Rödiger.

Zu Brambach am Markte stand einst ein Brauhaus und davor ein großer Wasserbottich. Einst sprach daselbst ein Braubursche ein, um das Handwerk zu begrüßen und einen Trunk zu begehren, da ihn sehr dürstete. Der Meister aber, der eben die Maische rührte, rief hohnlachend: „Ein klopfender Stromer muß etwas vertragen können!" — Das verdroß den Wanderer sehr, und er sann auf Rache. Scheinbar ruhig sagte er: „Kann schon eine Weile warten!", legte Bündel und Rock im Brauhaus nieder und ging in den Garten, um sich ein Kraut zu pflücken, mit dem er dem Braumeister das Bier verderben wollte. Dann kam er wieder in's Brauhaus und erbot sich gegen diesen, an seiner Statt die Maische zu rühren. Das war dem Meister eben recht, denn er hatte etwas im Dorfe zu besorgen und übergab deshalb dem Burschen sofort den Rührpfahl. Ehe ihm die Frau Meisterin das Frühstück brachte, hatte er bereits seinen Hocuspocus gemacht und das Kraut unter die Maische gethan, und als nun die Frau Meisterin kam, rief er ihr lachend entgegen: „das Bier wird gewiß recht steigen, das ich euch braue, denkt an mich!"

Er verabschiedete sich, nachdem er sein Frühstück verzehrt, und der Meister ließ nach seiner Rückkehr das Bier unbedenklich aus den Kufen heraus und ging zu Bette. Als er aber am andern Morgen an die Kufen trat, war das Bier gänzlich verschwunden und mit Grausen gewahrte er, daß es über ihm, an Balken und Dach, in langen braunen Eiszapfen herabhing, mitten in der Sonnenhitze also gefroren war. Das währte drei Monate lang, bis ein kluger Mann den bösen Zauber bannte und das Bier wieder herabträufelte.

---

706) Sage vom steinernen Kreuz auf der Höhe zwischen Ober- und Unterbrambach.

Bearbeitet von Julius Schanz; metrisch behandelt von Fr. Rödiger a. a. O.

Es war mitten im kältesten Winter, als zu Oberbrambach die Burschen und Mädels in der Spinnstube versammelt waren, nach der noch nicht ganz erstorbenen Sitte früherer Tage. Die Mädchen spannen, die Burschen spielten Karten, bis es neun Uhr schlug. Dann flogen Spinnräder und Karten bei Seite und man belustigte sich mit allerlei Spielen, Nachbarn schlagen, Gänsedieb, Koch und seine Speisen u. dgl. Da begann der Sohn des Richters die kecke Frage aufzuwerfen, wer wohl am meisten tragen könne? — Drei Gulden setze er zum Lohn, wenn einer zwei Scheffel Gerste trage. — Die Bursche schwiegen, ein Mägdlein aber rief: „Ich will zwei Scheffel zur Mühle tragen, sie mahlen, und dann das Mehl bringen, um mir den verheißenen Lohn zu holen.“ — Dem Sohn des Richters war dies ein sehr erwünschtes Anerbieten, denn er liebte das Mägdlein und wollte ihre Arbeitslust durch die Wette erproben. Ihr aber ging es mit ihm ebenso, sie liebte ihn von ganzem Herzen, und die schwere Last war ihr eine Seligkeit, da sie seine Liebe dadurch zu gewinnen hoffte. Als die Gerste gemahlen war, und sie die zwei Säcke auf die Schulter nahm, kraute sich der alte Müller hinterm Ohr und murmelte vor sich hin: „Wer sich in Gefahr begiebt, kommt leicht darinnen um. Möge Dir Gott und Dein Glaube gnädig beistehen!“ — Aber die Jungfrau flog dahin, den Hügel hinan, wie wenn sie Schwingen hätte. Das Gehen im Schnee aber machte sie müde, und sie setzte sich eine Weile auf die Schränkstangen nieder, um auszuruhen. Bald schlossen sich ihre Augenlider, sie schlief ein, um nicht wieder zu erwachen. Am andern Morgen fand man sie — erdrosselt. Ihr Liebster zog, wie die Sage berichtet, in den Türkenkrieg. Auf der Stelle aber, wo das Mädchen den Tod fand, steht noch heutigen Tages ein steinernes Kreuz, da sie auch dort begraben sein soll.

707) Sage vom steinernen Kreuz bei Hohendorf.

Bearbeitet von Julius Schanz; metrisch behandelt von Fr. Rödiger.

Der Bauer Zöf in Hohendorf zog an einem Freitage frühzeitig aufs Feld hinaus, nach alter Sitte vier Stiere vor den Pflug gespannt, wie es im Egerland noch heute Brauch ist. Seine Tochter Brigitte begleitete ihn, denn sie sollte die vordern Stiere beim Ackern leiten. Sie hüpfte und sprang und lachte, daß sie fast das Läuten des Glöcklein überhörte, bei dem der Vater das Kreuz schlug. „Kind," sprach er, „wer den Freitag mit Lachen grüßt, muß am Sonntag weinen! Es ist der Todestag Christi. Schütze Dich der liebe Herr Gott!" — Gegen Mittag sprengte ein Knappe aus dem Troß des Ritters von Reitzenstein quer übers Feld, der Brigitte liebte. Er sprang vom Pferde, und führte an ihrer Statt die Stiere, indeß sie zusammen kos'ten und tändelten. Als dies der Knecht Daniel sah, ergrimmte er im Herzen; denn er liebte die schöne Brigitte nicht minder. Der Bauer hieß ihn an den Pflug treten, da er einstweilen die Schlichteule vorbereiten wollte, und dies war dem Daniel eben recht. Eifersucht und Bosheit rangen in seinem Herzen und tausend böse Wesen umringten ihn: er warf die Reute nach dem Knappen und die eiserne Spitze derselben traf ihn tödtlich, zum großen Herzeleid Brigittens und ihres alten Vaters. Am Sonntag darauf wurde die Leiche begraben und Brigitte schluchzte unter Thränen: „Wer den Freitag mit Lachen grüßt, muß am Sonntage weinen!"

Daniel, der Mörder, entfloh in's Weite, fand aber nirgends Ruhe. Ihm zum ewigen Brandmal steht als Merk= zeichen seiner ruchlosen That ein Kreuz auf der Höhe, wo dieselbe geschah, daran die Reute bildlich eingehauen ist.

708) Sage vom Wassermann bei Oelsnitz.
Mitgetheilt von Julius Schanz.

Wie fast jeder Fluß hat auch die Elster ihren Wasser= mann. Ich erinnere mich desselben aus mancherlei Gesprä= chen in meinen Kinderjahren. Derselbe soll eine kleine Figur haben, grüne Augen und grüne Haare und öfters um die Mittagszeit in der Nähe der Zahnmühle zu sehen sein, wo er am Ufer sitzt und sich die Haare kämmt. Viele Kinder und auch Erwachsene rühmen sich, ihn gesehen zu haben. Ihm soll es zuzuschreiben sein, daß die Elster jedes Jahr einen Menschen will. Zur Zeit meines Aufenthaltes im älterlichen Hause fanden allerdings Viele ihren Tod in der Elster, theils freiwillig, theils durch Verunglückung, ob aber dies gerade in jedem Jahre der Fall war, wage ich nicht zu behaupten. Wie es in neuerer Zeit sich verhält, ist mir unbekannt. Jedenfalls aber wäre es interessant, aus den Kirchenbüchern eine Uebersicht zusammen zu stellen, wann und wie oft Leute in den Fluthen der Elster den Tod fanden, um zu beweisen, ob der Wassermann wirklich jedes Jahr einen Menschen will.

709) Der Bieresel im Voigtlande.
Nach mündlicher Mittheilung von J. Schanz.

Wenn im Voigtlande ein Kind recht laut lacht, so sagt man, „Du lachst wie der Bieresel". Von diesem Gespenster= thier macht man sich aber dort eine andere Vorstellung als

anderwärts. Man sagt nämlich, er gehe (doch nicht in
Eselsgestalt auf drei Beinen?) in die Wirthshäuser, setze sich
dort unter die Gäste, und trinke denselben ihr Bier aus,
wenn er aber nicht geneckt werde, thue er Niemandem etwas
zu Leide, sondern gehe wieder ruhig seiner Wege.

710) Sage vom Otterkönig bei Oelsnitz.
Aus der Erinnerung mitgetheilt von Julius Schanz.

Der Bd. I. S. 226 mitgetheilten Sage vom „Schlangenkönig
im Schlosse zu Lübbenau", welche in anderer Version auch
in der Lausitz (E. Willkomm, Sagen und Märchen aus der
Oberlausitz. Hannover, 1845. Bd. II. S. 195. sq.) und in
Nordböhmen vorkommt (Klar's Libussa für 1855, S. 69.
Nordböhmische Volksmärchen von J. Virgil Grohmann),
erinnere ich mich aus meinen frühesten Knabenjahren. Wir
erzählten uns dieselbe in der Schule und mancher von uns
Knaben wollte den Otternkönig sammt seinem gülbenen Krön-
lein selbst gesehen haben. Doch weicht unsre voigtländische
Sage von der lübbenauer sehr ab und ähnelt mehr der
böhmischen und lausitzer in ihrem Ausgang. Sie lautet
kürzlich also:

Ein Ritter hatte die Krone des Otternkönigs, nach der
lange sein Begehr gestanden, glücklich in seinem weißen Tüchlein und saß schon auf dem Pferde, als der Otternkönig den
Diebstahl gewahrte und so laut pfiff, daß überall die Ottern
hervorsprangen und dem Reiter nacheilten. Um dieser gefährlichen Verfolgung zu entgehen, sprang er in die Elster
und schwamm hindurch. Wohlbehalten kam er in seiner Behausung an und freute sich des gelungenen Raubes. Als
er aber in den Stall ging, um nach seinem Pferde zu sehen,
wand sich aus dem Schweif desselben eine Otter los, die sich
hineingehängt hatte, und stach ihn, daß er sterben mußte.
So wurde der Raub des Krönleins sein Verderben.

711) Der Zweikampf in Röthenbach aus dem Jahre 1705.

Bearbeitet von Julius Schanz.

Im Brambacher Schlosse läßt sich dann und wann ein altes Hausgespenst sehen, der alte Grünrock genannt, dessen Erscheinen immer etwas Böses verkündet.

Einst saßen die Gäste in diesem Schlosse die ganze Nacht hindurch beim Kartenspiel. Den Tag, der schon durch die Fenster lauschte, sahen sie nicht und ein Morgenwetter, das über die Berge dahinrollte, hörten sie nicht — so sehr waren sie vertieft in ihre Karten, als plötzlich der Wächter vor dem Schloß sein Morgenlied sang und abdankte. Er sang das Lied: „Wer weiß wie nahe mir mein Ende!" — Als dies ein Herr von Schirnding hörte, einer der keckften Spieler, da rief er laut: „Der meint unsre besten Gold= füchse! Wer weiß wie nahe deren Ende!" — Ein grimmiges Lachen übertäubte diesen Witz. Da blies ein starker Wind= stoß aus dem Vorsaal die Lichter aus, die Thüren sprangen auf und der alte Grünrock trat, in der Tracht seiner Väter, in kurzen Ritterstiefeln, gelben Lederhosen und grünem Wammse, einen Eisenhut auf dem Kopfe und ein kurzes Jagdschwert um die Hüften zur Thüre herein. In der Hand aber trug er eine kleine Laterne, bei deren Scheine man zwei Schatten wie im Zweikampf an den Wänden ringen sah. Bald aber war der ganze Spuk verschwunden. Man schlug Licht, und wollte weiter spielen, aber o Wunder! die Karte war weg. Der Herr von Schirnding, darüber erbos't, vergaß sich in allerhand Schimpfreden und schmähte auf den alten Grünrock, den er des Teufels Genossen nannte, als ein Herr von Rabe aufsprang, und den Spötter, der selbst für die Todten nur Spott hatte, zum Zweikampf forderte.

In Bärendorf kamen die beiden Kämpfer zusammen, die sich längst im Stillen gefaßt hatten. Nach einem langen hitzigen Kampfe, der zu keinem Ende zu führen schien, stellte sich der von Rabe, als sei er müde, und der von Schirn=

bing drang nur um so ungestümer auf ihn ein. Plötzlich aber schrieen die Sekundanten: halt! — Rabe hatte einen meisterhaften Stoß geführt und hoch sprang das Blut aus Schirndings Brust hervor, der, in eine nahe Köhlerhütte gebracht, allda sein Leben aushauchte. Ein Schäfer schnitt der Nachwelt zur Erinnerung an den blutigen Sühnakt ein großes Kreuz in einen Baum ein, auf einem Stein steht die Jahreszahl 1705 und der alte Stoßdegen des Herrn von Rabe hängt noch heute unter alten Waffen im Erlbacher Schlosse.

712) Sage vom Feuersegen in Schönberg.

Verflochten in die angeführte Novelle: „Der Venetianer" von Julius Schanz.

In Schönberg soll einst eine alte Zigeunerin im Sterben gelegen haben. Der Richter des Orts verweigerte ihr aber vor ihrem Sterbebette ein christliches Begräbniß in geweihter Erde, als der Herr des Dorfes dazu kam und ihr es zusagte. Zum Dank dafür benachrichtigte sie ihn von einem ihm theuern (in der Sage Nr. 702 erwähnten) Kinde, dem er einst das Leben gerettet hatte, und sprach über das Dorf den Feuersegen, worauf sie verschied.

713) Sage vom hohen Stein bei Erlbach.

Mitgetheilt von Julius Schanz; weiter ausgeführt a. a. O.

Auf dem hohen Stein stand in den Zeiten der Markomannen ein Fürstenschloß, zu dessen Füßen ein See war. Theudolinde, die Tochter des Besitzers, sollte an einen andern Fürsten verheirathet werden. Sie liebte aber einen Sänger und hatte mit diesem eine Zusammenkunft, wobei sie belauscht wurden. Der Vater durchbohrte sie mit seinem Schwerte und schleuderte ihren Leichnam in den See hinab, der Sänger stellte sich der andringenden Schaar mit seiner Harfe und seiner Wehr entgegen, bis er, auf den letzten Felsvorsprung zurückgedrängt, sich in den See stürzte. Den Leichnam der Geliebten umschlingend, sprach er einen furchtbaren Fluch

über den grausamen Vater aus, und als er mit der Geliebten untersank, stürzte das Schloß und der Tempel zusammen, und der See erstarrte zu Stein. Die Trümmer
des Schlosses meint man noch heute zu sehen.

714) Der gespenstige Hund zu Weißig.

Auf dem Rittergute Weißig bei Kamenz hat zu Anfange
dieses Jahrhunderts der Besitzer einen Hund gehabt, den er
sehr geliebt und wie einen Menschen gehalten hat, ja als er
gestorben, hat er ihm einen Grabstein gesetzt, und darauf
seine Tugenden beschreiben lassen und versichert, der Hund
sei besser gewesen als die Menschen. Seit der Zeit geht aber
der Hund um und läßt sich in einem Zimmer des Schlosses
als Gespenst sehen. Vor kurzem sahen ihn noch die Herren
Swob. und v. Qu., die eines Nachts dort schliefen, er sprang
von einem Bette aufs andere, sie fühlten ihn auf der Bett-
decke, sahen aber nur seine feurigen Augen und fühlten seinen
heißen Athem.

715) Die Sage von der Wasserkunst zu Bautzen.

Vor langen Jahren hat ein Mechanicus vom Stadtrath
zu Bautzen den Auftrag bekommen, die Stadt mit Wasser
aus dem Flusse zu versehen, allein da das Werk sehr kost-
spielig war, sich verpflichtet, seinen Kopf herzugeben, wenn
es nicht gehe. Er hat also eine sogenannte Kunst gebaut
und dazu einen der Thürme in der Ringmauer verwendet,
wo das Wasser durch Maschinen in die Höhe gehoben und
von da in die Stadt geleitet ward. Als das Werk fertig
war, siehe da ging es aber nicht, man setzte also den Erbauer fest und es erwartete ihn sonach der Tod. Indessen
glückte es ihm, des Nachts zu entwischen, er flüchtete die
Neusalzer Straße hinaus, als er aber an den bei dem Dorfe
Ebendörfel liegenden Berg kam, ward er plötzlich von Müdigkeit ergriffen, setzte sich nieder und schlief ein. Da träumte
er so lebhaft, als sehe er es, daß in einer der Röhren seiner

Wasserkunst eine Ratte stecke und in Folge davon das Werk verstopft sei. Beim Erwachen beschloß er, auf die Gefahr hin, sein Leben einzubüßen, zurückzukehren und sich dem Rathe zu stellen. Wie gedacht so geschehen, er kehrte um und stellte sich seinen Richtern unter der Bedingung, daß sie gestatteten, daß, ehe er zum Tode geführt werde, er noch einmal das Getriebe seines Wasserwerkes untersuchen dürfe. Dies ward ihm gestattet und siehe er fand wirklich eine Ratte in der Röhre genau so, wie er sie im Traume gesehen hatte. Als dieselbe herausgezogen war, ging die Wasserkunst und geht noch bis auf den heutigen Tag. Im Volksmunde hieß aber der Berg bei Ebendörfel fortan der Traumberg, woraus später Dromberg oder Dronberg durch Wortverdrehung geworden ist. Eine andere unten zu erzählende Sage nennt ihn freilich richtiger den Thronberg.

716) Die Luten, die Sueven und die Serben in der Lausitz.

S. Brotuff. S. 2. Haupt Bd. II. S. 6 fgg.

Ober- und Niederlausitz bewohnten in den ältesten Zeiten die Luten, Lusen oder Susen, ein Stammvolk der Sueven, des damals mächtigsten deutschen Volkes, welches sich selbst in mehrere Zweige theilte. Der Stamm der Zlinger oder Silinger saß in der Oberlausitz, der der Semnonen in der Niederlausitz. Diese deutschen Bewohner wurden um das J. 450, zu den Zeiten des Kaisers Theodosius des Jüngern von den Slaven vertrieben, welche sich ebenfalls in mehrere Stämme spalteten, von denen der der Serben oder Sorben diese Gegend einnahm. Die Serben hießen so von dem Worte Serp, die Sichel. Einige sagen, sie hätten sich Sichler genannt, weil sie ein ackerbautreibendes Volk waren. Andere aber behaupten, Serp bedeute auch ein Schwert und da alle Schriftsteller von den stammesverwandten Sarmaten sagen, daß sie einen Säbel göttlich verehrt hätten, so habe dieser Volksname keine friedliche Bedeutung, sondern bezeichne sie als Säbelverehrer, als ein kriegerisches Volk.

717) Einzug der Wenden.
S. Haupt Bd. II. S. 8.

Etliche des slavischen Volkes die zogen gegen Preußen, Pommern und Cassuben bis hin gegen Dänemark und an das Meer gegen Mitternacht um und um und wohnten und bebauten die Lande bei dem Meer und in Preußen. Etliche aber des Volkes von Böhmen, da ihrer viele waren, die zogen über die Wasser und kamen auf das Erdreich, darum Mähren liegt und bauten da den Acker und Städte und nannten das Land Mähren. Etliche des Volkes zogen fort und kamen auf das Gelände, da nun Meißen liegt, und nannten das Land das Meißnische Land. Etliche kamen gegen Bautzen, etliche ins Lausitzer Land und wohnten allda. Und alle diese Lande, die waren vorher wüste gewesen, die bauten zuerst das vorgenannte Volk, die Wenden. Die um Calau und Luckau wohnenden Slaven hießen die Caluconen, von ihnen stammt die in Lübbenau wohnende Familie der Calaucer ab. Ein anderes wendisches Volk, die Camanen hatten ihren Sitz um Camenz, zu Kaisers Heinrich IV. Zeit waren sie mit unter dem Kriegsvolke des Grafen Wiprecht von Groitzsch. Um Luckau und Golßen herum wohnten die Stoberaner, ein wendischer Volksstamm, deren Namen sich noch in dem edeln Geschlechte derer von Stutterheim erhalten hat. Von dem Stamme der Milziner sollen die Herren von Miltitz, von dem der Schluben aber die Herren von Schlieben abstammen. Das Wort Lausitz und der Name Lausitzer ist aber den Wenden von dem Volke, welches sie vertrieben hatten, den Lusen geblieben.

718) Grausamkeit der alten Wenden.
S. Haupt Bd. II. S. 9.

Die Lausitzer Wenden in der Gegend von Zinniz (Cianj) hatten außerordentlich strenge Ehegesetze: am Markte dieser Stadt war eine Brücke, dort wurde Jeder, der sich durch

Untreue an seinem Weibe versündigt hatte, mit dem Theile, mit dem er gesündigt hatte, an die Brücke genagelt. Neben ihm lag ein Scheermesser und hiermit ward ihm die freie Wahl gelassen, entweder auf dieser Stelle zu sterben, oder sich selber loszuschneiden.

Die Sorben iu der Lausitz hatten manche barbarische Sitte aus dem fernen Asien mitgebracht. Wennz.B. einEhemannstarb und eine Wittwe hinterließ, so wurde diese bei lebendigem Leibe auf den Scheiterhaufen gelegt zu dem Leichnam des Ehemannes und wurde also mit demselben zugleich verbrannt. Solches geschah aber nicht etwa mit Zwang, sondern frei- willig und unter großem Freudengeschrei. Bei den Sorben- wenden der Lausitz herrschte in der Heidenzeit der schändliche Gebrauch, daß man sich der alten Leute, die zu nichts mehr tauglich waren, auf eine grausame Weise entledigte. Der eigene Sohn schlug seinen Vater todt, wenn er alt und un- fähig wurde, oder er warf ihn ins Wasser oder er stürzte ihn von einem hohen Felsen herab, ja es sind solche Beispiele selbst noch iu der christlichen Zeit vorgekommen.

Herr Lewin von Schulenburg, Ober-Amtshauptmann in der Altmark, ist ums Jahr 1580 einstmals unter den Wen- ben gereiset, da etliche einen alten Mann geführt, die er ge- fragt: „wohin mit diesem Alten?“ Darauf sie geantwortet: „zu Gott“. Meineten, sie wollten denselben Gott aufopfern, weil er mit Arbeiten seine Nahrung nicht gewinnen könnte. Als der Hauptmann dieses verstanden, hat er den Alten mit Ge- walt entledigt, ihn mit sich heimgenommen und zu einem Thorwächter gemacht, in welchem Dienste er noch zwanzig Jahre gelebt und zugebracht haben soll. Ein anderer Chronist er- zählt, im Jahre 1297 habe eine Gräfin von Mannsfeld, welche durch die auch von Wenden bewohnte Lüneburger Haide reiste, einen Bauer getroffen, der ein Grab gegraben hatte, in welches er seinen daneben stehenden jammernden Vater legen wollte.

719) Wie sich die Deutschen und Sorben gegenseitig nennen.

S. Knauth, Serbische Kirchengeschichte S. 126.

Wenn die Deutschen mit den Wenden redeten und diese kein Wort verstanden, nannten jene sie stumme Wände. Den Sorben aber ging es mit den Deutschen gerade so und sie nannten dieselben njemski die stummen (d. h. Hunde), und so heißen sie die Deutschen noch bis auf den heutigen Tag.

720) Der H. Benno und die H. Walpurgis in der Lausitz.

S. Grosser, Lauf. Merkw. II. 8. Legende von Bisch. Benno Lpz. 1507.
Emser vita Bennonis 1512. N. L. Magaz. 1838. S. 385.
Haupt Bd. II. S. 69.

Der heilige Bischof Benno von Meißen wurde einst so erzürnt über den Abfall der von ihm bekehrten Wenden in der Lausitz, daß er die Kirchenschlüssel vor Verdruß in die Elbe warf. Aber in einem gefangenen Fische wurden sie wiedergefunden.

Bei Gersdorf liegt ein Berg, der heißt der heilige Berg und sein Gipfel der Todtenstein. Dort ist in den alten Heidenzeiten greulicher Götzendienst getrieben worden, bis Markgraf Gero unter Kaiser Otto I. kam, die heidnischen Priester töbtete und das Christenthum einführte, auch das jetzt nach ihm so genannte Dorf Gersdorf gründete. Diese Gegend war aber dem h. Benno gar lieb und vom nahe gelegenen Bischheim (Bischofshain), wo er ein Lustschloß hatte, kam er oft über die Berge hinüber nach Gersdorf. Daher rührt noch ein gepflasterter Fußweg, der über den heiligen Berg führt und die Mönchsmauer genannt wird. Von dem Berge aus führt auch ein unterirdischer Gang nach der Pfarre. Auf dem heiligen Berge aber gründete Gero eine Kapelle der h. Walpurgis, einer Nichte des h. Bonifacius, welche in der Lausitz von Berg zu Berg gezogen war und den Heiden das Evangelium geprebigt hatte. Als sie gestorben war, hat man ihr überall und besonders auf diesen Bergen Standbilder und Bethäuser errichtet und ihr zu Ehren in der h. Walpurgisnacht überall auf den Bergen Feuer angezündet, dafür beschützte sie das Vieh gegen das Behexen. Wer aber am dritten Pfingstfeiertage sowie an Walpurgis und Margarethe zu dieser Kapelle wallfahrete, hatte 100tägigen Ablaß für seine Sünden.

---

721) Die heutigen Wendenkönige.

S. J. Tollii Epist. itinerar. ep. II. Haupt Bd. II. S. 15. R. Gosche in: Unser Vaterland Bd. II. S. 17 fgg.

Es ist eine alte Sage, daß die Wenden in der Niederlausitz noch heut zu Tage ihren König unter sich haben, den sie gemeinschaftlich aus ihrer Mitte wählen, ihm Krone und Scepter zustellen und jährlich zu seinem Unterhalte eine Kopfsteuer entrichten. Sie erweisen ihm alle königliche Ehren und gehorchen seinem Befehle in allen, das ganze Volk betreffenden allgemeinen Angelegenheiten. Jedoch halten sie die Sache so geheim, daß alle Bemühungen, den rechten Grund zu erfahren und den König selbst unter den Bauersleuten ausfindig zu machen, bisher ohne Erfolg gewesen sind. Soviel nur weiß man, daß die Königswürde in einer gewissen Familie erblich ist. Diese Familie soll jedoch vor wenigen Jahren mit dem letzten Sproß des wendischen Königsstammes, einer alten siebenzigjährigen Frau, ausgestorben sein. Diese alte Frau hat es noch vor ihrem Tode sehr beklagt, daß sie Niemandem offenbaren könne, was sie von der Sache wisse. Auch mehrere Oberlausitzer Wendengeschlechter in der Gegend von Bautzen rühmen sich königlicher Abkunft, im Spreewalde knüpft sich die Sage vom letzten wendischen Fürsten an den Burgberg im Dorfe Burg, wo er residirt haben soll und wo man allerdings unter andern Alterthümern goldene Diademe gefunden hat.

Einst hat sich ein wendischer Bauer an die Spitze eines aufsässigen Haufens gestellt und sich gleichwie ein König geberbet. Als nämlich im Jahre 1548 Franz von Minkwitz seinen wendischen Unterthanen zu Ufro mehr Hofedienste zumuthete, als sie zu leisten schuldig zu sein glaubten, und die Widerspenstigen auspfänden ließ, kam die Sache zu einem förmlichen Aufstand. Unter der Anführung eines Königs berathschlagten sie mit einander, beschlossen alle für einen Mann zu stehen und eine Rede zu führen und widersetzten sich offen ihrem Herrn. Ein großer Theil der umliegenden wendischen Dörfer war in diesen Aufstand verwickelt, so daß der Landvoigt seine schwere Hand darauf legen mußte, den wendischen König greifen ließ und ihn am Leibe strafte. Dieser hatte sich verlauten lassen, „dahin wolle er es wohl noch bringen, daß der Minkwitz ihm huldigen müsse."

Der große Churfürst Friedrich Wilhelm von Brandenburg hat auch diesem im Verborgenen waltendem König eifrig nachforschen lassen. Es ist ihm auch einstmals ein kräftiger, schlanker und schöner Wendenjüngling als ihr König bezeichnet worden. Ein alter Bauer aber, der den Verrath gemerkt, hat den jungen Menschen zornig angeredet und gesagt: „Kerl, was stehst Du hier gaffen! gehe an Deine Arbeit", ihn mit dem Stock geschlagen und fortgetrieben. So verhütete er, daß der Churfürst der Sache weiter nachforschen konnte.

---

722) Das Wappen der Herren von Gersdorf.
S. Haupt Bd. II. S. 30.

Es war einst ein König von Burgund, der hieß Rudolph: auf dessen Befehl wurde einst ein Edelmann hingerichtet, der eine Jungfrau geraubt hatte. Der Edelmann hatte einen Sohn, der war jung und bartlos, der wollte seinen Vater rächen, verkleidete sich als ein Mädchen und kam an den Hof, wo er unter die Dienerinnen des Königshofes aufgenommen wurde. Eines Abends, als er wußte, daß die Hofleute hoch bankettirten und voll süßen Weines waren, verleitete er die junge Königstochter in den Garten spazieren zu gehen. Von dort aus führte er sie immer weiter ins Feld hinein, in der Absicht, sie zu entführen und verbarg sich mit ihr in ein Weizenfeld. Bald aber merkte es das Hofgesinde und sagte es dem König an, daß die Prinzessin abhanden gekommen, und der König schickte alle fort, um des Königs Töchterlein zu suchen. Da war einer Namens Heinrich, des Erasmus Steindorf, eines tapfern Kriegers Sohn, der hatte das Glück, sie in dem Gerstenfelde aufzufinden und den Räuber festzuhalten. Dafür erhob der unglaublich erfreute König ihn in den Adelstand, wandelte seinen Namen aus Steindorf in Gerstdorf und setzte ihm auf sein Wappen als Helmzier eine Pagenmütze und zwei Büschel Gerstenähren statt eines Federbusches, darum, daß er aus dem Gerstenfelde die Prinzessin in die Arme des besorgten Vaters zurückgeführt und von großem Unheil errettet hatte.

---

723) Der Ursprung der Carlowitze.
S. Grosser, Lausitzer Denkw. Bd. III. S. 44. Haupt Bd. II. S. 27.

Das Geschlecht der von Carlowitz hat mehrere Ursprungssagen. Nach der einen war der Ahnherr des großen Kaisers Karl vornehmster Rath und wurde von diesem zu den wichtigsten Geschäften gebraucht, namentlich in den Kriegen gegen die Slaven, weshalb ihm diese den Namen beilegten, der soviel bedeutet als: Karl's Licht. Eine andere Sage läßt die Herren von Carlowitz aus königl. französischem Geblüt entspringen. König Ludwig VIII. von Frankreich hatte einen Sohn, Karl I., welcher 1266 König von Neapel und Sicilien ward, Karl II., des ersten Sohn und Nachfolger, hinterließ sechs Söhne, von denen der jüngste, Johann, die Mechtilde, Prinzessin von Achaja, heirathete und durch sie Herzog von Durazzo ward. Ein Enkel dieses Herzogs Johann mit dem Beinamen Horwat, gelangte zur Würde eines Banus oder Statthalters von Kroatien und brachte es dahin, daß nach König Ludwigs Tode die Ungarn seinem Bruder

Karl dem Kleinen, König von Neapel, im J. 1386 die Krone antrugen und aufsetzten. Allein dieser wurde sehr bald auf Veranstaltung der Wittwe König Ludwigs und ihrer Tochter Maria ermordet. Da entbrannte Johann Horwat von tödtlichem Hasse, ließ die Königin nebst der Prinzessin auf der Straße überfallen, ihr Geleit niederhauen und sie selbst an den Haaren fortschleppen. Elisabeth ersäufte er im Flusse Bozota und Maria wurde in das Gefängniß geworfen, jedoch bald wieder entlassen, da ihr Bräutigam, der nachmalige Kaiser Sigismund, mit einem Heere he02n anzog, um sie zu befreien. Obwohl sie eiblich hatte geloben müssen, sich an Johann Horwat nicht zu rächen, so ruhte sie nicht eher, als bis Sigismund ihn in Possega und Dobor belagern, gefangen nehmen und in Stücke hauen ließ. Johann Horwat hatte einen Sohn Karl, dem der Kaiser Verzeihung angedeihen ließ und mit mehreren Gütern in Kroatien und Slavonien beschenkte. Dort baute er zwischen Scherwich und Griechisch-Weißenburg ein Schloß, das er Carlowitz nannte.

Die Bulgaren singen noch ein Lied von Marco Carlowiczo, welcher mit seinen ritterlichen Genossen sich lange Zeit in einem festen Schlosse gegen die Türken gehalten, bis er der Uebermacht erlegen. Seinen Tod rächte ein treuer Diener an dem Sultan Murad I., indem er ihn erstach, während dieser ihm den Fuß zum Kusse reichte.

---

724) Das Wappen der Haugwitze.
S. Grosser Bd. III. S. 46. Haupt Bd. II. S. 31.

Als Karl der Große im J. 772 an 33 Jahre lang die Sachsen bekriegte, hat sich unter andern Feldobristen einer mit Namen Hug oder Hugo hervorgethan, und durch besondern Witz und Verstand, guten Rath und kluge Anschläge die Ober- und Niedersachsen, mit ihrem Könige Wittekind bezwingen und zum christlichen Glauben bringen helfen. Daher hat ihm der Kaiser den Beinamen Witz und einen gehörnten Widderkopf, als Zeichen der Tapferkeit, ins Wappen gegeben. Von diesem Hugo stammen die Herren von Haugwitz. Das ist die deutsche Sage, die böhmische lautet anders.

In den heidnischen Zeiten unter den deutschen Königen wurde einst einem kriegserfahrenen Ritter eine Burg anvertraut, um sie gegen die Feinde des Vaterlandes zu behaupten, die Feinde rückten an und bestürmten sie mächtig, wurden aber von den heldenmüthigen Vertheidigern tapfer zurückgeschlagen. Als sie nun sahen, daß sie mit Gewalt nichts ausrichteten, beschlossen sie, die Besatzung durch Hunger zur Uebergabe zu zwingen und umringten die Burg so, daß Niemand mehr heraus konnte, ohne ihnen in die Hände zu fallen. Schon litten die Belagerten große Noth und dachten darauf, sich mit der Burg den Feinden zu übergeben. Der Befehlshaber allein widerstand jeder Aufforderung und hielt die hungernden Krieger mit der Hoffnung hin, daß der König ihnen bald zu Hilfe kommen würde. Allein von Tage zu Tage ward vergebens auf Ersatz gewartet. Da wandte endlich der kluge Befehlshaber eine Kriegslist an. Er ließ den einzigen Widder, den sie noch in der Burg hatten, schlachten, mit seinem Blute alte Ochsenhäute befeuchten und sie wie zum Trocknen im Angesichte der Belagerer aufhängen. Als diese die Ochsenhäute erblickten, meinten sie, man habe in der Burg nicht nur Getreide und Brod, sondern auch Fleisch genug, verzweifelten daran, sie auszuhungern und zogen ab. Hierauf kam der König zu den Seinen, und als er in der Burg nichts mehr fand, als den Widderkopf, lobte er die Tapferkeit und List des Anführers und befahl, daß derselbe für immer einen Widderkopf im Schilde führen solle.

---

725) Das Wappen der Herren von Löben.

S. Gauhen, Adelslex. Bd. I. S. 924. Haupt Bd. II. S. 32.

Die Herren, Freiherren und Grafen von Löben führen in ihrem Wappen ein Schachbrett und eine Mohrin. Sie erhielten dies Schild auf folgende Weise. Im Jahre 723 spielte Daniel Loß, ein deutscher Kriegsmann, der in den Kämpfen gegen die Ungläubigen gefangen worden war, mit einer afrikanischen Königin Schach um seinen Kopf, den er gegen eine große Summe Geldes eingesetzt hatte, und gewann. Die Königin machte ihn hierauf zu ihrem Feldherrn gegen den Sultan von Aegypten, den er besiegte und gefangen nahm, und weil er überall in ihrem Dienste unerschrocken sein Leben auf's Spiel gesetzt hatte, legte sie ihm den Namen „Leben" bei und genehmigte, daß er ihr Bild nebst einer Krone und einem Schachbrett in seinem Wappen führen durfte.

Eine andere Nachricht sagt: Zur Zeit des byzantinischen Königs Romanus Argyrus ums J. 733 ließ Daniel von Löben unter dem Könige Cambyses und seiner Gemahlin Pelusa in Afrika sich wider die Saracenen gebrauchen. Durch seine Tapferkeit stieg er bis zum Feldobersten, verrichtete viele rühmliche Thaten, wurde zum Ritter des löblichen uralten Ordens vom rothen und weißen Bande geschlagen und erhielt zum ewigen Zeichen und Gedächtniß eine Mohrenkönigin mit einem Halsgeschmeide und goldenen Armbändern in sein Wappenschild gesetzt.

726) Woher die Prittwitze ihre Namen haben.

S. Sinapius, Schles. Denkw. Bd. I. S. 730.

Die von Prittwitz führen im Schilde auch ein Schachbrett mit goldenen und schwarzen Steinen und auf dem gekrönten Haupte ein Mohrenbild ohne Arme mit einer goldenen Hauptbinde, welchem etliche Tropfen Blut über das Gesicht laufen. Ihr Ahnherr war ein slavischer Krieger Namens Holub, d. h. Täuber, welcher in maurischen Kriegsdiensten sich befand und ein ausgezeichneter Schachspieler war. Eine Mohrenkönigin, die hierin auch erfahren war, hört ihn einmal deshalb rühmen und bietet ihm eine Parthie an. Er fragt: „was soll der

Preis des Gewinnes fein?" Sie antwortet: „der Gewinner
soll dem Ueberwundenen das Spielbrett um den Kopf schlagen."
Er geht es ein, gewinnt und schlägt ihr's an die Stirne, daß
sie blutet und verbunden werden muß. Den König erfreut
der Witz und die Kühnheit des gemeinen Kriegers, er adelt
ihn, macht ihn zum Hauptmann und giebt ihm den Namen
Bretwitz, woraus dann Prittwitz geworden ist.

---

727) Das Wappen der Herren von Tschirschky.

S. Sinapius Bd. I. S. 1000.

Die Herren von Tschirschky stammen von einem tapfern
polnischen Krieger Namens Wieniawa, welcher in Friedens-
zeiten auf einer Anhöhe in der Mitte eines großen Waldes
in einer Höhle wohnte und sich vom Kohlenbrennen nährte,
ab. Einst wird er gewahr, daß mehrere Male, wenn er seine
Wohnung verlassen hatte, um seiner Nahrung nachzugehen,
Jemand in dieselbe eingedrungen ist und allen darin vorhandenen Brodvorrath aufgezehrt oder weggeschleppt hatte.
Er verbirgt sich also eines Tages darin mit einem jungen
Eichenafte, um den Dieb gebührend zu empfangen. Doch
siehe! anstatt eines Menschen, wie er erwartet hatte, schreitet
ein Büffel herein und schnuppert herum nach dem Brode.
Schnell entschlossen faßt der starke Kriegsmann ihn bei den
Hörnern an, zieht ihm den Eichenaft durch die Nase und biegt
ihn zusammen wie einen Ring. An diesem Ringe führt er
ihn durch den Wald hindurch und vor den König. „Maje-
stät", sagte der Soldat, „ich habe diesen Büffel in meiner
Hütte gefangen, als er mein Brod fressen wollte, und bringe
ihn für die königliche Küche, damit er selbst gegessen wird.
Ich aber bitte nur um die Gnade, so lange ich lebe, im
Walde Kohlen brennen zu dürfen". Diese Erlaubniß giebt
ihm der König nicht nur, sondern schenkt ihm auch den ganzen
Wald zum Eigenthum und läßt ihm ein Schwert reichen, den
Büffel damit zu tödten. Nachdem nun Wieniawa diesem mit
einem Streiche den Kopf abgehauen, ward er selbst zum

Ritter geschlagen und mit einem Wappen belohnt, welches im goldenen Schilde einen Büffelkopf mit einem Ringe in der Nase zeigt. Von diesem Ringe nannten sich seine Nachkommen Piersky, welcher Name von einem polnischen Wort, welches Ring bedeutet, kommt, und daraus ward später Tschirschky.

---

728) Das Wappen der Seidlitze.

S. Sinapius, Bd. I. S. 880. Haupt, Bd. II. S. 37.

Das alte Geschlecht der Seidlitze, weit verbreitet in Polen, Preußen, Böhmen, Mähren, Schlesien und der Lausitz führt als Wappen einen weißen Schild mit 3 rothen Fischen. Das kommt von folgender Begebenheit her. Als in den Kriegen zwischen den Deutschen und Wenden eine Heerschaar der letztern in drei Zügen an einem breiten Flusse angekommen war und keine Fuhrt finden konnte, so stürzten sich drei Brüder, die Seidlitze genannt, gute Schwimmer, ins Wasser und untersuchten dasselbe so lange, bis sie eine Stelle zum Uebersetzen fanden, und darum wurden sie zu Rittern geschlagen und erhielten die Fische in ihr Wappen.

---

729) Das Wappen der Biberstein und der Tschammer.

S. Sinapius Bd. I. S. 983.

Die Herren von Tschammer leiten ihren Ursprung von dem Geschlechte der Herren von Biberstein ab. Wie diese führen sie in ihrem Wappen von Alters her ein Hirschgeweih, dem aber später noch ein Büffelhorn zugefügt worden ist. Als nämlich der Polenkönig Boleslav Chrobri nach einem Siege über die Preußen und Pommern in sein Land zurückgekommen war, ließ er einst den bei ihm anwesenden Großen und vornehmen Gästen seinen Thiergarten öffnen und zeigte ihnen die vielen Bestien, die er darin eingeschlossen hielt. Da wurde der Herr von Biberstein von einem Büffelochsen angerannt, der aber fürchtete sich nicht, sondern trat dem wüthenden Thier keck entgegen, ergriff es an den Hörnern und brach ihm eins ab. Der König und alle Anwesenden erstaunten aber über die Beherztheit und Körperkraft des Biberstein und es wurde ihm zum Gedächtniß dieser That ein weißes Büffelhorn in sein Wappen gesetzt. Uebrigens sind die Bibersteins nächst den Zeblitzen und Rostitzen die ältesten Lausitzer Adeligen.

730) Das Wappen der Uechtritze.

S. Sinapius Bd. I. S. 1004.

Die Herren von Uechtritz führen zwei Schlüssel in ihrem Wappen. Sie erhielten dies zum Zeichen der Treue für tapfere Vertheidigung einer Feste in den Zeiten, wo die Wenden gegen die heranziehenden Franken alle ihre Kräfte aufbieten mußten.

731) Das Wappen der Zeblitze.

S. Sinapius Bd. I. S. 1046. Haupt Bd. II. S. 26.

Die Herren von Zeblitz führen eine silberne Schnalle mit zerbrochenem Dorne im Wappen, dies soll daher rühren, daß einer ihrer Ahnen einstmals so hitzig gefochten hat, daß ihm der Dorn in der Schnalle am Schwertgurt gesprungen ist. Bei dem Einfalle der Vandalen in die Lausitz im J. 965 haben Wenceslaus von Zeblitz und Hans von Rostitz, die zwei Schwestern gehabt, für ihre Tapferkeit die Erlaubniß bekommen, einen beliebigen Ort zur Erbauung eines Rittersitzes zu wählen.

732) Die Sage von der Entstehung des Namens Budissin.

A. Böhland, Die merkw. Schicks. d. Oberlausitz und ihre alte Hauptstadt Budissin. Budissin 1831. 8. S. 19.

Die Sage erzählt, daß zur Zeit der Erbauung der Stadt Bautzen oder Budissin (958) eine böhmische Herzogin durch den

Ort gereist und in einem nahen Dorfe entbunden worden
sei. Als nun ihr Gemahl, Burggraf Wetzlaw, der gerade
beim Bau des Fleckens zugegen war, die zu ihm gesandten
Boten hastig auf böhmisch gefragt habe: „Budeli ssen", d. h. ist's
ein Sohn? so habe seine Umgebung aus Schmeichelei den
Ort nach der Frage des Herzogs Budesin benannt, woraus
in der Folge Budissin geworden sei.

733) Der Stein auf dem Markte in Budissin.

Böhland a. a. O. S. 78 sq. C. Wilke, Chronik der Stadt Budissin.
Bd. (1843) 8. S. 57 sq. Grosser, Oberlauf. Merkw. Theil I. S. 105.
Poetisch beh. v. Ziehnert. Bd. I. S. 241 sq.

Am 29. Mai 1405 ist von den Bürgern der Stadt
Bautzen ein Aufruhr gegen den damaligen Stadtrath erhoben
und derselbe vertrieben worden. Darauf haben die Empörer,
unter denen besonders die Tuchmacher die Schlimmsten waren,
einen neuen Rath eingesetzt. Zwar versuchte der böhmische
Landvoigt auf Schloß Ortenburg die Ordnung wieder herzustellen; allein dies geschah nur oberflächlich, und der Ge-
schäftsgang und die gewerbliche Betriebsamkeit in der Stadt
lag gänzlich danieder. Da ist der König Wenzel von Böhmen
am 30. September 1408 mit seiner Gemahlin Sophie selbst
nach Budissin gekommen, um Ordnung zu machen, hat beide
Parteien auf das Rathhaus, wohin er sich begab, beschieden,
und sich mit folgenden Worten auf den Stuhl des Bürgermeisters gesetzt: „Hier sitze ich, der ächte Bürgermeister, wer
etwas zu klagen hat, der thue es!" Nun erschien der alte
und neue Rath vor dem König, und nachdem der neue nach
den deshalb angestellten Erörterungen als schuldig befunden
worden war, ließ er denselben in ein Nebenzimmer führen,
wo drei Henker die Schuldigen in Empfang nahmen und
ihnen die Hände auf den Rücken banden. Hierauf wurden
aus der Stadtgemeinde diejenigen herbeigeholt, welche am
Meisten bei dem Aufruhr betheiligt gewesen waren, und
eben so behandelt, wie der von ihnen eingesetzte Rath. Als
nun der König den alten Magistrat wieder installirt hatte,

ließ er jenen ihr Urtheil vorlesen, und zwar lautete dasselbe für nicht weniger als 100 auf das Schwert. Die Verurtheilten wurden gebunden auf den Marktplatz geführt, und der Henker begann sein schreckliches Amt, nachdem der König durch das ohrenzerreißende Geschrei und Wehklagen der Weiber und Kinder der dem Henkerschwerte Verfallenen sich nicht zur Milde hatte stimmen lassen. Schon waren nicht weniger als 14 Köpfe gefallen, da rief die Gemahlin des Königs, die am Markte in dem Hause des Fleischhauers Lucas der Hinrichtung zusah, gerade als der Scharfrichter bei dem fünfzehnten ausholte: es ist genug! und ihr Gatte ließ sich durch ihre Bitten bewegen, den Uebrigen das Leben zu schenken, doch mußten sie mit Weib und Kind sofort auswandern. Auf dem Wassertroge des Budissiner Marktes befindet sich noch jetzt eine steinerne Platte, auf der angeblich die Hinrichtung stattgefunden haben soll, doch ist dies eben so wenig gewiß, als daß auf dem Richtschwerte die Namen der 14 Hingerichteten eingravirt worden seien. Auf dem Rathhause befindet sich nämlich letzteres noch heute, aber jene Namen sind nicht darauf.

---

734) Der Kopf an der Nicolaipforte zu Budissin.
Wille a. a. O. S. 71 sq. Böhland S. 92 sq.

Im Jahr 1429 wütheten die Hussiten in der Lausitz und erschienen am 12. Octbr. auch vor der Stadt Budissin. Ihr Anführer Molesko (oder Mieslaske) forderte die Stadt sogleich zur Uebergabe auf, allein der tapfere Bruno von Colbitz, der daselbst befehligte, wies dieses Ansinnen muthig zurück. Die Hussiten stürmten nun an drei verschiedenen Orten, am Schüler- und Reichengraben und in der Nähe der jetzigen Michaeliskirche; allein sie wurden überall mit großem Verluste zurückgeschlagen. Da fand es sich auf einmal, daß der Pulvervorrath durch ruchlose Hand angefeuchtet worden war, und ziemlich gleichzeitig stiegen auch aus einem Hause auf

der Reichengasse die Flammen gen Himmel, allein der tapfere
Commandant wußte die Feuersbrunst zu löschen und den
Mangel an Pulver durch andere Vertheidigungsmittel zu er-
setzen. So gelang es ihm, die Hussiten, nachdem deren Anführer gefallen war, abzuschlagen. Kaum waren die Hussiten
fort, so wurde von Seiten des Raths eine öffentliche Procession angeordnet, welche alle Jahr bis auf die Zeit der
Reformation abgehalten ward, und beschlossen, an der Stelle
der kleinen Kapelle die jetzige Michaeliskirche zu erbauen,
weil man sagte, der Erzengel Michael habe während des
Sturmes über der Stadt geschwebt. Nun hatte aber während
des Sturmes der Ritter Bruno einen Pfeil mit einem
Papierstreifen aus den Reihen der Vertheidiger nach
dem Heere der Hussiten zu fliegen sehen. Bald kam ein
ähnlicher in derselben Richtung zurückgeflogen; man ergriff
den Bürger, der jenen abgeschossen hatte, und fand, daß es
der Stadtschreiber Prischwitz gewesen war. Derselbe gestand
auf der Folter, daß er für 100 Schock das Feuer angelegt,
die Fenster seines Hauses am Markte, damit es verschont
bleibe, mit neuen Ziegelsteinen ausgesetzt habe, und ihm für
das Gelingen des ganzen Anschlags von den Hussiten jährlich
noch 10 Schock versprochen worden seien. Er wurde am
6. Decbr. auf einer Kuhhaut vom Markte aus durch alle
Gassen geschleift, ihm der Leib aufgeschnitten, das Herz herausgerissen und ins Gesicht geworfen, sein Körper in vier
Theile getheilt und an jedem Thore ein Stück aufgehangen.
Die Ringe, die man noch vor einiger Zeit an jedem Thore
bemerkte, und der Kopf, der an der Nicolaipforte eingemauert
ist, sollen aus jener Zeit herrühren.

---

735) Der Franziskanermönch in Bautzen.
Mitgetheilt v. H. Oberlehrer Scholz in Bautzen.

Im Jahre 1225, also noch zu Lebzeiten des heiligen
Franziskus, wurde die Franziskanerkirche zu Bautzen, mit der

ein Kloster in Verbindung stand, eingeweiht. Kirche und
Kloster sind seit dem Brande am 2. Juli 1598 nicht wieder
aufgebaut worden und von der Kirche stehen noch jetzt die
nördlichen Umfassungsmauern, während der innere Raum
derselben eine Menge kleiner Wohnungen birgt, welche mit
dem Namen „Mönchskirche" bezeichnet werden. Zur Zeit,
als das Kloster noch blühete, war ein Mönch in dasselbe
eingetreten, der von seinem Erbtheile einen kostbaren Ring,
eine goldene Kette und ein mit Edelsteinen besetztes Kreuz
verheimlicht hatte und diese Kleinobien in einem Sarge, der
in dem Grabgewölbe der Franziskanerkirche stand und mit
einem Schlosse verwahret wurde, wovon der Schlüssel im
Kloster hing, sorgfältig verbarg. Von Zeit zu Zeit weidete
er sich an seinem Schatze. Einst, als er seinem Schatze einen
Besuch gemacht, und darauf den Klostergarten, der das ganze
Terrain einnahm, wo jetzt das alte Seminar und das Gasthaus zum Lamm stehen, durchschritten hatte, bemerkte er,
wieder im Kloster angelangt, daß ihm der Schlüssel abhanden
gekommen war. Sobald er nun seine Klosterbrüder im festen
Schlummer wußte, machte er sich, eine Kerze in der Hand,
auf, den Schlüssel zu suchen. Er muß aber den Schlüssel
nicht gefunden haben, denn noch in neuerer Zeit und zwar
zuletzt im Jahre 1845, will man den Mönch mit seiner
Kerze zur Nachtzeit bemerkt haben.

---

736) Der Todtengottesdienst in der Taucherkirche zu Bautzen.
Mitgetheilt v. Hrn. Oberlehrer Scholze in Bautzen.

Ein Bautzner Fleischer, der sich auf dem Lande verspätet
hatte, schritt an einem trüben Novemberabende auf der alten
Görlitzer Landstraße seiner Vaterstadt munter zu. Als er bei
der, an der genannten Landstraße unfern des Reichenthores
stehenden Taucherkirche anlangte, gewahrte er Licht in diesem,
als Begräbnißkirche benutzten Gotteshause. Er meinte aber,
man habe sich mit einem Begräbnisse verspätet, und trat durch
die sich öffnende Thüre, um sich die Predigt anzuhören, in

den geheiligten Raum ein. Seinen Hut vor das Gesicht
haltend, betete er ein stilles Vaterunser und nachdem dies
geschehen, trat er näher zu einer unfern der Thüre stehenden
alten Frau, um mit in das Gesangbuch derselben zu sehen.
Ein eigenthümliches Gesumme ertönte durch das Gotteshaus
und der ganze weite Raum war seltsam erleuchtet. Sein
Blick streifte über die zahlreiche, seltsam gekleidete Versamm-
lung und er gewahrte mehrere ihm wohlbekannte Personen,
von denen ihm aber doch bekannt geworden war, daß sie
bereits gestorben seien. Die Frau an seiner Seite winkte
ihm und gab ihm deutlich zu verstehen, er solle nun das
Haus verlassen. Da überkam ihn eine eigenthümliche Angst,
er öffnete die Thür und eilte hinaus in's Freie. Doch kaum
war er hinausgetreten, so hörte er einen heftigen Knall,
das Licht verlosch und von der Domkirche in der Stadt ertönte der Stundenschlag. Unwillkürlich zählte er, dabei rasch
dem Stadtthore zuschreitend, die Glockenschläge und siehe, es
war gerade Mitternacht. In Schweiß gebadet, langte der
Fleischer am Gitter des Thores an, der wachhabende Stadt-
soldat öffnete auf sein ungestümes Klopfen das Pförtchen und
vernahm, als sich der höchst aufgeregte und vor Entsetzen
zitternde Fleischer etwas erholt hatte, aus dessen Munde die
seltsame Kunde

---

737) Der feurige Hund von Budissin†).

Poet. beh. v. Ziehnert Bd. II. S. 233 sq. cf. Maurer, Amphith.
magiae univ. S. 441.

Am 2. November des Jahres 1633 hatte Wallenstein
die Stadt Budissin durch einen Accord mit der sächsischen
Besatzung in Besitz genommen, er zog hierauf nach Böhmen
weiter und ließ zu Budissin den Obersten Golz als Stadtcommandanten zurück. Derselbe plagte nun mit seiner rohen
Soldateska die armen Bewohner auf das Schauerlichste, und

---

†) Der Ursprung dieser Sage wird unter Nr. 758 anders erzählt.

als die Sachsen zu Anfang des Jahres 1634 vor die Stadt rückten, um dieselbe wieder zu erobern, so ließ er die Vorstädte in Brand stecken. Da aber mittlerweile durch Flugfeuer die Stadt an mehreren Stellen in Flammen gerieth, so zündeten die Kaiserlichen selbst verschiedene Häuser an. Es dauerte nicht lange, und es brannte in allen Straßen, Niemand durfte löschen, die Kroaten plünderten die Häuser und raubten auch den unglücklichen Bewohnern noch das Wenige, was dieselben aus ihrem brennenden Eigenthum gerettet hatten. Von der ganzen Stadt blieb nur ein ganz kleines Haus in Kleinpolen und die Ortenburg stehen. Als nun die Sachsen die arme Stadt brennen sahen, bewilligten sie dem Obersten Goltz freien Abzug, allein als derselbe zum Lauenthore hinausritt, und sich im Umschauen höhnisch also äußerte: „Hört Ihr, wie die Hunde von Budissin heulen", da rührte ihn auf einmal der Schlag, er stürzte vom Rosse herab und ehe man ihn aufheben konnte, war er schon unter den Hufen der vor den nachdringenden Flammen ängstlich und scheu gewordenen Pferde seiner Begleiter zertreten. Seit dieser Zeit soll sich um die Mitternachtsstunde zuweilen ein feuriger Hund in den Straßen von Budissin sehen lassen, und anzeigen, daß binnen drei Tagen ein Feuer in der Stadt ausbrechen werde.

---

738) Das Budissinische Gespenst.

Budäus, Singularia hist. literaria Lusatica. Lpzg. u. Budissin 1736. Bd. I. S. 408 sq. cf. Bd. II. S. 822 sq. v. Weber, Aus vier Jahrhunderten Bd. I. S. 67—83.

Es hat sich seit Weihnachten des Jahres 1683 in der Behausung des Oberamtssecretärs S. Hoffmann zu Budissin ein Gespenst gezeigt und ist insonderheit seiner Frauen Tochter, so ohngefähr seit einem Jahre an den Oberamtsadvocaten Chr. Keilpflug verheirathet war, erschienen. Bald hatte dasselbe die Gestalt einer wendischen, bald die einer deutschen verschleierten Frau und hat es die Keilpflugin um Gottes

9*

Willen gebeten, sie solle ihr helfen. Es hat sich dabei Sabine Ruprechtin genannt und vorgegeben, sie wäre vor diesem
von Martin Rathmannen (wie sie denn beide Namen mit
Tinte und Kreide verschiedene Male nebst einer unleserlichen
Jahreszahl aufgeschrieben) ermordet und in den Keller ver-
scharrt worden, sie solle nur daselbst aufgraben und ihren
Leichnam in einen Sarg legen, ihr auch einen Leichenstein
mit einer Ueberschrift, darin ihres Mörders zu gedenken, von
dem Gelde, so sie in einem Kästlein dabei nebst dem Schwert,
womit der Mord geschehen, finden werde, setzen lassen, denn
ihr Leib, der von bösen Geistern besessen sei, könne von diesen
nicht eher befreit werden, als bis er in einen Sarg gelegt
und mit einem Steine bedeckt werde. Wenn sie sich aber
weigere, solle ihr und der ganzen Stadt großes Unheil be-
gegnen. Es hat dieses Gespenst zwar mit der Keilpflugin
verschiedene geistliche Lieder gesungen, nur nicht solche wie:
„Gott der Vater wohn' uns bei" 2c., „Nun lob' meine Seele
den Herrn" 2c. und den christlichen Glauben, auch das Vaterunser nicht mitgebetet, sondern dabei sich fortgemacht, in-
gleichen an den Tisch, worauf die heilige Bibel gelegen, da
es doch sonst in andern Büchern und Scripturen herum-
gestört, sich nicht wagen wollen. Da nun die Keilpflugin
begehrt, es solle das Kästchen bringen, hat es dasselbe auch
gebracht, als es jene aber nicht aus der Hand des Gespenstes
hat nehmen wollen, sondern verlangte, es solle dasselbe auf
den Tisch stellen, hat es dasselbe wieder mitgenommen. Im
Uebrigen, als ohngeachtet der geschehenen Verwahrung vor
allen abergläubischen Mitteln, gleichwohl das Gesinde im
Hoffmann'schen Hause ein paar alte Kehrbesen kreuzweise vor
die Stubenthür gelegt, sei das Gespenst, als es bis an die
Schwelle gekommen, auf dem Besen stehen geblieben. Wenn
es aus der Stube wich, ließ es einen übeln Geruch wie
von Knoblauch und altem Speck zurück, zeigte sich auch zuweilen
bald mit einer Feuerkugel unter dem Arme und mit feurigen
Ketten um den Leib, bald mit blutigem Munde, bald in Gestalt eines Kaninchens, bald in abscheulicher Gestalt mit großen

Klauen, Gänsefüßen und einem langen Kuhschwanze, ließ auch Blutstropfen fallen, so aber im Herabfallen als Feuerfunken vergingen. Es ist auch zu der Keilpflugin ins Bett gekommen und hat ihr gedroht, es wolle ihr den Hals umdrehen, wenn sie ihren Mann aufwecken werde und hat sie dabei an dem Schenkel, sowie auch am Halse gezwickt, also, daß man die Schwielen etliche Tage lang sehen konnte. Als nun eines Tages der Beichtvater der geplagten Frau, der Diaconus J. Muscovius bei ihr war, hat er zwar das Gespenst, welches gerade dagewesen, nicht selbst erblickt, es ist ihm aber so übel geworden, daß er an Schenkeln und Händen anfing zu zittern. Da nun aber gleichwohl das geistliche Ministerium nicht gestattete, im Keller nachzugraben, weil gerade das Jahr, wo das Gespenst ermordet sein wollte, ein Pestjahr gewesen, und man auf vergrabene Pestleichen zu treffen dachte, auch das geistliche katholische Capitel, welches die Jurisdiction über das Haus zu haben vorgab, mit seinem Erbieten, die nicht zur Ruhe gekommenen Seelen durch einige Capitularen beschwören zu lassen, nichts ausrichtete, weil das Gespenst den 13. Juni mit Kreide eine Verhöhnung desselben auf den Tisch schrieb, hat es zuletzt, nachdem es die Hausbewohner noch täglich geplagt und endlich den 12. August die Keilpflugin förmlich juristisch in den Keller citirt, aber wiederum nichts durchgesetzt, nach und nach zu erscheinen aufgehört und am 8. October ist ob seines Verschwindens eine förmliche Danksagung in der Kirche gehalten worden. Aufgeklärt aber ist der Spuk nie worden. Mit der weißen Gestalt, die aus dem Wendischen Thurme zuweilen in die Caserne herabkommt und da verschwindet, hat es wohl nichts gemein.

739) Der Dutschmann zu Budissin.

H. G. Gräve, Volkssagen und volksthümliche Denkmale der Lausitz.
Bautzen 1839. S. 110.

Auf dem zu Budissin am Markte bei der Rathswage befindlichen Wassertroge befindet sich ein steinernes Standbild, einen bewaffneten Mann in Römertracht vorstellend, mit einem starken Barte, in der rechten Hand eine Fahne, in der linken ein Schild mit dem budissiner Stadtwappen und ein kurzes Schwert an der Seite tragend. Die Figur ist unter dem Namen Dutschmann bekannt und verbreitet sich darüber folgende Sage. Es sei einst ein wendischer Fürst, wild und unbändig, dabei aber ein kühner, verwegener Reiter gewesen, welcher sich anheischig gemacht, mit seinem Pferde über den Wasserkasten zu setzen, auch selbiges ausgeführt habe. Andere erzählen jedoch, er habe sich mit seinem Pferde überschlagen und sei in dem gefüllten Wasserkasten ertrunken, und zur Erinnerung sei dieses Standbild errichtet worden.

740) Der Schatz in der Mönchskirche zu Budissin.

Gräve a. a. O. S. 112.

In der am 1. August 1401 durch Flammen zerstörten Mönchs = (Franciskaner=)Kirche soll man zu gewissen Zeiten einen Schatz, welcher nicht unbedeutend ist, erblicken. Abends in der Mitternachtsstunde des St. Michaelistages soll, jedoch nicht alle Jahre, auf den Fensterbrüstungen dieser Kirche, welche auf die große Brüdergasse die Aussicht haben, jener Schatz sichtbar werden. Es besteht selbiger in zwei goldenen Kelchen, einer goldenen Patene, sechs silbernen Leuchtern und einem zwei Ellen hohen, silbernen, stark vergoldeten Crucifixe. Nur derjenige, welcher sich in seinem Leben keiner Sünde theilhaftig gemacht, soll ihn zu heben vermögen, dem Tollbreisten aber, welcher sich, wie jener Pharisäer, rein von Fehlern wähnt und seine Hand darnach ausstreckt, soll dieses Wagniß den Untergang bereiten. Man will diese Kostbarkeiten=Ausstellung nur dreimal bemerkt haben, zum ersten Male bei der Geburt August I., Königs von Polen und Kurfürsten zu Sachsen, das andere Mal am Tage seines Todes und zum letzten Male vor Ausbruch des 7jährigen Krieges, allein Niemandem soll, weil die Bedingung zu schwer ist, darnach gelüstet haben.

741) Die steinernen Köpfe an der Ortenburg.

Novell. beh. b. Gräve. S. 116 sq.

Eine Hauptzierde der Stadt Budissin ist die Ortenburg, früher ein Wohnsitz der Markgrafen und Landvoigte, jetzt für die Kreisdirection eingerichtet. An der Mauer desjenigen Seitenflügels der Burg, da wo man von der Schloßgasse unter dem Bilde des Königs Matthias den Hof betritt, findet man zwei steinerne Köpfe eingemauert, die, als der obengenannte König (1483—86) das durch Brände sehr beschädigte Schloß wieder aufbauen ließ, unter dem Schutte, wahrscheinlich als einzige Reste zweier zerbrochenen Bildsäulen gefunden wurden. Man erzählt darüber folgende Sage. Es sollen einst ein Mönch aus dem Franciskanerkloster zu Budissin und eine Nonne zu Prag, die schon als Jugendgespielen Liebe zu einander empfunden hatten, dann aber durch den Willen ihrer Eltern getrennt für den geistlichen Stand bestimmt worden waren, doch Gelegenheit gefunden haben, sich zu sehen und mit einander zu verkehren. Die Sache ward jedoch entdeckt und beide sollen an jenen Stellen, wo heute noch ihre Köpfe aus der Mauer heraussehen, lebendig eingemauert worden sein.

742) Der Blutflecken an der großen Mühle in Budissin.

Ziehnert Bd. III. S. 269. Anders bei Gräve S. 124.

Am Fuße des Proitschenberges nahe am rechten Ufer der Spree liegt die sogenannte große Mühle mit sechszehn Gängen. An ihrer Mauer oben, nicht weit unter dem Dachgesimse, sieht man eine Menge Blutflecken, von denen die Sage Folgendes erzählt:

Als die Mühle gebaut ward, traf der Bauherr mit dem Teufel eine Uebereinkunft, nach welcher der Teufel sich verpflichtete, dem Müller beim Baue zu helfen, der Müller aber dem Teufel das Privilegium einräumte, auf dem 16ten Gange Pferdeäpfel zu mahlen und zwar, ohne daß ihn Jemand dabei stören sollte. Als nun die Mühle mit Teufelshilfe fertig war, schüttete der Müller auf 15 Gänge Getreide, und der

Teufel auf seinen 16ten Pferdeäpfel. So hatten sie es lange
Zeit in gutem Frieden getrieben, als der Müller einen neuen
Knappen annahm, welcher ein vorwitziger und unfolgsamer
Geselle war. Denn obgleich es ihm der Meister streng verboten, schüttete er dennoch auf den 16ten Gang Getreide und
schmälerte das Recht des Teufels. Dieser aber mochte es
nicht leiden und ward zornig, faßte den Mühlknappen und
warf ihn zur Strafe außen an die Mauer, so daß er alsbald todt blieb, die Blutflecken aber, welche sein zerschmetterter
Körper hinterließ, lassen sich durch nichts wegbringen.

---

743) Das Kreuz am Wege zur Königsmühle in Budissin.

Gräve a. a. O. S. 175.

Geht man aus Budissin zum Ziegelthore heraus nach
der Königsmühle hin, so wird man daselbst, wo linker Hand
der Weg nach Niedergurig leitet, ein großes steinernes Kreuz
bemerken, von dem man sich Folgendes erzählt: Einst habe
ein Bauer aus dem Marktflecken Baruth gewettet, einen
Scheffel Hirse von dem Dorfe aus, ohne auszuruhen, auf
seinen Schultern nach Budissin zu tragen: nach vom andern
Theile angenommener Wette habe er es auch bis zu dem
Platze, wo gegenwärtig das Kreuz steht, ausgeführt, sei aber
daselbst hingesunken, habe den Blutsturz bekommen, und diesen
Stein hätten seine Anverwandten ihm als Denkmal errichtet.

---

744) Blutende Leiche verräth einen Mörder.

Annalen der Stadt Budissin v. 958—1664. Hdschr. a. d. Königl. Bibl.
zu Dresden. Schr. d. Nr. 27.

Im Jahre 1500 hat sich in der Stadt Bautzen eine
gräuliche Mordthat begegnet. Es ist daselbst damals an der
Schule ein Cantor Namens Jacob Tham gewesen, der hat
auf der Reichengasse von der Ecke des Marktes herein gelebt.
Bei dem hat seine Schwiegermutter, die sogenannte alte
Krohin, gewohnt, ein böses Weib, die fast täglich mit ihm

gezankt und verlangt hat, er solle ihr das Haus, wo er
wohnte und was ihr gehörte, bezahlen. Da hat ihn einmal
der böse Feind verführt, er hat am Tage visitationis Mariae
eine Axt genommen und ihr das Genick eingeschlagen, dann
aber hat er sie in den Würztrog geworfen, als wenn sie sich
selbst ersäuft, und ist in die Schule gegangen. Hierhin ist
denn sehr bald seine Frau gekommen und hat ihm gesagt:
„lieber Mann, wie geht das zu, meine Mutter hat sich im
Würztroge ersäuft, komme doch schnell nach Hause!" Hierauf
kommen die Nachbarn und die Gerichte, um die Todte zu
besichtigen, da es aber schon gegen Abend war, so grauete
es Jedermann, und man hat sie nicht genau angeschaut,
sondern dem Nachrichter befohlen, sie als eine Selbstmörderin des
morgenden Tages, an einem Sonntag, auf den Schindanger zu
fahren und nach gerichtlicher Anordnung zu begraben. Wie
nun der Scharfrichter den Körper angreift, hebt die Leiche an
heftig zu bluten, darüber der Scharfrichter sagt: „das geht nicht
mit rechten Dingen zu, wer sich schuldig an diesem Blute
weiß, der hat Zeit sich davonzumachen". Darauf haben viele
Leute dem Cantor gerathen, zu flüchten oder sich in ein
Kloster zu verbergen, allein er hat nicht gewollt. Endlich
hat man ihn eingezogen und mit der scharfen Frage belegt,
doch hat er nichts gestanden, am folgenden Tage aber hat
er den Rathsherrn Hieronymus Ruprecht zu sich kommen
lassen, und ihm Alles bekannt, wie es zugegangen. Darauf
ist er schon nächsten Mittwoch hinausgeschleift und auf's Rad
gelegt worden. Ob nun wohl dieses Mörders Eheweib in
solche That gewilligt, auch zu ihrer leiblichen Mutter Ermordung Rath und That gegeben, hat man sie doch damals
verschont und nicht angreifen dürfen, weil sie täglich ihrer
Geburt entgegengesehen, sie ist aber dann länger als ein
ganzes Jahr so dick gegangen und hat nicht gebären können,
sondern mußte zuletzt darüber zerbersten.

745) Von der Wallfahrt zum Marienbilde in Eilewitz.
Annalen d. St. Bautzen a. a. O. u. d. J. 1523.

Um das Jahr 1523 ist das Dörflein Eilewitz ganz und
gar ausgestorben bis auf einen gewissen Paul Krahle und
seine Schwester, welche sich in solcher Noth zu einem hölzernen
Marienbilde, so nicht weit vom Dorfe gestanden, begeben
und täglich zu demselben gebetet haben, und weil ihnen ihr
Leben gefristet worden, so haben sie nicht anders vermeint,
denn die Mutter Jesu, welche sie in diesem Bilde verehrt,
hätte ihnen geholfen. Nachher hat sich Paul Krahle mit
seiner Schwester nach Postewitz unter des Raths zu Budissin
Gebiet begeben, ist daselbst auch Kirchvater geworden und
hat mit Unterstützung des Budissiner Rathsherrn P. Röhr-
scheid es dahin gebracht, daß an der Stelle, wo das Mutter-
gottesbild stand, ein Kirchlein zur heiligen Jungfrau genannt
erbaut ward, wohin ehemals gar häufig gewallfahrt wor-
ben ist.

745) Wie vier Gehängte zu einem Futterschneider zu Gaste
gebeten worden und auch gekommen sind.
Annalen a. a. O. u. d. J. 1556.

Im Jahre 1556 hat es sich begeben, daß ein Futterschneider zu Budissin, der in einer der äußersten Vorstädte
gewohnt, und dessen Weib eine Schleierweberin gewesen ist, an
der Kirmeß den 13. September mit seiner Gesellschaft in ein
Dörfchen, so eine Viertelmeile von Budissin gelegen und
Doberschau geheißen war, wo man gut Bischoffswerder Bier
schenkte, gegangen ist, um sich da mit Trinken zu belustigen,
und hat sich daselbst etwas lange in die Nacht hinein aufgehalten. Als sie nun wohlbezecht sich auf den Heimweg
machen und über einen Fußsteig nicht weit vom Gerichte des
Ortes gehen müssen, sind sie also toll und voll unter den
Galgen getreten und haben die armen Sünder verspottet,

was sie da machten. Einer unter ihnen hat gar solche dürre und schwarze Brüder zu Gaste gebeten, sie sollten mit ihm nach Hause gehen und mit etwas kaltem Gebratenen, das er zu Hause in Vorrath habe, vorlieb nehmen und es verzehren helfen. Darauf gehen sie von bannen. Wie nun der Wirth, der sie geladen, allein heimkömmt, und sein Weib sich mit den Kindern zu Bett begeben hat, findet er die vier dürren Brüder, welche ihre eisernen Ketten am Halse gehabt, hinter dem Tische sitzen, sie wollten ihre Mahlzeit haben. Als nun der Wirth sehr erschrocken ist und nicht gewußt hat, was er thun solle, um ihrer los zu werden, stehen sie auf, reißen von dem Gezähe, welches in der Stube gestanden, das aufgebäumte Garn ab, wickeln es dem Wirth um die Beine und hängen ihn mit den Füßen unter seinen Tisch, und dann verlieren sich die schwarzen Brüder. Der gehangene Wirth schreit nun um Hülfe und Rettung, zwar will Anfangs Niemand hören, da das Weib fest geschlafen hat und nicht geweckt werden konnte, allein endlich haben die Nachbarn das Geschrei gehört, sind, weil Alles fest verriegelt und verschlossen gewesen, zu den Fenstern herein gestiegen und haben den Gehenkten erlöst, worauf er ihnen erzählt, wie die schwarzen Brüder mit ihm umgegangen, weil er sie, die ihr Urtheil erlitten, nicht in Ruhe gelassen.

---

747) Gotteslästerer bestraft.

Annalen a. a. O. u. d. J. 1607.

Im Jahr 1607 den 24. December in der Christnacht sitzen etliche Bauernbursche in einem Dorfe zwei Meilen von Bautzen (zu Milckel genannt Minakaw, oder Wessel) beisammen, saufen und spielen das Glück auf das kommende Jahr, wie es bei den Wenden damals Gebrauch war. Als nun der eine die Schanze verspielt, hat er darüber gräulich gelästert und geflucht, schrecklich geschworen und sich vermessen. In solcher Gotteslästerung bleibt er hinter dem Tische sitzen,

bie Augen offen, als ſehe er noch, hält auch bie Kartenblätter
in ben Händen und verſtummt. Die Andern vermeinten, er
zürne, weil er nicht reden und zum Spiel nicht zuwerfen
wolle, ermahnen und rufen ihm zu, er ſolle boch zugeben,
rütteln und ſtoßen ihn, ba fällt er um und iſt tobt, iſt alſo
ein ſolcher Gotteslästerer jählings burch Gottes Strafe und
ernſtes Gericht bahingefahren und alſo tobt nach Hauſe getragen worden.

---

748) Die verhängnißvolle Hochzeit.

Annalen a. a. O. u. b. J. 1584. Heckel, Beſchreibung ber Stadt
Biſchofswerda. Dresden 1713. S. 284.

Am 24. Auguſt des Jahres 1584, als Johann Fabian
von Ponikau zur Elſtra mit ber Eblen Magbelena Lichten-
hainin aus Thüringen ſeine Hochzeit hielt, hat ſich bei Einführung ber Braut ein ſolcher Wind erhoben, daß bie Pferde
vor dem Wagen ber Braut ſtille ſtehen mußten und nicht
fortkommen konnten. Desgleichen iſt unter bem Tanze ein
Reiter auf einem weißen Pferde in gelben Kleibern in bas
Haus bes Bräutigams gekommen und hat einen ſolchen Schuß
gethan, daß bas ganze Haus erzitterte, ber Reiter aber iſt
verſchwunden. Endlich iſt ein weißer Stein von freien Stücken
auf einen Tiſch gekommen, ben Niemand borthin gelegt; zwar
iſt er etliche Male von ben Gäſten herabgeworfen worden,
aber allezeit unvermerkt wieder an ſeinem Orte geweſen.
Dieſen Stein hat endlich Wolfgang von Werthern mit ſich
zum Wunderzeichen nach Thüringen geführt. Am andern
Tage hat ſich aber bas Unglück ſchon angehoben, denn Siege-
mund von Maltitz iſt von Friedrich von Luttitz geforbert und
mitten auf ber Straße niebergeſtoßen worden. Dieſer Maltitz hat aber vor ſeinem Tobe viele Vorboten ſeines Unglücks
gehabt: als er nämlich mit ſeinem Knechte von ſeiner Heimath weggeritten, iſt ihm ſein Schwert aus ber Scheibe gefallen, beinahe hätte er mit ſeiner Büchſe ſein eigen Pferb
erſchoſſen, und was noch mehr iſt, ſeine Ringe ſind ihm vom

Finger entzweigesprungen und abgefallen, wie denn auch über dem Tische, da er bei der Hochzeit gesessen, zwei Lichter von selbst auslöschten, welches ihn aber Alles nicht gehindert hat, sondern er ist der unzeitigen Herausforderung gefolgt.

749) Der Kinderengel zu Steinicht Wolmsdorf.
Heckel a. a. O. S. 138.

Im Jahre 1632 grassirte zu Steinicht Wolmsdorf die Pest äußerst heftig, und auch das einzige Töchterlein des Pfarrers Johann Kettner, Anna Regina, ist von diesem Uebel heimgesucht worden. Damit nun aber das Pfarrhaus nicht inficirt werde, ward das Kind im freien Felde unter einen grünen Baum gelegt. Da hat man neben seinem Bettlein ein Kind mit einem schneeweißen Kleide angethan gesehen, das aber, als jenes gestorben, verschwunden ist.

750) Der Teufel entführt einen Gotteslästerer durch die Luft.
Annalen der Stadt Budissin a. a. O. u. d. J. 1596. G. Nicolai, Syll. Hist. L. II. p. 990. Ziegler, Labyrinth d. Zeit. Bd. I. S. 812.

Am 1. Januar des Jahres 1596 ist ein Bauer zu Krischa, Namens Georg Schöniche, als er in der Trunkenheit sehr geflucht und Gott gelästert, des Nachts vom bösen Feinde gen Weißenberg in das nächste Städtlein geführt und durch eine Feuermauer in ein Brauhaus gezogen worden. Da saßen drei Kerle bei einer leeren Braupfanne und zechten, die haben ihm allerlei Alfanzerei von Hoffart, auch Saufen und Fressen der Weltkinder gezeigt, nachmals ihn aber trefflich zerschlagen, also daß der arme Mensch Gott angerufen und gebetet, wie er aber einen Hahnschrei gehört, ist Alles wieder verschwunden. Als nun am Morgen die Bürger von ihrem gebraueten Biere, welches in der Braupfanne gestanden, holen wollten, fanden sie den Verwundeten und ganz Zerschlagenen in der leeren Braupfanne liegen, der vollends erfroren wäre, wenn

nicht die letztere vom Abbrauen noch etwas wärmlich gewesen.
Solches hat der Pfarrherr des Ortes mit allen Umständen
in Druck ausgehen lassen.

---

751) Woher das Bautzner Sprichwort kommt: „Zu Bautzen hängt man die Diebe zweimal“.

Lausitzer Magaz. 1772. S. 27.†)

Um die Mitte des 16. Jahrhunderts hat sich ein Student
aus Polen nach Budissin gewendet und daselbst eine Weile
aufgehalten. Weil er nun eines melancholischen Tempera-
mentes war und mitunter mancherlei wahnwitzige Dinge vornahm, so nannte man ihn gemeiniglich den tollen Bartholomäus. Wie es nun zu geschehen pflegt, daß dergleichen tief-
sinnige Personen von gewöhnlichen Leuten häufig verspottet
werden, so ging es auch mit diesem polnischen Studenten.
Als ihn nun einmal ein Schuster, Namens Hienke, wohnhaft
an der Seydauer Brücke, nicht wenig verspottet und für ein
Paar ihm gefertigte Schuhe die Bezahlung mit großem Un-
gestüm verlangt hatte, so fragte er den erwähnten Schuster
im Eifer, ob er nicht zu seiner Bezahlung dürres Leder annehmen wolle? Der Schuster geht dies ein. Was thut nun
der tolle Barthel? Er ersteigt an einem Sonnabend (den
17. Septbr. 1558) um Mitternacht den vor dem Lauenthore
befindlichen Galgen, nimmt zwei daran befindliche justificirte
Körper, so fast drei Jahre gehangen hatten, davon ab, trägt
solche als ein großer und starker Mensch auf seiner Achsel
und unter dem einen Arme im Dunkeln über die Viehweide,
den h. Geistberg und die Seydauer Brücke an die Draht-
mühle, und lehnt sodann den einen Körper an die Hausthüre des obenbenannten Schusters, den andern aber schiebt

---

†) Auf diese Sage sowohl, als eine große Anzahl anderer lausitzer
Sagen hat mich Herr Dr. Pescheck, der berühmte Verfasser der Geschichte
der Gegenreformation in Böhmen rc., aufmerksam gemacht, wofür ich ihm
hiermit öffentlich danke.   Der Verf.

er dem dafigen Drahtzieher, deffen Tochter ihn auch verirt haben follte, zum Fenfter hinein. Da nun der Schufter am andern Morgen früh feine Hausthür aufmacht, wird er feine dürre Bezahlung, fowie der Drahtzieher feine Befchimpfung mit Schrecken gewahr. Beide zeigen diefe verwegene und boshafte That gerichtlich an. Bartholomäus ward arretirt, vernommen und fodann bei Nacht durch Gerichtsdiener fammt einer großen Bürde Bücher, die er beftändig bei fich trug, aus der Stadt weg und über die Grenze geführt, der Scharfrichter aber mußte auf Befehl die beiden Körper wiederum an Ort und Stelle fchaffen und aufs Neue aufhängen laffen, dafür er auch den fonft gebräuchlichen Lohn noch einmal bekommen hat. Seit der Zeit fagt man: Zu Bautzen hängt man die Diebe zweimal.†)

———

752) **Was das Rennen nach dem Semper der Budiffiner Frauen im 15. Jahrhundert zu bedeuten gehabt?**
S. Köpping in der Laufitzer Monatsfchrift 1805. I. S. 1—18. Carpzov's Ehrentempel d. Oberlaufitz. Bud. 1719. I. p. 250. Hoffmann, Scr. Lus. T. II. p. 360. Laufitzer Mag. 1837. S. 174. Haupt, Bd. II S. 59 fgg.

Mehrere Chroniften der Oberlaufitz berichten, es fei ehedem der Gebrauch in der Stadt Bautzen gewefen, daß Donnerstags vor Fafinacht die vornehmften Frauen, fowohl junge als alte, zufammenliefen, allerhand fchandbare Lieder fangen, den Bürgern in die Häufer liefen und für ihre unehrbaren Poffen, Reden und Geberden Bratwürfte, Fleifch, Brod und andere Victualien verlangten. Diefe fchändliche Gewohnheit, das fogenannte Rennen nach dem Semper, foll nun als ein unfauberes Ueberbleibfel der alten Bacchanalien, das die alten Wenden beibehalten, der Bifchof zu Meißen,

———

†) Es giebt auch noch einen Spruch auf die Strenge der Gerichte der Stadt Bautzen. Kommft du von Bautzen ungefangen (von Görlitz ungehangen, von Zittau ohne Weib ꝛc.) f. Hoffmann, Scr. Lusat. Thl. I. 1. S. 110. cf. 408. 415. 501. 505. I, 2, 2. S. 914. Hering's Zeitfchr. Vergangenheit und Gegenwart 1812. S. 174.

Joh. Hoffmann, im Jahre 1444 (nach andern 1442 oder 1447) abgeschafft, doch dagegen ein festum Mariae virginis, inventionis pueri, da sie den Knaben Jesus im Tempel fanden, zu feiern angeordnet haben.

Damit ist aber noch nicht erklärt, was das Semperrennen eigentlich bedeute, und so hat man verschiedene Erklärungen gegeben.

Eine alte handschriftliche Chronik erzählt nun, es habe nach dem König Sompar†), der 44 Jahre im Regiment gesessen, in Germanien und in deutschen Landen sein Sohn König Schwab 46 Jahre lang geherrscht, denselben hätten seine Nachkömmlinge, die Schwaben, auch zum Gott gemacht, ihm in der Gegend, da jetzt Görlitz und das Lausitzer Land ist, einen wilden und erschrecklichen Wald geweiht, wären auch alle zu gewöhnlicher Zeit zusammengekommen, hätten ihn offenbar mit Menschenblut verehrt und in seinem, nämlich des Sompars Namen, einen Menschen wie einen Ochsen abge= stochen und abgethan, es habe auch Niemand in den Wald gehen dürfen, es wären ihm denn die Hände auf den Rücken gebunden gewesen, damit anzuzeigen die Gewalt Gottes und daß er einig wäre und die Einigkeit liebe; wenn nun Einer ohne alles Gefähr gefallen sei, habe er nicht wieder aufstehen dürfen, sondern sich herauswälzen müssen.

Andere glauben, das Wort komme davon her, daß die Frauen zu Ehren des heil. Symphorianus, der angeblich der Unfruchtbarkeit habe abhelfen sollen, diesen Unfug getrieben. Allein am Wahrscheinlichsten ist es, daß diese Sitte der Bu= dissiner Frauen von der Stadt Nürnberg entlehnt ward, wo bekanntlich im 14. u. 15. Jahrhundert die Fastnachtslustbar= keiten der Handwerker und später auch der Patrizier unter dem Namen: „nach dem Schönbart laufen" gehalten wur= den und zu dem Ursprunge der sogenannten Schemper= lieder Gelegenheit gaben.

----

†) Derselbe wird auch Zember, Cimber, Gambrivius genannt und wäre also mit dem Bierkönig Gambrinus identisch.

----

753) **Woher das Sprichwort kommt: Es bekommt ihm, wie das Hundeführen bis Bautzen.**

Eiselein, die Spichwört. d. Deutschen S. 332. Lausitzer Mon.-Schr. 1799. S. 590 cf. Grimm, Deutsche Rechtsalterth. S. 717.

Kaiser Heinrich I. sandte zur Verhöhnung dem Ungarfürsten nach Bautzen zwei schäbige Hunde sammt Fehdebrief, dieser ließ dagegen den Boten des Kaisers sowohl Nasen als Ohren wegschneiden und schickte sie auf solche Art verstümmelt ihm wieder zurück. Dies hat zu dem Sprichwort geführt: „Es bekömmt ihm, wie das Hundeführen bis Bautzen".

754) **Des Büttels Flasche zu Bautzen.**

Köpping in Vulpius' Curiositäten Bd. II. S. 214 (m. Abbildung). cf. Heckel, Chronik v. Bischoffswerda S. 35. Sachsengrün 1861. S. 227.

Im Mittelalter bis gegen das Ende des 17ten Jahrhunderts war es eine gewöhnliche Strafe für zänkische Weiber, die sich mit Worten und Werken gegen einander vergangen hatten, durch die Stadt die sogenannten Schandsteine tragen zu müssen. Weil nun dieselben in Bautzen die Form einer runden Flasche hatten, die an einem eisernen Kettengeschmeide um den Hals der Delinquentin gehängt ward, so nannte man diese Strafe das Flaschentragen oder das Trinken aus des Büttels Flasche. In Bischoffswerda wurden im Jahre 1648 zwei solche Flaschen oben an das Rathhaus gehängt, in Budissin aber hingen sie an der Ecke des Gewandhauses über dem Pranger. Am 13. October 1678, wo ein Bettelweib die eine Flasche von Stein, welche an der Waage hing, am Halse drei Mal um's Rathhaus tragen mußte, während ihr der Gerichtsdiener voranging, scheint diese Strafe zu Budissin zum letzten Male angewendet worden zu sein. Auf dieser Flasche waren zwei Weiber abgebildet, die sich gegenseitig zankten und drohten, und über ihnen stand der Vers: „Wenn sich Magd und Weiber schlagen, müssen sie die Flaschen tragen."

In Oschatz konnte man noch im Jahre 1813 an der Giebel-
seite des Rathhauses über dem Pranger die 1526 verfertigten
steinernen Flaschen sehen.

---

755) Die Sagen vom Protschenberge bei Budissin.

Nr. I. bei Köhler, Bilder a. d. Oberlausitz. Budissin 1854. S. 114 sq.
Nr. II. u. III. bei Gräve S. 170 u. 171 sq. und im Lauf. Mag. 1838.
S. 128 sq. Nr. IV. u. V. b. Ziehnert Bd. III. S. 265 sq.

I. Der alten Ortenburg gegenüber erhebt der sogenannte
Protschenberg sein granitnes Haupt, welches fruchtbare Ge-
treidefelder, in deren Mitte sich der Friedhof befindet, bedecken.
Man sagt, daß vor alten Zeiten auf demselben eine Burg
gestanden, von der ein unterirdischer Gang zur Spree herab-
geführt habe, und als Ueberrest davon zeigt man noch heute
in der Mitte des zackigen Felsabhanges die Teufeshöhle, ein
enges, nur etwa 5—6 Schuh weit hineingehendes Felsenloch
mit schlüpfrigem, abschüssigem Eingange. Es soll aber diese
Höhle unermeßliche Schätze bergen, die von drei alten Männern mit langen, weißen Bärten bewacht werden.

Vor mehreren hundert Jahren ging ein verarmter Bürger Budissins am Fuße des Protschenberges spazieren. In
der engen Stube mochten ihn die Nahrungssorgen zu sehr
geängstigt haben, daher hoffte er im Freien Ruhe zu finden.
Er klagte hier seiner Mutter, der liebevoll sorgenden Natur
seine Herzensangst und bat sie flehendlich, daß sie ihn bald
zu sich nehme in ihren Schooß, worin Ruhe finden Alle, die
da mühselig und beladen sind. Auf einmal, als er so in
Gedanken versunken an den Felsen des Protschenberges um-
herkletterte, sah er vor sich die schon damals berüchtigte
Teufelshöhle und in derselben drei alte Männer um einen
steinernen Tisch sitzen. Die Männer schienen selbst von Stein
zu sein, so verwittert sahen sie aus und so regungslos saßen
sie da. Erschreckt wollte der Bürger aus dem Bereiche der
Höhle fliehen, aber es war ihm nicht möglich. Seine Angst
wurde noch vermehrt, als ihm einer der Männer winkte, näher

zu treten. Er faßte sich endlich und trat, wiewohl beklommen, an den Eingang der Höhle. Dieselbe hatte sich wunderbar erweitert und war an den Wänden mit Gold und Juwelen geschmückt, auf dem steinernen Tische aber lag ein Haufen Goldstücke. Das Männchen, welches ihn genöthigt, näher zu treten, deutete ihm hierauf an, sich so viel von dem Gold- haufen zu nehmen, als er zur Abhilfe seiner Noth bedürfe, und nannte ihm den Tag, an welchem er wieder erscheinen könne, sollte das Geld nicht ausreichen. Es verbot ihm aber zugleich, Niemandem von allen dem etwas zu sagen, was er hier gesehen und erlebt habe. Der Arme langte erfreut zu, füllte sich die Taschen mit Goldstücken und entfernte sich dan- kend von den freundlichen und mitleidigen Geistern. Jetzt begann er ein neues Leben, aber nicht ein Leben voll Gottes- furcht. Er betete nicht, er arbeitete nicht, sondern saß vom Morgen bis zum Abend im Wirthshause. Durch dieses flotte Leben erregte er Aufsehen, seine Mitbürger steckten die Köpfe zusammen und konnten ihre Verwunderung nicht verbergen, auf welche Weise der einst so Arme reich geworden sei. Einer unternahm es, ihn auszuforschen, und erfuhr auch in Folge eines Rausches das ganze Geheimniß. Er forderte ihm hier- auf durch Drohungen das Versprechen ab, ihn mitzunehmen, sobald er wieder zur Höhle gehe, um sich Geld zu holen. An dem bestimmten Tage und zur bestimmten Stunde begaben sich nun Beide auf den Weg und traten vor die Höhle, aber dieselbe blieb verschlossen und öffnete sich nicht. Seit dieser Zeit ist es noch Niemandem weiter geglückt, in nähere Gemeinschaft mit den Geistern und ihrem Golde zu gelangen, sie bleiben ruhig im Innern des Berges und hüten ihre Schätze.

II. Jene Höhle wird zuweilen noch die Judenschule ge- genannt, und zwar aus folgendem Grunde. Es sollen näm- lich zur Zeit der Judenverfolgungen ihrer Sicherheit wegen, und um nicht in ihren Religionsübungen gestört zu werden, sich mehrere Juden daselbst versammelt und feierlich angelobt haben, daß, wenn sie unentdeckt bleiben und unbehindert mit ihrem

Vermögen nach Polen gelangen würden, sie dieses nie ver=
gessen, vielmehr jährlich an einem bestimmten Tage an diesem
Orte reichlich Spenden vertheilen würden. Ihr Abgang muß
ungehindert geschehen sein, denn als einst im 16. Jahrhundert
eines Sonntags (es soll der Erlösungstag aus der babylo=
nischen Gefangenschaft gewesen sein) nach der Frühkirche ein
ehrsamer Bürger Budissins, Namens Gotthelf Arnst, in dieser
Gegend lustwandelte, trieb ihn die Neugierde an, diese Höhle
zu besuchen. Er trat hinein, und — wahrscheinlich war sie zu
jener Zeit geräumiger, als gegenwärtig — er erblickte sieben
Männer in polnischer Judentracht mit ehrwürdigen weißen
Bärten, sitzend um eine runde Tafel und in Goldstücken
wühlend. Bestürzt über diese ungewöhnliche Erscheinung,
wollte er zurückgehen, allein man rief ihm zu: Fürchte Dich
nicht! denn wir sind nicht hier, um Böses, sondern Gutes zu
thun!" worauf man ihm dann erzählte, wie sie ihre Reise vor
einigen hundert Jahren ungestört gemacht, und daß ihre ab=
geschiedenen Geister jährlich an diesem Tage hier zusammen=
kämen, und den, den sie träfen, aus Dank für ihre Rettung,
beschenkten. „Nimm daher" — fuhren sie fort — „soviel Du
kannst und willst, denn nur einmal ist es Jedem zu kommen
erlaubt, jedoch beeile Dich, bald ist sie verronnen die Zeit,
während welcher es uns vergönnt ist, hier auf Erden zu
weilen". Arnst nahm sein Taschentuch, packte des Goldes ein,
soviel er vermochte, und begab sich dankend aus der Höhle.
Als er mit seiner Goldlast den Berg erklommen hatte, ver=
nahm er einen dumpfen Knall, welches, wie er später erfuhr,
das Verschwinden der freigebigen Juden bedeutete. Mit dem
Gelde soll er sich Häuser und Feld, und darunter auch den
unfern Budissin gelegenen sogenannten Weinberg, welchen
späterhin ein gewisser Steinberger ausbaute, erkauft haben
und als wohlhabender Mann gestorben sein. Ob irgend ein
Anderer nach ihm wiederum diese Höhle besucht habe, und
ebenfalls so glücklich gewesen sei, davon schweigt die Sage.

    III. Nach einer andern Sage sollen die früher theils in
Seydau lebenden, theils die in der Stadt Budissin nach ihnen

benannte Gasse in Menge bewohnenden Juden in dieser Höhle
ihre Schätze und Kostbarkeiten verborgen haben, um dieselben
bei den gegen sie verhangenen Verfolgungen zu sichern, zur
Zeit der Noth davon Gebrauch zu machen und sie gelegent-
lich nach und nach unbemerkt fortzuschaffen. Da nun aber
ihre Vertreibung plötzlich erfolgte, so hatten sie sich eilig,
glücklich, nur mit dem Leben davon zu kommen, fortbegeben,
und so die Schätze, deren Lagerstätte nur Wenigen bekannt
gewesen, verlassen müssen. Diejenigen, welche Wissenschaft
davon gehabt, waren gestorben und verdorben, und so ruhten
diese Reichthümer noch im Schooße der Erde. Am Tage Ur-
sulä des Jahres 1618 ging nun der Seydauer Martin Reike
in diese Kluft, und gelangte an eine mit mehrern Riegeln
und Schlössern verwahrte eiserne Thüre. Plötzlich vernahm er
ein starkes Rauschen, gleich einem vom Felsen herabstürzenden
Wasserfalle, und bemerkte, wie sich Schlösser und Riegel von
selbst lösten. Ein furchtbarer Knall erfolgte, den Bauer ergriff die größte Angst und Bangigkeit, und zitternd und
bebend enteilte er der Höhle, die sich vor seinen Augen verschloß und deren Stelle und Eingang er nimmer fand.

IV. Einst soll in diese verrufene Höhle ein Bauer ziemlich weit hineingegangen und an eine verschlossene Thür gekommen sein, weil ihn aber Grausen anwandelte, ist er ohne
weiteres Nachforschen wieder umgekehrt. In dieser Höhle soll
sich nun aber ein großer von Kerzen erhellter Saal befinden,
in dem an einer langen Tafel die Geister dieses Berges sitzen
und zur ewigen Strafe in Haufen Goldes wühlen müssen.
Vor längerer Zeit soll aber hier des Nachts ein kleines
graues Männlein mit langem, schneeweißen Barte bemerkt
worden sein. Dies hörte ein gewisser Reichard aus dem
Dorfe Seidau und beschloß die Sache genau zu untersuchen.
In einer finstern Nacht machte er sich, nachdem er von den
Seinen rührend Abschied genommen hatte, auf den Weg.
Kaum hatte er die Spitze des Berges erreicht, so stand auch
schon das graue Männlein vor ihm. So muthig Reichard
erst gewesen war, so verzagt war er nun, doch erholte er sich

balb wieder und fragte das Männlein, wer es sei und was es hier zu thun habe. Ich bin, erwiderte es mit froher Hast, ein Geist aus diesem Berge und bin um eines Versehens willen von den andern Berggeistern verdammt, hundert Jahre lang allnächtlich diesen Berg auf- und abzusteigen, bis der Tag meiner Erlösung kommt, und Du, fuhr er fort, bist bestimmt, mich zu erlösen, und das geschieht, wenn Du allein den un- geheuern Schatz, der in diesem Berge verborgen ist, heben wirst. Dies allein zu thun aber weigerte sich Reichard hartnäckig, da erlaubte es das Männlein, daß er seinem Bruder den Vorfall entdecken und ihn zur Hebung des Schatzes mitbrin- gen könnte. Sie versahen sich mit den nöthigen Werkzeugen und bestiegen in nächster Mitternacht den Berg. Das Männlein empfing sie, gebot ihnen aber, wenn Stimmen aus der Tiefe sie fragen würden, was sie mit dem Schatze machen wollten, ja nicht zu antworten, und sich durch Drohungen nicht er- schrecken zu lassen. Die Brüder fingen an zu graben und fanden, wornach ihre Seele sich sehnte, den Schatz. Als sie ihn aber heben wollten, erscholl aus der Tiefe eine furchtbare Stimme. Die Schatzgräber schwiegen. Die Stimme drohte sie zu tödten, wenn sie nicht Antwort gäben. Da ward Reichard's Bruder doch ängstlich und antwortete, daß sie sich damit ein frohes Leben zu verschaffen gedächten, und der Schatz — sank mit donnerndem Gepolter in die Tiefe! Seit dieser Zeit hat der unglückliche Geist noch keine Erlösung ge- funden.

V. Einst spielten Kinder armer Eltern an diesem Berge und fanden einen Haufen Kohlen. Da sie die Armuth ihrer Eltern kannten, dachten sie klug genug, von diesen Kohlen soviel mitzunehmen, als sie fortbrächten, in der Meinung, daß sie doch wohl zu Etwas brauchbar sein könnten. Da die Eltern sich darüber als ein gutes Brennmaterial freuten, nahmen die Kinder ein Körbchen und holten den Ueberrest der Kohlen nach Hause. Einige Tage später wollten diese Leute sich der Kohlen zum Brennen bedienen, und fanden einen großen Haufen Goldstücke.

756) Die Lauengasse zu Budissin.

Ziehnert, Bd. III. S. 284.

Wo sich diese befindet, soll sonst eine große dichte Wild=
niß gewesen sein, in der Bäume von 3 Klaftern Umfang
gestanden und sich außer andern wilden Thieren auch Löwen
aufgehalten haben. Da man sonst die Löwen auch Leuen
nannte, soll die Gasse davon den Namen Leuen=, später Lauen=
gasse erhalten haben.

757) Die Venus in Budissin.

Ziehnert. Bd. III. S. 297.

Wo jetzt das Schloß Ortenburg steht, soll sonst ein Götzen=
tempel und darin die Bildsäule eines schönen Weibes, mit
einem Myrthenkranze um den Leib, einer Rose im Munde,
einer brennenden Fackel auf der Brust, stehend auf einem Wägel=
chen von zwei schwarzen Schwänen gezogen, gestanden haben.
Bei der Erbauung des Schlosses ist Alles von Grund aus
zerstört worden.

758) Der schwarze Hund zu Budissin.

Gräve im Lausitz. Mag. 1838. S. 127 ꝛc. u. Lausitz. Volksf. S. 27 sq.

In Budissin vor dem auswendigen Lauenthore unfern
des Gasthofes der drei Linden, nicht weit von der Stelle, wo
sich ehemals linker Hand der Rabenstein befand, entsteigt in
der zwölften Nachtstunde einer daselbst befindlichen Vertiefung
ein großer, schwarzer, zottiger Hund, welcher durch's Thor
hinein bis in die Gegend des Waisenhauses, manchmal noch
weiter seine Runde macht, dann zurückkehrt und am besagten
Flecke wiederum verschwindet. Seine Erscheinung deutet alle=
mal ein Feuerunglück der Stadt an, indem man vor allen
bedeutenden Bränden dieses Ungethüm bemerkt haben will.
Sein Ursprung wird folgendermaßen angegeben. Im eilften
Jahrhundert, als die Lausitz noch Polen gehörte, lebte in der

Hauptstadt dieser Provinz ein polnischer Graf von wüster
bestialischer Natur, mehr dem Heiden- als Christenthum ergeben, welcher nach damaliger edelmännischer Sitte und Brauch
Bürger und Bauern baß quälte, indem er sie für Vieh bestimmt, zur Frohne hielt, sie nur Hunde nannte und nicht selten
ihnen einen rothen Hahn auf's Gehöfte zu setzen drohte. Als
er nun ein Tages die Sache, nach seiner Art, wieder recht
toll betrieben hatte, schwang er sich nach genossener Abend-
mahlzeit von Meth berauscht auf sein Roß und sprengte in
toller Wuth zum Lauenthore hinaus. Da fiel plötzlich aus
dem wunderlich umflorten Wolkenhimmel eine Feuerkugel
herab, wovor sich der Gaul scheuete, der Reiter aber ergrimmte
und trotzend mit scharfen Hieben ihn zur Ordnung zu bringen
bemüht war. Allein wild schnob und bäumte sich der Rappe
und entledigte sich seines despotischen Gebieters auf eine so
heftige Art, daß derselbe herabstürzte und am folgenden
Morgen mit schwarzem Gesichte und auf den Rücken gedrehtem
Kopfe auf dem nämlichen Platze, wo gegenwärtig der Hund
der Erde entsteigen soll, entseelt gefunden wurde. Der Gaul
aber wurde von Niemandem mehr gesehen, und man sagt, es
sei ein böser Höllengeist gewesen, der in dieser Gestalt den
Grafen geholt habe, welcher auch verdammt sei, bisweilen als
Hund den Menschen zu erscheinen. Ein vor einigen 60 Jahren
bekanntes Bänkelsängerlied gedenkt seiner in Folgendem:

> Der schwarze Hund, den man hier schaut,
> War böhm'scher Graf mit Haar und Haut,
> Des Schicksals Lust macht ihn zum Hund,
> Wau, wau! bellt er bis diese Stund'.

---

759) Der Obelisk bei Oehna.

Ziehnert, Bd. III. S. 284.

Auf einem Bergabhange bei Oehna unfern Bautzen steht
eine Spitzsäule mit dem Buchstaben B 1725 bezeichnet; dieselbe ist von dem Ortsbesitzer D. Brescius zum Andenken an

ben wendischen Gott Flins, dessen Bild man hier verehrt
haben soll, errichtet worden.

760) Pfarrer und Herenmeister.
Nach mündlichen Ueberlieferungen von Eduard Kauffer.

Nördlich am Fuße des sagenreichen Falkenbergs in Sachsen
liegt das große Dorf Neukirch, gewöhnlich Neukirch am Hoch-
wald genannt, in einem anmuthigen Thale. Der Ort ist
bekannt durch ein blutiges Gefecht, welches bei demselben vor
der Schlacht bei Bautzen stattgefunden hat. Geht man von
Ringenhain her auf der Chaussee nach dem Dorfe, so erblickt
man bald nach dem Eintritt in dasselbe die schöne große Kirche
neben sich. Unter den geistlichen Herren, die an derselben
gewirkt, ist sonderbarer Weise einer in den Geruch gekommen,
sich mit den nichts weniger als theologischen Künsten der
schwarzen Magie beschäftigt zu haben. Es ist dies der Pastor
Johann George Pech, der am 25. April 1795 in sein Amt
eingewiesen worden ist. Viel erzählt die Sage des Volkes
von ihm, aber am häufigsten begegnet man nachstehender
Mär, in welcher der gelehrte Seelsorger eine nicht unbedeutende Rolle spielt.

Es waren einst in Neukirch einige junge Leute durch Zufall
über eins von jenen anrüchigen Büchern gerathen, welche
von geheimen Dingen handeln. Der Lob hatt' es in einem
Winkel auf dem Boden seines alten Vaterhauses aufgefunden
und dem Lieb davon unter vier Augen erzählt; der Lieb aber,
der nicht sehr verschwiegen war, hatte den Ehr'gott — Ehre-
gott — in's Geheimniß gezogen, und der Ehr'gott konnt's
nicht über's Herz bringen und hatte gegen seinen Vetter Toffel
von dem Zauberbuche verlauten lassen. Weiter jedoch erhielt
Niemand Kenntniß von dem unschätzbaren Buche, das mög-
licher Weise die jungen Leute sehr reich machen konnte, da
es eine Menge Orte in der Umgegend angab, wo noch Geld
vergraben lag, und die Mittel bezeichnete, wie man sich dieses

Geldes bemächtigen könne. Außerdem handelte es von Be=
schwörungen, und weil zu einem solchen Experiment nichts
Anderes gehörte, als in der Stunde der Mitternacht die
Zauberformel abzulesen, so beschloß man, vor der Hand mit
einem solchen Versuche den Anfang zu machen, um zu erfah=
ren, ob die in dem Buche mitgetheilte Anleitung sich that=
sächlich bewähre.

„Heut' Abend," sagte der Lob zu seinen Freunden,
„kommt um Eilf zu mir, da wollen wir sehen, ob wir der
Herenscharteke trauen dürfen oder nicht."

Lieb und Toffl stimmten bei, und auch der Ehr'gott ließ,
ungeachtet seines Namens, es sich angelegen sein, noch vor
der verabredeten Stunde bei seinem Freunde einzutreffen.

Es war eine unheimliche finstre Nacht, der Sturm schoß
in mächtigen Stößen durchs Thal, der Regen klatschte mit
Gewalt gegen die Fenster, der alte Birnbaum vor Lob's
Häuschen stöhnte und schnaubte wie Einer, der sich gegen
wüthende Angriffe vertheidigt, und er vertheidigte sich ja
gegen die Elemente, welche rauschend und heulend in seinen
morschen Aesten raseten. Die Burschen im wohlverschlossenen
Hause kümmerten sich indeß wenig darum, zum Ueberfluß ver=
riegelte man noch die Fensterladen, dann holte Lob sein Buch
herbei, das ganz schwarz aussah und die enge Stube mit
Modergeruch erfüllte. Auf dem Tische brannte eine alte Oel=
lampe von Blech, der Docht wurde neu mit Oel getränkt und
dann nahmen alle an dem Tische Platz.

Keiner sprach mehr ein Wort, in Erwartung der Dinge,
die da kommen sollten. Lob, der die alten Zeichen noch am
Geschicktesten zusammenbuchstabirte, war zum Vorleser bestimmt
und hatte das geheimnißvolle Manuscript vor sich liegen.
Mit dem ersten Schlage der Mitternacht sollte das Werk
beginnen.

Die alte Schwarzwälder Uhr hob jetzt auf Zwölf aus
und ihr Knarren kam diesmal den Burschen sehr eigenthüm=
lich vor; doch theilte keiner dem andern seine Gedanken mit.
Wieder trat tiefe Stille in der Stube ein, draußen rüttelte

der Sturm an den Fensterladen, der Birnbaum seufzte und wehklagte, und auf dem Boden ließ eine Katze ihr klägliches Geschrei ertönen, dem bald eine zweite noch kläglicher antwortete.

Da schlug es zwölf, und noch während der Kuckuck an der alten Schwarzwälder in Einem fort schrie und die Flügel dazu bewegte, buchstabirte Lob schon mit möglichstem Fleiß in den altmodischen Zeichen, die häufig mit rothen und blauen Zeichen verziert waren und ihm dadurch nicht wenig zu schaffen machten. Und immer tiefer las er sich beim Qualm der dampfenden Oellampe in die schnörklichen Buchstaben hinein, und die Andern horchten aufmerksam, als wäre es in der Kirche bei einer Trauung oder Leichenpredigt.

Der Erfolg ließ nicht lange auf sich warten; denn plötzlich entstand ein sonderbares Geräusch in der Ofenfanne, der Deckel sprang auf und mit gellendem Meckern sprang ein kohlschwarzes Böcklein daraus hervor, das sehr bald anfing auf seinen Hinterbeinen sich zu erheben und nach seinem Schatten an der Wand zu stoßen.

„Da haben wir's," sagte Lieb leise, „der Zauber wirkt. Klappe Dein Buch zu, Lob, wir wissen, was wir wissen wollen, das ist für heute genug. Morgen geht's auf den Falkenberg, die Braupfanne mit Gold zu holen, die dort vergraben liegt."

Aber Lob, einmal im Eifer, war durchaus nicht dieser Meinung, sondern las, nach einem vorwurfsvollen Seitenblick auf seinen Gefährten, herzhaft weiter. Und siehe da! immer reicher entfaltete die Beschwörung ihre geheimnißvolle Kraft. Die kupferne Pfanne schien unerschöpflich, immer aufs neue that sich der Deckel auf, um eine Menge zahmes und wildes Gethier auszulassen, und bald war die Stube angefüllt mit schwerfälligen Eulen und plappernden Elstern, mit krächzenden Krähen und schwirrenden Fledermäusen. Zu dem schon vorhandenen Böcklein gesellte sich noch eine Menge anderer nebst vielen andern langgeschwänzten und krummgehörnten unbekannten Geschöpfen, welche im wirren Knäul, in der Stube herumdrängten.

„Eine schöne Bescherung!" seufzte Toffel mit kläglichem Blick auf seine Freunde, „höre um des Himmels willen auf, Lob, mir stehen die Haare zu Berge!"

„Mir auch," betheuerte Ehr'gott, dem eben eine Fledermaus an die Nase geflogen war.

Der Lieb wollte auch etwas hinzufügen; doch blieb ihm das Wort im Munde stecken, als er plötzlich von hinten einen wohlgezielten Stoß von einem der schwarzen Böcklein erhielt. Es ist wahr, ein wohlausgetragenes Neukircher Kind läßt sich nicht so leicht verblüffen, und Lieb war ein solches Kind. In der Schenke hätte er den Stoß mit einem Faustschlage vergolten, der allenfalls einen Ochsen niedergestreckt haben würde; aber heute schien es ihm doch rathsam, dem Angriff nur passiven Widerstand entgegenzusetzen.

Lob war jetzt am Ende seiner Beschwörung und hätte mit dem glänzenden Erfolge derselben sehr zufrieden sein dürfen, wenn nicht plötzlich der hinkende Bote nachgekommen wäre und eine früher übersehene Anmerkung in dem Buche ihn belehrt hätte, er müsse, um seine Gäste wieder in die Ofenpfanne zurückzubannen, die Zauberformel — rückwärts lesen.

Rückwärts lesen! Der arme Lob kratzte sich in höchster Verlegenheit hinter seinen ansehnlichen Ohren — er hatte zwar im Katechismus und Gesangbuch vorwärts lesen gelernt, aber rückwärts lesen hatte ihn sein alter Schulmeister nicht gelehrt.

Große Verlegenheit! Lob theilte seinen Freunden den kitzlichen Uebelstand mit, die sich nun ebenfalls hinter den Ohren kratzten, — ein Ausdruck der Verlegenheit, durch den ermuthigt das anwesende Gethier anfing, strategisch ganz vorzügliche Angriffe auf die Beschwörer zu unternehmen. Der enge Raum wurde zum Schauplatz eines hartnäckigen Kampfes, und je eifriger die Angegriffenen bemüht waren, ihre Gegner von sich fern zu halten, desto häufiger und energischer arbeiteten die Hörner der Böcklein an ihren Rippen. Stoß auf Stoß erfolgte, und dabei meckerten die Bestien boshaft ein ander zu, als ob sie sich gegenseitig zu neuen Experimenten anfeuern wollten.

Ohne alle Frage war die Lage der armen Burschen trost= los genug, besonders die des am Meisten betheiligten Lob.

„Da haben wir's," wehklagte Lieb, „ich fühle meinen Leichnam nicht mehr und muß schon ganz schwarz angelaufen sein, wie ein alter Schwert=Groschen. Lob, lies das Teufels= buch zurück, oder ich vergreife mich an Dir!"

„Ja, Lob, lies das Buch zurück oder ich falle mit Lieb über Dich her," stimmte auch Toffl bei. „Ich bin morsch an allen Gliedern und trage einen Knax auf zeitlebens davon. Deine verdammte Hexengeschichte!"

Schließlich betheuerte auch Ehrgott, den Lob „windelweich dreschen" zu wollen, wenn er nicht sofort das Viehzeug ent= ferne, so daß der unglückliche Beschwörer in die äußerste Ver= legenheit gerieth. Aber da kam ihm plötzlich ein Gedanke, wie ein Lichtstrahl fiel es in die Nacht seiner Bedrängniß, und mit dem Ausrufe: „Bleibt nur hier, ich werde sogleich Hülfe herbeischaffen!" stürmte er durch ein Fenster in's Freie und geraden Wegs der Pfarrwohnung zu.

Der Prediger saß noch angekleidet in seinem Studir= stübchen, mit wissenschaftlichen Arbeiten beschäftigt, als sein Beichtkind athemlos hereinstürzte und ihm in abgebrochenen Sätzen von seiner Bedrängniß ein lebhaftes Bild entwarf.

Der Pfarrer winkte ihm Stillschweigen zu, als er gar nicht fertig werden konnte.

„Schon gut, schon gut, ich weiß, was Du mir sagen willst . . . ich habe schon seit einer Viertelstunde auf Dich gewartet!"

„Um so besser, Herr Pastor, so sei Er nur so gut und komme Er, uns aus unserer Bedrängniß zu helfen, ich will auch in meinem Leben kein Zauberbuch mehr in die Hand nehmen. Komm' Er schnell und les' Er das Buch zurück, sonst wird der Lieb noch zu Schanden gestoßen und der Toffel zu Brei gequetscht. Ich selber bin schon ganz contract am gan= zen Körper . . ."

„Gerechte Strafe für Deinen Vorwitz!" warf der Pfarrer trocken hin.

„Er will uns also nicht helfen?" heulte Lob, der die Bemerkung des Pastors anders deutete

„O doch," beruhigte der Seelsorger, indem er nach seinem Stock langte, „komm', Lob, wir wollen dem Spuk zeigen, daß wir Gewalt über ihn haben!"

Bald war man an Lob's Hause angelangt, das Fenster stand noch auf und Pastor und Geisterbeschwörer nahmen durch dasselbe ihren Weg in das Innere, wo noch immer gekämpft wurde. „Gott sei Dank, ich komme nicht zu spät," sagte der Pfarrer, griff nach dem Buche und las es ohne Umstände rückwärts, worauf das Gethier, durch den Zauberspruch genöthigt, seinen Rückzug in die kupferne Ofenpfanne antrat. Elstern, Eulen, Krähen und Böcklein verschwanden allgemach, und mit dem Schlage Eins war nicht eine der Bestien mehr in der Stube. Nachdem die letzte verschwunden, legte der Pfarrer das Buch weg, mit den ernsten Worten: „Wohl Euch, daß ich noch fertig wurde! Wäre nach dem Schlage Eins noch ein einziges der höllischen Bilder hier verblieben, so hätte Euch der Böse den Hals umgedreht!"

Das klang freilich sehr schauerlich; doch die Burschen waren ja von der Gefahr befreit und schöpften wieder Athem. Der „alte Pech" aber kanzelte sie noch tüchtig ob ihres verwegenen Beginnens herunter, und ließ sich von ihnen das Versprechen ablegen, daß sie nie wieder mit ähnlichen Dingen sich beschäftigen wollten. Die jungen Leute, die im Gefühle ihrer Rettung sonst etwas versprochen haben würden, legten das Gelübde freudig ab, und der Pfarrer verließ sie, nachdem er das Teufelsbuch an sich genommen, das seitdem für immer verschwunden ist. Die Braupfanne mit Gold ruht noch unversehrt im Falkenberge; Niemand mehr weiß den Zauberspruch, der sie aus der Tiefe hebt, und die einzige Kunde, wie dies geschehen könne, ist für alle Zeiten verloren.

. . . .

Lob und Genossen haben ihr Versprechen redlich gehalten, und sich, in Erinnerung der grauenhaften Nacht, wo sie beinahe dem Teufel verfallen, nie mehr mit Dingen abgegeben, die dem besten Christen allenfalls den Hals und die Seligkeit kosten können. Aber alle Vier sind jung gestorben, an einem Knar, gerade nicht am Körper, aber im Herzen, und den haben sie nicht verwinden können ihr Leben lang.

Pastor Pech schlummerte am 25. April 1808 in die Geheimnisse des Jenseits hinüber. Seine Frau hatte er schon früher durch den Tod verloren. Während ihres Begräbnisses, als der Sarg schon vor der Pfarrwohnung stand, soll die Selige aus einem Fenster im ersten Stock ihrer Beerdigung zugesehen haben. Alles war erstarrt vor Erstaunen und Furcht, der Pfarrer aber, schnell gefaßt, hat ein weißes Taschentuch hervorgezogen und nach dem Fenster hinauf gewinkt, darauf ist der Schatten sogleich verschwunden.

Als Pech endlich selbst der Natur ihren Tribut bezahlte, will man, während er bestattet wurde, seine ehrwürdige Gestalt an einer Maueröffnung des Thurmes bemerkt haben. Vor seinem Tode hatte er seinen Angehörigen befohlen, einige seiner Bücher, namentlich das sechste und siebente Buch Moses, in deren Besitz er war, nach seinem Abscheiden zu verbrennen. Als dies nicht geschah, ließ sich der Geist des Pfarrers mehrmals mahnend sehen; einmal soll er sogar durch die Esse, gleich einem Sturme, eingefahren sein, worüber eine Magd bis auf den Tod erschrak und starb. Die Bücher wurden endlich vernichtet und der Spuk hörte auf.

761) Der Fuhrmann ohne Kopf auf dem Worbißberge bei Oppach.

Nach Ed. Kauffer in d. Constit. Zeitung 1852 Nr. 128.

In der Nähe des Dorfes Oppach in der Oberlausitz wohnte vor alter Zeit ein Fuhrmann, der durch den Fleiß wohlwollender Gnomen, die sich in seinem Hause aufhielten,

wohlhabend, ja reich geworden war. Der grüne Peter —
so nannte man den Fuhrmann nach der Farbe des Anzuges,
den er zu tragen pflegte — wurde dadurch übermüthig, fing
mit den Kobolden Händel an und ließ sich endlich sogar ein-
fallen, einen derselben durch wohlapplicirte Fußtritte aus dem
irdischen Jammerthale in's himmlische Jenseits zu befördern.
Von nun an verließen die Geister in Taschenformat, die
Däumlinge, oder wie sie sonst heißen mögen, das Haus, und
mit ihnen zog das Glück fort. Peter verarmte und wie es bei
feigen Characteren in den Tagen, so uns nicht gefallen, oft
geschieht, er verwilderte, suchte Zerstreuung bei der Flasche
und in Ausschweifungen aller Art Ersatz für die edleren
Freuden, deren sein Gemüth nicht mehr fähig war. Die
Leute aber meinten, mit dem Peter werde es kein gutes Ende
nehmen, und die Leute hatten Recht: denn als er einst, es
war gerade an einem Grünen Donnerstage, mit seinem Gespann von Bautzen zurückkehrte, überraschte ihn auf offener
Landstraße ein heftiges Unwetter, dessen Getöse die erschrockenen Pferde bäumen machte. Da fluchte nun Peter, der wieder
eins über den Durst getrunken, über alle Maßen und wollte
sammt seinen Thieren vom Donner erschlagen sein. Und
siehe, kaum war seinem Munde das Frevlerwort entflohen,
da öffnete sich der Himmel, Blitz und Schlag fiel zugleich,
tödtete den Berauschten mit seinen Rossen und setzte den
Wagen in Brand. Seit dieser Zeit treibt er in gewissen
Nächten, zumeist in der des Grünen Donnerstags, auf dem
Worbisberge, wo das Verhängniß ihn ereilte, sein Wesen,
erschreckt die Vorübergehenden mit Peitschenknall, oder jagt
ohne Kopf mit zornigem Gespann, dessen Hufe den Boden
zerquetschen, durch die Schauer der Mitternacht, ein ruheloses
Wesen der Qual ohne Ende†).

†) Diese Sage erzählt weitläufig Gräve S. 197. sq. u. nach ihm
Winter in d. Const. Z. 1854. Nr. 69.

762) Der Bludnik in der Oberlausitz.

J. E. Schmaler, Volkslieder der Wenden in der Ober= und Niederlausitz. Grimma, 1843. Bd. II. S. 266.

Der wendische Bludnik (von blud, Irrthum) ist der deutsche Irrwisch. Er ist ein schadenfroher Gnome, der bei Nacht und Nebel die Menschen so verblendet, daß sie den Weg verlieren und irre gehen und dabei leicht in Sümpfe gerathen. Das macht er besonders mit den Vorwitzigen, die ihm muthwillig nachlaufen. Am Besten ist es daher, man sieht ihm so wenig als möglich nach und geht bedachtsam und ruhig seines Weges. Manchem jedoch, der ihm gute Worte giebt und eine annehmliche Bezahlung verspricht, hilft er den bereits verlorenen Weg wieder finden und geleitet ihn richtig nach Hause. Aber wehe dem, der ihn zum Besten hat und ihn betrügen will. Ein Verirrter versprach ihm einmal zwei Silbergroschen, wenn er ihn richtig nach Hause bringen wollte. Der Irrwisch war damit zufrieden und sie kommen auch endlich vor das Haus des Verirrten. Dieser erfreut, daß er keiner Hülfe mehr bedarf, dankt dem Führer, giebt ihm aber statt des Versprochenen eine geringe Kupfermünze. Der Irrwisch nimmt sie auch an und fragt, sich bereits entfernend, „ob sich der Geleitete nun allein nach Hause finden werde?" Letzterer antwortet ganz fröhlich: „ja! denn ich sehe schon meine Hausthür offen." Da schreitet er auf diese zu und — fällt in's Wasser, denn es war Alles Täuschung gewesen. Besonders mit den Betrunkenen macht sich der Irrwisch seinen Spaß, wenn sie vom Jahrmarkt oder von einem Trinkgelage nach Hause gehen. Er führt sie vom Wege ab und in die Irre, und wenn sie in ihrer Trunkenheit nicht weiter gehen wollen, sondern es vorziehen, draußen ihren Rausch auszuschlafen, dann brennt er sie auf die Fußsohlen. In einigen Gegenden hat das Volk den Glauben, die Irrlichter wären die Seelen der ungetauft gestorbenen Kinder.

763) Der Kobold in der Lausitz.

Schmaler a. a. O. S. 267. Gräve S. 57.

Der wendische Kobold entspricht vollkommen dem deutschen. Er ist ein Hausgeist, der in den Stuben, Ställen ꝛc. sein Wesen treibt und je nach seiner Neigung den Einwohnern des Gehöftes bald Gefälligkeiten erweist, indem er ihre Geschäfte übernimmt und Nachts im Finstern fortarbeitet, bald aber auch Schabernack spielt. Er will nach seinen Launen gut behandelt und wohl gespeist sein, sonst lärmt er im Hause herum, quält die Leute und schreckt sie Nachts aus dem Schlafe auf, indem er sie durch Poltern aufweckt oder gar aus dem Bette herauswirft. Er soll gern die Gestalt eines Kalbes annehmen, hat aber mit Feuer und Licht nichts zu thun, sondern ist vielmehr ein Geist der Finsterniß, doch soll er auch Kranken des Nachts bei'm Vollmondschein erscheinen. In Gestalt einer Dohle bringt er Gold. Ihre Wohnung soll auf dem eine Meile von Budissin bei den Dörfern Rachlau und Döhlen über Meschwitz gelegenen Berge Czorneboh sein, wo ein einzelner mit einer Höhlung versehener Berg nach ihnen die Koboldskammer heißt (S. Nr. 771).

764) Die Sage vom Rabensteine in Budissin.

Oberl. Scholze bei K. Klar, die helle Sagenzelle. Löbau o. J. in 18. S. 3. sq.

Noch vor wenig Jahren sah man vor dem Hauptthore der Stadt Budissin am Abhange des Rabenberges ein verfallenes Gemäuer, welches in der Form eines Halbkreises Dornen und Disteln barg. Eine schmale, zum Theil verschüttete Treppe führte vom Fuße des Abhanges in das Innere des Halbzirkels und in der Mitte des Gemäuers gewahrte man ein vermauertes Pförtchen, das unstreitig als Thür zu dem größtentheils mit Erde und Steinen angefüllten Gewölbe geführt hatte. Das hieß der Rabenstein. An seine Trümmer, die man jetzt nicht mehr sieht, knüpft sich eine Sage, und noch heute wird der Ort nicht für geheuer gehalten, denn in der Dämmerung soll sich daselbst zuweilen eine weiße Gestalt blicken lassen. Jene Sage aber lautet also:

Einst soll ein Bürgermeister von Budissin eine wunderschöne Tochter gehabt haben, um deren Hand die reichsten und schönsten Jünglinge der Stadt und Umgegend vergebens warben. Vorzüglich bemühte sich ein reicher Kaufmannssohn, der aber freilich von Seiten seines Charakters nicht das beste Lob hatte, ihre Liebe zu gewinnen. Da er ein schöner Mann war und seine Verhältnisse glänzend, so hätte es ihm vielleicht geglückt, der Jungfrau Herz zu erobern, allein da begab es sich, daß dieselbe eines Morgens den Rabenberg erstieg, um sich an der herrlichen Aussicht von diesem Punkte aus zu erfreuen und hier einem fremden Ritter begegnete, der sie um den nächsten Weg nach der Stadt fragte. Noch nie hatte der Anblick eines Mannes einen so tiefen Eindruck auf ihr reines Gemüth gemacht als in diesem Augenblicke, und als nun an demselben Tage ihr Vater ihr denselben Jüngling als einen an den Rath der Stadt gesendeten kaiserlichen Gesandten vorstellte, widersprach sie ihm nicht, als derselbe von gleicher Neigung entzündet, ihr sein Herz und seine Hand anbot. Nicht lange dauerte es, so ward die Hochzeit der beiden Liebenden gefeiert, nur ein Mensch schwur ihnen Rache, und dies war der zurückgewiesene Freier. Derselbe verheirathete sich bald darauf selbst und schien allen Gedanken an seine frühere Geliebte entsagt zu haben. Da begab es sich einst, daß der Gemahl der schönen Bürgermeisterstochter zum Kaiser entboten ward und sie mit ihrem Knäblein, das sie demselben kurz zuvor geboren, allein zu Hause war, da sie ihre Dienerin zu einer Vergnügung entlassen hatte. Diese Gelegenheit benutzte jener tückische Bösewicht, schlich sich in's Haus, und während Mutter und Kind im süßen Schlafe lagen, ermordete er gefühllos das unschuldige Wesen. Als nun aber das unglückliche Weib erwachte und ihr Kind im Blute sah, da vergingen ihr die Sinne, und als sie wieder zu sich kam, fand sie sich im Kerker wieder. Sie hatte in der Fieberhitze sich als Mörderin ihres Säuglings angeklagt,

11*

und unbarmherzige Richter verurtheilten sie schonungslos zum Tode, denn da ihre Eltern gestorben und ihr Gatte weit entfernt war, hatte sie Niemanden, der sich ihrer angenommen hätte. Als die Unglückliche den ungerechten Spruch vernahm, rief sie: „ich bin unschuldig, ein Wunder wird die Wahrheit meiner Worte bestätigen." Doch nichts half ihr ihr Betheuern, sie ward auf den Rabenstein geschleift, und in demselben Augenblicke, wo ihr Gatte in die Mauern Budissins einritt, voll Freude, sein Weib und Kind wieder umarmen zu können, zerbrach der Nachrichter ihre Glieder auf dem Richtplatze. Siehe da spaltete sich auf einmal das Gemäuer des Hochgerichts in drei Theile, und als ihr unglücklicher Gatte sie noch einmal in schrecklich verstümmelter Gestalt gesehen hatte, stürzte er sich verzweifelnd in sein Schwert. Ihren Verderber aber ließ es keine Ruhe, er klagte sich selbst an und konnte den Augenblick, wo sein schuldbeladenes Haupt sein doppeltes Verbrechen sühnen sollte, kaum erwarten. Das finstere Gewölbe des Rabensteins umschloß auch seinen Leichnam, doch seine Seele hatte keine Ruhe. Sobald die Dämmerung ihre finstern Schatten ausbreitete, sahe man fortan eine weiße Gestalt über den Rabenstein wandeln, bittend die Hände gen Himmel erheben und dann plötzlich wieder verschwinden.

---

765) Der Feuersegen zu Budissin.
Hr. Scholze bei Klar a. a. O. S. 101 sq.

Zu Anfang des 17. Jahrhunderts kam eine wandernde Zigeunerfamilie nach Budissin und suchte, da fast Alle eine Krankheit befallen hatte, ein Obdach auf einige Tage. Die Mutter mit ihren zwei kranken Kindern ging von Haus zu Haus, um die Herzen der Einwohner zu bewegen, und der Vater lag auf einer Steinbank am Thore. Allein kaum gelang es den Armen einige geringe Gaben zu erhalten, sie aufzunehmen bezeigte Niemand Lust, und so mußten sie dem kranken Vater leider alle Hoffnung auf Obdach in der feuchten

Herbstnacht rauben. Traurig, vor Kälte zitternd, saßen sie
nun am Thore, da schritt ein Mann vorüber, der selbst arm
und dürftig aussah. Dieser fragte sie, warum sie so klagten,
und als sie ihm ihre Noth gestanden, da führte er sie mit
den Worten: „nun kommt nur mit mir!" in seine schlichte
Wohnung in der Goschwitz unfern der äußern Ringmauer
der Stadt. Er gab ihnen eine Kammer, reichte dem durch-
frorenen Vater einen erwärmenden Trank, theilte mit den
Unglücklichen sein Abendbrot und bereitete ihnen ein Lager
aus frischem Stroh. So übte er mehrere Tage lang sein
Werk der Barmherzigkeit an ihnen, bis sie im Stande waren,
ihren Weg wieder in ihre Heimath, nach Ungarn, fortzusetzen.
Ehe sie Abschied von dem menschenfreundlichen Manne nahmen,
sprach der genesene Zigeuner zu ihm: „wir wollen nicht un-
dankbar von dieser Stätte gehen, sondern ein bleibendes Zeichen zurücklassen. Von dieser Stunde an wird dieses Gebäude
kein Raub der Flammen werden, und wenn auch die ganze
Stadt in Schutt und Asche verwandelt würde, so wird doch
kein Feuer dieses Haus anfassen!" Damit murmelte er den
sogenannten Feuersegen und zog von dannen. Zwar glaubte
anfangs der Besitzer des Hauses den Worten des Zigeuners
nicht, allein bald ward er eines Andern belehrt und erfuhr
zu seinem nicht geringen Staunen, daß der Frembling Wahrheit geredet hatte. Nach wenigen Jahren ward Budissin von
Wallenstein erobert und mit kaiserlichen Truppen besetzt,
der Friebländer zog bald darauf nach Böhmen und ließ den
Obersten von Goltz als Stadtcommandanten zurück. Dieser
ließ, als die Sachsen vor die Stadt rückten, die Vorstädte
der Stadt in Brand stecken, ein widriger Wind jagte das
Feuer in die innere Stadt und bald stand diese in Flammen,
nur ein unbedeutendes Haus in der Goschwitz blieb unversehrt und das war das, welches die Zigeuner beherbergt hatte:
die Soldaten legten mehrmals Pechkränze an, konnten aber
das Dach nicht in Brand bringen. Noch vor wenigen Jahren
war es bewohnt, allein 1840 ward es wegen Baufälligkeit
niedergerissen, der Platz geebnet und als Garten benutzt.

766) Der Basilisk zu Budissin.

Gräve S. 83. Winter in d. Const. Z. 1854. Nr. 183.

Aus dem von den Fleischbänken in Budissin zur Schüler-
gasse führenden, links die Ecke bildenden Hause (gegenwärtig
mit 210 bezeichnet) ist einst ein schrecklicher Basilisk, der mit
seinem Anblick viele Menschen vergiftet, auch sonst allerhand
Unheil angestiftet hat, getreten, bis endlich ein kluger Mann sich
über und über mit Spiegeln behangen hat, worein das Ungeheuer geblickt, darauf geborsten und somit durch sein eigenes
Gift getödtet worden ist.

767) Die Goldquelle zu Budissin.

Gräve S. 86 sq.

Am Vorabend des Pfingstfestes im Jahre 1702 hat ein
Bürger zu Budissin, nachdem in seiner Wohnung Alles zum
Feste des andern Tages vorgerichtet worden war, seine Werk-
stätte geschlossen und hat sich vorgenommen seinen Geburtstag
zu feiern, weshalb er auf ein nahegelegenes Dorf sich begab
und daselbst mit einer lustigen Gesellschaft den Tag herrlich
und in Freuden verlebte. Nachts um 10 Uhr brach das
frohe Häuflein auf und trennte sich in der Stadt, wo sich
dann Jeder in seine Wohnung begab, allein plötzlich fand sich
das obgedachte Geburtstagskind in den Ruinen der St. Nicolaikirche, in deren Innern sich ein Friedhof befindet, wieder:
er sank an der Stelle, wo ehemals der Altar gestanden hatte,
durch Wein und Gehen ermüdet, mitten unter den Todten
in tiefen Schlummer. Nachdem er — wie lange er geschlafen,
wußte er bei seinem Erwachen nicht — aufgewacht war, war es
zwar dunkel, allein mit hellem Glanze umleuchtete ihn ein
Licht, und in den bemoosten Trümmern erblickten seine vom
Schlafe gestärkten Augen ein durch mannichfaltige bunte Lampen geschmackvoll erleuchtetes Altargemälde, gefertigt von
Meisterhand, welches die Himmelfahrt Christi vorstellte. Am

Fuße desselben quollen Gold- und Silbermünzen aus der Erde. Verdutzt sah er sich schüchtern um, Niemanden vermochte er zu erschauen, stille und öde war Alles, wie in des Todes Hallen. Lange ging er hin und her, bald das Gemälde, bald das aus der Erde Schooß hervorquellende Gold betrachtend. Zufällig stieß er bei'm Herumwandeln an einen Krug, dies hielt er für einen ihm von einem guten Genius gegebenen Wink, faßte sich ein Herz und füllte das Gefäß mit den Münzsorten und gebrauchte, wo es nicht langte, noch seine Halskrause und Taschentuch, so wie seine Taschen dazu. Da verkündete die Glocke vom Rathhausthurme Ein Uhr, die Hähne kräheten in den benachbarten Gehöften und der Glückliche eilte mit seiner Beute nüchterneren Sinnes, als er den Ort betreten hatte, froh und zufrieden nach Hause. Die Goldstücke waren größtentheils aus dem Zeitalter der Könige Maximilian und Mathias und einiger ihrer Nachfolger, ob er aber einen guten Gebrauch von seinem Funde machte, davon schweigt die Geschichte.

---

768) Der Kochjunge auf der Ortenburg.
Gräve S. 194 sq.

Auf dem Schlosse Ortenburg zu Budissin war einmal ein gottloser Kochjunge, der sein Vergnügen darin suchte, in einem fort zu schimpfen, zu fluchen und zu lästern, gleichsam als sei kein Gott im Himmel, der das Gute belohne und das Böse bestrafe. Nun begab es sich, daß einst die Mächtigen in der Provinz auf dem Schlosse ein Prunkmahl feierten, bei welchem nach damaliger Sitte weiblich gegessen und getrunken ward. Dabei vergaßen sich nun aber auch die Diener nicht, und sie zechten wo möglich noch derber als ihre Herren, der Kochjunge aber war einer der ärgsten und trieb es mit Fluchen und Schwören ärger als je zuvor, ja er forderte den Teufel vermessen heraus, ihn zu holen, schalt ihn feig, stampfte mit dem Fuße und sagte: „er solle nur kom-

men, er wolle schon mit ihm fertig werden". Da erschien plötzlich der Satan in seiner furchtbarsten Gestalt, ergriff den
Buben bei'm Schopf, fuhr mit ihm durch das auf den Schloßhof führende Küchenfenster und zerschellte ihm über demselben
den Schädel, woran man die Blutspuren noch vor weniger
Jahren erblicken konnte.

---

769) Der Goldkeller am Frageberge.
Poet. beh. b. Segnitz Bd. I. S. 115 sq.

Nordwestlich vom Czorneboh befindet sich der sogenannte
Frageberg, den einige Felsen bilden: von diesen ist einer
mit einem tiefen Loche versehen, in welchem sich die heidnischen Priester zu ihren Weissagungen begeistert haben sollen,
wovon wahrscheinlich der Berg jetzt noch den Namen hat, und
unter diesem Felsen befindet sich eine Felsenschlucht, in der
ein großer Schatz begraben liegen soll. Einst weidete ein
armer Hirte am Fuße dieses Berges, müde von des Tages
Hitze legte er sich in's Gras und hielt ein Schläfchen, als er
aber erwachte, fehlte ihm eine Kuh, er stieg eilig den Berg
hinan sie zu suchen, siehe da stand er auf einmal vor der
Schlucht, er trat hinein, und sah sich auf einmal an dem
Eingange eines großen Gewölbes, wo überall Gold und kostbare Edelsteine herumlagen. Schnell legte er Hut und Hirten-
stab ab, um desto bequemer sich die Taschen füllen zu können,
und nachdem er soviel genommen, daß er es kaum fortbringen
konnte, eilte er jauchzend an's Tageslicht. Siehe da fiel ihm
ein, daß sein Hut zurückgeblieben sei, er eilte also schnell
zurück, stürzte in das Gewölbe, wo sein Hut noch unversehrt
lag, allein als er dasselbe wieder verlassen wollte, da schlugen
auf einmal die Pforten desselben zu, er war gefangen, seine
Heerde kehrte ohne ihren Führer in's Dorf zurück, und noch
jetzt soll man des Nachts, wenn man sich dem Felsen nähert,
schweres Seufzen aus demselben vernehmen, die Klage des
für alle Zeit hier eingesperrten Hirten.

---

770) Der Thronberg oder Kronenberg bei Ebendörfel.

Gräve S. 71 sq. A. E. Köhler, der Czorneboh, Bautzen (1853) 18. S. 81.
Haupt Bd. II S. 14. Poet. beh. v. Segnitz Bd. I. p. 365 sq.

Der Thronberg, bei dem eine Stunde von Bautzen ent=
fernt gelegenen Dorf Ebendörfel, welcher sonst auch Traum=†)
oder Frageberg genannt wird, heißt auch der Kronenberg,
weil er in seinem Innern 7 Königskronen bergen soll. Es
saßen nämlich einst 7 wendische Könige auf seinen Steinen
und schauten hinab auf ihr Land und seufzten über den har=
ten Druck der Deutschen. Da beschlossen sie, freie Männer
zu werden, das aufgebürdete Joch abzuschütteln und einander
beizustehen gegen die Feinde ihrer Nation. Eine blutige
Schlacht entspann sich auf dem Berge, die 7 Könige fielen im
Gefechte und wurden mit ihren goldenen Kronen unter 7
Steinen dort oben begraben. Die Grabsteine sind eingesunken,
aber noch zu sehen, und die Gebeine der Fürsten längst zerfallen,
aber ihre goldenen Kronen, auf welchen sie die Ihrigen, als
sie das Schlachtfeld behauptet hatten, begraben hatten, liegen
noch unversehrt da, von mächtigen Geistern bewacht.

771) Das Teufelsfenster am Czorneboh.

Köhler a. a. O. S. 18.

An einer freien Stelle des westlichen Abhanges des
Berges erblickt man zur Rechten am Saume der Nadelwal=
dung den Anfang einer Felsparthie, die durch eine runde
Oeffnung an dem obern Theile des Felsens als das soge=
nannte Teufelsloch oder Teufelsfenster bezeichnet wird. Aus
dieser Oeffnung sollen nach der Sage noch heute kleine Ko=
boldchen schlüpfen und einen Keller mit unendlichen Schätzen
bewachen, weshalb man die Stelle auch zuweilen die Kobolds=
kammer genannt hat. Eine Frau, die mit ihrem Kinde auf
den Berg gegangen war, um Waldbeeren zu suchen, hatte

---

†) Eine andere Sage darüber s. oben Nr. 715.

Gelegenheit, in den Keller zu gelangen. Sie setzte ihr Kind auf den Boden der Höhle und raffte die Schätze begierig zusammen. Schreckliches Donnern erschütterte die Erde und trieb die Frau angsterfüllt in's Freie. Aber als sie sich umsah, war die Höhle geschlossen und kein Eingang wieder zu finden. Die arme Mutter lag bei ihren Schätzen, unbekümmert um deren Werth, denn sie hatte ihr Kind verloren. Doch nach einem Jahre an demselben Tage stand sie wieder am Teufelsfenster. Der Keller that sich auf und auf dem Boden saß ihr Kind und spielte. Die Schätze mochten funkeln und glänzen, die Mutter sah sie nicht, sie erblickte nur ihr Kind und entriß es mit Blitzesschnelle den unterirdischen Mächten.

772) Der Teufel will eine Jungfrau verführen.

S. Haupt, Lausitzer Sagenbuch. Lpzg. 1862. Th. I. S. 108 fgg.

Um das J. 1600 ist der Satan zu einer vornehmen Jungfrau von Adel im Budissiner Kreise in Gestalt eines Weibes gekommen, hat dieselbe im Namen eines großen Herrn geprüft und sie aufgefordert, denselben in einem Busche, nicht weit vom Schlosse, zu besuchen: „der große Herr werde sie reich machen und ihr geben, was ihr Herz wünschen und begehren würde". Als nun die Jungfrau sich verwunderte und zweifelte, ob es war sein möchte, da hing ihr das Weib im Namen des großen Herrn eine gülbene Kette um den Hals. Wie aber das Mägblein das Geschmeide betrachtet und dabei zufällig zur Erde gesehen, hat sie wahrgenommen, daß dem Weibe eine greuliche Klaue unter dem Rocke hervorragte, ist gewaltig erschrocken und hat in ihrer Herzensangst den Namen Jesus gerufen. Da verschwand das Teufelsweib und die goldene Kette verwandelte sich in lauter schwarze Kohlen, die zur Erde niederfielen, die Jungfrau aber warb bis zum Tod krank. Nach drei Monaten, als sie wieder genesen, ist das Teufelsweib wiedergekommen, mit Grüßen von dem großen Herrn und herrlichem Geschmeide, und wiederum nach einem Jahre zum dritten Male. Als auch da die fromme Jungfrau sich weigerte, dem großen Herrn ein Stellbichein zu gewähren, da läßt sich das Weib also vernehmen: „Thörichte Jungfrau, was hast Du denn, zu verlieren an Deiner Seele Heil? Du bist ja weder recht getauft noch auch zur Seligkeit vorher bestimmt; lies dieses Buch, da wirst Du es selbst einsehen, daß Du in Ewigkeit verloren bist. Ergieb Dich also dem großen Herrn, er wird Dich hier auf Erden reich machen und Dir geben, was Dein Herz wünschen und begehren möge." Darauf ist das Weib vor ihr verschwunden und hat ein Buch zurückgelassen. Das Mädchen ist aber wiederum so todtkrank geworden, daß ihre Eltern den hoch= würdigen Pastor Frenzel zu Schönau auf dem Eigen gebeten haben, auf das Schloß zu kommen, jener Magister hat aber dem Rufe gefolgt, die Jungfrau, auch den Pfarrer des Orts beruhigt und getröstet, das Buch aber als calvinisches con= fiscirt, der Teufel aber ist nicht wiedergekommen.

---

773) Blauhütel.

S. N. Lausitz. Magaz. 1839. S. 227. Haupt Bd. I. S. 122.

Blauhütel war einst ein reicher Herr, ihm gehörte der ganze Eigensche Kreis. Auf dem Schönauer Hutberge hatte er eine feste Burg und im Thale baute er die Stadt Bern= stadt (Bernhardsstadt), nach seinem Namen so geheißen. Aber die Leute herum nannten ihn immer nur Blauhütel von seinem großen blauen Jagdhute. Wenn sie den von ferne sahen, erschracken sie, denn dann ging's zu Pferde mit Jagdgeschrei und Hörnerklang durch Feld und Wald in tollem Jagen. Da war es oft an einem Tage um die ganze Erndte geschehen. Und es erhob sich eine Klage im Volke über den grausamen Herrn, so daß sich selber der Landvoigt der armen Leute annehmen mußte. Zur Strafe muß nun Blauhütel als Nachtjäger ziehen bis zum jüngsten Tage und wer ihn ziehen sieht, dem bedeutet es Unglück. In der Kirche zu Schönau

aber war er abgebildet, wie der Landvoigt ihn zur Rede
setzt: Jäger und Jagdhunde umgeben ihn und in der Hand
hält er den gefürchteten blauen Hut.

774) Der Eigen.

S. N. Lausitz. Magaz. Bd. VIII. S. 387. Haupt Bd. II. S. 67.

Der Landstrich in der Oberlausitz, welchen das Städtlein Bernstadt und die Dörfer Alt-Bernsdorf, Schönau, Dittersbach, Ober- und Nieder-Kießdorf, Cunnersdorf und Naun-
dorf mit dem Nonnenwalde umfaßt, heißt bis auf diesen Tag
noch der Eigen und zwar aus folgendem Grunde.

Um das J. Chr. 1320 wohnte der Besitzer aller dieser
Güter, ein Herr von Biberstein auf dem schönen Hutberge in
einem prächtigen Schlosse mit seiner frommen und züchtigen
Gemahlin, einer Schwester der damaligen Aebtissin des Klosters Marienstern. Obwohl er aber an allen Erbengütern Ueberfluß hatte, so wurde ihm doch von Gott das Geschenk eines
Leibeserben versagt; darum vermachte er Alles, was er besaß, dem Kloster, dergestalt, daß die Aebtissin, seine Schwä-
gerin, es so lange sie lebe, eigenthümlich besitzen solle. Andere sagen, er habe es der genannten Aebtissin als Eigenthum vermacht und diese es dann dem Kloster hinterlassen.
Genug, von da an wurden diese Güter „der Aebtissin Eigen"
oder kurzweg „der Eigen" genannt.

775) Die Gräfin Kielmansegge.

Mündlich. S. a. C. M. Oettinger, Gräfin Kielmännsegge u. Kaiser Napoleon I. Brünn 1865, 4 Bde. in 8.

Am 26. April des J. 1863 starb in dem Wasserschlöß-
chen an der Brücke des Dorfes Plauen bei Dresden Auguste
Charlotte von Schönberg, zum zweiten Male vermählt mit
dem Reichsgrafen Hans Ludolph von Kielmansegge (10. April
1802), von dem sie aber schon 1812 wieder geschieden ward.
Sie ward zu Dresden am 18. Mai 1777 dem damaligen

Besitzer des Rittergutes Schmochtiß bei Bautzen und kur-
sächsischen Hausmarschall Peter August von Schönberg, geboren und verlebte einen Theil ihrer Jugend auf jenem herrlichen Landsitze. Am 13. Mai 1796 verheirathete sie sich mit
dem Grafen Rochus August von Lynar, vertrug sich aber
nicht mit ihm und als derselbe am 1. August 1800 plötzlich
nach dem Genuß eines von ihr ihm gereichten Kirschkuchens
zu Lichtenwalde gestorben war, so hatte das Volk sie damals
schon als Giftmischerin in Verdacht. Auch ihren zweiten
Mann sollte sie haben vergiften wollen, allein man erzählte
sich damals, er sei geflohen und nie wieder mit ihr zusammengekommen, sondern habe aus der Ferne seine Scheidung ein-
geleitet und durchgesetzt. Daß keine dieser Beschuldigungen
irgendwie bewiesen ward, versteht sich von selbst. Von dieser
Frau, welche übrigens zu den klügsten und gebildetsten
Frauen, die je existirt haben, gehörte, laufen nun noch heute
im Munde der Dresdner und Plauenschen Bevölkerung
sonderbare Sagen herum.

Sie lebte nach ihrer Scheidung ganz von ihrer Familie
getrennt und stand mit Napoleon I., so oft derselbe nach Dresden
kam, in einem sehr intimen Verhältniß, ja als derselbe zum
letzten Male in Dresden war, wohnte sie längere Zeit bei
ihm im Palais Marcolini auf der Friedrichstraße in Fried-
richstadt. Die Frucht dieses Zusammenlebens sollte nun ein
Knabe gewesen sein, der angeblich im Geheim von ihr im
J. 1814 geboren ward, als erwachsener Mensch mehr als
einmal sich zu ihr in Plauen Eingang verschaffte und von
ihr, gestützt auf angebliche Briefe und Zeugnisse Unterstützung
und Anerkennung verlangte — er führte nämlich den Namen
Julius Wilhelm Wolf Graf — aber stets aufs härteste von
ihr zurückgewiesen ward, und als er auch in ihrem Testamente
nicht bedacht war, wie er erwartet hatte, sich am 14. April
1866 das Leben nahm. Wie dem auch sein mag, sie war
bis an ihren Tod eine glühende Verehrerin des Kaisers Napoleon, zu dessen Befreiung aus der Gefangenschaft auf St.
Helena sie kurze Zeit vor dessen Tode nach Paris gereist sein

und dort eine Verschwörung angestellt haben soll, die aber
von der französischen Polizei entdeckt ward und ihr längere
Gefangenschaft und schließlich Verweisung aus Frankreich zu=
zog. Sie rächte sich an Napoleon's Kerkermeister Hudson
Lowe dadurch, daß sie dessen Portrait auf dem Aborte ihres
Schlößchens aufhing.

Alle diese Eigenheiten würden ihr aber hier keinen Platz
verschaffen, wäre nicht noch eine andere vielfach bestrittene
Sage mit ihrem Leben verbunden gewesen. Man erzählte
sich nämlich, sie sei, nachdem sie auch ihren zweiten Gemahl
habe vergiften wollen, nur dadurch der weltlichen Gerechtig=
keit entgangen, daß sie nach Rom gegangen, dort katholisch
geworden sei und vom Papste als Buße auferlegt bekommen
habe, von Stund' an allen Umgang mit ihres Gleichen ab=
zubrechen, zeitlebens in elenden Kleidern einherzugehen und
einen Strick um den Hals zu tragen, als eine Galgencandi=
datin sich auch gefallen zu lassen, daß der damalige Dresdner
Scharfrichter Fritzsche jährlich einmal zu beliebiger Zeit zu ihr
kommen dürfe und nachsehe, ob sie solchen Strick wirklich trage.
Dieses ist nun zwar neuerdings von Ed. M. Oettinger in dem
über sie im J. 1865 abgefaßten Romane und in seinem Moniteur
des dates, Art. Schönberg (T. VI. p. 33. Anm.), ausdrücklich
in Abrede gestellt worden, allein es ist daran doch soviel wahr,
daß ich selbst einmal in der Arnold'schen Buchhandlung, welche
sie in den 40ger Jahren dieses Jahrhunderts fast täglich be=
suchte, um dort politische Broschüren zu kaufen und sich mit
dem damaligen Besitzer der A. B., Herrn Reimann, den sie
sehr gern hatte, zu besprechen, hinter ihr stehend und die Gelegen=
heit benutzend, daß sie sich bückte, um etwas aufzuheben, ihr
in den Nacken sah, wo ich ganz deutlich einen groben hanfenen
Strick, der freilich ebensogut ein einfaches Bußinstrument, wie
dies bei Katholiken üblich ist, sein konnte, erblickte. Auch
Hr. Fritzsche, den ich früher sehr oft sah, bestätigte mir die
Sage und ebenso leugnete solches eine gewisse Chr. Brückner
(† 1872), welche 13 Jahre zu Plauen in ihren Diensten
gestanden hatte, mir gegenüber nicht ausdrücklich, als

ich sie befragte. Uebrigens war diese Dame Jedermanns Feind und fand ein Vergnügen darin, Andere zu ärgern und ihnen Possen zu spielen. Dagegen war sie eine große Hunde= freundin und ließ einem ihrer Lieblinge in ihrem Garten eine Kreuz auf sein Grab setzen, was sie jedoch wieder entfernen mußte. Man erzählt sich aber, ihre Seele könne keine Ruhe finden und sie gehe zu und bei Schmochtitz (?)†) und Plauen noch jetzt um und zwar in derselben Kleidung, in welcher ich sie unzählige Male gesehen habe, nämlich mit einem großen weißen, gelbgetippelten Atlashut, einem dergl. Atlasmantel, der einst weiß oder weißgrau gewesen war, aber weil er sehr oft naß geworden war, fast gelb aussah, und in großen Knöchelschuhen oder Filzschuhen, welche sie Sommer und Winter zu tragen pflegte. Eine besondere Eigenheit von ihr war, daß sie nie eingestehen wollte, daß eine Dienstperson ihr nicht gehorchte oder sie betrog. So hielt sie zwei Wächter, einen ältern und einen jüngern, welche des Nachts in ihrem Hause zur Be= wachung schlafen sollten, der jüngere ging aber gewöhnlich nur eine kurze Zeit hin und lief dann wieder weg. Als ihr dies nun einst von der vorhin genannten Dienerin angezeigt ward, versetzte sie gleich: „weißt Du nicht, ob dies nicht mit meiner Bewilligung geschehen ist?" Uebrigens trieb sie auch geheime Wissenschaften und oft hörten ihre Leute sie in ihrem Zim= mer, trotzdem daß Niemand außer ihr darin war, laut sich mit Jemand unterreden und dieser Jemand antwortete, wenn sie aber hineinkamen, war Niemand da. Ihre höchst inter= essanten Briefe sind laut ihres Testamentes nach ihrem Tode verbrannt worden: sie bekam täglich Schreiben aus allen Theilen Europas und beantwortete sie auch, allein Keiner ihrer Leute — sie hatte nur weibliche Bedienungen — sah je eine Adresse an sie oder von ihr, sie hatte eine Brieftasche, in welche sie die von ihr geschriebenen Briefe legte und selbige dann ver= schloß: so schickte oder trug sie selbige nach Dresden, ein von

†) Die weiße Frau, die sich selbst bei Tage auf der Straße zwischen der Viehwalze und Salzenforst sehen läßt, kann sie nicht sein, denn diese sah man schon vor ihrem Tode.

ihr eigen dazu erwählter Postbeamter öffnete solche mit einem zweiten Schlüssel, nahm den Inhalt heraus und legte die angekommenen hinein und so wußte nur dieser, der aber ihr Geheimniß nie verrieth, mit wem sie brieflich verkehrte.

776) Eine Teufelsdohle besucht die Oberlausitzischen Stände.
S. Haupt Bd. I. S. 156.

Als in Böhmen der 30jährige Krieg ausgebrochen war, hielten die Lausitzer Stände eine Zusammenkunft zu Budissin um zu berathen, wie sich das Land in solchen Kriegsläuften zu verhalten habe. Als sie nun so basaßen und sich beriethen, klopfte es an's Fenster, und siehe da, eine Dohle sitzt davor und pickt mit ihrem Schnabel an die Glasscheiben. Als man nun das Fenster geöffnet, ist das wunderliche Thier in das Zimmer gehüpft und hat ganz vernehmlich gekrächzt: „Ihr Herren, was macht Ihr da?", ist dann etliche Male im Zimmer auf- und abgegangen und endlich wieder zum Fenster hinausgeflogen. Darüber sind die Herren gewaltig erschrocken und haben es gleich für eine böse Vorbedeutung gehalten.

777) Die Saufgespenster.
S. Haupt I. S. 158 fgg. Nach Er. Francisci Höllischem Proteus S. 649 fgg. (Nürnberg 1695 II. A.) erzählt v. Pröhle, Deutsche Sagen N. 52, S. 90 (Berlin 1863).

Anno 1556 am Sonntage Judica oder dem schwarzen Sonntage hat ein junger Edelmann in der sächsischen Oberlausitz des Teufels Anfechtungen folgendermaßen erfahren müssen.

Nachdem er mit etwa neun oder zehn andern Edelleuten in einem nahe gelegenen Dorfe die Kirche besucht, ist er von zweien seiner Kameraden, welche daselbst einen Edelhof besaßen, nebst den andern zum Mittagsmahl geladen worden, wo man denn alsbald angefangen hat, tapfer zu zechen und einander „mit halben" zuzutrinken. Wie nun unter jungen Leuten solches Zechen selten friedlich endet, so erhob sich auch hier zwischen zweien der Gäste ein Streit um ein Glas Bier, indem der eine dem andern nicht mehr hat wollen oder können Bescheid thun, bis sie endlich einander nach den Köpfen griffen und mit Fäusten also tractirten, daß viel Blut geflossen. Da besorgte jener oben erwähnte junge Edelmann, der ein frommer Herr und erst zwanzig Jahre alt gewesen, es möchte mit einem von Beiden ein schlimmes Ende nehmen, und als sie von Neuem wieder anfangen wollten, mit den Fäusten zu fechten, ist das gute Gemüth dazwischen gesprungen und hat den einen bei Seite genommen und mit ihm den Weg nach seines Vaters Hause eingeschlagen. Zu Hause angekommen, hat der Vater den fremden Gast wohl aufgenommen, ihn zur Tafel geladen und mit dem besten Trunke bewirthet. Nachdem sie manch gutes Glas mit einander ausgezecht und sich trefflich berauscht hatten, begiebt sich der Vater mit dem Gast zu Bette, den Sohn aber, der sich einen allzusteifen Rausch angetrunken hatte und mit dem Kopfe auf der Tafel liegend eingeschlafen war, ließ er daselbst zurück. „Er wird wohl aufwachen und sein Bett schon finden", dachte der unbesorgte Vater. Spät in der Nacht weckt den berauschten Junker ein seltsames Rauschen und Rascheln am Fenster. Das kam von lauter kleinen schwarzen spannenlangen Männlein, die zum Fenster hereinsteigend bald das ganze Zimmer anfüllten. Der Junker entsetzt sich und will zur Thüre hinaus, da kömmt ihm plötzlich ein heller Schein entgegen und an der Thüre steht ein langer Mann mit einem ellenlangen schwarzen Barte und einem großen Lichte in der Hand. Zugleich wird es auch hinter ihm helle, und wie er sich umsieht, ist der ganze Tisch besetzt mit Lichtern, Trinkkannen und Humpen und rings herum setzen sich die kleinen Männlein und werden plötzlich lang und immer länger und haben große schwarze Bärte und schwarze Mäntel, weiß geschlitzte Wämmser und auf dem Kopfe Braunschweigische schwarze Hüte mit Hahnenfedern und gülbenen Borten und es will den Junker bedünken, als wären etliche seiner Zechbrüder darunter, mit denen er den ganzen Tag getrunken. Sie grüßen ihn auch einer nach dem andern, heben die

Humpen, trinken und rufen ihm zu, der eine: „Hans, es
gilt Dir“, der andere: „Hans, thu Bescheid“, ein Dritter:
„haſt Du heut können ſaufen, Hans, ſo kannſt Du auch jetzt
mit uns ſaufen“, ein vierter: „muſt ſaufen, Hans, oder wir
drehen Dir den Hals um“. Da fiel der Junker auf die
Knie, hob die Hände auf und wollte beten. Und wie er
anfing zu beten, ſiehe da ſtand plötzlich vor ihm ein Mann
in einem langen weißen Gewande, mit ſchönen goldenen
Locken und einem hellen lieblichen Angeſicht. Der ſprach zu
ihm: „Hans, trinke nicht mit ihnen, ſei ſtandhaft, bete zu
Gott dem Herrn im Namen Jeſu Chriſti. Der wird Dein
Helfer ſein in dieſen Nöthen!“ Da betete der Junker inbrün-
ſtiglich und wo er nicht weiter konnte vor Angſt, da half ihm
der Mann im weißen Gewande und ſprach zu ihm: „Du
haſt heute einen Todſchlag verhindert, darum wird Dir Gott
beiſtehen gegen dieſe Unholde, ſo Du ihn anrufeſt, aber thue
Buße und laſſe ab vom Saufen und Freſſen, ermahne auch
Deine Geſellen, ein Gleiches zu thun!“ Mit dieſen Worten
verſchwand der Mann im Lichtgewande, und zu ihm traten
zwei ſchwarze Geſtalten, ähnlich gekleidet wie die geſpenſtigen
Zechbrüder, nur mit langen ſchwarzen Pluderhoſen, und
peinigten ihn, da er jenen Beſcheid zu thun ſtandhaft weigerte, mit Zwicken, Zerren und Rauſen, daß er zu unter-
ſchieblichen Malen laut aufſchrie, bis endlich der Hahn krähete
und der ganze Spuk urplötzlich mit großem Gepolter verſchwand. Als der Junker ſich allein ſah und wiederum zu
ſich kam, kroch er auf allen Vieren zur Thüre hinaus, wo er
gar kläglich jammernd liegen blieb, bis daß der Vater und
das Geſinde von ſeinem Jammern geweckt aufgeſtanden ſind
und ihn an der Stubenthür liegend gefunden und in ſein
Bett gebracht haben. Das Geſinde hatte wohl ſein Geſchrei
gehört, aber vermeint, es ſei etwa ein Streit ausgebrochen
unter den drei Zechern und gehe ſie nichts an. Des andern
Tages hat der Junker gebeichtet und das heilige Sacrament
genommen, auch ſeinen Zechbrüdern mitgetheilt, was ihm begegnet und ſie ermahnt, gleich ihm Buße zu thun. Es hat

sie dann gedäucht gleich ein Märlein, Schwank oder Traum, haben ihn nur verlacht und ihr wüstes Leben fortgesetzt. Diese Geschichte hat der Pfarrer des Ortes nachmals mit Bewilligung des Edelmanns öffentlich von der Kanzel verkündigt, Jobus Fincelius aber, welcher diese Begebenheit aufgezeichnet und in Druck gegeben hat, versichert, ihm sei sowohl der Name des Junkers als auch der Ort der Begebenheit wohl bekannt.

778) Der Teufel verführt eine Magd.
S. Haupt im N. Lauf. Mag. Bd. XLIV. S. 1.

Anno 1692 erschien der Teufel einer Magd des Bürgermeisters Klemstein zu Löbau in Gestalt eines grauen Männleins am Bette und überredete sie ihr Kind zu ermorden, was sie auch gethan und mit dem Schwerte gerichtet worden ist.

779) Das Veilchen vom Czorneboh.
Poetisch beh. v. Kockel bei Köhler a. a. O. S. 43 sq.

Als noch das Wendenland im heidnischen Aberglauben versunken war, da verehrten die Sorben einen Götzen, Czorneboh, von dem der Berg den Namen hat, weil er hier oben ein prächtiges Schloß bewohnte. Derselbe hatte aber ein liebliches Töchterlein, das er höher schätzte, als alle seine Schätze. Wie nun aber das Christenthum sein Licht auch in diese Gegend trug, da wußte er, daß sein Reich auf dieser Welt zu Ende war, und als das Kreuz zum ersten Male auf dem Berge erglänzte, da war der Götze zu Stein geworden und mit ihm sein stolzes Schloß, sein reizendes Töchterlein aber ward in ein bescheidenes Veilchen verwandelt. Alle 100 Jahre einmal in der Walpurgisnacht erwacht die Jungfrau zum Leben, und wem es beschieden ist, das Veilchen in diesem Augenblicke zu pflücken, der erhält die holde Jungfrau mit allen Schätzen ihres Vaters.

780) Das weiße Pferd zu Löbau.

E. Borott, der Löbauer Berg. Löbau 1854. 18. S. 6. Haupt Bd. II
S. 121.

Die Stadt Löbau soll ursprünglich auf dem heute noch
sogenannten Löbauer Berge angelegt gewesen sein, was man
aus den naheliegenden Steinen und einem großen Steinwalle,
der sogenannten Stadtmauer, geschlossen hat, weil aber ein
weißes Pferd des Nachts allemal die Baumaterialien vom
Berge wieder herabtrug, hat man den Bau auf dem Berge
aufgegeben. Noch heute soll sich aber das Roß in der Nähe
des Goldkellers zeigen und wehmüthigen Blickes nach seinen
heidnischen Priestern suchen.

781) Sage von der Gründung Löbaus.

Pönicke, Album der Schlösser und Rittergüter in Sachsen. H. XXII. S. 35
Oberlausitzer Kirchengallerie S. 138 fg. Haupt Bd. II. S. 120 fgg.

Auf dem Wege von Großschweidnitz nach Löbau befindet
sich ein herrlicher Quell, mit welchem eine Sage von der
Entstehung Löbaus zusammenhängt. Vor länger als 1000
Jahren lebte ein junger Slavenhäuptling, der die Tochter
eines andern reichen Häuptlings hoffnungslos liebte. Mlink,
so hieß der Verliebte, verübte Wunder der Tapferkeit, er
kämpfte mit den furchtbarsten Bestien der Wälder, bändigte
die wildesten Rosse und warf den stärksten Mann zu Boden,
aber der Vater seines Liebchens blieb kalt und stolz gegen
den Jüngling und duldete kaum, daß er mit der Jungfrau
sprach. Da Marja, so hieß dieselbe, nicht zugeben wollte,
daß der Geliebte sie entführte, gerieth dieser fast in Verzweiflung und sann unaufhörlich auf Mittel, das Herz des
Alten zu erweichen. Als er nun einst in stiller Mitternacht
mit Marja am Ufer eines Stromes lustwandelte, erschien
den Liebenden plötzlich die Wunderfee Pschipowicza und verkündete Mlink, daß er nur immer gegen Sonnenaufgang
ziehen solle, dort würde er nach Mühen und Kämpfen eine

That verrichten, durch die er in Marja's Besitz gelangen solle. Der junge Häuptling schied voll süßer Hoffnung von der Geliebten, bestieg sein treues Roß und zog den angegebenen Weg durch Wälder und Sümpfe, Einöden und Schluchten, bis er nach vielen Gefahren und Kämpfen in eine Gebirgsgegend gelangte, wo ein herrlicher Bergstrom dahinrauschte. Das Thal war reizend, und der Jüngling, entzückt von den Schönheiten der Natur, rief aus: „Jow sso mi lubi, hier gefällt es mir!" Er beschloß hier eine Hütte zu bauen und eine Ansiedelung zu gründen. Mit Hülfe der ihn beschützenden Fee Pschipowicza kehrte er zur Geliebten zurück und erzählte deren Vater von seinem Zuge und wie er ein neues Paradies entdeckt. Darauf zog der Alte an der Spitze seines Volksstammes nach dem reizenden Lande, lichtete hier die Urwälder und erbaute das Dorf Altlöbau, wo der köstliche Quell entspringt, an dem man die wohlthätige Fee verehrte. Mlink und Marja aber wurden ein glückliches Paar.

782) Der feurige Hund am Löbauer Berge.

E. Vorott, der Löbauer Berg und der Friedrich-August-Thurm. Löbau 1854. 18. S. 59.

In den sumpfigen Gebüschen am östlichen Fuße des Löbauer Berges läßt sich angeblich zuweilen ein feuriger Hund sehen, den Manche jedoch für ein gewöhnliches Irrlicht halten wollen. Wer nur demselben muthig folgt, den führt er zur Diamantengrube. So kehrte einst spät in der Nacht ein Herwigsdorfer Bauermädchen vom Löbauer Jahrmarkt zurück, der Hund begegnete ihr und seltsamer Weise hatte sie Muth genug, ihm zu folgen und gelangte auch richtig in einen glänzenden Saal, wo Alles im diamantenen Lichte blitzte und strahlte. Den anwesenden Personen gegenüber äußerte sie das doch eigentlich sehr bescheidene Verlangen, nur einen einzigen Diamant zu besitzen, um vermöge desselben zu einem Heirathsgute zu gelangen — ihr Vater hatte ihr nämlich die Einwilligung zur Verheirathung mit einem armen, aber

braven Burschen versagt — kaum aber hatte sie diesen ver=
zeihlichen Wunsch geäußert, als der mürrische Feuerpudel sie
wüthend anfuhr, mit den Zähnen erfaßte und mit solcher
Gewalt in die finstre Nacht hinausschleuderte, daß sie erst
ohnweit ihrer Behausung sehr unsanft auf dem Boden ankam.
Ihr Schatz, nachdem er einige Zeit darauf von ihr den er=
littenen Unfall erfahren, stellte die Sache klüger an. Die
nächste Nacht begab er sich an den Berg in der Hoffnung,
die Bekanntschaft des Pudels zu machen, der auch sehr bald
schnüffelnd und schnaubend in den Sträuchern erschien und
ihn durch seltsame Geberden zum Folgen einlub. Die Nacht
war rabenschwarz und beinahe klopfte Christophen das Herz,
als er dem feurigen Führer durch das Gestrüpp mühsam
nachkletterte. Doch siehe da, bald stand er an der ersehnten
Pforte, bald auch in dem geheimnißvollen, köstlich erleuchteten,
von Edelsteinen blitzenden Saale; aber er stellte sich entsetz=
lich dumm und fingirte förmlichen Blödsinn und gerade da=
durch erwarb er nicht nur des Pudels gnädigste Gewogenheit,
sondern auch die mehrerer anwesenden Berggeister, wie es
so oft heutzutage noch vielen wirklich dummen Leuten geht,
daß sie Andern gefallen. Er bewunderte den schönen Eis=
keller, und als man ihm ganze Körbe voller Diamanten
zeigte, wunderte er sich über die gläsernen Haselnüsse. Man
bot ihm davon an, aber er weigerte sich zu nehmen, weil er
das harte Zeug nicht beißen könne; „nun so nimm doch
Deinem Mädchen wenigstens einige mit!" sagte einer der
Geister und füllte ihm alle Taschen mit Diamanten. Hier=
auf empfahl er sich ziemlich tölpisch, und da der Pudel ihm
wieder hinableuchtete, kam er glücklich in's Thal. Er aber
lachte sich in's Fäustchen, die Geister getäuscht zu haben,
heirathete sein Mädchen, kaufte sich für seinen Reichthum das
ganze Dorf, und seine Nachkommen können heute noch lachen.

783) **Noch eine Sage vom feurigen Hunde auf dem Löbauer Berge.**

S. Scholz bei Klar a. a. O. S. 29 sq.

Vor langen Jahren stand am Fuße des Löbauer Berges
tief im Gebüsche ein schmuckes Jägerhaus, welches ein gewisser Bischeber als Förster mit seiner Frau bewohnte. Derselbe war aber in der ganzen Umgegend gehaßt und gemieden, denn er war habsüchtig, grob und hart gegen Jeden,
der etwas mit ihm zu thun hatte. Seine arme Frau hatte
es selbst sehr schlecht bei ihm und fand nicht einmal in seiner
Abwesenheit zu Hause einen Trost, denn sie war kinderlos.
Vorzüglich war aber sein Haß gegen seinen Schwiegervater,
einen reichen Bauer in der Nachbarschaft, gerichtet, weil er
sich einbildete, derselbe habe seiner Tochter zu wenig Mitgift
gegeben. Nun trug es sich zu, daß ein junger Bürger aus
der Stadt Löbau das Herz der zweiten Tochter jenes Bauern
gewonnen hatte und daß dieselbe ihm auch ihre Hand zusagte. Bald sollte die Hochzeit stattfinden und Bischeber's
Schwiegervater rüstete sich nur noch, die Mitgift für seine
Tochter herbeizuschaffen. Er hatte dazu tausend Goldgülden
bestimmt, die er in der Stadt irgendwo ausgeliehen hatte und
jetzt zurückerhalten sollte. Er machte sich also eines schönen
Morgens mit seinem Geschirr auf, um das Geld aus der
Stadt zu holen, erhob es auch und lud es, nachdem er es
zuvor in einen kupfernen, mit einem Deckel versehenen, Kessel
gethan, auf seinen Wagen und fuhr schon in der Dämmerung
den ihm wohlbekannten Weg in sein heimathliches Dörfchen
zurück. Allein er sollte dasselbe nicht erreichen, denn der gott-
vergessene Jägersmann, welcher seines Schwiegervaters Vorhaben und den Tag, wo er es auszuführen dachte, ausge-
kundschaftet hatte, lauerte ihn im Walde auf, sprang auf den
Wagen und tödtete den Nichts ahnenden Greis ohne Mühe.
Er hob hierauf den schweren Kessel vom Wagen herab und
schleppte ihn auf unbetretenen Wegen in seine Wohnung, die
Pferde aber trugen ihren gemordeten Führer von selbst auf

dem wohlbekannten Wege bis vor sein Haus. Wie erschrak
die unglückliche Braut, als sie ihren armen Vater von blutiger
Mörderhand erschlagen wiedersah, es litt sie nicht im älterlichen Hause, sie eilte noch um Mitternacht zu ihrer verheiratheten Schwester, um ihr und ihrem Manne das schreckliche
Begebniß mitzutheilen. Ihre Schwester glaubte jedoch Letzteren noch im Walde und Beide weinten nun um den Verlust ihres besten Freundes. Allein der böse Jäger war wohl
zurückgekommen, er steckte in einem Kellergemach, wo er seinen
früher schon zusammengescharrten Mammon zu dem blutig
erworbenen Sündengelde in den Kessel zu verschließen sich
beeilte, weil er beabsichtigte, seinen Schatz noch in derselben
Nacht aus dem Hause zu schaffen. Er hatte nämlich unfern
des Hauses ein verborgenes Loch im Felsen bemerkt, das
durch einen rohen Stein so versetzt war, daß der Uneingeweihte
keine Spur einer Höhle gewahren konnte. Indeß war aber
der Kessel durch das neuhinzugekommene Geld so schwer geworden, daß er sich nur mit großer Mühe transportiren ließ.
Wie nun also Bischeber denselben mit großer Mühe nach dem
ihm wohlbekannten Orte hinschleppte, versah er gleichwohl in
der dichten Finsterniß den Weg, sein Fuß gerieth in den
sumpfigen Wiesengrund, der sich noch heute an dem östlichen
Fuße des Berges findet, und hier versank er mit seinem
Schatze, doch der trügerische Boden verschwieg sein Grab.
Als er früh nicht wiederkehrte, konnte seine Frau nicht mehr
zweifeln, daß ihm ein Unglück zugestoßen sei, doch glücklicher-
weiße vermochte sie seine Hauptunthat nur zu ahnen, ein
Beweis gegen ihn war nicht vorhanden. Sie begab sich nun
zu ihrer Schwester und brachte ihre Tage bei derselben, die
sich mittlerweile mit ihrem Bräutigam verheirathet hatte, zu,
das Jägerhaus aber, welches Niemand wieder beziehen wollte,
zernagte der Zahn der Zeit, allein einige Zeit nachher erschien
in der Stunde der Dämmerung ein Licht am Fuße des Löbauer
Berges und ein Holzhauer, der dasselbe näher gesehen haben
wollte, behauptete, daß das Licht ein feuriger Hund mit
sprühenden Augen sei. Alle, die das hörten, riefen: „das ist

Bischeber und sein Schatz", aber Niemand getraut sich, sich dem=
selben zu nähern oder den Hund zu erlösen.

---

784) Die Sagen von dem Geldkeller auf dem Löbauer Berge.
Nr. I mitgetheilt von Julius Schanz. Nr. II v. Peschek b. Büsching,
Wöchentl. Nachr. f. Freunde d. Gesch. Bd. II S. 105 sq. u. b. Vorott
a. a. O. S. 39 sq. Nr. III bei Büsching Bd. III S. 337 sq. Daraus
von Willkomm im Leipz Generalanz. 1845 Nr. 1. Preuster, Blicke in
die Vaterl. Vorz. Th. I S. 78 sq. Nr. IV b. Gräve S. 108 sq. S. a.
Winter in b. Const. Zeit. 1854 Nr. 24 sq.

I. Von der höchsten Spitze des Löbauer Berges führt
nach Norden der sogenannte Prinzensteig an einem Felsen
vorbei, der im Volke allgemein der Geldkeller genannt wird†).
Das Thor desselben ist geschlossen und nur an hohen Fest=
tagen und zu bestimmten Stunden war es Einzelnen ver=
gönnt, in's Innere der Höhle zu treten und sich dort Schätze
zu holen. Einst sollen arme Kinder hier Holz gesammelt und
eine von ihnen noch nie bemerkte Höhle gesehen haben. Neu=
gierig kletterten sie an den Rand derselben, um hineinzublicken.
Da entführte der Wind den Hut des einen Kindes in das
Innere der Höhle und dieses jagte ihm keck nach, um ihn zu
erhaschen. Plötzlich sieht es sich vor einer schwarzbehangenen
Tafel, an der ernste und bleiche Männer sitzen, welche mäch=
tige Haufen Geldes zählen. Freundlich winken sie dem zit=
ternden Knaben und geben ihm seinen verlorenen Hut mit
Gold gefüllt zurück. Er verläßt die Höhle und eilt mit seinem
Schatz nach Hause. Umsonst suchte man später nach dem
Eingange derselben, er aber ist verschlossen und hat sich nie wie=
der geöffnet. Im Volke ist der Glaube verbreitet, daß ver=
storbene Bürgermeister von Löbau in dem Felsen einen Schatz
hüten, mit dem sie die Stadt einst, wenn sie in Noth ist, unter=
stützen werden.

---

†) Von unbekannter Hand ist an demselben eine Stelle aus der Bibel,
Hiob VII. 9, angeschrieben, welche also lautet: „Eine Wolke vergehet und
fähret dahin; also wer in die Hölle hinunter fährt, kommt nicht wieder
herauf."

II. Zwei Knaben spielten einst auf dem Löbauer Berge und zwar in der Gegend des sogenannten Geldkellers. Dem einen von ihnen entnahm der Wind sein leichtes Strohhütchen und führte es in die Tiefe einer Felsenkluft. Der Knabe weinte und schrie, doch dadurch gelangte er immer noch nicht wieder zu seinem Eigenthum. Aus Furcht vor Strafe, die er mit großer Wahrscheinlichkeit zu erwarten hatte, wenn er ohne sein Hütchen nach Hause kehren wollte, gab er sich nun alle mögliche Mühe, es wieder aufzufinden, kletterte und kroch von einem Steine auf den andern und gelangte endlich in die Tiefe der Kluft, ohne aber sein liebes Hütchen ausfindig zu machen. Jetzt entdeckte er eine in den Fels hineingehende Höhle, hier glaubte er nun das Gesuchte finden zu müssen und gerieth so, ohne daß er es dachte, von Tiefe zu Tiefe, bis sich endlich ein ungeheuerer und weiter Felsenkeller seinen staunenden Blicken eröffnete. Hier sah er nun zwar immer wieder noch nichts von seinem Hütchen, wohl aber erblickte er eine ganze Gesellschaft Herren, die um einen großen Tisch herumsaßen und zu spielen schienen, kein lautes Wort aber von sich hören ließen. Im Hintergrunde des Kellers aber standen ganz unermeßliche Braupfannen voll von blanken Thalern und Goldstücken. Die stummen Herren winkten dem Knaben freundlich, sich von den aufgehäuften Schätzen zu nehmen und einzustecken; doch ein gräßlich feuerschnaubender Hund vertrat ihm furchtbar den Weg, daß er fast allen Muth verlor; von Neuem aber winkten die Herren und der furchtbare Hund zog sich etwas zurück. Auf bringendes und wiederholtes freundliches Zureden wagte es endlich der Knabe, sich heranzuschleichen, ging dann hart bei dem Hunde vorbei, so daß er fast über ihn hinwegsteigen mußte und steckte sich von den blanken Thalern und Goldstücken so viel ein, als nur in seinen kleinen Taschen Platz hatte. Nun schon dreister gemacht, da Alles ohne Gefahr für ihn abgelaufen war, machte er sich auf den Rückweg, der ihm auch weder von dem feuerschnaubenden Hunde noch von den stummen Herren an dem großen runden Tische streitig gemacht wurde. Froh über sein

unverhofftes Glück, das ihm statt seines strohenen Hütchens
einen so großen Schatz finden ließ, stieg er nun wieder in
der Felsenkluft empor, war ohne viele Mühe und ehe er es
dachte, wieder oben auf dem Berge und eilte darauf mit
seiner Baarschaft vergnügt nach Hause. Der andere Knabe,
der mit diesem auf dem Berge war, hatte mit Ungeduld auf
die Rückkunft seines Gesellen aus der Felsenkluft geharrt und
beinahe schon gefürchtet, daß er wohl unglücklich gewesen sein
könne. Doch als er ihn nun, nicht nur gesund und wohlbehalten, sondern sogar mit reichen Schätzen beladen, wiederkehren sah, und es obendrein diesen erzählen hörte, wie leicht
und ohne Gefahr er dazu gelangt sei, so stieg auch in ihm
der Gedanke auf, sein Glück bei jenen unterirdischen Schatz-
meistern zu versuchen. Um auf ähnliche Art sich einen Weg
dahin zu bahnen oder wohl gar seine Ankunft in jenem Unter-
reiche zu verkünden, warf er absichtlich sein Hütchen in die
Felsenkluft hinab. Endlich nach langem beschwerlichen und
gefährlichen Klettern gelang es auch ihm, den Eingang in
den beschriebenen unterirdischen Felsenkeller wirklich zu entdecken. Doch nicht so günstig war sein Empfang, wie er nur
kurz zuvor seinem Genossen zu Theil geworden war. Denn
mit bösen und zürnenden Mienen sahen ihn die stummen
Herren an dem großen runden Tische an und bedrohten ihn
auf's Strengste, wenn er es wagen wollte hineinzukommen,
auch der feuerschnaubende Hund bewieß ihm schon von Weitem seinen ganzen Grimm. Eiligst und so geschwind als er
nur konnte, machte der Knabe daher sich wieder auf die Beine
und war nur froh, mit heiler Haut und lebendig davon gekommen zu sein. Nur mit Mühe konnte er aber den Weg
rückwärts finden und die steile Höhe wieder erklimmen, von
wo er nun noch obendrein ohne Hut nach Hause kehren mußte.

Ueberhaupt hat die Erfahrung gelehrt, daß diejenigen,
die diesen Berg mit Willen aufsuchten und ihre Habsucht mit
den darinnen befindlichen Schätzen recht geflissentlich zu be-
friedigen hofften, nie so glücklich waren, die sich zugeeigneten
Schätze mit sich nach Hause zu nehmen. Ja ein Löbauer

Bürger mußte sogar einst sieben Jahre lang in dem Berge bleiben und in Geduld harren, bis sich ihm der Berg von selbst wieder aufthat, denn aus übergroßer Begierde, sich von den erblickten Schätzen so viel als nur möglich zu eigen zu machen, hatte er ganz vergessen, daß der Berg nur eine Stunde lang offen sei und dann Jahre lang sich ihm zu= schließen würde. Gern ließ er dann alle Schätze und die, welche er sich sogar schon zugeeignet hatte, in Stich und war zufrieden, nur seine Freiheit wieder erlangt zu haben.

III. Es begab sich einst, daß eine arme Frau auf dem Löbauer Berge die Thüre des Goldkellers gewahrte, wie sie offen stand. Die Zeit aber, wo solches geschah, war an einem Charfreitag Morgens früh, als man eben vom Chore die Passion absang. Neugierig und hoffend, einen Schatz und somit ihr Glück darin zu finden, so wie schon mancher Anderer vor ihr, ging sie hinein, obschon sie einen größern Schatz, nämlich ihr einziges Kind, auf den Armen trug. Ueberall glänzten ihr gleich hellen Karfunkeln, die Gold=, Silber= und Schaustücke entgegen, die in großen mächtigen Braupfannen links und rechts aufgehäuft dastanden. Niemand aber und nirgend wo war ein Wächter dieser Schätze zu sehen, ein runder Tisch nur stand unfern vom Eingange, und einige Aepfel, so frisch, wie sie nur in Herbstzeit auf den frucht= tragenden Bäumen prangen mögen, lagen darauf. Auf diesen Tisch nun setzte sie das Kindlein nieder, damit es spielen möge mit den herrlichen Früchten, sie aber scharrte und sam= melte so viel des blanken Geldes und Goldes in ihre Schürze, als sie nur ertragen konnte und trug es fürbaß aus dem Keller hinaus. Alsbald nun kehrte sie wieder um, daß sie auch ihr Kindlein sich nachholen möge, was sie versäumt hatte über dem unterirdischen Mammon. Aber o Jammer! nimmer und nirgends konnte sie jetzt die Thüre des Kellers wieder gewahren, zu der sie doch nur eben hinausgetreten war, und weder Weinen noch Greinen, noch Klagen und Zagen mochten ihr helfen, denn schier nicht eine einzige Spur konnte sie noch wahrnehmen. Gar gern hätte sie nun all' ihre blan=

ken Schätze, die sie gewonnen, dahin gegeben für den einzigen
Schatz, den sie verloren. Und ob sie auch ihr gehabtes Unglück denen anzeigte, die zu Rathe sitzen, so konnten sie ihr
doch nicht rathen und helfen, ja alles Nachforschen und Suchen
und Graben war sonder Nutzen, so viel dessen auch auf ge-
meiner Stadt Kosten veranstaltet und vorgenommen werden
mochte. Was aber jene schmerzlich betrübte Mutter durch alle
ihre Sorgfalt und Mühe nicht zu erlangen vermochte, das
konnte Geduld und Zeit ihr gewähren, denn als nun endlich
wieder die Zeit der Ostern herbeigekommen war und die
Stunde, wo man vom Chore herab die Passion absang, ging
das Weib abermals hinaus, die Stelle zu suchen, wo sie vor einem
Jahr so glücklich und doch so unglücklich gewesen, und siehe,
da öffnete sich mit einem Male wieder jene unterirdische
Pforte mit ihren Karfunkeln gleich blitzenden Schätzen. Sie
aber, thränend und sehnend, sieht nichts denn ihr Kindlein,
das immer noch auf jenem runden Tische sitzend, wohin sie
es einst gesetzt, munter spielte mit den frischen Aepfeln und
freundlich die Arme ihr entgegenstreckte. Gar gern wählte
sie diesmal für alle die todten Schätze den lebenden, doch als
sie mit ihm das Sonnenlicht erblickte, erblich das Kind ihr
in den Armen†). Nach einem andern Berichte hätte jedoch
das Kind nur eine dreitägige Ohnmacht befallen, und da ein
Jeder an dem Schicksale der unglücklichen Mutter Theil nahm,
so habe auch ein wunderthätiger Mann der Gegend davon
gehört, es sei ihm gelungen, dem Kinde wiederum Leben und
Gesundheit zu schenken und zwar mittelst heilsamer Kräuter,
die nicht weit von jenem Goldkeller wuchsen, weshalb auch
eine Stelle daselbst bekanntlich der Kräutergarten heißt. Der
darauf munter gewordene Knabe war aber nie mehr auf den
Berg zu bringen, mochten seine Gespielen auch noch so fröhlich
dahin eilen, und als er zum Jüngling herangewachsen und

---

†) Ganz ähnliche Sagen knüpfen sich an den vermeintlichen Goldkeller im Kottmarberger und im Falkenberge bei Neustadt bei Stolpen, an
die Landskrone bei Görlitz und an den Meisengrund bei'm Tollenstein in
Böhmen.

die Mutter verstorben war, ging er in die weite Welt und hat da durch Fleiß und Rechtschaffenheit sein Glück gemacht, mochte aber nie von dem Glück etwas wissen, welches nur durch Schätze in den Geisterbergen und auf ähnliche Art leicht zu erwerben sei.

IV. Nach einer andern Volkssage soll sich der Geldkeller allemal am Johannistage Mittags um 12 Uhr öffnen und sich des Nachts wiederum um dieselbe Stunde schließen. Wer nun zur angeführten Zeit in selbigen eintritt und desselben labyrinthische Gänge durchwandelt, wird an deren Ende Haufen von Gold- und Silbermünzen finden, von denen er sich nach Belieben, so viel er davon will, einstecken kann. Am Johannistage 1516 hatte ein Bauer das Glück, den Eingang geöffnet zu finden, er ging hinein und erblickte mit offenen nüchternen Augen den unermeßlichen Schatz. Zuerst unschlüssig, was er thun oder lassen sollte, entschloß er sich endlich, seine Taschen und Mütze zu füllen und belastet mit der köstlichen Beute den Rückweg anzutreten. Allein vorher schon durch das viele Hin- und Hergehen zweifelhaft gemacht und nunmehr ob seines Glückes trunken, verirrte er sich in den Kreuzgängen und die verhängnißvolle Stunde, mit welcher sich der Eingang schloß, ertönte. Von Grabesnacht umdustert sah sich nun der Arme, Klagen, Rufen und Weinen half nichts, da ihn Niemand hörte. Endlich versank er in einen tiefen Schlaf, aus welchem er erst das kommende Jahr, am Johannistage, wieder erwachte, allein Taschen und Mütze leer fand. Durch Erfahrung klug geworden, wollte er die unterirdische Wanderung nicht wieder von Neuem beginnen, sondern verließ die Höhle ebenso arm, als er sie vor Jahresfrist betreten hatte.

---

785) Der Kampf nach dem Tode.
Mitgeth. v. H. Oberlehrer Scholz in Bautzen.

Eine Stunde östlich von Löbau befindet sich das Dorf Herwigsdorf, an dessen Kirche sich folgende Sage knüpft. Vor

vielen Jahren lebten hier der Ortspfarrer und der Ritterguts=
besitzer nicht in bestem Einvernehmen. Beider gegenseitige
Abneigung wuchs von Jahr zu Jahre und an eine Ver=
söhnung war nicht zu denken. Als der Gutsherr starb, ver=
sagte der Pfarrer ihm die Begleitung zur Ruhestätte und
ließ seinen nachbarlichen Amtsbruder die verordneten Amts=
handlungen verrichten. Der Ortspfarrer verstarb auch und
wurde vor seiner Beisetzung die letzte Nacht auf dem Parade=
bette in der Kirche ausgestellt. Die Kirchväter hatten die
Ehrenwache zu übernehmen. Gegen Mitternacht waren sie
in ihren Ständen eingenickt und erwachten fast gleichzeitig
auf ein gewaltiges Gepolter, das von der herrschaftlichen Loge
kam. Die Kirche war finster und eilend verließen sie das
Haus. Auf dem Kirchhofe angelangt, hörten sie, daß in dem
Innern der Kirche ein Kampf, wie auf Leben und Tod, ge=
kämpft würde. Ihr Haar sträubte sich empor, doch als Alles
wieder ruhig geworden war, wagten sie es, die Thüre zu
öffnen und nach dem Pfarrer zu blicken. Da sahen sie Alles
in Ordnung. Die Kerzen auf den Armleuchtern brannten
hellleuchtend, der Pfarrer lag auf seinem Todtenlager und
nur die große Perücke zeigte sich bei näherer Betrachtung
etwas verschoben.

---

786) Der Wechselbalg.
(Gegend von Weißenberg.)
Mündlich. Mitgeth. v. Hr. Dr. Haupt.

Ein Wanderbursch traf auf einsamem Waldwege in der
Nähe eines Dorfes ein altes graues Männchen, das an einer
Pfütze kauerte und aus Straßenkoth einen menschenähnlichen
Klumpen formte.

„Was machst Du da?" fragte der Bursch. Das Männ=
chen grinste: „einen Wechselbalg. Im Dorfe drüben ist ein
schönes Menschenkind zur Welt geboren worden, das muß ich
haben!" „Wie willst Du das anstellen?" fragte der Bursch.
Das Männchen grinste: „Während des Essens werde ich sie

verloden, daß sie ohne Dankgebet vom Tische aufstehen und hinauslaufen, daß das Kind alleine bleibt. Dann ist es mein."

Der Wanderer ging seines Weges fürbaß und beschloß den Teufelsspuk zu verhindern, kam ins Dorf, erfuhr bald das Haus, in dem der Storch eingekehrt war, ging hin, traf die Leute beim Mittagessen, und bat sie um ein wenig Speise und die Erlaubniß ein Weilchen bei ihnen bleiben zu dürfen, er sei krank und sehr müde und erfroren. Die Leute waren mitleidig, gaben hm zu essen und ließen ihn hinter dem Ofen (in der sogenannten Hölle) Platz nehmen, um sich tüchtig auszuwärmen.

Plötzlich entsteht im Pferdestall ein entsetzliches Schreien und Wiehern, Poltern und Stampfen. Alles eilt bestürzt hinaus, nur das Wochenkindlein bleibt in seiner Wiege und der Wanderbursche in der Hölle.

Alsbald erscheint der Mann aus dem Walde, ergreift das Kind und legt seinen Wechselbalg in die Betten. Aber der Wanderer springt hervor, ringt mit ihm und entreißt ihm das Kind. Die Eltern kommen herbei, der Unhold entflieht, der Wanderer erzählt nun ausführlich, in welcher Gefahr das Kind gewesen sei und setzt dann, begleitet von den Dankeswünschen der Eltern, seinen Wanderstab weiter.

———

787) Der Feuerhusar.
Mitgeth. v. Hr. Dr. Haupt.

Zwischen Reibersdorf, Friedersdorf, Giesmannsdorf, Hirsch felde und Seitzendorf erscheint, hauptsächlich in der heil. Adventszeit und in der zweiten Hälfte der Fasten, der Husar, eine rothe, weitleuchtende Flamme, die sich in großen Sprüngen bewegt, näher kommt, wenn man pfeift oder ruft, zuweilen mannshoch über dem Boden schwebt und auch quer über die Straßen zu springen pflegt.

Alte Leute wollen bei dem Erscheinen des Husars auch ein lautes Säbelgerassel gehört haben und erzählen, es sei der Geist eines in einer gewissen Grube, die sein eigentlicher Aufenthalt ist, im 30jährigen Kriege als Deserteur erschossenen Soldaten.

788) Die Wassermannsfrau und die Wehmutter.

S. N. Lauf. Mag. 1842. Anh. S. 42.

Es ging einmal in der Gegend des nach Baußen gehörigen Dorfes Döbschütz eine Wehmutter am See vorüber. Da begegnete ihr eine große Kröte. Die Kröte saß traurig am Ufer und sah die Wehmutter mit betrübten Augen an und bat sie, sie möchte doch mit ihr gehen, ihre Herrin sei in Kindesnöthen und wolle gebären, sie würde sie gewiß reichlich belohnen. Die Wehmutter bedachte sich ein Weilchen, dann sagte sie: „ja! ich will mit Dir gehen, führe mich nur!" Da sprang die Kröte sofort ins Wasser, das Wasser theilte sich und zeigte eine breite Treppe. Auf der Treppe aber stand ein junges Mädchen, das sagte ganz freundlich zu der Wehmutter: „steige nur getrost hinab, es wird Dir kein Leid widerfahren!" Denn die Frau fürchtete sich. Doch sie stieg hinab ins Wasser, dasselbe schloß sich wieder über ihr und nun gelangte sie an der Hand ihrer Führerin in einen wunderschönen Palast von lauter durchsichtigen und glänzenden Krystallen und es war Alles sehr schön und prachtvoll eingerichtet und auf einem seidenen Ruhebette lag eine wunderschöne Frau in Kindesnöthen. Als Alles vorüber war und ein munteres Knäblein zur Welt gefördert worden war, da erzählte die Wöchnerin der Wehmutter, sie habe einst im See gebadet, da habe sie der Nix geraubt; anfänglich habe sie sich vor ihm gefürchtet, aber hernach sei sie seine liebe Frau geworden. Einmal kam auch der Nix ins Wohnzimmer, liebkoste die Frau und das Kind und belohnte die Wehmutter sehr reichlich und außerdem ward sie da unten fürstlich bewirthet. Als alle Gefahr vorüber war, führte das junge Mädchen die Wehmutter wieder auf die Oberwelt und das Wasser schloß sich

wieder hinter ihr. Von ihrem reichlichen Lohne aber hat sie
lange gelebt.

_____

789) Der ewige Durst.

Mündlich. Mitgeth. v. Ed. Kauffer.

Verfolgt man in Wilthen, 2 Stunden südlich von Bautzen, den Fußweg, welcher hinter der Kirche über den Berg
nach Bautzen führt, so gewahrt man linker Hand unterhalb
des Waldes einige Wiesen mit einer Quelle. Dort zeigt sich
zuweilen in den Mittagsstunden eine weißgekleidete Frau,
welche bis an die Quelle wallt und sich bückt, um mit der
Hand Wasser zu schöpfen. Aber wie sie sich auch müht, sie
kann das Wasser doch nicht erreichen und tief seufzend entfernt sie sich wieder und verschwindet. Diese Erscheinung
heißt: „Der ewige Durst." Alte Leute erzählen: Es habe
einst eine junge Frau in Wilthen während ihrer Niederkunft
unsäglichen Durst gelitten und die Wehefrau gebeten, ihr zur
Kühlung nur einige Tropfen Wasser zu reichen. Aber die
Kindfrau verweigerte ihr die Labung, und so verschied sie
unter den Qualen eines verzehrenden Durstes. Seit dieser
Zeit geht sie alle Mittage an jene Quelle, will Wasser trinken
— denn sie durstet noch immer — und kann doch das Wasser
nicht erreichen, ein weiblicher Tantalus mit hoffnungsloser Qual.

Etwas anders erzählt mir schriftlich Hr. Dr. Haupt
diese Sage.

Zwischen Irgersdorf und Wilthen liegt hart an der
Straße ein quellender mit einem grünen Pflanzenteppiche be-
deckter Sumpf, der immer frisches Wasser hat und niemals
zufriert. Dorthin ist früher immer eine weiße „wilde Frau"
allabendlich trinken gegangen. Sie kam vom Pichow-(?) Berge
herab und ging dann wieder auf dem Quersteige, der von der
Wilthener Seite bis auf die Spitze des Berges führt, zurück,
um daselbst auf einem Raine, der wie ein gemachtes Bette
gestaltet ist, zu übernachten. Oft hat man diese wilde Frau
rufen hören: „Ewiger Durst." Einst nöthigte sie eine ihr

begegnende Magd, sie zu kämmen und zu laufen und belohnte sie dann mit einer Schürze voll trocknen Laubes, das die Magd leider weg warf, denn zu Hause angekommen hatte sich ein am Schürzenband hängen gebliebenes Blatt in pures Gold verwandelt.

790) Das Mittagsgespenst.

Schmaler, Bd. II. S. 268. Köhler, der Czorneboh S. 48. Lauf. Mo-
natsschr. 1797. S. 744.

Das Mittagsgespenst (Pschipolnitza) ist ein weibliches, großgewachsenes weißgekleidetes Wesen, welches zur Mittagszeit von 12 bis 2 Uhr auf den Feldern zu erscheinen pflegt. Es schweift mit der Sichel bewaffnet über die Felder und steht unerwartet vor denjenigen, welche es versäumt hatten, Mittags die Feldarbeit zu unterlassen und nach Hause zu gehen. Die Ueberraschten mußten ein scharfes Examen über den Anbau des Flachses und das Leinwandweben bestehen und die ganze Procedur dieses Kulturzweiges ununterbrochen und in einer solchen Ausführlichkeit vortragen, daß damit die Zeit bis zwei Uhr ausgefüllt wurde. Hatte diese Stunde geschlagen, so war es mit der Macht desselben aus und es ging von dannen. Wußten aber die Geängstigten auf ihre Fragen nicht zu antworten und das Gespräch bis zu dieser Stunde nicht im Gange zu erhalten, so schnitt sie ihnen den Kopf ab oder erwürgte sie oder verursachte ihnen wenigstens eine mit Kopfschmerzen verbundene Krankheit. Bei trübem Himmel oder zur Zeit eines herannahenden Gewitters war man vor ihr sicher. Noch jetzt spricht man im Scherz zu demjenigen, welcher während der Mittagszeit ohne Noth auf dem Felde arbeitet: „fürchtest Du nicht, daß die Mittagsfrau auf Dich kommen wird?" und die sprichwörtliche Redensart: „sie fragt wie die Mittagsfrau", ist im alltäglichen Gebrauch.

Dieses Gespenst pflegt besonders in der Gegend von Diehsa am Fuße des dortigen Berges den Arbeitern auf dem Felde zu erscheinen und ihnen, wenn sie nicht reinen Herzens

13*

finb, eine Maſſe von Fragen vorzulegen; können ſie dieſelben
beantworten, ſo iſt es gut, wo nicht, ſo thut ihnen daſſelbe
ein Leib an. Einſt lag um die Mittagszeit ein junges Bauer=
mädchen hier im Graſe und ſchlief, ihr Bräutigam ſaß bei
ihr, allein ſein Herz war anderwärts und ſann, wie er ſich
ihrer entledigen könne. Da kam das Mittagsgeſpenſt einher=
geſchritten und fing an dem Burſchen Fragen vorzulegen, und
ſoviel er auch antwortete, immer warf es neue Fragen auf,
und als die Glocke Eins ſchlug, da ſtand ſein Herz ſtill, das
Geſpenſt hatte ihn zu Tode gefragt. Als aber das Mädchen
die Augen aufſchlug, da lag ihr Bräutigam blaß und todt
neben ihr, ſie weinte und klagte manchen Tag, bis man ſie
neben dem Jüngling, der ihre Liebe nicht verdiente, zur ewigen
Ruhe einſenkte.

791) Die Wunderblume auf dem Löbauer Berge.
Gräve S. 41. sq.

Auf demjenigen Theile des bekannten Löbauer Berges,
der wegen der darauf wachſenden Kräuter der Kräutergarten
genannt wird, erblüht in der Nacht des Tages Johannis Ent=
hauptung mit dem Glockenſchlage 11 Uhr eine Blume, welche
kein Naturforſcher je geſehen oder beſtimmt zu haben ſich
rühmen kann. Ihre Farbe iſt purpur mit goldener Einfaſſung,
grün mit Silberrändchen ihre Lotusähnlichen Blätter, veil=
chenblau ihr Stengel und glänzend himmelblau der Stempel.
Sie hat, wiewohl großartiger, der Lilie Geſtalt, und weit
und breit duften — wenn ſie ihren Kelch erſchließt — ihre
Wohlgerüche, denen die lieblichſten Blumendüfte weder in der
alten noch neuen Welt gleichen. Keines Sterblichen Auge
hat je ihre Wurzel erblickt. Im Jahre 1590, als der Löbauer
Rathsförſter Kajetan Schreier auf gedachtem Berge einen Reh=
bock blattete, empfanden ſeine Geruchswerkzeuge jenes wunder=
liebliche Duften, deſſen Urſache er ſich nicht zu erklären ver=
mochte, und da der Duft, den der Wind ihm zuwehte, immer
ſtärker wurde, ging er, den Rehbock vergeſſend, einige Schritte

vorwärts, allein sonderbar, der jeden Schritt und jedes
Strauchwerk daselbst kennende Waidmann ging irre und drehte
sich in einem Kreise, bis endlich sein Ohr eine sanfte, Aeols-
harfen- oder Harmonikatönen ähnliche Musik vernahm und er
die Wunderblume vom magischen Lichte erleuchtet erblickte.
Er wußte nicht, was ihm geschah, blieb unentschlossen, ob er
hören, sehen, riechen oder die Blume brechen sollte, seine Sinne
schwanden, um in kurzer Zeit wieder zu himmlischem Genuß
zu erwachen. So stand er zweifelhaft — da verkündete der
Seigerschlag in Löbau die zwölfte Mitternachtsstunde — es
blitzte, ein Krach erscholl und die Blume war verschwunden.
Nun wußte der Jäger, was er hätte thun sollen, um sich in
den Besitz dieses Kleinods zu setzen. Nun erst, aber zu spät,
eilte er an den Ort, wo die Blume gestanden, gewahrte aber
keine Spur mehr davon, wohl aber wehte der kühle Morgen-
wind einen Zettel von schwarzem Pergament, der folgende
mit goldener Mönchsschrift geschriebene Worte: Mortalis im-
maculati cordis, qui tempore floris mei fortuito huc venit
casu, carpere me potest et uti bonis, quae praebeo, sin
minus, fugiat longe†) enthielt, dem Betäubten zu.

Eine alte unleserliche Handschrift, die noch Anfangs des
vorigen Jahrhunderts mit dem Pergamentzettel in Urschrift,
nebst einer gerichtlich aufgenommenen Registratur über die
Aussage des Försters auf der Löbauer Rathsbibliothek vor-
gezeigt wurde, enthielt Folgendes:

„Blühet in dem Gärtlein uf dem Löbawer Berge, allein
nur aller hundert Johr, gar in der Mitternachts Stund von
St. Joannis Enthäubtung gar ein wunderseltsam Blühmlein,
von anmuthiger Gestalt vndt lieblichem Gedüft, welches der,
so reinen Herzens ist, leicht aus der Erd reissen kan vndt
dadurch zu hoher Ehr vndt vielen Geld gelangt, sintemalen

---

†) Der Löbauer Rector M. Martin Boreck 1571 hat dieses Latein
folgendermaßen übertragen: Der Sterbliche von reiner Seele, der zu
meiner Blüthenzeit von ohngefähr hierherkommt, kann mich brechen und
das Glück, das ich ihm gewähre, genießen (der Schluß fehlt: wo nicht, so
fliehe er so weit er kann).

die starke, große Wurz, sowie das Blühmlein selbst vom puren Gold, Silver vndt köstlichem Gestein ist. Wer sich aber nit vest vndt sicher weiß, der berühr es ja nit; sonst verleuert er sein Leven. Wofür Gott behüt."

---

792) Noch eine Sage von der Wunderblume auf dem Löbauer Berge.

Mitgetheilt von Julius Schanz.

Auf dem Löbauer Berge blüht in der Johannisnacht eine Blume, herrlich und schön, und wer sie pflückt, wird zum glücklichen Menschen. Der Stengel ist von grünem Smaragd, an dem Blätter von Rubin wachsen, die weithin durch den dunkeln Tannenwald leuchten. Alles aber übertrifft an Pracht ihr Kelch, der aus einem großen Diamant besteht, dessen Glanz den Mond und die Sterne verdunkelt und aus dem liebliche Gesänge emporsteigen, die zauberisch die stille Nacht durchklingen.

Von dieser Wunderblume erzählt man sich folgende Sage. Die Johannisnacht war auch in Löbau mit mancherlei Schwank und Scherz gefeiert worden, die Lichter erloschen allmälig in den Häusern, da trat ein Mädchen aus einer niedrigen Hütte, die einsam am Fuße des Löbauer Berges stand. Mit verweinten Augen blickte sie hinauf zu dem Sternenzelt und seufzte: „Wann wird mein armes Herz Ruhe finden!" Vater und Mutter und Geliebter waren ihr kurz nach einander gestorben, und sie hatte heute Abend nach alter Sitte ihre Gräber geschmückt und an ihnen gebetet. Da ging sie durch das thauige Gras den Berg hinauf, und vor ihr schwebte ein Irrlicht, dem sie unbewußt folgte. Der Wald wurde immer dichter, die Tannen rauschten traulich in der Einsamkeit. Plötzlich sieht das Mädchen durch die Bäume hellen Glanz schimmern, sie eilt auf die Stelle zu und steht vor der Wunderblume.

So hatte sie ihr einst ihr Vater geschildert, als sie allabendlich das Köpfchen auf die Hände gestützt, seinen Erzählungen lauschte. Es war ihr, als tönte es aus dem Kelche: „Pflück mich ab, pflück mich ab!" Und als sie die Blume abgepflückt hatte, erlosch der Glanz derselben und der Wald war wieder dunkel wie zuvor.

Am andern Morgen fanden Kinder, welche Beeren suchten, das Mädchen todt mit gefalteten Händen liegen. Die Blume hatte es zum höchsten Glücke erhoben. †)

793) Der wilde Jäger bei Löbau.

Nr. I. Mitgetheilt von Julius Schanz. Nr. II. Bei Gräve S. 109.

I. Ein Mann ging in einer stürmischen Nacht von Löbau nach Lawalde. Plötzlich hörte Wind und Regen auf und der wilde Jäger mit Hörnerschall und Hundebellen sauste über ihn dahin. Der Mann warf sich aber schnell mit dem Gesichte zu Boden, indem er der Sage eingedenk war, daß, wer den wilden Jäger gesehen, über ein Jahr todt sei, und entging so der drohenden Gefährdung.

II. Als ein anderes Mal im Spätherbst der Pan Dietrich seinen Umgang auf dem Löbauer Berge hielt, und über einen von Bernstadt kommenden Fuhrmann durch die Luft wegrasaunte, stürzte dem armen Mann ein Pferd nieder, und das andere erlahmte, so daß er den Morgen erwarten mußte, wo ihm erst Hülfe wurde.

794) Die Kegelschieber auf dem Löbauer Berge.

Vorott a. a. O. S. 59.

Einst besuchten zwei Löbauer Bürger ganz allein den Berg und trafen oben zu ihrem Erstaunen eine Menge ganz

---

†) (Pescheck), Gesch. v. Jonsdorf bei Zittau. Zittau 1835. 8. S. 14. berichtet, daß in einen der zwei Löcher des Schalkstein bei Jonsdorf ein Schatz liegen soll, der nur dem beschieden ist, der in der Johannisnacht eine wundervolle Blume auf der Spitze dieses Felsens blühen sieht. Eine wohl neuere Sage erzählt Lyser, Abendl. 1001 N.Bd. X. S. 51 fgg. v. Schalksteine.

kleine Leutlein, welche Kegel schoben und sie höchst freundlich und zuvorkommend einluden, mitzuspielen. Es wurde geschoben und geschoben bis spät in die Nacht, und als sich endlich des Spielens müde die beiden Herren empfahlen, machten die Zwerge jedem von ihnen eine Kugel zum Geschenk. Diese waren sehr groß und schwer, so daß des Tragens müde der Eine sie alsbald in's Gebüsch warf, der Andere aber klüger, schleppte sich damit bis nach Hause und entdeckte hier zur größten Freude, daß es eine goldene Kugel sei. Er gelangte hierdurch zu ungeheuerem Wohlstande, und seine Nachkommen, die man noch heute in der Stadt Löbau kennt, erfreuen sich noch jetzt des Segens dieser goldenen Kugel.

795) Bergbau zu Löbau.
Mitgetheilt von Julius Schanz.

In Löbau ist in früherer Zeit so ergiebiger Bergbau getrieben worden, daß die Bergleute übermüthig wurden und in mancherlei Weise gefrevelt haben. Da ist plötzlich der Bergsegen wie zur Strafe versiegt.

Als vor einigen Jahren die Eisenbahnbrücke gebaut werden sollte, fand man in einem Steinbruche einen verschütteten Schacht, der theilweise noch gangbar war.

796) Der vergrabene Schatz bei Löbau.
Mitgetheilt von Julius Schanz.

Unweit des ehemaligen Galgens auf dem Löbauer Berge sollen die Franzosen nach der Schlacht bei Bautzen eine Kriegskasse voll Napoleons'dor begraben haben. Im Volke ist sogar die Entfernung vom Galgen bekannt, leider aber nicht die Himmelsgegend. In den zwanziger Jahren sind Holzhacker von einem Fremden nach der Lage des Galgens ausgefragt worden, woraus man sogleich schloß, daß dies ein mit Hebung des Schatzes betrauter Franzose gewesen sei.

797) Das Galgengespenst bei Löbau.

Vorott a. a. O. S. 61.

Zur Nachtzeit kommt zuweilen in der Nähe des Galgens auf dem Löbauer Berge auf der Bernstädter Straße eine weiße Gestalt aus den Sträuchern und neckt und verfolgt die späten Wanderer, ja es versucht sogar sie festzuhalten. Eine Frau ward vor einigen Jahren von diesem unheimlichen Galgengespenst verfolgt und bei'm Mantel ergriffen. Glücklicher Weise läßt es sich nicht immer sehen, sondern meist nur im Herbst.

798) Unterirdischer Gang in Löbau.

Mitgetheilt von Julius Schanz.

Von dem frühern Mönchskloster zu Löbau hat ein unterirdischer Gang, welcher jetzt verschüttet ist, nach dem Löbauer Berge geführt. Einst soll ein Ochse hineingelaufen sein und als man ihn endlich, durch sein Brüllen an den rechten Ort geleitet, gefunden hat, wurde er am Schwanze herausgezogen, weil die geringe Breite des Ganges das Umdrehen unmöglich machte.

799) Der Judenkopf an der Rathhausuhr zu Löbau.

Mitgetheilt von Julius Schanz.

An der Rathhausuhr zu Löbau ist ein Judenkopf befestigt, der den Mund öffnet, wenn die Stunde ausschlägt. Einst flog ein Sperling in den geöffneten Mund dieses Kopfes und mußte darin verbleiben, bis sich nach einer Stunde sein Gefängniß wieder aufthat.

800) Sage vom Hans-Christel.

Mitgetheilt von Julius Schanz.

Auf dem Rittergute Maltitz unweit Weißenberg reitet Nachts ein kleines Männchen, Hans-Christel genannt, auf einem großen schwarzen Hunde, mit dem er im Leben die armen Aehrenleser von den Feldern fortjagte, um das Gut und in den Wirthschaftsgebäuden herum. Bei seinen Leb= zeiten soll es ein Verwalter gewesen sein, der sich einst man= cherlei Veruntreuungen zu schulden kommen ließ, und sich, als er Rechenschaft ablegen sollte, erhangen hat. Vor allen treibt er in der Verwalterstube sein Spiel, wo er die Rechnungs= bücher und Papiere herumwirft und sonst allerlei Schabernack macht. Im Ganzen sind aber seine Neckereien sehr unschul= diger Art; hauptsächlich schreckt er das Gesinde vom Stehlen ab und treibt es zur Arbeit.

801) Das Banngehölz zu Diehsa.

Hr. Oberl. Scholz. Klar a. a. O. S. 61. sq.

Westlich von dem Dorfe Diehsa in der Oberlausitz brei= tet sich ein nicht unbedeutendes Gehölz aus, durch welches verschiedene breitere und schmälere Fußwege führen, jedoch vermeiden noch heute die meisten Bewohner der dasigen Ge= gend den Theil der Waldung, der nahe an der Straße ge= legen ist, weil die Sage geht, daß an diese Stelle des Busches ein vornehmer Herr hingebannt sei, und an manchen Wegen zu gewissen Stunden die festhalte, welche dorthin geriethen, wer aber einmal da festgehalten werde, könne nimmermehr, er möge thun, was er wolle, früher aus dem Gebüsche her= aus, als bis die Bannstunden vorüber seien. Man erzählt sich hierüber Folgendes. Es soll einst in der Nähe dieses Dorfes ein reicher Edelmann ein Schloß bewohnt haben, der durch seine wilde und unleibliche Gemüthsart sich in der ganzen Umgegend verhaßt gemacht hatte. Derselbe hatte eine Gemahlin, die aber eben so sanft und gut war, als er finster und hart. Indeß lebten Beide anfänglich doch ziemlich gut mit einander, bis die Liebe, welche der Ritter zu seiner Gattin trug, sich nach und nach in immer größere Abneigung ver= wandelte, weil dieselbe seinen Wunsch, ihm einen Erben seines Namens und Stammes zu schenken nicht zu erfüllen vermochte.

So entfremdete er täglich mehr seinem Hause, er trieb sich in der Umgegend herum, und wenn er ja einmal zurückkehrte, hatte er kein Wort der Liebe für die arme Dulderin. So war er auch einst bei einem Freunde gewesen, der das Glück genoß, Vater eines muntern, blühenden Knabens zu sein. Neidisch blickte der Unglückliche auf seinen Freund, doppelt fühlte er sein Unglück und entbrannte vor Wuth gegen sein unfruchtbares Weib, der er allein sein trauriges Loos beimaß. Voll banger Sehnsucht hatte letztere auf seine Rückkehr gelauert, sie eilte ihm mit offenen Armen entgegen, er aber stieß sie mit starker Hand von sich, sie brach rücklings zusammen, verwundete tödtlich ihr Haupt am eisernen Thorflügel und nach wenigen Stunden war sie nicht mehr. Eine lange Reihe von Jahren schwand dahin, allein der Stachel des bösen Gewissens blieb tief in des Mörders Brust, weder Seelenmessen, noch Schenkungen an Kirchen und Klöster, noch der Bau eines kostbaren Grabmals für die unglückliche Dahingeschiedene waren im Stande dem Mörder Ruhe zu verschaffen, endlich vermochte er die Qual nicht mehr zu ertragen, er nahm Gift und bald ruhte er an der Seite der unschuldigen Dulderin, seine Güter aber fielen an entfernte Seitenverwandte. Allein auch jetzt fand er noch keine Ruhe, zur Abendzeit sah man murmelnd einen Geist am Schlosse und am Gitterthore umherirren, der erst um die Mitternachtsstunde unter dumpfem Gewimmer in der Todtengruft verschwand. Einem frommen Priester in der Gegend, der schon manchen Zauber gelöst hatte, gelang es, den Unglücklichen in das obenerwähnte Gebüsch zu bannen, †) um welches er in der Tracht

---

†) Das Bannen eines Entseelten an einen gewissen Ort ist noch jetzt in der Lausitz sehr gewöhnlich, und geschieht meistens durch den Scharfrichter. Bei Zittau sollen der Pfeffergraben und der Schülerbusch dergleichen Orte sein, wo solche gebannte Seelen ihr Wesen treiben. S. Willkomm, Sagen und Mährchen a. d. Oberlausitz. Bd. I. S. 21. sq. — Man kann aber auch Lebende bannen, so erzählte mir mein seliger Schwiegervater, Hr. Einnehmer Rost zu Grimma, er habe als Knabe zu Jüterbogk selbst einen Dieb auf einem hohen Aepfelbaum noch am hellen Tage

des 17ten Jahrhunderts, aber mit erbfahlem Gesicht die Runde macht, den Gruß des Vorübergehenden nicht erwiedert und dann im Gehölze verschwindet, wer ihn aber erblickt, den fesselt er auf einige Zeit so, daß derselbe, er mag wollen oder nicht, jene Stelle nicht wieder verlassen kann.

---

802) Der Drache in der Lausitz.
Schmaler a. a. O. Bd. II. S. 266.

Das Volk denkt sich denselben als einen feurigen Luftdrachen (Plon), der als eine funkensprühende Feuerschlange am Himmel dahinfährt, und zwar mit einer Schnelligkeit, daß ihm die Augen nicht folgen können, und demjenigen, bei dem er sich niederläßt, Glück und Segen bringt. Er wendet seinen Günstlingen unter den Sterblichen den Reichthum auf die Weise zu, daß er ihnen durch die Feueresse, durch welche er seinen Ein- und Ausgang nimmt, entweder baares Geld oder Getreide oder auch Milch herzuschleppt. Es giebt sonach breierlei Drachen, Geldbrachen, Getreidebrachen und Milchbrachen. Als Ersterer bewacht er auch die in der Erde verborgenen Schätze, deren Dasein manchmal in Funken aussprühendes Feuer kund thut, was man gewöhnlich durch den Ausbruck bezeichnet: „es spielt Geld." Wem ein Drache zu Diensten steht, der wird unfehlbar und wunderschnell ein reicher Mann. Für seine Gaben will jedoch der Reichthumbringer auch gut gepflegt sein. Er hat als ein Feuergeist sein verborgenes Quartier in der sogenannten Hölle hinter dem Ofen bei seinen Auserwählten und verlangt, daß man ihm gutes Essen auf die Ofenplatte hinsetze, als Milchhirse, Fleisch 2c., was er, wenn Alles im Hause schläft, verzehrt.

---

sitzen sehen, auf welchem denselben ein solcher Hexenmeister durch seinen Hocuspocus, nachdem man sich lange vergeblich bemüht, ihn zu fangen, eines Nachts fest gemacht hatte, so daß er erst, nachdem jener den Zauber wieder aufgehoben, den Baum wieder verlassen konnte. Thiere, besonders Hunde, an sich bannen, können viele Jäger, ich auch.

Sonst ist er ein häßliches, greuliches Wesen, das mehrere Gestalten annehmen kann.

---

803) **Der Wassermann in der Lausitz.**

Schmaler a. a. S. 267. E. Willkomm, Sagen und Mährchen aus der Oberlausitz. Hann. 1845. Bd. I. S. 24.

Der Wassermann, Nykus genannt, sowie seine Gemahlin verlocken an See und Flüssen die Vorübergehenden zum Baden und ertränken sie sodann. Er thut dies auch mit Jedem, der in seinen Bereich kommt, denn er muß alle Jahre seine gewisse Anzahl Opfer bekommen, es seien nun Menschen oder Thiere. Wenn seine Frau an dem Ufer der Gewässer Wäsche trocknet, so ist regnerische Witterung und großes Wasser zu erwarten. Er erscheint in einer von einem Menschen in nichts unterschiedener Gestalt, und ist er auf trockenem Lande, so ist er unkräftig und man kann ihn gefangen nehmen und zu einem Diener machen. Mit seiner Frau zeugt er auch Kinder und diese gehen mit den Kindern der Menschen um. Die Töchter kommen auch wohl zum Tanze und verlieben sich in die hübschen Burschen. So kamen z. B. die Töchter des Wassermannes, wenn in der Schenke zu Lohsa (in der N. L.)†) Musik war, vor alten Zeiten auch immer dahin und tanzten ohne Scheu mit den jungen Burschen. Sie waren sehr schön und dabei hübsch geputzt und von den andern Mädchen nur dadurch zu unterscheiden und als Töchter des Wassermannes zu erkennen, daß ihr Rock stets einen nassen Saum hatte. Die eine verliebte sich in einen Burschen, welcher der schöne Georg hieß, ebenso er sich in sie, aber er scheute sich doch, in ihre Wohnung mitzugehen. Der Wassermann hatte aber damals seine Wohnung in dem an der Spree gelegenen und der Herrschaft gehörigen Teiche, welcher den Namen Ramusch führt und durch den jetzt der

---

†) Eine andere Sage von diesem Wassermann besingt ein Volkslied bei Schmaler 1. S. 62 sq. S. a. oben Nr. 788.

Fluß geleitet ist. Er begleitete seine Geliebte öfters bis hierher und ging auch endlich mit ihr. Der schöne Georg erzählte hierauf, sie habe, als sie zu dem Teiche gekommen,
eine neue Gerte genommen und damit ins Wasser geschlagen.
Dieses habe sich nun getheilt und sie wären auf einem schönen grün-
berasten Wege zu der Wohnung des Wassermannes gekommen
und in dieselbe hineingegangen. Dort wäre es sehr schön gewesen
und man habe ihn außerordentlich gut aufgenommen ꝛc.

Den Wassermann, sowie seine Frau erkennt man,
wenn sie sich in Menschengesellschaft begeben, auch an
ihren triefenden Gewändern, und Ersterer trägt außerdem ein rothes Käppchen auf dem Kopfe, Letztere dagegen rothe Strümpfe an den Füßen. In der Zittauer Gegend sitzt er im ersten und letzten Mondviertel an den Ufern
der Flüsse und zwar an Stellen, wo sie langsam fließen, tief
sind und nicht rauschen. Sein Aussehen ist häßlich, er ist sehr
bleich von Gesicht, und hat schwarze, lange bis auf die Schultern herabhängende Haare. Gekleidet ist er vom Fuß bis zum
Kopfe in braungelbes Leder, das aus lauter kleinen Fleckchen
zusammengesetzt ist. Diese pflegt er beim Mondenschein laut
zu zählen, wobei er sich mit den Händen klatschend auf die
Beine schlägt. An diesem Tone erkennt man ihn. Neu-
gierige und Vorwitzige, die von dem Tone gelockt sich ihm
näherten, sahen ihn dicht am überhängenden Borde sitzen†) und
suchten ihn durch einfallendes Mitzählen und Klatschen zu
unterbrechen. Er stürzte sich überschlagend ins murmelnde
Wasser, ohne daß ihnen etwas geschah, dafür aber hatten sie
das unangenehme Vergnügen, daß sie nunmehr alle Nächte
das Klatschen und Zählen vor ihrer Wohnung mit anhören
mußten, bis es sich traf, daß sie vor Aerger und Angst wieder einmal mitzählend einfielen, worauf sie ein lautes Gelächter
vernahmen und fortan nicht weiter in ihrer Ruhe gestört wurden.

---

†) Auf dem schmalen Wege, der unter dem Schlosse Döben
bei Grimma nach Golzern führt, sitzt auch oft am hellen Tage eine Nix-
frau in alterthümlicher Tracht, die, wenn man sich ihr nähert, sich kopfüber in die Mulde stürzt.

---

804) Die Wehklage.

Schmaler, S. 269. Gräve S. 46 sq. Winter in der Const. Z. 1853. Nr. 113. nach Hortschanski in d. Lausitz. Provinzialbl. Leipzig 1782. St. III. S. 260.

Die Wenden stellen sich die Boze sedleschko oder Wehklage als ein Wesen in Gestalt eines schönen weiß= gekleideten Kindes oder auch einer weißgefiederten Henne vor und halten es für eine Art Schutzgeist, welcher eine bevorstehende Gefahr oder ein bald zu befürchtendes Un= glück durch Klagen und Weinen anzeige und hierdurch da= vor zu warnen suche. Wenn es sich hören läßt, so kann man auch eine Frage nach dem Grunde seines Weinens thun, worauf man aber meist eine unbestimmte Antwort er= hält. Als im Jahr 1766 die Stadt Muskau der unglückliche Brand betraf, soll es sich zu verschiedenen Malen in dem Hause, wo das Feuer auskam, haben hören lassen und end= lich auf Befragen geantwortet haben: „es (das Unglück) wird nicht nur bei Dir sein, sondern auf allen Gassen.“ Als auch vor einigen Jahren bei der Reißemühle daselbst drei Personen ertranken, habe es der Müller einige Tage vorher gehört, und da er gefragt, die Antwort erhalten: „es betrifft nicht Dich, sondern einen Andern“. In Wittichenau hörte man sie an= geblich vor dem Brande von 1822, und in Bautzen hatte sie ihren Sitz an dem Orte, wo jetzt das Schauspielhaus steht. Dort ließ sie sich stets hören, wenn der Stadt ein Unglück drohte, so z. B. vor der Pest von 1519, 1586, 1611, 1612 und 1614, bei dem großen Brande von 1634 und bei einer Ueberschwemmung 1552, jetzt hat man sie aber längst nicht mehr gehört. Indessen soll dieser Schutzgeist nicht von Jeder= mann, sondern nur von Einigen gehört und gesehen werden, und der Glaube an denselben geht so weit, daß viele Wenden bei Abseihung eines kochenden Topfes oder Ausgießung siedenden Wassers die Vorsicht brauchen und zu sagen pflegen: „gehe weg, damit ich Dich nicht verbrühe.“ Thäten sie dieses nicht, so besorgen sie, sie möchten sich selbst verbrühen, und wenn bei Manchen Hitzblattern ausfahren oder sich ein Ausschlag zeigt, so gerathen sie auf den Gedanken, sie wären von diesem Geiste verbrühet worden. Daher sagen sie: „die Wehklage hat Dich verbrüht!" Dafür gebrauchen sie folgende Kur: Sie schmieren das Ofenloch mit Butter und sprechen: „Wehklage ich schmiere Dich, heile mich, Du hast mich verbrühet!" Dann nehmen sie den Brausch (d. h. den Schaum) von einem kochenden Topfe und schmieren den Schaden, welches gewiß helfen soll.†)

---

805) Die böse Frau bei den Wenden.
Gräve S. 175.

Krumm und sehr gebückt schleicht in den Dörfern am hellen Tageslichte ein kleines altes verrunzeltes und verschrumpftes Weib, mit triefenden Augen, großem Kopfe, warzigem Gesichte und mächtigem Höcker auf dem Rücken an einer Krücke umher, kriecht in Keller und Scheunen — da wo sie weilt, melken Kühe und Ziegen Blut, ergiebt sich keine Butter, verdirbt der Käse, schlickert die Milch, bekommen die Schafe Pocken, Hunde die Räube, der Wurm kommt ins Korn, das Gespinnste wird von Mäusen zerfressen; kurz es waltet Unfall, wohin ihr Auge blickt und ihr Fuß tritt. Erblickt sie ein Kind unter einem Jahre, so beschreit sie es und es bekommt Friesel, Ausschlag, geschwollenen Leib ꝛc. Die Wenden nennen es das böse Weib (Slaczona). Kräftige und furchtlose Männer dieser Nation haben schon mehrere Male, wenn sie es gewahrten, ihre Fäuste gegen selbiges in Bewegen setzen wollen, allein es ist mit einem schallenden Ge-

---

†) Nach Winter in d. Const. Z. 1852 Nr. 108. S. 431. zeigt sich bei Krummhermsdorf am Unger, einer Fortsetzung des Gebirgstammes, wo der Wachberg bei Saupsdorf im Meißner Hochlande liegt, bis nach Hinterhermsdorf hin eine gespenstige Frau in blendend weißer Gestalt, die denen, welche sie erblicken, Unheil verkündet und sie warnt. Sie ist sehr schön, und wenn sie sich sehen läßt, so neigen sich die Bäume vor ihrer Schönheit zur Erde. Dies wäre auch eine Art Wehklage.

lächter vor ihren Augen verschwunden und die Frevlerhand
erkrankt.

---

806) Das Holzweibchen in der Lausitz.

Gräve S. 56 sq. Preußker, Blicke in die vaterländische Vorzeit. Lpz. 1845.
Bd. I. S. 52 sq. (nach Pescheck b. Büsching Bd. I. S. 147 sq.) Seide-
mann, Gesch. v. Eschdorf S. 50. sq.

Sowohl die eben genannte böse Frau als das Holzweibchen hat eine große Aehnlichkeit mit der uns schon bekannten Mittagsfrau. In der Zittauer Gegend bei Haine-
walde, Dittersbach, Großschönau, Cunnersdorf, Oberwitz erblickt man es oft, wie es in der Gestalt einer kleinen zu-
sammengeschrumpften alten Frau mit runzlichem Gesichte, eine
Hocke Holz in einem Korbe auf dem Rücken oder Reißholz
in der Schürze tragend auf einen Stock gestützt einher wandelt, oder an Kreuzwegen spinnend oder strickend im Busche
sitzt. Wer es häßlich nennt oder gar verspottet, den haucht
es an, wovon er Beulen und Geschwüre im Gesichte bekommt,
oder hockt ihm, wenn er sich entfernt hat, auf, wovon er
lahm wird. Wer es aber lobt oder ihm gar Geschenke reicht,
dem vergilt es solche wiederum, schenkt ihm Gespinste oder
Strickwaaren, welche sich wunderbar vermehren und Glück
und Segen ins Haus bringen. Zuweilen sieht man auch ein
verwimmertes Männchen Holz auf dem Rücken tragen, und
wenn es die Holzhauer unterstützen wollen, ertönt ein schallen-
des Gelächter und die Armen versinken im Sumpfe. Diesem
schlägt die Axt vom Helm, jenem zerspringt das Sägeblatt ꝛc.
Einst hütete eine Kuhhirtin am Buschrande das Vieh und
spann, da bittet ein Buschweibchen sie zu kämmen, wofür sie
ihr auch eine Spille vollspinnen wolle: Beides geschied. Als
nun des Abends die Hirtin das Garn abweift und ein
Strähn, ein zweiter, ein dritter geweift und noch mehr vorhanden ist, ruft sie aus: „den Donner, das hat auch gar kein
Ende!" und siehe da, die Unverständige hatte ihren Lohn weg
denn das Garn ging bald auf. Ueberhaupt durfte man bei

14

solchen öfters als Geschenk von ihnen gewährten Knäulen
nicht das Ende aufsuchen, weil es dann bald zu finden war,
während der Knaul, ohne daß darnach geforscht wurde, fortwährend aushielt. Ein gleicher Dienst wurde von einem
andern Buschweibchen durch eine Schürze voll Laub belohnt,
doch als die Hirtin dieses als unnütz weggeworfen hat, und
nach Hause gekommen, an ihrer Schürze noch ein Goldstück
bemerkt, sieht sie ein, was sie wegwarf, konnte aber das
Weggeworfene nicht wiederfinden. Ein am Forste bei Spitz-
kunnersdorf pflügender Bauer sieht einst die Buschweibchen
eifrig mit Anstalten zum Kuchenbacken beschäftigt, und bittet
endlich, ihm auch einen solchen zu backen, sie versprachen es,
und er fand den Morgen darauf einen schönen Kuchen auf
einem Ackerraine.

807) Die Murawa und Mara in der Lausitz.

Schmaler II. S. 268. cf. Liebusch, Skythika S. 272.

Die Murawa ist dasselbe, was man in der deutschen
Mythologie den Alp nennt. Man stellt sich denselben in der
Gestalt einer Frau vor, die den Menschen im Schlafe peinigt,
und sich zuweilen wie eine schwere Last auf ihn legt, daß sie
weder athmen noch sprechen können. Sie ist demnach eigentlich eine Nachtwandlerin, erscheint aber auch dann bei Tage,
wenn es während des Sonnenscheins regnet. Zu dieser Zeit
flattert sie als Schmetterling von aschgrauer Farbe, den man im
Wendischen demgemäß auch Khobojta (Hexe) nennt, umher, und
nimmt die Gelegenheit wahr, wie sie etwa Jemandem schaden
könne. Die Mara dagegen wird bald als Krankheits-, bald
als Todesgöttin betrachtet. Sie pflegt sich zu zeigen, wenn
eine Seuche einer Ortschaft naht, man kann dieser aber den
Eingang wehren, wenn man die Dorfmark mit drei Pflug-
furchen umzieht. Auf dem Kotmar- oder Hochberge dagegen
erscheint sie in anderer Weise, denn sie soll dort zur Mittagsstunde herumwandeln und Alles fruchtbar und die Kräuter
wachsend machen. Daher pflegten die Wenden ehedem Wall-

fahrten dorthin zu unternehmen, und sie durch angezündete Feuer, gekochte Milch und Kräuter zu ernähren, damit sie ihr Vieh beschütze ꝛc. Uebrigens kennen die Lausitzer noch eine andere Todesgöttin, die Smertnitza, die sie sich als eine blasse, aber wohlgebildete und weißgekleidete Frau denken, welche sich vor oder in einer Behausung zu zeigen pflegt, wo innerhalb dreier Tage Jemand sterben soll.

808) Die wendische Jagdgöttin.

Schmaler S. 269.

Die südlichen Wenden kennen auch eine Waldgöttin, ein schönes junges weibliches Wesen, welches mit einem Geschosse versehen in den Wäldern umherstreift und von ihnen Dziwica genannt wird. Die schönsten Jagdhunde bilden ihre Begleitung und schrecken nicht nur das Wild, sondern auch die Menschen, die sich um die Mittagszeit im Walde befinden. Daher sagt man noch jetzt zu einem, der den Mittag über sich allein im Walde aufhält: siehe zu, daß die Waldgöttin nicht zu Dir kommt! Man glaubt jedoch, daß sie auch in mondhellen Nächten in den Wäldern das Geschäft der Jagd betreibe.

809) Der Pan Dietrich oder der wilde Jäger in der Lausitz.

Preußker Bd. III. S. 167. 177. Gräve S. 54 sq. Köhler im Lausitz. Magaz. 1839. S. 127. 237. Schneider, Begräbnißplätze in Zilmsdorf. Görlitz 1837. II. S. 23 sq.

Der von den Deutschen zu den Wenden gekommene Dietrich von Bern zieht zu jeder Zeit nach Sonnenuntergang mit einer großen lärmenden Hundemeute unter Schießen, Heulen, Gebell, Pfeifen, Pferdegewieher und Peitschenknall in der höhern Luftregion als Jäger umher. Er sitzt bald mit, bald ohne Kopf zu Pferde, und Niemand hat an sich von ihm

14*

etwas Uebels zu befürchten. Wer ihn aber neckt oder nach=
schreit, dem wirft er ein Stück Fleisch von gefallenem Vieh
zu, was man ohne Hilfe des Scharfrichters zeitlebens nicht
wieder los wird.

Bei Budissin in der Gegend des sogenannten Götter=
berges zieht der Pan Dietrich über den Czorneboh, man sieht
ihn auch am Hochwalde, bei Rammenau in der Nähe von
Bischoffswerda und im Raschützwalde, wo er über das soge=
nannte (muthmaßlich im 30jährigen Kriege eingegangene)
wüste Dorf mit Windsausen, Schießen, Hundegebell und Men=
schengeschrei hinzieht.

Wenn man von dem ohngefähr 1½ Stunde von Budissin
gelegenen Dorfe Mönnichswalde den Fußsteig nach dem Markt=
flecken Wilthen hinwandelt, gewahrt man rechter Hand einen
mittelmäßig hohen mit Nadelholz bewachsenen Berg, der Pan
Dietrich (d. h. Herr Dietrich) genannt wird und von welchem
man sich Folgendes erzählt. Es hat nämlich in den Zeiten
des Faustrechts ein wilder unbändiger Raubritter, Namens
Dietrich daselbst seine Burg gehabt, der die ganze Gegend
umher weit und breit in Furcht und Schrecken setzte, nach
vollbrachten Wegelagerungen an Sonn= und Festtagen der
Jagd oblag, mit seinen wilden Gesellen schlemmte und zechte,
sich weder um Gott noch Menschen bekümmerte und so Tag
für Tag sein rohes ungebundenes Leben fortführte. Im
Leben ging ihm Alles nach Wunsch und Willen, allein nach
dem Tode folgte die Strafe, indem er mit seinen Kumpanen
im Früh= und Spätjahre als scheußliche Spukgestalt bald mit,
bald ohne Kopf unter Begleitung von Hunden und andern
wilden Thieren unter tobendem Lärm, Heulen, Pfeifen,
Pferdegewieher und Peitschenknall aus seiner verfallenen Burg,
von welcher jetzt nur noch in der Runde zusammengeworfene
Steine, denen man keine Bearbeitung ansieht, zeugen, auszieht,
im Kreise einige Meilen herumfegt, und sich dann wiederum da=
hin zurückbegiebt und durch sein Erscheinen Krieg, Pest, Sterben,
Mißwachs und andere Unglücksfälle verkündet. Dem Zuge, wel=
chen der Tod auf einer Eule reitend beschließt, schreitet der

fromme Bonifacius, der ihn oft vergeblich ermahnte, von seinem rohen wüsten Leben abzustehen, voran.

Daß er sich zuweilen auf dem Löbauer Berge sehen läßt, wissen wir, (s. Nr. 793), allein in einem Holze, unweit Teuplitz bei Muskau, hat der Baron von Reibnitz noch im Jahre 1799 mit seinem Jäger Stäglich den dort sehr bekannten Nachtjäger verfolgt, und ohne etwas zu sehen, Roßtritte, Hundegebell, Hüfthörner und eine förmliche Jagdhetze kaum 40 Schritte vor sich bemerkt, ja 1827 hat dieselbe wilde Jagd ein hasiger Teichwärter ebenfalls vernommen.

In einer andern Gegend der Lausitz wird der wilde Jäger auch der Schömbrich genannt, wahrscheinlich im verdorbenen Volksdialect von einem bösen Gutsbesitzer aus dem Geschlechte derer von Schönberg, gerade wie man unter demselben auch einen andern berüchtigten Raubritter der Vorzeit, den sogenannten eisernen Polenz†) versteht. Andere denken sich unter ihm den einstigen Besitzer einer Burg auf dem Hutberge bei Schönau, Bernhard von Biberstein††) (1228), den angeblichen Gründer von Bernstadt, der durch sein wüstes Leben sowohl seinen Unterthanen als überhaupt der ganzen Umgegend großen Schaden zufügte, und nach einem von ihm getragenen blauen Hute (mit diesem soll er wie seine Burg auf einem frühern Altergemälde der Schönauer Kirche dargestellt gewesen sein) vom Volke Blauhütchen genannt wird. Die von ihm zusammengebrachten Schätze mögen wohl die Braupfanne voll Gold bilden, welche angeblich im Hutberge begraben liegen soll.

Nach einer andern Lausitzer Sage†††) wäre der Pan Dietrich ursprünglich ein frommer Herr gewesen, der einst in der Kirche lachte, weil er bemerkte, daß der Teufel hinter dem Altare die Namen der Schläfer auf einer Kuhhaut aufschrieb, sich aber an die Wand stieß und einen Zahn ausbrach, als

---

†) Großer, Lausitz. Merkw. Th. III. S. 95, erzählt, er sei 1509 Besitzer von Senftenberg gewesen.

††) S. Preußler, Blicke in die vaterl. Vorzeit Bd. I. S. 141.

†††) S. Wolf, Zeitschr. f. Deutsche Myth. Bd. III. S. 112. fg.

er die zum Aufschreiben nicht ausreichende Kuhhaut mit den
Zähnen mehr auseinander zu dehnen suchte. Durch dies
Lachen war es um seine Frömmigkeit geschehen, denn die
Sonnenstäubchen, an welchen er sonst seinen Rock aufgehängt
hatte, leisteten jetzt diesen Dienst nicht mehr. Aus Verdruß steckte
er Brobrinde in den Stiefel und trat mithin Gottes Gabe
mit den Füßen. Bald darauf entführte ihn ein Teufelspferd und
auf diesem durchstreicht er noch bis jetzt zum Schrecken der
Menschen die Luft.

---

810) Warum zu Sora bei Bautzen keine Sperlinge sind.

Budäus, Sing. Hist. litt. Lusatica. Lpzg. u. Bud. Bd. II. S. 240 sq.
Sachsengrün 1861. S. 30. 228.

Unweit Budissin liegt das Dorf Sora, welches nach
Wilthen eingepfarrt ist. Von diesem erzählen die Inwohner
und ihre Nachbarn, daß die Sperlinge, welche sonst der Dorf-
leute ungebetene Gäste zu sein pflegen, sobald das Getreide
auf dem Felde zu reifen beginnt, oder wenn es bereits in
die Scheunen gebracht, wenn es ausgedroschen und auf den
Schüttböden verwahrt wird, in besagtem Dorfe sich gar nicht
blicken lassen, und man selbige allda so wenig findet, als
man in England Wölfe antreffen soll. Ja, wenn sich einer
ohngefähr von ihnen verirre und dahin käme, so könne er
doch nicht bleiben, sondern müsse fort, noch weniger unter-
ständen sie sich, daselbst zu hecken. Die Ursache wollen sie
einem übernatürlichen Ereigniß zuschreiben und geben vor,
eine Bande Zigeuner wäre einstmals in diesem Dorfe gewesen, da ihnen die Einwohner alle Liebe erzeugt, deswegen
hätten jene die leichtfertigen und gefräßigen Vögel, die Sperlinge, statt eines Wiedergelts oder zur Dankbarkeit durch ihre
beiwohnenden Künste aus dem ganzen Revier des Dorfes
verwiesen und gleichsam in Bann gethan. Im Dorfe Ober-
pfannenstiel zwischen Grünhain und Unterpfannenstiel hat man
dasselbe bemerkt. Im Voigtlande zu Lauterholz bei Stangen-

grün und in Buchwald bei Reichenbach giebt es auch keine
(f. Köhler, Aberglauben 2c. im Voigtlande S. 552). In der
Kreuzkirche zu Dresden predigte sogar einmal ein Pastor gegen die
Sperlinge, weil sie durch ihren Lärm die Andächtigen störten
(f. Mag. f. Sächf. Gesch. Bd. I. S. 99.)

811) Wahrzeichen der Stadt Zittau.
Curiosa Sax. 1733. S. 82.

Als Wahrzeichen der Stadt Zittau betrachtete man sonst
noch ein sonderbares mechanisches Kunstwerk, welches dieselbe
zur Erinnerung an den im Jahre 1608 stattgefundenen
großen Brand, durch den mehr als drei Theile der Stadt in
Feuer aufgegangen sind, am Rathhause hat anbringen lassen.
Es läßt sich nämlich allemal den 7. Januar ³/₄ auf 12 Uhr
der Tod mit einem Brande und nach demselben ein Engel
mit einem Oelzweige sehen. Diese recht nett verfertigten Bilder werden durch ein künstliches Gewicht getrieben und nebst
einem dazu gehörigen Glöckchen bewegt; dabei stehen die Worte
In CenDIVM ZIttale, in welchen das Jahr des Brandes
liegt.

812) Das Wahrzeichen der Stadt Zittau.
M. Abbildung im Sachsengrün 1861 I. Jhrg. S. 80.

Am Hinterhause des Hotels „Zum Sächsischen Hofe" zu
Zittau befindet sich ein mit der Jahrzahl 1532 bezeichnetes
Bildwerk, von über 2 Ellen Breite und über 1 Elle Höhe.
Darauf sind drei Rinder ausgehauen, von denen ein Mann in der
damaligen Tracht der Stadtknechte das eine am Schwanze
nach sich zieht, während ein linksstehender, scheinbar entklei-
deter Mann das zweite Rind auf gleiche Weise erfaßt hat.
Dieses Bild bezieht sich nicht auf den 1491 zwischen den
Zittauern und Görlitzern geführten Bierstreit, sondern soll den
Richterspruch: „wer seine Kuh heißt Fahle, der zieh' sie bei

dem Zahle (d. h. wem eine Kuh in seinem Stalle eigen gehört, der darf sie auch beim Schwanze festhalten oder Wem
die Kuh gehört, der faßt sie bei den Hörnern)" erklären und
sich auf den in Zittau gehaltenen Rindermarkt beziehen. Ein
ähnliches Wahrzeichen gewahrt man in Brieg über dem dortigen Schloßportal.

813) Das Bratwurstspiel zu Zittau.
S. Haupt im N. Lauf. Mag. Bd. XLIV. S. 2.

Im J. 1504 haben die Schreiber zu Zittau am Ascher-
mittwoch mitten auf dem Markte ein Spiel gehalten von der
Bratwurst und dem Häringe. Nicol Holfeld war Bratwurst-
verspieler und wurde in die Röhrbütte geworfen. Davon
kommen wohl die noch heute in der Lausitz am Aschermitt-
woch gebräuchlichen Wurstbrüderschaften her (s. Haupt, Sagenb.
Bd. II. S. 60).

814) Die Wasserfrau und der Fleischerbursche zu Zittau.
S. Haupt Bd. I. S. 55.

Oft kam die Wassermannsfrau nach Zittau, um Fleisch
einzukaufen. Sie pflegte dabei immer ihren Weg durch ein
kleines Pförtchen in der Straßenmauer zu nehmen. Einstmals kam sie auch zu einem Fleischer und wollte ein Stück
Fleisch kaufen. Als es ihr der Bursche zurecht hacken wollte,
hielt sie das andere Ende fest und der Bursche hackte ihr
mit seinem Beile aus Unvorsichtigkeit einen Finger ab. Die
Wasserfrau schrie laut auf und rief zornig: „warte nur, dafür sollst Du schon noch mein werden!", lief wehklagend davon
und ließ sich nicht wieder sehen. Der Meister ließ nun den
Burschen drei Monate lang nicht über Land gehen um Ein-
käufe zu machen, damit ihn nicht etwa die Wasserfrau sammt
dem Vieh mordete. Aber nach dieser Zeit erlaubte er es dem
Burschen und schickte ihn aus, um auf einem nahe gelegenen

Dorfe ein Stück Vieh zu holen. Der Bursche mußte auf seiner Wanderung über einen ganz kleinen Graben, in dem nur ein ganz klein wenig Wasser war. Als er dahinüberging, packte ihn die Wasserfrau, tauchte mit ihm unter und ertränkte ihn in der Pfütze. †)

815) Die Bierglocke zu Zittau.
Curiosa Sax. 1733. S. 184.

Früher ward zu Zittau allabendlich um 9 Uhr die sogenannte Bierglocke angezogen, welche das Recht hatte, daß sich ein Jeder, er mochte sein, wer er wolle, nach Hause aus den Bier- und Schenkhäusern begeben mußte, wurde aber Jemand von den herumgehenden Circulmeistern noch darin angetroffen, so ward er sogleich in Arrest geführt und kam nicht eher los, bis er nebst dem Stockgeld 12 gute Groschen Strafe erlegt hatte, der Wirth aber, der ihn nach gehörter Bierglocke noch sitzen ließ, hatte allemal noch ein neues Schock Strafe zu zahlen ††).

816) Schön-Gretchen hinter dem Berge.
Sachsenz. 1830, Nr. 338 sq., May, Nicolaus von Dornspach, Zittau 1812 S. 20 sq. Vogt, Chronik v. Hörnitz, Zittau 1830, S. 48.

In der nördlichen Oberlausitz liegt mit den letzten Häusern der östlichen Vorstadt Zittau zusammenhängend das herr-

---

†) Dasselbe erzählt man von der Wasserfrau bei Rothenburg (siehe Haupt Bd. I. S. 56.)

††) Das Zittauer Bier war ehedem sehr berühmt und gab dasselbe 1491 Gelegenheit zu einer Fehde mit den Görlitzern. S. Großer, Lausitz. Merkw. I. S. 155. Pescheck, Handb. b. Gesch. von Zittau I S. 17, II S. 20 sq. 339. 695. Moravec, Denksteine S. 13 sq. Ein Spottlied darüber: „Wie die Zittauer den Görlitzern ihre Kühe genommen", in Pescheck's Monatsschrift 1791. S. 136 sq. Büsching, Nachr. f. Freunde b. Mittelalters I. S. 28 sq. u. im Görlitz. Wegweiser 1832 S. 144 sq. Ein anderes altes Spottlied über einen Bierstreit s. in d. Laus. Mon.-Schr. 1832, S. 500.

liche Dorf Eckartsberg hoch auf einem Berge, der ihm den
Namen giebt, an dessen Fuße sich ein kleiner Bach hinschlän=
gelt und der auf seiner steil ansteigenden Spitze eine weite
belohnende Aussicht in die noch so wenig gekannte, an Na=
turschönheiten so reiche Gegend darbietet. Hier lebte im letz=
ten Drittel des 16ten Jahrhunderts die blühende Margaretha,
Tochter eines dortigen Gutsbesitzers, Namens Adam Otto.
Unter der liebenden Obhut treuer Eltern, deren Hoffnung und
deren Trost des Alters sie war, hatte sie sechzehn Lenze kom=
men und gehen sehen. Rein war ihr Herz und lauter ihr
Sinn, gleich dem Golde, und noch kein Sturm von Außen hatte
vermocht, ihr die friedliche Stille ihres Herzens zu rauben.
Mit jedem Tage entfaltete die werdende Jungfrau neue Reize
und der Ruhm ihrer Schönheit verbreitete sich bald in der
ganzen Umgegend und machte auf die Herzen der Jünglinge
den tiefsten Eindruck. Es sammelten sich um unser Schön=
gretchen hinter dem Berge, wie sie die Zittauer scherzweise
nannten, ein Heer von Anbetern, die Ansehn, Reichthum,
Bildung und Jugendfrische in sich vereinigten. Unter diesen
befand sich auch ein ausgezeichnet schöner 20jähriger Jüng=
ling, Georg von Kohlo, der Sohn des einen Bürgermeisters
von Zittau, und ihm gelang es, sich durch tausend Schmei=
cheleien und Versprechungen in ihr bis jetzt unbesiegtes Herz
einzuschleichen. Nachdem er der unbefangenen Margarethe zu
wiederholten Malen das heiligste Versprechen der Ehe ge=
geben hatte, wurde die weibliche Eitelkeit in ihr rege und sie
sah sich schon im Geiste als die Schwiegertochter des Stadt=
regenten, der zugleich drei Rittergüter besaß, aufgenommen
in die höhern Zirkel der Stadt und an ihren Genüssen theil=
nehmend. Immer enger und feuriger wurde das Verhältniß
der beiden Liebenden, und in einem unbewachten verhängniß=
vollen Augenblick genoß der Heißgeliebte das, was die Jung=
frau dem Jünglinge nie gewähren darf. Doch leider nur zu
bald zeigten sich die traurigsten Folgen, und indem sie fühlte, daß
sich's zu regen begann unter ihrem Herzen, empfing sie, was sie
fast wahnsinnig machte, die schreckliche Nachricht, daß der Unge=

treue, den sie für ihren Bräutigam gehalten, sich mit der Tochter
des Rathsherrn Lorenz Heuner verlobt habe. Ein furchtbarer
Kampf entstand in ihrem Innern, Natur und Gewissen ge-
boten ihr Liebe zu dem neuen Leben, doch mächtig kämpfte
dagegen der Gedanke an den gänzlichen Verlust ihrer Ehre
vor der Welt, an den Spott ihrer neidischen Feindinnen, an
den Hohn derer, die sie früher zurückgewiesen hatte, an den
Gram ihrer Eltern und — siegte: denn als das Kind sich ihrem
Schooße entwunden hatte, da legte sie, — freilich mit zittern-
der Hand und weinenden Augen — die Hand an zum grausamen Kindesmorde.

Bald wurde diese Frevelthat entdeckt und die schöne
Sünderin in die Stadt gebracht. Zu jener Zeit, im Jahre
1573, regierte der Bürgermeister Nicolaus von Dornspach,
ein Mann von ausgezeichneten Talenten und einem Character,
bei dem die guten und schlechten Seiten gleich stark hervor-
treten. Wie er sich in vieler Hinsicht um Zittau ein unsterb-
liches Verdienst erwarb, so hat er sich auch bei Vielen verhaßt und verächtlich gemacht durch seinen stolzen, unbegrenzten
Herrschersinn, und daß dieser sogar bis zur rücksichtslosen
Grausamkeit gesteigert werden konnte, dazu wird unsere Erzählung einen Beleg liefern. Denn schnell und eigenmächtig
verurtheilte er die unglückliche Margarethe zu einem Tode,
der mit dem gräßlichsten Schrecken umlagert ist, und seit
einem halben Jahrhundert im ganzen übrigen Deutschland
selbst über den größten Verbrecher nicht mehr verhängt wurde.
Ohne den Trost der Religion auf dem schweren Wege aus
Priesters Munde zu empfangen, wurde sie am 1. August 1573
unweit der Begräbnißkirche zu Unserer lieben Frauen lebendig begraben und ihr, um eine Grausamkeit mit einer noch
größern zu überbieten, ein Pfahl durch's Herz geschlagen†).
Ihre Mutter wurde, weil sie ihr Kind nicht verrathen hatte,

---

†) Nach May, Leben Dornspach's S. 25 wäre das Bild eines Land-
mädchens an der Kirchhofsmauer zu Zittau zum Andenken an sie dort
angebracht. S. aber Sage Nr. 818.

ein Vierteljahr später vom Zittau'schen Gebiete verwiesen, jener Ungetreue aber, der all' dies bittere Weh herbeigeführt hatte, lebte noch 19 Jahre, und zwar in einer kinderlosen Ehe, von Gewissensbissen und Reue gepeinigt. Auch zu dem Tode seines ältesten Bruders Augustin von Kohlo hatte er mittelbar Veranlassung gegeben. Dieser wohnte nämlich 1579 einem fröhlichen Gelage zu Mostrichen bei Seidenberg bei, wurde hier in einen Streit wegen seines Bruders Verrath an der Geliebten verwickelt, deshalb einen Zweikampf annehmen und fiel in diesem. Für die Stadt Zittau hatte jene grausame Todesstrafe viele nachtheilige Folgen, denn der kaiserliche Hof mißbilligte diese eigenmächtige grausame Verfahrungsweise, der ganze Rath wurde zur Verantwortung gezogen und die Stadt verlor die Obergerichte, die sie erst später durch Bezahlung einer großen Geldsumme wiedererhielt.

817) Die unglückliche Wette in Zittau †).

C. G. Moraweck, Einige Nachrichten über 100 Denksteine, wovon 32 Kreuzform haben, welche sich in Zittau und der Umgegend an Wegen und öffentlichen Plätzen finden. Zittau, 1854 12. S. 8. Poet. beh. v. Segnitz, Bd. I. S. 216 sq.

Bei dem Bau der Kirche der heiligen Dreifaltigkeit zu Zittau hat unter den Maurern ein Lehrling mit seinem Meister um die Wette gearbeitet, um zu sehen, wer einen Pfeiler der Kirche eher als der andere vollendet haben werde. Beide haben also zu gleicher Zeit angefangen und sich tapfer dazu gehalten, darnach aber ist der Lehrling mit seinem Pfeiler eine ziemliche Zeit eher als der Meister fertig geworden, hat also die Wette vor dem Letztern gewonnen, was diesen dermaßen geärgert hat, daß er den Lehrling, ehe dieser sich es versehen, meuchlings ermordet hat. Zum Lohne dafür ist dem Maurermeister der Kopf mit dem Schwerte vor die Füße gelegt worden. Man bezeichnet noch heute zwei Pfeiler an

---

†) Diese Sage wird unter Nr. 824 anders und weitläufiger erzählt worden.

der Westseite der Kirche mit nischenartigen Vertiefungen als
die sogenannten Wettepfeiler.

818) Sage von den Steinringen zu Zittau.

Moraweck S. 11. Sachsenzeitung 1831. Nr. 109. Lausitz. Mag. 1832.
Nr. 28. May, Leben des Bürgermeisters Dornspach in Zittau S. 33 sq.
Pescheck, Handbuch d. Gesch. v. Zittau. Zittau 1834. I. S. 706.

Die alte Sechsstadt Zittau war ehedem wegen der Schönheit ihrer Jungfrauen hochberühmt, wie schon ein alter Vers
besagt, der also lautet:

Kommst Du von Bautzen ungefangen,
Und dann von Görlitz ungehangen,
Auch von der Zittau ungefreit,
So magst Du wohl sagen von guter Zeit.

Allein mehrere dieser Zittauer Schönheiten nahmen ein
trauriges Ende. So sollen einst zwei Brüder um eine Zittauer
Jungfrau in der Nähe der Frauenkirche auf offener Straße
gekämpft haben, und der eine von ihnen dabei gefallen sein.
Zwei Ringe im Steinpflaster, etwa 100 Schritte vom Frauen-
kirchhofe bezeichnen den Platz, wo der Kampf stattfand, das
Kreuz, das am Kirchhofthore liegt, †) ist das Denkmal des
einen Gefallenen, das Frauenbild von Stein aber auswendig
an der Kirchhofsmauer, einige Ellen nördlich vom Thore soll
jenes Mädchen vorstellen, welches, da es die Veranlassung zu
jenem Zweikampfe war, angeblich hier lebendig eingemauert
worden sein soll.

---

†) Dergleichen Kreuzsteine setzte man ehedem an den Stätten, wo ein
Mord vorgefallen war. S. Lausitz. Mon. Schr. 1796. II. S. 328. Schles.
Prov. Bl. 1814. S. 297. sq. 1824. S. 328. Jduna u. Hermode. 1812.
S. 96. Pescheck, Bd. II. S 201. 894. 896. Moraweck a. a. O. S. 9. sq.
und oben Bd. I. Sage. Nr. 300. u. Dr. Böfigt, Ueber Mordkreuze in
Sachsen, in d. Mittheil. d. K. Sächs. Alt.-Vereins 1857. H. X. S. 31 fgg.

819) Das bezauberte Mädchen in Zittau.

S. Löffler, De puella Zittavinesi incantata. Lips. 1702. 4. Unsch.
Nachr. 1702. S. 936. sq. 958. sq. 1706. S. 43. sq. Nov. Litter. Hamb.
1706. Januar und Febr. Lauf. Magaz. 1783. S. 66. Zedler, Univer=
saller. Bd. XII. 1763 sq. S. Lausitz. M. Schr. 1796 I. S. 281. Aehn=
liches bei Hoffmann, Script. Lus. T. II. p. 250.

Einst lebte zu Zittau ein Mädchen, Helene Gottschalck
genannt (geb. 1691), die stets von furchtbaren Krämpfen
heimgesucht war, lange Zeit von einer Unzahl von Läusen
geplagt ward, bis sie aus freien Stücken eine Hand voll vom
Kopfe nahm und mit den Worten: „Da hast Du Deine Läuse
wieder, Du alte Hexe!" von sich warf, und so räthselhaft
phantasirte, daß man glaubte, sie sei bezaubert. Der Ver=
dacht fiel auf eine gewisse alte Frau, Namens Sabine, die
1700 auf der Pappelgasse mit Gottschalcks Familie in einem
Hause gewohnt hatte, und von dem unglücklichen Mädchen
selbst als die, welche sie behext hätte, bezeichnet ward. Sie ward
also als Hexe eingesetzt, und damit sie die Erde nicht berühre,
im Stockhause in Ketten frei aufgehangen. †) Doch fand man
sie eines schönen Morgens todt (21. Juni 1702), ob sie sich
selbst erwürgt oder ob der Teufel ihr den Hals umgedreht,
weiß man nicht: sie ward beim Galgen beerdigt. Sonder=
barer Weise ward indeß noch in demselben Monat das Mäd=
chen völlig von ihren Uebeln befreit.

820) Der tolle Junker zu Zittau.

Mündlich. Poet. beh. im Lausitz. Mag. 1832. S. 345.

Im Jahre 1709 starb zu Zittau der Rathsherr Dr.
J. Chr. Meyer, der in dem Eckhause zwischen dem Markt
und der Kohlgasse gewohnt hatte. Derselbe hatte sich bei
Einführung der Accise viele Härten erlaubt, und das Volk

---

†) Aehnliches geschah 1678 zu Budissin wo man einen Dieb und
Mörder, der den Teufel hatte, in acht Ketten schwebend hinsetzte. S.
Pescheck, Bd. II. S. 746. Anm. 1.

erzählt sich, der Teufel habe ihm den Hals umgedreht, ja man sehe noch heute auf seinem Grabsteine in der Kreuz= kirche Spuren von Teufelskrallen. Derselbe soll jede Nacht um 12 Uhr sich aus seinem Grabe erheben und auf einem Wagen von schwarzen Rossen gezogen mit auf dem Rücken gedrehten Kopfe durch die Straßen der Stadt jagen, wer ihn erblickt, der ist dem Tode verfallen.

821) Teufel heulen im Feuer.

Pescheck, Handb. d. Gesch. v. Zittau Bd. II. S. 476 cf. Lausitz. Mag. 1825. S. 331.

Im Jahre 1473 ist zu Zittau am 22. Juli eine furcht= bare Feuersbrunst durch das unvernünftige Einfeuern eines Dienstmädchens beim Fleischer Oswald Just entstanden, die, als das Feuer anfangs nicht brennen wollte, zu demselben im Unmuthe gesagt hatte: „Willst Du sonst nicht brennen, so brenne in aller Teufel Namen!" Während derselben hat es im Feuer und der Luft geheult, daß es entsetzlich anzu= hören gewesen und sich die Leute dabei gefürchtet haben. Da sind die Mönche aus dem Kloster mit der Procession gegangen, haben die Monstranz herausgetragen und einen Altar dem Feuer gegenüber gemacht und gebetet, auch die Benediction über das Feuer gesprochen in der Meinung, die Teufel da= mit zu vertreiben. Aber diese haben sich nicht daran gekehrt, sondern je mehr die Mönche exorcisiret, gesungen und gebetet, desto mehr haben die Teufel im Feuer und der Luft geheulet.

Im Jahre 1458 hat ein solcher Teufel oder Gespenst, nachdem es acht Tage lang die Mönche auf dem Oybin ge= schreckt, die Kirche daselbst in Brand gesteckt.

822) Das Aschenweibchen zu Zittau.

Novellistisch beh. v. E. Willkomm, Sagen und Mährchen a. d. Oberlausitz. Hann. 1845. Bd. I. S. 253 sq.

In der Neujahrsnacht des Jahres 1756 und um die

Mitternachtsstunde der folgenden Tage haben eine Anzahl
Personen ein verkrüppeltes und verrunzeltes altes Frauen=
zimmer vor der Johanniskirche und auf vielen Straßen mit
einem Besen eifrig den gerade gefallenen Schnee zusammen=
kehren sehen. Einige, welche sich ein Herz faßten, fragten
sie, was sie da mache und wer sie sei, und sie antwortete:
„ich bin das Aschenweibchen der Stadt und kehre die Asche
zusammen, aller Orten wo welche liegt: ich habe noch lange
zu thun, denn sie liegt bergehoch und auf allen Gassen, doch
hier (vor der Johanniskirche) gerade zumeist." Da sich nun
diese Erscheinung täglich wiederholte, und die ganze Stadt
in Schrecken setzte, beschloß ein hochedler Rath, der Sache
ein Ende zu machen und die Landstreicherin, denn dafür hielt
man sie, einzufangen. Die Stadtsoldaten, mehrere Raths=
herrn an der Spitze, lauerten ihr auch eines Nachts auf, sie
erschien auch wie gewöhnlich, man rief sie an, allein sie ließ
sich in ihrem Kehren durchaus nicht stören und als man nach
ihr schlug und griff, verschwand ihre Gestalt in Luft. Sie
kehrte aber darauf die nächsten Nächte nach wie vor fort,
doch wagte sich Niemand mehr an sie, und so konnte man
sie jede Nacht eifrig kehren sehen, bis am 23. Juli des
Jahres 1757 die mit den Sachsen verbundenen Kaiserlichen
die von einigen 100 Preußen besetzte Stadt auf einmal bom=
barbirten und zum größten Theile in Asche legten. Eine
der ersten Bomben schlug in die St. Johanniskirche und
zündete, und überall, wo das graue Mütterchen sich früher
hatte sehen lassen, waren glühende Kugeln gefallen und hatten
die Gebäude in Brand gesteckt. Während des Brandes aber
sah man eine graue Gestalt über die glühenden Trümmer
schweben und mit einem Besen Wolken von Asche vor sich
herfegen. Nun begriff man die warnende Erscheinung des
grauen Mütterchens, aber leider zu spät. Seitdem schwebt
es in der Sylvesternacht und am Vorabend des sogenannten
Brandfestes (22. Juli) wie ehedem fegend durch die Straßen
der Stadt und ruft dadurch allen leichtfertigen Bürgern die
Lehre zu: „Seid wachsam und hütet Euch, daß das Unglück

nicht noch einmal unerwartet über Euch komme und Euch
ganz vernichte.

823) Der gespenstige Lautemann zu Zittau.

Willkomm a. a. O. Bd. I S. 260. sq.

Zu der Zeit, als noch die Johanniskirche zu Zittau
stand, ließ sich zuweilen ein Franciscanermönch im Glocken=
stuhl des Thurmes sehen, griff an den Strick, als wolle er
die sogenannte Bürger= oder Bierglocke, die Abends um
9 Uhr geläutet ward, ziehen, legte aber jedes Mal seine
Kutte zuvor ab, als hindere ihn diese bei seinem Geschäfte.
Diese Gelegenheit paßte nun einmal der wirkliche Lautemann
ab: während er den Mönch mit dem Stricke beschäftigt sah,
nahm er ihm seine abgelegte braune, etwas schabhaft gewor=
dene Mönchskutte, knöpfte sie sich unter den Rock, und ging
höhnisch lachend, als er sah, wie der halbnackte Mönch mit
wahrer Seelenangst nach derselben suchte, nach Hause. Am
nächsten Abend knöpfte er die Kutte wieder unter seinen Rock
und ging wohlgemuth, nur etwas früher als sonst, nach der
Kirche. Allein sein Muth fiel gewaltig, als er schon von
Weitem die dürre Gestalt des Mönchs erblickte, wie sie die
Hände rang und die leidenschaftlichsten Geberden machte.
Froh, daß ihn der Weg nicht gerade an dem kuttenlosen
Geiste vorüberführte, eilte er in den Thurm, läutete und
schlich sich eben so wieder nach Hause, ohne daß ihn die Ge=
stalt verfolgte. Es schien, als sei sie in bestimmte Grenzen
gebannt, die sie nicht überschreiten dürfe. Seit diesem Abend
sah der Lautemann den Mönch alle Tage immer dieselben
flehenden, aber heftigen Geberden gegen ihn machen, allein
so unwohl ihm bei diesem Anblicke wurde, die Rückgabe der
Kutte wagte er nicht, aus Furcht, der geneckte Geist möge
keinen Spaß verstehen und ihm vielleicht gar den Hals brechen.
So blieb nun die geisterhafte Mönchskutte im Besitze des
Lautemanns bis zu dessen Tode, der freilich schon ein Jahr
nach dem frevenlich verübten Raube erfolgte. Denn war

es nur Furcht vor dem täglich erscheinenden Gespenste, oder
war es Seelenangst und Folge der Gewissensbisse, die ihn
keine Ruhe mehr ließen, der Mann fing an zu siechen, wurde
schwächer und schwächer und genau am Jahrestage des Kutten-
raubes starb er mit dem letzten Glockenzuge. Sein Nachfolger konnte sein Amt ungestört verrichten, nur am Jahrestage des verübten Frevels erschien fortan der kuttenlose Mönch
und flehte unter entsetzlichem Händeringen um Rückgabe des
dürftigen Gewandes. Da man trotz alles Suchens die ge-
raubte Kutte nicht auffinden konnte — der übermüthige Räuber
hatte sie wahrscheinlich vernichtet — so verschaffte man sich
eine andere und legte sie dem flehenden Geiste an den Ort,
wo er regelmäßig erschien. Die Gestalt hob das Gewand
auf und besah es sich von allen Seiten, da sie aber bemerkte,
daß es nur ein untergeschobenes sei, legte sie dasselbe wieder
hin und ging unter den kläglichsten Geberden von dannen,
und so kehrte sie immer wieder, bis mit dem Bombardement
der Stadt im 7jährigen Kriege der Thurm in Trümmer sank.

824) Das steinerne Kreuz an der Dreifaltigkeitskirche zu Zittau.

S. Sachsengrün II. Jahrg. 1861. S. 22. u. oben S. 212.

Die heilige Dreifaltigkeitskirche, die auch, weil sie vor dem
Weberthore gelegen ist, kurzweg Weberkirche genannt wird, ist eine
der drei kleinern Begräbnißkirchen Zittaus. Tritt man vor
die Stufen, die zu dem einfachen, aus Sandstein gehauenen
Portale emporführen, so gewahrt man bald hinter dem ersten
Pfeiler, welcher sich an der linken Seite desselben befindet,
ein etwa 1½ Ellen langes steinernes Kreuz, das fest in der
Mauer der Kirche eingefügt ist. Seine Form verräth ein
ziemlich hohes Alter, ebenso das Messer, welches in dasselbe
eingemeißelt ist. Ueber letzterem, in der Mitte des Kreuzes
befindet sich eine kleine Nische. Links neben diesem, in einer
Entfernung von etwa 3 Fuß, ist in einem der Sandquadern,
aus welchem der Unterbau der Kirche besteht, ein langes ge-

bogenes Schwert eingehauen, das große Aehnlichkeit mit einem Türkensäbel besitzt. Eine früher dabeigewesene Inschrift ist gänzlich verwischt. Als Ursprung dieser Bildwerke wird folgende Sage erzählt.

Der Senat der Sechsstadt Zittau hatte, da es ihm nicht an Gelde fehlte, einen berühmten italienischen Baumeister kommen lassen, um den Bau der neuen Kirche zu leiten. Der Meister kam und begann den Bau, unterstützt durch fleißige und geschickte Gesellen. Allein diese waren ihrem Herrn nicht sehr gewogen, da er aufbrausend und jähzornig war, und jedes geringe Versehen hart rügte. Namentlich zog einer unter ihnen, ein junger blonder Geselle, den Haß des Italieners auf sich, weil er dem Uebermuth desselben keck die Stirne bot und dadurch auch die Uebrigen zum Widerstand ermuthigte. Als er nun einst in Vermessenheit die Worte ausgesprochen hatte, daß auch hier Meister in der edlen Baukunst angetroffen würden und er sich getraue, ebensoviel zu leisten wie jener, so forderte dieser eine Probe und man kam auf beiden Seiten überein, seine Kunst an zwei noch unvollendeten Strebepfeilern zu zeigen. Wer von Beiden zuerst den seinigen ohne Tadel vollendet haben würde, der solle Sieger sein. Rüstig ging es an die Arbeit, Meister und Gesellen ruheten nie, Schlaf erquickte sie nicht, kaum gönnten sie sich zum Essen Zeit, und wenn der eine durch Ruhe seine Kräfte erfrischen wollte, so trieb ihn die Furcht, daß der Gegner ihm unterdessen zuvorkommen möge, zu neuer Thätigkeit an. Zwei Tage und zwei Nächte waren so vergangen und die Pfeiler ihrer Vollendung bald nahe, als die Kraft des Meisters, die an eine anhaltende und schwere Arbeit nicht mehr gewöhnt war, immer mehr zu erschlaffen begann, obgleich er selbst sah, daß, wenn er nicht alle Kraft der Muskeln zusammennehme und auf das Höchste steigere, der Jüngling eher seinen Pfeiler vollendet haben würde, als er. Fieberhaft zitternd in Folge der großen Erschöpfung und Angst setzte er Stein auf Stein. Doch waren seine Mühen umsonst, in der Mittagsstunde des dritten Tages erscholl vom andern Pfeiler der freudige Ruf:

15*

„fertig!" herüber, der eine Leichenblässe auf dem Antlitze des Meisters hervorrief. Unten jubelten die anderen Gesellen und die Volksmenge, welche dem eigenthümlichen Wettkampfe mit steigendem Interesse und Theilnahme zugeschaut hatte. Der Meister steigt vom Gerüste herab, um sich von unten den Bau des andern Pfeilers zu betrachten, und vielleicht irgend einen Mangel an demselben zu entdecken. Aber kein Fehler ist zu sehen, Alles im Gegentheil nach den Regeln der Kunst gemacht. Auch der Jüngling ist herabgekommen, Freude strahlt sein Antlitz, nur aus den Augen blitzt kecker Uebermuth und Hohn. Da glänzt ein blanker Dolch in der Luft, von der sichern Hand des Meisters ins Herz getroffen sinkt der Jüngling nieder und haucht zu dessen Füßen seinen Geist aus, ruhig, ja fast Freude und Genugthuung über seine Blutthat empfindend stellt sich der Welsche dem Gericht, welches das Todesurtheil über ihn fällte. Ohne Reue zu äußern, stirbt er den Tod durch Henkershand; sein Haupt, feurig anzusehen rollt jetzt noch mitunter in der Nacht über den Kirchhof. Zum ewigen Andenken an diese Begebenheit hat man an den Pfeilern, welche das Volk davon die Wettepfeiler genannt hat, und sich an der Westseite der Kirche befinden, zwei Nischen anbringen und das Kreuz mit dem Dolche und Schwerte in die Mauer einfügen lassen.

825) Der Teufelsbeschwörer Pursche in Zittau.
S. Weber, Aus vier Jahrhund. Bd. I. S. 386.

Im Jahre 1695 hat die Magd des Kaufmann Junge zu Zittau im Bette des bei diesem wohnenden Schülers Gottfr. Heinrich Pursche ein zugenähtes ledernes Beutelchen gefunden. Als man es öffnete, fand man darin ein Stückchen mit Blut getränktes Papier und ein mit Blut geschriebenes Zettelchen. Auf der einen Seite desselben stand
„Seegen zum Festmachen
††† Satan Gott Juva permittere necesse est oportet
Nagel (d. h. Teufel) der erste ist mein Schutz."

Die andere Seite enthielt die Worte: „Gottfr. Heinrich
Pursche. O Satan, ich will Dir dienen, ja ich will Dich auch
lieben bis in den Tod, gieb nur, daß ich meine Feinde überwin-
den möge, hiermit haft Du mich selbst, mache mich stark, fest
und unüberwindlich." Pursche gestand, er habe zwei solche
Zettel, den einen mit Tinte, den anderen mit Blut geschrieben,
der erste sei verloren gegangen, den anderen habe er vor's
Fenster gelegt, daß ihn der Teufel holen solle. Dieser holte
das Papier aber nicht, daher nähte es Pursche in ein Säckchen und
trug es am Halse mit sich herum, nahm es aber ab, als
er am Gründonnerstag zum Abendmahl gehen mußte, und
verbarg es im Bette, wo man es fand. Er ward zum
Staupenschlag und Landesverweisung verurtheilt, zuvor aber
in Haft genommen, um sich zu bessern.

826) Der Malzmönch zu Zittau.
Novell. beh. v. Willkomm Ia. a. O. S. 195. sq.

Die alte Stadt Zittau ist von jeher durch ihr Bier weit
und breit berühmt gewesen und war deshalb sonst ziemlich
reich an Brauereien. Gleichwohl ist das von denselben gelieferte und sonst allenthalben so hoch geschätzte Bier einmal
den dortigen Franciscanermönchen nicht gut genug gewesen,
sondern haben dieselben durch ihren Abt es dahin zu bringen
gewußt, daß ihnen der Stadtrath ein besonderes Brauhaus
einräumte, eigens vereidete Brauer darin angestellt und selbst
die Braulnechte mit besonderen Instructionen und von Andern sich abzeichnender Kleidung versehen wurden. Der Abt
ließ nun das dem Kloster eingeräumte Brauhaus auch äußer-
lich als dem Orden angehörig bezeichnen und setzte als In-
spector desselben einen dicken Mönch, Namens Laurentius, ein,
der zwar in allen Dingen einfältig bis zur Dummheit war,
allein einen so feinen Geschmack besaß, daß Niemand zu
diesem Amte geschickter war als er. Derselbe besuchte nun
die Malzböden der Klosterbrauerei jeden Tag dreimal und

jedes Mal schöpfte er mit einem mäßig großen Becher von
schön polirtem Rosenholz, dessen Entstehung Niemand kannte,
eine Hand voll Malzkörner von jedem Haufen, die er langsam über die Gänge wandelnd bedächtig verzehrte. Schmeckte
ihm das Malz nicht, so mußte es noch länger liegen oder
mit solchem, das er vortrefflich fand, so lange gemischt werden, bis es ihm mundete, und erst wenn alles Malz seinem
Geschmacke genügte, durfte es in die Pfanne geschüttet und
zum Brauen verwendet werden. Wie mit dem Malze ver-
fuhr er auch mit dem gebrauten Biere selbst, erst wenn es
ihm zusagte, gestattete er die Auffüllung desselben. So geschah es, daß das Klosterbier bald das beste in der Stadt
ward und Jedermann dasselbe haben wollte, die Stadtbrauereien
aber bald keine Abnehmer mehr fanden. Zwar suchten die
Besitzer desselben durch besseres Malz und stärkern Hopfen
ihr Bier wieder in Aufnahme zu bringen, allein es gelang
ihnen nicht, und so meinten sie denn, die Mönche müßten
durch geheime Künste ihrem Biere den guten Geschmack zu
geben verstehen. Nun hatte aber die Tochter des Klosterbrauers einmal ihrem Geliebten, einem Brauerssohn aus
der Stadt, vertraut, daß der Pater Laurentius oft in stiller
Mitternacht die Malzböden durchwandele und dann zum
Kühlstock hinabsteige, den Segen über das brobelnde Getränk
spreche und dann verschiedene Male von seinem Inhalte koste.
Der Brauer brachte sie also dahin, daß sie ihn und einige
seiner Kameraden im Klosterbrauhaus versteckte, und als der
Mönch richtig wieder seine Runde machte, fielen sie über ihn
her, banden ihn und schleppten ihn von dannen. Von dieser
Gewaltthat ward der Abt durch ein eigenhändiges Schreiben
des Bürgermeisters in Kenntniß gesetzt und von demselben
verlangt, er möge dem Bruder Laurentius den Befehl ertheilen, seinen so wirksamen Zaubersegen auch dem Kühlbier
der übrigen Brauer zu ertheilen. Demselben blieb nichts
Anderes übrig, als zu dem bösen Spiel gute Miene zu machen
und der arme Laurentius wurde nun von Brauhaus zu
Brauhaus geschleppt, bis er aller Orten einem oder dem

andern Malzstock seine Zustimmung gegeben und nach und nach alle Kühlstöcke in der Stadt gesegnet hatte. Allein ein unglücklicher Zufall wollte es, daß, als nun die Gebräude aufgeschlagen wurden und hunderte von durstigen Kehlen nach diesem gesegneten Biere verlangten, es sich fand, daß das ganze Bier essigsauer war. Ueber diese ganz entgegengesetzte Wirkung geriethen nun die Stadtbrauherrn sehr in Schrecken und hielten sie für eine gerechte Strafe wegen ihres Frevels an der Heiligkeit des Klosters, ein Theil eilte dorthin, um für seine Sünden Vergebung zu erlangen, ein anderer aber sann auf Rache. Zu Letztern gehörte auch jener Brauers= sohn, der Bräutigam der Tochter des Klosterbrauers. Die= selbe hatte ihm nämlich gerathen, er möge sehen, wie er sich den Rosenholzbecher des Paters verschaffen und ihm seine Beschwörungsformel ablauschen könne, und beide beschlossen, den herumwandernden Mönch abzulauern und ihm sein Ge= heimniß mit Gewalt zu entreißen. Wie gedacht, so geschehen, der Brauer versteckte sich mit seinem Mädchen in der Nähe des Kühlstocks im Klosterbrauhause, und als Pater Laurentius wiederum in der Mitternachtsstunde angewackelt kam, aus dem Kühlstocke kostete und seinen geheimen Spruch that, da entriß ihm das Mädchen mit gewandter Hand den Becher und ihr Bräutigam, ein starker Bursche, hob ihn hoch empor, hielt ihn über die brodelnde Flüssigkeit und vermaß sich hoch und theuer, ihn hineinfallen zu lassen, wenn er ihm nicht den Segen mittheile. Der von Todesangst ergriffene Pater aber vermochte nur unverständliche Töne zu lallen, und als der junge Mann, dem seine Last zu schwer ward, seine Braut aufforderte, zuzugreifen und ihm zu helfen den Mönch wieder heraufzuheben, da packte dieser krampfhaft das Mädchen, dieses bekam das Uebergewicht und stürzte kopfüber in den Kühlstock. Vor Schrecken ließ nun der Bräutigam auch den Mönch untersinken, und als er nach einigen Augenblicken gesehen, was er angerichtet hatte, folgte er freiwillig den beiden Opfern in die Tiefe. Weder er noch eins derselben kam wieder in die Höhe, nur das Gebräu wallte etwas auf.

Als am nächsten Morgen die Brauknechte kamen, um das
Gebräu zu probiren, wunderten sie sich nicht wenig, daß der
Rosenholzbecher des Mönchs obenauf schwamm, allein sie
dachten sich nichts dabei, sondern kosteten das Bier, und
dasselbe schmeckte ihnen herrlicher denn je. Bald verbreitete
sich der Ruf von diesem prächtigen Gebräu in der ganzen
Stadt, Jedermann wollte davon haben und man konnte nicht
genug ausschenken. Allein wie ward ihnen, als sie plötzlich
in der Oeffnung die drei Leichname schwimmend erblickten.
Freilich schüttete nun Jeder weg, was er noch im Kruge
hatte, und Alles eilte bestürzt von dannen, allein fast alle,
die von diesem Jungfernbiere getrunken, verfielen in eine
schwere Krankheit, und das nannte man des Malzmönchs
Biersegen, und wer daran starb, von dem sagte man, er sei
an des Malzmönchs Nachttrunk gestorben. Von diesem Tage
an aber holte kein Mensch mehr Bier aus dem Klosterbrauhause, die städtischen Brauereien kamen wieder in Aufnahme
und das Volk erzählt sich, der Malzmönch in seiner Kutte
ziehe, begleitet von einer Schaar Zwerglein und dem ertrunkenen Brautpaar, jeglichen Monat einmal zur Zeit des
ersten Mondviertels um Mitternacht über die Malzböden
aller Brauereien, koste von dem Malze mit seinem Becher
und begebe sich dann zum Kühlstocke hinab, wo er seinen
Segen spreche, und wo er dies thue, da gerathe der Bräu,
und wer ihn koste, könne nicht genug davon bekommen, bleibe
er aber aus, was er zuweilen aus Bosheit thue, da ver-
derbe das Bier, und wer es dennoch trinke, der spüre es
viele Tage in seinem Körper.

---

827) Der Semperstein.
S. Haupt Bd. II S. 61.

Im Johnsdorfer Thale bei Zittau ist ein Berg, der
heißt der Semperstein. Er hat seinen Namen davon, daß
sich im Kriege eine Wöchnerin dahin flüchtete, und dort ein

Kind gebar. Die alten Slaven hatten nun aber einen Gott
Zemberis, der die Erde befruchtete, und mit diesem wurde
die weibliche Fruchtbarkeit in Verbindung gebracht.

828) Die tapfere Magd zu Poritsch bei Zittau.
Moraweck, Zittauer Denksteine S. 17.

Nördlich an der Mauer neben dem Eingang in's Wohn-
gebäude des Gutes Kleinporitzsch erblickt man einen großen
Hund in Stein gehauen, welcher den treuen Gefährten bedeuten soll, der nach einer Volkssage das kühne Mädchen
begleitete, die an einem Spätabend es auf eine Wette wagte,
am Galgen zu Zittau eine Gabel oder Spille einzustecken,
oder nach Andern mit Kreide 3 Kreuze an die Galgenthür
zu schreiben, dort aber im Kloster zu den dürren Brüdern,
wie man früher scherzweise den Galgen nannte, Räuber fand
und selbigen ein an der Galgenthür angebundenes Pferd
nahm, sich darauf schwang, es mit dem Haarbiegel regierte
und so heimbrachte. Die sie bis zu Hause verfolgenden
Räuber soll der erwähnte Hund zerstreut haben. Ein hölzernes Pferd, auch ein nach damaliger Tracht gekleidetes
Mädchen in halber Naturgröße befand sich an einer Wand
auf dem Saale des Wohnhauses noch zu des damaligen Besitzers,
eines gewissen Adlers Zeit (1686) abgebildet und ist erst
bei'm Brande des Gutes unter dem Besitzer Grusche mit verloren gegangen†).

829) Der Hungerbrunnen bei Olbersdorf.
Moraweck im Oberlauf. Journ. Großschönau. 1851 Octbr. S. 167.

An der sogenannten alten Leipaer Straße im Olbers-
dorfer Forste findet sich ein stark quellender Brunnen zur
Rechten und folgendes Denkmal zur Linken derselben. Es

---

†) Eine ähnliche Geschichte wird von einer Jungfrau zu Brieg erzählt in d. Curiositäten Bd. V. S. 466 sq. u. mein Preuß. Sagenb.
Bd. II. S. 213. fgg.

ist an einem Felsstück ein bekränztes Brod, ein Kind (Knie=
stück in einem Oval) und eine jetzt ganz unleserliche In=
schrift ausgehauen. Hier soll eine gottesfürchtige Matrone
aus Zittau am 12. Juni 1539, als sie zu diesem Brunnen
mit ihren zwei Kindern beten ging, einen Freund und Retter
(einen Engel Gottes) in der damaligen theuern Zeit gefun=
den haben. Der Quell führt noch bis heute deshalb den
Namen des Hungerbrunnens.

830) Die Säule bei Marienthal.

Moraweck, Denksteine S. 40 sq.

Dem Portal des Klosterhofes Marienthal gegenüber an
der Fahrstraße nach Altstadt zu befindet sich eine hohe runde
Säule von Sandstein, welche an ihrem viereckigen Piedestal
ganz unleserliche Schriftzüge enthält. Ueber die Entstehung
derselben geht folgende Sage im Munde des Volkes. Es
habe einst ein sehr zorniges Gewitter drei Tage über dem
Kloster gestanden, ohne sich zu zertheilen, da hätten die Nonnen
geglaubt, es müsse eine unter ihnen sein, welcher der Himmel
zürne, nach gegenseitigem Befragen unter ihnen habe es sich
ergeben, daß eine junge unlängst erst eingekleidete zum Kloster=
leben gezwungene Nonne vor ihrer Einführung in's Kloster
gesagt habe: „ehe sie in's Kloster ginge, solle sie doch das
Donnerwetter erschlagen!" Sie wurde sogleich aus dem Kloster
geführt und soll an dieser Stelle niedergekniet haben, um
zu beten, aber sogleich von einem Blitzstrahl getödtet wor=
den sein.

831) Der Jungfernsprung auf dem Oybin.

Chr. A. Pescheck, der Oybin bei Zittau. Zittau u. Leipz. 1792. 8. S.
25 sq. Büsching, Volkssagen S. 179 sq. Poet. beh. v. Ziehnert Bd. II.
S. 47. sq. u. Segnitz Bd. II. S. 54. sq. Novell. beh. in: Sagen u.
Abentheuer vom Oybin. Zittau u. Lpzg. 1801. 8., b. Lyser, Abendl.
1001 Nacht Bd. X. S. 115 XIV. S. 223. u. Winter in der Const. Z.
1854. Nr. 207.

Der Oybin, ein bienenkorbförmiger 208 Ellen hoher

Sandsteinfelsen, berühmt durch seine herrliche Ruine, hat unter andern Merkwürdigkeiten auch eine Felskluft, die man den Jungfernsprung nennt. Man erzählt drei verschiedene Sagen von der Entstehung dieses Namens. Im Jahre 1601, dem Tage Johannes des Täufers, als eine große Menge Menschen aus Zittau und den benachbarten Dörfern der Gewohnheit nach den Oybin besuchte, befand sich unter ihnen ein rasches Mädchen, die mit ihren Gespielinnen auch an diesem Orte sich umsah. Man scherzte, und jenes Mädchen wagte es auf eine Wette, über diese Kluft wegzusetzen. Damals trugen noch die meisten Frauenzimmer, auch die von Stande, Pantoffeln. Im Springen nun glitschte ihr Fuß aus dem glatten Pantoffel und sie fiel hinunter. Da sie aber nach damaliger Sitte einen tüchtigen Steif- oder Reifrock anhatte, der sie vor dem schnellen Falle schützte, so ward sie durch Hülfe desselben herniedergeschoben und vollendete diese ansehnliche Tour von ohngefähr 40 Fuß Tiefe ganz ohne Nachtheil.

Die zweite Geschichte erwähnt eines Jägers, der ein züchtiges Mädchen brünstig verfolgte. Sie flüchtete sich hinter die Kirche, der Jäger ihr nach. Sie lief athemlos weiter, gelangte an die Schlucht, sprang muthig herab ihre Tugend zu retten und kam auch glücklich von dannen.

Die tritte Sage schreibt eben diese heroische That einer Nonne zu, die von einem Mönche verfolgt wurde, und um ihre Ehre zu retten, diese gefährliche Luftreise machte.

---

832) Der Schatz auf dem Oybin und die Sage von der ersten Bebauung des Felsens.

Pescheck, S. 46 sq. Gräve S. 33 sq. Haupt Bd. II S. 171.

Im 13. Jahrhundert besaß Quahl, Freiherr von Berka, ohnweit Leippa in Böhmen eine Herrschaft, zu der damals alles Land von Leippa aus bis gen Zittau gehörte, das mehrentheils aus ungeheuren Waldungen bestand. Einst ver-

folgte ein Jäger des Ritters, Dwate†) genannt, mit etlichen
Knechten einen Bären, der bis in die Wälder, welche jetzt
die Grenze der Lausitz ausmachen, flüchtete. Sein Weg führte
ihn auf unsern Sandsteinfelsen: die Jäger ihm nach, und da
wo die breiteste Anhöhe des Felsens sich gen Süden hinneigt,
erschlugen sie den flüchtenden Feind mit lautem Jauchzen.
Die Jäger waren entzückt von der Aussicht auf diesem Berge,
und riethen zurückgekehrt ihrem Herrn, dort eine Veste zu
erbauen, allein derselbe ließ im J. 1211 daselbst nur erst ein höl=
zernes Jagdhaus errichten. Ohngefähr 20 Jahre später leg=
ten die Herren vom Burgberge bei Zittau hier ein Raub=
schloß an und beunruhigten von hier aus die Umgegend,
zwar brachen dasselbe die Zittauer Bürger wieder, allein es
ward 1312 von einem Herrn von Leippa nur noch fester
wieder aufgebaut. 1319 kam der Oybin in die Hände des
Königs Johann von Böhmen, der ihn seiner Schwester Agnes
bei ihrer Vermählung mit dem Herzog Heinrich von Jauer
als Heirathsgut gab, der die Burg nun durch Vögte ver=
walten ließ, welche das Räuberhandwerk abermals hervor=
suchten. Am 8. Dezember 1343 fiel die Veste in die Hände
des Herrn von Michelsberg, der sich bald zu einem der ge=
fürchtetsten Raubritter des ganzen Landes machte. Allein
Karl IV. von Böhmen, dieses Unwesens müde, eroberte die
Burg 1349 nach tapferer Gegenwehr, und wenige der Räuber
entgingen dem Tode, das Felsennest aber ward zerstört. Im
Jahre 1369 ward endlich hier ein Cölestinerkloster errichtet,
das erst 1568 wiederum einging, und dessen Ruinen noch
heute diesen Ort zu einem der romantischesten Punkte der
ganzen Oberlausitz machen.

Es läßt sich denken, daß so viele Besitzer dieses Ortes,
welche nur vom Raube lebten, sowie angeblich auch die
Klosterbrüder große Schätze aufhäuften, die sie in der Erde

---

†) Pescheck, Gesch. d. Cölestiner des Oybin. Zittau 1840. 8. S. 5.
Anm. 5. vermuthet mit Recht, daß der Name des Jägers „Dwate“
nur durch das Versehen eines Chronikenabschreibers aus dem Namen des
Ritters „Dwal“ oder „Chwal“ entstanden ist.

verbargen, um im Falle der Noth von ihnen Gebrauch zu
machen. Plötzlicher Tod oder andere Umstände verhinderten
es, daß ihre früheren Herren ihre Absicht ausführen konnten,
also liegen sie noch hier in der Erde Schooß und warten,
weil sie von bösen Geistern bewacht werden, ihrer Erlösung
durch kräftige Bannformeln. Oft ertönt ein grauenvolles
Heulen, Stöhnen und klägliches Gewinsel in der Luft, bald
dröhnt es an den Ruinen des Burgthurmes mit mächtigen
Schlägen, Waffengeklirr wird vernehmbar und Geschrei, wie
von Kämpfenden läßt sich mit gemischtem Trompetenschall
und wildem Pferdegewieher hören. Ein andermal erblickt
man leuchtende Flämmchen, welche den ihnen Folgenden in
Abgründe leiten, wo er beschädigt hinabstürzt, oder wenn es
glücklich geht, in entferntere Gegenden gleichsam auf Windes-
flügeln von einem Wirbel gedreht wird. Bald schwirren in
dunkeln Nächten scheußliche Ungeheuer mit glühenden Augen,
Flammen aus dem Rachen hauchend durch die Lüfte, und
bald erscheinen im halben Lichte des Vollmonds riesige Gestalten in schwarzen Harnischen mit blutrothen Helmbüschen,
abwechselnd mit Männern in Mönchskutten und Frauen in
alter Kleidung, vollgestopfte Wätscher tragend, die mit graus-
erregenden Gesichtern, hohlen Augen und wibrigen Geberden
den hierher Verirrten oder neugierigen Fremdling anglotzen
und winken. Bald stürzen wunderbar geformte Vögel
mit krummen Schnäbeln und drohenden Fängen unter
kreischendem Geschrei aus den Wolken, kämpfen hartnäckig
gegen einander und ziehen mit betäubendem Flügelschlage
wieder von dannen. Nie aber hat irgend Jemand von
den Spukgestalten Geschenke erhalten oder ist ihm durch sie
ein Schätze bergender Fleck angezeigt worden, eben so wenig
als diejenigen, welche kühn genug daselbst nach Schätzen
gruben, dadurch beglückt wurden, sondern entweder verarmten
oder mit lebenslänglichen Krankheiten heimgesucht wurden.

833) Die Kirche auf dem Oybin.
Gräve S. 168.

Am Abend des Allerheiligentages in der eilften Nacht=

stunde bietet die Ruine auf dem Oybin ein sonderbares
Schauspiel dar, denn da versammeln sich die kleinen Heimchen
(Erdmännchen) in Menge, ordnen sich Paar und Paar, führen
einen Priester in der Mitte und ziehen mit Wachskerzen in der
Hand in die Ruinen der Kirche, wo sie sich alsdann in ihre unter=
irdischen Behälter begeben. Dann ertönt in feierlich ernsten
Tönen die Orgel, man vernimmt Gesänge von lieblichen Me=
lodien und hört den Priester das Hochamt halten.

834) Die beiden Zauberer.

Gräve im N. Lauf. Mag. 1838. S. 135 sq. u. in d. Lauf. Sagen S. 77 sq.

Geht man auf dem geraden Wege von Budissin nach
Reschwitz, so gelangt man, nachdem man das Gasthaus, der
schwarze Abler, und das zum Posthorn passirt ist, in ein
kleines Birkenwäldchen, wo man rechter Hand eine große
Steinwacke gewahrt. Als dies Wäldchen noch ein großer
Wald war, voll von Bären und Wölfen, wohnte dort ein
alter heidnischer Zauberer, welchem die Erd= und Feuergeister
dienstbar waren. Seine Macht benutzte er dazu, Schätze
über Schätze aufzuhäufen, an deren Anblick er sich weidete.
Zu gleicher Zeit lebte nicht weit davon ein anderer jüngerer
Schwarzkünstler, dessen Befehlen nur die Wassergeister ge=
horchten, und dem der Meister der Gnomen und Salamander
grollte, drohte, wo er mußte und konnte, ihm zu schaden be=
müht war und endlich im bösen Herzen gar seinen Untergang
beschloß. Nun trat jener einst, gleich einem Flußgotte, in
des Alten Wohnung, von dem er wider Erwarten freundlich
aufgenommen wurde. Ein Mahl, welches Erd= und Feuer=
geister bereitet hatten, wurde aufgetragen, wobei das weib=
liche Geschlecht derselben die Becher kredenzte. Während nun
die Becher weidlich geleert wurden, entspann sich zwischen
den beiden Magiern über ihre Wissenschaft ein Streit. Un=
gemüthlich ward daher der Gebieter der Erd= und Feuer=
geister und vergessend aller Pflichten der jenem erwiesenen Gast=
freundschaft, anzüglich gegen den Jüngern, welcher, kalt wie sein

Element, sich vergebens bemühte, ihn zu beschwichtigen. Da warf der Alte endlich gar seinen Gast zur Thüre hinaus, schleuderte ihm gar manches irdenes Gefäß nach und hetzte seine Feuergeister gleich einer Kuppel Parforcehunde ihm nach. Daß darüber auch dem Jüngern die Galle überlief, wird wohl Niemanden, der nicht Fischblut besitzt, befremden. Er beschloß daher, augenblicklich Rache zu nehmen. Die Fenster des Himmels öffneten und die Brunnen der Erde ergossen sich. Von oben und unten, wie von allen Seiten, strömten die Wasserwogen, Teiche und Seeen durchbrachen ihre Dämme und unbezähmbar tosten die wilden Wogen. Da erbebte, vielleicht das Erstemal in seinem Leben, der sonst furchtlose Alte, wohl, jedoch zu spät, einsehend, daß das Wasser das furchtbarste aller Elemente sei. Donnernd herrschte er seine Geister an, welche ihr Möglichstes thaten, allein eben so wenig als der Korporalstock Muth und Patriotismus zu erzwingen vermag, vermochte sein drohender, beschwörender Ruf die heranfluthenden Wellen, welche Erdwällen und Feuer= bränden spotteten, zu bändigen. Ertränkt wurde er, ver= schlämmt seine Schätze, und da, wo sie sich befinden, bildete sich jene Steinmasse, welche man noch jetzt sieht, und die unermeßliche Reichthümer birgt.

---

835) Der Ameisenberg.

Gräve, Volksj. d. Lauf. S. 189 sq.

In dem nach dem Oybin führenden Thale zieht sich gegen Nordwest in beträchtlicher Länge ein Berg bis an den Oybin fort. Man nennt ihn den Ameisenberg und erzählt sich von ihm, wie er in uralten Zeiten von einer rohen und wil= den Menschenrace sei bewohnt worden, die Jagd, Fischerei und Raubhandwerk getrieben, nach vollendeten Geschäften aber in Saus und Braus gelebt, Tag und Nacht gespielt, gezecht und sich allen Lüsten und Begierden ergeben hätten. Ihnen gegenüber wäre eines frommen Klausners Wohnung gewesen,

welcher dieſe Weltkinder oft von ihrem tollen Treiben abge=
mahnt und zu einer Lebensveränderung hätte führen wollen,
allein nur von ihnen verhöhnt und verſpottet worden ſei.
Vergebens habe er ihnen mit des Himmels Strafe gedroht,
allein Hohngelächter und Frevelrede ſei ihm zur Antwort ge=
worden. Eines Abends, am erſten Pfingſtfeiertage, hätten
ſie nun des Lärmens und Tollens ſo viel gemacht, daß der
Gebuldfaden des heiligen Mannes geriſſen, er ergrimmt ſei
und ſie in Ameiſen — welche ein unruhiges, unſtätes und
mühevolles Leben führen müſſen und von Menſchen und
Thieren fortwährend verfolgt werden — verwünſcht und
ihnen dieſen Berg zur immerwährenden Wohnung angewieſen
habe.

836) Der Keuler zu Kreckwitz.

Gräve a. a. O. S. 190 sq. Darnach Winter in d. Conſt. Zeit. 1854.
Nr. 60.

Einem Herrn von Noſitz auf Kreckwitz träumte einſt,
daß er von einem großen Eber, welcher zu jener Zeit die
Umgegend in Furcht und Schrecken ſetzte und den Nachſtellun=
gen rüſtiger Waidmänner Hohn ſprach, getödtet wurde. So
ein eifriger Prieſter Diana's er auch war, er nahm ſich dieſen
Traum ſo zu Herzen, daß er weder auf das Zureden ſeiner
Vertrauten, welche ihm ſeine Angſt ausreden wollten, hörte,
noch es wagte, einen Fuß über die Schwelle ſeines Zimmers,
geſchweige denn in den Forſt zu ſetzen. Einige Tage nach=
her erſchallten plötzlich im jauchzenden Jubeltone die Hüft=
hörner, den Sieg über ein gefälltes Wild verkündend, der
Jagdzug langte im Schloßhofe an, und wer ſchildert ſeine
Freude, als er ſeinen ihm angekündigten Mörder erlegt vor
ſich liegend erblickte. Er befahl Küche und Keller zu öffnen
und die wackern Waidmänner mit Speiſe und Trank zu er=
freuen, eilte in den Schloßhof und trat hohnlachend vor den
erlegten Feind und rief, indem er ſeine Hand auf deſſen Ge=
präge legte: „nun wirſt Du mir nichts mehr thun!" Unver=

sehens schlitzte er sich am Gewehr des Wildes, welches ihm
eine Entzündung verursachte, die vernachlässigt in Brand
überging und seinen Tod herbeiführte. Von dieser Zeit an
läßt sich nun der Keuler Feuer hauchend am Abend des St.
Hubertustages sehen, und wehe dem, der ihm begegnet, indem er gewiß sein Gewehr schmerzlich empfinden würde.

---

837) Das Königsholz bei Zittau.

Lyser, Abendl. 1001 Nacht. Meißen 1834 in-12. Bd. IV. S. 64 sq.

Als die Stadt Zittau noch dem Königreich Böhmen an-
gehörte, regierte ein milder, weiser König daselbst; dieser
hinterließ ein unmündiges Prinzlein, dem ein falscher Oheim
die Krone nicht gönnte. Er sprengte aus, der Prinz sei auf
der Jagd im Walde verunglückt, und setzte sich dreist die
Krone auf's Haupt. Heimlich aber hatte er Mörder gedungen, welche dem Prinzen an das Leben gehen sollten, sie
aber hatten Mitleid mit ihm und ließen ihn frei. Er entfloh und bettelte sich nach Zittau durch, wo sich ein wohlhabender
Schuhmacher des armen Knaben, der zu ihm ansprechen kam,
annahm. Er war zweifelhaft, ob er ihn wirklich für einen
Prinzen halten sollte und schwieg deshalb weislich, aber er
liebte den Knaben väterlich, lehrte ihm sein Handwerk und
ließ ihn auch sonst in mehr Wissenschaften unterrichten, als
ein Schuhmacher braucht. So vergingen einige Jahre, die
Böhmen wurden von ihrem unrechtmäßigen Könige gedrückt
und waren seiner Herrschaft müde. Jetzt fand es der ver-
bannte Prinz an der Zeit, sich dem Volke zu zeigen. Es
verbreitete sich die Kunde, Prinz Wenzeslaus, wie der ver-
bannte Prinz von Rechtswegen hieß, lebe noch und sei ein
muthiger, tapferer Prinz geworden. Viel Volks strömte hinzu,
und als sie ihn sahen und an der Aehnlichkeit mit seinem
verstorbenen Vater erkannten, riefen sie ihn zum Könige aus.
Der Platz, wo dies geschah, zwischen Zittau und dem später
angebauten Flecken Herrnhut, heißt noch jetzt das Königsholz

und das Haus, wo der Schuhmacher damals gewohnt, hat noch jetzt über der Thüre eine in Stein gehauene vergoldete Krone.

---

838) Der falsche Schwur.

Lyser a. a. O. Bd. IX S. 18 sq.

In der Oberlausitz lebte vor 100 Jahren ein Mann, den man im Verdacht verschiedener seiner Betrügereien hatte. Besonders, so sagte man von ihm, sollten seine Betrügereien im falschen Messen der Garten- und Feldfrüchte bestehen, mit denen er Handel trieb. Auch seine anfänglich ehrliche Frau verleitete er zum Betruge, und sie ward nach und nach immer geübter in dergleichen Künsten. Einst wurde es entdeckt, daß sie das Gespinnst, mit dem sie handelte, zu kurz weifte, Personen, die welches von ihr gekauft hatten, wollten es ihr wieder zurück geben, sie leugnete, daß dieses kurz geweifte Gespinnst von ihr sei, und endlich kam es zu einem Streit, den die Gerichte enden sollten. Der Frau ward der körperliche Eid zuerkannt und sie schwur mit den Worten: „Gott strafe mich und meine Nachkommen bis in's dritte und vierte Glied, wenn ich falsch geweift habe und das kurze Gespinnst mein ist!" Sie ward freigesprochen. Nach Jahresfrist klagte sie über heftige Schmerzen in der rechten Hand, welche endlich von der Gicht ganz krumm gezogen wurde. Sie gebar einen Sohn und eine Tochter, beiden fehlte an jedem Finger ihrer Hände das letzte Glied. Jetzt gedachte man in der ganzen Gegend des Eides und die Frau ward allgemein verachtet. Ihre Kinder verheiratheten sich, bekamen Kinder, und wieder fehlte diesen an jedem Finger ihrer Hände das letzte Glied. Die Großmutter starb in Reue und Leid, ihre Kinder erlebten noch Enkel, welchen ebenfalls an jedem Finger das letzte Glied fehlte. Dem Urenkel dieser betrügerischen Frau, der über seine übelgestalteten und zu Wenig fähigen Hände sehr niedergeschlagen war, ward endlich ein Sohn mit ganz wohlgebildeten Händen geboren.

---

839) Das verfallene Schloß auf dem Stromberge bei Weiſſenberg.

Nr. I—III b. H. Klar, Die helle Sagenzelle. Löbau v. J. (1852) 12 S. 71 sq. Nr. IV—VIII v. Peſcheck bei Büſching a. a. O. Bd. II. S. 201 sq. (Darnach b. Lyſer, Abendl. 1001 Nacht, Bd. XI S. 23 sq. und Preusler Bd. I S. 85 sq.) Haupt Bd. I. S. 207. 217 fgg.

Zwiſchen Löbau und Weiſſenberg in einer ſehr an= muthigen Gegend liegt eine kegelförmig ſich erhebende An= höhe, die ganz mit Kirſchbäumen bepflanzt iſt, und der Strom= berg genannt wird. In dieſem ſoll ein großer Schatz ver= borgen liegen, ſo von böſen Geiſtern gehütet wird. Derſelbe rührt vermuthlich von den einſtigen Bewohnern einer Burg her, die auf ſeinem Gipfel lag und von der nur noch wenige Trümmer von Mauerwerk und eine zerſtörte Treppe Zeugniß geben.

I. Sobald das Schloß auf dem Berge zur Ruine geworden war, und dies geſchah vor der Erbauung Weiſſenbergs, fanden ſich Berggeiſter in demſelben ein, welche ſorgfältig die ver= ſchütteten Schätze der ehemaligen Beſitzer des Schloſſes hüteten, namentlich einen langen Kaſten aus Eiſenblech gefertigt und eine Braupfanne. Dieſe räthſelhaften Weſen zeigten ſich meiſt einzeln oben auf dem Berge, zuweilen aber auch in einer ganzen Schaar. Mehrere der Anſiedler des genannten Ortes hegten ſchon längſt den Wunſch, ein bekanntes bierartiges Getränk zu brauen, nur fehlte zur Verwirklichung deſſelben eine Brau= pfanne. Dieſes Geräth zu kaufen waren ſie nicht vermögend, und ſie zu borgen, bot ſich keine Gelegenheit dar. Da erfuhren ſie endlich, daß auf dem zerſtörten Schloſſe des Stromberges eine Braupfanne ſich vorfinde, die aber von Bergeiſtern ver= wahrt werde. Lange ſann man hin und her, wie man wohl am Beſten in den Beſitz der Pfanne komme, und endlich entſchloß man ſich, zwei Männer durchs Loos zu er= wählen, welche dann nach dem Bergſchloß gehen und ihr Begehren da ausſprechen ſollten. Dies geſchah. Zwei Männer erſtiegen den Stromberg und ſprachen zitternd und bebend

16*

ihr Anliegen vor den verwüsteten Mauern aus. Kaum war
das geschehen, so erhielten sie mit dumpfer Stimme den Bescheid, nur bei Sonnenaufgang mit einem Wagen unten am
Berge zu halten, da würden sie die Pfanne erhalten. Nach
dem Gebrauche sei aber von ihnen ein Silberblechstück und
ein kleines Weizenbrod in dieselbe zu legen und wieder an
den Ort zu bringen, wo der Empfang stattgefunden habe.
Unter diesen Bedingungen stehe ihnen immer die Pfanne zum
Leihen bereit. Froh und muntern Schrittes eilten die Abgesandten zu ihren harrenden Freunden zurück, und thaten,
wie ihnen gesagt war. Mit Sonnenaufgang hielt ein Wagen
am Berge und nahm die ansehnliche Braupfanne, welche allda
auf zwei Stücken Holz ruhte, in Empfang. Nach dem Gebrauche legte man ein Silberblechstück und ein Weizenbrod
darein und lud am Fuße des Berges das geborgte Brau-
geräth wieder ab. Gar oft wiederholte sich diese Scene, bis
endlich auf einmal die Berggeister erzürnt Steine nach den
Abgesandten warfen und die Stiere tödteten, welche die Braupfanne ziehen sollten. Der Grund zu dieser Veränderung
war folgender. Einer der Männer, welche die Pfanne zurück
nach dem Berge zu schaffen hatten, nahm das Weizenbrod
und aß es, und das Silberstück steckte er in die Tasche, die
Pfanne aber verunreinigte er und lief davon. Von dieser
Zeit an hat Niemand mehr die Pfanne geborgt erhalten,
auch Niemand mehr dieselbe zu sehen bekommen.

II. Lange nach jener Zeit, in der die Berggeister die
Braupfanne verborgten, arbeitete einst ein Bauer derselbigen
Gegend auf seinem Felde in der Nähe des Stromberges; da
sah er von Zeit zu Zeit die Berggeister in graue Gewänder
gehüllt, runde Kuchen, auf dergleichen Bretern tragend hin-
und herlaufen. „Was haben die grauen Männchen nur heute
für ein Fest?“ dachte er bei sich selbst, und von Appetit
getrieben, rief er laut den Geistern zu: „Laßt mich doch auch
mitessen!“ „Wir werden Dir Etwas zukommen lassen,“ rief
eins der grauen Männchen, „komme nur in der Mittagsstunde zu jenem großen Steine, der dort im Grünen liegt!“

Sobald die Sonne ihren höchsten Stand eingenommen, säumte der Bauer nicht, nach dem bezeichneten Ort zu gehen. Zu seinem großen Erstaunen fand er einen Tisch gedeckt, und darauf lag ein wohlgerathener Kuchen. Noch ehe sich der Bauer niedersetzte, vernahm er deutlich die Worte: „nun iß den Kuchen, doch anschneiden darfst Du ihn nicht!" Da ward ihm ganz eigen zu Muthe, und fast hätte er den Kuchen ungegessen gelassen und würde davon gegangen sein, wenn er nicht endlich von Ungefähr auf den Gedanken gekommen wäre, den Kuchen rundum auszuschneiden. Außerordentlich mundete ihm das Gebäck, und als er satt war, sagte er den Geistern seinen Dank, stand auf und wollte wieder an seine Arbeit gehen; allein kaum war er einen Schritt fortgegangen, so rief eine Stimme ihm die Worte nach: „der Teufel hat Dich klug gemacht. Hüte Dich, daß wir nicht auch an Dir thun, was Du an unserem Kuchen gethan hast!" Nach Jahren fand man einen Leichnam unten am Stromberge im Blute liegen. Die Brust war aufgeschlitzt und das Herz zerfleischt. Dieser Unglückliche aber war jener Bauer, der den Kuchen ausgeschnitten hatte.

III. Ein reisender Cavalier aus Flandern kam auf seiner Reise nach Polen in die Gegend des Stromberges. Seine Liebe zu Abenteuern kam seinem Muthe vollkommen gleich, und darum entschloß er sich, sogleich zur Nachtzeit das Schloß des Berges mit dem Schwerte in der Hand zu besuchen, als er die Kunde vernommen hatte, daß da übermenschliche Geister ihr Wesen trieben. Der Vollmond mit seinen milchweißen Strahlen übergoß zauberisch die alten Schloßruinen und der Cavalier trat zu den Mauern der Burg. Alles war still und offen stand ein kleines Pförtchen. Der Held schritt da hinein und kam in eine weite Halle, in deren Mitte eine mit Gold und Edelsteinen gefüllte Braupfanne und ein langer eiserner Kasten stand. Ein Augenblick genügte, und die Halle hatte sich mit einer Schaar grauer Männchen gefüllt. Der Cavalier stand staunend an einem Pfeiler und wußte nicht, ob er seinen Augen trauen

sollte. Da trat eins der grauen Männchen zu dem Kasten
heran und öffnete durch einen Tritt darauf denselbigen.
Welch Wunder! Ein langes, schneeweißes Menschengerippe
richtete sich empor und wandte die hohlen Augenhöhlen nach
allen Seiten umher. Die grauen Männchen winkten freund=
lich dem staunenden Cavalier, näher zu dem unermeßlich
reichen Schatze zu treten. Er that es, doch im Nu sank unter
fürchterlichem Getöse die gefüllte Braupfanne in ein unter=
irdisches Gewölbe hinab, und der Boden verschloß sich wieder.
Ein gellendes Gelächter erschallte aus dem Munde der Berg=
geister, das bleiche Gerippe aber verfolgte den aus der Halle
entfliehenden Cavalier mit einem blinkenden Messer in der
knöchernen Faust. Sobald der Cavalier aus dem Bereiche
des Schlosses war, sah er sich wieder allein. Kein Lüftchen
regte sich und schweigend blickte der volle Mond auf den
bleichen Ritter und auf die hohen Schloßruinen herab, doch
nicht mehr gelüstete es ihn, nochmals in das Gemäuer zu=
rückzukehren.

IV. Ein armer Knabe hütete einst auf dem Stromberge
Kühe; als er nun aber müssig da und dort herumschlenderte,
siehe! da lag plötzlich zu seinen Füßen ein Goldstück! Er
bückte sich, um es aufzuheben, aber indem er dies that, blitzte
ihm schon wieder ein anderes in die Augen, schnell langte er
auch nach diesem, doch schon wieder ein neues glänzte da=
neben aus dem Grase hervor. So ging es immer fort, und
schon hatte der Knabe 10 der schönsten Goldstücke in seine
Mütze zusammengelesen, als ihm auch noch ein 11tes vor den
Augen spiegelte. Auch dieses wollte er sich zueignen, doch
dies war schon zu viel verlangt, eben als er sich darnach
bückte, erhielt er von unsichtbarer Hand einen derben Backen=
streich. Aber mit diesem waren auch seine ersten bereits ge=
sammelten Goldstücke im Nu wieder verschwunden und er
blieb alles Suchens ungeachtet so arm, als er vorher ge=
wesen war.

V. Eine Frau, die am Fuße des Stromberges, wo einige
Häuser stehen, wohnte, gewahrte einstmals, und zwar des

Sonntags unter dem Gottesdienste, daß an einem Orte jenes Berges Funken aus der Erde hervorsprüheten und blaue Flämmchen emporloberten. Alsbald erinnerte sie sich an die alte Regel, daß man, wenn man so glücklich sei, dies Zeichen wahrzunehmen, augenblicklich irgend etwas von Metall in jene Flämmchen werfen müsse, um den darunter befindlichen Schatz, dessen Anzeichen sie wären, fest zu bannen, um ihn vor dem Weiterrücken zu bewahren. Unverzüglich warf sie daher, da sie eben nichts Anderes bei sich hatte, ihr Taschenmesser auf jene vorbedeutungsvolle Stelle, lief sodann eiligst in ihre Wohnung zurück, um sich die nöthigen Werkzeuge zum Graben herbeizuholen, und schritt nun, mit diesen versehen, rüstig an's Werk. Der ganze Platz, wo sie die bunten Flämmchen hatte spielen sehen, ward nun emsig von ihr durchwühlt und durchgraben, und siehe da! ihre Hoffnung hatte sie wirklich nicht getäuscht, denn sie fand, wenn auch nicht gerade pure Kremnitzer, doch wenigstens eine bedeutende Anzahl uralter Groschen. Sie war damit zufrieden und behielt daher ihren Schatz.

VI. Eine andere, ebenfalls in jener Gegend wohnende Frau, der die vorige, aus lauter Freude über ihr gehabtes Glück, den ganzen Vorfall von Anfang bis zu Ende und mit allen Nebenumständen erzählt hatte, nahm nun auch die Gelegenheit wahr, als einst während des Mittagsgottesdienstes wieder bunte Flämmchen aus der Erde hervor schielten, beobachtete dabei alle erforderlichen Umstände und war so glücklich, bei angestelltem Nachgraben eine große Menge alter harter Thaler zu finden. Gierig, die ihr jetzt so günstige Gelegenheit recht zu ihrem Vortheile zu benutzen, rafft sie so viel als möglich von jenem Gelde in ihre Schürze und eilt damit nach ihrer Behausung. Mit Emsigkeit zählt sie hier ihren Schatz auf vielen Tischen und Bänken auf, nur begierig, zu erfahren, wie viel ihr das sonst so neidische Glück, dem sie nun einmal die gute Stunde abgelauscht hatte, bescheert haben würde. Da aber, als sie im besten' Zählen ist, däucht es ihr plötzlich, als ob sie Feuerlärm höre, das

ganze Dörfchen scheint in Flammen aufzugehen, daß die Lohe
ihr glühendroth an's Fenster schlägt; in der größten Bestür=
zung eilt sie plötzlich hinaus, die Gefahr zu untersuchen, aber
o Wunder! Alles ist draußen still und in der größten Ruhe,
als sie zum Hause hinaus tritt, und nicht die geringste Spur
einer Feuersbrunst kann sie bemerken. Staunend kehrt sie
jetzt wieder um, ihren Schatz vollends durchzuzählen, noch
mehr aber staunt sie nun, als auch dieser jetzt zu Nichts hin=
geschwunden und auch nicht eine Spur davon mehr in der
ganzen Stube zu bemerken ist.

VII. Der Schatz auf dem Stromberge blieb aber nicht
immer daselbst, die ihn bewachenden Geister hielten es einst,
vielleicht weil man demselben allmählig zu sehr auf die Spur
gekommen war, für nöthig, ihn auf den felsigen Rothstein
bei Sohland zu bringen. Man erzählt sich davon folgende
Geschichte. Ein Paar Bauern aus dortiger Gegend ackerten
einst am Fuße des Stromberges; plötzlich kam ein kleines
graues Männchen, sie wußten selbst nicht recht, woher, auf
sie zu und verlangte, daß sie ihm sogleich ein Gespann von
6 rothen Ochsen verschaffen sollten, weil die Braupfanne mit
dem großen Schatze des Stromberges von diesem auf den
benachbarten Rothstein gebracht werden solle. In nicht ge=
ringer Angst vor dem Berggeiste gaben sie ihm unverzüglich
jeder die an seinen Pflug gespannten Ochsen, die zum Glück
lauter rothe waren, und holten eiligst aus dem nahen Dorfe
noch ein anderes Paar rother Ochsen hinzu, um den Wunsch
des Geistes zu erfüllen. Dieser fragte sie hierauf, ob sie die
Wegführung des großen Schatzes sehen oder hören wollten,
und gab ihnen nicht undeutlich zu verstehen, daß sie Eins von den
Beiden sich erwählen müßten. Die beiden Bauern, die sich nicht
eben viel Gutes hiervon versprachen, dieses Anerbieten aber
gänzlich auszuschlagen sich nicht getrauten, wählten das, wo=
bei sie am wenigsten Gefahr zu laufen können glaubten und
wollten sich gern mit dem bloßen Hören begnügen. Aber
Zittern und Beben ergriff sie, als sie nun die Erde unter sich

dröhnen und den großmächtigen Schatz wie einen gewaltigen
Donner dahin brausen hörten.

VIII. Zu gewissen Zeiten war aber auf diesem wunder-
reichen Berge ein Schloß zu sehen, und deutlich beobachtete
man dann aus der Ferne, wie dessen Bewohner daselbst ihr
Wesen trieben. Niemand aber wagte es so leicht, persönlich
dort einen Besuch abzustatten und das Wesentliche jenes
Schlosses näher zu untersuchen. Im Gegentheil warnte man
einander eher mit bedenklichen Mienen davor, um sich nicht
größeren Gefahren auszusetzen, als man vielleicht zu über-
sehen im Stande sein mochte. Dennoch aber geschah es einst,
daß ein Bürger aus der jenem Berge benachbarten Stadt
Löbau, ohne daß er selbst davon wußte, jenes Schloß und
seine Bewohner näher kennen lernte. Die Geschichte, die man
sich davon zu erzählen weiß, ist folgende. Vor langer Zeit
war einst ein Schuhmacher aus Löbau in dem etwa zwei
Meilen davon entfernten Städtchen Weissenberg zu Markte
gewesen, wobei ihn sein Weg am Stromberge vorbeiführte.
Als er spät Abends wieder nach Hause kehrte, verirrte er
sich im Dunkeln in der Gegend des Berges. Lange schon
ohne Weg und Steg im Finstern herumirrend, gewahrte er
endlich auf der Höhe jenes Berges den Schimmer eines Lichtes. Ohne irgend etwas Unheimliches zu ahnen, ging er
darauf zu, staunte aber nicht wenig, als er bei mehrerer
Annäherung ein schönes großes und erleuchtetes Schloß gewahrte,
das ihm nicht im Geringsten bekannt war. Denn daß es
das berüchtigte Strombergschloß sein könnte, ahnete er entweder nicht, oder er kannte auch die Sage davon gar nicht
einmal. Froh, sich endlich aus der Verlegenheit helfen zu
können, suchte er den Eingang, um dort sich eine Laterne zu
borgen, mit deren Hülfe er seine Reise besser und bequemer
zu beendigen dachte. Ohne weitere Schwierigkeiten gelangte
er in das Zimmer des Schlosses, welches erleuchtet war, und
fand darin zwei Herren. Einer saß an einem Tische und
schrieb eifrig, was ihm ein Anderer, der mit verschlungenen
Armen in der Stube auf- und abging, in die Feder zu sagen

schien. Letzterer redete den Schuhmacher in einem rauhen
Tone an und fragte ihn mit kurzen Worten, was er wolle.
Dieser erzählte nun seine Geschichte und trug ihm sein An=
liegen vor, erhielt aber für jetzt blos die Antwort von ihm,
daß er es sich vor der Hand gefallen lassen müßte, 3 Tage und
3 Nächte bei ihnen zu bleiben, und daß es ihm nachgelassen
sein solle, sich selbst die Arbeit zu wählen, die er bei ihnen
während der Zeit verrichten wolle. Der Schuhmacher aber,
der so wenig zu dem Einen als zu dem Andern Lust bezeigte,
konnte sich zu keiner bestimmten Arbeit entschließen, es ward
ihm daher von jenen beiden Herren auferlegt, während seines
Aufenthalts auf dem Berge Steine zu karren. So beschwer=
lich ihm nun auch dieses Geschäft sein mochte, so wagte er
aus Furcht einer möglichen gefährlichen Ahndung es doch
nicht, sich dessen zu weigern. Endlich am Abend des dritten
Tages entließen ihn jene beiden Herren seiner Arbeit wieder,
gaben ihm nach seinem Wunsche eine Laterne und erlaubten ihm,
nun nach Hause zu gehen. Doch der Schuhmacher, der wo
möglich gern einen Ersatz für die breitägige Versäumniß in
seiner Arbeit gehabt hätte, war hiermit nun noch nicht zu=
frieden, sondern er wagte es sogar, sich einen Lohn für die
ganze 3 Tage lang treulich geleistete Arbeit auszubitten. Auf
vieles Zureden und Bitten empfing er endlich nicht mehr
und nicht weniger als einen Silberdreier, und zwar mit der
Bedeutung, daß er dadurch, ob es gleich nur ein Geldstück
von sehr geringem Werthe sei, dennoch sehr glücklich sein
werde, indem, so lange er dieses besitzen würde, es ihm nie
an Gelde mangeln werde. Hiermit zufrieden, verwahrte der
Schuhmacher diesen Dreier sorgfältig, beurlaubte sich dann
von den beiden Herren, und trat seinen Weg nach Hause an.
Spät erst in der Nacht kam er heim, und fand die Thüre
seines Hauses schon verriegelt und verschlossen; er klopfte da=
her mit aller Macht und rufte und schrie, damit seine Frau
ihn hören und sobald als möglich einlassen möge. Endlich
aus dem Schlafe erweckt, erschien diese, prallte aber mit
einem lauten Schrei des Entsetzens zurück, als sie in dem

Ankommenden ihren Mann erkannte, den sie schon längst für
tobt gehalten hatte. Denn anstatt daß er blos 3 Tage ab=
wesend gewesen zu sein glaubte, war er nicht weniger als ein
ganzes Jahr entfernt gewesen, und in seiner Heimath hatte
man sich überredet, er müsse verunglückt sein, da er von dem
damaligen Weissenberger Markte nicht zurückgekehrt war. Da
er seinen Gedanken nach gar nicht lange abwesend geblieben,
so war er mit der alten Ordnung der Dinge bald wieder
vertraut, nur mit dem Unterschiede, daß er nun, seitdem der
heilbringende Dreier vom Stromberge in seinem Beutel
wohnte, und er diesen niemals leer werden ließ, sich selbst
nicht mehr in jene Ordnung wieder hineinfügen wollte, und
anstatt wie sonst fleißig zu arbeiten, jetzt nur dem Müßig=
gange und der Trunksucht sich ergab, weil er augenscheinlich
bemerkte, daß er jenes nun nicht mehr nöthig habe, dieses
ihm aber vergnügtere Tage gewähre. Doch dies, wozu ihn
jener heilbringende Dreier verleitete, nämlich der Trunk, war
im Gegentheil auch wieder die Ursache, daß er sich eines
solchen unersetzlichen Schatzes verlustig machte. Denn als er
einst in einem starken Rausche seinen vollen Beutel hervor=
suchte und seine Zeche bezahlen wollte, aber aus Unachtsam=
keit jenen heilbringenden Dreier ausgab, ward er dadurch,
da er sich nun einmal an ein unmäßiges Leben gewöhnt
hatte, zum Bettler.

840) Die Georgenkapelle auf dem Rothstein.

Nov. beh. v. Scholz bei Klar a. a. O. S. 79 sq.

Eine der schönsten Fernsichten, welche die Oberlausitzer
Gebirge bieten, gewährt der Rothstein bei Sohland; er gleicht
einem prächtigen in Form eines Hufeisens angelegten Schanz=
walle, mit der Oeffnung nach Süden und der Rundung nach
Norden gerichtet. Die westliche Kuppe von geringer Höhe
heißt der Georgenberg, und trägt die Ruine einer alten St.
Georg geweihten Kapelle. Dieselbe war im Mittelalter in
hohem Ansehn, kam aber durch eine daselbst verübte Greuel=

that plötzlich in Verfall. Die Ursache war folgende. Auf der östlichen Kuppe des Berges stand eine Burg, welche dem Ritter von Rothstein gehörte. Derselbe war aber ein gefürchteter Raubritter, und sein Treiben brachte es bald dahin, daß die Kapelle von Niemandem mehr besucht ward. Einst sah er vom Fenster seines Schlosses aus einen von kostbar gekleideten Dienern begleiteten Wagen auf der Landstraße fahren, und da eben ein großer Theil seiner Leute auf einem Raubzuge aus war, konnte er nur durch List hoffen, einen glücklichen Fang zu thun. Er legte also ein Pilgerkleid an, und machte sich so unkenntlich wie möglich, stieg den Berg hinab und begab sich in das Haus eines Landmanns, vor welchem der Wagen Halt gemacht hatte. Er gab vor, er komme aus fernen Landen und wolle eines Gelübdes halber nach der Georgenkapelle pilgern, und es gelang ihm auch, die Besitzerin des Wagens, eine vornehme polnische Edelfrau, die nach dem Tode ihres Gemahls auf einer Reise durch Deutschland begriffen war, zu veranlassen, die Pilgerwanderung nach dem nahen Berge mitzumachen. Er nahm, um Alle recht sicher zu machen, den Landmann als Führer mit, und so stiegen sie denn nur noch in Begleitung einer einzigen Dienerin der Dame den Berg hinan. An der Kapelle angelangt, gelang es ihm leicht, den nichts Böses ahnenden Bauer auf die Seite zu locken und zu ermorden, und einige seiner Knechte, die in der Nähe der Kapelle verborgen lagen, ergriffen ohne Mühe die Fremde und schleppten sie auf den Rothstein, allein die Dienerin entging ihnen durch die Schnelligkeit ihrer Füße, eilte ins Dorf herab und machte Lärm. Einige zufällig anwesende Ritter von ihr zur Befreiung ihrer Herrin aufgefordert, beschlossen, wo möglich das Raubschloß durch Ueberfall zu nehmen, es glückte ihnen auch, weil die Besatzung eben nicht im Schlosse war, einzudringen, der Ritter und die wenigen Knechte, die sich oben befanden, fielen nach verzweifelter Gegenwehr, allein die Edeldame fanden sie nicht — wahrscheinlich hatte sie der Bösewicht ermordet. Von Zorn entbrannt steckten sie das Raubnest in Brand, es stürzte in Trümmern zusammen, und begrub in seinem Sturze die mit Schätzen angefüllten unterirdischen Gemächer. Die Georgenkapelle ward seit dieser Zeit von Jedermann ängstlich gemieden, sie kam in Verfall, und man behauptet, daß es zur Nachtzeit in ihrem Innern umgehe und wimmere. Das Wehklagen soll die unglückliche Dame verursachen, die Spuk= gestalt aber, die man zuweilen gesehen hat, soll der Geist des Raubritters sein, der nirgends, auch in der Kapelle nicht Ruhe findet.

841) **Martin Pumphut in der Lausitz und der General Sybilski.**

Gräve S. 83 sq. cf. S. 88. sq. Taschenb. f. d. Lausitz. Görlitz 1855. I. S. 105. Haupt Bd. I. S. 185. 218. fgg.

Der uns aus dem Voigtlande (Bd. II. S. 65) schon bekannte Martin Pumphut spielt in der Lausitz eine große Rolle. Man erzählt von ihm, daß er gleich nach seiner Geburt, die nach der Terminologie der Müllerburschen anno Toback in dem Dörfchen Spuhla bei Hoyerswerda stattfand, auf räthselhafte Art aus seiner Wiege verschwunden sei, und an seiner Stelle eine riesige Ringelnatter darin gelegen habe, als nun aber seine verzweifelten Aeltern nach ihm gesucht, sei er plötzlich von selbst frisch und gesund wieder gekommen. Wie er sechs Jahre alt war, zog eine Zigeunerhorde durch das Dorf seiner Geburt und ein Mitglied derselben stellte ihm das Prognosticon, er werde weit in der Welt herumkommen, zwar im untern Stande bleiben, jedoch Reichthümer erwerben, viel Aufsehen erregen, jedoch endlich durch ein Frauenzimmer ums Leben kommen. Der Knabe wuchs nun heran, lernte außer seiner Muttersprache, dem Wendischen, auch deutsch, und zeichnete sich vor andern Knaben seines Alters höchstens durch größere Schlauheit und Neigung zu lustigen Streichen aus. Nachts, wenn er schlief, will man sonderbare Gestalten über seinem Haupte schweben gesehen haben, und wenn er bei Nachtzeit ausging, wollen Viele ein Flämmchen in Kegelgestalt vor und

hinter ihm bemerkt haben. In gereifteren Jahren erlernte
er die Müllerprofeſſion, trat ſeine Wanderzeit an, wo man
ihm wegen ſeines hohen, ſpitzen, breitgerandeten Hutes jenen
Spitznamen beilegte, allein von wem und wo er ſeine Teufels-
künſte gelernt, davon ſchweigt die Geſchichte. Er war überall und nirgends. Bald ſegelte er in einem papiernen Nachen
über die Saale, Elbe und Mulde, bald ritt er auf einer
großen Heuſchrecke durch die Luft, hier zerſchnitt er einen
Mühlſtein (z. B. in Budiſſin in der großen Mühle, wo man
denſelben noch ſehen kann), dort ſetzte er (bei Dresden) auf
einmal alle Windmühlen in Bewegung, indem er nur durch
ein Naſenloch blies. Zu Volkmarsdorf, wo man eine Mühlen-
welle bereitete, bemerkte er im Vorbeigehen, daß ſie zu kurz
ſei, man lachte ihn aus: da er zurückkehrte, überzeugte man
ſich von der Wahrheit und bat um ſeine Hülfe. Er dehnte
ſie wie Bretzelteig aus und ſetzte ſo die fehlende Elle zu.
Zu Heiligenbeil†) ſchleuderte er ſeine Axt an den Kirchen-
thurm, wo ſie einhieb und noch heutigen Tages zu ſehen iſt.
In Leipzig, im Gaſthofe zum goldenen Siebe ließ er am
hellen Tage eine Menge Haſen aus dem Kacheltopfe heraus-
und wieder hineinſpaziren. Hier leitete er die Saale aus
ihrem Bette und wieß ihr einen andern Lauf an, damit die
Müller, die ihm kein Geſchenk gereicht hatten, nicht mahlen
konnten, indeß andern, die ihn freundlich aufgenommen, das
Waſſer zu keiner Zeit mangelte, wodurch ſie zu Vermögen
gelangten. Bald verwandelte er die Pferde eines betrügeriſchen
groben Roßhändlers, der ihm, dem Ermüdeten, einen Sitz
auf dem Handpferde verweigert hatte, in Strohwiſche, bald
ließ er bei eingetretenem Mißwachs einem Bauer, der ihn
bei einer Krankheit gepflegt, eine überreiche Ernte ſammeln,
bald machte er den Adjutanten des Generals Sybilski in
Teufelskünſten.

Dieſer königlich polniſche und kurf. ſächſ. General Johann

---

†) Nach der preußiſchen Volksſage war aber ein Wunder des Biſchoffs
und Heidenbelehrers Anſelmus die Urſache des Namens Heiligenbeil. S.
Bechſtein, Deutſches Sagenbuch S. 204. u. mein Preuß. Sagenb. Bd. II.
Nr. 584, S. 367.

Paul Sybilski von Wolfsberg (geb. 1677 gest. 1763) war
ebenfalls ein arger Zauberer. Den Tag vorher, als er bei
Zehren und Lommatzsch (13. December 1745) die preußische
Arrieregarde total schlug, und dabei keinen Mann verlor,
ließ er sein Regiment zu drei Mann über einen schwarzen
Mantel marschiren und rief ihnen zu: „Burschen, wenn Ihr
in's Gefecht kommt, vergeßt nur meinen Namen nicht, es
bleibt kein Mann, der Feind verliert einen Großen (den General von Röhl)!" Vor der Schlacht bei Kollin am 18. Juni
1757 soll er allemal beim neunten Mann jedes Gliedes einige
unverständliche Worte gemurmelt und seinen Leuten den Sieg
versprochen haben. Der glückliche Erfolg bewahrheitete es,
denn sein Regiment erbeutete 9 Fahnen. Da er noch als
junger Officier in Polen stand, fand einst in Dresden ein
glänzender Maskenball Statt, worüber einer seiner Kameraden
äußerte, wie er von Herzen gern demselben beiwohnen möchte,
allein es fehle ihm an Geld, auch sei, da der Ball über-
morgen beginne, die Zeit zu kurz, selbst wenn man Dr Faust's
Mantel besäße, um zur rechten Zeit daselbst einzutreffen.
Sybilski, der es gehört, nahte sich und raunte ihm in's
Ohr: „Geld ist's wenigste, vertraue mir, Kamerad. Ueber-
morgen Nachmittags um drei Uhr stelle Dich vor dem Thore
bei der großen Fichte ein, wir brechen auf, und sind noch
vor dem Beginn der Redoute in Dresden!" Verblüfft sah ihn
der Balllustige an, wollte sprechen, allein Sybilski gebot ihm
Stillschweigen und entfernte sich. Zur bestimmten Zeit und
Orte erschien der Krieger und fand bald Sybilski, der in
seinen rothen Mantel gehüllt angeschritten kam, er schlang
selbigen um ihn, befahl ihm, weder rück- noch vorwärts zu
blicken, und nun gings fort durch die Luft, als flögen sie
davon. Abends Schlag fünf Uhr befanden sie sich in Dresden, hatten noch Zeit genug sich zu sammeln und einen
Maskenanzug zu wählen, worauf sie mit jugendlichem Froh-
sinn der Redoute beiwohnten, am andern Morgen um 9 Uhr
Dresden verließen und auf dem Mantelfuhrwerke Mittags um
11 Uhr auf dem Paradeplatz in Warschau probemäßig ge-

kleidet eintrafen. In Großsärchen bei Hoyerswerda soll er den
vorbeifließenden Bach — um ihm eine andere Richtung zu
geben — umgeackert haben, da ihm aber der vorgespannte
polnische Ochse scheu geworden, so habe der Bach seinen noch
gegenwärtig krummen Lauf erhalten. Nach Dresden fuhr
er von Särchen aus in unglaublich kurzer Zeit, lenkte die
Pferde und befahl dem Kutscher, sich hinten in dem Wagen
schlafen zu legen. Endlich wachte der Kutscher auf, sah sich
um und bemerkte mit Staunen, daß ihre Reise nicht auf der
Erde fort, sondern durch die Luft ging. Im ersten Schreck
schrie er laut auf und wollte aufstehen, allein sein Herr be=
drohte ihn hart und hieß ihn sich ruhig niederlegen, indem
sie sonst beide unglücklich sein könnten. Während des Ge=
sprächs waren sie auch wirklich schon in Gefahr gekommen,
indem sie aus Unachtsamkeit des Herrn sich nicht hoch genug
gehalten, daher der Wagen an der Thurmspitze der Camenzer
Hauptkirche angefahren und sie gebogen habe, in welchem
Zustande sie sich auch noch bis zum 15. Jänner 1791, wo
der Blitz in den Thurm schlug und die Haube desselben bis
auf die Mauer abbrannte, befand. Einst kam nun der ver=
rufene Pumphut, welcher nachher sein treuer Begleiter war,
zu ihm und pries ihm seine Künste an. Sybilski warf schwarze
Haferkörner in den Kacheltopf, welche sich sofort in Fußvolk
verwandelten, herauskletterten, sich auf dem Schloßhofe ver=
sammelten, manövrirten, sich zurück in ihre kupferne Caserne
begaben, und wieder als schwarze Haferkörner darinnen
lagen. Pumphut langte nun aus einer am Fenster stehenden
Mulde einige Erbsenkörner heraus und warf sie ebenfalls
in den Kacheltopf, welchem flugs völlig equipirte Reiter ent=
stiegen. Allein da er Sybilski's Worte nicht wußte, ver=
mochte er sie nicht wiederum in den Kacheltopf zu bringen,
vielmehr setzten sich ihre Klingen auf seinem Buckel in un=
angenehme Bewegung, und nur Sybilski's Machtworten ge=
horchten sie. Einst soll derselbe Sybilski dem Pachter auf
dem Ostravorwerk bei Dresden die Schafe in Schweine ver=
wandelt haben, wobei derselbe natürlich nichts verlor. Was

Martin Pumphut anlangt, so soll derselbe auch früher noch zu Hildesheim sich als der Geist Hütchen gezeigt, auch dem Herzog von Friedland, Albrecht v. Wallenstein als graues Männchen wesentliche Dienste geleistet haben, und endlich mit einem reizenden Frauenzimmer unter Hinterlassung jenes curiosen Hutes aus einem Gasthofe zu Paderborn zu Ende des 7jährigen Krieges verschwunden sein. Wenigstens hat man seit gedachter Zeit von seinem Thun und Treiben nichts mehr vernommen.

---

842) Der Wundervogel auf der Lausche.
Nach Gräve a. a. O. S. 95. sq.

Auf der Lausche bei Zittau zeigt sich, wie wohl äußerst selten, ein Vogel von gar wunderlicher Gestalt: Ständer gleich einem Storch, Kopf und Schnabel wie ein Lämmergeier, große Fittige wie ein Fregattvogel, und einen Schwanz wie der Secretär habend, von überaus buntfarbigem, wunderschönem Gefieder. Dieser seltene Vogel ist nichts mehr und nichts weniger als ein von einem bösen Zauberer in einen Vogel verwandelter Prinz. Dieser Prinz war aus dem Böhmerlande, eben so schön von Gesicht als reizend von Gestalt, in allen Künsten und Wissenschaften seiner Zeit erfahren, menschenfreundlich und wohlthätig, kurz das vollkommene Muster eines Fürsten, nur ein etwas zu eifriger Freund der Jagd. Eines Tages jagte er nach der Mittagsstunde in der Nähe der Lausche. Da begab es sich nun, daß ein gewaltiger Adler in der Luft kreiste, der Prinz sendete von seinem Bogen einen fern treffenden Pfeil nach ihm, und aus den Wolken herab stürzte der König der Vögel, und fiel in den auf der Lausche damals befindlichen Garten eines Zauberers, welcher unglücklicher Weise in einer Laube daselbst sein Mittagsschläfchen hielt. Wüthend über das Getöse, welches der Adler in seinem Falle verursachte, und über den Schaden, den das herabstürzende schwere Thier in den Blumen und

Gesträuchen des Gartens verursacht hatte, eilte der Zauberer
aus demselben, und als er den Prinzen vor sich sah, berührte er ihn mit seinem Zauberstabe und rief: „sei einer
des Geschlechts, wovon Du einen getödtet, so lange bis Dich
ein Jäger, der seiner Herrschaft nie etwas veruntreut hat,
erlegt!"

843) Der Zwerg bei Hörnitz†.)
Gräve S. 107.

Unweit der Stadt Zittau beim Dorfe Hörnitz liegt ein
von Porphyrschieferstücken wild zusammengeworfener mittelmäßig hoher Berg, von welchem man sich folgende Sage erzählt. In der Geisterstunde vom 14. bis 15. Januar d. i.
in der Nacht vor St. Vitus, entsteigt diesem bemoosten Felsen
unter Donner und Blitz ein äußerst ungestalteter Zwerg mit
dickem Kopfe, rothen Triefaugen, Säbelbeinen und zwei gewaltigen Höckern auf dem Rücken, welcher in der linken
Hand einen mit Edelsteinen reich besetzten goldenen Becher,
in der rechten aber einen großen Erdmolch hält, und wo
denn, im Falle er ihn in den Kelch taucht und aus demselben eine blaue Flamme entsteigt, die Umgegend Brandun-
glück trifft; wenn hingegen selbigem Blut entquillt, so ereignet
sich in der Gegend eine Mordthat. Der Zwerg dreht übrigens
den Kopf bald auf diese, bald auf jene Seite, öffnet den
Mund, als wenn er sprechen wolle, stampft mehrere Male
mit dem Fuße auf einen gewissen Fleck des Berges, und
verschwindet mit einem Seufzer unter Donner und Blitz beim
ersten Hahnenrufe. Er kann, da er warnt und Niemandem
je geschadet hat, nicht bösartig sein, scheint jedoch wohl etwas
geiziger Natur zu sein, indem noch nie bekannt geworden ist,
daß er Jemandem etwas geschenkt habe.

---

†) Willkomm, Sagen a. d. Oberlausitz Bd. I S. 27 sq. erzählt die
Sage ganz anders.

844) Der Teufel in der Oberlausitz.

Preußter Bd. I. S. 179. sq.

Viele Orte beider Lausitzen haben Namen und Spuren vom Teufel. Einst wollte er von der Landskrone einen Stein auf die Peterskirche zu Görlitz schleudern, allein eine höhere Macht lähmte seine Rechte, er ließ ihn auf dem Wege dahin bei Biesig fallen, und man sieht die Eindrücke der glühenden Teufelskralle noch daran. Ein anderer Stein, vom Teufel nach der Kirche zu Ludwigsdorf geschleudert, fiel ebenfalls weit vom Ziele nieder, man kann ihn bei Hennersdorf noch liegen sehen.†) Auf dem Gipfel des Todtensteins bei Königs-hayn hat er seine Krallen eingedrückt. Auf dem Hochsteine daselbst hat er gesessen und sich die Kleider geflickt. Man sah noch vor 1807 die Vertiefung, wo er gesessen, und an-dere kleinere, wo der Zwirnknaul und anderes Nähzeug ge-legen, alle diese Löcher aber wurden im genannten Jahre bei Aufrichtung von Stangen zu Messungen unkenntlich. Beim Bau der Bautzner großen Mühle hat er wacker mitgeholfen, sich aber dafür einen Mahlgang reservirt (s. oben Nr. 742). Bei Arnsdorf ist im Busche ein Ruhestein des Teufels. Zwischen Gröbitz und Weicha am Löbauer Wasser in der sogenannten Stala ist in einem Felsen ein Teufelskeller, welcher bis unter den Altar in Görlitz fortgehen soll. Da der Teufel von einem Geistlichen unter den Altar gebannt ward, so entschlüpfte er durch diesen Gang††).

Zwischen Plischkowitz und Kleinbautzen findet man einen aus drei Steinmassen bestehenden alten altarförmigen Felsen, welcher ein etwas irreguläres, von Osten nach Westen zu 6 Ellen langes und 9 Ellen breites Viereck bildet, jedoch von der durch und durch gehenden ungefähr eine Elle weiten Spal-tung in zwei Theile getrennt wird; an der östlichen Seite

---

†) S. Büschings Volkssagen S. 177. Grosser, Merkw., Th. V. S. 12. Görlitz. Wegweiser 1832. Nr. 16. Richter im Dresdner Mercur 1830. Nr. 141. Funke's Leben der Görlitzer Past. Primarii S. 117 sq. s. a. d. Görlitz. Wegweiser 1833. S. 309. sq.

††) S. Gräve a. a. O. S. 194. 176. 197.

dieses sogenannten Teufelssteins bemerkt man einige Stufen, und an einem wahrscheinlich sonst oben darauf gewesenen, bei der Zerstörung dieses Altars in jene Kluft geworfenen 5 Ellen langen, 4 Ellen breiten und ³/₄ Ellen dicken Steine sind zwei ovalrunde beckenförmige, sehr glatt ausgehöhlte Vertiefungen eingehauen, die für Eindrücke des Teufels gehalten werden. Nach der Volkssage rühren diese Eingrabungen davon her, daß der Teufel auf diesem Steine seine Hosen ausbesserte, welche er einst von einem listigen Müller, mit dem er ein Bündniß gemacht, auf ein Mühlrad verlockt, beschädigt hatte, und hier seine Scheere, Nadel und Fingerhut niederlegte. Nach einem andern Berichte hätte hier einmal ein Riese gesessen, der so groß war, daß er von da blos einen Schritt nach Klein-Saubernitz nöthig hatte, seine Füße reichten gerade bis zu dem großen Teiche, der jetzt aber besäet ist, wo er sich dieselben wusch, seine Pfeife zündete er sich bei der Gleierschen Windmühle an, auch schleuderte er einen großen ovalen Stein, der noch vorhanden ist, bis zu jenem Saubernitz, wo auch noch der Eindruck seiner Fußtapfen zu sehen ist.

Auch bei Kamenz giebt es einen solchen Teufelsstein, eine Stunde von der Stadt und gegen 500 Schritte östlich von der Senftenberger Straße. Dieser gegen 10 Ellen hohe Granitblock diente nicht blos zu einer Grenzscheide, sondern jedenfalls auch zum Opferaltare, und hatte eine fast froschartige Gestalt. Da wo er jetzt zum Theil abgesprengt ist, befand sich früher eine kesselartige Aushöhlung von mehreren kleinen Löchern umgeben. Man erzählt, daß, als das erste Gotteshaus in Camenz erbaut werden sollte, der Teufel den Baumeister zu verführen gesucht und ihm angelegen habe, jenen Fels dazu mit zu benutzen, weshalb er ihn auch zur bestimmten Stunde an Ort und Stelle schaffen wolle, allein der Teufel hatte seine Kraft überschätzt. Er legte zwar eine große Kette um den Stein, wovon als Eindruck noch jetzt an der östlichen Seite längs des untern Theils des Steins eine Vertiefung läuft, und hob ihn in die Höhe, allein er

marterte sich vergeblich damit ab, denn als mit dem Schlage
12 Uhr der Mitternacht des bestimmten Tages es ihm noch nicht
gelungen war, ließ er ihn aus Verdruß wieder umfallen,
so daß er noch jetzt ganz schief, nach Biela zu hoch, nach
Camenz zu geneigt liegt, und fuhr auf und davon. In
einigen, noch vor 50 Jahren neben dem Steine vorhanden
gewesenen tiefen Gruben, Erdkessel oder Teufelsgruben genannt, hat der Teufel zuweilen gekocht, und man hat dann
in der Tiefe der Löcher es einem Hirsebrei gleich plappern
hören, doch ist es gefährlich gewesen, Steine hinabzu-
werfen. Ein Paar Hirtenknaben aus Biela, welche einst
ihr Vieh daselbst hüteten, und den Teufel necken wollten,
warfen Steinchen in seinen Brei, doch hat er dies sehr übel
genommen, denn drei große schwarze Raben sind auf sie zu-
geflogen, und haben sie und ihr Vieh, welches später lange
Zeit Blut statt Milch gegeben hat, mit Flügeln und Schnäbeln
so übel zugerichtet, daß sie zur eiligsten Flucht in's Dorf
genöthigt wurden; darauf ist es lange Zeit den Hirten verboten gewesen, in der Nähe des Steines zu hüten.†) Auch
dem Bauer, welcher das Obere des Steines absprengte, ist
dies theuer zu stehen gekommen, denn seitdem hat er wenig
gesunde Stunden mehr auf der Welt und von allen Bädern,
die er besucht, keinen Nutzen gehabt. Daß Schätze, eine
ganze Braupfanne voll Gold unter diesem Steine liegen,
wird in der Umgegend als gewiß versichert, denn man hat
sie oft brennen sehen, auch zuweilen Geld dabei gefunden.
Doch aber soll das Nachgraben darnach sehr gefährlich sein,
da man den Zauberspruch nicht kennt, wodurch der den Schatz
bewachende Geist zu bannen ist, wie es denn auch denen,
welche es versuchten, gewöhnlich schlecht bekommen sein soll.
Einst versuchten beherzte Leute aus den obengenannten umliegenden Dörfern zur Hebung des Schatzes den Stein zu

---

†) Nach Gräve S. 106 soll der Teufel alle Mal am Vorabend der
Walpurgisnacht hier sein Nachtmahl halten, sich von höllischen Geistern
bedienen lassen, und nachdem er sich für den Walpurgisabend mit Speise
und Trank gestärkt und der Ruhe gepflegt hat, dann seine Reise fortsetzen.

untergraben. Doch obwohl es an einem schönen Vormittage
geschah, ist doch plötzlich ein furchtbares Wetter mit Sturm
und Gewitter entstanden, und ein herbeispringender Mann
von verdächtigem Aussehen rief ihnen zu: „seht Ihr Ver=
wegenen denn nicht, daß Eure Dörfer in hellen Flammen
stehen?" Erschrocken aufblickend haben die Arbeiter auch wirk=
lich nichts als Rauch und Flammen gesehen, und sind so=
gleich nach ihren Orten geeilt. Doch dort angelangt, hat die
Sonne freundlich geschienen, und ist nichts von einer Feuers=
brunst zu bemerken gewesen, dadurch aber die Lust wiederum
nachzugraben allen Umwohnenden auf immer vergangen.

Einst war der Teufel auf dem Wege, um Kneschki, d.
h. kleine Herren, Junker auszusäen. Als er nun von der
Bautzner Gegend aus über Wittichenau, Hoyerswerda und
Senftenberg kam, um in der Niederlausitz seine Saat fort=
zusetzen, verlor er bei dem Dorfe Skoda bei Senftenberg
einen solchen Kneschk. Aergerlich sagte er: to je skoda (das
ist Schade)! weil er den Junker hatte für die Niederlausitz
aufsparen wollen, wo es noch an solchen mangelte, und da=
von hat dann jenes Dorf den Namen erhalten.

Von Schwepnitz aus, nordwestlich in der Haide befindet
sich eine kleine, kaum bemerkbare Anhöhe, der Teufelsberg
oder das Teufelskanapee genannt. Dieses soll der Fleck
sein, auf welchen der Teufel, als er vom Himmel herab gestürzt
wurde, fiel, den er alljährlich an dem Tage, wo es geschah,
besucht, und daselbst seine Ruhe pflegt, da man ihn denn
ganz genau im damaligen Costüm mit zerbrochener Krone
und zersplittertem Scepter schauen kann.†)

Ueberhaupt giebt es noch in Sachsen viele Ortsnamen,
die auf Teufelssagen anspielen, so einen Teufelsberg zwischen
der Stadt Colditz und dem Dorfe Lastau, ein Teufelsgehau,
eine Crottendorfer Amtswaldung zwischen Rittersgrün und

---

†) S. Gräve S. 145, der auch S. 165 sq. den Ursprung der aller=
dings nicht in unsere Sammlung mehr gehörigen Sagen von dem Teufels=
wehr und der Teufelsstube zu Wehrau mittheilt.

Wiesenthal mit dem Teufelsbrunnen, den Hauptquell des Erbis-
baches, einen Teufelsgrund hinter Wehlen in der sächs. Schweiz,
einen anderen am Hartenberge bei Roßwein, eine Teufels-
kluft oder die Prinzenhöhle, wo von Mosen und Schönfels
sich 1455 mit dem Prinzen Ernst versteckt hatten, eine Teufels-
mühle bei Pirna unter dem Wilischberge, einen Teufelsstein
1½ Stunde von Johann Georgenstadt am Schwarzwasser,
eine Teufelswand bei Unterblauenthal; Teusdorf bei Syhra
ohnweit Frohburg heißt in Urkunden Teufelsdorf; zwischen
Geithayn und Colbitz nördlich von der Mark Ottenhain liegt
ein Teufelsgrund, in welchem das in Urkunden erwähnte
Teufelsdorf gestanden haben soll; den Teufelsgraben bei
Coselitz kennen wir aus unsern Sagen, bei Pirna liegt ein
Gut, Kleinseidewitz, das die Hölle genannt wird, denselben
Namen führt ein einzelnliegendes Wirthshaus zwischen Schönau
und Wiesenburg an der Mulde, die Hölle heißt ein Thal
bei Johnsdorf und dem Oybin, einen Höllengrund finden wir
bei Hinterhermsdorf in der sächsischen Schweiz, und bei Ober-
pöbel im Amte Altenberg, einen Teufels- oder Höllengrund
bei Rittersgrün, Höllenstegen heißte in entlegener Theil von
Posseck bei Oelsnitz, sonst giebt es noch einen Höllhammer bei
Klingenthal, ein Höllhaus im Amte Schellenberg, ein Höll-
kruken, Amtsgut unter Lauterbach bei Oelsnitz, zwei Höllen-
mühlen, eine bei Augustusburg, die andere bei Rochsburg,
eine Höllenwiese bei Blauenthal, einen Teufelssee hinter
Arensfeld 2c.

---

845) Der Veensstein bei Neudörfel.

Preuster I. S. 38.

Bei Neudörfel in der Nähe von Zittau erblickt man
eine Menge wild durch einander geworfener, zum Theil haus-
großer, nahe an der Wittiche gelegener Steinblöcke, wovon
mehrere eine schmale Höhle bilden. Etwa 80 Schritte davon

liegt auf einer theils von Steinen, theils von der Wittiche umgebenen fruchtbaren Wiese das Veenhaus, dessen Besitzer seit Menschengedenken (seit 1521) stets der Veensmann genannt wird. Vor langen Jahren hat man einen solchen Veensmann bald auf diesem, bald auf jenem Wittich-Ufer bleichen sehen, dann ist stets das in der Nähe geweidete Vieh unruhig geworden und hat nicht fressen wollen; auch Töpfe hat derselbe bei sich stehen gehabt. Vor 300 Jahren hat hier einmal ein Wundermann wie ein Einsiedler gelebt, der das Orakel und der Helfer der ganzen Umgegend gewesen sein soll.

---

846) Der Veens- oder Feensmännelberg bei Ostritz.

Preußler, Bd. I. S. 41. Lausitzer Mag. 1838. S. 282. sq. cf. 1829. S. 249. 1836. S 5. Klar a. a. O. S. 133. sq. Gräve S. 105.

Am rechten Neißeufer auf der von Rhonau bis Niederau sich hinziehenden Anhöhe südöstlich von dem Städtchen Ostritz liegt der zu dem Dorfe Blumberg gehörige Veens- oder Feensmännelberg. Nach der Volkssage ist dieser Berg ehedem von einem von Statur kleinen Völkchen bewohnt gewesen, welches daselbst früher als die Ostritzer ansässig war, und von welchem diese, wenn sie Bier brauen wollten, meist eine Braupfanne zu entleihen pflegten. Als Erkenntlichkeit dafür wurde bei der Rückgabe der letzteren, welche stets bei einem über die Neiße führenden Steg zur Abholung hingesetzt ward, eine Semmel hineingelegt. Dies freundschaftlich nachbarliche Verhältniß dauerte lange Zeit fort, bis einstmals Jemand die Danksemmel aus der Pfanne und eine Unreinlichkeit dafür hineingethan hat. Als in der Folge das Städtchen Ostritz in Besitz von Thurmglocken gelangte, und die Feensmännel besonders den Ton der großen Glocke nicht vertragen konnten, haben sie den Berg gemeinsam verlassen, und ihren Weg durch die Altstadt von Ostritz, mithin von Osten nach Westen zu genommen, ihre Häupter sind bei diesem Zuge mit Melkgelten bedeckt gewesen. Noch zeigt man einen Weg zwischen zwei Häusern, den sie einschlugen. Oft wird von den dortigen

Einwohnern ihrer gesprächsweise gedacht, und z. B. von Je=
mandem in sehr kurzen Kleidern gesagt: er geht wie ein
Feensmännel, u. dergl. Im Augenblick der Sacraments=
wandlung in der Christnacht öffnet sich der Berg, dann sieht
man eine Schaar kleiner Männchen (nach Andern Greise mit
langen weißen Bärten) in kurzen Kleidern in großen Gold=
haufen wühlen, die dem dorthin verschlagenen Wanderer mit
eintöniger Stimme zurufen: „greif einen Griff und streich
einen Strich und packe Dich!" Wem nun das Glück wohl
will, daß er gerade in diesem Augenblicke dahin kommt, der
kann sich so viel von den dort aufgethürmten Goldhaufen
nehmen, als er mit einem Griff fortbringen kann, aber ja
nicht mehr.

847) Die Bierpfütze bei Ostritz.
S. Grosser Bd. I. S. 156. Haupt Bd. II. S. 137.

Zwischen Ostritz und Hirschfelde am sogenannten Läuse=
hübel (d. h. Pfützenhübel, von luza, Pfütze) ist eine Stelle,
die heißt bis auf den heutigen Tag die Bierpfütze. Das
kommt daher, daß einstmals daselbst die Görlitzer den Zit=
tauern eine ganze Ladung Bierfässer weggenommen und in
Stücke geschmissen haben, weil sie nicht dulden wollten, daß
die Zittauer ihr Bier auf Görlitzer Gebiet brächten und da
verkauften, denn es war ein altes Recht der Görlitzer, daß
im ganzen Umkreis der Stadt kein fremdes Bier gezapft
werden durfte. Aus diesem Ereigniß hat sich nachmals eine
lange Fehde zwischen den beiden Städten, genannt der Bier=
streit, entsponnen. In dieser Fehde erwarben die Zittauer
den Spottnamen Kuhtreiber, weil sie den Görlitzern das Vieh
wegtrieben (s. oben S. 209 und meine Bierstudien. Dresden
1872. S. 61).

848) Das Ostritzer Rathhaus und die tapferen Nonnen.
S. Haupt Bd. II. S. 138.

Im Jahr 1368 kamen die Einwohner von Ostritz, das
damals noch sehr klein war, auf den Gedanken, sie wollten eine

große Stadt werden, wie die benachbarten Sechsstädte Görlitz und Zittau. Sie fingen damit an, eigenes Bier zu brauen und in der Gegend zu verkaufen, wodurch sie der Stadt Zittau, zu deren Weichbilde Ostritz gehörte, großen Schaden machten. Aber sie wurden immer übermüthiger und beschlossen, steinerne Mauern und Thore zu bauen und thaten es auch. Als sie aber auch ein steinernes Rathhaus auf ihrem Marktplatze errichteten, da riß den Sechsstädten die Geduld und die Bürger derselben zogen wohl an die hundert Wagen voll geharnischter Leute und Zimmerleute und Maurer aus, drangen in die Stadt um die Mauern einzureißen, weil sie vorgaben, es könnten sich hier ritterliche Wegelagerer festsetzen. Als sie aber vor das neuerbaute Rathhaus kamen, da stand vor der Thüre die Aebtissin des Klosters Marienthal, an welches der Graf von Dohna Ostritz verkauft hatte, und alle ihre Klosterjung= frauen und hielten das Haus besetzt um es zu vertheidigen. Allein die Sechsstädter hatten keinen Respect vor ihnen, sie jagten sie hinaus, und machten das Rathhaus der Erde gleich. Die Nonnen beschwerten sich nun bei dem Kaiser (Karl IV.), allein sie konnten weiter nichts erlangen, als daß die Sechs= städter ihnen ihre Fleischbänke, welche im Rathhause bereits eingerichtet gewesen waren, wieder aufbauen mußten.

849) Zwergsagen in der Gegend um Zittau.

Lausitz. Mag. 1823. S. 63. sq. 1839. S. 215. 1838. S. 90. 379. Lie= busch, Chronik von Senftenberg 1827. S. 14. 27. sq. Lausitz. Monatschr. 1797. S. 75 sq. Pescheck in Büschings Wöchentl. Nachr. Bd. I. S. 72. sq. 97 sq. 291. 294. Haupt u. Schmaler, Wendische Volkslieder Bd. II. S. 265. Görlitzer Wegweiser 1833. S. 804 sq. Dietmanns Staats= und Reisegeographie Bd. I. S. 923. Knauth in d. Dresdner Gel. Anz. 1750. XI. S. 294. Preuster Bd. I. S. 50 sq. 156. Pariscia, Bd. IV. S. 82. Winter in d. Const. Z. 1854. Nr. 179. Anton, Progr. de Querxis. Gorl. 1846. in-4.

Das fabelhafte Volk der Zwerge (slavisch ludki†) lebt

---

† Die vor dem Berliner Thore von Lübben befindliche Hügelkette heißt jetzt noch die Ludjenberge, weil die Zwerge in ihnen ihren Aufent= halt gehabt haben sollen.

ebenſo in den Lauſitzer Sagen wie in denen anderer deutſcher
Provinzen. In der Zittauer Gegend heißen ſie Querxe, und
man nimmt gewöhnlich kleine Höhlen und Felſenſpalten als
ihre Wohnſitze an. So giebt es z. B. am Breitenberge bei
Haynewalde ein Querxloch und einen Querxbrunnen, desglei=
chen bei Dittersbach zwiſchen Großſchönau und dem benach=
barten böhmiſchen Dorfe Warnsdorf ein Querxloch ꝛc.

Am Meiſten trieben ſie ſonſt ihr Weſen mit den Be=
wohnern der um den Breitenberg gelegenen Dörfer, wer
Muth hatte, konnte ihr Thun und Treiben näher beobachten
und es täglich ſehen, wie einer nach dem andern zum ſoge=
nannten Querxloche aus= und einging. Ebenſo quollen be=
ſtändig neue Zwerge aus dem Querxborne heraus. Den
benachbarten Dorfbewohnern wurden ſie beſonders dadurch
läſtig, daß ſie ſie öfters, wiewohl unſichtbar, beſchmaußten und
ihnen Brod und andere Speiſen aus den Häuſern nahmen.
Zum Glück wußte man endlich eine Vorkehrung gegen dieſe
Brodbiebe ausfindig zu machen; dies war nämlich der Küm=
mel, denn ein Brod, worin einige Kümmelkörner mitgebacken
worden waren, rührten die Querxe nie an; es hatte dann
einen Geſchmack, der ihnen zuwider war. Bisweilen ſollen
ſie den Leuten aber auch Geſchenke gemacht haben. Einſt
hörten ſie von Ungefähr, daß ein Bauer aus Bertsdorf, der
nicht weit von ihnen ſein Feld bearbeitete, von ſeiner Frau
nach Hauſe gerufen wurde, um zu einer Hochzeit, zu der ſie
beiderſeits an jenem Tage geladen waren, ſich fertig zu
machen. Dies ließen die Querxlein ſich nicht ungeſagt ſein,
ſie berathſchlagten unter ſich und waren bald einig, jene Hoch=
zeit auch insgeſammt zu beſuchen, und ſich einmal einen recht
guten Tag auf anderer Leute Unkoſten zu machen. Ueberall
ruften ſie einander zu und erinnerten einander noch ausdrück=
lich, die Nebelkäppchen nicht zu vergeſſen und mitzunehmen.
Dies hörte ein anderer Bertsdorfer Einwohner, der ebenfalls
auf dem Felde an des Berges Fuße arbeitete, und halb im
Spaße, halb im Ernſte rief er den Querxen zu, auch ihm
eine Nebelkappe mitzubringen. Die Querxe ließen ſich bereit=

willig finden, brachten ihm wirklich eine mit, und erlaubten
ihm ebenfalls mit zu jener Hochzeit zu gehen, jedoch unter
der ausdrücklichen Bedingung, bei Tische ja von den Ueber-
bleibseln nichts mit sich zu nehmen, wenn er sich nicht ihren
Zorn zuziehen wolle. Uebrigens ließen sie ihm in Rücksicht
des Essens und Trinkens völlige Freiheit. Der Bauer ging
mit und ließ sich völlig unsichtbar Alles wohlschmecken. Als
der Schweinebraten an die Reihe kam, konnte er aber doch
der Lust nicht widerstehen, ein Stückchen für seine Frau und
Kinder einzustecken, doch kaum war es geschehen, so riß
ihm ein Zwerg das Mützchen vom Kopfe, und er saß nun
den Hochzeitsgästen sichtbar mit unter ihnen in seiner Alltags-
kleidung am Tische. Man staunte nicht wenig, und als er
die Ursache des Mitkommens, und daß auch noch Zwerge
zwischen jeden zwei Gästen säßen, erzählt hatte, war es den
letzteren erklärlich, daß jede Schüssel immer so bald ausge-
leert und auf der Hochzeit so äußerst viel gegessen worden
sei. Doch der Hausvater zürnte nicht, bat vielmehr den Bauer
auch für den andern Tag zu Gaste, und obwohl dies nicht bei
den Querxen geschehen war, so merkte man dennoch ihre
Gegenwart an dem wiederum sehr sichtlichen Abnehmen der
aufgetragenen Speisen.

Uebrigens waren die Querxe nicht immer so begehrlich
und gewinnsüchtig, sondern ihre Besuche waren bisweilen vor-
theilhaft für die Bewohner eines Hauses, z. B. wenn sie sich
bei Taufgastmählern und überhaupt in Wochenstuben ein-
stellten, dann drängten sie sich nicht als ungebetene Gäste zu
den Tischen hin, sondern hielten, wenn auch vielleicht nicht
für Alle, doch wenigstens für die Wöchnerin sichtbar, ihr
eigenes Mahl, entweder unter dem Ofen oder unter dem
Bette der Wöchnerin, wo man sie, um die Wöchnerin nicht
etwa Gefahren auszusetzen, gern ungestört und in Ruhe ließ.
Sie waren auch wohl höflich und brachten der Wöchnerin
etwas von ihren Eßwaaren, z. B. einen Zwieback, zum Geschenk in's Bette. Einst hörte eine Wöchnerin, die noch das
Bett hütete, und eben allein in der Stube war, plötzlich ein

ungewohntes Geräusch in ihrem Zimmer, sie blickte nach der Gegend, von wo es herzukommen schien, und sieht zu ihrem nicht geringen Erstaunen, daß in der Nähe des Ofens unten an der Wand plötzlich eine, nur unbedeutend große Oeffnung sichtbar wird, und daraus ein kleines graues Männchen oder Querxlein hervorkommt, mit vielen Grüßen ihrem Bette sich nahend. Er redet sie mit Höflichkeit an, und erbittet sich die Erlaubniß, daß eine ganze Gesellschaft ein Gastmahl in dieser Stube halten möge, und verspricht für die Erlaubniß im Namen Aller erkenntlich zu sein. Die Wöchnerin ertheilt die erbetene Erlaubniß und das Männchen empfiehlt sich mit vielen Begrüßungen wieder. Bald darauf hört die Wöchnerin durch jene Oeffnung ein neues noch größeres Geräusch, und das kleine graue Männchen erscheint wieder an der Spitze von einer Menge ebenso kleinen Hausgesindes, das wie ge=schäftige Ameisen, kleine Tische und Stühle und ganze Körbe voll der köstlichsten Eßwaaren und Speisen durch jene Wand=öffnung herbeibringt, und nun damit die Tische auf's Schönste besetzt. Jetzt erschallen Töne aus der Ferne, sie nähern sich allmälig, und es treten nun, ebenfalls durch jene Oeffnung mehrere Tonkünstler mit Saiten= und Blastonwerkzeugen ein, an die sich ein langer bunter Zug von lauter solchen kleinen Wesen anschließt. Die Gesellschaft nimmt Platz an den Tischen und hält ein lebhaftes vergnügtes Mahl unter der angenehm=sten Tischmusik. Nach aufgehobener Tafel ertönt eine mun=tere Tanzmusik, und schon fangen die kleinen Leutchen an sich bunt durch einander zu drehen und zu schwenken, als plötzlich ein neues Querxlein in's Zimmer gestürzt kommt, die Hände über dem Kopfe zusammenschlägt und voller Be=trübniß ausruft: „O große Noth, o große Noth! Die alte Mutter Pump ist todt!" Wie ein Donnerschlag tönt dies den kleinen Gästen in die Ohren, so schnell als möglich nimmt jeder die Flucht. Alles was von Sachen da war, wird eiligst hinweggeschafft, und zwar Alles zu der Oeffnung wieder hin=aus, wo es hereingekommen war. Die ganze Stube war nun wieder leer und einsam, nur jenes kleine Wesen, das

allem Anschein nach die Stelle eines Geprängmeisters beklei=
dete, war noch zu sehen; es kam auf die Wöchnerin zu, er=
zählte ihr, daß der plötzliche Tod der Ahnfrau ihres Stammes
sie in Schreck und große Betrübniß versetzt habe, und daß
sie nun sehr unglücklich werden könnten; es bedankte sich
übrigens höflich für die ertheilte Erlaubniß des Zutritts in
die Wochenstube, und schenkte der Wöchnerin im Namen der
ganzen Gesellschaft zum Danke dafür drei Geschenke, nämlich
einen goldenen Ring, einen silbernen Becher und ein Waizen=
brödchen. Diese drei Dinge, sagte das Männchen, seien von
der größten Wichtigkeit, denn so lange sie alle drei vereint
in dem Stamme bleiben würden, werde er immer größer,
angesehener und reicher werden, und Glück und Ruhm werde
sein Eigenthum sein. Sie müßten daher alle drei als ein werthes
Heiligthum betrachtet und sorgfältig aufbewahrt werden, der
Ring aber solle allemal in dem Geschlechte des ältesten Sohnes
verbleiben und von dessen Gemahlin getragen werden. Hier=
auf empfahl sich das Männchen höflichst wieder, und ver=
schwand durch die bewußte Oeffnung und diese mit ihm. Der
Wöchnerin war es, als ob sie aus einem Traume erwache,
und sie würde auch Alles für einen Traum gehalten haben,
wenn nicht die drei Geschenke ihr so in die Augen geglänzt
hätten. Sie rief nun ihre ganze Sippschaft zusammen, und
man berathschlagte, wie diese Kostbarkeiten am Besten zu ver=
wahren seien. Es ward ein fester steinerner Thurm erbaut,
und der silberne Becher und das Waizenbrödchen tief in seinem
Innersten verwahrt, so daß Niemand im Stande war, diese
heilbringenden Gaben dem Stamme zu entwenden, den Ring
aber trug die, der er geschenkt worden war, unablässig an
der Hand. Nach ihrem Tode aber erbte er als ein Altersantheil
der Vorschrift gemäß von Glied zu Glied fort, und das
Geschlecht war seit dem Besitze dieser Zaubergaben immer
größer, reicher und angesehener geworden, so daß man das
Glück, welches ihnen von Jahr zu Jahr immer schöner er=
blühte, nur einem höheren Schutze zuschreiben konnte. Siehe,
da war einst die Besitzerin dieses Ringes so unvorsichtig, ihn

zu verlieren, und alles Nachsuchens ungeachtet war er schlech-
terdings nicht wieder aufzufinden. Trostlos brach die Familie
in Klagen aus, und fürchtete den Zorn jener Wesen, deren
Hülfe sie sich bisher zu erfreuen gehabt hatten. Mit Recht,
denn ein Ungewitter erhob sich plötzlich über jenem alten
Thurme, der als Trutz- und Schutzwehr dieser Geschenke galt,
spaltete ihn nach einem furchtbaren Blitz und Gekrach von
oben bis unten, und verschlang in einem Nu die verehrten
Heiligthümer. Von diesem Augenblicke aber ging der Ver-
heißung nach der Stern dieses Geschlechtes unter, denn mit
dem Besitze dieser Geschenke war auch seine Größe und Wohlstand für immer dahin.

Aehnliche Geschichten werden übrigens von verschiedenen
Adelsgeschlechtern erzählt (s. Grimm, deutsche Sagen Nr. 35.
41. u. oben Nr. 395), nur mit dem Unterschiede, daß in
einer Familie der Unglücksbote gerufen haben soll: „der König
ist todt," und in einer andern wieder: „Urban ist todt."

Zu dem Besitzer der am Berge bei Dittersbach auf dem
Eigen in der Oberlausitz gelegenen Halbhufe kam einst, während er ackerte, ein Zwerg und bat ihn, es Hübel (einem
weiblichen Zwerg) zu sagen, daß Habel (ein männlicher Zwerg)
gestorben sei. Als nun der Bauer diesen ihm sonderbaren
Vorfall beim Mittagessen erzählt, kommt ein bisher nie be-
merktes Weiblein aus einem Winkel der Stube zum Vorschein, eilt wehklagend zum Hause hinaus und den Berg hinauf, ohne daß man es je wieder gesehen hat.

Uebrigens heißt es in einer alten Chronik des Eigen-
schen Kreises also: „Die Einwohner melden, daß von der
Zeit, ehe die große Glocke (nämlich zu Dittersbach) ist gegossen worden, so geschehen 1514, im Dietrichsberge Zwerge
gewohnt haben. Sie sind oft in's Dorf gekommen und haben
sich in die Häuser und Stuben verfüget, also daß die Leute
ihrer gar gewohnt gewesen, nachdem aber die Glocke gegossen
und geläutet worden, hat sie der harte Schall des Erzes,
welchen sie nicht erdulden können, vertrieben, daß man derselben keines mehr gespüret hat." Die, welche auf oder in

dem breiten Berge hausten, preßten aus dem nahen Dorfe
Haynewalde einen Bauer mit ein Paar Wagen und ließen
sich fortfahren (nach Böhmen). Die beiden Wagen wurden
gepfropft voll, denn die ganzen Querxe hingen sich darauf
und daran, so daß an jeder Latte und jeder Speiche ein
Querxlein hing. Den Bauer, der diese Fuhre übernahm, be-
lohnten sie sehr reichlich, so daß er dadurch zu einem reichen
Manne wurde, und alle seine Nachkommen sich dieses Glückes
noch erfreuen konnten. Die Querxe sagten beim Abschiede,
dann würden sie wiederkommen, wenn die Glocken wieder
würden abgeschafft sein, und „Wenn Sachsenland (d. h. die
Lausitz) wieder käm' an Böhmerland", dann, meinten sie,
würden auch bessere Zeiten sein. †)

Uebrigens soll sich alle fünf Jahre um 11 Uhr in der
Nacht von Johannis Enthauptung auf jenem Berge eine Art
Leichenzug sehen lassen. Ist nämlich der Mitternachtsstunde
letzter Ton verhallt, so entsteigt dem daselbst befindlichen
sogenannten Querxloche eine Menge in tiefste Trauer gehüll-
ter Zwerge. Lange Flöre entwallen ihren kleinen runden
Hütchen, acht Mann, welche gedämpften Posaunen Klagetöne
entlocken, schreiten voran, ihnen folgt ein langer Zug, in
dessen Mitte unter Vortritt eines Vornehmern als die andern
sechzehn Zwerge, die das Sargtuch tragen, und denen eben
so viel zur Seite stehen, ein offener Sarg folgt, in welchem
ein ebenfalls so kleines todtes Männchen mit Silberhaaren
und Bart, eine Krone auf dem Haupte und einen Scepter
in der rechten Hand, liegt. Mit Blumen aus arabischem
Golde und wundervollen köstlichen Edelsteinen ist der Sarg
geschmückt. Nachdem sie dreimal in die Runde gezogen sind,
wird der Sarg, nachdem er geschlossen, wiederum unter Wehklagen der Erde übergeben. Ist der Sarg in die Erde versenkt, so reinigen sich die Zwerge in dem daselbst befindlichen
Querxborne, ordnen sich in Reihe und Glied, die Trauer-

---

† Diese Sage ist poetisch beh. von Segnitz a. a. O. Bd. I. S. 76.
sq. Die folgende erzählt Gräve S. 149.

muſik beginnt, und nach und nach verſchwinden ſie wieder im
Querloche.

850) Der Nachtjäger. †)
N. Lauſitzer Mag. 1838. S. 385.

Einſt kommt ſpät in der Nacht ein Mann von Spitz=
kunnersdorf nach Haynewalde. Er hört Hundegebell, ſieht
weit umher aufgeſtellte Netze, erblickt auch endlich dreibeinige
Hunde emſig jagend. Er kommt etwas in die Irre, fürchtet
ſich gehörig, erreicht aber doch glücklich und ohne Schaden
das Dorf.

851) Der geſpenſtige Ochſe bei Horka.
N. Lauſitz. Mag. 1838. S. 385.

Bei Horka iſt ſowie bei Görlitz eine Hügelreihe, welche
ſich von Weſten nach Süden hinzieht, unter dem Namen: „die
Weinberge" bekannt. Die Benennung derſelben ſoll ſich davon
herſchreiben, daß vor Zeiten auf dieſen Bergen ein Schloß
geſtanden, wo man Wein geſchenkt hat. Weit und breit ſind
Leute hierher zu Wein gegangen und gefahren, wo es dann geheißen
hat: „wir fahren auf die Horkſchen Berge zu Weine." Die
Horkſchen Unterthanen haben auch alljährlich einen gewiſſen
Geldzins, ſowie einen gemäſteten Ochſen dahin entrichten
müſſen. Ein ſolcher Ochſe geht dort noch jetzt um: der Ochſen=
knecht auf dem Dominio Ober-Horka, Herrmanſchen Antheils,
ein Menſch von 17 bis 18 Jahren, hat ihn vor einigen 30 Jahren
geſehen, als er gegen Abend die Ochſen hütete. Etliche Abende
hinter einander erſchien ihm nämlich ein Ochſe, von Farbe
ganz weiß. Als der Knecht vor Furcht nicht mehr allein
austreiben wollte, ſo ging der Dominialpächter, der Jäger
und mehrere Andere mit Flinten bewaffnet mit. Da nun
der Ochſe, wenn man ſpricht, ſich wieder entfernt, ſo hatte

---

†) Von dieſem iſt in der Oberlauſitz oft die Rede: er iſt jedoch gleich=
bedeutend mit dem wilden Jäger.

man dem Ochſenknecht geſagt: „wenn der Ochſe kommt, ſo laß
nur die Peitſche fallen". Als dies geſchieht, aber die Uebrigen
keinen Ochſen ſehen, ſo frägt der Begleiter, wo denn der Ochſe
wäre? „Dort kehrt er wieder um, und geht jetzt gerade über
die Brücke weg", antwortete der Knecht. Sie mußten alſo
unverrichteter Sache nach Hauſe gehen.

852) Das Grab des böſen Jägers zu Horka.

N. Lauſitz. Mag. 1839. S. 358.

Auf dem Kirchhofe zu Horka gegen Norden, dicht an der
hohen Mauer erblickt man ein langes, mit Moos, Gras und
Blumen bewachſenes Grab, deſſen Hügel mit der Zeit einge-
ſunken iſt. Kein Leichenſtein, kein Todtenkreuz nennt uns
den Namen und die Schickſale deſſen, der hier eingeſenkt wurde,
kein Greis des Orts weiß darüber ſichere Kunde zu geben,
nur im Munde des Volks wird er der grüne Mann, und
ſein Grab das Grab des böſen Jägers genannt. Aus dieſem
Namen geht hervor, daß er finſteren und menſchenfeindlichen
Sinnes geweſen iſt, und ſelbſt noch im Grabe weiß er ſich
furchtbar zu machen. Als vor mehreren Jahren der Todtengräber einem Verſtorbenen das letzte Bett bereiten wollte,
und die Schaufel in das Grab des böſen Jägers ſtieß, um
hier ein neues Grab zu graben, bekam er von unſichtbarer
Hand eine ſo derbe Ohrfeige, daß er Schaufel und Geräth
im Stiche laſſend, ſcheu und entſetzt entfloh. Seitdem hat
kein Todtengräber es gewagt, das Grab des böſen Jägers
zu berühren und den Schlaf des grünen Mannes zu ſtören.
Nur Einer machte ſcheu den Verſuch, allein das Grab war
felſenhart, und er konnte die Schaufel nicht in den Hügel
ſtoßen. So bleibt das Grab verſchont, während alle übrigen
Gräber nach einer Reihe von Jahren wieder benutzt werden,
denn jeder fürchtet die geſpenſtige Ohrfeige.

853) Der Alex zu Horka.
N. Lausitz. Mag. 1839. S. 359.

In einer alten Kammer an der Kirche zu Horka findet
sich ein altes roh aus Holz geschnitztes Christusbild, sitzend,
das dornumflochtene Haupt mit der Hand stützend, dem Alt
und Jung den unerklärlichen Namen Alex beilegen. Dieses
Bild ist ein Gegenstand der Furcht und des Schreckens für
Viele. Einst, so erzählt man, ging eine Magd des Cantors,
um Gras auf dem Kirchhofe zu schneiden, vor jener dunkeln
Kammer, in der das gefürchtete Bild sich befindet, vorüber.
Leichtsinn und Uebermuth verleiteten sie zu der verwegenen
Aufforderung: „Alex, komm, hilf Gras schneiden!" Urplötzlich
bekommt sie von unsichtbarer Hand eine sehr fühlbare Züch-
tigung. Andere erzählen, die Magd sei auf dem Kirchhofe
gewesen, um die Abendfeierglocke zu läuten, und habe die
gefürchtete Gestalt aufgefordert, ihr zu helfen, worauf sie die
obige Strafe empfangen habe. Auch will der Nachtwächter
in einer stürmischen Nacht die verrufene Gestalt in der Geisterstunde am Kirchhofthore gesehen haben.

854) Die Zwerghochzeit.
Gräve S. 174. Darnach Winter in d. Constit. Z. 1854. Nr. 29.

Wenn man von Gaußig nach Neukirch geht, kommt man
über eine mit verschiedenen Hölzern bewachsene Anhöhe, links
neben derselben erblickt man aber einen freien, mit Wiesen-
blumen bedeckten Platz, gewöhnlich der Tanzplatz genannt.
Von diesem erzählt man, daß in der Bartholomäusnacht auf
einmal ein dichter Nebel von der Erde aufsteigt, aus welchem
nach und nach kleine niedliche Geschöpfe beiderlei Geschlechts
auftauchen, in das nächste Buschwerk schlüpfen und dann,
wenn der Nebel verschwunden ist, Paar und Paar unter
Vortritt von Spielleuten aus dem Dickicht kommen, ein
schön geschmücktes Brautpaar mit sich führen, dreimal im
Kreise herumziehen, sich dann an eine reich besetzte Tafel

18*

seßen, an welcher Braut und Bräutigam den Ehrenplaß ein=
nehmen, sich an Speise und Trank gütlich thun, und nach
beendigter Mahlzeit in lustigem Reigentanze sich umherschwen=
ken, bis sie, wenn der Frühnebel aufsteigt, in ihre unterirdische
Wohnung zurückkehren. Wer ihnen durch Zufall in den Weg
geführt wird, den beschenken sie reichlich, wer sie aber belauern
will, der büßt seinen Vorwiß mit einem Buckel voll Prügel.

855) **Die kostbaren Kegel.†)**
Gräve S. 68.

Nicht weit von dem unfern Zittau gelegenen Dorfe Ober=
Oderwiß erhebt sich ein kahler Berg, auf dem einst Riesen
gewohnt haben sollen. Diese waren aber arge Heiden und
trieben hier ein Wesen als wenn die ganze Welt ihr eigen
wäre. So hatten sie sich dort einen großen Kegelschub ein=
gerichtet, auf dem sie mit sechs goldenen Kugeln nach neun
goldenen Kegeln zu schieben, und jeden glücklichen Schub mit
ungeheurem Jauchzen zu verkünden pflegten. Eines Tages,
am Feste aller Heiligen, trieben sie aber ihr Wesen gar zu
arg, fluchten und lästerten schrecklich, spielten bis um Mitter=
nacht und kümmerten sich weder um Gott noch Menschen.
Da öffnete sich plößlich der Himmel, ein Feuerball fuhr herab
und begrub Kegel, Kugeln und Riesen in die Erde. Hier
liegt der geschmolzene Goldklumpen noch heute und harrt der
glücklichen Hand, die ihn zu Tage fördere.

856) **Das Bild zu Baruth.**
Gräve S. 81.

Im Jahre 1683 besuchte eine Gräfin Truchses ihre
Freundin, eine Frau von Gersdorf, auf deren Schlosse Baruth

---

†) Ganz anders erzählt Willkomm, Sagen a. d. Oberlausiß Bd. II.
S. 1. sq. diese Sage.

bei Budiſſin, um das Ende des Sommers bei ihr zuzubringen, während ihr Gemahl im öſterreichiſchen Heere gegen die Tür- ken biente. Am 12. September d. J. warb bekanntlich Wien entſetzt, und im Schloſſe zu Baruth zur Feier dieſes Sieges nach einigen Tagen ein großes Feſtmahl veranſtaltet. Da trat am hellen Tage ein öſterreichiſcher Krieger in's Tafel- zimmer und ſtellte ſich hinter den Stuhl der Gräfin. Dieſe ſich umwendend, erkannte ſogleich ihren Gemahl, den ſie mit dem freudigen Ausrufe: „Graf Truchſes!" begrüßte, aufſpringen und ihn umarmen wollte. Allein verſchwunden war der Ritter. Man hielt es anfangs für einen Scherz, womit er ſeine Gattin habe necken wollen, durchſuchte das ganze Schloß, fand ihn aber nicht. Die Gräfin wurde nach langem vergeblichen Harren gefährlich krank. Da traf auf einmal die Nachricht ein, ihr Gemahl habe im Gefecht einen töbtlichen Säbelhieb in den Schädel erhalten, an deſſen Folgen er am Tage der Siegesfeier im Schloſſe zur nämlichen Stunde, wo ſich jene Erſcheinung zeigte, geſtorben ſei. Die Beſitzerin des Schloſſes ließ über dieſe Begebenheit von geſchickter Hand ein Bild entwerfen, auf dem die Scene dargeſtellt war, wie der Ritter hinter den Stuhl ſeiner Gemahlin tritt, und dieſes befand ſich noch zu Ende des vorigen Jahrhunderts in der Bilder- galerie des Schloſſes.

857) Der Feuermann bei Baruth.
Gräve S. 193.

Auf dem 1¹/₂ Meile von Budiſſin in der Nähe von Baruth gelegenen ſogenannten Schaafberge zeigt ſich in der Andreasnacht zur gewöhnlichen Geiſterſtunde ein Feuermann, welcher weit und breit ſeine praſſelnden Flammen ſchleudert. Hier iſt in einer großen eiſernen Truhe ein unermeßlicher Schatz vergraben, auf welchem Behälter eine kleine Schatulle von Ebenholz mit Elfenbein ausgelegt ſteht. Ein Graf von Gersdorf, Beſitzer dieſes Gutes, ließ in der letzten Hälfte des 17. Jahrhunderts unter Leitung eines ſachkundigen Jeſuiten daselbst nachgraben. Nach langer Mühe stieß man endlich auf die Truhe, worüber man sofort dem Grafen Bericht erstattete. Dieser begab sich sogleich an den bezeichneten Ort und sah mit seinen eigenen Augen die Truhe und Schatulle, auf derselben aber ein zusammengerolltes Papier, welches er wegzunehmen befahl. Darin stand aber: „Wer dieses Kistchen öffnet, dem kostet es seinen erstgeborenen, und wer sich dieser Lade bemächtigt, seinen zweiten Sohn." Der Graf, welcher nur zwei Söhne hatte, die er gleichartig liebte, erschrak heftig, ließ die Grube wiederum verschütten und der Schatz blieb ungehoben.

858) Die drei goldenen Kronen zu Neschwitz.
Gräve S. 98.

Als das Rittergut Neschwitz noch dem Fürsten von Teschen gehörte, ließ derselbe einst einen Goldschmied von Dresden kommen, der ihm zu einem Weihnachtsgeschenk für seine drei Söhne drei goldene Kronen anfertigen sollte. Er machte ihm die strengste Verschwiegenheit zur Pflicht, und erlaubte ihm nur nach Tische das Zimmer im alten Schlosse, wo er arbeitete, auf einige Zeit zu verlassen. Gleichwohl entdeckten die Kinder, nachdem sie lange vergeblich sich bemüht hatten, hinter das Geheimniß zu kommen, dasselbe doch noch, und sagten ihrem Vater unverholen, daß sie wüßten, was er für sie zu Weihnachten bestimmt habe. Dies verdroß denselben aber dermaßen, daß er mit eigener Hand die fertigen Kronen zum Fenster hinaus in den vorbeifließenden Graben warf, wo sie noch jetzt liegen sollen.

859) Der blutende Geist zu Neschwitz.
Gräve S. 97.

Auf dem alten Schlosse Neschwitz, nicht weit von Budissin (im sogenannten Orangenhause) erscheint den 7. Juli,

manchmal auch zu andern Zeiten in der Mitternachtsstunde
eine bleiche abgehärmte Gestalt voller Blut, welche um das
Schloß herumgeht, und dann mit einem tiefen Seufzer wie=
derum verschwindet.   Die Veranlassung dazu ist folgende.
Als am 6. Juli des Jahres 1698 Joh. K. Joachim (Ritt=
meister) auf Saritsch, und Jacob auf Zescha, Gebrüder von
Theler bei ihrem Vetter, W. Ehrenreich von Theler auf Resch=
witz bei einem freundschaftlichen Gastmahle waren, erhob sich
zwischen erstgenannten Beiden ein Streit über politische Mei=
nungen, welcher so heftig wurde, daß sie in's Nebenzimmer
gingen und ihre Degen zogen. Der Wirth, Wolf Ehrenreich,
dies bemerkend, eilte ihnen, um Ruhe zu stiften, sofort nach,
redete zur Sühne und ergriff, sich unter die Kämpfenden
werfend, einen Stuhl, wobei er von einem der Zornwüthigen
einen Stich erhielt, an dessen Folgen er am andern Tage starb.

860) Der Holzmann.
Gräve S. 134.

Geht man von Budissin auf der Löbauer Straße hin, so
erblickt man unweit des Dorfes Kittlitz linker Hand ein Bir=
kenwäldchen.   In diesem begegnet man zu gewissen Zeiten
einem langen abgehagerten Mann von verfallenem Gesichte,
mit kleinen stechenden Augen und auffallend spitzem Kinn,
welcher mühsam unter einer schweren Reißighocke einherkeucht.
Wer ihn grüßt oder gar die gute Meinung hat, ihm seine
Last zu erleichtern, dem hockt er auf, erschwert ihm den Weg,
treibt allerlei Unfertigkeiten, und entläßt endlich die auf diese
Art von ihm Gequälten, nachdem er sie derb durchgeprügelt
hat.   Der Gespenstige war nämlich, als er noch die Weltluft
einathmete, ein harter, unerbittlich strenger Holzförster, der
die armen Holzlesenden grausam behandelte, und dessen Geist
nunmehr bis zur Erlösung zum Herumirren verbannt ist·
Von denjenigen, welche ihn grüßen, glaubt er, daß sie ihn
kennen, und mit seiner Strafe bekannt sind, und durch ihr
Hülfeanbieten ihn nur verhöhnen wollen.

861) Der Schatz im Kirschauer Raubschlosse.

Scholz bei Klar a. a. O. S. 89. sq. Gräve S. 145. sq.

Südlich von Budissin, ohngefähr 2½ Stunde, liegt in reizender Gegend unfern des Dorfes Kirschau auf einer Anhöhe die Ruine der alten Raubburg Kirschau. Am Meisten tritt von den noch vorhandenen Mauerüberresten das Hauptthor nach der Burg hervor, dessen Höhe jetzt freilich kaum noch 4 Ellen beträgt, da die Schwelle wohl eben so tief mit Schutt bedeckt ist. In diesen Ruinen ist es zu Anfange des Frühjahres und Herbstes angeblich nicht ganz geheuer, denn man will zu dieser Zeit dumpfes Gewimmer, starkes Waffengeklirr, heftiges Kettengerassel, aber auch gellendes Gelächter, wilden Sang und lauten Becherklang hier gehört haben. Seltener ist aber etwas zu sehen gewesen, doch haben sich auch furchtbare vermummte Gestalten erblicken lassen, welche im Schlosse die Runde machten, und dann plötzlich wieder verschwanden. Mehr als dies Alles hat schon seit Jahrhunderten die Aufmerksamkeit manches Bewohners der Umgegend ein eiserner Kessel auf sich gezogen, welcher tief unter den Trümmern des alten Raubschlosses ruht, und einen unermeßlichen Reichthum an Gold und Edelsteinen birgt. Obgleich gedachter Schatzkessel von mächtigen Geistern bewacht wird, nämlich von einem schwarzen furchtbaren Ritter mit einem blutrothen Helmbusche auf dem Haupte·und einem mächtigen, von Menschenblut rothgefärbtem Schwerte in der Hand, und von einem nimmerschlummernden Falken mit eisernem Schnabel und panzerfestem Gefieder angethan, so ist es doch nicht im Bereiche der Unmöglichkeit, ihn zu heben, und dann zu seinem Nutzen anzuwenden. Derjenige, welcher den Schatz heben will, muß in der Nacht vom 22. zum 23. Februar — Petri Stuhlfeier — geboren sein, am Tage Petri Kettenfeier oder den 1. August in drei auf einander folgenden Jahren das heilige Abendmahl genossen haben, und sich genau die Zauberformel merken, welche ihm in der heiligen Christnacht träumen wird. Dies ist aber noch nicht Alles. Der

vom Schicksal zur Erhebung des Schatzes Bestimmte hat nun
in der Nacht von Petri Kettenfeier sich auf die oben ange-
gebene Landstraße von Budissin hinter dem Dorfe Postwitz
zu begeben, einen schwarzen Kater, eine schwarze Schlange
und einen schwarzen Hahn allda zu schlachten, das Blut mit
Bilsenkrautasche zu vermischen, sich damit Gesicht und Hände
zu waschen, und dann dreimal die Zauberformel nach der
Burgruine zu auszusprechen. Hierauf wird ein Wunder geschehen und Alles, was ihm befohlen wird, muß er verrichten,
wenn er nicht den Schatz wieder verschwinden oder gar sich
gemißhandelt oder verstümmelt sehen will.

Noch ist der Schatz nicht gehoben, trotzdem, daß zweimal Versuche dazu gemacht worden sind, die aber beide schlecht
abliefen.

Im Jahre 1602 wagte es ein Bauer mit Hülfe seines
Sohnes diesen Schatz zu heben, und begann auch die
Beschwörung, welche nach Aussage seines Sohnes in so weit
glückte, daß sich der Berg öffnete und der Kessel sichtbar
wurde, allein da der gute Landmann von der Zauberformel
etwas vergessen hatte, oder dieselbe nicht gehörig aussprach,
erschien ein schwarzer furchtbarer Ritter mit blutrothem Helmbusche, Feuer flackerte aus der Erde und eine schauderhafte
Stimme rief: „Wehe, wehe Dir und Deinen Thaten!" Ein
Donnerschlag erfolgte, der Schatz verschwand, der Sohn ergriff die Flucht, und den Vater fand man am andern Morgen mit umgedrehtem Halse und schwarzem Gesicht in dem
sogenannten Schloßgarten entseelt liegen.

Im Jahre 1607 ward ein zweiter Versuch gemacht durch
einen gewissen Karl Lende aus Budissin, einen jungen Mann,
der auf leichte Weise zu Reichthum und Ansehen gelangen
wollte. Allerdings war er erst 18 Jahre alt, allein da seine
Geburt wirklich in der Nacht vom 22. zum 23. Februar er-
folgt war, er auch in der letztvergangenen Christnacht die
fragliche Zauberformel geträumt und sich wohl eingeprägt
hatte, so ging er muthig ans Werk. Einen schwarzen Kater,
eine schwarze Schlange und einen schwarzen Hahn hatte er

sich verschafft, und sich dazu blecherne Büchsen machen lassen, welche so eingerichtet waren, daß man die Thiere ohne Gefahr schnell tödten konnte. Vom Kirchhofe hatte er selbst sich Bilsenkraut mitgebracht und dieses gut getrocknet, so daß es an Ort und Stelle schnell in einer Blendlaterne zu Pulver gebrannt werden konnte. Mit der Nacht in den Ruinen angelangt, schlachtete er die Thiere, verbrannte in seiner Blendlaterne das getrocknete Bilsenkraut, mischte das Blut und die Asche wohl durch einander, und bestrich zitternd Gesicht und Hände. Glücklicher Weise verlieh ihm dieses seltsame Waschen eine wunderbare Kraft und Freudigkeit und alle Furcht zerrann, denn sonst wäre es ihm wohl kaum möglich gewesen, die Zauberformel fehlerfrei auszusprechen. Sobald das letzte Wort ausgesprochen war, sah er sich vor einer offenen Pforte. Er schritt hinein und war in einer von hellem Kerzenschein erleuchteten Höhle, in deren Mitte ein steinerner Tisch stand. Auf ihm lag ein blankes Schwert und neben diesem stand ein Helm mit schwarzen Federn verziert und stark vergoldetem Visir. Vor ihm aber stand plötzlich eine schöne Jungfrau mit glühenden Wangen und purpurnen Lippen. Ihr wallendes Haar von blonder Farbe zierte ein mit Edelsteinen reich ausgeschmücktes Diadem, um ihren zarten schneeweißen Hals perlte eine goldene Kette, und den schlanken Körper verhüllte ein langes schneeweißes Gewand. Schweigend trat sie zum Tische, nahm den Helm, überreichte ihn dem Jünglinge und als er ihn aufs Haupt gesetzt, reichte sie ihm auch das blanke Schwert und rief ihm freundlich zu: „folge mir nach!"

Dieselbe schritt nun durch einen sehr langen Gang, der endlich in einen von hohen Mauern umgebenen Schloßhof führte. Hier stand gegen das Schloß zu eine sehr lange steinerne Spitzsäule. „Rette mich", rief bittend die Jungfrau, „schlage dreimal mit dem Schwerte an diese Säule, bekämpfe den darunter verbannten Ritter, und gieb dem auf dem eisernen Goldkessel sitzenden Falken das Blut der Person zu trinken, auf deren Arm er sich setzen wird." Ohne zu zögern schlug Karl dreimal an die steinerne Spitzsäule, daß laut das

Schwert erklang und helle Funken sprühte, die Säule stürzte
in Stücke zusammen, ein großer eiserner Kessel mit eitel Gold
und Edelsteinen gefüllt, ward sichtbar, vor ihm aber stand mit
gezücktem Schwerte ein schwarzer furchtbarer Ritter, einen
blutrothen Helm mit fliegenden Federn auf dem Haupte, um
seine Schultern hing eine goldene Ritterkette, und auf dem
strahlenden Schilde, der auf dem Kessel lag, saß der Falke
und wetzte seinen eisernen Schnabel auf dem ehernen Gefieder.
Karl schaute nach der Jungfrau, und indem er sein Schwert
gegen den Ritter schwang, wähnte er seinen Gegner mit einem
Schlage niederzustrecken, allein dieser ließ ebenfalls sein Schwert
durch die Lüfte streichen, der Falke schoß pfeilschnell nach der
Jungfrau hin und setzte sich auf ihren Arm. Als dies Karl
sah, entfloh seinem Munde ein Angstschrei, das Schwert ent-
sank seiner Hand, und ein zweiter Schwertstreich des schwarzen Ritters lähmte seinen Arm. Besinnungslos stürzte er
nieder, als er aber wieder zum Bewußtsein kam, hörte er
noch aus der Ferne den klagenden Gesang der Jungfrau,
deren Blut er nicht hatte vergießen wollen, von dem Ritter,
dem Schatze und dem Falken war jedoch keine Spur zu entdecken. Als aber die ersten Strahlen der Sonne die Gipfel
der Berge erleuchteten, da verstummten auch die letzten Töne
des Gesanges, er selbst aber ward nur durch seinen für
immer gelähmten Arm daran erinnert, daß er nicht geträumt
habe, da er jedoch die Zauberformel gänzlich vergessen hatte,
konnte er sein Wagestück nicht noch einmal unternehmen.

---

862) Der wilde Ruprecht auf dem Hutberge.
S. Gräve S. 13. Haupt Bd. I. S. 123.

Auf dem Hutberge bei Herrnhut ist's nicht geheuer. In
der Walpurgisnacht hört man ein schreckliches Tosen in der
Luft und sieht allerhand riesenhafte Gestalten daher ziehen.
Das ist der ruhelose Geist eines wilden Raubritters; der
hatte einst dort eine große Burg, deren Trümmer noch heute

ſichtbar ſind. Sein Name war Ulrich Ruprecht. Er legte
große Keller im Berge an, wo er ſeinen Raub zuſammen=
trug, und einen großen Schaß ſammelte, der noch zu heben
iſt. Ein unterirdiſcher Gang ſeßte ſein Schloß in Verbin=
dung mit Bernſtadt, wo ſein guter Freund und Helfershelfer
Bernhard Dietrich hauſte. Als er einſt in ſeinem Keller ſaß
und im Golde wühlte, kam der Teufel und mauerte die
Kellerthüre zu, daß er bei ſeinen Schäßen elendiglich um=
kommen mußte.

---

863) Der Hutberg bei Bernſtadt.

S. Haupt Bd. II. S. 44.

Mitten in dem Eigenſchen Kreiſe liegt der Hutberg und
man kann von ihm aus den ganzen fruchtbaren und an=
muthigen Landſtrich beſchauen. Deshalb erbauten auch die
Herren von Biberſtein auf demſelben die Veſte, von welcher
noch jeßt die Ringmauern zu erkennen ſind, welche in Form
eines Zirkels 720 Fuß an Umfang hatte. Vor etwa zwei=
hundert Jahren ragten ſie noch aus der Erde gen Himmel
empor und ſchauten auf das Dorf Bernſtadt, welches ſeinen
Namen von einem Herrn Bernhard von Biberſtein hatte, ſtolz
hernieder. Wodurch die Veſte verfallen, ob ſie die Huſſiten
zerſtört haben oder ob ſie, ſeit der Eigen an das Kloſter gekommen,
vernachläſſigt worden und unbeachtet geblieben iſt, daß weiß
man nicht. Den Namen des Hutberges leiten die Leute da=
von her, daß die Herren von Biberſtein in der Gewohnheit
gehabt hätten, einen blauen Hut zu tragen (ſ. a. oben Nr. 773)
und von dem Volke gewöhnlich die Blauhüte genannt wor=
den wären. Andere meinen, daß der Berg ſo genannt worden,
weil man von ihm aus weit in's Land hineinſehen kann und
die dort oben hauſenden Ritter ihr ganzes Beſißthum von
da herab in guter Hut zu halten vermochten.

---

864) Der Schatz auf dem Hutberge.

Nach Gräve S. 154 sq.

In der Nacht des Tages aller Seelen zeigen sich auf dem bei Schönau gelegenen sogenannten Hutberge große Feuergestalten von kegelförmiger Gestalt, die herum hüpfen und dabei ganz sonderbare Töne hören lassen. Dieses ist der Zeitpunkt, wo sich von der 11. bis 12. Stunde der Nacht der Berg öffnet, und dem glücklichen Entdecker eine Braupfanne voll Gold sichtbar wird, die derselbe, nachdem er zuvor die Geister der Unterwelt durch ein Opfer besänftigt, heben kann. Jener Schatz soll aber aus den Reichthümern bestehen, die hier einst ein gewaltiger Raubritter Ulrich Ruprecht gesammelt und in einem am Abhange des Berges gelegenen Felsen= keller versteckt hatte. Einst soll nun, während der Ritter in demselben in seinen Schätzen wühlte, der Böse den Zugang, den Niemand weiter kannte, versperrt haben, und der Geiz= hals, dem der Ausgang verschlossen war, mußte nun bei seinen Schätzen verhungern.

865) Entstehung der Stadt Königsbrück.

S. Haupt Bd. II. S. 111.

Nachdem Karl der Große in Niedersachsen an der Elbe mit den Sachsen Friede gemacht hatte, schickte er seinen Sohn Karl die Elbe und Saale hinauf in das Land der Sorben= wenden, um sie zum christlichen Glauben zu bewegen. Bei diesem Heereszuge ließ Karl eine Brücke über die Pulsnitz schlagen, ging mit seinem Kriegsvolke darüber und bezog auf der andern Seite ein Lager. Dies Lager war der Anfang einer Stadt, die von der Brücke, an der sie lag, den Namen Königsbrück erhielt.

866) Der Vogelberg bei Gräfenhain.

S. Haupt Bd. I. S. 259 II. S. 111.

Früher stand das bei Königsbrück in der Niederlausitz gelegene Dorf Gräfenhain auf dem nahen Vogelberge, daselbst waren auch zwei Klöster, eines am westlichen, das andere am südlichen Abhange des Berges, welche beide durch einen unterirdischen Gang, welcher mitten durch den kleinen Keulenberg hindurchführte, mit einander in Verbindung standen. Auf dem großen Keulenberg, der jetzt Augustusberg heißt, war früher eine Opferstätte des Radegast, wovon noch die Namen der Städte Radeburg und Radeberg herrühren. Als nun im vorigen Jahrhundert einmal Gräfenhainer Bauern in der Heuernte beschäftigt waren, kam plötzlich eine finstere Wolke daher gebraust, aus ihr regnete es Steine so groß wie eine Mannsfaust, an den benachbarten Bergen aber leuchtete es wie blaue Flammen und dröhnte es wie ferner Donner. Der Sturm schnitt das Gras von der Erde weg, als hätte es ein Scheermesser abgeschoren, die Heuschober wurden aufgehoben und verschwanden in der Luft. Da sagte eine Tagelöhnerin zu ihrem Manne: „Komm, wir wollen nach Hause gehen! hole das Zeug, der jüngste Tag kommt!" Unerschrocken antwortete ihr dieser: „Du Närrin, wenn der jüngste Tag kommt, brauchen wir das Zeug nicht!"

867) Der Gotschdorfer Heilbrunnen.

S. Habertorn, Chronik von Camenz, S. 432. Haupt Bd. I. S. 250 u. N. Lauf. Mag. Bd. XLIV. S. 4

Bei Gotschdorf und Neukirch, eine halbe Meile von Königsbrück, war in frühern Zeiten ein heidnischer Götzentempel mit einem heiligen Brunnen. Dieser Tempel wurde später in eine christliche Kirche verwandelt, aber nach wie vor kamen die Leute an gewissen Tagen, um in dem Brunnen zu baden unb von seiner Wunderkraft immerwährendes Heil und Kraft zu erlangen, so baß die chriftlichen Priefter Geld dafür nahmen und große Schätze sammelten. Erft als eine der vorigen Königsbrücker Herrschaften ihn überbecken ließ, hat er seine Kraft verloren, aber doch nicht gänzlich seine Heiligkeit eingebüßt. Noch zu Enbe bes vorigen Jahrhunderts kamen an einem beftimmten Tage bes Jahres die Neukircher Burschen, um ben Brunnen feierlich zu reinigen. — Eine halbe Meile von Königsbrück ift eine andere Quelle, welche die Eigenfchaft haben soll, baß Steine, welche man hineinwirft und einige Zeit barin liegen läßt, weich werden. Im Jahre 1646 ließ der Freiherr v. Schellendorf, damaliger Befitzer von Königsbrück, die Quelle unterfuchen und faffen, und es fand sich balb ein Zulauf von Leuten aus allen Ständen, die ihr Waffer als Heilmittel brauchten. Ein Bauersmann kam auch bahin und gebrauchte den Brunnen. Da er aber nicht sogleich eine heilsame Wirkung verfpürte, verachtete er die Gottesgabe und sprach spöttisch: „Waffer ift Waffer, ich lobe mir eine Kanne Bier dafür", worauf ihn der Schlag auf der Stelle rührte, baß er ftumm geworden und hierauf in einigen Tagen geftorben ift. In berfelben Gegend find auch sonft zwei Salzquellen gewefen, beren Waffer die Lanbleute zum Salzen der Butter gebraucht haben, welche bavon sehr schmackhaft warb, allein in der Hussitenzeit find sie mit Schlamm verftopft und mit Gehölz überwachsen.

---

868) Der Schenkwirth zu Poftwitz.

S. N. Lauf. Mag. 1837. S. 315. Haupt Bd. II. S. 140.

Als König Matthias im J. 1611 zur Hulbigung nach Baußen kam, reifte ihm der Landeshauptmann mit ben Ritterpferden, an 500 Mann ftark, bis Poftwitz entgegen, wohin auch ber Rath schon Lebensmittel gefenbet hatte. Der König hielt sein Mittagsmahl am 3. Septbr. im Garten der Schenke. Der Pfarrer bes Orts sprach babei bas Tischgebet und als der König ihn aufforberte, sich eine Gnabe auszu-

bitten, bat er um die Verstattung des Kelches im h. Abend=
mahl, was auch für ewige Zeiten gewährt wurde. Nun sollte
sich auch der Schenkwirth eine Gnade ausbitten, aber er
konnte sich im Augenblick auf nichts Rechtes besinnen. Da
dachte der König: „das muß ein zufriedener Mann sein!" und
ritt von bannen. Als der Zug weg war, fiel dem Schenk=
wirth ein, was er brauchte, und er lief den Reitern nach bis
auf die Anhöhe von Raschau. Der König hielt eine Weile
sein Pferd an und sagte: „nun, Schenke, was willst Du?"
Da sagte der Schenke „er müsse das Stadtbier schenken und
das sei so theuer und er habe nichts davon und er bitte
Se. Majestät, daß ihm das Recht verliehen werde, daß er aus
jeder Kanne, die er den Gästen auftrage, den ersten Trunk
thun dürfe". Da lächelte der König und sagte: „ja, das
Recht soll er haben!" Zufrieden und dankbar kehrte der Schenk=
wirth um und alle seine Nachkommen bedienen sich bis auf
diese Stunde des königlichen Privilegiums. Uebrigens nennen
in dem ganzen Theil des Lausitzer Erzgebirges die Schenk=
wirthe diese Sitte noch heute das Gebirgische Recht.

869) Der schwarze Mann bei Postwitz.
S. Haupt Bd. I. S. 162.

Anno 1669 am 7. April am schwarzen Sonntage des
Abends in der neunten Stunde gehen Christian Lehmann,
Kramer, und Martin Möller, Schuster zu Budissin, vom
Taubenheimer Markte heimwärts. Der letztere war ein ver=
soffener Bruder und einer der greulichsten Flucher seiner Zeit.
Als sie beide in der Nähe von Postwitz bei Bautzen sind,
kommt ein schwarzes Gespenst mit feurigen Augen und rings
von Rauch umgeben querfeldein ihnen entgegen. Es hat sie
auch gedäucht, als sähen sie nichts als eitel Wasser vor sich,
da doch in jener Gegend sonst keines ist. Da sind sie beide
in großes Schrecken gerathen, aber doch ihres Weges fürbaß
gegangen. Martin Möller nimmt sein Messer aus dem Schub=

sack und wirft's weg, damit er sich keinen Schaden thue. Lehmann aber hebt an zu singen: „ach bleib bei uns Herr Jesu Christ", fährt fort: „Gott der Vater wohn' uns bei" und schließt mit dem Verse: „Auf meinen lieben Gott trau ich in aller Noth". Als sie nun unter dem Gesange an dem Gespenste vorbeigeeilt und dasselbe einen Steinwurf weit über- holt, sehen sich die Beiden um und werden gewahr, daß Alles wie leere Funken aus einander fährt und verschwindet, haben auch hernach nichts mehr gemerkt.

---

870) Das Eierfest auf dem Protschenberge am ersten Osterfeiertage.

S. Dresdner Presse 1874. Nr. 95.

Alljährlich eilt am ersten Osterfeiertage in den Mittags- und ersten Nachmittagsstunden, wenn das Wetter es nur einigermaßen erlaubt, Alt und Jung aus Bautzens Mauern nach dem Protschenberge zum Eierschieben. Die Wege nach der luftigen Höhe, durch parkartige Anlagen und grünende Saatfelder führend, vermögen kaum in der Stunde zwischen 1 und 2 Uhr die frohen Schaaren zu fassen. Der Protschen- berg, eine von mächtigen Granitfelsen gebildete Anhöhe am linken Spreeufer, westlich von Bautzens altem Schlosse, der Ortenburg, das Flußthal einschließend, trägt auf seinem Scheitel einen Gottesacker, der als Begräbnißort von der zu- meist wendischen Bevölkerung des uralten, an der einstigen vom fernen Osten nach Gallien durch Mitteldeutschland füh- renden Völkerstraße gelegenen Ortes Seidau benützt wird. Ein stark geneigter, von Gras nur spärlich bewachsener, nach dem rauschenden Gewässer der durch die Industrie dem Menschen sehr dienstbar gewordenen Spree blickender Abhang füllt sich rasch mit Seidauer Knaben und Mädchen verschie- denen Alters, und aus dem Munde dieser in rascher Be- wegung auf- und absteigenden Kinderschaaren tönt fortwäh- rend, bald in vereinzelten Stimmen, bald in vollen Chören der langgedehnte, vom wendischen Dialecte stark gefärbte Ruf: „Eier!" Die von Eltern, Geschwistern, Anverwandten und wohl auch Dienstboten begleiteten Kinder der Bewohnerschaft Bautzens und Schaaren von Jünglingen und Jungfrauen schauen, in dichten Reihen die Stirn des Protschenberges einnehmend, heiteren Blickes hinab auf die rufende Menge. Es gilt nun, hart gesottene, mit Farben bunt bemalte Eier, oder auch Obst, Backwerk aller Art und nach Befinden auch Kupfermünzen, möglichst weit hinab in die schreienden Schaaren zu werfen. Je nachdem bald aus der Mitte, oder aus einem der beiden Flügel der Städter die Gaben geworfen werden, je nachdem bewegen sich die Schaaren der auffangenden Kinder nach dieser oder jener Richtung. Personen, die im Werfen geübt sind, vermögen Eier bis in den Fluß zu werfen. Ist dies geschehen, so waten abgehärtete Buben baarfuß in das kalte Wasser und ringen unter dem Beifallsrufe der Menge um das farbige Osterei. Gegen drei Uhr lichten sich die Reihen und in den späteren Nachmittagsstunden verlassen die letzten Kinder mit ihren errungenen Schätzen den Festplatz.

Ueber die Bedeutung und Veranlassung dieses seltsamen Festes herrschen verschiedene Meinungen, aber eine sichere Kunde darüber giebt es nicht. Im Allgemeinen hält man dieses Fest für eine Erinnerungsfeier an jene Zeit, in welcher es dem Christenthume gelang, die heidnischen Götzen von der Höhe des Felsens in die Fluthen des Spreeflusses zu werfen†). Daß der Protschenberg früher ein heiliger, sogar befestigter Ort††) der heidnischen Bevölkerung der Gegend gewesen ist, haben verschiedene Nachgrabungen und die dabei gemachten Funde mit ziemlicher Gewißheit ergeben, allein von einem Eierfeste zum Andenken an den Sieg des Kreuzes

---

†) Dies ist irrig und es ist im Gegentheil ein aus dem Heidenthum entlehnter Gebrauch, der die Sage vom Weltei versinnlichen soll. S. Hasche, Mag. Bd. III. S. 297. 471. Hanusch, Slav. Mythol. S. 197. Nork, Myth. Wtbch. Bd. 1. S. 505 fg. Friedreich, Symbolik d. Natur. S. 687 fg.

††) S. Haupt, Laus. Sag. Bd. II. Nr. 95.

über die Götzen ist keine ältere Kunde vorhanden. Man bringt dieses Fest auch mit der Reformation in Verbindung und meint, daß die Protestanten am ersten Osterfeiertage jedes Jahres auf den Protschen gezogen seien, um ihren Groll darüber zu vergessen, daß sie an diesem Tage ihr Gotteshaus den wendisch-katholischen Christen Bautzens und der Umgegend in der Mittagsstunde zur Benutzung zu überlassen gezwungen seien. Bis zum Jahre 1848 fand allerdings nach alten, nun aufgehobenen Verträgen in dem protestantischen Theile der Petrikirche ein wendisch-katholischer Gottesdienst während der Mittagsstunden statt, sodaß der Festgottesdienst der Prote- stanten erst um drei Uhr seinen Anfang nehmen konnte. Wenn in diesem letzteren Umstande die Veranlassung zum Eierfeste liegen sollte, so könnte die Entstehung desselben bis in den Anfang des sechzehnten Jahrhunderts zurückreichen denn im Jahre 1525 wurde bereits der erste protestantische Prediger an der Petrikirche angestellt.

Jedenfalls ist das Eierfest auf dem Protschenberge als ein erster allgemeiner Ausflug sogleich nach dem Beginn des Frühlings nicht ohne Poesie, mag auch seine Entstehung und Veranlassung in tiefes Dunkel gehüllt sein. Mit welcher Zähigkeit man übrigens an diesem Eierfeste auf dem Prot- schenberge hält, beweist der Umstand, daß wiederholt Versuche angestellt worden sind, den Schauplatz des Festes nach dem zum Spiele für die Kinder weit mehr geeigneten Schießplatze zu verlegen, aber stets vergeblich.

871) Die Camenzer Nasen.
Abendzeitung 1821. Nr. 63.

Als zu Anfange des 30jährigen Krieges die Stadt Ca- menz, welche zu den Anhängern des Böhmenkönigs Friedrichs V. von der Pfalz gehörte, von der Armee des Kurfürsten Johann Georg (1620) bedroht ward, schickte dieselbe, da auch die in ihr liegenden Mannsfeldischen Söldner nicht fechten wollten,

19*

Gesandte an den Kurfürsten, welche Gnade für die Stadt
erflehen sollten. Wie nun derselbe die Abgeordneten zukommen
sah, sagte er lächelnd: „ha, ha! die haben's gerochen!" Dieses
wurde sodann sprichwörtlich, so daß man von dem, welcher
eine Unannehmlichkeit im Voraus sieht, und sie abzuwenden
bemüht ist, sagte: der hat eine Camenzer Nase.†)

872) Der kluge Mönch von Camenz.

N. Lauf. Mag. 1832. S. 446. 1838 S. 131. Köhler, Bilder aus der
Oberlausitz S. 128. sq. cf. S. 240. Gräve S. 44. Zeit. f. d. eleg. Welt
1817. S. 358.

Wie sich an vielen Orten Sachsens, z. B. auf dem

---

†) Davon hießen die Camenzer spottweise die Riecher, während der
Spottname der Bautzner Träbersäcke war, weil das Bautzner Bier Klotz-
milch weit und breit berühmt war. Man nannte sie auch Luchsstecher,
weil im Jahre 1621 in einem Gewölbe der großen Mühle daselbst ein
Luchs (oder nur eine große Katze?) gefangen worden sein soll. Die Görlitzer nannte man Wendehüte, weil man ihnen politische Achselträgerei
Schuld gab, die Zittauer Kühtreiber, weil sie vorzüglich Viehzucht betrieben, die Laubaner Zwiebelfresser, weil sie sich eifrig mit dem Bau dieses
Gewächses befaßten, und die Löbauer Krautmaler, weil, als im Juni 1632
die dort unter Marabas liegenden kaiserlichen mehrmals Kraut verlangt
hatten, die Bürger mit den Worten, sie könnten ihnen kein Kraut malen,
ihnen dasselbe verweigert hatten, und man nachher ihre große Armuth,
welche nicht einmal ein so gewöhnliches und wohlfeiles Gewächs habe herbeischaffen können, damit bezeichnen wollte. Ein Spottlied aus dem
15ten Jhrdt. auf die Sechsstädte, führt Haupt Bd. II. S. 138 an, es
lautet so:

Die Görlitzer kennen wir wol mit jren rothen Hütten,
Wenn sie wider die Feinde ziehn, man heißt sie Wendehütte;
Die Sittischen kennen wir wol mit jren grauen Hütten,
Wenn sie wider die Feinde ziehn, tragen sie ein frisch Gemütte;
Die Baudisser kennen wir wol mit jrem bösen Biere,
Wenn sie wider die Feinde ziehn, so haben sie kein gut Geziere;
Die Laubener kennen wir wol mit jren schwarzen Bärthen,
Wenn sie wider die Feinde ziehn, wie gern sie wieder lehrten;
Die Camitzer kennen wir wol mit jren rothen Stiefeln,
Wenn sie wider die Feinde ziehn, so wollen sie sich mit ihn kiffeln;
Die Lobischen kennen wir wol, sie liegen vor der Heiden,
Wenn sie wider die Feinde ziehn, wollen sie sich mit jn scheiden.

Sonnenstein, in der Ruine der Mönchskirche zu Bubissin auf der Ortenburg daselbst, in dem Schulgebäude zu Pirna, in der St. Johanniskirche zu Zittau 2c. hin und wieder ein gespenstiger Mönch zeigen soll, der durch seine Erscheinung stets der Stadt ein Unglück andeute, so soll auch in Camenz zuweilen ein Franciscanermönch zu sehen sein, der sogar einmal die Buchstaben C. M. P. an das Klosterthor angeschrieben habe, die man, da bald darauf 1680 die Pest erfolgte, als Camitia Misere Peribit (d. h. Kamenz wird elendiglich zu Grunde gehen) deutete.

Viele halten ihn für den Erfinder des Schießpulvers Berthold Schwarz, dessen angeblicher Grabstein in der St. Annenkirche zu Camenz eine Kanone ziert, und dessen Standbild an der Hausecke der Bubissiner Gasse Nr. 91 angeblich zu sehen gewesen sein soll. Dies ist aber unmöglich, denn jene Grabstätte ist die eines Büchsenmeisters, Max Gottmann, der im Jahr 1508 hier verstarb, und jenes Standbild bezeichnet, daß der Besitzer dieses Hauses einst ein gewisser Hans Wagner († 1503) gewesen sei. Daher muß jener Mönch wohl der unruhige Geist eines der letzten Mönche des aufgehobenen Franciscanerklosters zu Camenz, Matthäus Rudolph sein, der, nachdem er zu Leipzig und Paris besonders Magie und Alchimie studirt, von seiner engen Zelle aus im Kloster St. Anna in Camenz, wo er von weit und breit Besuche von Armen und Reichen empfing, durch Formeln und Wundersprüche, aber auch mit Wurzeln, Steinen, Kräutern und Pflastern heilte. Man suchte ihn jedoch nur in der Noth auf, denn es ging von ihm das Gerücht, er habe sich dem Teufel verschrieben, und dieser leiste ihm bei allen Heilungen getreuen Beistand. Am Sonnabend vor Lätare 1562 kehrte er aus Böhmen von einem Krankenbesuche zurück, da erhob sich auf einmal bei ganz heiterem Himmel ein furchtbares Gewitter, und in diesem kam der Mönch mitten auf der Straße um: angeblich hatte ihn der Teufel geholt. Den Tag nach seinem Tode kamen aus Camenz seine drei noch übrigen Ordensbrüder und holten seine Leiche in aller Stille auf

einem Düngerwagen ab. Erst nach seinem Tode wagte man
ihm den Prozeß als Zauberer zu machen, seine Magd und
ihr Sohn, die auf der Folter bekannt hatten, daß sie ihm
beim Zaubern geholfen hätten, wurden 1564 hingerichtet.

873) Das kleine graue Männchen bei Camenz.

Nach Gräve S. 46.

Auf dem südöstlich von der Stadt Camenz befindlichen
Reichardsberge soll eine mit Gold und Silber angefüllte
Braupfanne vergraben sein, die von einem graugekleideten
kleinen Kobold gehütet wird, der diejenigen, welche ihm in
den Weg kommen, verhöhnt und verspottet. Geht man jedoch
mit dem Ausschlage der 11. Mitternachtsstunde in der Johannisnacht dorthin, so erblickt man zuerst ein blaues Flämmchen, welches sich aus der Erde erhebt, und nach und nach
die Gestalt eines Männchens annimmt, das einen großen
Schlüssel in der rechten Hand hält. Diesem hat man sich
zu nähern und ihm durch Zeichen anzudeuten, daß man den
Schlüssel zu haben wünscht; dann wird das Männchen auf
einmal verschwinden, und man wird den Schlüssel in der
Hand haben. Nun wird sich auf einmal die östliche Seite
des Berges öffnen, und man wird eine Thüre erblicken; hat
man diese mit dem Schlüssel geöffnet, so gewahrt man die
Braupfanne, allein man darf sich nichts von den darin befindlichen Kostbarkeiten aneignen, sondern nachdem man etwas,
gleichviel was hineingeworfen, geht man rückwärts den
Schlüssel in der Hand den Berg hinab, ohne sich von den
erscheinenden Spukgeistern schrecken zu lassen. Zwar wird
nun die Thüre wieder verschwinden, allein wenn man drei
Tage nachher an dem Flecke, wo sie gewesen, abermals nach-
gräbt, öffnet sie sich wieder mit dem bewußten Schlüssel,
und nun kann man sich ihren Inhalt aneignen.

874) Die drei Kreuze zu Camenz.
Nach Gräve S. 103.

Vor dem Königsbrücker Thore zu Camenz sieht man in der Gegend des Thurmes der St. Jobocikirche drei Kreuze. Diese sollen an einen hier begangenen dreifachen Mord erinnern. Ein wohlhabendes Bauermädchen aus Lückersdorf hatte nämlich einem Schmiedegesellen aus Brauna ihre Hand versprochen, allein sie änderte ihre Gesinnung und schenkte dieselbe einem Gärtner aus Liebenau. Der verschmähte Geliebte sann auf Rache, und da er dieselbe nicht eher ausüben konnte, versteckte er sich an ihrem Trauungstage in dem Gäßchen bei der Kirche, und als nun das junge Brautpaar nach der Trauung zusammen nach Liebenau gehen wollte, stürzte er hervor und erstach erst seine frühere Geliebte, dann deren jungen Gatten und zuletzt sich selbst. Die drei Kreuze sollen den Platz, wo der Mord geschehen, und wo alle drei begraben liegen, bezeichnen.

875) Der Brunnen zu Camenz.
Nach Gräve S. 122.

Auf dem Camenzer Marktplatz befindet sich ein Brunnen, der die Form eines Galgens hat. Derselbe soll auf Kosten, des dasigen Bürgermeisters Andreas Günther (gest. 1570) gebaut worden sein, der damit die ihm eines schweren Vergehens wegen zuerkannte Todesstrafe abgekauft haben soll.

876) Der Eichenbaum zu Camenz.
Nach Gräve S. 161.

Am Eckhause des Marktes zu Camenz, welches sonst das Hirsehaus hieß und mit IA. bezeichnet war, bildete ein in Stein gehauener Eichbaum, welcher derbe Knollen hatte, und sich oben zu mit einem Kranze, in welchem sich zwei übers

Kreuz gelegte vergoldete Schlüssel befanden, die Einfassung
der Hausthüre. Um den Kranz standen in altväterischen
Characteren die Worte JOST KOENICK W. R. 1511. b. h.
Justus König war Rector 1511, und sollte dieses anzeigen,
daß sich hier einst die Schule befand, ehe sie in's Kloster
verlegt ward.

877) Das Kreuz am Elstraer Wege bei Camenz.

Nach Gräve S. 162.

Wenn man vor dem Bubissiner Thore zu Camenz den
nächsten nach Elstra führenden Weg einschlägt, so erblickt
man unfern des Elstraflusses ein stehendes Kreuz, auf dem
eine Armbrust eingehauen ist. Man erzählt, daß vor 1658 an
diesem Orte die Bogenschützen ihre Uebungen hielten, und
einst an dieser Stelle ein solcher aus Unvorsichtigkeit erschossen
ward, woran dieses Wahrzeichen erinnern soll.

878) Der einsame Stein bei Camenz.

Nach Gräve S. 195.

Geht man aus dem Pulsnitzer Thore zu Camenz nach
dem Dorfe Lückersdorf, so findet man unfern der sogenannten
rothen Mühle einen halb in der Erde versunkenen Stein von
Kreuzesform, der einsame Stein genannt, an dem man ehedem die Jahrzahl 1390 wahrgenommen haben will. Derselbe soll angeblich daran erinnern, daß an dieser Stelle in
jenem Jahre ein Bauer, der ein heimlicher Heide gewesen,
plötzlich bei völlig heiterem Himmel vom Blitz erschlagen und
daselbst auch begraben worden ist.

879) Der Zauberer Caspar Dulichius.

S. N. Lauf. Mag. 1838. S. 397. Haupt, Lausitz. Sagenbuch Bd. 1.
S. 192 fgg.

Im J. 1642 war ein gewisser Caspar Dulichius Pfarrer

zu Camenz, er führte aber ein so wenig geistliches Leben, war so streitsüchtig und narrenhaft, daß man ihn schon nach einigen Jahren wieder absetzte. Nachdem er zehn Jahre in der Irre herumgezogen war, kam er nach seiner Rückkehr nach Camenz aus irgend einem Grunde ins Gefängniß auf den sogenannten Pulsnitzer Thurm. Da kam es aber heraus, daß er mit den leibhaftigen Teufel im Bunde war, denn am 7. Octbr. 1652 war er bei verschlossenen Thüren vom Thurme gestiegen und hatte mit mehreren Personen auf der Straße gesprochen und doch am andern Morgen sich wieder in seinem Gefängnisse befunden. Dazu kam das Ge- rücht, daß er in Wien zur katholischen Religion übergetreten sei, und sein eigenes Geständniß, daß er eine Nuß besitze, vermöge welcher er sich unsichtbar machen könne, sowie daß ein von Haaren geflochtener Kranz ihm die Herrschaft über die Geister des Schattenreiches verleihe. Man schritt daher zur Inquisition und verschickte die Acten an den Leipziger Schöppenstuhl, welcher auf die Tortur erkannte, um ihm das Geständniß seines Bundes mit dem Teufel abzupressen. Aber schon bei dem Anblick der Marterinstrumente erklärte der Delinquent, er bekenne, daß er einen Bund mit dem Teufel gemacht habe, auch mit dessen Hilfe vom Thurme herabge- stiegen sei. Er wiederrief zwar seine Aussage am 6. Novbr. 1654, es half ihm aber nichts, er ward am 8. Juli 1655 auf dem Markte in Camenz öffentlich mit dem Schwerte hingerichtet.

880) Die Gründung des Klosters Marienstern.

Dlugoss. Hist. Polon. I. 193. Frenzel bei Hoffmann. Scr. Lus. T. II. p. 50. Sintenis, Oberlausitz Bd. I. S. 57. sq. Carpzov's Ehrentempel, Bd. I. S. 329. sq. Grosser, Lauf. Merkw. Bd. II. S. 12. III. S. 32. Gräve S. 163. Köhler a. a. O. S. 126. Poetisch aufg. in Otto's Nachlaß. Lpz. 1827. S. 306. u. Lausitz. Mag. 1832. S. 217 u. v. Burkhard Gedichte. 1843. S. 198. und Segnitz, Bd. I. S. 188. cf. v. Weber's Archiv f. Sächs. Gesch. Bd. IV S. 85. fgg.

Das Kloster Marienstern soll von drei Herren von Camenz, Witigo, Burchard und Bernhard erbaut und reichlich begabt worden sein, und die Markgrafen Johann und Otto von Brandenburg haben diese Schenkung 1264 zu Guben verbrieft. Der eigentliche Grund der Erbauung soll aber folgender gewesen sein. Einst jagte Bernhard von Camenz in den dichten Forsten, welche sich in der Nähe der Dörfer Puschwitz und Kuckau befinden. Da traf er auf einen gewaltigen Eber, den er mit seinem Jagdspieße zwar verwundete, aber doch nur so, daß es dem geängstigten Thiere gelang, sich in das Dickicht zu flüchten. Von Jagdlust ergriffen, eilte der Ritter ihm nach, allein er ließ sich zu weit von seinem Eifer fortreißen, und auf einmal sah er sich in einer ihm völlig unbekannten Gegend mit sumpfigem und mobrigem Boden. Zum Unglück brach auch der Abend herein, ein furchtbarer Regenguß stürzte vom Himmel, und der Graf, welcher keinen Ausweg wußte, versank mit seinem Rosse immer tiefer in den Morast. Er durchwachte, von der furchtbarsten Angst gefoltert, die ganze Nacht, und als nun das erste Morgenroth durch die Gipfel der hohen Bäume drang, da gelobte er der heiligen Jungfrau, wenn sie ihm vom Hungertode in dieser Einöde retten wolle, ein Kloster in dieser Wildniß zu erbauen. Da schien es ihm plötzlich, als schwebe die Jungfrau hoch über dem Morgenstern in himmlischem Lichte über ihn, noch einmal spornte er sein mattes Roß zum letzten Rettungsversuche, und siehe, auf einmal ward der Boden fest wie Stein, und so trug ihn sein Roß unbeschädigt auf's feste Land. Er vergaß aber sein Gelübde nicht, ließ den Morast austrocknen, das Holz ausroden, und legte im Jahre 1264 den Grund zu dem Nonnenkloster, welches er 1284 glücklich vollendete, und zur Erinnerung an seine Rettung Marien- oder Morgenstern nannte. Er selbst aber starb als der 27ste Bischof von Meißen am 12. October 1321.†)

†) Ziemlich ähnlich ist die Geschichte von dem Ursprunge des schlesischen Klosters Trebnitz. (S. Gödsche, Schles. Legendenschatz. Meißen 1839. 8. S. 60. u. mein Sagenbuch d. Preuß. Staates Bd. II. Nr. 181. S. 195.)

881) Die Gebeine des h. Bernhard (v. Kamenz).
S. Haupt, Lauf. Sagen. Bd. II S. 180.

Bernhard ward bekanntlich in dem von ihm gestifteten Kloster begraben und ein schönes Denkmal über seinen Gebeinen errichtet. Als dasselbe indeß hinfällig geworden war, so fand man im J. 1608 für gut dasselbe zu erneuern. Kaum war aber der Stein, der ihn deckte, gewichen und seine Gebeine blosgelegt, da drang aus dem Grabe ein wonniglicher Duft heraus und erfüllte drei Tage lang das ganze Kloster und Alle liefen herzu und staunten das Wunder an und schwelgten in der Süßigkeit des Duftes. Aber die Schwester Maria (Mildnerin) war krank und lag im Bette, doch als der Geruch bis in ihre einsame Zelle drang, da bat sie die Klosterschwestern, sie möchten sie doch zu dem Grabe des h. Bernhard tragen, und diese hoben die Kranke auf und trugen sie bis an's offene Grab. Maria kniete an den duftenden Gebeinen nieder, betete inbrünstig und ging geheilt von bannen.

882) Die heilige Maria von Rosenthal.
S. Haupt. Bd. II. S. 180 fgg.

Als Karl der Große mit seinem Heere die Lausitz durchzog, um die heidnischen Wenden zu bekehren, kam er auch in die Gegend an den Quellen der Elster. Da wo jetzt Rosenthal liegt, schlug er ein festes Lager, dessen Mauerspuren man noch jetzt sieht, auf, um einige Zeit daselbst zu verweilen. Er hatte aber sein Heer unter den unmittelbaren Schutz der Jungfrau Maria gestellt und die h. Jungfrau verließ das Heer nicht, sondern umwandelte das Lager täglich, angethan mit einem weißen Gewande, die Krieger aber fielen vor ihr nieder und beteten sie an. Sie hatten aber auch ein Heiligenbild der h. Jungfrau bei sich und als sie aus der Gegend fortzogen, da ließen sie das Bild zurück und verbargen es in dem Walde, den die h. Jungfrau durch ihre

Gegenwart geheiligt hatte. Seitdem sah man aber noch oft eine weiße Jungfrau den Lagerplatz umwandeln. Nach vielen Jahren kam aber ein frommer Ritter, Namens Lucianus von Sernan in diese Gegend, der sah auf der Jagd einmal die weiße Frau von ferne und ward von ihrem Liebreiz ganz bezaubert. Er spornte sein Roß um sie zu erreichen, aber sobald er sie erreicht zu haben vermeinte, war die Erscheinung wieder in weite Ferne entrückt, bis sie endlich an einer Linde plötzlich verschwand. Aber aus einer Höhlung des Baumes, umrahmt von grünen Blättern und duftenden Blüthen, leuchtete dem Ritter das Bild der Gottesmutter entgegen: dasselbe hatte aber eine dunkelbraune Gesichtsfarbe und ein Gewand mit eingewebten Lilien. Dies Bild that nun unzählige Wunder an den zahlreichen Wallfahrern, die nach ihm zogen und ihm zu Ehren erbaute man daneben die Kirche von Rosenthal, die noch jetzt zum Kloster Marienstern gehört.

883) Das Kreuz bei Schwosdorf.
Nach Gräve S. 192.

Wenn man von Camenz nach Königsbrück geht, erblickt man hinter dem Dorfe Schwosdorf auf einer kleinen Anhöhe ein steinernes Kreuz mit einem darauf eingehauenen Husarensäbel und der Jahreszahl 1745. Dies soll den Fleck bezeichnen, wo im genannten Jahre ein mit zwei Kameraden von seinem Regimente entlaufener Husar, nachdem es nur jenen gelungen war, zu entkommen, hier an einem Schnellgalgen aufgehängt ward.

884) Die verbannten Bauernburschen.
Gräve im N. Lauf. Mag. 1838. S. 132. u. in f. Sagen S. 75.

Auf dem von Camenz nach Gersdorf über das Dorf Gölenau hinführenden Wege kommt man an einen kleinen Busch und dann links zu einem kleinen Teiche. Man nennt

dieſe Gegend das Gölenauer Weidig, doch wird dieſelbe von
Jedermann gemieden. Man will hier öfters ein Aechzen und
Seufzen, Ziſchen, Schnarren und Pfeifen vernehmen, kreiſchende
Stimmen aus dem Röhrigt hören, und blaue Flämmchen
aus dem Waſſer aufſteigen ſehen, in der Luft und im Waſſer=
ſpiegel greuliche Geſtalten erblicken, und zuweilen ſollen Spuk=
geiſter den Vorübergehenden aufhocken. Angeblich ſollen dieſes
die Geiſter einer Rotte wüſter Geſellen ſein, welche im Jahre
1537 am Vorabende des Chriſttages von Neukirch, ihrer
Heimath, nach Pulsnitz gezogen waren, und ſich dort einen
tüchtigen Rauſch geholt hatten. Auf dem Rückwege kamen
ſie, durch das inmittelſt begonnene Schneegeſtöber geblendet,
von dem ihnen ſonſt wohlbekannten Pfade ab, unwirſch dar=
über begannen ſie gräßlich zu ſchimpfen und zu läſtern, und
als ihnen ein von Gersdorf mit ſeinem Sakriſtan zurück=
kehrender Mönch entgegentrat und ſie ernſt abmahnte, ver=
ſchloſſen ſie ihm höhnend den Mund mit Schneeballen. Da
entbrannte der heilige Mann in gerechtem Zorn und bannte
die Gottloſen in jenen Teich, wo ſie bis heute noch ihr
Weſen treiben.

---

885) Der Froſch bei Nebelſchütz.

Gräve im N. Lauſ. Mag. 1838. S. 137. u. in ſ. Sagen S. 79.

Wenn man von Milkwitz über Nebelſchütz nach Camenz
geht, erblickt man nicht weit von erſtgedachtem Orte in einer
mit Laubholz bewachſenen Vertiefung einen über 8 Ellen
hohen Granitſteinblock in Froſchgeſtalt. Von dieſem erzählt
man, es habe einſt kurz nach der Einführung des Chriſten=
thums hier in dieſer Gegend ein heidniſcher Zauberer ge=
hauſt, der ein arger Feind der neuen Lehre geweſen. Einſt
ward in ſtürmiſcher Novembernacht an ſeine Hütte geklopft
und mit den Worten: Gelobt ſei Jeſus Chriſt! um Nacht=
herberge gebeten. Darüber erboſte ſich der Heide dermaßen,
daß er hinausſtürzte, und den vor der Thüre ſtehenden Frem=
ben mit Stockſchlägen wegtrieb. Dieſer aber antwortete: „ich

gehe mit Gott, Du aber sollst als ein Zeichen der Unwirth-
lichkeit immer hier bleiben". Damit berührte er ihn mit
seinem Stabe und gab ihm diese steinerne Gestalt, die er
noch heute trägt.

---

886) Das Silbergeschenk.

Nach Gräve S. 114. sq

Im Jahre 1600 am Tage St. Peter und Paul ward
ein armes Mädchen aus Brauna von ihren Aeltern ausge-
schickt, um Holz zur Feuerung zusammenzulesen. Es war eine
grimmige Kälte, und das Mädchen sputete sich gewaltig,
wieder nach Hause zu kommen. Mit einer schweren Last beladen trat sie den Heimweg an, allein es erhob sich auf einmal so ein gewaltiges Schneegestöber, daß sie keinen Schritt
vor sich sehen konnte. Dadurch kam sie aber von ihrem Wege
ab, allein als sie von dem rechts auf dem Wege von Camenz
nach Schwosdorf liegenden Berge ein Licht schimmern sah,
ging sie darauf los, und hier trat ihr ein kleines Männchen
in den Weg, welches sie fragte, was sie da trage und wo
sie hin wolle. Auf ihre Klagen wegen ihrer Armuth antwortete er damit, daß er ihr befahl, ihm zu folgen, vorher aber
ihren Korb leer zu machen. Sie kletterte ihm nun den Berg
hinauf nach, und als sie oben angekommen war, sah sie wie
aus einer Oeffnung des darauf liegenden gegen 5 Ellen hohen
Steinklumpen bei einem hellen Feuer eine Menge Silbermünzen heraussprangen. Hier schüttete ihr das Männchen
selbst ihren Korb aus, und befahl ihr, denselben mit dem
Silber anzufüllen, und als sie sich anfangs weigerte, weil sie
das Männchen für einen bösen Geist hielt, füllte es selbst ihren
Korb mit den Silberstücken, half ihr denselben auf den Rücken,
und brachte sie bis an das Haus ihrer Aeltern. Als sie nun
im Dorfe von ihrem gehabten Glücksfalle erzählte, da zogen
die Bauern in Masse hinaus, um ebenfalls nachzugraben,
allein keiner fand etwas, und so hörte das Wallfahren der
Habsüchtigen dahin bald wieder auf.

---

887) Die Luchsenburg.

Winter in d. Conft. Zeit. 1854. Nr. 207, nach Gräve S. 142. sq.

Nicht weit von dem Landftädtchen Elftra befindet fich der fogenannte Hochftein, und auf diefem ein verrufener, mit Steinen und mit Nadelholz bewachfener freier Platz, den Jedermann ängftlich meidet, und den man die Luchfenburg nennt. Der Name foll daher rühren, daß der Teufel, der in diefer Gegend fleißig der Jagd obzuliegen pflegte, hier einmal einen Luchs erlegte, und fich zum Andenken daran ein Schloß gebaut haben foll, dem er den Namen der Luchfen= burg beilegte. Von hier aus trieb er nun täglich fein Wefen in dem umliegenden Walde, indem er mit feinem höllifchen Hofftaate dem Waidwerke oblag; die Seelen der Verdammten mußten dabei die Hunde und Treiber vorftellen, fo aber Jemand vorwitzig genug war, fich zu diefer Zeit in den Forft zu wagen, der büßte feine Frechheit mit dem Tode, oder wurde wenigftens in irgend ein Thier verwandelt.

Nun lebte damals in derfelben Gegend ein chriftlicher Ritter, genannt Hubertus, den man fpäterhin unter die Hei= ligen verfetzt hat. Den verdroß diefes höllifche Spiel gewal= tig, und er befchloß, demfelben ein Ende zu machen. Da er nun felbft ein gar eifriger Nimrod war, und daher alle Jagd= ftücklein wohl kannte, fo machte er fich denn einmal am Tage Aegidi, nachdem er fich durch Faften und Beten geftärkt und mit Weihwaffer befprengt hatte, auf den Weg, und als er die höllifche Jagd von weitem heranlärmen hörte, lehnte er fich an einen alten Baum, fprach den Jagdfegen und machte feinen andern Hocuspocus. Von diefem Augenblicke an war es mit dem Jagdvergnügen der teuflifchen Waidgefellen aus, kein Hund ftellte mehr einen Edelhirfch oder packte ein Wild= fchwein, der befte Finder verlor die Spur, und wenn ja ein Stück Wild einem der Jäger in den Schuß kam, prallten die Pfeile und der Jagdfpieß von deffen Haut ab, als wären diefelben mit Stahl gepanzert. Zwar tobte und läfterte Beel= zebub gewaltig über das angebliche Ungefchick feiner Leute und Hunde, allein als er selbst einen stolzen Zwanzigender, der ihm in den Weg kam, und auf den er seinen sonst nie fehlenden Pfeil abschoß, sich unversehrt umdrehen und ihm gleichsam spottend den Rücken wenden sah, da sah er wohl, daß er einen mächtigern Gegner hatte, der ihm einen Waid= mann gesetzt, den er mit allen seinen Teufelskünsten nicht bewältigen konnte. Er gab also die Jagd auf, schickte sein Gefolge zur Hölle und zertrümmerte wüthend sein schönes Jagdschloß, daß die Steine nach allen Ecken flogen. Seit dieser Zeit hat sich der höllische Jäger niemals wieder in dieser Gegend blicken lassen, allein zur Erinnerung an die That des heiligen Hubertus wird allemal die Jagd am Tage Aegidi eröffnet.

888) Der Pelzmann zu Schmölln.

S. Winter in d. Constit. Z. 1854. Nr. 219 nach Gräve S. 125. sq.

Wir haben schon oben (Nr. 183) eines Pagen Churfürst Johann Georgs III. von Sachsen, Karl Heinrich von Grü= nau's gedacht, der dem sogenannten Pagenbette auf dem König= stein den Namen gab. Dieser Mann hatte sich nach dem Tode seines Herrn (1691) nach Schmölln bei Bischoffswerda zurückgezogen und lebte hier, nicht wie es andere Edelleute seiner Zeit zu thun pflegten und sein früheres Treiben als Page es wohl hätte erwarten lassen, der Jagd, dem Trunke und Spiele, sondern den Wissenschaften. Er beschäftigte sich eifrig mit Physik und Naturgeschichte, und brachte in seinem Schlosse ein förmliches Kabinet von ausgestopften merkwür= digen Thieren, mathematischen Instrumenten, getrockneten Pflanzen und alten Büchern zusammen. So konnte es nicht fehlen, daß, da er vorzüglich allen Umgang mit seinen Nach= barn mied, er in den Ruf eines Zauberers und Hexenmeisters gerieth. Wie er gelebt hatte, starb er; zwar wußte Niemand etwas Unrechtes von ihm, allein sein Andenken umgab fortan ein geheimnißvoller Nimbus, vorzüglich als bei der Aufnahme seiner Hinterlassenschaft durch die Obrigkeit gerade um die zwölfte Mittagsstunde, während einer der Gegenwärtigen in einem alten bestaubten, mit Schlössern versehenen Buche blätterte, plötzlich ein Schwarm Dohlen, Krähen, Elstern und anderer Vögel auf einmal im Hofe und an den Fenstern erschienen, die, als jener das Buch in den Kamin geworfen, daß es mit lautem Knall zersprang, und zum Ueberfluß noch einige an den Wänden aufgehangene Gewehre herabstürzten, mit lautem Krächzen davon flogen. Seit dieser Zeit erzählt man, soll der muntere Jagdpage in einen Pelz gehüllt, ganz wie er es in seinem Alter zu thun pflegte, im Dorfe um die Weihnachtszeit herumwandeln, an die Thüren klopfen, und wenn sich etwas Wichtiges in der Familie des Gutsbesitzers ereignen oder dem Dorfe ein Unglück drohen soll, dasselbe anzeigen. Sagt man also: „der Pelzmann hat sich gezeigt, geht um," so ist auf einmal Alles in Angst und Sorge über die Dinge, die da kommen sollen.

889) Das Holzweibchen zu Thiemendorf.
Köhler, Bilder aus der Oberlausitz S. 49.

In dem Gebirge bei Thiemendorf lebte ehedem das Geschlecht der Holzweibchen, klein von Gestalt und mit goldfarbigem, langem Haar. Dann und wann erschienen sie den Hirten, die am Saume des Waldes ihre Heerden hüteten. Einmal ist ein solches Weibchen gegen den Herbst zu einem Bauer gekommen, und hat den Winter über bei ihm gewohnt. Als jedoch der Frühling kam, der die Vögel wieder in's Land lockt und das Gras und die Blumen hervorsprießen heißt aus der schwarzen Erde, da ist ein anderes Weibchen am Fenster der Hütte erschienen und hat gerufen: „Deutoseu!" Auf dieses Wort ist das Holzweibchen in der Hütte seiner Schwester draußen gefolgt, und man hat beide seitdem nie wieder gesehen.

890) Der Heidut bei Pulsnitz.
Nach Gräve S. 120. sq.

Auf dem sogenannten Eierberge, unfern des Landstädtchens Pulsnitz, befand sich vor nicht gar zu langer Zeit eine hohe Fichte, aus welcher zu manchen Zeiten des Nachts ein tutendes Geheul ertönte, von dem man sagte: „der Heibut läßt sich hören." Nun war aber gedachter Heibut — — sein wirklicher Name ist im Strome der Zeit verloren gegangen — ein gar frommer und gottseliger Mann zu Pulsnitz, der den Armen viel zu Gute that, und die Kirche und ihre Die= ner reichlich bedachte. Darum that der Herr auch große Wunder an ihm, dergestalt, daß er seinen Hut, Degen, Wamms, Gürtel, Stiefel und Sporen an Sonnenstäubchen aufhängen konnte, an denen sie auch wie an einem Nagel fest haften blieben. Da sann der Teufel, dem ein so from= mer und bei Gott wohl angesehener Mann ein Greuel war, darauf, wie er ihn zu Schanden machen könne. Einst war Letzterer in der Kirche, da sah er, wie während der Predigt der Teufel allen sterblichen Augen unsichtbar die Sünden der im Gotteshause befindlichen Andächtigen auf eine Bockshaut notirte, da dieselbe aber nicht zureichte, sie mit seiner Kralle und Füßen auszudehnen suchte, und bei diesem Bemühen aus dem Gleichgewicht kam, und sich unsanft niedersetzte. Dies kam dem frommen Manne so lächerlich vor, daß er laut auf= lachte und dadurch die Predigt störte.†) Als er nun nach Hause kam, wollte er seine Kleider wie gewöhnlich an den Sonnenstäubchen aufhängen, allein dies ging nicht mehr, und vor Aerger fing er an gräßlich zu schimpfen und zu fluchen. Damit fiel er aber in die Hände des Teufels, denn ein so frommer Verehrer der Kirche und der Heiligen er bisher ge= wesen war, ein so frecher Gottesleugner ward er nun, sein täglicher Aufenthalt war im Wirthshause, wo er die Zeit mit Saufen und Schlemmen hinbrachte, die er nicht mit seinen wilden Gesellen auf der Jagd todtschlug, ja am eifrigsten trieb er es während des Gottesdienstes. So saß er auch einst im Kreise seiner Zechbrüder, da traf ihn der Schlag,

---

†) Diese Sage ist oben Nr. 809. S. 203 sq. schon von dem wilden Jäger erzählt.

ober der Teufel brehte ihm den Hals um, und von nun an irrte sein Geist des Nachts über Berg und Thal, durch Wälder und Fluren unstät umher, bis ihn ein Mönch in jene Fichte bannte. Auf dem Pulsnitzer Stadtkeller befindet sich ein an Ketten hängendes mit Hirschgeweihen eingefaßtes hölzernes Brustbild mit langem schwarzen Barte, gewöhnlich der alte Schlieben oder der wilde Mann genannt — nach Andern wäre aber dieser Schlieben ein Wohlthäter der Pulsnitzer gewesen —, welches den Heibut vorstellen soll.

891) Das Militairgespenst.
Nach Gräve S. 1177.

Im Jahre 1738 kam der Hofnarr August des Starken, Schmiedel, durch Budissin, und als er durchfuhr, sah er den dort in Garnison liegenden Obersten von Schmiskal aus seinem Fenster des Hauses Nr. 262 herausgucken. Er sah hinauf und sprach lachend und mit dem Finger brohend: „Nun warte nur! Dich werden sie auch bald beim Schlagfittich nehmen!" Dies griff den abergläubischen, und allerdings mancher Schuld bewußten Mann so an's Herz, daß er selbst durch einen Schuß wenige Tage nachher seinem Leben ein Ende machte. Seit dieser Zeit wird jedesmal jährlich in der Nacht, wo er sich das Leben genommen hat, erst ein greulicher Lärm in dem gedachten Hause gehört, bis im letzten Viertel der zwölften Stunde der unglückliche Oberst in dem militairischen Costüm seiner Zeit erscheint, über den Saal des Hauses schreitet und dann verschwindet.

892) Das Weihnachtsgeschenk.
Winter in d. Const. Z. 1853. Nr. 298. Nach Gräve S. 184.

Wenn man von Budissin nach Görlitz geht, erblickt man ohnweit des Pfarrdorfes Krischa linker Hand einen mit Nadel- und Laubholz bepflanzten Platz, auf dem vor ohngefähr

20*

100 Jahren noch eine Betsäule stand, die eine nicht mehr lesbare Inschrift trug. Der Ursprung derselben wird aber also erzählt. Es soll einst am heiligen Christabend ein armer Bürger aus Budissin nach Görlitz gegangen sein, um dort einiges Geld für von ihm dorthin gelieferte Arbeit zu holen. Allein wie ward ihm, als er dasselbe nicht erhielt, und dadurch seine Hoffnung, für seine sechs kleinen Kinder einige Christstollen zu kaufen, in den Born fiel. Traurig und mit banger Sorge vor dem kommenden Winter kehrte er in später Abendstunde in seine Vaterstadt zurück, da sah er, daß das rechts bei Krischa liegende Gebüsch mit einer Unzahl heller Lichter erleuchtet war. Er begriff allerdings nicht, was dies sein könne, allein er faßte sich ein Herz und ging muthig auf das Gebüsch los, um zu sehen, was die Lichter zu bedeuten hätten. Da trat ihm am Eingange desselben ein kleines kaum vier Spannen hohes Männchen entgegen, grüßte ihn und rief ihm zu, er möge nur näher kommen, es sei ihm heute eine große Freude bescheert. Der arme Mann ließ sich dies auch nicht zweimal sagen, er trat unter die Bäume, und sah die kleinen Fichten ganz wie die Lichterbäume in der Stadt mit Aepfeln, Nüssen, Mandeln, Zuckerwerk und Honigkuchen behangen. Das Männchen lud ihn nun ein, sich davon so viel zu nehmen, als er wolle, um seinen Leuten zu Hause eine Weihnachtsfreude zu bereiten, und so füllte er sich denn den Sack, den er zum Tragen der Stollen bestimmt gehabt hatte, mit diesen wunderlichen Weihnachtsgaben an und machte sich auf den Weg nach seiner Heimath, nachdem er noch ausdrücklich die Lichter an den Bäumen hatte auslöschen sehen. Je näher er aber der Stadt kam, desto schwerer ward sein Sack, und kaum vermochte er sein Haus zu erreichen, doch hütete er sich wohl, etwas aus jenem wegzuschütten, um sich seine Bürde zu erleichtern. An der Thüre kamen ihm schon seine Kleinen entgegen, welche lange schon auf ihn gelauert hatten, weil sie wußten, daß er ihnen einen heiligen Christ hatte mitbringen wollen, schnell warf er nun den Sack von den müden Schultern, allein wie ward

ihm, als beim Oeffnen, statt der Aepfel, Nüsse ꝛc., die er
darin zu finden gedachte, eine Masse alter Goldmünzen her-
auskollerten. Damit war aber aller ihrer Noth ein Ende
gemacht, nun konnte er seinen Kindern nicht blos Christstollen,
sondern überhaupt Alles kaufen, was sich sein Herz wünschte.
Er wendete aber das Geschenk des kleinen Männchens wohl
an, er errichtete zur Erinnerung an jene himmlische Weih-
nachtsbescheerung an jener Stelle eine Betsäule, trieb sein
Handwerk — er war ein Strumpfwirker — dermaßen in's
Große, daß dasselbe überhaupt in seiner Vaterstadt gehörig
in Schwung kam, und ward der Ahnherr einer der ange-
sehensten und wohlhabendsten Familien der Stadt.

---

893) Das Bergmännlein auf dem Hochwalde.

Nach Gräve S. 130. sq. Winter in d. Const. Z. 1854. Nr. 208.

Auf dem Hochwalde, welcher bekanntlich eine der schönsten Aussichten vom Oybin gewährt, und in dessen Boden sich
nach den Sagen der Wahlen kostbare Edelsteine befinden
sollen, geht zu Zeiten, meist am heiligen Abend des Weih-
nachts-, Oster-, Johannis- und Michaelisfestes ein kleines,
aschfarbig anzusehendes Männchen herum, das lange weiße
Bart- und Kopfhaare hat, einen schwarzen, rothverbrämten,
mit einem gelben Gürtel umgürteten Talar, auf dem Haupte
eine spitze trichterförmige Mütze von smaragdgrüner Farbe
trägt, und in der Linken ein Rauchfaß, in der Rechten aber
einen bunten Stab hält. Dieses Männchen zeigt dem, der
das Glück hat, ihm in den Weg zu kommen, nicht blos Gold,
Silber und Edelsteine, sondern vorzüglich auch wohlthätige
Heilkräuter.

Einst lebte zu Olbersdorf ein gewisser Jacob Sahrer,
den Einige den frommen Jacob, Andere den hinkenden Boten
nannten, weil er seit der Schlacht auf dem weißen Berge an
einer Kugel laborirte, die ihm als kaiserlichem Reitersmann
das Knie zerschmettert hatte, und ihn zum ewigen Hinken
verurtheilte. Er war im ganzen Dorfe beliebt, und beson-

bers wegen seiner frommen Gesinnung — etwas Seltenes bei einem alten Soldaten — hochgeachtet, und so gab ihm Jeder gern etwas zu verdienen, wenn er die von ihm gesuchten Kräuter ausbot, oder sich zum Botschaftgehen erbot. Einst begegnete er in der Michaelisnacht dem Bergmännlein, das ihm ein Zeichen machte, er möge ihm nur getrost folgen, und so führte ihn dasselbe die Kreuz und die Quere durch den Wald, bis es endlich an einem kleinen Hügel stehen blieb, räucherte, mit seinem Stabe nach allen Himmelsgegenden hinwies, und dann den Boden damit berührte, worauf sich auf einmal aus dem Hügel ein förmlicher Springbrunnen von Gold, Silber und Edelsteinen ergoß, und als er eine Weile gesprudelt hatte, wieder versiegte. Nachdem das Bergmännchen ihm die Erlaubniß zugewinkt hatte, sich des Silber- und Goldsegens zu bemächtigen, und derselbe in Ermangelung eines Sackes dasselbe in seinen Mantel gepackt hatte, gab jenes ihm noch ein in schwarzen Sammet gebundenes Buch, winkte ihm, sich zu entfernen und verschwand selbst. In dem Buche aber, welches von den geheimen Kräften der Kräuter und Wurzeln handelte, lag ein Zettel, auf welchem in lateinischer Sprache dem nunmehrigen Besitzer eingeschärft ward, sich seines Fundes weise zu bedienen, und der Armen und Kranken eingedenk zu sein. Dies that denn aber der brave Invalid nach Kräften, er heilte mit Hülfe seines Buches eine Unzahl Kranke, wendete seinen Reichthum zur Unterstützung der Armen und Schwachen an, und als er zu Ende des 17. Jahrhunderts starb, hatte er sein ganzes Eigenthum der Kirche und frommen Stiftungen vermacht. Jenes Bergmännchen selbst soll aber der Geist eines frommen Mannes aus den Zeiten des Mittelalters sein, der an der böhmischen Grenze ebenfalls als ein ausgezeichneter Kräuterkenner und Naturarzt vom Volke vielfach geehrt und gesucht ward, eines Tages aber, von einer Reise aus dem benachbarten Böhmen zurückgekehrt, auf jenem Hügel, dem jetzt noch sein Schatten entsteigt, von gottlosen Menschen, die wahrscheinlich große Reichthümer bei ihm zu finden gedacht hatten, da man ihm auch tiefe Kenntniß der in der Erde ruhenden Metalle und Edelsteine zuschrieb, erschlagen, und dann ebendaselbst von Landleuten aus der Nachbarschaft begraben worden sein soll.

---

894) Der Kryſtallſarg im Kottmarberge.

Winter in d. Conſt. Z. 1853. Nr. 302. nach Gräve S. 204. sq.

In dem Kottmarwalde bei Kottmarsdorf unweit Löbau findet ſich gegen Morgen zu im Felſen ein niſchenartiger Ein- bug, der ehemals eine Thüre geweſen ſein ſoll, die in ein im Felſen befindliches Gewölbe geführt habe, und ſich nach der Sage auch jetzt noch zuweilen öffne. Es ſoll näm- lich einſt (im 10ten Jhdt.) in dieſer Gegend ein Graf ein Schloß beſeſſen haben, dem der Herr nur ein einziges, aber wunderſchönes Töchterlein geſchenkt hatte. Leider waren aber ihre Aeltern noch wie die Böhmen überhaupt dem blinden Heidenthum ergeben, nur jene Jungfrau war einſt von einem durchziehenden Pilger im Chriſtenglauben unterrichtet worden, und der milde Strahl des beſſern Lichtes hatte ihr Herz ſo erwärmt, daß ſie ſelbſt ihren Aeltern erklärte, ſie werde ſich niemals vermählen, ſondern nach ihrem einſtigen Abſterben gen Rom pilgern, ſich dort taufen laſſen, und ihr Leben dem Himmel weihen. Ihren Aeltern blieb nichts übrig, als ſich dem Willen ihrer geliebten Tochter zu fügen, ſie wieſen daher alle, die um deren Hand anhielten, von ſich, nur Einer, ein vornehmer böhmiſcher Herr, der aber ein arger Zauberer war, ſann auf Rache, wie er das Mägdlein in ſeine Hände bekommen möge. Nun hatte aber Wiarda — ſo war ihr Name — von jenem Pilgrim ein ſilbernes Kreuz bekommen, und war ihr von demſelben geſagt worden, ſo lange ſie dieſes bei ſich trage, könne ſie allen Anfechtungen böſer Zauberer ſpotten. Da begab es ſich eines Tages, daß die Jungfrau vor dem Schloſſe luſtwandelte und zufällig das Kreuz zu Hauſe abgelegt hatte; auf einmal rauſchte ein von zwei Grei- fen gezogener Wagen aus der Luft herab, in welchem jener Zauberer ſaß, er ſprang heraus, ergriff die langerſehnte Beute, und eilte mit ihr durch die Lüfte davon. Ihre armen Aeltern weinten und jammerten manches Jahr um ihr verlornes Töchterlein und hatten schon alle Hoffnung aufgegeben, sie jemals wieder zu sehen, da sprach einmal ein fremder Pilger in ihrem Schlosse ein, und gab sich als den frommen Bruder zu erkennen, der ihre Tochter einst im Christenglauben unterwiesen habe. Er erzählte ihnen, ihre Tochter sei von jenem böhmischen Zauberer in sein Schloß entführt worden, derselbe habe sie aber durchaus nicht zu überreden vermocht, die Seinige zu werden, im Gegentheil habe sie sich laut zum Christenthum bekannt, und sei schon seit einem Jahre selig dahingeschieden, wenn sie sie aber noch einmal sehen wollten, möchten sie nur am nächsten Vollmonbabend auf den Kottmarberg gehen, wo sie sie wiederfinden würden. Als nun die betrübten Aeltern zur bestimmten Zeit auf dem Berge erschienen, da sahen sie, wie sich im Felsen ein weites Felsenthor öffnete, welches zu einem mit tausend Lampen erleuchteten Gewölbe führte; mitten in diesem stand ein krystallner Sarg†), und in diesem lag ihre Tochter, rosig und holbselig, wie sie im Leben ausgesehen hatte. Sie knieeten an ihrem Sarge nieder, und von nun an war es bis an ihren erst nach langen Jahren erfolgten Tod ihre einzige Freude, jeden Abend sich an jenem Felsenthor einzufinden, welches sich auch jedes Mal vor ihnen öffnete, und an der letzten Behausung ihrer Wiarba zu beten. Nach ihrem Willen wurden sie in demselben Gewölbe beerbigt, das sich aber ihren Särgen zum letzten Male öffnete, und sich dann jedem menschlichen Auge für immer schloß; das einzige Zeichen aber, daß ihre Körper dort ruhen, sind noch jetzt drei Flämmchen, die am Abend an jener Stelle des Felsens herumhüpfen.

---

†) Knüpfte sich diese Sage, die Vieles von dem unter dem Namen Schneewittchen bekannten Kindermärchen (bei Grimm, Kinder= und Hausmärchen Bd. I. Nr. 53.) hat, nicht an eine bestimmte Localität, so würde sie hier eben so gut ausgeschlossen worden sein, als die von Haupt und Schmaler, Wendische Volkslieder Bd. II. S. 259. sq. v. Pescheck bei Büsching a. a. O. Bd. II. S. 17. sq. u. v. Haupt in d. Zeitschr. f. deutsches Alterth. Bd. I. S. 202. sq. II. S. 481. sq. ꝛc. u. im Sagenbuch d. Lausitz Bd. II. S. 195 fgg. mitgetheilten wendischen Märchen.

Anhang.

Die Sagen des Herzogthums Sachsen-Altenburg.

1) Das Wappen der Stadt Altenburg.

S. v. Beuſt, Jahrbücher d Fürſt. Altenburg. Camb. 1800. Bd. I S. 79.
Heuſinger, Sagen und Geſchichten aus den Sachſenländern. Leipz. (1856)
S. 128.

Als im J. 1306†) Markgraf Friedrich einige Zeit ſein Hoflager in Altenburg hielt, waren von der kaiſerlichen Parthei Mörder gedungen, die dem Markgrafen bei einem Gaſtmahle in Schwarzen Bären auf dem Markte den Garaus machen ſollten. Den Schimpf, den damals ein altadeliges Geſchlecht auf ſich lud, machte ein Altenburger Bürger, Namens Kornſchreiber, mit ſeinem Blute gut. In dem Augenblicke nämlich, als einer der Verräther einen Streich nach des Markgrafen Kopf that, wurde er von dem Altenburger aufgefangen, ſo daß dieſem zwar die Hand abgehauen ward, Herr Friedrich aber unverſehrt aus dem Gedränge kam. Die abgehauene Hand aber nebſt dem Roß, dem eigentlichen fürſtlichen Wappen, führt die Stadt noch bis heute.

2) Das Bild in der Kirche zu Altenburg.

S. J. V. S. M. Altenburgi altitudo. Altenb. 1699. in-4. S. 15.

Als man in der Brüderkirche zu Altenburg 1684 die

---

†) Richtiger iſt die Jahreszahl 1295, denn in dieſem Jahre zu Weihnachten war er hier um ſich mit dem ſich hier aufhaltenden Kaiſer Adolf von Naſſau zu vergleichen: ſein Retter war ein Freiberger, kein Altenburger (ſ. Wegele, Friedrich d. Freudige S. 214. Löbe in d. Mittheil. d. Geſch. Geſ. d. Oſterl. Bd. I.).

Männerstühle an der Mittagsseite wegnahm, fand man an
der bloßen Wand ein Gemälde, darauf die h. Katherina in
der rechten Hand ein Schwert auf ein halbes Rad nieder=
lassend, zu sehen war; vor ihr knieete ein Franziscaner, über
welchem folgende Worte an einem Zettel standen: Ora pro me
S. Catharina. Nächst diesem stand eine wohlgekleidete Frauens=
person, eine Kirche in der Hand tragend und bei ihr ein
Bischof gleicher Gestalt eine Kirche in der Hand. Man weiß
aber nicht, was dies zu bedeuten hatte.

---

3) Gespenster bei Altenburg.

S. ebdaf. S. 68.

Im J. 1678 am zweiten Pfingsttage hat ein Bauerknecht
eine Magd, mit welcher er getanzt, von Altenburg Abends
in der Dämmerung nach Hause geführt. Da er nun wieder
zurückgeht, umringen ihn viel Gespenster in Gestalt schrecklicher
Hunde, welche über ihn hergewollt, die haben den armen
Menschen die ganze Nacht durch im Felde herumgetrieben
und also geängstigt, daß er früh voll Knippe und Blasen,
die mit Blut unterlaufen waren, heim kam, sich gelegt und
schon am nächsten Sonntag begraben ward.

---

4) Ein Mädchen erbricht Kröten.

S. ebdaf. S. 66. v. Beuft, Jahrb. v. Altenb. Bd. III. S. 16 fgg.

Im Jahre 1647 ward zu Altenburg Katharina Geilerin,
eine Dienstmagd von 30 Jahren, unpaß und weil der Haus=
herr glaubte, sie habe die Pest, hat er sie nach Hause zu
ihrer Mutter entlassen. Als sie aber dorthin kam, wollten
die Bauern das Mädchen nicht aufnehmen, weil sie fürchteten,
sie würden von der Seuche angesteckt. Sie mußte also im
Freien auf einer Wiese unter einem schlechten Heuhüttlein
verbleiben, und weil Niemand zu ihr kam, der sie pflegte,
hat sie halb verschmachtet auf allen Vieren zu den Pfützen
und Sümpfen kriechen und ihren Durst mit dem stinkenden

Waſſer löſchen müſſen. Nachdem ſie ſich ſeit der Zeit etwas
erholt, iſt ihr Leib nach und nach aufgeſchwollen und ſie hat
hernach alle Frühlinge heftiges Erbrechen bekommen, in
welchem eine dicke corpulente Materie von ihr gegangen,
die ſie aber weiter nicht beachtet hat. Endlich hat ſie den
26. Juni 1647 zwei große Kröten, zwei kleinere in der
Größe einer Hummel und zwei Eidechſen ſo dick wie eine
Schreibefeder und ſo lang wie ein Ohrenfinger, alle lebend,
dann am 12. Juli eine lebendige mittelgroße Kröte und
hierauf eine große und eine kleine, beide todt, von ſich gegeben, den 18. Juli auf 30 Maaß ſtinkendes Waſſer und
eine bleichgelbe an einander hängende Materie mit lichten
Fünckeln wie Augen, am 29. März 1648 einen Froſch mit 3 und
¹/₂ Eidechſe ausgeſpieen. Der Froſch hat luſtig gequakt und
bis auf den ſechſten Tag gelebt, am 4. April ſind zwei
lebendige große Fröſche grüner Farbe und am 11. beſagten
Monats iſt eine große dicke Kröte mit ſpitzigen Klauen von
unten todt von ihr gezogen worden, dann iſt ſie aber ge-
ſund geworden und hat noch im J. 1660 gelebt.

5) Wie der Galgen am Markte zu Altenburg wegkam.

S. Sachſengrün 1861. S. 40.

Auf dem Markte zu Altenburg, da wo die Sporengaſſe
herabkommt, hat einmal ein Galgen geſtanden und es wohnte
damals in einem Hauſe, da, wo jetzt die Poſt ſteht, ein vornehmer fürſtlicher Rath, der viel zu ſagen hatte. Der hochedle Stadtrath hätte nun gern den Galgen am Markte weg-
geſchafft, denn es entſetzten ſich Weiber und Kinder vor ihm,
wenn er Früchte trug, und nur den Krähen war er ange-
nehm, da ſie an ihm Futter fanden, aber dazu mußte der
fürſtliche Rath ſeine Einwilligung geben und da er einen
Galgen für eine große Zierde des Marktes hielt, mußte der
Galgen bleiben. Nun trug es ſich zu, daß einmal bei einer
feſtlichen Gelegenheit ein fürſtlicher Herr bei dem fürſtlichen

Rathe speiste, und darauf hatte der hochedle Stadtrath lange
gewartet. Flugs kamen die Stadtknechte und henkten einen
Dieb an den Galgen. Als sich nun die Herrschaften zu Tische
setzten bei dem Rath, gab es auf der Tafel, denn die Sonne
schien gerade recht schön, ein gar kurzweiliges Schattenspiel,
denn so wie ein Windstoß den Gehenkten am Galgen schaukelte,
so lief dessen Schatten über die Tafel und besonders über
den Teller des Fürsten, und wollte demselben kein Bissen
schmecken, so daß er ungnädig aufstand und das Haus verließ.

In der Nacht darauf wurde der Galgen niedergerissen,
denn der fürstliche Rath ließ dem hochedlen Stadtrath ver-
merken, wie er sich wundere, daß man den schönen Markt
mit dem Galgen verunreinigen lasse, der Stadtrath aber
that, als ob er den Galgen, der doch ein altes Denkmal
sei, gar nicht gern wegräume.

6) Die rothen Spitzen.
S. Sachsengrün 1861 S. 41.

Als einstmals der Deutsche Kaiser Friedrich der Roth-
bart in Altenburg gewesen ist, es ist das aber schon sieben-
hundert Jahre her, hat er gesehen, daß Altenburg nur wenige
Thürme hat, und er hat ein Paar Thürme bauen wollen.
Aber er hatte just keinen Baumeister und Steinmetzen, der
ihm einen Plan dazu machte. Da fiel ihm ein, daß sein
rother Bart, der zweispitzig war, eine Spitze lang, eine Spitze
kürzer, gar wohl geeignet sei, die Thürme nach ihm zu
bauen. Und so geschah es. Unten wurden die Thürme durch
ein Zwischenbau verbunden, oben ragten beide heraus, aus
rothen Ziegelsteinen gebaut, der rechte Thurm länger, der
linke kürzer, gerade wie die Bartspitzen. Oben darauf kamen
spitzige Dächer mit Schiefer gedeckt und schauten nun über
die ganze Stadt weg. So stehen sie noch heute dort, die
rothen Spitzen, und kann man sich an ihnen einen Begriff
machen, wie Rothbarts Bart beschaffen gewesen.

7) Vom verhungerten Schüler.

S. Sachsengrün 1861. S. 41.

Es steht noch jetzt das Gerippe eines Jünglings in der Bibliothek des Gymnasiums oder es stand wenigstens vor nicht gar langen Jahren da. Damit ist es aber eine traurige Geschichte.

Es war einmal vor länger als hundert Jahren wie es alle Jahre vorher und alle Jahre bis heute gewesen ist und immer sein wird, der letzte Sonnabend vor den Hundstags= ferien gekommen und die Schüler wußten nicht, was sie vor Lust darüber anfangen sollten. Als es dem alten Schul= rector zu arg wurde, ließ er in großem Zorne Einen in das Carcer stecken, das damals in den Kreuzgewölben unter der Brüderkirche gewesen sein soll. Der Famulus schloß ihn ein. Darnach gingen die Ferien an und Alle sprangen mit ihren Ränzchen froh der Heimath zu, der Eine aber war vergessen. Der Schulrector hatte eben etwas Anderes im Kopfe und der Famulus dachte an seine Aeltern und Geschwister in seiner Heimath.

In einem Dorfe aber wartete der Pfarrer auf seinen Sohn und die Pfarrerin hatte schon zwei Sonnabende Kuchen gebacken ihn zu empfangen, aber der Sohn kam nicht. Da schrieb der Vater an den Hauswirth nach Altenburg und dieser lief schnell mit dem Briefe zu dem Schulregenten, da er wohl wußte, daß die Schüler längst in die Ferien ge= wandert seien, dem Schulregenten aber, dem es schon lange gewesen war, als ob er etwas vergessen hätte, fiel ein, daß der arme Junge wohl noch im Carcer stecken müßte. Der lag aber an der Carcerthür und war verhungert. Da war großer Jammer und das Gerippe von dem verhungerten Schüler ist zum immerwährenden Gedächtniß an diese grause Geschichte in die Bibliothek gekommen.

8) Die spielenden Mönche.

S. Sachsengrün 1862. S. 35.

Es waren einmal Abends — es ist noch gar nicht sehr lange her, kaum fünfzig bis sechzig Jahre — in der alten Garküche, die in der Teichgasse zu Altenburg liegt, viele Gäste versammelt und der Wirth mußte eilig Treppe auf Treppe ab rennen, um aus dem Keller zu holen, was die durstigen Kehlen verlangten. Als es aber gegen Mitternacht wurde und die Lust der Zecher immer größer, dachte der Wirth ihnen etwas ganz Besonderes zu thun, denn er hatte ganz hinten im Keller, der früher zu einem Klosterkeller gehörte, noch einen ganz alten Wein liegen, den er nur hergab, wenn er viel Geld daraus zu lösen gedachte. Und das geschehe heute, so meinte er. Er nahm daher ein großes Schlüsselbund von der Wand und ging hinab in den Keller. Er konnte aber die richtige Thür gar nicht finden, lief lange in den Gängen hin und her, endlich aber stand er vor einem Eingang, der ihm der rechte schien. Er probirte seinen Schlüssel, er schloß; der Wirth trat ein, aber fast wäre er erstaunt, als er von Ferne aus dem Gang Licht schimmern sah. Er ging darauf zu und sah nun an einem viereckigen Tische vier Mönche sitzen; die braunen Kutten waren heruntergeschlagen und ihre nackten Köpfe sichtbar. Keiner redete ein Wort, Keiner sah sich nach dem Eindringling um, sie hatten Alle Karten in der Hand und spielten, aber was, konnte der Wirth nicht erkennen, da auf dem Spieltisch nur ein einziges rußiges Lämpchen brannte; sein Licht in der Laterne war aber lange schon verlöscht. Er mochte wohl noch etwas Angst gehabt haben ob der gespenstigen Erscheinung. Lange suchte er vergebens von der Stelle zu kommen, denn er war wie angezaubert, aber endlich gelang es. Er tappte durch die eiserne Thür wieder aus dem Gange heraus, suchte lange mit den Händen an den Wänden hingreifend nach dem Ausgange, konnte ihn jedoch nicht finden. Endlich hörte er seine Frau im Keller seinen Namen rufen, er fand so den Ausgang und als er nun vor war im Keller, wo er seine Bierfässer hatte, waren schon Nachbarn und Gevattern da, zu hören, was ihm in Keller passirt ist, denn seit mehr als 24 Stunden habe er seine Wirthsstube verlassen. Er erzählte nun, was er gesehen, aber Niemand wollte ihm recht glauben, er glaubte aber auch, daß er nur eine Stunde ausgewesen sei. Als man nun an das Tageslicht kam und er sein schwarzes Sammetkäppchen, das er trug, abnahm, sah man, daß in der Zeit, wo er im Keller gewesen, sein braunes Haar schneeweiß geworden war. Der Wirth aber ist nie wieder so weit in seinem Keller gegangen und Andere, welche den bösen Gang suchten, fanden ihn nicht.

---

9) Das mit Holz um sich werfende Gespenst.

S. Meyner, Zeitschr. f. d. Fürstenthum Altenburg. Alt. 1795. in-8. S. 38.

Am 29. Januar des J. 1795 bekam ein Altenburger Bürger eine Klafter gespaltenes Holz aus Lugau angefahren und von diesem Augenblicke schien der Teufel in diesem Hause los zu sein, denn eine unsichtbare Hand warf von Stund an Tag und Nacht Holz vom Boden herab, sogar mitten durch die Stubendecken hindurch, dergestalt, daß ein im Hause arbeitender Schuhknecht und die daselbst im Dienste befindliche Magd sich nicht halten ließen, sondern sofort auszogen. Nun hat der besagte Bürger das vom Teufel besessene Holz zwar vom Boden herab und aus dem Hause geschafft und mit Genehmigung des Stadtraths, um nur dem Spectakel ein Ende zu machen, zur Feuerung der im Rathhause selbst befindlichen Leihhaus-Zimmer, worin es allerdings ebenfalls nicht richtig zugehen sollte, verkauft, der Teufel hat aber gleichwohl darum seine vorige Wohnung nicht wieder aufgegeben, sondern nach wie vor seinen Lärm daselbst fortgetrieben.

---

10) Die Flasche zu Altenburg.

Als Wahrzeichen der Stadt Altenburg galt sonst der an der Schloßmauer gegen Mitternacht zu stehende dicke runde Thurm, der wahrscheinlich von seiner Form die Flasche hieß. Er schien beinahe neunhundert Jahre alt zu sein, und rührte vielleicht noch von Kaiser Heinrich I. her. Wahrscheinlich war er ein Luginsland gewesen, denn bis zum J. 1561, wo er wieder zu Gefängnissen eingerichtet und mit einem Knopf und Schieferdach versehen ward, war er oben offen gewesen, gleichwohl soll er auch zum Burgverließ gedient haben.

11) Anzeichen beim Einsturz des Kirchthurms zu St. Bartholomäi in Altenburg 1659.

S. Meyner a. a. O. S. 177 fgg.

Im J. 1659 war D. Joh. Christfried Sagittarius Generalsuperintendent zu Altenburg. Nun hatte der eine Thurm der Bartholomäikirche nach der Superintendur zu schon längere Zeit in der Mitte einige Sprünge gehabt, die aber immer mit Kalk waren zugemacht worden, da zeigte sich plötzlich ein größerer Riß, allein die Bauverständigen sahen keine Gefahr dabei und man fing von Neuem an, denselben wie früher zu repariren. Gleichwohl hieß es auf einmal in der Stadt, der Superintendent wolle ausziehen, ohne daß derselbe je daran gedacht hatte, und sein dreijähriges Söhnchen rief mehrere Male laut: „daß Gott erbarme, der Thurm fällt ein", so daß der Superintendent die andern Kinder zur Rede stellte, als hätten sie dem unverständigen Kinde so etwas vorgeredet, was jedoch nicht der Fall war. Am 19./20. Febr. fing dasselbe Kind, welches noch in der Wiege lag, auf einmal an zu singen: „ach wie flüchtig, ach wie nichtig! 2c." und als der Vater sein Schwesterchen fragte, wer das Kind dies gelehrt, hörte er, daß dieselbe diese Verse ihrem Brüderchen mehrmals beim Schlafengehen vorgesungen hatte. Den Sonntag Nachts gegen 1 Uhr ohngefähr lautete es an dem kleinen

Glöcklein vor des Superintendenten Kammerfenster und vor 4 Uhr wieder allezeit nur einmal und nicht stark, ohne daß Jemand da war. Den Montag Abend nach Sieben fiel es in der Kirche, als wenn Breter geworfen würden, und als er hinab schickte, in der Meinung, es sei Jemand da, so sah man Niemanden. Unter dem Singen nach dem Essen schellte es wieder, und als der Superintendent die Fenster aufmachte um zu sehen, ob böse Buben etwa ihr Unwesen da trieben, ward es wieder still. Ein Hund heulte, die Katze auch, daß die Familie sich fürchtete, die Nachbarn aber, die auf die Thüre der Superintendentur sehen konnten, berichteten ihm, es hätte etwas Weißes, was sie aber nicht hätten erkennen können, in der Größe einer ziemlichen Katze ganz still an der Thüre gesessen, als aber die Steine gefallen, wäre es weg gewesen. Nun fiel es immer wieder, daß der Superintendent dachte, es seien die Spinnräder der Seinigen. Auch hörte er das Bretterwerfen wieder, ließ sich aber nicht stören, sondern ging in seine Stube, um an seiner Passionspredigt zu revidiren. Nun kam sein ältester Sohn zu ihm und bot sich an, bei ihm zu bleiben, wenn er sich etwa fürchte. Sein Vater aber versetzte: „Du elender Beschützer gegen die Gespenster, wir Christen haben einen bessern Beschützer an unserm Gotte!" Als er aber wieder auf den Saal ging, fiel es wieder so stark, da fragte er seinen Sohn, ob er es auch gehört, und da dieser mit ja antwortete, so sagte er: „nun, so hat es mich nicht bethört." Hernach ließ er ihn hinuntergehen und folgte bald nach. Da fing die große Magd an: „Herr, wenn der Thurm einfiele?" Die Kindermagd hatte gesagt, „wenn mich der Thurm erschlagen sollte, wolle sie lieber an meiner Stelle sterben". Da sprach die Frau Superintendentin zu ihr: „Du möchtest sein wie Petrus, der auch viel versprach, aber wenig hielt!" darüber sie alle lachten. Hierauf ging der Geistliche wieder in seine Studirstube und als er mitten im Gebete war, fiel es wieder stark und er hörte es, daß Steine in die Kirche und von der andern Seite auch auf die Gasse fielen, und plötzlich neigte sich die Spitze des

Thurms und der Thurm selbst fiel mit großem Geprassel aus einander, wie man ein großes Tuch ausbreitet, allein die heiligen Engel behüteten die Superintendur, daß kein Ziegel auf dem Dache beschädigt ward, auch nichts von dem Häuslein, worin die Kinderstube sich befand, obwohl es noch nicht 50 Ellen vom Thurme entfernt war. Jeder hat aber mit Recht angenommen, daß die vorhin erwähnten Kennzeichen lediglich nur Warnungen vom Himmel gewesen sind, daß der Superintendent nicht aus dem Hause gehen sollte.

---

12) Wilhelm der Reiche speist bei einem Bauern.

S. Meyner a. a. O. S. 164.

Wilhelm II., Landgraf von Thüringen, der im J. 1415 starb, hat gewöhnlich in Altenburg Hof gehalten. Nun hat er einstmals, als er von ohngefähr an dem Hause eines armen Mannes, Namens Freund, zu Unterpauritz zur Eichen, der an der Straße, die nach Leipzig führt, wohnte, vorbeikam, einen lieblichen Geruch gespürt. Es war dies Montag nach Egidius am 8. Septbr., an welchem Tage nach altem Gebrauch man in St. Bartholomäi Pfarre Kirmeß zu halten pflegt. Er ist nun an das Haus herangeritten und hat gefragt: „Männlein, was hast Du Gutes zu essen?" Freund aber antwortet: „eine Gans mit Zwiebeln im Backofen gebraten." Da spricht der Fürst: „Lieber, lasse mir dieselbe bringen!" Wie dies geschehen, erbietet sich Freund, er wolle Semmeln in der Stadt holen lassen, weil er nur schwarzes Brod habe. „Nein", sagte der Fürst, „was Du issest, das will ich für dieses Mal auch essen!" Darauf bringt Freund das Brod, der Fürst ißt mit Lust davon und verzehrt die Gans fast halb und fragt nach gehaltener Mahlzeit, als er vom Essen aufsteht (er hatte nämlich im Garten gesessen) „was er ihm geben solle?" Freund sagt: „Gnädiger Herr, ich begehre nichts!" darauf fragt der Landgraf den Freund, was denn sein Haus und Garten zinse? Dies berichtete denn derselbe auch, wie damals dieser Garten sowohl als andere Gärten da herum hohen Zins gäben. Der Fürst aber sagte: „nun forthin sollst Du und alle die Deinen, so diesen Garten innehaben, ins Amt jährlich auf Michaelis Tag nicht mehr zinsen als eine halbe Gans und ein Viertel Wachs!" Und so ist es auch geblieben.

13) Drei Kreuzsteine bei Altenburg.
S. Meyner a. a. O. S. 379 fg.

Im Altenburgischen Gerichtsamtsbezirk fand man noch zu Ende des vorigen Jahrhunderts drei jener Kreuzsteine aus Sandstein, in der Höhe von ohngefähr zwei Ellen, die ehemals dazu dienten, gewisse Begebenheiten der Nachwelt zu erhalten.

Der eine stand an dem gewöhnlichen Dorfwege, der von Altenburg nach Zschernitzsch führt, auf der Höhe über dem Teutschen Bache am Rande eines Feldes. Seine Wahrzeichen waren ein paar eingehauene simple Figuren, welche einige Aehnlichkeit mit dreizinkigen Gabeln hatten. Dort haben sich zwei Bauerkerle beim Düngerstreuen entzweit und sich beide erstochen und zwar mit den Mistgabeln, welche sie gerade in den Händen gehabt hatten und mit denen sie auf einander losgegangen waren, und der Kreuzstein ist als Schandzeichen gesetzt worden, weil sie nicht ehrlich begraben worden waren.

Ein zweiter derartiger Stein stand sonst an der Zeitzer Straße dicht vor dem Dorfe Rositz in einem kleinen Weidicht zwischen zwei andern unbehauenen Steinen mitten inne, wodurch er den Vorübergehenden besonders in die Augen fiel. Man erzählte, es sei im 30jährigen Kriege ein vornehmer Offizier dort erschossen und begraben worden.

Den dritten Kreuzstein fand man mitten auf der Feimstätte an der Leipziger Straße, wo die unter Altenburger Amtsgerichtsbarkeit zum Feuer verurtheilten Verbrecher justificirt zu werden pflegten. Man bezeichnete nämlich auf Leichen-

äckern den abgesonderten Ort, auf welchem die Leichname
der mit dem Schwerte hingerichteten Missethäter, die Selbst=
mörder und dergleichen unwürdige Personen eingegraben
wurden, mit einem solchen Kreuze und daher erklärt sich in
alten Kirchenbüchern der hin und wieder vorkommende Aus=
druck „am oder an das Kreuz hinausgetragen worden", daß
nämlich damit Selbstmörder ꝛc. gemeint sind.

14) Der Hundekönig zu Schmölln.

S. Meyner a. a. O. S. 189.

Im Städtchen Schmölln lebte zu Ende des vorigen Jahr=
hunderts ein armer Mann, Namens König, dessen vorzüg=
lichstes Gewerbe darin bestand, daß er Hunde aufzog und
an die Bauern verkaufte. Davon bekam er den Spitznamen:
„der Hundekönig." Im Jahre 1795 d. 6. Juni kam er auch
ins Altkirchner Kirchspiel, jedoch während er sonst immer
7—8 Hunde bei sich hatte, nur mit einem in das große
Bauerngut eines gewissen Meuche zu Gimmel. Die Kühe,
welche sich im Hofe befanden, glotzten wie gewöhnlich den
Fremden an, er war aber so unvorsichtig den Hund auf sie
loszuhetzen, die eine Kuh, welche ein Kalb hatte, widerstand
aber, der Hund retirirte hinter seinen Herrn, den die Kuh
mit den Hörnern faßte und an die Wand bohrte, so daß er
in einer Stunde starb.

15) Der Pestgottesacker zu Lohma.

S. Altenb. Kirchengalerie I. S. 49.

Im J. 1637 ist zu Lohma an der Leina zur Pestzeit
ein Grundstück angekauft worden, um die Leichen der Ein=
wohner daselbst zu begraben und ist bei Anlegung des neuen
Todtenackers dem Privatgebrauch übergeben worden, behielt
aber seinen Namen Pestgottesacker. Der erste Gebrauch
dieses Stückes als Todtenacker hat zu mancherlei Excessen

Veranlassung gegeben und harte Strafen haben angedroht werden müssen. Bei der ersten Leiche (Marcus Henig aus Buscha) haben sämmtliche Einwohner von Buscha das Grab gemacht, der Sohn des Verstorbenen, Gregor, hat aber doch seinen Vater nicht hierher begraben wissen, dafür aber den Pfarrer und Schulmeister erschießen wollen, ist aber ohngefähr 8 Tage nachher selbst hierher begraben worden. Daran konnte man die Strafe Gottes sehen.

16) Das Wahrzeichen von Eisenberg.

S. Back, Chronik v. Eisenberg. Eisenberg (1845.) Bd. I. S. 283 fj. Weitläufig b. K. Greß, Holzlandsagen. Lpzg. 1870. S. 3 fg.

Das Wahrzeichen von Eisenberg ist der Mohr mit der Binde über dem Auge im Stadtsiegel. Er sei dort hineingekommen, weil ein Graf von Eisenberg einen seiner Diener, einen Mohren, den er aus dem gelobten Lande mitgebracht hatte, in Verdacht verbotenen Umgangs mit seiner Gemahlin (nach einem andern Bericht sollte er dieser, nur eine goldene Kette entwendet haben) gehabt. Er ist deshalb zum Tode verurtheilt worden, und als er bereits mit verbundenen Augen auf dem Stadtmarkte sich dem Beile des Scharfrichters habe beugen sollen, nach plötzlich entdeckter Unschuld desselben, begnadigt und seine geschändete Ehre durch Aufnahme seines Porträts in das gräfliche Wappen wieder hergestellt worden. Dasselbe Mohrenbild ziert auch den ältesten Brunnen der Stadt, welcher auf dem Markte steht.

17) Das behexte Mädchen zu Eisenberg.

S. Back, Bd. II. S. 41 fgg.

Am 14. April des Jahres 1686 erkrankte des damaligen Oberbaccalaureus zu Eisenberg, Johann Michael Heincke, einzige Tochter Johanne Dorothea, ein Mädchen von 14 Jahren, klagt über Kopfweh, bekommt Ekel vor Speisen, wird oft

ohnmächtig und siecht so fort bis in die zwölfte Woche, ohne
daß eine bestimmte Krankheit hervortritt. Den 6. Juni fährt
es ihr ins rechte Bein und nach und nach auch in die übrigen
Glieder. Es däucht ihr, als ob etwas darin lebe und sich
bewege. Dazu kömmt ein heftiges Reißen, Hals und Arm
verdrehen sich und es wirft sie so, daß sie von mehreren
Personen kaum gehalten werden kann. Den 29. Juli wird's
mit ihr noch schlimmer. Drei Männer können sie kaum erhalten, sie erschrickt heftig, verliert die Sprache, liegt oft
lange wie todt, ißt nichts, behält kein Getränk bei sich, bleibt
jedoch, zu Gott betend und geduldig, bei Verstande. Den
4. August ist es mit ihr am schlimmsten. Sie schreit, als
ob Zunge und Schlund aus dem Halse gerissen würden.
Nachmittags aber fängt sie an sich zu erbrechen und giebt
von diesem Tage bis zum 10. Februar 1687 nach und nach
1231 verschiedenartige Dinge durch Erbrechen von sich, als:
Haarbüschel, Federn, gezwirnte wollene Fäden, ungesponnene
Wolle, zusammengeknüpfte Bündlein Wolle und Garn, einen
starken Zwirnfaden mit 16 Knoten, eine gekrümmte Steck-
nadel, ein Stücklein Papier, ein Büschlein Haare, wie ein
Zweifelsknoten geschlungen, abgeschnittene, mit Zwirn zu-
sammengebundene Menschennägel, Baumwolle, Fischgräten, ein
Stücklein Haut, ein Striemlein Leinwand, eine kleine Spinne
oder Kanker, rothbaumwollenes Garn, ein mit Bast zuge-
bundenes Bündlein Stroh, ein Fädchen schwarze Seide mit
Knoten, Unschlitt, Katzen- und Hundehaare, Flachs, Häcker-
ling, Seife, Gerstenähren 2c. Den 20. August erkrankt auch
ihr Bruder, bekommt Herzstöße und erbricht dergleichen
Dinge. Im Fieber-Paroximus schreit das Mädchen einst:
„Liese! Liese!" und bezeichnet eine in Eisenberg wohnende
Tagelöhnersfrau, welche mit ihr spiele, sie aus dem Bette
heraus zu reißen und obengenannte Dinge ihr in den Hals
zu stecken drohe. Darauf ward vom Gerichte gegen die von
dem Mädchen bezeichnete Person eine Untersuchung auf Be-
hexung erhoben. Es wird also am 16. Septbr. Elisabeth
Papstin, des Tagelöhners Hans Papst's Eheweib, vom Stadt-

rath zu Eisenberg ins Verhör genommen und befragt, ob sie das Heinckesche Mädchen verhext habe. Sie leugnet standhaft. Es werden Zeugen über sie vernommen und Ende Septbr. d. J. erkennt der Schöppenstuhl zu Jena, an welchen die Acten eingesendet worden waren, daß zuvörderst wegen der Inquisitin geführten Lebens und Wandels bei Geistlichen, Nachbarn und Andern nachzuforschen sei. Dies geschieht und die Nachforschung fällt zu Gunsten der Angeschuldigten aus. Im Monat Decbr. erkennt, nach anderweitiger Actenversendung der Schöppenstuhl zu Jena, daß Inquisitin in Ermangelung anderer und stärkerer Indicien zu absolviren und zu entbinden sei. Unterdessen kränkelt aber das Mädchen fort. Am 10. Febr 1687 greift es über sich, schreit: „ich habe sie bei dem Rocke, ich halte sie fest, haltet ein, sie zieht mich aus dem Bette!" und wird auch wirklich weit mit fortgezogen, sodaß die Eltern und andere Anwesende genug zu halten haben. Da zieht der in der Stube mit anwesende Malergeselle, Johannes Roßbach seinen Säbel heraus, haut in die Gegend, wo das Mädchen hingezogen wird, und sogleich läßt es nach und hat das Kind ein Fleckchen schwarzes Tuch in seiner Hand, ist am Finger ein wenig gestreift und sagt „die Liese hätte sich über sie gebeugt gehabt und wäre mit dem Rocke ihr nahe am Kopfe gewesen, daher habe sie zugegriffen und sie gehalten". Das Mädchen hatte seit dem 14. April 1686 gelegen, nichts gegessen, wenig getrunken (18 Wochen lang nichts als klares Wasser), ihre Stühle aber hatte sie behalten. Auch der Knabe hatte während dieser Zeit mehrere hundert Male sich übergeben und ähnliche Dinge, wie oben genannt sind, von sich gegeben. Den 11. Febr. 1687 fordert die Landesregierung zu Altenburg die Acten und am 17. Febr. d. J. verlangt der Herzog Christian dieselben gleichfalls. Im März d. J. erkennt der Schöppenstuhl zu Leipzig, an welchen die Acten, wozu noch einige Vernehmungsregistraturen gekommen, gesendet worden waren, daß wider gedachte Papstin dießfalls in Ermangelung kräftigerer und zur Peinlichkeit genugsamer

Indicien, nichts vorzunehmen sei, maßen sie auch mit den in dieser Sache aufgelaufenen Unkosten zu verschonen sei. Mit diesem Erkenntniß schließen die Acten und man erfährt nicht, was aus der weitern Untersuchung geworden ist.

18) Ein Ehebrecher ohne Gleichen und der für ihn gebaute Galgen.

S. Back a. a. O. S. 61. 376.

Am 24. Septbr. d. J. 1720 wurde Georg, von Groß-Dietrichsdorf bei Meißen gebürtig, in Eisenberg gehenkt, wozu ein neuer Galgen erbaut ward. Er war ein Wagner und bereits 12 Jahr lang Bürger und Meister in Leipzig gewesen, durch sein böses Weib aber, seinem Vorgeben nach in Unglück gerathen und hatte sich dann zu Diebsrotten gesellt. Er wollte sich nicht gern henken lassen, weil ihm die Stelle der h. Schrift: V. Moses 21, 23 Scrupel machte, doch ergab er sich endlich darein, obwohl er meinte, er habe seines häufigen Ehebruchs wegen das Schwert verdient. Und wirklich hatte er solcher unzüchtigen Thaten hundert und etliche siebenzig (!!) aufgezählt. Als nach publicirtem Urtheil die Geistlichen zu ihm kamen, stand er in einem weißen Hemde da und als sein Beichtvater ihm nahte, fiel er auf die Kniee und bat, „man möchte ihm ja den Himmel nicht zu leicht machen, weil er viel Thränen und Seufzer von Wittwen und Waisen, die er verletzt, vor Gottes Gericht finden würde." Er ging freudig zum Tode, Nachmittags um 3 Uhr wurde er wieder vom Galgen genommen und auf die Anatomie zu Jena gebracht. Als der Galgen für ihn errichtet worden war, zog das Zimmerhandwerk von Laußnitz mit Musik von seinem Wohnorte aus, der Landrichter empfing dasselbe auf der Laußnitzer Straße und führte es bis an den Gerichtsplatz, wo das Holz zur Bearbeitung lag, um dasselbe und den Landrichter schloß das Handwerk einen Kreis. Hierauf that der Landrichter mit Handschuhen und einer neuen Axt versehn drei Hiebe in das Holz, den ersten im Namen des Herzogs, den zweiten im Namen des Kreisamtes und des Stadtrathes, und den dritten im Namen des Zimmerhandwerks, worauf derselbe die Handschuhe und die Axt wegwarf. Das Handwerk richtete nun die Bäume zu, fertigte die Justiz und die Leiter, zerhieb aber die letztere, sobald die erstere stand. Die Fröhner rammelten die Säulen ein und das Handwerk zog sodann unter Musik wieder zurück nach Laußnitz. Der Landrichter aber begleitete es nur bis an die Stadt. Vom Amte wurden dem Zimmerhandwerk bei dieser Beschäftigung 2 und vom Stadtrath 1 Faß Bier zur Ergötzlichkeit verabreicht.

<hr>

19) Der Mönch und die Nonne zu Eisenberg.

S. Back a. a. O. Bd. II. S. 363 fgg.

Jedermann hat zur Zeit Herzog Christians gewußt, daß ein Mönch und eine Nonne allnächtlich im Schloßgarten Umgang gehalten haben. Damals war der Schloßgarten noch ganz anders beschaffen als jetzt. Der sogenannte Balthasarsche Garten war ein Waldgehege, wo der Fürst zahmes Wild hielt, unter andern ein weißes Hirschpaar, so zahm, daß es der fürstlichen Frau aus der lilienweißen Hand fraß und sie oft auf ihren Gängen begleitete, oder das auch allein in der Stadt herumlief, weil Alle die fürstlichen Lieblinge kannten. Dichtbelaubte Obstbäume, einige Eichen, wilde Kastanien, Buchen und Ahorn, untermischt von ein paar Fichten, bildeten fast von der Mitte des Gartens bis an den Bogengang des Lustgartens einen kleinen Wald, während oben am Bergabhange hin, von dem Pförtchen in der Schloßhofsmauer an bis zum Laboratorium ein schmaler Fußsteig unter Obstbäumen hinführte. Auf diesem Wege wandelten, sobald die eilfte Stunde vom Thurme ertönte, eine Nonne in grauem Gewande und ein Mönch mit seiner Kutte schweigend und still durch die Nacht; das Mauerpförtchen öffnete sich geräuschlos und nach einigen Schritten nach dem Schlosse zu waren Beide verschwunden, als ob die Erde sie verschlungen habe. Niemand traute sich das Geisterpaar anzureden, Niemand ihm ein Hinderniß in den Weg zu legen. Die Wache am Portal schlug ein Kreuz, wenn sie die Nachtwanderer kommen sah und drückte sich hinter die hohen steinernen Säulen des Altans oder in die Nische der Mauer. Nie verließ die Nonne den erwähnten Weg, während der Mönch auch zuweilen außerhalb des Schlosses, in dem Gäßchen nach dem Laboratorium hin, in der Wasser- und hintern Schloßgasse, am Neuenthore, hinter der Münze und an der Reitbahn gesehn wurde. Am ärgsten trieben diese Geister ihr Wesen zur Zeit des Herzogs Christian, dem sie sich oft im Garten, wenn er nach dem Laboratorium ging oder von da des Nachts ins Schloß zurückkehrte, zeigten und auf den sie es besonders abgesehen zu haben schienen. Mehrere glaubwürdige Personen haben sie gesehen und es läßt sich an ihrer Identität nicht zweifeln. Gleichwohl zweifelte Dr. Kaiser, des Herzogs geheimer Secretär, gar sehr an ihrer Körperlosigkeit, denn er soll sogar einmal den kühnen Gedanken gehabt haben, beide einzufangen, aber durch die feige Flucht seines Begleiters daran gehindert worden sein. Nach Christians Tode sah man die Nonne nicht mehr, der Mönch jedoch trieb nach wie vor sein Wesen und soll noch, nachdem auch die Herzogin gestorben und Niemand mehr im Schlosse wohnte, in den öden Gängen des Gartens herumgewandelt, sich auch oft namentlich im obern Theile des Schlosses gezeigt haben und dort still und geräuschlos herumgeschlichen sein. Man glaubt, daß der noch lebend schon im Geisterreiche herumwandelnde Fürst, von dem weiter unten noch mehr die Rede sein wird, zum Abfall seines Glaubens und zur Rückkehr zum Katholicismus von bezahlten Betrügern verlockt werden sollte.

Die erwähnten zahmen Hirsche kamen später wieder in den Wald, nahmen ihre ursprüngliche Wildheit wieder an, wurden aber von allen Jägern geschont, nicht allein wegen ihrer Farbe, sondern weil sie die Lieblinge des allgeliebten

Fürstenpaares gewesen waren. Ein zu Anfange dieses Jahrhunderts im Mühlgrunde geschoffener Hirsch soll das Wappen
Christians und die Jahrzahl 1704 eingebrannt geführt haben.

Ob diese Sage mit dem unterirdischen Gange, der das
Nonnenkloster in der Altstadt mit einigen Gebäuden der neuen
Stadt verband, wie man jetzt entdeckt hat (s. Back Bb. II.
S. 397 fgg.), zusammenhängt, kann ich nicht sagen.

---

20) Marie Sophie, Herzogin von Eisenberg als Wolle-spinnerin und die Quarkbemme im Schlosse zu Eisenberg.

S. Back a. a. O. S. 362 fgg.

In einer Kammer neben dem sogenannten Trompeter-
stübchen im herzogl. Schlosse stand bis zum J. 1805, wo die
verwittwete Herzogin Amalia von Gotha das hiesige Schloß
als ihren Wittwensitz bezog, ein Spinnrad alter Form, künstlich mit Elfenbein ausgelegt und mit eben solchen Glocken
und glockenähnlichen kleinen Zierathen behangen, das Herzog
Christian von Eisenberg, ein geschickter Drechsler, seiner zweiten Gemahlin Sophie Marie selbst gedrechselt hatte. Auf dem
Gestelle lag ein Stück schwarzes Brod, mit Quark bestrichen,
vom Zahn der Zeit sowie von Würmern durchnagt, aber noch
ganz. Der Sage nach hatte es aber damit folgende Bewandniß.

Die Herzogin war eine sehr fleißige Hausfrau, die, wenn
sie sonst nichts zu thun wußte, Wolle spann, wie viele andere
Frauen damaliger Zeit. Besonderes Vergnügen machte es
ihr, wenn sie bald bei dem, bald bei jenem Zeugmachermeister
sich selbst Wolle holen oder das Garn hintragen konnte.
Sie wählte zu diesen Gängen stets die Abendstunden und
kleidete sich dann in das Gewand einer armen Bäuerin oder
Bürgerin.

Eines Abends im Herbst, wo sie auch ihre Wolle auf-
gesponnen hatte, beschloß sie eine ähnliche Wanderung zu
unternehmen, warf sich in ihre Verkleidung und verhüllt

das Gesicht noch mit einem Tuche. So nahm sie ihr Päck-
chen mit Garn unter den Arm und verließ das Schloß. Ihr
Weg ging, wie man erzählt, in die Johannisgasse zu einem
Zeugmacher, Langenbach mit Namen. Die Unterstube, von
einem spärlichen Lämpchen erhellt, öffnend, traf sie die Familie
beim bürgerlichen, damals kärglichen Abendbrote, dessen Haupt-
bestandtheil, die Suppe, bereits verzehrt war. Quark und
schwarzes Brod, in jener Zeit schon eine respectable Kost, nebst
einem Kruge selbst gebrauten Bieres schmückten den mit einem
weiß und blau gestreiften reinlichen Tuche bedeckten Tisch.
Einen schüchternen guten Abend bietend und gesegnete Mahlzeit wünschend, eröffnete die Fürstin dem Meister, daß sie
Garn bringe und wieder Wolle mitnehmen wolle, und wurde
von diesem angewiesen, sich einstweilen auf die, nahe der Thüre
stehende hölzerne Lehnbank niederzusetzen, bis er sein Quarkbrod gegessen und dann sein Tischgebet gesprochen habe. Geduldig setzte sich die Fürstin auf den ihr angewiesenen Platz
und wartete, bis die Meisterin ihrem Eheherrn ins Ohr
flüsterte, daß sie der armen Frau auch eine Quarkbemme
streichen wolle. Der Meister genehmigte es und nun erhielt
die Spinnerin das Brod mit den Worten: „da, nehmt es
Euern Kindern mit, denen wird es etwas Seltnes sein!"
Freundlich dankend nahm die gute Fürstin das Brod, betete
dann andächtig mit der gesättigten Familie das Tischgebet
und erhielt nun ihren Lohn, nachdem der Meister sorgfältig die
Zahlen gezählt und ihr Gespinnst gelobt hatte. Ihr Bünd-
chen frische Wolle unter dem Arme wanderte sie dem Schlosse
wieder zu, erzählte dem Gemahl das gehabte Abenteuer, zeigte
ihm das geschenkte Quarkbrod und freute sich mit ihm in
herzlicher Eintracht.

Des andern Tages wunderte sich Meister Langebach, als
er aufs Schloß beschieden wurde und noch mehr, als er in
der Herzogin Zimmer eingeführt, diese am Spinnrade seine
Wolle spinnen und das Quarkbrod sahe, welches seine mit-
leidige Ehehälfte der armen Frau für ihre Kinder gegeben.
Und Christian, der edle Fürst, der auch zugegen war, bewill-

kommnete den Meister freundlich, reichte ihm die Rechte und
sprach: „seid nicht ängstlich, lieber Meister, weder ich noch
mein Gemahl zürnen Euch ob Euerer Milde, wir sind Euch
vielmehr wohl gewogen und wollen auch ferner, so Ihr weiter ein so frommer wackerer Meister bleibt, Euch nicht vergessen, darum sagt, was können wir für Euch thun, daß
Euer Wohlstand sich hebe?"

Die Sage schweigt nun aber, auf welche Weise das edle
Fürstenpaar dem Meister seine Wohlthat zugewendet hat,
allein geschehen muß es sein, denn von seinen Söhnen hieß
der eine der goldene, und der andere der silberne Langenbach.

Das Quarkbrod aber blieb zum immerwährenden Andenken auf dem Spinnrade liegen, das unter dem fürstlichen
Hausgeräthe im J. 1803 mit versteigert und jetzt wahrscheinlich längst zerfallen und als unnütz auf die Seite geschafft
worden ist.

21) Bastian der Bärenhäuter.
Nach K. Greß, Holzlandsagen. Lpzg. 1870 in 8. S. 24 fgg.

In Eisenberg lebte einmal vor vielen Jahren eine arme
Hökerin, die mit Käse und Schwefelfaden, Dochten und
Heringen einen schwunghaften Handel betrieb. Diese hatte
einen Sohn, den jungen Sebastian oder Bastian, der ihr
bei ihrem Handel helfen, die alte Bude auf dem Markte aufbauen, die Käse auf den Dörfern einkaufen und den Handel
besorgen mußte, für alle seine Mühe und Sorgen aber nur
schmale Kost und Schläge erndtete. Bastian aber ward des Dinges
gar bald überdrüssig und als ihm seine Mutter einmal wegen
eines kleinen Versehens einen schweren Fußschemel an den
Kopf warf, da sagte er Käsen und Schwefelfaden auf ewig
Lebewohl und wanderte wohlgemuth zum Thore hinaus in
die weite Welt. Darinnen aber hatte er es sich noch ein
wenig anders vorgestellt und er fand gar Vieles, was er
sich zu Hause nicht hatte träumen lassen. Noth und Elend
traten an ihn heran und trieben ihn hin und her von Land

zu Land, bis er endlich, nachdem er überall Kriegsdienste genommen, aber nirgends ausgehalten hatte, auf einem holländischen Schiffe nach China kam, wo er das Glück hatte, einem reichen Mandarin wegen einer Familienähnlichkeit zu gefallen und bei demselben Aufnahme und reichliche Versorgung zu finden. Nun mußte aber sein Gönner auf Befehl des Kaisers eine große Reise unternehmen und Bastian war gezwungen ihn zu begleiten. Die Reise ging, durch öde und gefährliche Steppen, wo wilde Thiere die Caravane überfielen und die Theilnehmer derselben sich aus Angst nach allen Richtungen hin zerstreuten. Bastian fand sich endlich am Ufer eines Baches liegend wieder, wo er eingeschlafen war. Als er erwachte, plagte ihn grimmiger Hunger und Durst, er wußte in der trostlosen Oede weder Weg noch Steg und wäre doch gern wieder in seinem Vaterlande und in seinem Geburtsorte Eisenberg gewesen, er sehnte sich wieder nach dem Schwarzbrod und Käse seiner Mutter zurück, und hätte herzlich gern dafür ihre Schimpfreden und Scheltworte mit in den Kauf genommen. Als er nun so in halber Verzweiflung über seine elende Lage da lag, trat auf einmal der Böse zu ihm und versprach ihm, ihn wieder in sein Vaterland zu bringen und ihm außerdem noch so viel Geld wie er wolle zu geben, dafern er ihm seine Seele verschreiben wolle. Dies schien unserem Bastian aber doch zu theuer und er lehnte den Antrag um diesen Preis ab. Da versprach ihm aber der Teufel, er wolle dasselbe für ihn thun, wenn er ihm verspreche, sich drei Jahre nicht zu kämmen und zu waschen, seine Kleidung nicht zu verändern, nie beten und nicht in die Kirche gehen zu wollen. Dies schien ihm eher ausführbar zu sein, er ging also auf den Handel ein und der Teufel hing ihm ein Bärenfell um, gab ihm viel Geld, fuhr mit ihm in die Höhe und ließ ihn dann sanft vor dem Stadtthore zu Eisenberg wieder zur Erde niederfallen.

So wanderte denn der Bärenhäuter Bastian wieder in das Thor seiner Vaterstadt ein, wo ihn aber Niemand mehr kannte, und als er zu seiner Mutter in die Stube trat, wollte diese von ihm als einem ungerathenen Sohne auch nichts wissen. Ein armer Vetter jedoch erbarmte sich seiner und nahm ihn in seine Wohnung auf, wies ihm auch eine Schlaf=stätte in seinem gerade leerstehenden Schweinestalle an. Dort lebte nun Bastian seinem Gelübbe treu zwei und ein halbes Jahr und der Teufel schien sein Spiel schon verloren zu haben. Zum Zeitvertreib machte er den Kindern seines Vetters zuerst einige bunte Papierlaternen, wie er sie in China gesehen und anzufertigen gelernt hatte. Mit diesen Laternchen gingen die Kinder — es war gerade Weihnachts=zeit — auf den Markt und ließen sie von den andern Kin=dern bewundern. Diese Sitte aber hat sich von der Zeit an noch bis auf den heutigen Tag in der Stadt Eisenberg er=halten. In der Adventszeit bis zum Weihnachtsabend gehen jeden Abend, sobald es dunkelt, die Kinder mit ihren seltsam geformten, bunten, von einem Lichtstümpfchen erhellten Papier=laternen, die man Pyramiden oder Permetten nennt, auf den Marktplatz, auf dem sie eine Weile herumspazieren und sich dann nach und nach in den Seitengassen des Marktes oder den langen Steinweg hinab verlieren, endlich aber als ferne Lichtpünktchen verschwinden.

Da kam nun eines schönen Tages der Teufel wieder zu Bastian und schenkte ihm, weil er doch einsah, daß er dessen Seele nicht gewinnen könne, das noch übrige Halbjahr. Da=für aber mußte ihm Bastian versprechen, in seine Bären=haut gehüllt, jedoch mit vielem Gelde versehn, zum Doctor Urian zu gehen, sich diesem, da derselbe für seine vielen Pro=zesse keinen Rechtsbeistand mehr finden konnte, als Advocaten anzubieten und als Lohn für seine Dienste eine von seinen drei Töchtern zur Frau zu verlangen. Dies that denn der Bastian auch, und ward, wie ihm der Teufel vorausgesagt hatte, von dem Doctor sehr wohl aufgenommen. Derselbe versprach ihm auch, nachdem er Einsicht von seinen reichen Mitteln genommen hatte, bereitwillig eine seiner Töchter. Nun wollten dieselben aber von dem struppigen, häßlichen Bären=häuter nichts wissen, bis endlich die jüngste und hübscheste sich wohl oder übel dazu entschloß. Da wusch und kämmte der Teufel dem Bastian am Malzbache mit eigenen Händen Bart und Haupthaar, putzte ihn selbst blank und rein und gab ihm für die Bärenhaut schöne neue Kleider und außerdem noch einen großen Sack voll Geld. Damit ging aber der Bastian wieder zu seiner Braut, die in dem schmucken, wohl gekleideten Burschen ihren alten Bräutigam kaum wieder erkannte. Ihre Schwestern aber platzten fast vor Neid und ärgerten sich so, daß sie sich durch ihre Dummheit um einen so reichen, hübschen Ehegesponsten gebracht hatten, daß die eine sich im nahen Walde erhängt, die andere aber in der Schöppe ersäufte. So hatte der Teufel statt einer gar zwei Seelen gecapert†).

22) Die neun Aecker bei Eisenberg.

Die nördlich von der Stadt Eisenberg oberhalb der sogenannten Weiden oder Schneckenmühle liegenden Felder werden die neun Aecker (fälschlich auch die neuen Aecker) genannt. Die Ursache dieses Namens ist aber folgende.

Einst hatte in der Stadt Eisenberg ein Ehemann mit einer Jungfrau Ehebruch getrieben und da dies zu einer Zeit stattfand, wo man diese Handlung noch mit dem Tode der Schuldigen zu bestrafen pflegte, so nahm die strafende Gerechtigkeit das Frauenzimmer gefangen, den eigentlichen Verbrecher konnte sie nicht fassen, er war bereits auf und davon gegangen. Wie es damals zu geschehen pflegte, so fackelte man nicht lange, die Schuldige, welche Alles gestanden hatte, ward zum Tode durch das Schwert verurtheilt und auf jenen Feldern nahe bei der Stadt, oberhalb der Schneckenmühle das Schaffot errichtet. Der Scharfrichter aber sollte an der Delinquentin sein Meisterstück machen. Nun war sie aber ein sehr schönes Weibsbild und er hatte selbst Mitleid mit ihr und beschloß, keiner seiner Leute sollte ihren schönen Leib anrühren. Als er nun ihren Kopf mit einem

†) H. J. Christ. von Grimmelshausen erzählt ein ähnliches Märchen in seinem „Staatskram" (Nürnb. 1684) S. 895 fg. u. darnach Ed. v. Bülow in s. Novellenbuch (Lpzg. 1835) Bd. II S. 559 fg.

Schlage heruntergeschlagen hatte, nahm er sogleich ein Stück
grünen Rasens, deckte es, noch ehe das Blut aus den Adern
strömen konnte, fest auf den Rumpf der Enthaupteten und,
indem er mit starker Hand den Körper der Enthaupteten am
Arme ergriff, führte er sie vom Schaffot herab bis zu dem
schon angezündeten Scheiterhaufen, wo ihre Glieder verbrannt
werden sollten. So schritt der blutige kopflose Leib neben
dem Scharfrichter durch das aus einander stiebende Volk dahin, einen Weg von neun Aeckern Entfernung, ehe der flam-
mende Holzstoß erreicht war, und dort stieß er ihn ins Feuer.
Die Stadt aber schenkte dem Scharfrichter als Lohn für seine
kühne That den Plan, den er durchschritten hatte, und davon
heißt er noch heute die fünf Aecker.†)

---

23) Herzog Christian von Sachsen-Eisenberg und seine Unterhaltungen mit den Geistern.

S. Vulpius, Curiositäten (Weimar 1811.) Bd. I. S. 124 fg. S. 449.
491 fgg.

Als die Söhne des Herzogs Ernst's des Frommen zu
S. Gotha die ererbten Länder vertheilten, erhielt (1678) der
Herzog Christian auf seinen Antheil die Aemter Eisenberg,
Kamburg, Ronneburg und Roda. Er war geboren d. 6. Jan.
1653 und starb den 28. April 1707 zu Eisenberg, wo er
seine Residenz aufgeschlagen hatte. Er war ein guter und
ehrlicher Mann, einsichtsvoll und thätig, verfiel aber, auf die
Regierungsgeschäfte eines kleinen Ländchens beschränkt, auf
alchimistische Träumereien und gerieth durch seine chemischen
Prozeduren, wie er glaubte, mit mächtigen Geistern in genaue
Verbindung. Eine solche ihm widerfahrene Gespenstergeschichte,
die allerdings noch nicht aufgeklärt ist, haben wir oben (Bd. I.

---

†) Eine ähnliche Geschichte ist oben Bd. I. Nr. 123. S. 114 von
einem Dresdner Scharfrichter erzählt. Eine zweite wird aus Görlitz von
mir berichtet, in meinem Sagenbuche des Preußischen Staates (Glogau
1871.) Bd. II. S. 376 fg. Nr. 319.

Nr. 25. S. 28 fg.) berichtet.†) Er legte zu Betreibung seines Lieblingsgeschäftes ein schönes Laboratorium an, stand
mit den berühmtesten Alchimisten seiner Zeit in Briefwechsel,
war den Adepten in Deutschland und England unter dem
Namen Theophilus, Abt der H. Jungfrau zu Laußnitz, bekannt,
wurde von manchem Schwindler betrogen und gerieth endlich
in eine Schuldenlast, die er niemals zu tilgen vermochte. Die
Geister sollten Rath schaffen und würden es thun; damit trö-
stete er sich, als er sich gezwungen sah, seinen Hofstaat auf
die Hälfte zu reduciren, sich selbst einzuschränken und er für die
Bedürfnisse seiner selbst und seiner zweiten Gemahlin (Maria,
Prinz. v. Hessen-Darmstadt, verm. 1681, † 1712) nur noch
wenige und gänzlich unzureichende Quellen hatte. Um das
zu hoffende Gold und Silber in Cours zu setzen, legte er
eine eigene Münze an und hatte gute Münzmeister in seinem
Dienste. Von den meisten seiner größern Münzen, deren es
viele gibt, wurden jedoch nur wenige Exemplare angefertigt
und diese sind sehr selten. Viele haben hermetische Embleme und
eine davon, ein Ducaten mit einem Palmbaume, soll aus
hermetischem Golde gemünzt sein. Auf seinen Münzen sieht
man die Gradation seiner Wünsche, Hoffnungen, Erwartungen,
Beharrlichkeit 2c. und seiner vermeinten Gewißheit in Symbolen,
Denksprüchen und ganz deutlich ausgedrückt. Sie††) sind ein Gemälde seines hoffenden Lebens und ergießen sich endlich in
den Ausruf: „Gott wir danken Dir, daß Du uns aus unserer
großen Noth und Landesplage so gnädiglich herausgerissen
hast! Schmecket und sehet, wie freundlich der Herr ist!" Auf
dieser Münze trägt der Herzog auch das Kreuz eines Ordens
der Dankbarkeit, den er stiften wollte, wenn die ihm gewo-
genen Geister die ihm zugesagten Schätze gebracht hätten. †††)

†) S. darüber Hauber, Bibl. Magica Bd. III, S. 467 fgg. Hennings,
Von Geistern und Geistersehern S. 564. 589. Vulpius a. a. O. Bd. I.
S. 119 fgg. (und nach einer andern Quelle Bd. IV. S. 327 fgg.) Schultes,
Diplom. Nachr. v. d. St. Eisenberg. Jena 1799. S. 185.

††) S. Tenzel, Sächs.-Medaill. Cab. Bd. I. S. 970—998.

†††) Die Statuten sind noch vorhanden bei Schultes a. a. O.
Bd. II. S. 178.

Es ging die Sage, in den unterirdischen Gängen und Gewölben des ehemaligen, unweit Eisenberg gelegenen Klosters Laußnitz lägen sehr große und bedeutende Schätze vergraben, große Gold- und Silber-Stufen, ein eiserner, wohlgefüllter Kasten mit den Schlüsseln zu den Gewölbsthüren von 18 andern Klöstern, in einem besondern mit einer eisernen Thür versehenen Gewölbchen, die Recepte der Goldtinctur, viele Documente, welche die Plätze bezeichneten, wo in ganz Thüringen und Sachsen Schätze verborgen wären, goldene mit Edelsteinen besetzte Bilder u. s. w. Die Gänge und Gewölbe des Klosters wären sehr weitläufig, von großem Umfange gewesen und hätten mit vielen andern Klöstern in Verbindung gestanden. Aus diesen hätten Mönche und Nonnen ihre Schätze und Kostbarkeiten in die Gewölbe des Klosters Laußnitz getragen, wo denn nun Alles zusammengehäuft liege. Die letzte Laußnitzer Nonne habe geäußert: „werde man das Kloster nicht aufheben und in seinem Zustande lassen, so wolle sie dem Hause Sachsen etwas entdecken, daß es demselben nie an Gelde fehlen solle." Es sei aber auf diese Aeußerung nicht geachtet worden und die Nonne habe bald darauf der Donner erschlagen. Mit ihrem Tode war für Viele, doch nicht für Alle die Hoffnung zur Entdeckung der Geheimnisse verschwunden. Es war ja noch zu versuchen, ob man nicht durch Abgeschiedene erfahren könne, was man durch Lebende zu erfahren vernachlässigt hatte. Dies bestimmte den Herzog Christian die Sache zu untersuchen und die vergrabenen Schätze durch den Bergrath Bose und andere†) dazu erlesene Personen ausgraben zu lassen. Vorher hatte derselbe schon Untersuchungen der Locale wegen angestellt und Andere mit ihm und der Herzog hat getreulich die

---

†) Zu diesen gehörte auch der berüchtigte Baron von Hellwig, welcher dem Herzog weißgemacht hatte, er habe als Knabe zu Erfurt 1664 durch einen Zufall die ächten Schriften des Adepten Basilius Valentinus in die Hände bekommen (s. Motschmann, Erfordia literata III. Samml. S. II. S. 392 fgg.)

Nachrichten, welche ihm mitgetheilt worden waren, folgender=
maßen aufgezeichnet.

    Vollkomene Laußnitzer Acta und Registranda de
Annis 1696. 97. 98. 99, 1700. 1. 2. 3. 4. Sambt denen
Extractis und anderen urkundlichen Nachrichten. Der
Posterität zum Preis Gottes in diesem Volumine hinter=
laßen. **Bei Gott ist kein Ding unmöglich.** Lucae I.
Cap. v. 37. Post nubila Phoebus.

*   *   *

    Den 2. April 1696. Anno 1656 sind sie das erstemal
drinnen gewesen und eingegangen durch die Thüre, da die
runden Stufen sind. Dann wären sie durch die daran befind=
lichen Kreuzgänge eingegangen und zur Thüre rechter Hand
wieder hinaus. Da hätten sie eine Platte aufgehoben zur
rechten Hand, worunter eine eiserne Thüre und unter der=
selben eine verborgene Treppe gewesen. Ueber diese wären
sie gekommen in ein kleines Gewölbe, welches die Mönche
ihren Kofent=Keller genannt. Von da wären sie wieder
etliche Stufen unterwärts gegangen in die unterirdischen
Kreutzgänge, welche er nicht können beschreiben. Anno
1670 wäre er zum zweiten Male darinnen gewesen und hätten
ihn die Mönche in dem langen Gange, welcher von diesem
Kloster auf Bobeck, von da auf Walbeck, und von da bis
nach Jena führt, zu einem andern Kloster geführt, welches wenig=
stens 4 Stunden Wegs ist. Dieser Gang wäre theils in
Felsen gehauen, theils aber verzimmert gewesen. In dem=
selben hätte eine große Quantität reicher Gold= und Silber=
erze gelegen, welches die Vorfahren der Mönche dahin
geschafft. Dabei sey gesagt worden, daß es genug sey zur Auf=
bauung des ganzen Klosters. Aus diesem Gange wären sie
wieder zurückgegangen nach den Gewölben, die unter der
Kirche wären, wo die eiserne Kiste mit den Schlüsseln ge=
standen, die zu 18 Klöstern führten 2c.

    Auf diese Relationen beschließt der Herzog das Werk zu
beginnen und schloß mit dem Bergrath Bose, der übrigens
selbst sicher überzeugt war, daß obgedachte Schätze gefunden

werden würden, am 2. April 1696 einen nach vorhandenen vom Kloster Laußnitz aus datirten Contract zur Untersuchung jener geheimen Gänge ab.

Die Geister treten nun vom 6. April angefangen mit dem Herzog in förmlichen Verkehr. Sie sagen, wer sie sind, z. B. „wir sind sechs Nonnen," „ich bin ein Kapuziner", „ich bin die Aebtissin, die Fürstlich geborene," „ich bin der König von Walbeck," „ich bin ein Jesuiter, ein Barfüßer," „Poppe aus dem Thale," „Friedrich Wilhelm", „Curiban Wend", „Hiob" ꝛc. und verhießen dem Herzog was er zu hoffen haben werde, als: Anderthalb Tonnen Gold mit einem heiligen Bilde und Paternoster bedeckt, fünf Tonnen Gold, die ein Hund bewacht, weshalb der Herzog einen Hund zu erziehen habe, den Schatz zu heben, Bilder von Gold mit Edelsteinen besetzt, andere Kostbarkeiten, baares Geld, Alles zusammen 16 Tonnen Gold ꝛc. Dies Alles solle der Herzog bekommen, weil er ein armer Herzog ist. Friedrich Wilhelm verspricht dem Herzog unter andern auch seine goldenen Bilder und Götzen, die Aebtissin ihr kleines Schmelzwerk, so sie zu ihrer Lust gehabt, ihren silbernen Sarg, ihre goldene Krone, die sie getragen, wenn sie in der Capelle gebetet habe, die Nonnen ihre Büchsen, in welchen kupferne Büchsen mit drei Beinen gestanden, einen Rubin von der Größe eines Viertels; der König von Walbeck seine Krone, welche der Herzog ihm zu Ehren tragen sollte, sein goldnes Kreuz, die TR (Tinctur), die Schmelzöfen, ein goldenes Opferlamm, des Mappomets Prophezeihungsbuch, einen Diamant zwei Pfund schwer, einen dergleichen, welcher einen ganzen Altar beleuchtete, eine silberne Glocke, einen silbernen Hut u. dgl. mehr.

Im Monat Mai tritt nun eine Art von Seherin, eine Frau, Namens Maria geborne Schubertin, die denn aber auch wieder unter dem Namen Maria Glaserin oder Maria Schumannin vorkommt, als eine Art Mittelsfrau zwischen dem Herzog und den Geistern auf, die des Herzogs Briefe an dieselben vermittelt und umgekehrt von ihnen Briefe an den Herzog übernimmt. Durch sie erfährt der Herzog, der

König von Walbeck liege in einem goldenen Sarge, welcher
in einem kupfernen stehe, habe eine goldene Krone auf dem
Haupte und auf dem Leibe ein goldenes Kreuz liegen, welches
ihm von der Herzgrube bis zu den Füßen gehe. In Bezug
auf die Hebung der Schätze ging es aber nicht so schnell,
denn am 31. Mai 1697 ließ der Herzog die Geister noch
durch jene Maria fragen: „ob es nicht möglich sei, um Lebens
und Sterbens willen und wegen der großen Geldnoth, in
welcher er stecke, die Hebungszeit der Schätze abzukürzen?"
aber er erhielt zur Antwort: „sie selbst wären gern je eher
je lieber erlöst, aber sie müßten auch warten bis es Zeit
sei, er solle sich nur gedulden." Im nächsten Jahre fragte
der Herzog am 18. Juli bei den Geistern an, ob er sich bei
der Verheirathung seiner Tochter mit dem Herzog von Holstein einer Beihilfe von Seiten der Geister zu versehen habe,
sie versprachen ihm 600,000 Thlr., ohne den Schmuck, er
müsse aber warten. Indessen hat sich vorgeblich ein Gold-
bergwerk eröffnet, von bewunderungswürdiger Ergiebigkeit,
aber von einem Berggeist gehütet, als nun der Herzog dasselbe
bearbeiten lassen will und schon Kuxe vertheilt, läßt ihm am
6. December die Aebtissin sagen: „sie werde es ihm schon
wissen lassen, wenn der Berggeist wolle, daß es angehen solle,
vorher solle der Herzog erst mit Maria hineingehen und das
Innere besehen, wo der Bau zu betreiben sei." Der Herzog
beruhigte sich dabei auch und schrieb in sein Tagebuch: „Den
21. December Abends zwischen 9 und 11 Uhr hat der Bergrath B. das Seinige in so weit erhalten, daß er seine zwei
Kasten aus dem Keller bekommen und in die Stube gesetzt
hat. Dafür soll er am Neujahrs-Tage Gott herzlich danken
und um ferneres Glück anflehen", er sagt aber nicht, ob
etwas in den Kästen gewesen ist.

In Bezug auf die ihm auch versprochenen im Kloster
Bürgel bei Jena vorhandenen Schätze verlangt die Aebtissin,
daß er deshalb den Oberst Pöllnitz von Jena kommen lasse,
der mit dem Bürgler Amtmann, G. Fr. Schüßler, der Con-
ferenz darüber zu Walbeck beiwohnen müsse, jener aber läßt

sich nicht darauf ein. Da der Herzog über der Aebtissin
fürstliches Geschlecht etwas wissen will, so antwortet sie ihm
am 24. März 1699: „ihr Geschlecht stehe auf einer goldenen
Tafel, welche der Abt bei sich habe, welche der Herzog aber
bald mit den andern Schätzen erhalten werde."

Nun tritt im Jahre 1701 eine neue Person auf, Gott-
fried Loffler Mekkomet, der sehr viel von sich redet und endlich sagt, er werde an den Herzog seine 600jährigen Prophe-
zeihungen abgeben, theilt ihm auch weiterhin mit, daß die
bewußten Schätze ohne Donner und Blitz nicht gehoben werden
könnten und daß dies wahrscheinlich zwischen den Jahren 1701
und 1702 geschehen werde, die Anzahl der Geister wäre früher
um 1500 stark gewesen, nun aber auf 150 herabgeschmolzen,
ihre Namen werde er in dem ihm versprochenen Prophezei-
ungsbuche des Makkomet finden.

Gleichzeitig tritt auch eine Frau von Unruh, ein gebornes
Fräulein von Metzsch, Hoffräulein der Herzogin, die aber
schon 1698 ihre Träume von den Geistern hatte deuten lassen,
auf; ihr waren von dem baaren Gelde, welches der Herzog
bekommen sollte, 130,000 Thaler zugedacht gewesen, allein
als dieselbe sich in Wiesenbad bei Annaberg mit dem Oberst-
lieutenant von Unruh verheirathet hat, so nahmen die Geister
dieses Versprechen zurück, weil das Fräulein durch die gegen
das Verbot der Geister unternommene Heirath, Gott und
ihre Nächsten muthwillig beleidigt habe. Sie nehmen ihr
also das Geld und verehren solches der Kirche zu L. Allein
die Frau von Unruh scheint den Schlag parirt zu haben,
denn der Herzog schreibt weiter in seinem Tagebuch: „es
hät sich Gott den 5. September 1702 Ihrer wieder in Gnaden erbarmet und mir durch die Aebtissin sagen lassen, daß
ihr statt des Zugedachten auf den siebenten Kur an ☉ ☽ als
auch ♃ und ♀ geholfen werden sollte, und mir befohlen, dieses niederzuschreiben." Später schrieb der Herzog: „den 4.
November 1704 wurde die Frau von Unruhe wieder völlig
recipiret und ihr von allen Geistern völliger Pardon versprochen, auch in ihr voriges Recht wiederumb eingesetzet, wie

nicht weniger ihr ehemaliger Kasten ihr wieder vom König
von Waldeck zugeeignet, auch deshalb dem Herzog von Hiob
(einem der Geister) anbefohlen, wie er sich damit verhalten
und was er damit vornehmen solle. Es wurde auch zu solcher
Zeit dem Herzoge durch Hiob befohlen, „er solle sich der Frau
von Unruhe halber, an kein Gebot oder Verbot derer Geister
kehren, sondern ihr halten, was er ihr so theuer versprochen
habe".

Im Jahre 1704 wurde dem Herzog zugesagt, er solle
nun seine entbehrlichen Kammern und Zimmern leer machen,
in welche das Versprochene durch die Pfaffen nach und nach
eingetragen werden solle. Hunderte von Säcken mußte er
herbeischaffen und die Schlüssel zu den Zimmern abgeben.
Wären dieselben gefüllt, hieß es, wolle ihn der König von
Waldeck hineinführen und ihm Alles was darin sei, feierlich
übergeben. Dies war aber sehr viel, wie er denn selbst in
einer „Specification, was die V jedem Interessenten insonderheit, sowohl an baarem Gelde, als auch sonst zugedacht und
versprochen haben, nach denen Tagen und Jahren aufgesetzt
hatte und zu meiner Nachricht zu Papier brachte. Am 11. Januar
des 1704. Jahres" sagt, haben ihn vom 7/17. April 1696 bis
zum 4. Januar 1704 in 12 Terminen an baarem Gelde die
V (Geister), wenn er Geduld habe, zu bringen versprochen
5,388,885 Rth. Davon solle bekommen seine Gemahlin
130000 Thlr., seine Tochter 600000 Thlr., die Frau von
Unruhe, geborene Metsch, 130000 Thlr. Das übrige Geld
ein Geheimer Rath von Pflugk, Canzler von Pflugk, Hausmarschall von Bose, Bergrath von Bose, Hofmeister von
Uffel, Oberschenk von Metsch, Leibpage von Lischwitz, die
Watzdorf'schen Waisen H. G. und er selbst (der Herzog)
2,467,000 Thlr. Die auszutheilenden Kleinodien, das geschmolzene Gold und Silber, Perlen und andere Kostbarkeiten
ungerechnet, deren Werth das baare Geld wohl zehnmal übertrifft, die noch an diese oder jene vertheilt werden sollten
und von denen auf den Herzog von Holstein = Glücksburg,
seinen Schwiegersohn, allein eine Tonne geschmolzenes Gold

und auf seine Gemahlin (des Herzogs Christian Tochter) ebensoviel nebst TR (Tinctur) allein repartirt wurde. Erwartungsvoll sah nun der Herzog diesem glücklichen Tage entgegen, ließ die schon angeführte Münze prägen, mit den Worten: „Gott ich danke Dir" ꝛc. und machte indessen die Rechnung, wie das Erhaltene angewendet werden solle, mit großer Pünktlichkeit, als der König von Walbeck dem Herzog offerirte: „so wahr, als ein Gott im Himmel wäre, demselben zur Dankbarkeit 6 Wochen nach Ostern ein Wahrzeichen zu überschicken, welches bestehen sollte in einem Diamant von einem Pfunde, in einem Stücke Gold, ein Pfund schwer, und in einem Pfund Perlen aus der See, Alles aus der neuen Welt." Auch sollte der Herzog ferner erhalten die goldene Schabrake, welche der König von Walbeck aus dem Kriege mitgebracht hatte, die goldenen Schilde und Spangen, eine goldene Fahne, zwei goldene Schlaguhren, und alles sein goldenes Küchengeschirr und übrigens wolle er für seinen Freund die goldene Bergart vollends ausarbeiten lassen, wovon der Frau von Unruh der siebente Theil beschieden sei. Der König von Walbeck mußte aber schnell verreisen, konnte also nicht kommen, schrieb ihm also deshalb noch mehrmals, versprach ihm auch 8 Rubine und 2 Diamanten, wie seine ihm zugesendeten Muster wären, welche er ihm zu seinem Ordenszeichen mitbringen wollte, sobald er käme. Später schrieb er ihm, er hoffe die Ostermette im Kloster Laußnitz zuzubringen und dem Herzog einige neue Säcke mitzubringen, allein er kam nicht, wohl aber starb der Herzog, man fand aber in seinem eingebildeten Einnahme-Buche eine „Designation, was durch göttlichen Beistand zu milden Stiftungen, Donationen, und andern Fundationen anzuwenden und zu gebrauchen sei". Es sollte zum Splendor des fürstlichen Samthauses Ernestinischer Linie ein Hauptdirectorium angestellt werden für 800000 Thlr., die Herzöge zu Meiningen, Römhild, Hildburghausen und Saalfeld sollten jeder 500000 Thlr. erhalten, zu einem adeligen Stifte sollten angewendet werden 400000 Thlr., zu einem Zuchthause 320000 Thlr., für Jhro Lbd. meine Gemahlin 300000 Thlr., zu geistlichen Additionibus 296000 Thlr., zu einem Armen- und Waisenhause 240000 Thlr., Ihro Lbb. meine Frau Tochter 330000 Thlr., der Herzogin von Spremberg Lbb. 200000 Thlr., die Frau Oberftlieut. von Unruh 200000 Thlr. 2c. Keiner von des Herzogs Räthen, Pagen, Köchen, Stubenheizern, Stalljungen, keine Hofjungfer, Wäscherin, Hausmagd 2c. wurde vergessen, und die Geringsten sollten 200 Thlr. erhalten, die Armen aber wurden mit 674500 Thlr. bedacht. Jede Donation und Fundation enthält eine Beilage der Diftribution, alle mit unsäglicher Geduld von des Herzogs eigener Hand geschrieben und aufs Pünktlichste berechnet. Dann folgt eine „Ausrechnung der Diamanten, was sie nach deren Güte werth sein". Zuletzt steht eine: „Ausrechnung der überschwenglichen Macht und Kraft, sowohl der Rothen als Weißen multiplicirten und fermentirten Tinctur" mit unbeschreiblicher Mühe und Geduld in Tabellen gebracht.

---

24) Das Wahrzeichen von Buchheim.

S. Back, Eisenb. Chr. Bd. II S. 213. Kirchengalerie. Eph. Eisenb. S. 58.

Das Dorf Buchheim (oder Buchen), welches ein und eine Viertelstunde nördlich von Eisenberg in einem angenehmen Thale liegt, welches unterhalb des Dorfes in nicht unbedeutendem Abfalle bei Tröbnitz, einem Preußischen Dorfe im Elfterthale endigt, hat zwei sonderbare Wahrzeichen. Das eine ist eine Brezel auf einem Paßglase oder Kruge in Stein gehauen, welches in der Mauer der Kirche auf der Oftseite zu sehen ist. Das andere war der sogenannte Tanzboden auf der Kirchhofsmauer, womit es folgende Bewandniß hatte. Es stand nämlich hier früher das Seitengebäude eines daran stoßenden Gutes, welches damals einem gewissen Adam Töpfer gehörte, zum Theil auf der Kirchhofsmauer und hier wurde zur Jahrmarktszeit getanzt. Zu diesem Jahrmarkte hatten aber die zur Capelle des h. Laurentius stattfindenden Wall-

fahrten Anlaß gegeben, denn derselbe ward am 25. August, dem
Tage dieses Heiligen, dem übrigens jetzt noch jährlich eine
Gedächtnißpredigt gehalten wird, abgehalten. Da er aber
in die Erndtezeit fiel, so verlegte man ihn später auf den
Montag nach Trinitatis, jetzt ist er freilich ohne Bedeutung. Der
Altar in der auf der Stelle jener Capelle erbauten Kirche ist
jedenfalls noch aus jener Zeit; über demselben befindet sich
ein vergoldetes Bild in drei Abtheilungen mit verschiedenen
aus Holz geschnitzten Figuren. Sonst ist sein Brustbild von
Holz, das auf der Brust eine nicht unbedeutende Vertiefung
hat, worin früher wahrscheinlich ein Juwel saß, auch noch
der Kanzel gegenüber in einer Oeffnung der Mauer zu sehen.
Ueberhaupt scheint man hier nicht sehr ernstlich der Reformation angehangen zu haben, denn im Visitationsbericht
von 1569 wird noch geklagt, daß hier eine alte Zauberin
ganz offen Krystallguckerei treibe und den Leuten Arzneien
verabreiche.

25) Der Ursprung von Hermsdorf.
S. Back Bd. II S. 255.

Zwischen den altenburgischen Städten Eisenberg und
Roda liegt an der Naumburger Straße an drei Seiten von
Schwarzwald eingeschlossen das Dorf Hermsdorf. Nun stand
in uralten Zeiten an jener Straße, welche damals die Regens-
burger oder Oberländische hieß, im Walde an derselben Stelle,
wo jetzt noch der Gasthof steht, ein einzelnes Wirthshaus,
das den Namen „der schwarze Bär im grünen Walde" führte.
Da hätten nun einst zwei Besitzerinnen von Schön-Gleina
eine Wallfahrt nach dem benachbarten St. Gangloff unter-
nommen und wären in dem Walde, der jetzt der Hermsdorfer
Kirche zugehört, von Räubern angefallen, aber durch einige
in der Nähe befindliche Köhler gerettet worden. Zur Dankbarkeit für ihre Rettung hätten sie in der Nähe ihrer Retter
ein Gotteshaus erbaut und nicht nur ein bedeutendes ihnen

zugehöriges Stück Wald zu dessen Erhaltung legirt, sondern auch, um Menschen zu veranlassen, sich hier anzusiedeln, mehrere Grundstücke gegen einen Erbzins an die Kirche der Ansiedler abgetreten, woher die noch jetzt bestehenden eisernen Kirchcapitale ihren Ursprung haben sollen. Als diese von den Räubern befreiten Fräulein sich gerettet sahen, sollen sie zu wiederholten Malen ausgerufen haben „her muß Dorf (d. i. hierher muß ein Dorf)", woraus der Name Hermsdorf entstanden sei.

---

26) Die Entstehung von Kloster Laußnitz.
S. Sachsengrün 1861. S. 93. Back a. a. O. Bd. II S. 286.

Laußnitz, gewöhnlicher Kloster Laußnitz (d. h. Sumpfort, wendisch), auf dessen Grund dermalen das herzogl. Altenburgische Jagdschloß, jetzt noch das Kloster genannt, steht, von welchem aus jetzt noch ein überbauter Gang, in dessen niedern Räumen mehrere Grabmäler abliger Familien sich befinden, nach der Kirche, einem Theile der alten Klosterkirche führt, soll das älteste im Lande sein, welches schon 950 v. Chr. durch eine Frau von Gera gegründet worden sei. Allein dies ist falsch und man zieht eine andere Sage vor, welche die Zeit der Gründung in das J. 1116 setzt. Ein altes Manuscript erzählt nämlich, eine Thüringische Matrone, Namens Kuniza, welche nach kinderloser Ehe ihren Gemahl verlor, habe einen Blutsverwandten, den Ritter Gerhard, Burgvoigt von Kamburg gebeten, ihr bei dem Markgrafen Heinrich zur Stiftung eines Klosters zu einem demselben zugehörigen Stück Waldes zu verhelfen. Als ihr nun dieses gewährt worden und sie in diesen Wald gekommen sei, hätte sie dort einen Einsiedler, Namens Sigbobo vorgefunden und auf die Stelle der Hütte, wo derselbe gewohnt, habe sie nun das Kloster erbaut.

27) Die drei Kreuzsteine bei Kloster Laußnitz.

S. Bast a. a. O. S. 296.

Sonst sah man am Wege, da wo jetzt der Gasthof zu Kloster Laußnitz steht, drei alte verwitterte Kreuzsteine, diese sollten an die zwei letzten Nonnen erinnern, welche in dem Kloster gelebt haben. Als nämlich um das Jahr 1526 die Zahl der Nonnen bis auf sieben geschmolzen war und sehr bald auch diese kleine Anzahl bis auf zwei, welche die Namen Farnesia und Anoetnezza führten, herabgesunken war, so wollten dieselben gleichwohl ihre Heimath nicht verlassen, sondern blieben im Kloster und machten im Dorfe die Krankenpflegerinnen. Eines Abends im Hochsommer hatten sie einen solchen Gang zu thun, zwar stand ein furchtbares Gewitter am Himmel, allein sie ließen sich gleichwohl nicht abhalten, sondern machten sich auf und gingen unter furchtbaren Donnerschlägen nach dem Dorfe. Als sie aber an jene Stelle kamen, wo später die Kreuzsteine zum Andenken gesetzt worden sind, fuhr ein fürchterlicher Blitz herab und erschlug sie beide. In der herrschaftlichen Kapelle befinden sich heute noch zwei Bilder, welche ihre Gesichtszüge darstellen.

28) Anzeichen bei Eisenberg.

S. Gschwend, Eisenbergische Chronika. Eisenb. 1758. S. 376.

Im Juli 1553 ließen sich bei Eisenberg zwei feurige Schlangen sehen, die sich mit einander und ihre Schwänze in einander verwickelten. Man sah dies als eine unglückliche Vorbedeutung der blutigen Schlacht zwischen Churfürst Moritz und Markgraf Albrecht an.

29) Das Wahrzeichen von Lohma.

Altenburger Kirchengal. Bd. I. S. 49.

Auf dem einen Thurme der Kirche zu Lohma an d. Leine (südöstlich von Altenburg) war sonst das Wahrzeichen dieses Dorfes zu sehen, es guckte nämlich aus einem Dachfenster über den Glocken eine männliche Figur in altmodischer Kleidung hervor, welche so oft nickte und pfiff, als der Uhrhammer Schläge that. Die Sage berichtete, hier habe im dreißig= jährigen Kriege der Schulmeister des Ortes auf der Lauer gestanden und dem Dorfe sowie den hier einquartirten Sol= baten die Ankunft feindlicher Schaaren angekündigt, bis er endlich auf der Lauerstätte von den Feinden entdeckt und er= schossen worden sei.

30) Die Weidenrosen†) bei Eisenberg.
S. Gschwend a. a. O. S. 464.

Im J. 1747 war eine außerordentlich milde Witterung, es fiel im Februar sehr warmer Regen, das Gras kam stark heraus, also daß Körbe voll davon abgesichelt werden konnten. Das Vieh wurde auf die Weide getrieben, der Ackersmann zog ins Feld und die Weiden trieben stark, daß auch sogar Blüthen in Gestalt der Rosen, welche den Feldrosen einiger= maßen glichen, zum Vorschein kamen. In der Mitte zeigte sich der Samen, alsbann waren 4 Reihen Blätter hinter einander, je eine Reihe in weiterem Umfange, als die an= bere. Die Blätter waren spitzig und die Farbe bräunlich. Auf diese ungewöhnliche Witterung ereignete sich einiges Sterben und man hörte von plötzlichen Sterbefällen.

31) Der Reiter in den Klosterlaußnitzer Buchen.
S. Sachsengrün 1861. S. 100.

In der Nacht des Neumondes geht Niemand gern in die Klosterlaußnitzer Buchen oder auch nur durch ihren Be= reich, und wer es kann, nimmt einen andern Weg, der um die böse Stelle herumführt. Denn in der Neumondnacht

---

†) Etwas Aehnliches ist oben Bd. I. Nr. 45. S. 52 erzählt.

reitet ein gespenstiger Reiter mit Halloh und Hussahgeschrei in den Buchen. Viele haben gesehen, daß ihm der Kopf fehlt, Andere sahen ihn mit einem Jägerhute. Aber auf einem Schimmel reitet er, das ist gewiß. Es ist der Geist eines alten Wildmeisters, der die Bauern geschunden und mit seinem Gefolge ihre Felder verwüstet hat, das Wild zu jagen und hat sich vermessen, daß ihm weder Gott noch Teufel etwas anhaben könnten. Bei seinem Leben schien es auch so, denn es ist ihm alles geglückt, er hat Ehre gehabt und Ansehen bei vornehmen Leuten, bis er zum Sterben gekommen. Da aber ward es anders, denn Gott läßt sich nicht spotten; nun reitet der Jäger in dem Reviere, wo er am Liebsten war, als er lebte, herum und seine ruhelose Seele wartet auf ihre Erlösung.

32) Die Jacobseiche und der Jägerschuß bei Kloster Laußnitz.

Nach Greß, Holzlandsagen S. 42 fgg. Eifel, Sagenbuch des Voigtlandes S. 110. 287.

Nicht weit von Kloster Laußnitz, fast in der Mitte der von Eisenberg dorthin führenden Waldstraße steht am Wege ein hoher Eichbaum, die uralte Jacobseiche, der einzige Baum seiner Art zwischen Fichten und Tannen, freilich in der Mitte hohl geworden im Laufe der Zeiten, aber sonst doch noch ziemlich gesund und frisch. Hinter der Jacobseiche aber befindet sich tief drinnen im Walde die sogenannte Jacobswiese, eine herrliche, von Nadelholz dicht umsäumte, sonnige Waldwiese. Auf dieser stand einst eine dem h. Jacobus geweihte Kapelle, von der aber jetzt nur noch wenige, tief in das Moos gesunkene Trümmer übrig sind. In der Nähe ist auch der sogenannte Jägerschuß, so genannt, weil sich da einmal zwei Jäger einander erschossen haben, die gehen da noch jetzt um. An jenem Orte aber ist es nicht recht geheuer, Niemand geht gern am Tage dort vorüber, geschweige denn des Nachts. Freilich läßt sich dies nicht immer vermeiden, allein die Leute aus der Umgegend eilen, wenn

sie einmal dort vorbei müssen, wenigstens schnellen Schrittes
vorüber. Man erzählt sich, daß man aus der Tiefe des
Waldes alsbann ein Läuten höre, als wenn Jemandem auf
seinem letzten Gange die Kirchenglocken ein Lebewohl nach-
riefen, ja man will durch die Bäume Lichter blinken gesehen
haben und auf der Wiese ein von Kerzen strahlendes Kirchlein, aus dessen weit aufstehender Thüre ein Leichenzug komme,
eine Bahre, getragen von alten weißbärtigen Mönchen, der
sich in dem Dickicht verliere. Kommt um Mitternacht ein
Wagen oder ein Reiter daher, so wollen die Pferde an jener
Stelle nicht vorbei und es bedarf der Spornen und Peitsche
gar sehr, um sie fortzutreiben.

An der Jacobseiche sieht man aber um Mitternacht
weiße Wäsche an den Zweigen zum Trocknen aufgehängt,
die aber Jeder sich wohl hüten mag, etwa abzunehmen, denn
er hat schwere Ahnbung zu besorgen. Einst nahm sich ein
armer Holzhauer, der mit seinem Schubkarren dort vorbeikam, einige der besten Stücke mit, ohne daran zu denken,
daß es ja Geisterwäsche sei, aber siehe die Wäsche ward mit
jedem Schritte schwerer, je weiter er sich von der Jacobseiche entfernte, und zuletzt konnte er seinen Karren kaum noch
von der Stelle bringen. Als er endlich nach Hause kam
und die Wäsche aus dem Sacke, in welchen er sie gesteckt
hatte, herausnehmen wollte, da sprang statt derselben ein
alter Mann heraus, der sich ganz ungenirt an den Ofen
setzte und sich nicht von der Stelle rührte. Zwar versuchte
der Pfarrer ihn durch fromme Sprüche zu vertreiben, allein
vergeblich, er ließ sich nicht stören, erst als der Scharfrichter
von Zeitz geholt ward und seinen Hocuspocus machte, da
ging er ab.†)

33) Das Steinkreuz in der Weißenmühle.

S. Eisel, Sagenbuch d. Voigtlandes S. 288.

An der Straße von Eisenberg nach Hartmannsdorf nicht

---

†) Eine ähnliche Geschichte von solcher Geisterwäsche s. oben S. **31**.

weit hinter dem Dörfchen Cursdorf liegt am Raubabache
die Weißenmühle, im Garten derselben aber befindet sich ein
uraltes verwittertes Steinkreuz, in welches ein Schwert eingehauen ist. Dasselbe soll die Nachwelt an den hier an
dem Markgrafen Egbert III. von Meißen im J. 1090 verübten Mord erinnern. Der Markgraf lebte in schwerer Fehde
mit seinem Lehnsherrn, dem Kaiser Heinrich IV., der ihm
aber wenig anhaben konnte, denn der Markgraf war seiner
Zeit ein mächtiger Fürst. Da sann denn der Kaiser darüber
nach, ob er ihn nicht durch List aus dem Wege räumen
könne, und als er erfahren hatte, daß der Markgraf sorglos
ohne große Begleitung auf seinen Besitzungen herumzureisen
pflege, so wußte er einen Reiterhaufen in die Gegend von
Eisenberg zu bringen, wo der Markgraf, wie er erfahren
hatte, hinkommen sollte. Als nun derselbe eines Tages in
die Nähe der Stadt kam, beschloß er von Müdigkeit über-
mannt, in der Weißenmühle zu übernachten und legte sich mit
seinem geringen Gefolge ruhig nieder, ward aber in der Nacht
von den Reitern Heinrichs IV. überfallen und mit den Seinigen
nach kurzer Gegenwehr niedergehauen. Zur Erinnerung an
diese Greuelthat ward dann später der Stein mit dem Schwerte
errichtet.

34) Die Zwerge in der Raudamühle.
S. Greß S. 31 sgg. Eisel Nr. 27. Anm.

In der Raudamühle bei Eisenberg hielten sich vor langen
Jahren eine große Menge Zwerge auf, die aber dem Hause
Glück brachten und darauf sahen, daß immer darin Alles in
gutem Stande war. Sie hielten auch das Vieh blank und
rein, sorgten dafür, daß der Mühle es nie an ausreichen-
dem Wasser fehlte, daß das Mehl recht weiß war und daß
der Müller immer seine sichern Mahlgäste hatte, daß in der
Küche und im Garten zur rechten Zeit alle Arbeit gemacht
war. Dafür verlangten sie aber auch, daß ihnen täglich an
einen gewissen, von ihnen bestimmten Ort ein Körbchen mit

Obst und ein schön gelb gebräuntes Weißbrot hingesetzt ward, welches dann von ihnen verzehrt wurde. Auch wenn Kuchen gebacken wurde, verlangten sie ihren Theil davon, und bekamen sie ihn einmal nicht, so konnten die Müllersleute darauf rechnen, daß ihnen die Kobolde irgend einen Schabernack zufügten, dies wußten sie auch und darum vergaßen sie nie, denselben ihren Tribut darzubringen. Nun hatten sie aber in Erfahrung gebracht, daß die Zwerge keinen Kümmel im Brode leiden konnten, war je einmal es versehen worden und Kümmel hineingekommen, so hörte man die ganze Nacht hindurch Jammern und Klagen in der Mühle. Inzwischen kam eine junge Frau ins Haus und als diese von ihrem Manne diese Eigenthümlichkeit ihrer kleinen Hausgenossen gehört hatte, beschloß sie dieselbe zu benutzen, um vielleicht so ihren Wunsch, die kleinen Leute einmal zu sehen zu bekommen, zu erreichen. Sie setzte ihnen also eines Abends ein schönes gelbbraunes knuspriges Brötchen hin, in welches sie aber absichtlich eine Menge Kümmel hineingebacken hatte, die Zwerge aßen es auch, aber es bekam ihnen schlecht, man hörte die ganze Nacht hindurch ihr Klagen und Stöhnen. Am Morgen aber als die Müllerin ihrem Manne ihren losen Streich erzählte, da schlug der die Hände über dem Kopfe zusammen und rief: „Frau, was hast Du gethan? Du hast die guten Zwerge beleidigt, mit unserm Glück ist es aus!" Und so war es auch, die folgende Nacht zogen die Zwerge auf Nimmerwiederkehr mit Sack und Pack auf und davon und von Stund' an wich der Segen von der Mühle, der Müller verarmte, da die Mehlgäste immer seltener wurden, weil kein feines Mehl mehr gemacht werden konnte, und die Müllerin selbst starb bald nachher.

---

35) Die vier Spieler in Seyfertsdorf.
S. Eisel, Voigtländisches Sagenbuch Nr. 17.

Vier Spieler waren in Seyfertsdorf bei Köstritz, die verpraßten ihr Hab und Gut und ließen Weib und Kinder

daheim darben. Zu ihnen trat aber eines Abends spät ein
Engel Gottes, mahnte sie abzulassen und wirklich drei von
ihnen wiesen den himmlischen Boten nicht zurück, kehrten
um und wurden brave und rechtschaffene Leute. Nur noch
wilder als zuvor trieb es aber der Vierte und wie es eben
in der Schenke mit Würfeln hitzig herging, ist geräuschlos
ein bärtiger Kriegsmann ins Zimmer gekommen, hat ihm
zugetrunken und alsbald mit ihm zu spielen angefangen.
Der Fremde aber trug einen weiten faltigen Mantel, darunter ein
buntes Wamms und einen langen kostbaren Raufdegen und
auf seinem schlampigen Hütlein steckte eine lange rothe
Feder. Man bemerkte auch, daß er ein wenig hinkte. Anfangs war der Reitersmann im Unglück, später aber gewann
er des Spielers Geld bis zum letzten Heller, dazu Haus,
Hof, Feld und Gut und jetzt setzte dieser sogar sein Leben ein
und seine Seele. Eilf Augen zeigte sein Wurf, die Würfel
seines Widerparts aber fielen mit Donnergrollen auf den
Tisch und zeigten Zwölf. Darauf wurde es still in der
Stube, durchs Haus aber ging ein Brausen und Sausen,
daß es in seinen Grundfesten erbebte. Mit kralliger Hand
hatte der Teufel seine Beute erfaßt, seinen Mantel um sie
geschlungen und zur Stube hinaus war es unter Donner
und Blitz auf und davon gegangen. Draußen im Dorfe aber
hat man am andern Morgen nur des Spielers Kleider wieder gefunden.

---

36) Die blutige Hand.
S. Eisel Nr. 465. Greß. S .34.

Auf der sogenannten Haide, zwischen Eisenberg und
Walpernhain steht, weit umher zu sehen, eine einsame Fichte.
Nachts aber ist es bei ihr nicht recht geheuer, denn da zeigt
sich in den Zweigen des gespenstigen Baumes ein blutige
abgeschlagene Hand, die eine röthlich flackernde Laterne hält
und über deren Stumpf unheimliche blutige Tropfen rieseln.

23*

Einst überfielen dort Räuber einen einsamen Wanderer, hieben ihm die Hand ab und raubten ihm dann Gut und Leben. Sein Leichnam liegt unter der Fichte, die Hand aber kann keine Ruhe finden, bevor sie sich nicht wieder zum Körper gefunden hat, von dem sie getrennt wurde.

37) Die Gespensterhochzeit im wüsten Dorfe Scortowe.
S. Greß a. a. O. S. 35 fgg.

Es hat einmal im Schortenthale bei Eisenberg ein Wendendorf gestanden, Scortowe genannt, dies ist aber jetzt eine wüste Mark geworden und nichts ist mehr von ihm zu sehen. Früher hat man aber dasselbe manchmal an gewissen Tagen des Nachts stehen sehen.

Nun lebte aber vor langen Jahren ein Mädchen aus Salzburg, die dort mit andern Protestanten ausgewandert war, als Dienstmädchen bei wohlthätigen Leuten, die sie zu sich genommen hatten. Diese ward nun eines Abends, als es schon dunkel war, fortgeschickt, um noch Futter für's Vieh aus dem Schortenthale zu holen und da sie sich nicht fürchtete, machte sie sich auf und ging durch den abendstillen, rauschenden Wald nach der Wiese im Schortenthale, wo sie sonst gewöhnlich Gras zu holen pflegte. Doch anstatt der Wiese erblickte sie ein altes ihr unbekanntes Dorf, dessen Namen sie nie gehört und welches sie früher hier niemals gesehen hatte. Aus den kleinen altmodischen Häusern flimmerte Licht, sie trat also an das erste beste erleuchtete Fenster, klopfte an und fragte nach dem Wege und wo sie sei und bat auch, da sie hungrig und durstig sei, um ein Stückchen Brod und einen Trunk Wasser. Ein alter Mann mit weißem Bart und in seltsamer Tracht öffnete das Fenster und hieß das Mädchen eintreten. Aengstlich folgte sie seiner Aufforderung und trat in die niedrige Stube, in welcher eine fröhliche Hochzeitsgesellschaft versammelt zu sein schien. Bescheiden grüßte sie die Anwesenden, doch nahm Niemand von ihr Notiz als der alte Mann, der sie niedersetzen hieß und ihr

in seltsam geformten Schüsseln und Bechern Speise und Trank
anbot. Ueberhaupt war in dem Hause Alles, Tische, Stühle,
Geräthe, anders als es damals zu sein pflegte. Ebenso son=
derbar waren alle Gäste gekleidet, sie hatten eine altfränkische
Tracht, gebauschte und geschlitzte Gewänder, die Braut war
angethan, wie eine Nonne mit langem wallenden Schleier
und ernster Klostertracht, der Bräutigam dagegen trug wie
ein Rittersmann einen kostbaren, gold= und silbergestickten
Waffenrock und hatte einen langen, funkelnden Degen an
der Seite und trug eine goldene Ehrenkette auf der Brust.
Der alte Mann frug nun das Mädchen nach ihren Verhält=
nissen, wer und woher sie sei, und sprach dann lange mit
dem Ritter in einer ihr unverständlichen Sprache. Darauf
trat der Ritter sichtlich erfreut zu ihr und sagte: „habe Dank,
mein Kind, daß Du gekommen bist, nun ist uns bald ewige
Freude und Ruhe beschieden!" Dann begann der Hochzeits=
tanz, sonderbar=wunderliche Musik zu seltsamen Tänzen, die
das Mädchen niemals getanzt hatte. Nur bisweilen kam
ein ihr bekannter Tanz an die Reihe, den sie stets mit dem
stattlichen Bräutigam tanzte, bis endlich ein merkwürdiger
Reigen begann voll der wunderlichsten Sprünge und Drehungen.
Da plötzlich mitten im heitern, ausgelassenen Drehen ward
es ruhig und still, zwölf Horntöne schallten geisterhaft dröhnend
durch die Nacht, dann ward es wieder still und Alles ver=
schwand mit einem Male, die fröhliche Gesellschaft, die lustigen
Spielleute, die alten sonderbaren Tische und Geräthe, das
ganze seltsame Dorf.

Wie nun das arme Mädchen sich bestürzt umsah, stand
sie wieder allein in dunkler Nacht auf der stillen Waldwiese
und wußte nicht, wie ihr geschehen war. Schnell eilte sie
nach Hause und fand dort in ihrem Korbe ein Barett, das,
wie sie sich erinnerte, der stattliche Bräutigam getragen hatte.
In dem Barette aber lagen mancherlei alte, schwere Gold=
und Silbermünzen und ein zusammengerolltes vergilbtes Per=
gamentblatt, darauf stand in alter Mönchsschrift also ge=
schrieben:

„Der Ritter Siegbert von Hainsburg hat im J. 1400 das edle Fräulein Elsbeth von Kunitzburg aus dem Nonnenkloster zu Eisenberg entführt, sich mit derselben bei einem einverständigen Klosterhörigen im Dorfe Scortowe trauen lassen und bis an sein seliges Ende mit ihr ein fröhliches und glückliches Leben geführt. Dies wurde ihnen aber nach ihrem Tode als schwere Sünde angerechnet und sie mußten hundert Jahre voll Qual im Fegefeuer zubringen. Dann aber, nachdem das Kloster längst eingegangen und das Dorf Scortowe im 30jährigen Kriege verwüstet worden war, mußten sie zur Strafe für ihre Sünde in jedem zehnten Schaltjahre am Tage des Vollmonds, wenn die Sonne im Zeichen des Krebses steht, an demselben Orte eine Scheinhochzeit halten, bis ein armes, aber tugendsames und furchtloses Mädchen drei Stunden vor Mitternacht hinzukommen und um etwas bitten würde. Viele Jahre und 33 Schaltjahre sind seitdem vergangen, viele Leute haben das wüste Dorf gesehen, aber noch hat kein braves Mädchen sich ihm in geweihter Stunde allein zu nähern gewagt. Betet ein Ave Maria für unsere ruhelosen Seelen!"

So hatte denn das muthige Mädchen den armen Seelen zur Ruhe verholfen, und als wenn der Himmel sie ausdrücklich für diese Gutthat hätte belohnen wollen, ihr ging es bis an ihren späten Tod stets gut.

---

38) Die Kriegswiesen bei Tautenhain.

S. Eisel a. a. O. Nr. 151 u. unten Nr. 40.

Im 30jährigen Kriege haben auf den deshalb sogenannten Kriegswiesen im Kirchthale bei Tautenhain heftige Kämpfe stattgefunden. Wie nun später einmal ein Meiler da errichtet war und eben als es Nachts 11 Uhr schlug, es nöthig wurde, frische Erde aufzuwerfen, finden die Leute nur Wurzeln und keine Erde und kaum werfen sie davon auf's Feuer, als auf einmal lauter Husaren drin im Meiler herumreiten. Ein greulicher Lärm war's und die Funken stoben hinauf bis

über die Wipfel der danebenstehenden großen Fichten. Da
es aber 12 Uhr schlug war Alles wieder ruhig und auch
den Meiler fanden die Leute ganz in seiner Ordnung, nur
daß statt der Wurzeln Todtengebeine darauf herumlagen.
Man scharrte sie wieder ein, wobei sich eine Stimme hören
ließ, welche rief: „wir wollen auch unsere Ruhe haben!"

39) Das sechste und siebente Buch Mosis.†)
S. Eisel a. a. O. Nr. 522. 585. Greß a. a. O. S. 48 fgg.

Das Eichhornsche Haus in Tautenhain ist ein gefeites
Haus, da geht seit undenklichen Zeiten bei Tag und Nacht
eine schwarze Katze um, Niemand kann sich erinnern, daß sie
je von irgend wem gefüttert worden sei, aber da sie Niemandem etwas zu Leide thut, so läßt man sie gehen.

Nun sollte aber in demselben Hause auch das 6. und
7. Buch Mosis zu finden sein, ein Zauberbuch, von dem man
glaubt, daß dem, der es zu lesen verstehe, alle Schätze der
Welt, der Stein der Weisen 2c. zu Theil würden. Man
wußte aber auch, daß wer es unrecht damit anfängt, unglücklich dabei wird, deshalb hielt man den Besitz desselben
durchaus für kein Glück, man fürchtete im Gegentheil, daß
es dem Dorfe Unglück bringe.

Einem armen Schneider, der darum nachsuchte, das Buch
ansehen zu dürfen, wollte es der Besitzer deshalb durchaus
nicht gestatten. Endlich gab er ihm aber doch eine Laterne
und ließ ihn in den Keller, wo das Buch sich befand, hinab-
steigen. Unser Schneider nahm dort Platz auf einem Lehn-
stuhle und begann sogleich zu lesen. Aber es rauschte und
sauste um ihn ganz greulich herum; aus dem Buche stoben
Eulen und Raben heraus, und Geisteraugen blickten ihn dabei
aus allen Ecken an; ja zuletzt wußte er gar nicht einmal
mehr, was er las. Wie nun seine Angst zum Höchsten ge-

†) Eine ähnliche Geschichte ist oben Bd. II. S. 59 fgg. erzählt.

stiegen war, begann er endlich rückwärts zu lesen, worauf
sich Alles wieder ins Buch hinein verkroch und er nur froh
war, mit dem Leben davon- und wieder herauf zu kommen.
Siehe da stand das ganze Dorf versammelt, denn zwölf
Stunden war er ausgewesen, da es ihm doch kaum eine gedäucht hatte. Einige alte Leute meinten zu seinem Abenteuer,
er sei dem Ziele ganz nahe gewesen und in wenig Minuten
hätte er das Zauberwort finden müssen. Aber der Schneider,
den nun seine Angst um Reichthum und Glück gebracht hatte,
ist trotzdem nicht wieder hinabgegangen.

Nach einer andern Sage wäre das Buch unter dem
Ofen, zwischen den Saugruben, in einer entlegenen Kammer
(hier an Ketten liegend ꝛc.) eingemauert und sei vom Teufel
selbst bei Nacht und Nebel dorthin gebracht worden. Andere
nennen es aber Faust's Höllenzwang. Einmal als der Haus-
besitzer bauliche Veränderungen vornahm, kam das Buch dabei zum Vorschein und wurde von ihm verkauft oder ver-
schenkt. Von Stund' an aber war's um seinen Schlaf geschehen, es warf ihn jede Nacht aus dem Bette und nur
eins blieb ihm übrig, das Buch wieder an seine alte Stelle
zu bringen, wo es noch ist. Ueberhaupt darf weder am
Ofen noch am Hause, so hinfällig beide seit Jahrhunderten
schon sind, ohne doch einzufallen, etwas verändert werden,
und schon das Umsetzen des Ofens rächte sich einst dadurch,
daß unzählige Mäuse, Krähen und Dohlen aus ihm heraus-
fuhren. Auch darf, soll Alles wohl gehen, im ganzen Hause
nicht geflucht werden, so wie es schließlich für die Hausbewohner nicht gerathen ist, nur mit einer Silbe des Buches
zu gedenken. Einmal fing ein Besen, der in der Stube lag,
darüber zu tanzen an und machte die tollsten Sprünge, zwei
Mädchen aber, die darüber spotteten, zerbläute er den Rücken
dermaßen, daß sie mit Heulen und Schreien nach Hause liefen.

40) Der Schwarzkünstler Irmisch zu Tautenhain.

S. Eisel a. a. O. Nr. 574.

Tautenhain ist im 30 jährigen (nach Andern im 7 jährigen) Kriege von allen Dörfern in der Runde allein von den Soldaten verschont geblieben und dankte dies Niemand Anderem als dem in dem Eichhornschen Hause wohnenden alten Förster Irmisch (nach Andern dem alten Eichhorn). Wenn sich die Soldaten dem damals erst aus sieben Häusern bestehenden Dorfe näherten, erschien es ihnen, als ob der ganze Wald haushoch über einander liege und nirgends ein Zugang sei, es war aber Alles eitel Blendwerk. Auch Misthaufen hat Irmisch rund ums Dorf herum fahren lassen; da glaubten jene, es seien lauter Soldaten und keiner getraute sich näher zu kommen. Wurde aber ins Dorf geschossen, so machte Irmisch, daß die Kugeln stets zurück und auf jene Seite flogen. Da haben denn die Feinde lange vergeblich vor Tautenhein gelegen, bis sie abzogen, auf den sogenannten Kriegswiesen aber, die davon den Namen haben, finden sich noch Schwedenhufeisen. Nur Einer von Allen war einmal ins Dorf gekommen, es war ein Trompeter und wie er glücklich jenseits wieder heraus war, hielt er auf dem Eichberge und hat das Lied geblasen: „Nun danket alle Gott." Irmisch that ihm nichts, um ihm aber zu zeigen, daß es wohl in seiner Macht gelegen, schoß er hinaus und dem Blasenden das Mundstück gerade vor dem Munde weg.

---

41) Der Schütze Moortopf zu Tautenhain.

S. Eisel a. a. O. Nr. 577.

Es hat einmal ein Jägerbursche aus Tautenhain einem alten Topfflicker, Namens Moortopf, die Sprenkel weggerissen gehabt und bei der hernach folgenden Jagd hat Niemand irgend etwas gesehen oder getroffen, denn kein Hirsch ist zu sehen gewesen weit und breit. Darauf hat der Förster den alten Moortopf mit einladen laſſen, der ſich zwar lange bitten ließ, endlich aber doch mitging und gleich von ſeiner Hausthüre aus einen Vierzehnender ſchoß. Er hatte aber nach Süden zu geſchoſſen und weit weg im Norden bezeichnete er die Stelle, wo der Hirſch liegen werde. Dort, bei den ſogenannten Sandlöchern nämlich, lag er wirklich.

42) Der Sinketeich bei Tautenhain.
S. Greß a. a. O. S. 55. Eiſel Nr. 691.

In der ſtillen waldfriſchen Gegend des Klingelborn führte vor Alters eine große breite Heerſtraße mitten durch den dunkeln grünen Wald hinein in die weite blaue Welt. Jetzt iſt aber die alte Straße verfallen und vereinſamt, der breite Fahrweg iſt mit Moos und Raſen überwachſen und das Waſſer ſteht das ganze Jahr über in dem langen Riedgraſe, dicht am Wege aber liegen einzelne, trübe Teiche. Den tiefſten und ſchwärzeſten dieſer ſumpfigen Waldweiher nennt aber das Volk die Sinke oder den Sinketeich. Der Teich ſoll aber von folgender Begebenheit ſeinen Namen erhalten haben.

Einſt fuhr ein reiches, ſtolzes Fräulein in koſtbarer Equipage, begleitet von Dienern, dieſe Straße, da trat ein armer Greis ihr in den Weg und bat demüthig um eine Gabe. Das Fräulein aber hieß dem Kutſcher die Pferde peitſchen, dieſelben riſſen den Alten nieder und hohnlächelnd warf ſie ihm einen Kieſelſtein als Zehrpfennig hin. Da that ſich plötzlich die Erde auf, das Fräulein verſank mit Wagen, Pferden und Dienerſchaft, aus dem Schlunde aber, der ſie aufgenommen hatte, quoll ſchwarzes Waſſer hervor und bildete einen tiefen Teich, der ſeitdem die Sinke genannt wird. Wer hineinfällt, kommt nie wieder heraus: er verſinkt.

43) Der Goldbrunnen bei Tautenhain.
S. Eiſel Nr. 592. Greß S. 53 fgg.

Der jetzt verſandete, ſchlammige Goldbrunnen im Goldgrunde bei Rübersdorf war ehebem filberhell, daß man bis auf feinen Grund fehen konnte und die Sage berichtet von ihm, er enthalte flimmernde Goldkörner, von denen fchon mancher Glückliche einige gefunden habe. Ein alter welfcher, zerlumpter Maufefallenhändler hat fich um Johannis immer bort zu fchaffen gemacht, und ein Jeder wußte von ihm, daß er hier Gold hole und in feiner Heimath in Italien ein fteinreicher Mann war. Nun fah einmal der Tautenhainer Förfter einft bort in der Nähe eine fchöne weiße Hirfchkuh weiden und wollte eben auf fie fchießen, fiehe da verwandelte fie fich in diefen felbigen Maufefallenhändler und weil ihm der Förfter die Goldausbeute nicht gönnte, lief er auf ihn zu, ließ ihn barfch an und warf ihn endlich, als er keine Antwort erhielt, mit einem Holzfcheite zu Boden, fodaß der Getroffene für tobt liegen blieb. Im Haufe aber überkam den Jähzornigen die Reue und weil es ihm keine Ruhe ließ, machte er fich felbft auf, um in Italien nach dem Maufe= fallenhändler zu forfchen, was aus ihm geworden fei. Er brauchte nicht weit zu gehen, denn fchon vor dem Dorfe kam ihm eine Wolke in den Weg, die ihn aufnahm und nach Venedig zu dem Tobtgeglaubten hintrug. Der war aber fehr koftbar gekleidet und hieß den Verlegenen trotz feiner noch verbundenen Stirn freundlich willkommen. Er fagte ihm auch, er werde nicht wiederkommen, denn der Brunnen müffe auf hundert Jahre verfiechen. Uebrigens ward der Förfter fehr gut aufgenommen und als er Nachts in einem fchönen Bette entfchlafen war, erwachte er früh Morgens in feiner Wohnung zu Tautenhain und hatte einen Sack voll Gold bei fich liegen, er blieb aber nicht dafelbft, fondern zog fort aus dem Dorfe.

---

44) Die fieben Eichen bei Meufebach.
S. Greß a. a. O. S. 89. Eifel Nr. 694.

In einem engen Waldthale umrahmt von herrlichen Buchenwäldern, nicht weit von dem Jagdfchloffe zur fröhlichen

Wiederkunft, einsam und versteckt liegt das Dorf Meusebach, abseits von der Landstraße, mit der es durch einen schmalen Waldweg verbunden ist. Es liegt soweit von allem Verkehr ab, daß als die Franzosen im Jahre 1806 die dortige Gegend überschwemmten, sie diesen versteckten Erdenwinkel, wo die Bauern noch durch gefällte Bäume und künstlich errichtete scheinbare Dickichte den ohnehin nicht sehr ins Auge fallenden Zugang zu demselben völlig unsichtbar gemacht hatten, nicht auffanden. Nur ein einziger Soldat hatte dem künstlichen Bau nicht getraut, sondern das, was hinter ihm lag, ausgewittert, er kam ins Dorf hinein, allein die Bewohner desselben, fürchtend, er möge seinen Kameraden den Weg zu ihrem Schlupfwinkel zeigen, erschlugen ihn und begruben ihn auf dem Felde: ein steinernes Kreuz bezeichnet noch heute seine Ruhestätte.

Das Dorf Meusebach lag aber in alten Zeiten nicht an der Stelle, wo es sich jetzt befindet, sondern etwa eine Viertelstunde davon entfernt, da wo man jetzt noch versunkene Trümmer und einen Brunnen erblickt. Einst hat dort ein mächtiger Graf einen Hirsch bis in das Dorf hinein verfolgt und da das geängstigte Thier bei den sogenannten sieben Eichen in der Hütte eines Einsieblers Schutz suchte, hat er den Hirsch trotz der flehentlichen Bitten des alten Mannes heraus getrieben und getödtet. Der Klausner aber sprach hierauf einen schweren Fluch aus über die Jäger und ihr Dorf, das von der Erde verschwinden und nicht eher wieder ans Tageslicht kommen sollte, bis die Thiere des Waldes seine Spuren wieder auffinden würden. Wirklich sind erst lange nachher von einem Schweine die Glocken der ehemaligen Dorfcapelle wieder aufgewühlt worden, Köhler, die sie fanden, schenkten sie der Kirche zu Tröbnitz, wo man noch heute durch eine an dieselben angebrachte Inschrift die Sache bestätigt findet. Umgekehrt zeigte sich aber auch die Kirche den Köhlern wiederum dankbar, die sich nunmehr dort anbauten und das heutige Meusebach gründeten.

45) Warum in Meusebach keine Sperlinge sind.

S. Eifel a. a. O. Nr. 579. Greß S. 90 fgg.

Das Dorf Meusebach gehört zu den wenigen Orten, wo man nie einen Sperling gesehen hat (s. oben Bd. II. Nr. 810). Als Ursache wird aber folgende Begebenheit erzählt. Einst gab es in dem Dorfe einen Schulzen, Namens Leonhard, der einen liederlichen Sohn hatte, der allen Leuten im Dorfe ein Aergerniß war, weil er nichts arbeitete und nur Vergnügen daran fand, seine Nachbarn zu ärgern und ihnen Possen zu spielen. Schließlich ging er aber in die weite Welt und Niemand dachte mehr an ihn, selbst seine Aeltern und Geschwister nicht, im Gegentheil Alle waren froh, daß er fort war, und hofften, er werde nie wiederkehren. Siehe da kam nach langen Jahren gerade den Tag vorher als die jüngste Tochter des Schulzen sich verheirathen wollte, der verlorene Sohn wieder nach Hause, arm und abgerissen. Er kam aber doch nicht mit leeren Händen zur Hochzeit, er brachte seiner Schwester ein kleines Kästchen mit, aus dem, als es geöffnet wurde, zwei kleine Vögel, die er Spatzen nannte, zwitschernd aufflogen, und weil sie Allen so wohl gefielen, gab er auch noch andern Dorfbewohnern einige dieser Vögel. Diese Thiere vermehrten sich aber bald so, daß sie den Meusebachern die Felder abfraßen und diese zuletzt selbst nichts hatten. Alle Mittel wurden angewandt, um die gefräßigen Vögel zu vertreiben, aber vergeblich. Da kam gerade zur rechten Zeit ein fremder Jägerbursche ins Dorf, der verstand sich auf die schwarze Kunst und versprach den Bauern Abhilfe, wenn sie nur einwilligen wollten, daß er aus ihren Feldern wieder Wald machen dürfe. Wirklich kaufte er drei Wagen voll Fichtensamen und säete ihn aus und zwar unter so kräftigen Bannsprüchen, daß seitdem die Sperlinge bis auf den letzten auf Nimmerwiederkehr verschwunden sind. Darum findet man noch heute in Meusebach keinen einzigen Sperling und wenn es wahr ist, daß der

Wann so viele Jahre währen soll, als ehedem Samenkörnchen ausgesäet wurden, da werden die Meusebacher noch lange keinen Sperling zu sehen bekommen.

———

46) Die Rosen auf dem Birnbaume zu Bleifeld.

S. Eisel a. a. O. Nr. 683. Greß S. 86 fgg.

Vor Alters lag zwischen Schleifreisen und Bobeck mitten im Walde ein großes Dorf, Bleifeld genannt, jetzt ist es freilich längst nicht mehr da und an der Stelle der stattlichen Häuser seiner Insassen wächst jetzt düsteres Moos und Haidekraut, kaum zeigen noch einige zerbrochene Steine seine einstige Lage an.

In dem Dorfe wohnte aber einst ein steinreicher Bauer, der einen einzigen Sohn hatte, den er recht gern mit einer reichen Bauerstochter verheirathet hätte. Allein immer machte derselbe Ausflüchte, sobald er ihm diese oder jene gute Parthie anbot und der Alte kam natürlicher Weise bald auf den Gedanken, sein Sohn müsse eine geheime Liebschaft haben, die er ihm nicht sagen wolle oder könne. Er belauerte also seine Gänge und so belauschte er ihn denn eines Abends, als er unter dem Birnbaume im Garten einem braven, aber blutarmen Mädchen, der Tochter eines Tagelöhners aus dem Dorfe, ewige Liebe schwor und ihr aufs Heiligste versprach sie zu ehelichen. Zornig trat der Vater zwischen sie und betheuerte, nicht eher solle sein Sohn diese Betteldirne heirathen, bis der alte Birnbaum statt Birnen Rosen tragen werde. Der Himmel aber erbarmte sich der Liebenden. Im nächsten Frühjahre konnte man an dem alten Birnbaume, mitten unter den weißen Blüthen zwei Rosen blühen sehen, außen weiß, innen roth! Da regte sich denn auch des Alten Gewissen, er gab seine Einwilligung zur Verehelichung der Beiden und die arme Schwiegertochter pflegte ihn treulich bis an seinen Tod, besser als es wohl eine reiche gethan hätte.

———

47) Das Wappen von Roda.

S. Eisel a. a. O. Nr. 791. Greß S. 59 fg.

Im Jahre 1450 hat der Stadtrath zu Roda mit dem Propste zu Klosterroda einen Streit wegen des Bierschankes gehabt. Nun mischte sich aber der Graf Reuß zu Gera in die Sache und kam dem Propste zu Hilfe und rückte mit seinen Leuten vor die Stadt. An eine eigentliche Verthei-digung derselben war aber durchaus nicht zu denken, denn die Mauern waren zerfallen und das Stadtthor hatte nicht einmal einen Riegel, der es verschloß. Man erzählt nun, die Einwohner hätten, um den Feind wenigstens nicht durch das offene Thor einzulassen, in Ermangelung eines eisernen Bolzens eine ungeheuer dicke Moorrübe als Riegel benutzt und vorgeschoben, in der Nacht sei aber ein hungeriger Ziegenbock, der auf der Gasse nach Nahrung gesucht, an das Thor gekommen, habe die Möhre gewittert und aufgefressen, in Folge davon sei dasselbe aufgesprungen und der Feind frank und frei in die Stadt gekommen. Natürlich war nun aller etwaige Widerstand zu Ende, die Bürger mußten sich vergleichen und die Kosten bezahlen. Zur Erinnerung an diese wunderliche Geschichte sollen aber die Rodaer drei Möhren in ihr Stadtwappen gesetzt haben, aus denen dann im Laufe der Zeit, vermuthlich weil sie die Lächerlichkeit dieser Geschichte einsahen, die noch jetzt darin befindlichen drei Thürme wurden. Heut zu Tage aber kann man noch einen Einwohner von Roda mit der Frage schwer ärgern: „ob denn in diesem Jahre die Möhren bei ihnen gut ge-rathen seien?" Die benachbarten Dörfler nennen auch jetzt noch ein Rodaer Stadtkind spottweise eine Rodaer Möhre.

48) Der Kobold im Pfarrhause zu Gröben.

S. Kurze Untersuchung vom Kobold von einem nach Engelland reisenden Passagier. o. O. 1719 in-4⁰, S. 87 fgg. Dagegen Gfr. Wahrlieb (J. Chr. Francke) Deutliche Vorstellung der Richtigkeit der vermeinten Hexereien und des ungegründeten Hexenprozesses. Amst. 1720 in-4⁰. Jer. Heinisch,

Das Zeugniß der reinen Wahrheit von den Sonder- und wunderbaren Wir-
kungen eines insgemein sogenannten Kobolds oder Unsichtbaren Wesens
in der Pfarrwohnung zu Gröben nebst einem zur Prüfung übergebenen
Versuch, wie weit in der Erkäntniß dieser Sache zu gelangen. Jena 1723
in-4°. Unterricht wie man Gespenster und Gespenster-Geschichte prüfen
soll: gewiesen durch nöthige Interrogatoria zu dem Zeugnisse der reinen
Wahrheit Herrn Jer. Heinischen, Predigers zu Gröben ꝛc. o. O. Raptim
1723 in-4". (S. a. Greß a. a. O. S. 66 fgg.)

Zwischen der alten Universitätsstadt Jena und dem
Altenburger Waldstädtchen Roda liegt am Fuße der sogenannten Wölmse in einer weiten Ebene das Dörfchen Gröben.
Leider aber ist das Pfarrhaus desselben lange Zeit der Wohnsitz eines Spukgeistes gewesen, der mehreren Inwohnern desselben ihr Leben verbitterte und einem sogar das Leben kostete.

Schon ums Jahr 1645 zeigten sich die ersten Spuren
dieses bösen Geistes. In Gestalt eines grauen gespenstigen
Mönches schlich er des Abends geräuschlos und in Nebelge-
stalt durch die Räume des Pfarrhauses, setzte sich auf die
Holzbank vor dem großen Kachelofen in der Studirstube des
Geistlichen und war von da nicht zu vertreiben. Der Pfarrer
Johannes Rodigast wandte alle möglichen Exorcismen an
um ihn hinwegzuscheuchen, allein kein Gebet oder frommer Spruch
vermochte ihn wegzubringen. Endlich trat er muthig dem
Mönche entgegen, legte seine Vocation auf den Tisch und
fragte ihn: „wer bist Du? Woher kommst Du und was willst
Du von mir? hier ist meine göttliche Berufung, kraft deren
mir zugleich dies Haus zu eigen gegeben ist! Hast Du ein
besseres Recht daran, so beweise es mir! Kannst Du es aber
nicht, so weiche von hinnen!" Darauf entwich nun zwar das
Mönchsgespenst, allein der Pfarrer verfiel seit der Zeit in
eine schwere Melancholie, er glaubte sich von Gott verlassen
und dem Teufel verfallen und so war er denn von 1656
an bis zum J. 1680 von immerwährenden Visionen geplagt,
sodaß er schließlich sich nicht anders zu helfen wußte, als daß
er seinem Leben durch Erhängen selbst ein Ziel setzte. Seinen
Nachfolgern Adam Dimler und Johann Heinrich Stemler

ging es nicht viel beſſer, auch ſie plagte der zurückgekehrte
Kobold, und Erſterer hatte ihm ſogar eine Kammer einge-
räumt, um ihn nur aus ſeiner Stubirſtube los zu werden.
Am ärgſten ward es aber unter dem auf jene folgenden
Pfarrer Jeremias Heiniſch, der, wie wir geſehen haben, um
den vielen wunderlichen Gerüchten über dieſes Teufelsge-
ſpenſt ein Ziel zu ſetzen und die Wahrheit von der Lüge
und Uebertreibung zu ſondern, ſelbſt einen Bericht über das,
was ihm widerfahren iſt, auffetzte, den wir im Folgenden
im Auszuge mittheilen wollen.

Der Pfarrer Heiniſch glaubte zuerſt gar nicht an Ge-
ſpenſter, allein am 17. Junius des J. 1718 begann es im
Pfarrhofe mit Steinen zu werfen und zwar auf das Schindel-
dach des im vorigen Jahre daſelbſt unterbauten Viehſtalles
und fuhr mit ſolchem Werfen bis zum 21. Juni ununterbrochen fort. Die Steine waren nur klein, flogen in einzelnen
Würfen von 1—6, und geſchahen von 6, 7 und 9 Uhr in
der Frühe oft mehrere Stunden lang. Nachdem eine Zeit
lang nichts wieder verſpürt ward, ging es am 29. Juli 1718
Nachmittags 3 Uhr von Neuem los und zwar wieder auf
das Dach, öfter, früher und ſpäter als das erſte Mal, auch
mit weit größeren Steinen. Es konnte aber der Pfarrer,
ſowie einige zwanzig Perſonen, die ſich deshalb dort zuſammen gefunden hatten, noch ſo ſehr Acht geben, es war nicht
möglich einen Stein eher zu ſehen, als bis er auf das Dach
mit großer Macht und ſtarkem Knall auftraf. Am 30. und
31. Juli wurde die Zahl der Würfe größer und als der
Pfarrer an letzteren Tage, es war gerade der VII. Sonntag
nach Trinitatis nach vollendetem Nachmittagsgottesdienſte aus
dem geöffneten Fenſter der Vorderſtube in den Hof herunterſah,
ſah er, wie vom Boden aus im Hofe ein Stein in die Höhe
auf das Dach flog und hier aufſchlug. Einige Zuſchauer
erzählten, ſie hätten die Steine bald aus dem großen Baum-
garten, bald aus dem Winkel bei der Baumgartenthüre bald
wie aus der Mauer der Pfarrwohnung herauskommen ſehen.
Am 1. Auguſt ging das Werfen früher an und der Pfarrer

sah zwischen 6 und 7 Uhr früh, wie vom Hofe aus Steine, die vorher nicht dagelegen hatten, auf das Stalldach flogen. Er sah auch, daß einige Steine aus dem Gange bei der Baumgartenthüre um die Scheuneneďe herum und folglich in einem halben Zirkel auf die Seite hinausgeworfen wurden, was doch nach den Gesetzen des Wurfes überhaupt unmöglich war. Der Geistliche befragte nun in besagtem Gange das geheimnißvolle Wesen, wer da sei und werfe, erhielt jedoch keine Antwort, wohl aber kamen nun die Steine von Außen über die Hofmauer so geschwind und häufig aufs Stalldach geflogen, daß es förmlich Steine zu regnen schien, ein Stein ward nach dem Pastor selbst geworfen, traf aber nicht.

Am 2. August wurden früh zwei Steine bei der Treppe gefunden, dann aber wurde bald an der Haus- bald an der untern, bald an der obern Stubenthüre mit erstaunlichem Krachen geworfen. Wenn die Hausbewohner in der Unterstube beisammen waren, kamen Steine und Kalkstücken vom Ofen her, flogen mitten durch sie hin und schlugen mit lautem Schall meistens auf das Thürschloß im mittleren Felde und als der Pfarrer den Spruch I.B. Mos. C. 3.B. 15 „des Weibes Saamen soll der Schlange den Kopf zertreten", auf dieses Feld schrieb, dann flogen die Kalkstücke ins obere oder untere Feld. Dies geschah meistens zur Essenszeit, Abends hörte es auf und früh ward dann bald außen bald innen geworfen. Wo die Steine her waren, war nicht zu ersehen, manchmal klebten graue Haare daran, einmal war auch einer mit Garn umwunden. Einmal, am 3. August, warf es dreimal zu gleicher Zeit, im Kuhstall, wo es die Viehmagd sah, im Keller, wo die Hausmagd war, und im Waschgewölbe, wo das Kindermädchen war. Weiterhin war es auch in der obern Vorderstube und im Saal, und ein großer Stein flog auch an die Schlafkammerthüre der Mägde, die deshalb schreiend herunterliefen. Am 4., während der Pfarrer in Jena war, um sich Raths zu erholen, warf es nicht blos Mittags auf das Stalldach, sondern auch in der untern Wohnstube die Fenster ein. Nach seiner Zurückkunft stellte der Pfarrer seine

Leute außerhalb und innerhalb des Hauses auf und ging
selbst bald zu einem, bald zu dem andern Haufen, sie sahen alle
wohl Steine hinein und heraus fliegen, woher sie aber kamen
und wer sie warf, sahen sie nicht. Dabei fielen die Steine,
wenn Jemand vor den Fenstern stand, wie matt gleich zu
Boden, wenn sie dasselbe durchflogen hatten, stand aber Niemand da, flogen sie bis mitten in den Hof, und ebenso war
es umgekehrt, wenn sie von außen hineinflogen. Endlich
flog in die verschlossene Oberstube ein eisernes Uhrgewicht,
welches man schon längere Zeit vermißt hatte. Am Abend
des 4. August, als der Pfarrer und die Seinigen knieend
das Abendgebet verrichteten, fiel ihnen ein Stück Kalk von
oben auf den Kopf. Am 5. August kam die Pfarrersfrau
nieder, das genirte aber den Geist nicht, er warf vor wie
nach, nur nach verrichteter Taufe bis zum 8. setzte er mit
Werfen aus, am 9. warf er wieder eine Scheibe ein, setzte
dann mit größerer oder geringerer Heftigkeit das Werfen
wieder fort, namentlich warf er mit Steinen an die Schlaf-
stubenthür des Ehepaars, wenn er wußte, daß es im Bett
lag. Schlimm trieb er es den 20.—22. August, namentlich
unten, wo er fast alle Fenster mit Eisenstücken zertrümmerte
auch eine Scheibe über dem Abtritt auf dem obern Saale
Am 23. Aug. fing es nun aber auch an des Nachts zu rumoren
und zu werfen, kratzte auch, als sich der Pfarrer zur Ruhe
begeben hatte, wie mit scharfen Klauen an dem daselbst befindlichen Kleiderschranke. Am 24. August nahm es die
Gewichte von der Uhr im untern Stock und warf damit oben
nach der Saalthür oder nach der Thür der Stube der Frau
Pastorin, setzte auch das Fenstereinwerfen fort.

Jetzt ging nun das Zerschlagen der Töpfe und Schüsseln
an, es riß der Viehmagd beim Aufwaschen einen Topf unter
den Händen weg, der aber nicht gleich wieder zurückgeworfen
ward wie bisher. An diesem Tage ward auch im Waschgewölbe ein an der Hühnersteige festgebundenes und mit soge-
nanntem Quarkkäse angefülltes Säcklein heruntergerissen und
obgleich die Thüre, durch welche man aus diesem Gewölbe

24*

ins Vorderhaus kommt, zugeriegelt war, so wurde doch gedachter Käse in dem Vorderhause hingeschüttet, das Säcklein
umgedreht und in dem Käse wie mit Hundspfoten herum-
gescharrt. Nachts darauf ward wieder so lange in der
Schlafkammer am Schranke gekratzt und so wüthend geworfen,
daß der Pfarrer aufstand und sich in die Wochenstube seiner
Frau retirirte, und dieses sahen nicht weniger als zehn fremde
Personen und Hausgenossen mit an. Obgleich nun Niemand
mehr in der Kammer war, so dauerte doch das Kratzen und
Werfen ärger darin fort als zuvor, worüber die Sechswöch-
nerin und ihr Kind beide erkrankten. Am 25. August früh
ging es an ein erstaunliches Töpfe- und Schüsselnzerbrechen.
So warf es vor Aller Augen ein irdenes Handbecken im
Vorderhause aufs Steinpflaster nieder, und weil solches nicht
völlig in Stücken ging, nahm es das Kindermädchen und
stürzte es wieder an seinen gewöhnlichen Ort hin mit den
Worten „wir wollen doch zusehen, ob es solches noch einmal
nehmen wird!" und indem sie alle meinten, sie sähen das
Handbecken noch an seinem Orte stürzen, ward es in tausend
kleinen Stücken ihnen vor die Füße geworfen, ohngeachtet
sie nichts davon sahen, bis es an der Erde lag. Neun
Töpfe, welche in der obern Küche aufs Topfbret hingestellt
waren, wurden im Unterhause vor ihren Augen zerschlagen,
und doch sahen sie, die an der Treppe unten standen, weder
daß oben die Küchenthüre geöffnet ward, noch daß oben Jemand an der Treppe stand oder dieselbe herabkam, sie hörten
blos die Töpfe auf das Pflaster aufschlagen und zerbrechen.
Während sie noch da standen, ward von dem Speiseschrank
im Vorderhause Quarkkäse bis zur Hausthüre hinaus ver-
zettelt und endlich auch der irdene Napf, worin dieser Käse
in dem verriegelten Schranke aufbewahrt worden war, vor
ihren Füßen niedergeworfen und zerschmissen, und doch sah
Niemand den Speiseschrank aufgehen und überhaupt Napf
und Käse nicht eher, als bis sie auf das Steinpflaster auf-
trafen. Auf den Rath der Aerzte schaffte der Geistliche nunmehr Frau und Kinder nebst einigem Hausgeräthe aus dem

Hause, allein nun warb es auf einmal still. Am 26. August nach diesem Ausräumen ging das Werfen wieder an, namentlich in der Wochenstube, wo der Geist, so lange die Pfarrerin darin lag, nichts gethan hatte. Am 27. riß es die auf die Spundlöcher der Bierfässer geschlagenen Stückchen Leinwand herunter und warf damit bald an diesem, bald an jenem Ort des Hauses herum, dadurch schlug Luft zum Bier und es wurden vierthalb Eimer verdorben. In die im Keller aufbewahrte Milch schmiß es allerhand Unflath, weshalb Bier und Milch aus dem Hause entfernt wurden. Am 28. A. warf es an verschiedenen Orten im Hause mit größeren Steinen, fünf Hühnereier wurden in der untern Stube zerbrochen und einer jungen Henne der Kopf daselbst abgedreht. In Gegenwart der aufgestellten Wächter ging nun Tag und Nacht das Werfen wieder weiter fort und da das untere Vorderhaus durch die vielen hineingeworfenen Steine sehr verunreinigt worden war, ließ der Pfarrer dasselbe am 3. Septbr. auskehren; allein kaum hatten die Mägde damit angefangen, so tobte es greulich und warf wieder überall, wo ausgekehrt worden war, durch die Fenster Steine und Eisenstücke hinein, unter andern auch ein Stück eiserne Kette, und dies Alles mit unglaublicher Geschwindigkeit und schrecklichem Gepolter. Da nun die Mägde hierdurch an ihrer Arbeit gehindert und die eben gekehrten Stellen wieder verunreinigt wurden, lehnte sich der Pfarrer zum Fenster hinaus und bot dem Geiste Trotz. So lange er so liegen blieb, setzte das Werfen aus, ging er aber weg, kamen wieder Steine durchs Fenster. Als er nun die Treppe zum Oberhaus hinaufstieg, kam vor aller Augen ein Stein über seinen Kopf von oben herabgeflogen, traf ihn aber nicht, fiel auch nicht nach der geraden Linie im Vorderhause nieder, sondern brach mit furchtbarer Gewalt durch das Fenster des Unterhauses, machte also im Fliegen einen Bogen oder Winkel.

Nach beendigter Säuberung des Hauses stellte sich nun der Pfarrer mit einigen Hausgenossen vor die untere wohlverwahrte Stubenthüre um Acht zu haben, was passiren werde. Auf einmal hörten sie einen heftigen Knall darin.

Da sie nun wußten, daß Niemand darin sei, auch Keiner die Thüre aufgemacht habe, erschracken sie sehr, der Pfarrer aber faßte Muth, öffnete die Thüre und lief nebst den andern mit der Frage: wer da? hinein, und siehe mitten in die Stube stürzte ein großer Rahmtopf, den der Geist von dem Topfbrete im untern Hause entführt hatte, derselbe war jedoch nicht in kleine Stücken zerbrochen, sondern blos ein wenig aufgeborsten.

Nun ließ der Pfarrer auch den Hof reinmachen, aber da ging ein so wüthendes Werfen nach dem Stalldach los, daß es förmlich Steine von demselben herabregnete. Offenbar wollte der Geist die unsaubern Orte nicht reinigen lassen.

Am 4. Septbr. warf es wieder, am 5. fand der Pfarrer Hühnereier in dem verschlossenen Keller liegen und ebenso fünf Steine in der Unterstube, trotzdem daß Alles verschlossen gewesen war. Der an der Sonne im Hofe aufgestauchte Flachs war überall hin zerstreut und doch hatte es keiner der auf dem Berge wohnenden Nachbarn gesehen. Die Nacht warf es wieder in der untern Wohnstube, trommelte an den Stallthüren und rauschte mit Papier an der Stubenthür. Am 6. Septbr. warf es den Mägdewetzstein durch die Fenster des untern Hauses und entführte ihn einige Zeit ganz. Am 7. Septbr. ging das Werfen durch die Fenster fort, es zerbrach auch eine Fensterscheibe der Speisekammer im obersten Stockwerk, wo der Geist sich bisher noch nicht bemerkbar gemacht hatte. Dort zerbrach es auch ein starkes geschliffenes Glas. Der Pfarrer ließ nun die Kammer ausräumen, als aber das Kindermädchen die übrigen Gläser und Sachen im Beisein einer Jungfer und eines Knaben aus derselben in einem Korbe herausholte und selbigen zudeckte, ward dennoch ein Gläschen wie auch der Deckel einer kleinen irdenen Butterbüchse aus dem zugedeckten Korbe ihr vor die Füße geworfen und zerbrochen.

Um die Mittagsstunde des 7. Septbr. will die Viehmagd das Rindvieh dem Hirten vortreiben; als sie nun in den Stall kömmt, der doch wohl zugemacht war, findet sie unter zwei

Kühen zwischen deren Vorder= und Hinterfüßen zwei Wasser=
stunzen stehen, unter der dritten Kuh einen Steinkorb und
unter der vierten ein Stück Bret liegen. Diese sämmtlichen
Gegenstände waren aber, ohne daß es die daselbst handtieren=
den Mägde gemerkt hatten, theils aus dem Waschgewölbe,
theils aus dem Hofe entführt worden. Nachmittags, als man
im Ofen Feuer anmachte, wurden einige Stück Back= und
Mauersteine, die im Ofen lagen, im Hause herumgeworfen;
einer von diesen glühenden Backsteinen aber wurde mit Un=
gestüm durch die Fenster des vordern Unterhauses in den
Hof geworfen, daß sich das Blei und die Windstangen bogen.
Man mußte ihn mit Wasser löschen und ebenso das Feuer
im Ofen ausmachen, aus Furcht, daß im Hause ein Brand
entstehen möchte. Die eine Magd hatte im Waschgewölbe
bei ihrer Verrichtung eine mit warmem Wasser angefüllte
Schöpfgelte auf der Bank stehen, diese wurde ihr unter der
Hand entführt, und als sie sich umsah, ward sie auf einmal
im Vorderhause gegen die Fenster geworfen. Gleichzeitig
ward auch der entführte Wetzstein an dem im Unterhause
lehnenden Backtrog in zwei Stücke zerschmissen und als Abends
die Wächter in die untere Wohnstube traten, warf es von
oben herab einen großen Stein neben sie auf den Boden.
Am 8. Septbr. Abends warf es noch einmal daselbst nach
dem Wächter und von nun an ward nichts wieder gespürt.

Da nun der Pfarrer und die Hausgenossen und Wäch=
ter alle diese Vorkommnisse mit eigenen Augen gesehen haben,
aller und jeder Winkel des Hauses genau auf Befehl der
Obrigkeit untersucht ward, unzweifelhaft Niemand aus dem
Gesinde bei dem Werfen betheiligt sein konnte, sonst auch
einige Studenten aus Jena, die mit bloßem Degen in der
Pfarre gewacht hatten, als sie den Geist verspotteten, selbst
geworfen wurden, so kam man zu dem Resultat, daß weder
Menschen noch Hexen oder Zauberer diesen Spuk angestiftet
hätten, sondern ein wirklicher böser Kobold, der aber auf=
hörte, als seine Zeit um war.

49) Der Evangeliensteg.

S. Kirchengalerie Bd. I. Nr. 16. S. 78.

Zwischen den Dörfern Ziegelheim und Frohnsdorf in der Nähe von Wiesebach führt ein Steg, der heißt der Evangeliensteg. Der Sage nach schlichen sich, weil Frohnsdorf früher der Reformation beitrat als Ziegelheim, von hier aus das Thal herab, die heimlich Evangelischen über diesen Steg, um in Frohnsdorf Evangelisch predigen zu hören. In den ältesten Zeiten war der Name Evangeliensteg hier eingeschnitten und wurde auch bei jeder Erneuerung desselben wieder eingeschnitten.

50) Strafe für Heiligenverachtung.

S. v. Beust Bd. II. S. 27.

Im J. 1523 hieb ein Bürger zu Altenburg dem Bilde des h. Bartholomäus den Kopf ab, seine Frau gebar aber nachher ein Kind, dessen Kopf vom Leibe abgetrennt war.

51) Sprüche von Altenburg.

S. v. Beust Bd. II. S. 27 fg.

Gegen Pfingsten des J. 1524 fiel im Altenburgischen große Kälte ein, daher das Sprichwort kam: „ich will Dich zu Pfingsten auf dem Eise bezahlen".

Während in demselben Jahre die Bürger der neuen Lehre wegen unter sich uneinig waren, indem die Katholischen ihren Gottesdienst in der Nicolaikirche, die Lutheraner aber den ihrigen in der Bartholomäikirche hielten, entstand im Bartholomäiviertel die Pest. Die Katholischen spotteten darüber und sagten: „die Holzäpfelchen werden abfallen". Kurz darauf ergriff die Pest auch das Nicolaiviertel, nun antworteten jene: „die großen Birnbäume werden auch weiblich geschüttelt werden".

52) Die weiße Rose im Magdalenenstift.

Mitgeth. v. Hr. Dr. Löbe in Kasephas.

Von dem Magdalenenstifte in Altenburg geht die Sage, daß ein Erziehungsfräulein, welches an ihrem Platze in der Kirche eine weiße Rose finde, bald sterben müsse. Die Wahrheit dieser Sage†) wird bezweifelt; wenigstens kann sie nicht sehr alt sein, denn erst die Herzogin Amalie stiftete 1830 ein Ehrenzeichen der vergoldeten Rose, welche Erziehungsfräuleins unter gewissen Bedingungen bei ihrem Abgange aus dem Stifte erhalten. Die weiße Rose soll also wohl darauf hindeuten, daß der Tod den Empfang des goldenen Ehrenzeichens unmöglich machen werde.

---

53) Die Sage vom Teufelsbruch.

Von Hrn. Dr. Löbe nach der Erzählung aus Volksmunde mitgetheilt in d. Mittheilungen aus dem Osterlande Bd. II. S. 201.

In der alten Zeit haben sich in diesem alten Steinbruche beim Dorfe Mockern südlich von Altenburg viele alte Männer und Weiber, die unsern Glauben nicht annehmen wollten, verkrochen, sie beteten hier ihre Teufel an, einen Schnegel, einen Vögel, einen Thorl, einen Crobel u. m. a. Sie haben Hexereien getrieben, alte Weiber haben hier zu Walpurgis und am Dreikönigstage gewahrsagt, auch das Vieh bezaubert; hierdurch sind die Leute furchtsam geworden und haben den Hexen,

---

†) Ueber diese Sage wurde jüngst in der Altenb. Alterthumsforscher-Gesellschaft geäußert, sie sei kürzlich wieder in einem Unterhaltungsblatte erwähnt worden. Mehrfach angestellte Nachforschungen haben indeß für die Existenz derselben, wenn sie sich auch in mehreren (?) Sagenbüchern aufgenommen findet, kein Zeugniß aufbringen lassen, u. es muß daher dahin gestellt bleiben, ob nicht entweder die Sage überhaupt nur auf der Erfindung eines Sagensammlers beruht, oder ob sie an irgend einem katholischen Stifte gehaftet hat und nur in moderner Anwendung auf das hiesige Erziehungsinstitut — welches übrigens evangelisch ist — übertragen worden ist. Dieselbe Sage spielt bekanntlich zu Hildesheim (s. meine Preuß. Sagen Bd. II Nr. 1105. S. 898.)

die gar nicht zu unserm Glauben zu bringen waren, viele Geschenke gemacht. In der katholischen Zeit, wo ein Mönch im Namen des Herrn Christus große Wunder that, wurden doch die Hexen einmal kleinlaut, nämlich der Mönch wettete mit dem obersten Hexenmeister, sein Herr Christus hätte mehr Gotteskraft als der Hexen Vögel und Schnegel rc. Die Wette wurde mit zwei großen Steinen versucht, die zu der Zeit auf der Höhe des Berges dort gelegen haben sollen, unter der Bedingung, wer von den Göttern den größten Stein am weitesten von dem Berge herabtrüge, der solle für den allerbesten Gott gehalten werden. Eine Nacht wurde dazu bestimmt. Am Morgen nach dieser Nacht versammelten sich die von unserm Glauben häufig, um zu sehen, ob der Herr Christus stärker als die Hexengötter gewesen wäre, und siehe der Mönch erzählte dem Volke mit großer Freude, daß er einen Stein, in welchem der Eindruck einer Hand zu sehen war und welcher der größere war, vom Herrn Christus vom Berge herab auf der Hand wie eine Feder getragen worden, während der Hexengott den andern, kleinern auf seinem Kopfe nicht so weit hätte tragen können, als der Herr Christus den seinigen. In dem vom Teufel getragenen war der Eindruck des Horns auf dem Kopfe geblieben. Dadurch wurden viel Teufelsanbeter bekehrt und nahmen den christlichen Glauben an: von dem Eifer, mit welchem der Mönch sie getauft, heißt der dortige Grund noch der Eifergrund. Die andern Hexen, welche sich nicht bekehrten, trieben verborgen in dem Steinbruche ihre Hexereien fort, bis Finkenheinrich sie insgesammt zu Tode steinigen ließ, weil sie seine Leute behext hatten. Doch spukten noch einzelne Teufel nach dieser Steinigung fort, bei Nacht mehr als bei Tag und bis auf die Gegenwart (es ist das schon eine ziemliche Zeit her!) hat sich noch Furcht vor ihnen und der Name Teufelsbruch erhalten.

54) Das Bild des h. Michael zu Gerstenberg.

Mitgetheilt von Hr. Dr. Löbe.

An der Südseite der Kirche zu Gerstenberg, nördlich von

Altenburg, steht das Steinbildchen des Erzengels Michael, dem die Kirche geweihet ist — in seiner Hand hat er einen Stab gehabt, welcher aber jetzt abgebrochen ist. Davon die Sage, daß dieser Stab auf eine Stelle in dem nahen Berge hingewiesen habe, wo ein Schatz verborgen liege, damit aber kein Unbefugter diesen Schatz zu heben unternehme, sei er von dem Clerus abgebrochen worden. Diese Sage hat das Interessante, daß man in der That, ganz unweit von der Stelle des Standbildes, etwa eine Elle tief im Berge, i. J. 1843 eine Urne mit 800 Bracteaten auffand.

55) Der Nixtümpel bei Breitenhain.
S. Altenb. Kirchengal. Bd. I. S. 53.

Unterhalb Breitenhain, einem Dorfe, nordwestlich von Altenburg, bei Lucka und der Luckaischen Flurgrenze ist am Reinbache eine sumpfige mit Gebüsch umgebene Wiese, der Nixtümpel genannt, wo Nixen hausten, welche ihre Wäsche trockneten, sich selbst im Dorfe Breitenhain sehen ließen und auf dem Tanzboden in der Schenke mit tanzten, ja einst aus einem Hause ein Kind entführten.

56) Eine Todte kommt in Altenburg wieder.
S. v. Beust Bd. II. S. 149.

In des Amtsschreibers Bierlings Hause in der Sporengasse, starb im J. 1622 am 2. Decbr. ein Weib, welcher der Mann nach damaliger Sitte, Ringe und Geschmeide in den Sarg gegeben hatte. Der Todtengräber, ein Uhrmacher von Profession, ging des Abends nach dem Begräbnisse mit seinem Jungen auf den Gottesacker und stieg in das noch offene Grab, in Willens, dem todten Leichnam die Ringe von den Fingern abzuziehen. Während er damit beschäftigt war, richtete sich die Scheintodte im Sarge in die Höhe. Der erschrockene Todtengräber eilte in voller Bestürzung davon und

die erwachte Frau nahm die von jenem in der Eile stehen
gelassene Laterne und ging damit in das Haus ihres Ehe-
manns, mit dem sie nachher noch verschiedene Jahr lebte
und noch ein Kind zeugte. Tags darauf wurde der Todtengräber eingezogen und in die Flasche gesetzt, wo er sich zu
Anfange des folgenden Jahres erhenkte. Sein Sohn war
anfangs mit der Flucht davon gekommen.

57) Durch den Korb springen.

S. Beust Bd. III. S. 97.

Im 17ten Jhdt. bestand im Altenburgischen noch die
Sitte, daß wenn Jemand sich einer kleinen Entwendung
schuldig gemacht hatte, so mußte er durch einen weiten Korb
ohne Boden ins Wasser springen, wurde aber sogleich von
dazu bestellten Leuten wieder herausgezogen. Am 6. Septbr. 1672
haben die Gebrüder Hans und Barthel Pfefferkorn, Georg
Müller und der Knecht Hans Saupens, sämmtlich aus Kribitzsch,
dies in den Pauritzer Teich thun müssen, weil sie bei einem
gewissen Peschwitz Birnen gestohlen hatten.

58) Vom Galgen durch eine Frau losgebeten.

S. v. Beust Bd. III. S. 109.

Im Novbr. d. J. 1698 ist der zur Strafe des Rades
verurtheilte Kirchenräuber Johann Riedel aus Göppersdorf,
der allerdings die Kirche nicht gewaltsam aufgebrochen, sondern mit dem Schlüssel geöffnet hatte, während die Sacristei
offengestanden, darum, weil eine ältliche schwermüthige Weibs-
person, Namens Margaretha Voigtin, für ihn gebeten hatte,
mit derselben sofort im fürstlichen Amte copulirt, dann aber
des Landes verwiesen worden.†)

---

†) Ueber diese Rechtsgewohnheit, welche Burcard Waldis (Fabeln IV.
288.) u. Gellert (Fab. B. II, W. I S. 199) in ihren Fabeln humoristisch
auffassen, s. Romanzeitung 1874. Nr. 27. Anh. S. 225 fgg.

59) Das Gänseopfer zu Altkirchen.
S. v. Beuſt Bd. IV. S. 182 fg.

Vor Zeiten hat zu Altkirchen auf der Höhe, welche jetzt
das kalte Feld genannt wird, wenn man von da nach Gim=
mel geht, eine alte Kirche geſtanden, die allerdings oft mit
der bei Schmölln gleichfalls auf einer Anhöhe erbaut ge=
weſenen Kirche zur h. Maria verwechſelt wird, obgleich ſie
der h. Margaretha geweiht war. Sie war eine der älteſten
im Lande und deshalb nannte man das Dorf ſelbſt Altkirchen.
Hierher gingen viele Wallfahrten, namentlich an der Kirch=
weih. Jeder aber, der dieſe Kirche um dieſe Zeit beſuchte,
opferte eine Gans. Noch im J. 1610 ſtand am Kirchhofe
ein ziemlich großes Haus, welches das Gänſehaus hieß. Es
mußte aber auch ein beſonderes Haus dazu da ſein, weil
an den Tagen der Wallfahrt ſo viele Gänſe geopfert wur=
den, daß der Prieſter an der beſagten Kirche manches Mal
nicht wußte, wo er damit hinaus ſollte, und daher das Haus
ganz damit angefüllt wurde, ohngeachtet die Fremden, die
keine Gänſe mitbringen konnten, gleichwohl aber welche
opfern wollten, ſie dem Pfarrer erſt abkauften und hernach
wieder opferten. So kam es, daß manche Gans dreimal
geopfert ward.

Die jetzige Kirche, die von den Steinen der alten ge=
baut ſein ſoll, war dem h. Gallus gewidmet. Die Alten
pflegten daher zu ſagen: „ſie hätten der Jungfrau Marga=
retha den H. Gallus zum Manne gegeben". Vermöge der
erſten Stiftung blieb aber der Margarethenaltar in der neuen
Kirche, auf welchem zu beſtimmten Zeiten Meſſen geleſen
wurden, und deswegen waren auch zwei Kirchweihen hier,
die eine am St. Margarethen=, die andere am St. Gallustag.

60) Die Nahrungsfliege.
S. Eiſel a. a. O. Nr. 10.

Einer Frau auf dem Baberberge in Ronneburg ward

einmal von einem Manne, der im Zwielicht zu ihr kam, ein Kästchen mit einer Nahrungsfliege fast umsonst zum Kaufe angeboten, sie habe nur mit ihrem Blute zu quittiren. Der Teufel redete ihr sehr zu, die Frau aber betete ein Vater= unser und da stand der Teufel von ihr ab.

61) Das Graumännchen.
S. Eisel a. a. O. Nr. 85. 92.

Ein Graumännchen gesellte sich einst zur Ronneburger Botenfrau und verlangte, neben ihrem Karren herhüpfend, diesen ziehen zu dürfen — erst bei einem Kreuzwege ver= schwand es.

Für einen fremden Gesellen, der in Ronneburg in Ar= beit stand, webte des Nachts ein graues Männchen. Der Meister sah nun einst durchs Schlüsselloch, wem er das schöne Zeug eigentlich danke und jagte den Gesellen, der immer nur geschlafen hatte, aus dem Hause. Aber da ist auch das Graumännchen weggeblieben und mit dem Wohlstande im Hause war es auch aus.

62) Das Wahrzeichen von Schmölln.
S. Altenb. Kirchengalerie Bd. I. S. 454.

Am Rathhause der Stadt Schmölln sind an der Ecke der Hauptfronte oben zwei eiserne Schwerter übers Kreuz befestigt; die Sage nennt sie ein Zeichen zur Erinnerung an einen Zweikampf, welcher (im dreißigjährigen Kriege) zwischen zwei vornehmen Kriegsleuten bei nächtlicher Weile auf dem Markte stattgefunden habe und in welchem beide Kämpfer auf dem Platze geblieben wären.

63) Der gespenstige Reiter bei Ronneburg.
S. Eisel a. a. O. Nr. 138.

Am Weihnachtsabend kehrten zwei Ronneburger von Naulitz heim. Wie sie das Wässerchen dicht am Dorfe über=

schritten hatten, reitet im hellen Mondenscheine einer an ihnen
vorüber. Der saß auf einem gewaltig großen Pferde und
auf dem Kopfe hatte er einen Bonapartehut. Ein Sturmwind aber fuhr hinter ihm her und zog dem Einen der Beiden den Rücken zusammen, als wenn's ihm aufhockte. Dieser legte sich bald darauf und starb.

---

64) Der dreibeinige Dachs.
S. Eisel a. a. O. Nr. 310.

Im Ronneburger Forste hatten ein Paar Lichtenberger
einen Dachs erlegt. Kaum daß sie ihn im Sacke haben,
überrascht sie die wilde Jagd und eine Stimme fragt, „ob
alles Wild erlegt sei?" Gleich darauf antwortete eine andere
Stimme: „es fehlt nur noch ein dreibeiniger Dachs!" Von
Grausen erfaßt eilen jetzt die Versteckten davon, entleeren im
Laufen ihren Sack und was sehen sie, was heraus fällt?
ein Dachs mit drei Beinen.

---

65) Der dreibeinige Hase.
S. Eisel a. a. O. Nr. 384.

Am frühen Pfingstmorgen ging ein Ronneburger mit
seinem Söhnchen ins Johannisthal Maiblumen zu suchen.
Wie sie an die sogenannten Schlachteichen kommen, siehe da
sitzt mitten auf dem Wege ein Hase, auf den unser Hündchen
zuspringt, aber gar bald heulend umkehrt und sich ängstlich
zwischen den Füßen seines Herrn verkriecht. Während nun
den Hund sogar Schläge nicht hervorbringen können, kommt
auf einmal der Hase selbst auf die Drei los und richtig, es
ist ein dreibeiniger! Jetzt war nun das Davonlaufen an dem
Herrn des Hundes, doch kamen sie glücklich durch eine Hecke
ins Freie und nach Hause. Nur hat der Hund nachher
triefige Augen bekommen und hat sich so zusammengekrümmt,
daß er drei Tage nachher mit einem Stein um den Hals

hat ins Wasser getragen werden müssen. An jenen zwei
großen Eichen aber, welche die Schlachteichen heißen, weil die
alten Heiden dort ihr Vieh zu schlachten pflegten, geht Niemand gern vorbei.

---

66) Die Goldschmiede zu Ronneburg.
S. Eisel a. a. O. Nr. 493.

In der Geraer Gasse zu Ronneburg, wo ein Nagel-
schmied wohnte, brauchte die Frau des Hauses früh einen
Stahl. Da hört sie's unten in der Werkstatt schmieden und
glaubt, es sei früh; statt des Stahls aber empfängt sie, da
sie hinkommt, eine Backmulle voll glänzenden Zeuges mit
der Weisung, es rasch nach Hause zu tragen. Wie sie wiederkommt, wird ihr eine zweite Mulle voll hingehalten und
auch diese verbirgt sie. Darüber aber ist Zeit vergangen
und so ergreift sie beim dritten Gange zwar den Stahl, dabei aber schlug es Zwölf und wie sie erschrocken davon eilt,
schlägt ihr die zufallende Thüre die halbe Ferse weg.

---

67) Der Ursprung und die Wahrzeichen von Ronneburg.

Am Oberrheine herum existirte einst eine Stadt mit
Namen Ronneburg. Die Oberrheinischen aber wendeten sich
später ins Voigtland, wo sie sich eine Stadt erbauten und
dieselbe mit ihrer Umgebung zum Andenken an ihren frühern
Wohnsitz Ronneburg nannten. Nach einer andern Sage
hätte aber an der Stelle des heutigen Schlosses ein dem
Gott Rone oder Raune, auch Radegast geheißen, geheiligter
Hain sich befunden, und davon komme der Namen.

Als Wahrzeichen der Stadt Ronneburg hat man spottweise stets den über die Stadtmauer hinausgehenden Abtritt
des Ortsgeistlichen angesehen. Ein anderes ist die Gasse,
welche die Siebenberge heißt, die Stadt ist nämlich, wie
einst Rom, auf sieben Hügel gebaut und jene Gasse kam auf
den siebenten zu stehen.

68) Feuersbrunst zu Ronneburg prophezeit.

S. Eisel a. a. O. Nr. 676.

Im J. 1665 brannte fast ganz Ronneburg nieder, zuvor aber war der alte Wernick, Superintendent daselbst, am
h. Pfingsttage gestorben, der mehrmals auf der Kanzel geäußert hatte: „es stehe der Stadt ein großes Unglück bevor,
doch hoffe er es, so lange er lebe, durch sein Gebet abzuwenden". Während der Antrittspredigt seines Nachfolgers
am 1. August kam aber, Niemand wußte wie, Feuer aus
und in zwei Stunden lag Alles bis auf 60 kleine Häuser
in Asche. Die Brunst fand ihr Ziel an dem Hause der
Wittwe des vorhin erwähnten Geistlichen auf den Sieben-
bergen, ohngeachtet es nur von Holz war.

69) Die Ruttersdorfer Schuhe.

S. Sachsengrün 1862 S. 11.

Nicht alle Zeiten waren so wie die jetzigen, wo der
Bauer fast ein Edelmann ist und es ihm oft gleich thut an
Essen und Trinken, an Reiten und Spielen, an Reichthum
und Glanz, es gab auch Jahre und lange Jahre, in denen
der Bauer unterducken mußte vor dem gestrengen Ritter, wo
er wachte, wenn der Ritter schlief, wo er hungerte und fror,
wenn der Ritter am warmen Kamine schwelgte. So ist es
auch vor Zeiten in dem zur Ephorie Roda gehörigen Dorfe
Ruttersdorf gewesen, da waren die Bauern so herunter, daß
sie sich nicht mehr sehen lassen konnten, ja sie hatten alle-
samt keine Schuhe mehr und schämten sich, daß sie baar-
füßig zum Tische des Herrn gehen sollten. Da gingen sie
lieber eine Zeit lang gar nicht. Als aber ihre Seelen
hungerten nach der himmlischen Speise, traten sie endlich
zusammen, gaben ihr Scherflein in eine Hand, gewöhnlich
einen Heller, keines aber über einen Pfennig und ließen sich
ein Paar Gemeindeschuhe machen, die in der Kirche verwahrt
wurden. Dann gingen sie nach einander, jeden Sonntag

ein Anderer, zum heiligen Tische Gottes, und Jeder zog die
Abendmahlsschuhe an, damit der Herr nicht zornig werde,
wenn einer in bloßen Füßen ihm nahe! Jetzt ist es anders,
denn einen Kirchenrock, lang und von gutem Tuche, hat Jeder und Gemeindeschuhe brauchen sie gar nicht mehr.

---

70) Die Hölle bei Rückersdorf.
S. Eisel, Voigtl. Sagenbuch Nr. 6. 366.

Am Rothhügel bei Rückersdorf heißt ein Feld die Hölle.
Vor nicht langer Zeit hat noch Wald da gestanden und viele
große Kieselwacken lagen zwischen den Bäumen. Die hatte
alle der Teufel hierher gebracht. Er hat einmal bei Nußdorf, wo etwa eine Stunde entfernt das nämliche Gestein
ganze Felsen bildet, gestanden und seiner diesseits stehenden
Großmutter davon zugeworfen. Die Wette war, wer von
ihnen am Weitesten werfen könne und der Teufel gewann
die Wette. Geht man nach Nußdorf zu, so sieht man die
Steine der Großmutter, die bis dahin nicht hat werfen können, umherliegen.

An demselben Rothhügel, zwischen Rückersdorf und Reußt
trifft man einen großen schwarzen Hund, der Niemandem
ausweicht. Niemand noch mochte mit ihm anbinden; er aber
begleitet bis zur Chausseebrücke und wendet sich von da, ohne
Jemandem etwas zu thun, die Wiesen abwärts.

---

71) Der Kuhtanz bei Ronneburg.
S. Eisel a. a. O. Nr. 155.

Zwischen Ronneburg und Reußt ist eine Stelle, die der
Kuhtanz heißt, und ihren Namen von Kühen hat, die man dort
nicht selten in der Geisterstunde tanzen sieht. Auf einer derselben saß ein alter Melcher und auf der andern ritt eine Mar.

---

72) Teufelsbruch und Teufelshut.†)
Mündlich.

Einmal ist zur Weihnachtszeit der Teufel in der Nähe
von Ehrenberg bei Altenburg ohne Hut spatziren gegangen
und hat, weil es grimmig kalt war, sehr am Kopfe ge=
froren, da hat er von dem nahen Felsen sich einen unge=
heuern Stein losgerissen und sich ihn als Hut auf den Kopf
gedrückt. Wie er sich nun aber in den Spiegel der Pleiße
beschaute und über seine neue Kopfbedeckung freute, da kam
gerade der heilige Christ beladen mit vergoldeten Aepfeln
und Nüssen und schönen Spielsachen für die Kinder die
Straße daher, gleich zog der Teufel höflich seinen Steinhut
und setzte ihn boshafter Weise gerade hin auf den Fußsteig
und freute sich schon, wie der h. Christ jetzt einen Umweg
machen müsse, aber der kehrte sich wenig daran, er hob den
viele hundert Centner schweren Stein mit zwei Fingern auf
und setzte ihn auf ein wüst liegendes Stück Feld auf dem
nahen Berge, wo er noch heute liegt, und ging ins Dorf
und theilte Haus für Haus den Kindern ihre Bescheerung aus.

73) Ursprung des Dorfes Heiligen-Leichnam.
S. Kirchengalerie Nr. 23. S. 114. v. Beust Bd. 1. S. 122. Meyner,
Nachr. v. Altenburg, S. 83. fgg.

Zur Ephorie Altenburg gehört das kleine Dorf Heiligen=
Leichnam, kurzweg Heiligen genannt. Ueber den Ursprung
seines Namens erzählt man sich folgende Geschichte. Im
J. 1435 (nach Anderen 1434) ist vom Hochaltar der Bar=
tholomäuskirche zu Altenburg am Tage Corporis Christi
(Fronleichnamsfest) die silberne Monstranz mit der geweihten
Hostie, welche die Geistlichen hatten stehen lassen, von einem
armen Schußknechte gestohlen, jene zerbrochen und stückweise
in und um Zwickau verkauft worden. Auf vielfältige Nach=

†) Ist offenbar dieselbe Sage wie oben Nr. 53, und unter Nr. 76,
nur verschieden erzählt und mitgetheilt.

25*

forschung kommt man dem Diebe auf die Spur und versichert sich seiner Person gerade in dem Augenblicke, wo er
noch das letzte Stück davon zu verkaufen im Begriff ist. Auf
die Nachfrage: „was ihn dazu bewogen?" antwortet er:
„der Hunger!" Als er aber weiter gefragt wird: „wohin
er die Hostie gethan?" giebt er zur Auskunft: daß er sie
wohl verwahrt habe! Es sei dieselbe von ihm auf einem Stocke
im Walde niedergelegt und mit einem Steine bedeckt worden."

Unter großer Prozession der ganzen Altenburgischen
Priesterschaft wird die Hostie auf der bezeichneten Stelle gefunden und in die Bartholomäuskirche zurückgebracht hat, aber
sie hat aus Teufels Betrug oder der Pfaffen nicht mehr zu
St. Bartholomäi bleiben wollen. So ist denn an demselben
Orte, wo man die Hostie gefunden, eine Kirche mit vier Al-
tären, zum h. Leichnam genannt, gebaut worden, wo täglich
Messe gehalten ward von dem Propst und den Priestern auf
unserer lieben Frauen Berge. Besonders ist der Zulauf sehr
groß gewesen um Ostern und Pfingsten, allermeist zum Fron-
leichnamsfeste, wo die Domherren des Georgen-Stiftes zu
Altenburg zum feierlichen Hochamte sich daselbst versammelten. So wie denn überhaupt die Wallfahrten dahin sich in
solcher Weise vermehrt haben, daß ein Schankhaus daselbst
angelegt worden ist, in welches um die genannte Zeit 8 Tage
vor und nachher fremdes Bier und Wein eingeführt worden
sind, und also ist das Dorf entstanden. Die Kirche ist ein
sehr ansehnliches Gebäude mit hoher Spitze gewesen und ist
gleich der Kirche zu Mehna, von vielen Puncten aus gesehen
worden. Der Schuhknecht aber hat seinen Tod durch Feuer
bekommen. Nach der Reformation hat man diese Kirche,
welche Filialkirche von Saara ward, verfallen lassen, und
im J. 1539 stürzte während der Nachmittagspredigt die Decke
ein, die Steine hat man dann zumeist an den Schmied Geidel
verkauft und so ist die Schmiede an den jetzigen Platz gekommen, die früher nur ein steinernes Gebäude ohne Dach
war und der Pferdestall hieß.

74) Sage von der Zerstörung der Kapelle zu Heiligen-Leichnam.

S. Mittheil. d. Gesch. u. Alterthumsforsch-Gesellsch. d. Osterlandes
Bd. III S. 333.

Als im Jahre 1539 der Schmied zu Heiligenleichnam
sich anschickte, das Gemäuer des geweihten Baues zu ver-
nichten, um es zu profanen Zwecken zu verwenden, zeigte sich
auf den Mauern ein weißes Täubchen, das trauernd umher
ging. Oft flog es den Arbeitern in den zur Vernichtung
des Baues geführten Streich, als wollte es schützend die
Stätte vor der Zerstörung behüten, und ungetroffen entschwand
es jederzeit ihren ruchlosen Händen. Alle seine Mühe war
jedoch vergeblich, das Werk der Zerstörung aufzuhalten, und
es verschwand endlich, zugleich aber stürzte das Gemäuer
zusammen und begrub unter seinem Schutte den Urheber der
Zerstörung, den Schmied.

75) Das Dorf Monstab.

S. Altenburg. Kirchengalerie Lief. 31. S. 151.

Das Dorf Monstab, eine Stunde westlich von Altenburg
gelegen, ist sehr alt. Man sagt, es hatten Andächtige der-
einst mit Stäben wie die Jacobsbrüder bei Mondschein nach
der dortigen Kirche gewallfahret und davon habe es seinen
Namen erhalten. Nach andern hat es davon seine Benennung
erhalten, daß hier einmal irgendwo ein zur Mahnung oder
Weisung dienender Stab errichtet war. Man erzählt nun
auch, daß einst die Einwohner von Pegau hier ihre Kinder
taufen ließen und die Kriebitscher diesen einen Weg durch
ihre Flur, den Pegauer Taufsteig, gestatten mußten, ja daß
ein greises Weib in Kriebitsch dem Pfarrer Tauchwitz (zwischen
1567—1600) berichtet habe, sie erinnere sich noch selbst,
wie aus jener Stadt viele Kindlein nach Monstab getragen
worden seien. Auch erzählt man, daß viele Bürger von
Zwickau sich bei hiesiger Kirche begraben ließen. Seit 1445

brannte aber in berfelben ein ewiges Licht, welches Johann Tzfahabras auf Romfchüt geftiftet hatte, weil ihn bei nächt- licher Irrfahrt ein auf dem Kirchthurme plötzlich erfchienenes Licht wieder zurecht gebracht hatte.

76) Der Teufelsbruch bei Löhnitfch.
S. Altenb. Kirchengalerie Nr. 42. S. 202.

Nörblich von dem bei Altenburg liegenden Dorfe Löhnitfch zieht fich ein Berg bis zum rechten Pleißenufer hinab, der der Teufelsbruch heißt. Bis zum J. 1828 bemerkte man dort zwei große, einige Ellen von einander entfernte graue, zum Theil mit Moos überzogene Felsblöcke. Der kleinere hatte einen Eindruck, der einem Menfchenkopf glich, der an- bere ein Loch von der Geftalt einer Menfchenhand. In jenem Jahre wurden aber beide von dem damaligen Befiter zer- fchlagen und zu einem Bau verwendet.

An biefe Steine knüpft fich folgende Sage. Es hielten fich in biefer fteinigen und walbigen Gegend in den erften chriftlichen Zeiten viele Hexen auf, durch deren Zaubereien zu Walpurgis und am Dreikönigstage die Leute vom Chriften- thume zurückgehalten wurden. Da fchlug ein Mönch eine Wette vor, daß der Gott der Höchfte fein folle, der einen jener Steine am Weitesten den Berg herabtrage. Der Herr Chriftus trug nun den größern auf der Hand, der Teufel ben kleinern nur mit Mühe auf dem Kopfe (baher jene Eindrücke) und Viele bekehrten fich nun zum Chriftenthume. An dem noch jetzt fogenannten Eifergrunde taufte der Mönch fehr Viele, bis endlich Finkenheinrich mit Gewalt die Be- kehrung vollendete.

77) Der Teufel führt drei Bauern in die Luft.
S. Kirchengalerie Nr. 69. S. 457.

Im Jahre 1546 nach Oftern hat der böfe Geift zu

Schmölln 3 Bauern aus dem Dorfe Bora weggeführt, die vom Bier aus der Stadt heimgingen, Gott lästerten und von einem Todten, der sich in einem nahgelegenen Gehölz selbst erhängt hatte, übel geredet, geflucht und gescholten hatten. Bei diesem Schelten ist ein großer ungestümer Wind gekommen, der die drei Bauern eine Meile Wegs von einander in Pfützen entführt hat, einer ist todt gefunden worden im Schlamm bis an die Ohren, zwei an andern Oertern im Schlamm gewälzt und gespühlt, daß sie kaum noch gelebt. Es sind ihnen auch die Taschen voll Sand und Schlamm gewesen und nur einer ist mit dem Leben davongekommen.

78) Der geheimnißvolle Bettler zu Nischwitz.
S. Löber, Historie von Ronneburg. Altenb. 1722 S. 429.

In dem nach Altenburg gehörigen Dorfe Nischwitz war ein gewisser Wolfgang Beyerlein aus Altenburg seit d. J. 1639 Pfarrer. Als derselbe nun am 18. Januar 1669 in dem eingepfarrten Dorfe Pillingsdorf bei einem Bauer, Namens Hans Achler, einem Taufessen beiwohnte, kam auf einmal ein stummer Bettler in die Stube, nahm einen hölzernen Teller und schrieb darauf: „O Mensch, bedenke, was Du thust, gedenke, daß Du sterben mußt!" Hat hierauf dem Pfarrer den Teller über den Tisch gereicht. Der hat den Teller umgewendet und auf die andere Seite geschrieben: „ich weiß wohl, daß ich sterben muß, die Zeit aber ist mir unbewußt!" Hat auch diesen Teller dem Stummen wiedergeben lassen, welcher sogleich dazu geschrieben hat: „den 26. März". Am 26. März hat sich der Pfarrer noch ganz wohl befunden, sich aber gegen 10 Uhr Vormittags auf eine Bank gelegt und ist plötzlich entschlafen.

79) Wunderbare Geburt.
S. Miscell. Med. Phys. Acad. Nat. Curios. A. I. Observ. CVIII p. 245. Löber S. 407.

Im Dorfe Reußt bei Ronneburg hatte ein Bauer Namens

Haſelbarth eine ſehr hübſche Tochter, die einen gewiſſen
Chriſtoph Gruber in demſelben Dorfe heirathete (1664).
Einige Monate nachher hatte ſie alle Anzeichen, daß ſie guter
Hoffnung ſei, ſiehe da brach ſie auf einmal unter furchtbaren Schmerzen ein Ding aus, welches vollſtändig wie ein
Ei ausſah und ein kleines Hühnchen enthielt. Einige Jahre
nachher wiederholten ſich dieſelben Zeichen und nun brach
ſie ein vollſtändiges kleines Kind aus, ſtarb aber ſelbſt bald
darauf im J. 1667.

80) Die Hexen zu Meuſelwitz.
S. Altenb. Kirchengalerie Nr. 61. S. 348 fgg.

Als in den erſten Tagen des Februar 1648 noch kaiſerliche Einquartirung in Meuſelwitz lag und deshalb verſtärkte
Nachtwache gehalten werden mußte, bemerkten mehrere Wächter, daß feurige Lufterſcheinungen ſich über die Kirche hin-
zogen und in der Gegend der herrſchaftlichen Scheune beim
Kellerhäuslein niederſenkten. Gleichzeitig hatte ein Viehſter-
ben auf dem Hofe Heinrichs von Clausbruch des Jüngern
die Ställe gelichtet. Man nahm nun an, jene Erſcheinung
am Himmel ſei der in Drachengeſtalt ſich zeigende Teufel
geweſen und die Viehſeuche eine Wirkung deſſelben. Es
kam alſo nur darauf an, ſeine Verbündeten und Werkzeuge
ausfindig zu machen. Nun wohnte in dem Kellerhäuslein
ein Tagelöhner, Martin Eichler, deſſen Ehefrau Marie aber,
28 Jahre alt, ſeit zwei Jahren kränkelte, damals bereits bis
zum Skelett abgezehrt, völlig entkräftet und offenbar geiſtes-
ſchwach war, aber in dieſem Zuſtande Aeußerungen über ſich
ſelbſt und andere Perſonen gethan hatte, die man für be-
denklich hielt und der auflauernden Gerichtsherrſchaft hinter-
brachte. Clausbruch ließ die Kranke erſt durch ihren Mann
ausforſchen, begab ſich darauf am 11. Februar ſelbſt zu ihr
und fragte ſie, ob ſie den Drachen habe. Als dies nebſt
andern daran geknüpften Fragen von ihr bejaht, auch ſofort
gerichtliche Ausſage der oben erwähnten Wächter beigebracht

worden war, ließ er die schon halbtodte Frau in einem Back-
troge ins Gefängniß tragen. Dies geschah am 12. Februar
und am 13. und 14. erfolgte die Vernehmung durch den
Gerichtsverwalter Johann Kind. Den Drachen habe sie vermuthlich von ihrer Mutter in deren Sterbestunde erhalten
und zwar mittels eines Stückes aufgewärmten Fleisches,
welches diese ihr zu essen aufgenöthigt; darauf habe sie sich
mit ihm verlobt und nähern Umgang mit ihm gepflogen,
in dessen Folge einige Male garstige Würmer von ihr gegangen seien, er habe sich George genannt (sie nennt ihn
aber Saugörge) und einmal sei sie mit ihm zum Tanz auf
dem Ruppert- (Bloks-) Berge gewesen. Dies sei das andere
Jahr, als sie den Drachen angenommen, am Walpurgisabend geschehen, denn im ersten Jahre habe sie sich abge-
redet und die letzten zwei Jahre habe sie wegen ihrer Krankheit nicht hinauf kommen können. Ueber die nähern Umstände dieser Fahrt befragt, sagte sie, sie habe sich auf einer
Ofengabel hinaufbegeben, Essen sei oben nicht dagewesen,
wohl aber Bier zum Trinken, ein Viertel etwa, auch habe
als Einschenker eine Frau fungirt, im untern Gesichtstheile
weiß und fein dickblützschigt, auch etwas hinkend, wie sie geheißen, wisse sie nicht, aber von Spora sey sie gebürtig gewesen.
Das Bier wäre aus Töpfen und Krügelchen getrunken worden,
aber hätte nicht gut geschmeckt. Nach ihren Mitschwestern
gefragt, bezeichnete sie fünf Ehefrauen und eine Wittwe aus
dem Dorfe, die sämmtlich als Hexen mit auf dem Ruppert-
berge gewesen seien, ein alter Musicant aber aus demselben
Orte, Namens Krombsdorf, habe mit seiner Fidel zum Tanze
aufgewartet. Weiter erzählte sie, der Drache habe ihr gleich
anfangs zehn Thaler gegeben, wofür sie Einiges eingekauft,
etliche Male habe er sie zu sich ins Holz bestellt und hätte
dann dort gestanden wie ein kleines Närrchen, hätte einen
„Sahm" Holz zusammengebunden gehabt und ihr solches
heimzutragen gegeben, auch hätte er ihr helfen Butter und
Käse machen und einen Sommer über etwa zehn Mal, jedesmal eine Wasserkanne voll Milch gegeben, daß sie aber von

ihm zaubern gelernt und die Clauspruchschen Pferde und
Kühe krank gemacht, davon wisse sie nichts. Gefragt, ob ihre
Mitschwestern auch mit getanzt und jede von ihnen einen Buhlen
gehabt, bejahte sie solches und beschrieb diese sogenannten
Junker als große Männer in gelben Kleidern und rothen
Höschen mit schwarzen Mützen. Der Leipziger Schöppenstuhl
verdammte die Eichlerin hierauf zum Feuertode, allein sie
starb vorher, am 1. März 1648.

Inzwischen war am 23. Febr. der schon erwähnte Hans
Krombsdorf, ein 77 jähriger Greis eingezogen worden, derselbe leugnete zwar anfangs, allein, als ihm die Eichler ihre
Anklage ins Gesicht sagte, gestand er zwar, er habe mit
seinem Fibelchen zum Tanze aufgespielt, dies sei aber auf
einer Wiese des Junkers von Bünau zu Wildenhain geschehen. Weiterhin bekannte er auf der Folter noch mehr und
nannte als eine der Tänzerinnen die Frau des Leinwebers
Georg Graulich zu Meuselwitz. Diese leugnete zwar auch,
allein nachdem sie am 11. März torquirt worden war, räumte
auch sie ihren Umgang mit dem Teufel ein und ward deshalb mit dem Fiedler nach geschehenem Urtheilsspruche am
22. März auf dem Galgenberg lebendig verbrannt. Eine
ziemlich bejahrte, lahme Wittwe, Katharina Deckner, war von
der Eichler und der Graulich auch als Mittänzerin angegeben
worden, der Mann der Graulich sagte von ihr aus, sie habe
vor einigen Jahren einen Schubkarren mit einem Stricke
von ihm geliehen, bei der Zurückgabe habe er einen Knoten
in dem Stricke gefunden und als er denselben zu lösen versucht, sei es ihm in die linke Hand, besonders in den Mittel-
finger gefahren, der so böse geworden, daß ein Glied nebst
Beinlein herausgegangen sei, welches er in sein Stuben-
fenster gelegt, daraus es aber weggekommen sei. Da nun
ihre eigenen Söhne für sie nicht einmal Bürgschaft leisten
wollten und zugestanden, daß ihr solche Rabenteufelei schon
längst Schuld gegeben worden sei, obwohl sie selbst niemals
etwas bemerkt, so ward sie ebenfalls eingezogen und am
20. März so furchtbar torquirt, daß sie am 17. Mai daran

starb, obwohl der Schöppenstuhl zu Leipzig sie schließlich frei=
gesprochen hatte.

Bald darauf kaufte der schwedische Generalproviantmeister
Johann Losse (1649) das Gut Meuselwitz und zu diesem
zog ein früherer Soldatenjunge Hans Michael Weinle als
Knecht. Derselbe bekam im J. 1650 epileptische Zufälle
und obwohl man dies erst für ein Stück der schweren Noth
hielt, so überzeugte man sich doch angeblich bald, daß es
teuflische Besitzung sei, brachte den Kranken ins Gefängniß
und dort gestand er, daß der Teufel in Gestalt einer Jung=
frau zu ihm gekommen und ihn zur Unzucht verleitet habe,
er habe nun mit demselben ein Bündniß gemacht und von
demselben die trockne Taufe auf den Kopf (woher noch sein
Kopfschmerz rühre) erhalten, derselbe habe ihn in Gestalt
eines kleinen, nur ½ Elle langen, aber mit viel längerem Barte
versehenen Männchens aufgeweckt und allerlei Kurzweil ge=
macht, er habe auch vom Teufel eine Salbe erhalten, wo=
mit er die Frau Kanzlerin Münch aus Zeitz, die sich damals
zu Meuselwitz aufgehalten hatte, die Käsemutter und die
Köchin geschabernackt und ihnen Ungelegenheit und Schmerzen
zugezogen. Er bekannte auch, daß ein Lehrer in Prag ihn
in der Kunst zu zaubern, Ungeziefer und dergl. zu machen,
mit andern Knaben unterwiesen habe. Seine Mutter gab
über ihn die Aussage ab, er sei bereits in der Schule wegen
Versuchs, die Zauberei zu erlernen, castigirt und der böse
Geist durch die Jesuiten von ihm ausgetrieben worden, ihr
thue nichts mehr leid, als daß ihr Sohn bei den Lutheranern
sitze und zur Religion derselben gebracht werden würde.
Hierauf ward ihm das Schwert zuerkannt, und er im April
1651 hingerichtet.

Nun ward im J. 1672 die 80jährige Wittwe von Georg
Mengel, der früher einmal (1663) der Schule zu Meuselwitz
Feld legirt hatte, Ursula, welche als Auszüglerin lebte, von
ihrer frühern Dienstmagd, Anna Weber, beschuldigt, sie habe
vor 20 Jahren Buhlschaft mit dem bösen Feinde getrieben,
der im Koller und Federbusch zu ihr gekommen sei, auch

wimmle es noch jetzt in ihrer Wohnung von Mäusen und unlängst habe man des Nachts gesehen, daß ihr Hof voll Feuer wäre und der Drache sich daselbst niederließe. Da nun überdieß die im J. 1649 verbrannten obgedachten Personen sie damals als Mitschwester bezeichnet hatten, so zog man sie ein und legte sie an eine Kette, und als man bei einer Haussuchung bei ihr einen zweiköpfigen Thaler fand, war man überzeugt, daß sie solchen vom Teufel erhalten habe, man machte ihr den Prozeß und folterte sie auf Befehl des Jenaischen Schöppenstuhls. Sie hielt aber die Tortur, während welcher sich ein furchtbarer Sturm erhob, aus und bekannte nichts. Gleichwohl ward sie, nachdem sie in Folge der großen ihren angethanen Martern den 6. Decbr. gestorben war, durch den Scharfrichter abgeholt und unter dem Galgen eingescharrt.

----

81) Das Brod mit harten Thalern.

E. Börner, Volkssagen aus dem Orlagau. Altenb. 1838 S. 235 fg.

Einst gingen zwei Bauerweiber, die leeren Tragkörbe auf dem Rücken, von Steinsdorf, einem Dörfchen an der Saale in der Nähe der Stadt Leutenberg, in die nahegelegene Waldung und besprachen sich freundlich mit einander über ihre häuslichen Geschäfte. Beide wollten am nächsten Morgen für ihr Gesinde und Angehörigen Brod backen. Da wurde mit einem Male ein Waldweibchen ihnen zur Seite sichtbar, bat und sprach:

> Backt doch ein Brod
> Auch mir in meiner Noth,
> Groß oder klein,
> Am Besten wie ein halber Mühlstein.

„Ach, liebe Frau! wir haben selbst Mäuler genug zu füttern!" lautete die Antwort der Bäuerinnen, „der Ofen langt kaum zu, um Brod genug für uns zu backen". „Darum wißt Ihr auch, wie Mangel thut und Armuth drückt", erwiderte die kleine Bettlerin, „erbarmt Euch doch, backt mir ein Brod und legt es morgen hierher auf diesen dreifach bekreuzten Stock".

Weg war nach diesen Worten das wunderbare Wesen. Die Bauernfrauen besprachen sich hin und her, was zu thun sei, allein großmüthig meinten sie zuletzt, sie dürften doch das arme Ding nicht vergebens Brod auf leerem Stocke suchen lassen, und bucken aus ihrem Vorrath von Mehl gemein= schaftlich ein Brod so groß wie andere Brote auch. Drauf gingen sie und trugen es in den Wald an den bemerkten Ort.

Nach drei Tagen machten nun jene Weiber denselben Weg ins Holz. Da fiel ihnen das Brod ein: „wird es denn das Waldweibchen geholt haben?" sie sahen nach, aber die ihnen so schwer gewordene Gabe lag noch unangerührt, wie es schien, auf derselben Stelle. Hatte die kleine Frau sie blos zum Besten gehabt mit ihrer Bitte und die Gabe nun verschmäht? war die Hilfe zu spät für die Leidende gekom= men? oder war sie zuletzt eine Beute Berndietrichs gewor= den? Die eine Möglichkeit wie die andere bekümmerte die guten Bauerweiber. Unrecht aber, das sahen sie ein, wäre es gewiß, wenn sie das liebe Gut noch länger draußen liegen lassen wollten. Sie nahmen also das Brod auf, aber, hilf Himmel! wie schwer war es doch geworden; es konnte nicht mit rechten Dingen zugehen. Neugierig schnitten die sich ver= wundernden Weiber den Laib Brodes auf, aber siehe, lauter harte Thaler rollten daraus hervor. Wer war froher er= schrocken als die Beiden? Redlich wurde der reiche Lohn ihrer Gutherzigkeit von ihnen getheilt; es war Geldes genug für ihr beiderseitiges Auskommen auf lange Zeit hinaus.

---

82) Die Saalnixe bei Kahla.

S. Eisel a. a. O. Nr. 62. Greß S. 95 fgg.

Auch die Saale birgt, wie die Mulde, Elbe und Elster, Nixen. Oberhalb Kahla erhebt sich am Flusse eine hohe Fels= wand, dort läßt sich zuweilen im Sommer eine Nixe sehen mit grüngoldenem Haar, welche einen blitzenden Kamm in der Hand hält und damit ihr Haar strählt. Die Jünglinge,

die von ihrer Schönheit angelockt sich ihr nähern, zieht sie
zu sich hinab in die Wellen, und ein Opfer dieser Art verlangt die Saale wenigstens jedes Jahr.

---

83) Das Schlachtfeld bei Kahla.
S. Eisel a. a O. Nr. 288. Greß S. 96 fg.

Zwischen Jena und Kahla liegen die Felder, wo im
J. 1806 die Preußen jene furchtbare Niederlage erlitten.
Dort zogen in den Tagen vor und nach der Schlacht gewaltige Heeresmassen dahin, das preußische Heer aufgelöst
und niedergeschlagen, die siegreichen Franzosen in wilder
Verfolgung desselben und so schritten die Krieger beider Ar-
meen über Todte und Sterbende achtlos dahin. Nachts sagt
man, steigen zu gewissen Zeiten des Jahres, namentlich wenn
der Schlachttag wiederkehrt, die Gebliebenen aus ihren Gräbern
dort herauf und jagen über das mondhelle Feld und rasselnd
mit Trommelwirbel zieht es auf und ab, bis es von der
Kirche her 1 Uhr schlägt, dann wird es wieder still und so
treiben sie es fort und fort bis zum jüngsten Tage.

---

84) Der Blutteich zu Kahla.
S. Eisel a. a. O. Nr. 672. Greß S. 102.

An der Kirche zu Kahla lag sonst ein kleiner trüber
und schmutziger Teich, der sogenannte Entenplan, dessen Wasser
sich aber schon zweimal in Blut verwandelt hat. Das erstemal geschah es um Johannis 1635 in der Schreckenszeit
des 30 jährigen Krieges, bald darauf kam kaiserliches Kriegs-
volk und Kroaten in die Stadt, welche sengten, plünderten
und mordeten. Das zweite Mal aber geschah es am 3. Decbr.
1679, als Simon Trandorff Pastor zu Kahla war, und kurz
darauf kam die Schreckenfeldtsche Secte in die Stadt und
trieb eine Zeit lang daselbst ihr Wesen und richtete Unfrieden
und Schaden daselbst an.

85) Der Trompeter von Rothenstein.

S. Eisel Nr. 716. Münnich, die malerischen Ufer der Saale. Dresden, Dietze. o. J. in qu. Fol. S. 66. Weitläufig Greß a. a. O. S. 97 fgg.

Am Fuße des Rothenbergs, bekannt durch die herrliche Aussicht, die man von seinem Gipfel aus genießt, liegt das hübsche Dorf Rothenstein. Hinter diesem Orte, wo man die Aussicht der Ruinen von Lobdaburg immer vor Augen hat, zieht sich links die Straße an einer steilen Felswand hin, an welcher eingehauene Hufeisen das tragische Schicksal eines jungen hübschen schwedischen Trompeters, Namens Axel von Gellingen, auf die Nachwelt gebracht haben†). In früheren Zeiten verband das Dorf Rothenstein mit dem gegenüberliegenden Oelknitz eine hölzerne Brücke, allein dieselbe ward im 30jährigen Kriege von Wallensteins Truppen abgebrannt, ist auch erst im J. 1839 wieder hergestellt worden. Nun hatte besagter Trompeter eines Tages von seinem Regimente, welches hinter Jena bei Kahla herum stand, eine Botschaft nach dem Truppentheile auf dem andern Ufer der Saale zu überbringen, er machte sich also in einer mondhellen, herrlichen Sommernacht auf um den mehrmals schon gemachten Weg abermals zu durchmessen. Allein diesmal sollte es ihm nicht so gelingen. Bei dem hellen Mondenlicht gewahrten ihn feindliche patrouillirende Reiter, die wohl vermuthend, daß er eine wichtige Botschaft trage, ihm nachsetzten. Mit Windeseile jagte er dahin, seine Verfolger immer hinter ihm her; da sah er ein Wäldchen vor sich, schnell jagte er hinein, dort Schutz suchend, allein plötzlich bäumte sich sein Roß, er stand vor einem Abgrunde auf hoher Felsenwand und schon hörte er die Hufschläge der ihm nachsetzenden Rosse hinter sich; er wagte todesmuthig den kühnen Sprung in die Saale, sein treues Pferd trug ihn unverletzt bis ans jenseitige Ufer, wo es aber todt vor Erschöpfung

---

†) Eine ähnliche Begebenheit erzählt man übrigens beim überhängenden Kebrafelsen an der Saale. ¼ Stunde unterhalb des sogenannten großen Bleiloches.

niederſank, er aber nahm ſeine Trompete zur Hand und
ſchmetterte laut das Lied „nun danket alle Gott“ hinaus in
die Ferne, da traf ihn die wohlgezielte Kugel eines Kroaten
vom linken Ufer. Er ſank lautlos zu Boden und ſo fanden
ihn ſeine Kameraden am anderen Tage, noch hielt er mit
der einen Hand ſeine Trompete, die andere ruhte auf der
Bruſt, wo er ſeine Botſchaft verſteckt hatte.

86) Der Heckethaler.
S. Eiſel a. a. O. S. 206 fg. Nr. 545.

In Tautenhain traf einſt ein armer Schubkärrner mit
einem Schäfer zuſammen, der ihm ein Paar ganz neue Leder-
hoſen zum Kauf anbot. Dem Kärrner fehlte es an Geld, da
jener aber im Preiſe bis auf einen Thaler zurückging, ward
man handelseinig. Wie nun der Käufer ſeine Hoſen zu
Hauſe unterſuchte, da fand ſich in der einen Taſche ein ſchöner
blanker Thaler. Den gab er bald nachher aus, ein, zwei,
drei, ja unzählige Male, immer aber hat ſich der Thaler in
derſelben Taſche wieder eingefunden. Das war nun ſo übel
nicht; nun da der Mann alt geworden, meinte er doch, es
wie jener Schäfer machen zu müſſen und es fiel ihm denn
auch nicht ſchwer, für ein Paar Hoſen, die wohl fünf Thaler
werth ſein mochten, um nur einen Thaler einen Käufer zu
finden. Derſelbe war, wie es Regel iſt, jünger wie er ſelbſt.
Jetzt war er des Thalers ledig, aber um der ewigen Seligkeit Willen konnte er ihn wohl verſchmerzen.

87) Das Burgding zu Engerda.
S. Altenb. Kirchengalerie. II. Abth. Lief. 17. S. 77.

Zu Engerda (oder Engern) in der Ephorie Kahla be-
ſteht bis auf den heutigen Tag noch das ſogenannte Burg-
ding und wird jährlich nach Pfingſten mitten im Dorfe bei
der alten Gemeindelinde unter freiem Himmel gehalten. Der
Schulze, die Schöppen, die Gemeinde- und Kirchenvorſteher,
der Kämmerer und der Gemeindemann bilden das Perſonal

dieſes Gerichts, zu deſſen Anfang mit der kleinen Glocke auf
den Kirchthurme geläutet wird, und vor welchem alle Nachbarn bei Strafe erſcheinen müſſen. Von dieſem Gerichte
werden kleine Feld- und Holzdiebſtähle, eigenmächtiges Ver-
rücken der Markſteine, unbefugtes Hüten ꝛc., überhaupt alle
Uebertretungen der Dorfordnung, die im Dorfe zur Anzeige
gekommen ſind, gerügt und nach Befinden beſtraft. Wenn
daſſelbe gehalten worden iſt, verſammelt ſich die Gemeinde
unter der Linde zum „Biertrunk", woran nicht blos die Männer,
ſondern auch die Weiber und Kinder und eingeladene aus-
wärtige Freunde Theil nehmen und wobei gewöhnlich im
Freien getanzt wird, welches jedoch in der Art geſchiehet,
daß der Amtsſchulze öffentlich ausruft, Frieden zu halten; er
verbeut Wehr und Waffen, und kündigt demjenigen, ſo böſe
Händel anführt an, das Faß wieder zu füllen, nicht mit Waſſer,
ſondern mit Bier, der Amtsſtrafe nichts benommen.

---

88) Das Mägdekreuz und der Pfaffenſteig bei Ruttersdorf.

S. Altenb. Kirchengalerie Abth. II S. 94.

In der Nähe des zur Ephorie Roda gehörigen Dorfes
Ruttersdorf befindet ſich auf einer Anhöhe ohnweit der Curs-
dorfsmühle eine Stelle, das Mägdekreuz genannt. Hierüber
erzählen Einige, daß eine von gedachter Mühle des Nachts
zurückkehrende Magd von einer männlichen Perſon zu Tode
gemißhandelt, Andere, daß ſie von einem Wildſchweine auf
ſchreckliche Weiſe getödtet worden ſei.

Inmitten der erwähnten und der Neumühle iſt der ſogenannte Pfaffenſteig, ein Weg, der früher die hieſigen Geiſt-
lichen zu ihren Filialen Mörsdorf und Möckern geleitete,
und auf welchem im J. 1606 der damalige Paſtor Seide-
mann von zwei hieſigen Gemeindemitgliedern, Namens Wink-
ler, welche ſich durch eine Predigt beleidigt fühlten, feindſelig
verfolgt und beinahe ermordet worden wäre. Dieſe beiden
Männer hatten wirklich nach ihrer Ausſage auf dem Sterbe-

bette ben feften Entfchluß gefaßt, ihren Geiftlichen zu töbten, boch er wurde mit Gott burch feinen Muth gerettet.

---

89) Geifter zu Uhlftäbt, Werfen und Obercroffen.

S. Altenb. Kirchengalerie Abth. II S. 115.

Im J. 1669 erfchien einer Wittfrau zu Uhlftäbt, einem Marktflecken bei Kahla, bei Nacht der Geift ihres Mannes und verkündigte ihr unter Anberem, baß fie balb fterben müffe, fie hat aber gleichwohl noch viele Jahre gelebt.

1662 erfchien der Geift eines Ertrunkenen feinem Bru- ber G. Geilfuß von Mitternacht an bis gegen Morgen und fprach Vieles mit ihm.

1681 den 21. Novbr. ertrank Gell's Weib in der Saale und erfchien als Gefpenft 8 Tage barauf ihrem Manne, als er fich eben Abenbs 8 Uhr niebergelegt hatte, fprach und ftöhnte wie bei ihren Lebzeiten, wo fie an Engbrüftig- keit gelitten hatte. Auf Befragen, warum fie käme, antwor- tete fie, fie habe auf bem Grunbe der Saale einen golbenen Ring gefunden, den fie ihm geben wolle. Er weigerte fich, ihn aus ihrer Hand zu empfangen, fie folle ihn aufs Deck- bett werfen, was fie auch that. Er verficherte, dies gefehen, gehört und gefühlt, allein freilich am Morgen den Ring nicht gefunden zu haben. Seine Aeltern, welche neben ihm fchliefen, wachten barüber auf, hörten ihn reben, ftanden auf ihn zu fragen, was ihm fehle oder mit wem er rebe, aber das Gefpenft hörten und fahen fie nicht. Um 5 Uhr Mor- gens verließ es ihn.

Von Werfen, einem Filialborfe von Uhlftäbt, wird be- richtet, daß der Satan vom 23. Novbr. 1702 bis zum 2. Weihnachtsfeiertag nach Johann Anbers und beffen Haufe mit gebranntem Lehm und mit Steinen oft von 3—4 Pf. Schwere geworfen habe und zwar meiftens von Morgens 6—8 unb des Abends von 8—9 Uhr, auch nach anbern Leuten warf er, aber befchäbigte Niemanden, wiewohl er alle Fenfter und vieles Andere zertrümmerte. Am schlimmsten trieb er es den 26. Decbr.; nun hielt aber der Pfarrer kirchliche Fürbitten und da hörte es auf.

Zu Obercrossen, einem andern Filial von Uhlstädt, zeigte sich der Geist im Hause Georg Kennert's 1695 von Januar bis zum Johannisfeste in Gestalt einer Taube, aber nicht körperlich, sondern wie ein halber Nebel, der vor den Augen vorüberzieht. Bald setzte er die leere Wiege in Bewegung, bald gab er seine Gegenwart durch Pochen an der Thüre und andern Orten zu erkennen. Er brachte nichts hervor, was gegen das Wort Gottes gewesen wäre, ermahnte vielmehr, die Predigt zu hören und Buße zu thun. Bei Erwähnung Gottes unterschied er genau die drei Personen, führte schöne Sprüche und Gebete an und schärfte moralische Vorschriften ein. Die Sache wurde offenkundig und gerichtlich untersucht, sowie in mehreren Schriften†) verhandelt, nach dem Johannisfest ist nichts mehr erschienen, allein aufgeklärt ward es auch nicht.

Im J. 1684 curirte eine Hexe, Namens Katharine Deiner, kranke Menschen und Thiere durch den Spruch:

Verschwind Du böses Gesichte
Wie ich Dich fand,
Wie der Mann verschwand,
Der die Winde wand,
Da sie Gott den Herrn mit an's Kreuz band!
Verschwinde Du böses Gesichte
Und Jahre hinweg in ein tiefes Meer
Und lege Dich unten bis auf den Grund
So werd ich wieder gesund!
Im Namen des Vaters, Sohnes und Heiligen Geistes. Amen!

90) Der Bierkeller zu Göbern.
S. Sachsengrün 1861. S. 41.

In dem Pfarrhause zu Göbern, welches in der Ephorie

†) Angeführt in meiner Biblioth. Magica Lpzg. 1852. S. 95.

Luckau liegt, hat sich einmal etwas gar Merkwürdiges zu=
getragen, und weiß doch Niemand wie es geschehen oder ge=
kommen ist. Der Teufel hat an dem einen Orte mehr Ver=
gnügen als an dem andern und stellt dem einen Stande
im menschlichen Leben mehr nach als dem andern. So hatte
der böse Geist oft auch sein besonderes Augenmerk auf die
Pfarrer geworfen, Gott weiß warum, vielleicht weil sie ihm
zu vielen Abbruch thaten, Seelen für die Hölle zu fangen.
Merkwürdig sind aber auch die Orte, an denen er den Pfarr=
herren nachstellte.

Ein solcher Ort war auch der Bierkeller im Pfarrhause
zu Göbern, denn wenn der Pastor in denselben eintrat, war
es zu seinem Tode und er mußte dann daran verscheiden.
Das wußten alle Bauern in Göbern und auch in Altenburg
wußten es die hohen Herren, denn als der Superintendent
Sagittarius einst einen neuen Pfarrer dort einsetzte, frug er
diesen, wie er es denn in diesem Falle mit dem Keller hal=
ten wolle, und der Pfarrer, der doch nicht ganz sicher war,
ob er mit dem Bierteufel siegreich kämpfen könne, entgegnete,
er wolle den Keller lieber nicht betreten.

---

91) Die tapfere Frau zu Lucka.

S. Altenb. Kirchengalerie Lief. 62 S. 360.

Nach der Schlacht bei Lucka, welche bekanntlich die
Kaiserlichen unter Philipp's von Nassau Anführung am
31. Mai 1307 so jämmerlich bei dieser Stadt, welche davon
noch heute den Namen der Streitstadt führt, verloren, hat
eine Frau, welche die alte Churbauchin hieß, im Backofen
ihres am Steinberg gelegenen Hauses fünf Schwaben ver=
steckt und versperrte sie darin oder erstach sie mit einer Ofen=
gabel. Zur Belohnung erhielt davon jenes Haus die volle
Backgerechtigkeit, welche es noch bis auf den heutigen Tag
besitzt. Es soll diese Begebenheit aber in der Kirche zu Luckau
abconterfeit gewesen sei.

Nach einer andern Sage ist dies aber vor und nicht
nach der Schlacht geschehen und zwar erzählt man, das Weib
habe, als die Schwaben sich nach Beute in die Häuser zerstreut hatten, als sie gefraget wurde, wo sie ihr Geld habe,
einen nach dem andern in ihre Kammer geführt, den
Kasten aufgeschlossen und gesagt, darin liege ihr Geld, sie
könne aber vor Mattigkeit das kleine Lädlein nicht aus dem
Kasten heben. Wenn nun der Schwabe sich in den Kasten
gebückt, habe sie ihm mit einem Rockensteckel, daran unten
anstatt des Hütschleins ein Stock gewesen, eilends einen Streich
gegeben, daß er niedergesunken sei. Vielleicht geschah dies
aber 1297, wo Kaiser Adolf von Nassau Lucka belagerte und
in der Nähe auch eine Schlacht vorfiel.

92) Eine Hingerichtete kommt wieder zum Leben.
S. Altenb. Kirchengal. Abthl. II S. 121.

Eine gewisse Margaretha Reich diente bei einem Bürger
zu Partzschenfeld bei Uhlstadt und versprach sich mit einem
gewissen Urban Möbius daselbst. Der Vollziehung des Ehe-
gelöbnisses traten aber Hindernisse in den Weg, die Person
kam in andere Umstände, verbarg es aber lange Zeit, doch
da sie einen schweren Korb mit Gras nach Hause trug, bewirkte dies eine Fehlgeburt, wobei aber Niemand zugegen
war (1663). Sie verbarg dieses Kind einige Tage in ihrer
Lade, begrub es aber, da es zu riechen begann, mit Vor-
wissen ihres Verlobten, doch nicht tief genug, daß es nicht
von den Hunden wäre ausgescharrt und die Sache verrathen
worden. Von Seiten des Gerichtes wurde der uneheliche
Vater vom Verdachte des Kindesmordes freigesprochen, die
Mutter aber dessen beschuldigt, zum Tode verurtheilt und
zwar in einen Sack gesteckt und ersäuft zu werden. Sie erzählte, daß ihr hierauf im Gefängnisse nach eifrigem, in-
brünstigem Gebete ein Engel erschienen sei und verkündigt
habe, sie werde am Leben bleiben. Im festen Vertrauen

darauf verschmähte sie auf dem Wege zur Richtstätte den
Trank zu sich zu nehmen, den man ihr reichte, erklärend, sie
wolle damit bis zu ihrer Rückkehr warten. Hier angekommen durchriß das Wasser der Saale plötzlich den Damm,
durch den es zur gehörigen Tiefe angesammelt war, und man
mußte die Execution einige Tage verschieben, bis Alles sorg-
fältiger wieder hergestellt war. Da wurde Alles, wie es
herkömmlich und gesetzlich war, vollzogen und der Sack mit
der Leiche nach der legalen Frist aus der Wassertiefe gezogen,
auf den Gottesacker gebracht und Anstalt zur Beerdigung
gemacht. Die sich hinzudrängenden Zuschauer bemerkten auf
einmal an der Hingerichteten das Zucken eines Fingers und
ein leichtes Aufseufzen. Der Scharfrichterknecht wollte sie
zwar vollends ersticken, allein man hinderte ihn gewaltsam
daran, bemühte sich um sie, brachte sie wieder zum Bewußtsein und erquickte sie mit Speise und Trank. Die Gerichte
urtheilten, daß sie nicht noch einmal hingerichtet werden
dürfe und verboten ihr blos, die Gerichtsgrenzen ein Jahr
lang zu überschreiten. Ihre Verwandten regten den Möbius
an, sie zu heirathen, dies that er auch am 20. Decbr. 1625
und sie starb lange nachher d. 25. Mai 1651.

93) Todter kommt wieder.
S. Altenb. Kirch. Gal. II. Abth. S. 155.

Im Jahre 1579 ward Hummelshayn bei Kahla, wo
bekanntlich ein herzogliches Lustschloß ist, durch die Pest angesteckt, am 21. Mai Vormittags 10 Uhr schien auch ein
Einwohner, Hans Teufel, verstorben zu sein, weshalb, da
man ihn für todt hielt, er zur Beerdigung bereitet und in
einen Sarg gelegt ward. Allein 9 Stunden darauf kehrt er
zum Leben zurück, steigt aus dem Sarge, begegnet dem ent-
setzten Todtengräber Hans Krieger, welcher eben das Maaß
zu seinem Grabe nehmen will und bittet diesen, er möge ihn
beim Pfarrer entschuldigen, daß er wieder vom Tode aufer-

standen sei, Gott habe sein Bitten erhört und gewähre ihm noch länger auf Erden zu bleiben und er lebte noch bis zu Ende des J. 1583.

94) Das Jagdhaus zur fröhlichen Wiederkunft.

S. Heusinger, Sagen aus den Sachsenländern S. 137 fg. Sachsengrün 1861. S. 65 fgg.

Die schönen Jagdreviere des Thüringer Waldes veranlaßten die sächsischen Herzöge, die fast alle dem Waidwerke sehr zugethan waren, hin und wieder in demselben Jagdhäuser anzulegen, wo sie, wenn sie nicht Lust hatten heimzureiten, Abends gehörige Ruhe und Pflege fanden. Für eins dieser Schlößchen in der Mitte zwischen Roda und Hummelshayn bei Wolfersdorf hegte der vormalige Churfürst Johann Friedrich der Großmüthige besondere Vorliebe. Das kam wegen seiner anmuthigen Lage und weil es nicht weit vom Webicht entfernt lag, wo der Forstmeister sein Günstling war. Auch war der Forstort um so ergiebiger für Jagdleute, als Jahr ein, Jahr aus Hirsche, Rehe und andere Thiere aus Böhmen und Franken zur Zeit der Brunst regelmäßig in den tiefen Thalgründen sich versammelten und ihren Wechsel hielten. Jenes ältere Schlößchen im nahen Trockenborn hatten aber die Spanier, weil man einen ihrer Kameraden darin erschlagen hatte, 1547 zerstört.

Es war am 26. Septbr. 1552, als der Churfürst aus der langen Haft, in der er vom Kaiser gehalten worden war, von Augsburg in seine Lande zurückkehrte. Der Tag war schön und die Jagdzeit im vollen Glanze. Da fiel dem Churfürsten sein Lieblingsplatz Wolfersdorf ein, den er so lange hatte entbehren müssen und er befahl, daß man vor dem Einzuge in Weimar in dem statt des alten nachher während seiner Gefangenschaft von seinen Söhnen erbauten lustig gelegenen Waldschlößchen Mittagsrast halten sollte. Da versammelten sich denn die Forstleute und Bewohner, um den so schmerzlich vermißten Herrn mit ungeheuchelter Freude

zu begrüßen. Der Tag ging unter mancher heiterer Kurz=
weil zu Ende und es war spät geworden als der Churfürst
den Aufbruch befahl. Als er nun der letzte von Allen seinen
Wagen bestieg, drückte er dem alten Wildmeister die Hand
und sprach lächelnd zu ihm: „es hat mir wohl gethan, daß
Ihr Euch meiner so herzlich gefreut habt, darum soll unser
Schloß hier von heute an die fröhliche Wiederkunft heißen
und niemals anders." Und so heißt es noch.

------

95) Der schwarze Teich bei Mötzelbach.

Am Wege von Dorndorf nach Mötzelbach liegt der so=
genannte schwarze Teich in torfreichem, fast vulkanischem
Boden. Dieser Teich soll im J. 1686 und auch bereits vier=
zig Jahre vorher in einem glühend heißen Sommer, als Hitze
und Gluth Alles ringsum versengt hatte, ausgetrocknet sein
und sich sogar von selbst entzündet und einen ganzen Sommer
lang gebrannt haben. Stundenweit hat man den Rauch und
Dampf des brennenden Teiches gesehen, hell jedoch hat das
Feuer nie gebrannt; wenn man aber eine Scholle Erde auf=
nahm, da schlugen die hellen Flammen heraus und man sah
es darinnen unheimlich glühen und flimmern, wie in einem
Schmelzofen.

------

96) Den Letzten hole der Teufel.

S. Greß a. a. O. S. 106 fg.

Bis zum J. 1642 hausten zu Uhlstedt die Herren von
Kochberg, in diesem letzgenannten Jahre starb ihr Geschlecht
auf folgende Weise aus. Der Ritter Georg Eckert von
Kochberg war mit andern Rittern in Kahla zu einem Schmause
gewesen und sie hatten dort weidlich gezecht, gespielt und sich
lustig gemacht. Als es Abend ward, bestiegen sie, des edlen
Weines voll, ihre Rosse, um in ihre Heimath zurückzukehren,
und als sie lustig mit einander scherzend in die Nähe der

sogenannten Barmse zwischen Kahla und Großeutersdorf ge=
kommen waren, da rief einer der Ritter in frechem Ueber=
muth: „den Letzten hole der Teufel!" Kaum waren die frevel=
haften Worte heraus, so spornten Alle wie toll ihre Rosse,
denn Keiner wollte der Letzte sein, nur der Ritter von Koch=
berg blieb etwas hinter den übrigen zurück. Wie er nun
seinem Rosse wüthend die Sporen in die Weichen drückte,
um seinen Kameraden vor zu kommen, scheute plötzlich das=
selbe, stürzte in einen neben dem Wege befindlichen Graben
und begrub seinen Reiter unter seinem Leibe, und als seine
Kameraden auf seinen Schrei umkehrten und ihm aufhelfen
wollten, fanden sie nur noch seinen zerschmetterten Leichnam,
er selbst war bereits todt.

---

97) Das Thüringische Bethlehem.

Da wo sich die Orla mit der rauschenden Saale ver=
mählt, erhebt sich auf hohem, rothem Sandsteinfelsen das
Städtchen Orlamünde und schaut weit hinaus auf die von
dunkeln Wäldern umkränzte, von der Saale durchströmte
lachende Ebene. Da soll nun einst Herr von Bünau aus
Altenburg, der lange in fremden Ländern und Welttheilen
gelebt hatte, hingekommen sein und ausgerufen haben: „wenn
ich Orlamünde sehe, so sehe ich Bethlehem, die Geburtsstadt
unseres Herrn Jesu Christi". Auch Andere haben die große
Aehnlichkeit in der Lage und dem Aussehen beider Orte be=
stätigt und so ist es gekommen, daß man die Stadt Orlamünde
das Thüringische Bethlehem genannt hat.

---

98) Luther in Orlamünde.
S. Greß a. a. O. S. 112 fg.

Während Dr. Martin Luther auf der Wartburg war,
hatte bekanntlich der Magister Andreas Bodenstein, von seiner
Geburtsstadt in Franken Karlstadt genannt, in Wittenberg

eine Secte gegründet, welche aus Mißverstand der kirchlichen Freiheit die Bilder in den Kirchen verbrannte, die Altäre zerstörte und andern Unfug anfing. Luther predigte nach seiner Rückkehr mit so gutem Erfolge gegen diese Sectirer, daß sie genöthigt wurden, die Stadt zu verlassen. Karlstadt zog sich nun auf kurze Zeit in seinen Bauerhof zu Segrehna, einem Dorfe bei Wittenberg, zurück, allein bald begab er sich unter dem Vorwande, die Pfarrstelle zu Orlamünde sei geistliches Lehen des Allerheiligenstiftes zu Wittenberg, dessen Archidiaconus er gewesen war, nach Orlamünde und wußte dort den größten Theil der Bürgerschaft durch seine feurigen Predigten genau so für sich einzunehmen, wie dies ihm vorher in Wittenberg gelungen war. Natürlich entstand auch hier in Folge davon auch ebenso Unfriede und Zwietracht in der Gemeine, und Luther begab sich über Jena nach Orlamünde (24. August 1524) um womöglich wieder Einigkeit herzustellen. Der Stadtrath berief nun die Bürger zu einer Disputation mit Luther über die hauptsächlichsten Streitpunkte, allein Letzterer fand soviel Widerspruch, daß er unverrichteter Sache die Stadt verlassen mußte. Er selbst sagt, er sei froh gewesen, daß man ihn nicht mit Steinen und Koth beworfen habe, denn man habe ihm als Reisesegen die Worte nachgerufen: „fahr hin in tausend Teufel Namen, daß Du den Hals brächest, ehe Du zur Stadt hinaus kömmst!"

Wegen dieses Benehmens gegen Luther erließ nun der Churfürst einen scharfen Verweis gegen den Stadtrath, Karlstadt aber mußte die Stadt verlassen. Man erzählt nun, Luther habe im Zorn gegen die ungastliche Stadt den schweren Fluch gegen dieselbe ausgestoßen, es sollten fortan alle Brunnen in ihr versiegen, auch die Einwohner alles Wasser mit Mühe den steilen Berg hinaufschleppen, auch weil gerade Jahrmarkt daselbst und sehr schlechtes Wetter gewesen war, es so bei allen Orlamünder Jahrmärkten sein. Allein obwohl noch heute der auf der Mitte des Weges nach der Stadt befindliche sogenannte Luthersbrunnen versiegt und versandet ist, sobaß viele Bewohner der Stadt von jenem beschwerlichen

Wasserholen an Kröpfen litten, so hat doch gegenwärtig jener Fluch, wenn er überhaupt ausgesprochen ward, keine Bedeutung mehr, da die Stadt sich lange schon einer vortrefflichen Wasserleitung erfreut.

99) Die Gräfin von Orlamünde.
S. meine Preuß. Sagen Bd. I. S. 15.

Im Jahre 1284 starb Graf Otto II von Orlamünde und hinterließ seine Frau Agnes als Wittwe mit zwei kleinen Kindern, Hercules und Herculisca. Doch die lebenslustige Gräfin, eine geborne Gräfin von Meran, der auch sonst noch die Plassenburg in Franken gehörte, legte bald den Trauerschleier ab und sah sich nach einem Tröster in ihrem verwaisten Hause um. Als solcher erschien ihr der Markgraf von Brandenburg, Albrecht der Schöne, und von heftiger Leidenschaft für den stattlichen Mann ergriffen, beschloß sie, es möge kosten was es wolle, seine Liebe und Hand zu gewinnen. Allein der Markgraf blieb auffällig kalt gegen sie und gab ihr durchaus keine Hoffnung, daß er irgendwie das Band der Ehe mit ihr eingehen wolle. Es war nämlich schon zwischen dem Markgrafen und der Gräfin Sophie von Henneberg eine Verbindung im Gange, welche namentlich die Aeltern des Markgrafen wünschten. Gleichwohl ward der Gräfin hinterbracht, Albrecht hätte, als man ihm unter der Hand von der Neigung der Gräfin zu ihm gesagt, die Aeußerung fallen lassen „wenn vier Augen nicht wären". Dieses, was aber von Albrecht wohl auf seine Aeltern bezogen war, deutete die Gräfin auf ihre beiden unschuldigen Kinder, das eine ein Söhnlein von drei, das zweite ein Töchterlein von zwei Jahren und faßte verblendet von ihrer unsinnigen Leidenschaft für den Markgrafen den schwarzen Entschluß ihre Kinder aus dem Wege zu räumen. Darauf gewann sie durch das Versprechen hohen Lohnes einen Dienstmann, Haider oder Hager, die Kinder umzubringen. Als

derselbe die armen Kleinen, welche er mit sich in den Wald
genommen hatte, angeblich um sie spazieren zu führen, er=
morden wollte, soll nach den Worten des alten Volksliedes
der kleine Graf gefleht haben:

> Lieber Haider, laß mich leben,
> Ich will Dir Orlamünde geben,
> Auch Plassenburg, die neue,
> Auf daß es Dich nicht gereue!

und das Töchterlein:

> Lieber Haider, laß mich leben,
> Ich will Dir alle meine Docken geben!

Aber der Mörder ließ sich nicht erbitten und vollbrachte
die Unthat, hat aber nachher auf der Folter bekannt, daß sie
ihm schrecklich gereuet habe, wenn er der Bitten der unschul=
digen Kinder, insonderheit des kleinen Mägdleins gedacht
habe. Inzwischen erreichte die Gräfin durch die Ermordung
ihrer Kinder gleichwohl ihren Zweck nicht, denn als der Mark=
graf die abscheuliche Frevelthat vernommen hatte, erfaßte ihn
statt der gehofften Gegenliebe der tiefste Abscheu gegen die
grausame, unnatürliche Mutter und er ließ ihr sagen, daß er
mit jenen vier Augen nur die ihrigen und seine eigenen ge=
meint habe, die nicht zusammen passen würden, und wandte
sich für immer von der blutbefleckten Mörderin. Agnes aber
verfiel von Stund an in trübe, finstere Schwermuth und
welkte von Reue verzehrt langsam einem frühen Tode ent=
gegen. Sie übte schwere Buße und rutschte auf ihren Knieen
bis zum Kloster Himmelskron, wo sie auch begraben liegt,
allein sie fand darum doch keine Ruhe im Grabe, denn nicht
blos auf der Plassenburg irrt sie in stiller Nacht umher, son=
dern auch am Berge zu Orlamünde. Dort wo noch jetzt die
alte Kemnate den Wohnsitz der alten Grafen von Orlamünde
bezeichnet, sieht man des Nachts eine weiß verhüllte Frauen=
gestalt gespenstisch langsam umherwandeln, das tobtbleiche
Antlitz voll Schmerz und Kummer und mit ihren Augen um
sich blickend, als suche sie etwas, das sie verloren habe und
nicht wiederfinden könne. †)

---

†) S. oben Bd. II. Nr. 624 eine ähnliche Geschichte nach Meerane in
Sachsen verlegt.

100) Der Stadtpfeifer von Orlamünde.

S. Greß a. a. O. S. 116 fgg. Bechstein, Deutsches Sagenbuch S. 488.

Zu Orlamünde war ein Stadtpfeifer, Namens Hausmann, ein gar munterer Gesell, doch ein ehrlich Blut, nicht
mehr ganz jung an Jahren, aber frischen Gemüthes und
kein Verächter des edlen Rebensaftes. Nun war einmal dieser
Hausmann mit seinen Leuten zu Heilingen, nach Andern in
einem Dorfe unter Schauenforst gewesen und hatte bei einer
Hochzeit aufgespielt. Sie waren sehr gut bewirthet worden
und zogen daher, als der Tag grauete, fröhlich und wohlgemuth am alten Schloß vorbei. Da sprach der Hausmann:
wir wollen doch heute den neuen Tag --- es hatte eben auf
dem Thurme im Städtchen 12 Uhr geschlagen — mit einem
Morgenliede anblasen und zugleich dem weißen Fräulein da
oben eins aufspielen!" Sie stellten sich also auf und bliesen
mit frommem Sinne frisch darauf los. Noch waren sie aber
mit ihrem Choral nicht fertig, da trat das weiße Fräulein
aus dem Berge, der sich zu einer weiten Pforte aufthat,
heraus und ging langsam mit freundlichem Antlitz auf die
Musikanten los und bot ihnen lächelnd auf einem Teller
nach der Anzahl der Leute soviele Becher Weins. Sie tranken
und aus Dankbarkeit bliesen sie ihr noch ein Stück. Da
kam das Fräulein zum zweiten Mal, reichte ihnen aber auf
dem Teller eine Anzahl Knochen dar. Mochten sie da auch
große Augen machen, es hatte doch Keiner das Herz, die
wunderliche Gabe auszuschlagen. Sobald sie aber den Thurm
aus den Augen hatten, warfen die Gesellen ihren Theil in
den nächsten Kornacker. Ehrbar aber hatte der Hausmann
seinen Knochen in die Tasche gesteckt und so wurde er bei
seiner Heimkehr mit dem Rocke in den Kleiderschrank gehängt.
Am nächsten Sonntag verlangte nun Hausmann seinen Staats-
rock, die Frau holte ihn, fragte ihn aber: „was hast Du
denn hineingesteckt, das ist ja schwerer als ein Klumpen
Eisen!" „Ich wüßte nicht", sagte der Stadtpfeifer, „wer mir
etwas gegeben hätte, zeige doch einmal her!" Sie langte

aber eine große Rolle Gold aus der Tasche, in welche der
Stadtpfeifer seinen Knochen gesteckt hatte. Das war aber
den Gesellen, die ihre Knochen weggeworfen hatten, außer dem
Spaß, als sie das hörten. Sie liefen spornstreichs nach
dem Kornacker zurück, fanden auch die Knochen und trugen
sie jubelnd nach Hause. Als sie sie aber aus der Tasche
zogen, hatte Jeder ein Stück beinerne Flöte. Da konnten sie
sich nun selbst etwas pfeifen und davon kommt die Redensart: „es ist einem etwas Flöten gegangen"†).

---

101) Schauenforst.
S. Greß a. a. O. S. 119 fgg.

In der Nähe von Orlamünde auf dem linken Saalufer,
¼ Stunde vom Dorfe Röbelwitz über dem Hexengrunde
erblickt man noch heute die Ruinen des Schauenforstes, eines
hohen, runden Wartthurms mit einer Mauer, in deren Mitte
das noch völlig erhaltene Burgthor mit steinernen Sitzen den
Wanderer zum Eintreten in den weiten Burghof einladet. Düstere
Tannen schmücken den Fuß des Burgberges, und Gras und
Moos überwuchern die Trümmer der einst gewaltigen Feste.
Ueber den Ursprung des sonderbaren Namens derselben erzählt man sich folgende Sage. Der Landgraf Ludwig von
Thüringen lag in ewigem Streit mit den mächtigen Burg-
grafen von Orlamünde und es gelang ihm ebensowenig wie
seinen Vorfahren, sich dieselben zu unterwerfen. Es fehlte ihm
ein Rückenhalt, wohin er sich mit seinen Mannen bei seinen
Kämpfen gegen sie zurückziehen konnte, eine feste Burg. Endlich erbaute er auf jenem nicht weit von Orlamünde gelegenen
Berge eine stattliche Burg, welche weithin das Thal und die
ganze Gegend beherrschte. Als der Bau beendigt war, lud
er seine Gegner, mit denen er zufällig gerade nicht in Fehde
lag, ein, sich das Schloß anzusehen, und nachdem er ihnen

---

†) Die Redensart wird richtiger aus dem plattdeutschen Worte
„Fleeten d. h. fließen" erklärt.

die starken Mauern und Thürme, die tiefen Gräben und hohen
Wälle gezeigt hatte, sprach er bedeutungsvoll zu ihnen:
„schauet den Fürsten“. Daher heißt Burg und Berg noch
heute der Schauenforst.

---

102) Das Ritterfräulein zu Heilingen.

S. Bechstein. Thüringer Sagenbuch. Wien u. Leipzig 1858. Bd. II.
S. 236 fg. Greß S. 122 fg.

Auf der jetzt verfallenen Burg zu Heilingen hauste wei-
land ein alter Ritter mit seiner einzigen Tochter. Nun freite
ein benachbarter Ritter um das Fräulein, allein er stand dem
Alten nicht als Eidam an. Das hinderte jedoch den jungen
Herrn nicht, immer wiederzukommen, weil er bei dem
Fräulein um desto mehr in Gunst stand. Zornig sprach der
Alte einst: „läßt mir der Fant das Gereite nicht, so schießt
ihn meine Armbrust das nächste Mal, wo er wiederkommt,
vom Pferde.“ Die Tochter versetzte darauf: „Vater, thut
Ihr das, so stürze ich mich vom Söller herunter; seht wohl
zu, was Ihr thut!“ Was geschah? Der fremde Ritter kam
wieder, der Heilinger Herr schoß nach ihm, und Mann und
Roß stürzten zusammen. Da stürzte sich auch das Fräulein
mit einem Weheruf hinab. Der junge Ritter, dessen Pferd
aber nur getroffen war, stand wieder auf, todt aber blieb
das Fräulein und geht seitdem in dem noch übrigen Thurme
des Schlosses um, das bald darauf in Trümmern fiel.

Dort hütet sie nun die Weinschätze des Burgkellers, in
welchem noch viele gute alte Jahresläufte lagern, und wandelt mit einem Schlüsselbunde umher und begabt, gleich andern
solchen wandelnden Jungfrauen, Musicanten, oder junge Mädchen, die sich in ihrer Einfalt nach Wein hinauf in die öden
Trümmer schicken lassen, wie sie einst einer etwas blöden
Bauerntochter that, die ihr Vater dorthin sandte, weil sie in
ihrer Einfalt gesagt hatte, sie wisse den Keller. Diese ging
auch und kam zurück und brachte richtig Wein, der schmeckte
trefflich und schmeckte nach mehr, und des Bauers Zechgäste

hellerten zusammen, daß sie noch einmal gehe. Das Burgfräulein gab nun zwar der unklugen Maid noch einmal Wein,
aber es sagte ihr auch, sie solle nie wagen, wiederzukommen,
der Kuh nütze nicht Muskate und den Bauergurgeln gehöre
nicht solcher Wein. Gleichwohl hat sich aber das Mädchen
von den durstigen Bauern bereden lassen, gegen ein Trinkgeld
noch einmal nach der Ruine hinaufzusteigen, anfangs wollte
sich das weiße Fräulein auch trotz allen Rufens nicht zeigen,
endlich aber erschien sie traurig und mit verhülltem Angesichte und sprach: „zum letzten Male hast Du von mir Wein
erhalten und nie wieder soll ein Menschenkind davon trinken,
denn wer der Geister Gaben um Geld verkauft, der ist ihrer
nicht werth!" Damit verschwand das weiße Fräulein. In
jener Nacht aber sind Keller und Fässer viele hundert Klaftern
tief in die Erde gesunken und werden niemals wieder ans
Tageslicht kommen.

103) Die Silberschaumquelle.
S. Bechstein a. a. O. S. 237 fg. Greß. S. 123 fgg.

In einer Wüstung bei Heilingen hütete einst ein junger
Schaafhirt und sah mit Staunen, wie sich vor ihm die Erde
aufthat, und aus einer Oeffnung ein weißer Schaum heraus-
quoll wie Reif und sich rings um die Oeffnung anlegte. Der
Knabe sah dieser Erscheinung lange zu, wußte aber nicht,
was er aus derselben machen sollte, und traute sich auch
nicht, den Schaum anzufassen. Höchstens störte er mit einem
Stöckchen darin herum. Endlich kam der Abend und der
Knabe trieb heim und erzählte dem Schaafmeister das, was
er gesehen, zeigte ihm auch das weiße Zeug, was noch immer
am Stöckchen festhing. Es war aber eitel gediegenes Silber
und der Schaafmeister sprach zu ihm: „Schaafe hütest Du
und ein Ochse bist Du! Hättest Du das Dir bestimmte Weiße
abgeschöpft, so wärest Du weise gewesen und reich geworden!"
Am andern Tage und alle Tage sah sich der kleine Schaaf-

hirt nach der Silberschaumquelle um, aber sie quoll für ihn nicht wieder.

104) Das goldene Kegelspiel.
S. Greß S. 124 fg. Bechstein Bd. II. S. 238.

Vor langen Jahren hauste einmal auf dem Schauenforste ein gottloser böser Ritter, der die Bauern arg bedrückte und quälte und Reisende und Wanderer überfiel und beraubte und weit und breit im Umkreise gefürchtet wurde.

Nun war einmal ein sehr harter Winter gewesen und die Menge Schnee, die plötzlich schmolz, hatte Flüsse und Bäche ringsum austreten lassen und durch eine schreckliche Ueberschwemmung die ganze Ernte der armen Bauern vernichtet. Dennoch verlangte der grausame Burgherr nach wie vor zur bestimmten Stunde die drückenden Abgaben bei Heller und Pfennig, und obgleich er die große Noth und das Elend seiner armen Unterthanen wohl sah, ließ er sich doch von keiner Bitte rühren, sondern nahm dem, der ihm nicht zur rechten Zeit Alles bezahlen konnte, Haus und Hof und die letzte Kuh und das letzte Stück Hausgeräthe weg und ließ Alles hinauf in die Burg schaffen. Von dem Blutgelde aber ließ er sich ein goldnes Kegelspiel mit silbernen Kugeln machen, um sich damit nach seinen Schmaußereien und Trinkgelagen zu belustigen. Da that einmal ein alter Mann, dem der Hartherzige alle seine Habe genommen hatte, den schweren Fluch, daß der grausame Ritter zur Strafe für seinen Uebermuth bis zum jüngsten Tage mit den goldnen Kegeln spielen solle, und unser Herrgott erfüllte des Alten Fluch und läßt nun den grausamen Burgherrn bis ans Ende der Welt im Innern des Schauenforstes mit den Kegeln spielen. Davon kommt das wunderliche Kollern und Rollen, was man bei schwülen, stillen Nächten in den Eingeweiden des Berges hört.

105) Der arme Musikant auf dem Schauenforst.
Nach Greß a. a. O. S. 126 fg.

Es war einmal ein armer Musikant, der hieß Waldfachs, gefucht und bekannt im ganzen Hexengrunde wegen seiner Fibel, mit der er an allen Kirchweihen, Erntefesten und Feiertagen den jungen Burschen und Mädchen zum Tanze auffpielte. Allein er verstand auch manche ernste, traurige Weisen und Lieder aufzuspielen, die dem Menschen zu Herzen gehen, und solche trübselige Melodieen spielte er eigentlich noch lieber als lustiges Zeug.

Da hatte er denn auch wieder einmal an einem zweiten Pfingstfeiertag in einem Dorfe bei Orlamünde zum Tanze aufgespielt und als der Tanz zu Ende war, ging er schon tief in der Nacht mit zwei Kameraden heim. Allein vorher be= schlossen sie, erst noch hinauf auf den Schauenforst zu steigen und sich droben vom weißen Fräulein Gold und Wein zu holen. Denn sie hatten gehört, daß sie gerade in dieser Nacht denen, die da Muth hätten sie zu besuchen, gnädig sei und sie gern mit ihren Gaben beschenke. So stiegen denn die drei jungen Burschen keck und muthig den Berg hinan, ge= raden Weges auf die alte Burg zu, die im Mondenlicht flim= mernd herabglänzte. Je näher sie aber dem alten Bau kamen, desto ängstlicher wurden die beiden Gefährten des Waldsachs. Es schien ihnen, als lugten bärtige Gesichter aus den zerfalle= nen Fenstern und als funkelte aus dem Innern heller Kerzen= glanz, und wie die Wipfel der alten Bäume so geheimnißvoll über ihnen rauschten und ihre Schritte so hohl klangen und ihre Schatten so lang wurden, da litt es sie nicht länger, sie nahmen die Beine unter den Arm und jagten pfeilschnell wieder den Berg hinab. Waldsachs aber schritt unerschrocken dem alten Baue zu und trat furchtlos in den Burghof, aber wie geblendet stand er da, als er den ganzen Raum von tausend Kerzen prächtig erhellt und ringsum in der luftigen Halle reichgeschmückte Ritter und Edelfrauen in alterthümlicher, längst verschollener Tracht an herrlich besetzten Tischen sitzen sah. Doch bald faßte er sich wieder, zog schnell seine Geige hervor und spielte den seltsamen Gästen einen muntern lusti= gen Tanz auf, also daß die Edelfrauen und Ritter sich nach dem fremden Spieler umschauten und ihm freundlich zunickten.

Als er aber geendet hatte, da trat mitten aus der Gesellschaft das weiße Fräulein hervor, welches er bis jetzt noch
nicht bemerkt hatte, den weißen Schleier hatte sie zurückgeschlagen und schaute ihn so wundersam mit ihren blitzenden
Zauberaugen an, daß ihm schier die Sinne vergingen und er
kaum sah, daß sie ihm auf silberner Schale umgeben von
Goldmünzen einen goldnen Becher voll funkelnden, duftigen
Weines darreichte. Doch er ermannte sich, ergriff hastig den
Becher und trank ihn mit langen, durstigen Zügen aus bis
auf den Grund und setzte ihn dann wieder sich tief verneigend
auf die silberne Schale nieder.

Da mit einem Male durchströmte ihn ein nie gekanntes
Feuer, er glaubte sich in unbekannte Welten versetzt, er sah
nur noch die sinnbethörenden Augen des weißen Fräuleins
und sank dann betäubt nieder auf den grünen, weichen Moos-
boden des Burghofes. Als er aber am andern Morgen erwachte, da bewies ihm die neben ihm stehende silberne Schale
mit den funkelnden Goldmünzen, daß er nicht geträumt hatte.
Aber es widerstand ihm in sein Heimathdörfchen zurückzukehren, es trieb ihn hinaus in die Ferne, und er zog mit
seiner Fidel auf und davon und wanderte durch Fluren und
Wälder, über Berg und Thal und suchte das Fräulein, die
ihn bezaubert hatte, allein ob er wohl manches Land durch-
zogen hatte und manche Jahre über ihn dahin gerauscht
waren, er fand keine Ruhe. Da kam aber plötzlich Heimweh
über ihn und Sehnsucht nach dem alten Gemäuer des Schauenforstes, und so wanderte er denn wieder manchen lieben Tag,
bis er die einsame Ruine wieder im Abenddämmerscheine
herabglänzen sah, er klomm hinan und als er in den Burghof trat und das Fräulein nicht fand, da legte er sich matt
und müde und bekümmerten Herzens nieder in das grüne
weiche Moos und entschlief, das weiße Fräulein aber erschien
ihm im Traume gerade so wie er sie in jener Pfingstnacht
erblickt hatte, nahm ihn in ihren Arm und sprach: „Du guter
Gesell, ruhe Dich aus von Deiner langen Irrfahrt, ich habe Dich
längst erwartet." Er erwachte nicht wieder. Am nächsten

27*

Morgen aber fanden ihn Leute aus dem Dorfe eingeschlafen zum ewigen Schlafe und sagten sich: „das ist ja der Waldsachs, der damals nicht wieder kam und der längst vergessen war" und sie begruben den Heimathlosen auf dem stillen Friedhofe des Dörfchens.

---

106) Die wandelnde Laterne.
S. Bechstein a. a. O. S. 241 fg.

Bei Camburg, einer Stadt im Saalthale zwischen Jena und Naumburg, lag vor Zeit das Cyriakskloster; von diesem sollen Gänge bis unter den Dom zu Naumburg geführt haben. In der Herbstzeit wandelt nun aber ein Licht, im Volke als die Laterne allgemein bekannt, von der Stätte des Cyriakklosters über die Saale hinüber, umwandelt drüben einen großen Bogen und kommt dann wieder zurück.

Im nahen Dorfe Leislau lebte einst ein reicher Mann, Vater eines einzigen Sohnes, welcher eine heftige Liebes= neigung zu einem Mädchen geringer Herkunft gefaßt hatte. Der Vater aber mißbilligte diese Liebe und fuhr mit dem Sohne nach Naumburg, wo er ihn zwang, Geistlicher zu werden. Nach einiger Zeit wurde der junge Cleriker Mönch im Cyriaks= kloster. Dort seiner Geliebten wieder näher, sann er auf öftere Vereinigung mit ihr, und entdeckte eine Fallthüre, die aus dem Kloster führte, die er jedoch jedesmal, wenn er durch sie aus dem Kloster geschlüpft war, wieder hinter sich verschloß. Mit einer Blendlaterne eilt er die Mönchsschöppe herab, am Saalufer eine kleine Strecke aufwärts, wo er einen Kahn wußte, und fährt zum sogenannten Clausfelsen hinüber. Dort gelandet, steigt er zum Clausberg hinauf, wandert über die Höhe und ist glücklich in den Armen seiner Geliebten, aus denen er nach einigen Stunden auf gleichem Wege wieder heimlich in sein Kloster zurück= kehrt. Immer waren dem jungen Mönche diese nächtlichen Fahrten geglückt, allein einst, bei seiner Rückkehr wollte es das Unglück, daß die schwere Fallthür wieder zufiel und ihm die Hand abschlug, in welcher er die Laterne hielt. Man fand ihn am andern Morgen verblutet todt auf der Treppe des geheimen Ganges, aber die rechte Hand samt der Laterne war verschwunden. Sie ist es, welche die nächtliche spukhafte Erscheinung nun alljährlich hervorbringt, Viele haben sie schon gesehen und Niemand bezweifelt dieselbe.

107) **Von den merkwürdigen Ceremonien derer Altenburgischen Bauern, wie sie es nämlich bey Hochzeiten, Heimführung der Braut, Kindtauffen, Gesindemiethen, Beerdigungen, Kleidung und Tracht 2c. im J. 1703 zu halten pflegten.**

Die Altenburgischen Bauern sind ohne Zweifel noch ziemlich unvermischte Abkömmlinge der alten das Osterland bewohnenden Sorbenwenden, sonderbarer Weise aber werden sie noch heute von ihren stammverwandten Brüdern in der Oberlausitz, den dortigen Wenden, gehaßt, warum, weiß man nicht. Wie diese hängen sie noch heute an ihren alten Gewohnheiten, Sitten und Tracht und es wird deshalb nicht uninteressant sein, dieselben so hier zu schildern, wie sie z. B. der Rector des Altenburger Gymnasiums, Frdr. Frise im J. 1703 (Lpzg. kl. 8°.) in seiner in Fragen und Antworten eingerichteten Abhandlung unter obigem Titel beschrieben hat.

Betrachten wir nun zuerst das Capitel der Verheirathung und den damit in Verbindung stehenden Kirchgang, Hochzeit und Kindtaufe, so war damals folgendes Sitte. Die Braut nebst ihrem Beistand, welches gewöhnlich der Ortsgeistliche war, sitzt im Hochzeitshause und erwartet den Bräutigam. Derselbe erscheint nun mit seinem Freiwerber und Beistande vor der Stubenthüre, klopft an und läßt sich durch den Brautdiener anmelden, der ihm die Vergünstigung zurückbringt. Er tritt hierauf mit obigen zwei Personen in die Stube und läßt sich durch diese bei dem Prediger die Braut zum Kirchgange ausbitten. Der Geistliche hält nun eine Gegenrede und läßt die Braut nebst einer christlichen Vermahnung folgen. †)

---

†) Aehnlich ward sonst in Istrien verfahren, (s. Valvassor, Beschr. d. Herzogth. Krain. P. II. L. VI. c. 9. S. 321. c. 10. S. 330) und auch in Rußland (s. Er. Francisci Geschichtspiegel S. 947).

Die Verlobten ziehen nach der Trauung um den Altar herum
und der Brautdiener oder der Bruder der Braut, der sie zum
Altar geführt hat, wünscht ihnen Glück. Wenn die Verlobten
in die Kirche gehen, so pflegt die Brautmutter oder diejenige
Frau, welche ihre Stelle vertritt, etliche Stück Kuchen, der
Brautdiener aber etwas Geld unter die zusammengelaufenen
Zuschauer zu werfen. Wenn der Bräutigam aus der Kirche
geht, so wird er von etlichem zusammengelaufenen Volke auf=
gehalten, denen wirft er etwas Geld in die Rappuse. Zu
Hause angekommen setzt sich der Bräutigam nebst der Braut
zu Tische und Letztere hat die ganze erste Mahlzeit über einen
langen Mantel um, der mit vielen Falten geziert ist. Des
Bräutigams Mutter schneidet dem Bräutigam ein Stückchen
Brod ab, desgleichen thut auch die Mutter der Braut. Von
den Anwesenden nimmt nun ein Jeder etwas Weniges der
Speise, und so es ein Braten ist, so legt er denselben ganz,
wenn er etwas für sich abgeschnitten auf seines Nachbars
Teller. Man setzt auch zuweilen der Braut und dem Bräutigam
zwei brennende Lichter vor und giebt wohl Acht darauf, welches
von ihnen am Meisten abnimmt. Wenn endlich alle Speisen
abgetragen sind, so wird zuweilen eine Schüssel mit Wasser,
darin Nüsse liegen, aufgesetzt, in diese legen die Gäste nach
Belieben etwas Geld.

Abends beim Hochzeitstanze muß der Bräutigam mit der
Brautmutter zuerst und nach diesem der Brautdiener mit der
Braut in ihrem Mantel tanzen, bis sie solchen fallen läßt.
Solches wird „den Mantel abtanzen" genannt. Im Allgemei=
nen ist zu bemerken, daß die Mannspersonen mit starken
Sprüngen, Schreien und mit in die Höhe gehobenen Händen,
die Weibspersonen aber mit ganz engem Schritte und ganz
sittsam hinter einander tanzen.

Nach Beschluß des Tanzes begiebt sich der Bräutigam
zuerst zu Bett, hernach führt der Brautdiener nebst etlichen
Verwandten die Braut in die Schlafkammer. Nachdem er
nun die Braut zu Bett geführt, zieht er ihr in der Kammer
den Stiefel oder Schuh aus, pflegt ihr auch die Zöpfe aus=

zuflechten und wirft sie endlich noch angekleidet in das Brautbett. Die Brautmutter aber oder diejenige Person, welche
ihre Stelle vertritt, legt nun einen dünnen Kuchen auf das
Bett, welchen die Umstehenden mit den Händen zerschlagen
und dabei sagen: „soviel Stückchen soviel Püppchen!“ Der
Bräutigam muß nun den dabei Anwesenden Wein oder Branntwein einschenken und der Brautdiener versteckt der Braut den
ausgezogenen Stiefel oder Schuh, welchen sie den andern
Tag auslösen muß. Indessen machen die Spielleute nebst
etlichen Gästen vor der Kammerthüre Musik, und wenn sie
hineinkommen können, tanzen sie um das Brautbett.

Am nächsten Tage muß die Braut unter dem Kranze
eine gestrickte Haube tragen und der Bräutigam ein neues
Hemd, wie auch den Verwandten Schnupftücher, Hauben,
Aermel und dergleichen verehren, welches Schwäger-Stücken
genannt wird.

Am dritten Hochzeitstage setzt sich der Bräutigam mit
der Braut und etlichen nahen Anverwandten an den Tisch,
um die Hochzeitsgeschenke in Empfang zu nehmen. Die Braut
hat wieder den langen Mantel um, darin sie sich ganz wickelt
und mit einem Schnupftuch, indem sie weint, sich die Augen
zuhält. Hierauf legt sie ein grünes Rautenkränzlein, das
aber kaum so groß als ein Thaler ist, auf ein schönes
Schnupftuch vor sich auf den Tisch. Die nächsten Freunde
bringen ihre Geschenke zuerst und es müssen Braut und Bräutigam wie auch die Anverwandten, so dabei sitzen, die Hand
zuerst bieten, alsdann das Geschenk mit dem Wunsch übergeben und einem Jeden wieder die Hand bieten. Wenn von
Etlichen Bettpfüle und Kissen verehrt worden sind, so legen
die dabei stehenden jungen Bursche ihnen solche, wobei sie
den Freunden die Hände bieten, auf den Rücken und klopfen
wacker mit beiden Händen darauf. Der eine Brautdiener
giebt nun dem Hochzeitsgaste, wenn er sein Geschenk über-
reicht hat, ein großes Glas Bier, etwa mit folgender Formel:
„Ehr hut Braut un Bräutgen ene Verihrege gethon, drum
laßt auch weder emahl schenke.“ Nach dem Trunke giebt er

ihm auch etwas weniges Kuchen. Die Spielleute pflegen dabei etwas erhaben zu stehen und etliche gute Lieder während des Schenkens zu geigen. Dann muß der Brautdiener mit der Braut, so den Mantel umhat, ein oder zweimal herumtanzen, wobei die Braut den Mantel fallen lassen muß.

Hierauf machen sich die nächsten Verwandten nebst etlichen jungen Gesellen und Jungfrauen bei einem Schmauße noch etliche Stunden im Hochzeitshause lustig und dann schickt man sich zur Heimfahrt an. Die Braut begiebt sich nach beendigter Mahlzeit auf den Boden, allwo sie von ihren Eltern Abschied zu nehmen pflegt. Der Bräutigam aber muß selbst die Braut wieder vom Boden herabholen, und sich bei den Eltern für die Erziehung der Braut bedanken, und hierbei werden die Glückwünsche wiederholt. Dann führt der Bräutigam die Braut zu dem Wagen, auf welchem sie ganz vorn nach den Pferden zu stehen muß und einen Schleier wie auch den Hut des Bräutigams auf dem Haupte haben, was andeuten soll, daß der Mann des Weibes Haupt und sie ihm unterthan sein soll. Dann muß sie ein Glas Bier austrinken und das Glas an die Wand werfen. Der Bräutigam macht nun den Fuhrmann und fährt entweder im Hofe der Brautwohnung oder auf einem bequemen Platze dreimal in einem Zirkel herum, indem die Spielleute auf dem Wagen stehen und geigen. Die die Braut begleitenden jungen Burschen pflegen bisweilen auf geputzten Pferden zu reiten und zu schießen, oder wenn sie zu Fuß gehen, so schreien sie auf dem Wege aus vollem Halse. Außerdem fährt ein Wagen mit, auf welchem der Hausrath, den die Braut mitbringt, nebst einem angelegten Rocken steht. Kommt die Braut nun in das Haus des Bräutigams, so muß sie auf dessen Geheiß in das Ofenloch gucken, dann werden allerhand Glückwünsche dargebracht und noch ein Schmauß abgehalten.

Wenn die Frau niedergekommen ist und das Kind zur Taufe getragen wird, pflegt zuweilen eine erfahrene Frau oder Anverwandte mit der Wöchnerin, ehe das Kind wiedergebracht wird, in allen Kammern herumzugehen.

In Bezug auf das Knechte- und Mägdemiethen ist zu bemerken, daß diese in den Zwölfnächten auf dem Markte stehen, die Hausväter und Hausmütter aber unter ihnen herumgehen, um die einzelnen Personen desto besser in Augenschein zu nehmen. Die Hausmütter werfen den Mägden das Miethgeld vor die Füße und geben Achtung, ob sie solches geschwind oder langsam aufheben, wo sie daraus die Hurtigkeit oder Faulheit der Dienstboten erkennen wollen. Wenn nun die Mägde anziehen, so setzen sie sich in die Stube ihres Herren so, daß sie das Gesicht nicht gegen die Thüre kehren, weil sie meinen, der Dienst werde nicht lange währen, wenn sie gleich das erste Mal die Augen nach der Thüre wenden. Dann richtet ihnen die Hausmutter noch eine gute Mahlzeit zu, welches die Wandersuppe genannt wird.

Wenn bei ihnen ein Mensch verschieden ist, so machen sie die Fenster auf. Die Leiche wird in dem Hofe unter freiem Himmel hingesetzt und die Leibtragenden stehen dahinter. Ist nun der Todte aus dem Hause hinausgetragen worden, so muß der, welcher im Hause bleibt, mit einem Besen das Haus kehren und solchen zur Thüre hinauswerfen. Die aber, welche am Grabe stehen, werfen einen Erdklos hinein, wenn der Todte eingesenkt wird.

In Bezug auf die Kleidung ist aber zu bemerken, erstlich was die Männer anlangt, daß sie von alten Zeiten her sehr breite und mit einem sehr hohen, spitzigen Thurm gezierte Hüte getragen haben, später bedienten sie sich der niedrigen Bürgerhüte. Unter den Hüten trugen sie stets eine von Leder oder Tuch gemachte und mit Barchend oder Pelz gefütterte Mütze, welche sie nicht vor ihres Gleichen, sondern nur vor höhern Personen und zwar mit der linken Hand, den Hut aber mit der Rechten abnahmen. Um den Hals tragen sie einen schwarzen Flor. An den Arbeits- oder Wochentagen tragen sie einen Rock aus weißem Tuch mit spitzigen Aermeln und mit Hefteln unter dem linken Arme, wo ein sogenannter Brustlatz zugeheftet ist, und die bis an die Kniee gehen. So gehen die Knechte bei der Arbeit. Sonst tragen sie insgemein einen langen von braunem, grauem ober schwarzem Tuche gemachten Rock, welcher auf der Brust zugeheftet ist und fast bis unter die Waden reicht. Bei Fest- und Ehrentagen pflegen sie einen Rock von gutem rothen Tuche mit vielen Falten zu tragen, so etwas vertieft, bei den Händen aber spitzige Aermel hat, unter den Aermeln aber zugeheftet ist und nur bis auf die Kniee langt und eine rothe Jacke genannt wird. Zuweilen haben sie über der sogenannten rothen Jacke ein schwarzes lebernes Wamms mit vielen Falten und großen Taschen ebenso lang als die letzt-gebachte rothe Jacke. Die Hochzeitbitter und Brautdiener pflegen noch über dem schwarzen Wammse einen weißen soge-nannten Schmutzkittel als Vorrath anzuziehen. Die Bein-kleider oder Hosen sind ziemlich weit und unter dem Knie zugebunden aus schwarzen Leder. Sonst tragen Männer und Frauen gewöhnlich Stiefeln oder auch leberne Strümpfe und sehr große Schuhe, was man für ein Zeichen einer streit-baren Nation hält.

Die Jungfrauen umwickeln die geflochtenen Haarzöpfe mit rothen, grünen oder schwarzen Tuch- oder auch Sammt-streifen, so zwei Finger breit sind und Schrote genannt werden. In dem Nacken hinunter hängen zwei schwarze lange seidene Bänder. Ueber diesen ungewickelten Zöpfen tragen sie eine runde leberne Mütze mit Fischotter um und um geziert. An Fest- und Ehrentagen haben sowohl die Jungfrauen als Bräute ein sogenanntes Hormt auf dem Kopfe, ein rund ge-formtes silbernes und vergoldetes Blech, zwei Hände hoch, inwendig mit rothem Sammt belegt und auswendig mit ver-goldeten Flittern, so größer als ein Groschen wie Blätter formirt und um und um also geziert, daß sie im Gehen sich bewegen und klingeln.

Wenn die Frauen zum Abendmahl oder zur Beichte gehen, so haben sie den Kopf und das Kinn mit einem sehr blau gestärkten Schleier umwickelt. Bei Ehrentagen tragen sie eine von Seide oder Wolle gewirkte Haube, so wie ein Netz in den Nacken herab auf die Achsel hängt. Sonst pflegen die

Weiber sowohl als die Jungfrauen insgemein den ganzen Kopf bis an die Augen mit einer weißen Leinwand also zu verhüllen, daß ein Stück über den Rücken hinab hängt und man von dem Gesichte nur wenig sehen kann. Wenn aber die Jungfrauen in ihrem größten Schmuck gehen, so haben sie ein Krägelchen von gestärkter weißer Leinwand um, welches mit Draht in die Runde gebogen und als ein halber Mond um den Nacken steif bis an die Achseln steht, aber nicht auf ihnen aufliegt. In früherer Zeit trugen sie große weite Aermel von Schleier- oder weißer Leinwand, sodaß ein ganzes Siebmaaß Korn in einen ging. Heut zu Tag (d. h. 1703) sind sie etwas kleiner und müssen sehr blau gestärkt werden, weil sie dies für eine Zierde halten, an solchen hängt auf dem Rücken ein viereckiger Latz von weißer Leinwand mit schwarzer Seide durchnäht. Bei Ehrentagen tragen die Frauenzimmer rothe Jacken mit Falten, eben wie die Mannspersonen, insgemein aber ein schwarzes Tuch-Wamms oder ein sogenanntes lebernes Mieder. Vor der Brust pflegen sie gewöhnlich einen Latz von Sammt oder seidenem Zeuge zu haben. Um die Lenden tragen sie einen schwarzen lebernen Gürtel, so fast eine Spanne breit nebst einer weißen oben schmal eingefalteten Schürze. Ihr größter Putz besteht aber in einem Pelz, so viele Falten hat und in einem gefalteten Kittel. An Ehrentagen tragen die Jungfrauen knappe Stiefeln, die Frauen aber schwarze Tuchstrümpfe und Schuhe. Was die Sprache anlangt, so sprechen sie nicht mehr wendisch, sondern deutsch, aber einen ganz besonderen Dialect. Sie verändern erstlich bisweilen ganze Buchstaben z. B. in dem Worte „Maria" machen sie aus dem Vocal i ein j, und aus dem Vocale a ein e und sprechen „Marje". Zweitens verstümmeln sie die Worte und versetzen die Buchstaben, z. B. den Namen Elisabeth pflegen sie nicht in „Lise" zu verderben, sondern auch den Vocal i vor das l zu setzen und sagen „Jlse". Bisweilen versetzen sie nicht blos Buchstaben, sondern werfen sowohl vorn als hinten solche weg, z. B. in dem Worte „Dorothea" pflegen sie erstlich die Buchstaben D und o

im Anfange und nachgehends das a am Ende wegzuwerfen,
so heißt es denn „Orthe“. Als Beispiel ihres Dialects, von
dem auch Firmenich, Völkerstimmen Bd. II. S. 246 fgg. einige
Beispiele in Versen und Prosa gegeben hat, theilt nun Hr.
Frise ein im J. 1687 zum Beschluß des Gregoriusfestes,
wo man des Kaisers Leopold Sieg über die Türken bei Wien
feierte, aufgeführtes Lustspiel mit, welches wir hier mittheilen,
weil es ein ganz sonderbares Deutsch enthält und selbst Hrn.
Firmenich unbekannt blieb.

Der kurze Inhalt des besagten Lustspiels ist nun folgender. Ein alter Bauer findet an seinem kleinen Sohne
eine Neigung zum Stubiren, er faßt also den Vorsatz, nach
Altenburg zu gehen und ihm bei der Schule daselbst eine
Stelle zu verschaffen. Es sieht aber die Sache anfangs etwas
schwer aus, indem der Sohn wegen der Anstalt bei dem
Gregoriusfest nicht gleich recipirt werden kann. Zu dem
finden sich viele Freunde, welche dem Vater zu diesem Vorhaben entweder ab- oder zurathen. Endlich bleiben Vater
und Sohn bei dem gefaßten Beschlusse und es wird ein
Valetschmauß auf gutes Glück des Sohnes den Verwandten
und Bedienten bei lustiger Musik gegeben.

Personen des Stückes.

1. Puhle, der Vater.
2. Mieke, die Mutter.
3. Barthel, } Nachbarn im Dorfe.
4. Casper, }
5. Pieter, der kleine Sohn.
6. Brußig, Großknecht.
7 Mareige, des Pieters kleine Schwester.
8. Kratsch, der andere Knecht.
9. Kriethe, }
10. Orthe, } Mägde.
11. Ilse. }

Erster Auftritt.

Barthel. Wu hars Lands Kevatter Puhle, wie kiets, wie ißg aure Sache Kerothen, Dreber Er Keschwißt hut wie eh Broten?

Puhle. Krusen Dank, Kevatter Pule, fer aure Frage, ich bin racht luschtg un uhne Ploge. Iß kleich kumm ich aus der Stob, die Almerg ehren Namen hot.

Barthel. Was hut ihr benne Durtinne Kethan, mey walb ehr michs nich wisse lahn?

Puhle. Ich fehrte men Suhn Pieter Kenant, der auch als Pathen wuhl bekannt zum Burnahmen Kelarner durt, ha sallt ehn froge huhn Wort, un ehn runmahne nach Gebühr, salt hüre, was ha kelernt bey mir.

Barthel. Mey spart auer Kelt, käft mie Falb, namt Pietern das Buch aus der Hand, schickten derver ufs Laand, un nich in die Schule nei, ha kan auch schin beyn Pfaren sey.

Casper. Ey was, Pieter nich hengern pflug, denn ha iß mey trau racht kluk, unser Schulmester säte nu, ehr salt Pieter immer in de Schule thu.

Pieter. Was, ich sall nicht staubire, davun laß ich mich nich führe, ich lase schin Lotein behenge un mach ach vel Argumenge. Ich staubire in das Almerschen Schule, ehr makt wulle aber nich, Voter Puhle.

Puhle. Nu, nu Pieter, ich marck dich schun, du warst eh racht kelarger Suhn. Du larnst alle Künste parfact, wenn dich mund der Racter racht zuhackt.

Barthel. Weils su iß, be luß ichs kesey, mentwagen thut Pietern immer in de Schule nei. Katen de Wuche eh Hauß-Backen Brub, nu wenn ha binne sey kut thut, da kucht en Zeiten en Tup vull Hirße, un spendirten Racter Zeit eh kericht Pirße: Dafir larnt ha Pietern wichtge Varse mache, das is beyn Kelarten enne preißliche Sache.

Anderer Auftritt.

Puhle. Dan wack sin ich und Pieter umsist kelafen,

weil mer ken Schul-Herrn beheme antrafen. Es wor e Spel,
es wor e Larm, es wor ene Kait, es wor e Schwarm.

Brufig. Wiech hiere behat Nackber Puhle sen Sohn
in de Schule keführt, weß ha wuhl, was naues paffirt?

Kretfch. Ha säte, es wäre e Kefumme un Kebrumme
man konne nich vern Ractor kumme.

Brufig. Was is das ver enne Sache, die der Ractor
zu Almerg muß mache?

Kretfch. Es fin filche luftge Schwencke, die ich nich
kan kedenke.

Brufig. Mey, Pieter, erziehl mers racht, du bift fift
e wackrer Knacht, vern Kare warfte zwar e Kengfcher Narre,
heuer aber hafte meh als e Kefparre.

Pieter. Ich kan es zwar nich racht kefaffe, wenn ichs
foll fah fpele us der Kaffe, fu walt ech das Denck wuhl be=
hale, es falt mehr ke Buchftebe fahle. Se faten, fe walten
van Tercken fpela, wie fie ehn gehut uf der Schleif=Mehle,
fie walen ah kut preiße un ihra, daß he Klück hut wulla
befchire unfern huhen Putenthaten, da der Tercken=Krek
kerathen.

Brufig. Nu verftieh ichs kantze Speel, ich wills har
feh auf en Näel. Mer folln ah mit luftig fey uns über der
Victurga freih.

Dritter Auftritt.

Puhle. Nu wuhl an, ihr Knachte un Mäde, tantzt un
fprinkt mit luftger Frebe, laß men Suhn Pieter ah heute
zu Ihren e friliges Hartze un Luftigket fpüren. Frifch,
Spelman, nu machmern Rumpuff, ich fprenge mit Mieken
racht webelg izt bruff.

Micke. Heute mach ich kene Butter, all mei Vieh das
hat fchun Futter. Ey wird es fchiene ftieh, wenn ich war
zutantze kie.

Barthel. Ihr Spelleute, fedelt mit Macht, immer das
kracht, zu fedelt die Säten alle uns Bauern zu Kefalle. Kriete, laß

bich nich su zarre, was will bu dich lang fparre, hüppe fey
wie anre Mäbe, heut hun mer unfre Frebe.

Kriete. An mer folls trauju nich fahle, ich will mich
an auch ftats hale faht ich ha Zwar harb Hänge, bach be
Stefeln fin kelenge.

Casper. Ih Spelleute, fchmert ben krufen Febel=
Bugen un bernach fey frifch gezuchen, rumppelt uf ben Säten
hin, weil ich iz racht munter bin.

Ilfe. Kasper, mei vaxir mich nich, bu fprengft mir
zu wunnerlich, loß mich leber lebig ftiehe, baß ich nich zu
tanze kiehe.

Brufig. Kratfch, wilte mit fo kum, un fie bich nich
lange um. Ja bu benkft, wer ene hätte, ich nahm mine
Kriete mette. Durt ftieht ene, zerrfe furt, wenn fie kleich en
bißgen murrt.

Kriete. Ich kan nich kar fchien ketantze Du fiehft wie
enne Pummerantze un bift fift ah fey behenge, beine Bene
kefchwenge.

Kretfch. Brufig, ich kumm kerannt, un ha Orten bey
ber Hanb. Unfer fin eh feiner Klump unter welchen kener ftump.

Orthe. Ich ha zwar enne fpitzge Nafe bach ich bin
ke albrer Haafe, un ha faht en fchienen Latz, Kretfch, bu bift
un bleibft mei Schatz.

Mareige. Pieter, heute haftu Ihre, was wilftu bich
lange ziere? Laß bir munb en Vurrehn keige, hengen nach
mag ich nich fchleiche.

Chorus. Nu mer fangen an zu fprengen un bas Ju!
Ju! Heh! zu fingen. Mer keben unfern knabgen Harrn
Steuer, Schutz un Zinfen Karn, wenn mer munb noch Frebe
hun un im Lanbe bleibe kun.

Anmerkung. Es giebt ein fpäteres, vollftänbigeres Werk von
C. Fr. Kronbiegel, Ueber die Sitten, Kleibertrachten unb Gebräuche ber
Altenburgifchen Bauern (Altenb. 1806 II. A. in 8. M. 15 col. Kpfrn. unb
2 Bl. Mufik), auf welches ich verweife.

Register

der

Städte, Ortschaften, Berge ꝛc.,

von welchen

in dem Sächsischen Sagenschatz Sagen erzählt werden.

Die Ziffern beziehen sich auf die Nrn. der Sagen.

A. Königreich Sachsen.

B. Sachsen-Altenburg.

Sachregister.

Zuſatz zu Nr. 563.

Im alten Schloſſe Rauenſtein iſt es nie ganz geheuer geweſen, deshalb verließen die Herren von Römer daſſelbe und bauten ſich neben demſelben ein anderes Wohnhaus. Der jetzige Beſitzer, Hr. v. Herder, hat aber das alte renoviren laſſen und daſſelbe wieder bezogen. Auf einem Corridor des letztern befindet ſich ein graues Männchen an die Wand gezeichnet, welches aber nie wegzubringen iſt und nach jedem Weißen oder Ueberpinſeln der Mauer wieder zum Vorſchein kommt. Wahrſcheinlich iſt dies das Bild des Spukgeiſtes. Allein von einer weitern Geſchichte deſſelben verlautet nichts.

Dresden, Druck von Johannes Päßler.

Reprint Publishing

FÜR MENSCHEN, DIE AUF ORIGINALE STEHEN.

Bei diesem Buch handelt es sich um einen Faksimile-Nachdruck der Originalausgabe. Unter einem Faksimile versteht man die mit einem Original in Größe und Ausführung genau übereinstimmende Nachbildung als fotografische oder gescannte Reproduktion.

Faksimile-Ausgaben eröffnen uns die Möglichkeit, in die Bibliothek der geschichtlichen, kulturellen und wissenschaftlichen Vergangenheit der Menschheit einzutreten und neu zu entdecken.

Die Bücher der Faksimile-Edition können Gebrauchsspuren, Anmerkungen, Marginalien und andere Randbemerkungen aufweisen sowie fehlerhafte Seiten, die im Originalband enthalten sind. Diese Spuren der Vergangenheit verweisen auf die historische Reise, die das Buch zurückgelegt hat.

ISBN 978-3-95940-163-0

Made in Germany

www.reprintpublishing.com